As cartas de

Ernest Hemingway

1907-1922

Hear some of the quills.

Walloon Lake, Mich.

"WINDEMERE"

Dear papa
today I ~~have been~~ mama and the rest of us took a walk.
We walked to the school house. Marcelline ran on ahead.
While we stopt at Clouses.
In a little while she came back.
She said that in the wood shed of the
Sioux house there was a porcupine.
So we went up there and looked in the door,
the porcupine was asleep.
I went in and gave a whack with the axe.
Then I came and anthos and another.
Then I crald in the wood.
We came to Mr Clous and ~~to~~ he got his gun and
shot it.

Ernest Hemingway para Clarence Hemingway, carimbo de 23 de julho [1909], Walloon Lake, Michigan. Coleção Ernest Hemingway.

Editado por
Sandra Spanier e
Robert W. Trogdon

As cartas de Ernest Hemingway

1907-1922

Tradução
Rogério Bettoni

martins fontes
selo martins

© 2015 Martins Editora Livraria Ltda., São Paulo, para a presente edição.
© 2011, The Hemingway Letters Project, The Pennsylvania State University.
Esta obra foi originalmente publicada em inglês sob o título
The Letters of Ernest Hemingway, volume 1, 1907-1922
por The Syndicate of the University of Cambridge, Inglaterra.

Publisher *Evandro Mendonça Martins Fontes*
Coordenação editorial *Vanessa Faleck*
Produção editorial *Susana Leal*
Preparação *Ellen Barros*
Revisão *Lucas Torrisi*
Renata Sangeon
Julio de Mattos

Dados Internacionais de Catalogação na Publicação (CIP)
(Câmara Brasileira do Livro, SP, Brasil)

Hemingway, Ernest, 1899-1961.
As cartas de Ernest Hemingway : volume I, 1907-1922 / editado por Sandra Spanier e Robert W. Trogdon ; tradução Rogério Bettoni. – São Paulo : Martins Fontes - selo Martins, 2015.

Título original: The Letters of Ernest Hemingway
Bibliografia.
ISBN: 978-85-8063-211-8

1. Hemingway, Ernest, 1899-1961 – Correspondência
2. Romancistas americanos – Século 20 – Correspondência
I. Spanier, Sandra. II. Trogdon, Robert W. III. Título.

15-01243   CDD-813.52

Índices para catálogo sistemático:
1. Cartas : Hemingway, Ernest : Literatura norte-americana 813.52

Todos os direitos desta edição reservados à
Martins Editora Livraria Ltda.
Av. Dr. Arnaldo, 2076
01255-000 São Paulo SP Brasil
Tel.: (11) 3116 0000
info@emartinsfontes.com.br
www.emartinsfontes.com.br

Sumário

Lista de imagens VII

Lista de mapas IX

Introdução – Sandra Spanier XI

Agradecimentos XXXIX

Nota sobre o texto XLVII

Abreviações e títulos resumidos LV

Prefácio – Linda Patterson Miller LXI

Introdução – Robert W. Trogdon LXXI

Cronologia LXXXI

Mapas LXXXIX

As cartas – 1907-1922

Rol dos correspondentes 335

Calendário das cartas 343

Índice de destinatários 361

Índice geral 363

Lista de imagens

As ilustrações estão impressas entre as páginas 162 e 163.

1 Grace Hall Hemingway com o irmão Leicester e o pai Ernest Hall (1905).
2 Anson e Arabell Hemingway e cinco de seus seis filhos.
3 Clarence Hemingway com Marcelline e Ernest (setembro de 1899).
4 Casa Windemere, Walloon Lake, Michigan.
5 Ernest pescando trutas em Horton Creek (1904).
6 Ernest e irmãs no aniversário de seis anos (1905).
7 Casa de Hemingway, 600 North Kenilworth Avenue, Oak Park, Illinois (1906).
8 Retrato de família (1909).
9 Ernest escrevendo durante um acampamento em Michigan (1916).
10 Grace e os seis filhos em Windemere (1916).
11 Ernest em viagem de canoa para o Starved Rock State Park, Illinois (1917).
12 Ernest e Marcelline no anuário escolar Senior Tabula de 1917
13 Warren Sumner e Ernest trabalhando em Longfield Farm (1917).
14 Simulação de emergência na embarcação Chicago a caminho da guerra na Europa (1918).
15 Ernest como motorista de ambulância da Cruz Vermelha Americana, Itália (1918).
16 Ernest no hospital da Cruz Vermelha Americana em Milão (verão de 1918).
17 Agnes von Kurowsky, 1918.
18 "Passeando em Milão, Itália": Ernest passeando em um sidecar (1918).
19 Chink Dorman-Smith (c. 1919).
20 Equipado para pescaria em Michigan (1919).
21 Bill Smith e Ernest no centro de Petoskey (1919).
22 Marjorie Bump, Petoskey (1919).
23 Grace Quinlan, Petoskey (c. 1919).
24 "Summer People", 1920: Carl Edgar, Kate Smith, Marcelline, Bill Horne, Ernest e Bill Smith.
25 Ernest com seus padrinhos de casamento: Jack Pentecost, Howell Jenkins, (Arthur Meyer?), Dutch Pailthorp, Bill Smith, Bill Horne, Carl Edgar e Lumen Ramsdell (3 de setembro de 1921).
26 Ernest e Hadley recém-casados, Horton Bay (3 de setembro de 1921).
27 Hadley e Ernest em Chamby, Suíça (1922).

28 Sylvia Beach na porta da livraria Shakespeare and Company, Paris (c. 1921).
29 Ezra Pound na Shakespeare and Company, fotografado por Sylvia Beach (c. 1922).
30 Alice B. Toklas e Gertrude Stein em seu salão na rua de Fleurus, 27, fotografadas por Man Ray (1922).
31 Ernest na Shakespeare and Company, fotografado por Sylvia Beach (c. 1922).

As ilustrações são cortesia de:
Hemingway Collection, John F. K. Presidential Library, 1, 3-5, 8-9, 11, 14-17, 19-24, 27; Special Collections Library, Pennsylvania State University Libraries e Ernest H. Mainland, 2, 6-7, 10, 18, 25-26; Oak Park Public Library, 12; Ernest Hemingway Foundation of Oak Park, 13; Princeton University Library, 28-31; 30, © 2011 Man Ray Trust / Artists Rights Society (ARS), NY / ADAGP, Paris.

Lista de mapas

1 Oak Park, Illinois   LXXXIX
2 Norte de Michigan de Hemingway   XCI
3 Itália de Hemingway, Primeira Guerra Mundial   XCII
4 Paris de Hemingway (até 1922)   XCIII
5 Europa de Hemingway (até 1922)   XCIV

Introdução
Sandra Spanier

Em 1º de julho de 1925, Ernest Hemingway escreveu com exuberância a seu amigo F. Scott Fitzgerald, das montanhas da cidadezinha espanhola de Burguete: "Estamos indo para Pamplona amanhã. Tenho pescado trutas por aqui. Como você está? E Zelda? Deus, o campo tem sido maravilhoso", exclamou ele, depois se lembrou de com quem falava: "Mas você odeia o campo. Tudo bem, ignore a descrição do campo". Hemingway pensou em qual seria a ideia de Scott de paraíso e declarou:

> Para mim, o paraíso seria uma grande arena de touros em que eu tivesse todos os lugares das duas primeiras fileiras de assentos e um rio com trutas do lado de fora onde ninguém mais pudesse pescar e ainda duas casas encantadoras na cidade. Uma em que eu tivesse minha mulher e filhos, seria monógamo e os amaria de verdade; e outra em que eu tivesse minhas nove lindas amantes em nove andares diferentes.

Ele pediu que Fitzgerald lhe escrevesse para o Hotel Quintana, em Pamplona: "Ou você não gosta de escrever cartas? Eu gosto, porque é um jeito fácil de não trabalhar e ainda assim sentir que se fez alguma coisa"[1].

Hemingway sempre diferenciou a escrita de cartas e a escrita de verdade, mas essa carta apenas mostra o enorme interesse e a vitalidade de sua correspondência. Na semana seguinte, em Pamplona, com sua mulher Hadley e o círculo de amigos expatriados em Paris, ele mergulhou na celebração anual pública, barulhenta e ininterrupta da Festa de São Firmino, e encarou privativamente o verdadeiro conflito entre retidão e desejo que ele jocosamente descrevera a Fitzgerald. No final do mês, já havia avançado bastante no primeiro rascunho daquilo que seria *The Sun Also Rises*, romance de 1926 que impulsionaria sua carreira e transformaria para sempre uma cidade espanhola provinciana em uma meca literária internacional. Embora fosse um escritor confiante e ambicioso desde o começo, nem mesmo o jovem Hemingway poderia sonhar que, nas décadas e no século seguintes, dezenas de milhares de peregrinos se dirigiriam a Pamplona, na segunda semana de cada mês de julho, para festejar

---

1. EH para F. Scott Fitzgerald, 1º de julho de 1925 (PUL; SL, p. 165-6). Exceto quando indicado, todas as cartas citadas nesta introdução estão incluídas neste volume.

nas ruas, tomar vinho tinto em odres de couro de cabra e correr com os touros – levados em grande parte pela força de sua imaginação.

Em uma carta de 1950 enviada para o biógrafo de Fitzgerald, Hemingway lembrou o conselho de Ford Madox Ford de que "um homem sempre deveria escrever suas cartas imaginando como seriam lidas pela posteridade". Ele ressaltou: "Isso me causou uma má impressão tão grave que queimei todas as cartas daquele lugar, incluindo a de Ford". E continuou:

> Você deveria guardar munição antiga de calibre 50 para a posteridade? Guarde-a então. o.k. Mas elas devem ser escritas ou disparadas não para a posteridade, mas para o aqui e o agora, e a posteridade sempre se encarregará de si mesma. [...] Escrevo cartas porque é divertido receber cartas. Mas não para a posteridade. Afinal, que diabos é mesmo a posteridade? Soa como se você estivesse lá sem fazer absolutamente nada[2].

Deixada de lado e nunca destinada à publicação, a correspondência de Hemingway constitui sua autobiografia narrada no tempo presente. Ela enriquece nossa compreensão de seus processos criativos, oferece informações acerca da cena literária do século XX e documenta a construção e o *marketing* de um ícone norte-americano. As cartas acompanham seu humor e movimentos, capturam suas emoções no calor do momento e revelam uma personalidade muito mais complexa e cheia de nuances do que poderíamos esperar de sua persona pública, por vezes unidimensional. Por vezes ele dava vazão à própria fúria em uma carta e não a enviava – decisão geralmente sábia. Ele podia ser gentil, rude, vulnerável, crítico e autocrítico, e podia ser perniciosamente engraçado. Fosse enviada de maneira casual ou apressada, cada carta registra com intensidade imediata as experiências e impressões do dia e da hora: grande parte disso era a matéria-prima que posteriormente seria transformada, pela alquimia do artista Hemingway, em alguns dos trabalhos literários mais indeléveis da língua inglesa.

As vidas de poucos escritores foram examinadas tão minuciosamente quanto a de Hemingway, tanto enquanto vivo quanto décadas após sua morte. Desde a publicação de sua biografia autorizada em 1969, *Ernest Hemingway – A Life Story*, escrita por Carlos Baker, pelo menos outras seis foram lançadas, sendo que o cuidadoso estudo de Michael S. Reynolds se espalhou por cinco volumes. Contando-se os relatos de amigos e familiares, os livros de retratos, as coletâneas de suas conversas e de conversas sobre ele, e

---

2. EH para Arthur Mizener, 12 de maio de 1950 (UMD; *SL*, p. 695).

Introdução

ainda os livros sobre suas relações com determinadas pessoas e lugares, as publicações sobre a vida de Hemingway se multiplicam às dúzias. Como Michael S. Reynolds observou, "um biógrafo liga os pontos para formar uma imagem tal qual fazíamos quando crianças. Primeiro, é claro, ele tem de encontrar os pontos dos dados, deixando entre eles o menor espaço possível"[3]. As cartas inéditas contêm milhares de novos detalhes nunca contados que realçam essa imagem. Patrick Hemingway, filho do escritor, disse a respeito da presente edição: "Ernest Hemingway era um prodigioso escritor de cartas. Sua correspondência tem sido a principal fonte para os biógrafos, e nenhum deles até hoje conseguiu retratar o homem de forma tão vívida quanto ele mesmo se representa em suas cartas"[4].

As cartas representam a última grande fronteira inexplorada dos estudos sobre Hemingway. E como Hemingway sempre foi, como apontou Edmund Wilson ainda na década 1930, uma "medida moral", um barômetro de seu tempo, o interesse em suas cartas é mais do que biográfico[5]. O primeiro livro de Hemingway amplamente lido – um experimento modernista inovador na prosa em língua inglesa publicado em Paris em 1924 e ampliado como sua primeira coletânea de contos, publicada em 1925 – foi intitulada *In Our Time*. O seu trabalho refletia de modo perene o temperamento de sua época. Em *The Sun Also Rises*, ele capturou o mal-estar da chamada "geração perdida" do período pós-guerra; em *A Farewell to Arms* (1929), as experiências da Primeira Guerra Mundial que desencadearam um clima de desilusão e deslocamento; em *To Have and Have Not* (1937), as injustiças e angústias da Grande Depressão; em *For Whom the Bell Tolls* (1940), a complicada tragédia da Guerra Civil Espanhola; e em *The Old Man and the Sea* (1952), a dignidade e a benevolência de um pescador cubano lutando arduamente contra forças naturais brutas enquanto sonhava com Joe DiMaggio. Hemingway sempre acompanhou seu tempo, e seu trabalho, tanto em conteúdo quanto em estilo, constitui uma crônica do século XX.

A amplitude do apelo de Hemingway entre escritores modernos é notável, se não for único, ultrapassando divisões políticas e fronteiras nacionais. No ponto baixo das relações entre Estados Unidos e Cuba, um mês depois de seu suicídio e apenas quatro meses depois da invasão da Baía dos Porcos, a viúva de Hemingway, Mary, com a cooperação pessoal dos presidentes John F. Kennedy e Fidel Castro, viajou para Cuba em agosto de 1961 e recuperou pilhas de papéis

---

3. Michael S. Reynolds, *Hemingway: The Paris Years*, Oxford, Basil Blackwell, 1989, p. 356.

4. Carta de Patrick Hemingway, "To Whom It May Concern", 12 de outubro de 2004 (nos arquivos do Projeto de Cartas de Hemingway, The Pennsylvania State University).

5. Edmund Wilson, "Ernest Hemingway: Bourdon Gauge of Morale", *Atlantic Monthly*, 164, p. 36-46, julho de 1939.

e pertences de seu cofre pessoal em um banco de Havana e em Finca Vigía, casa de Hemingway de 1939 até quase a sua morte. Esses papéis – cartas, anotações, manuscritos, fragmentos, provas tipográficas e outros documentos – agora constituem a parte principal da Coleção Ernest Hemingway na John F. Kennedy Presidential Library, em Boston, o maior arquivo do autor no mundo. Mesmo a Finca Vigía, onde Hemingway passou metade de sua vida como escritor e onde recebeu a imprensa internacional após ganhar o Prêmio Nobel de Literatura em 1954, é hoje o Museo Hemingway, consagrado em 1962 como um museu nacional de Cuba. Quatro décadas depois, Hemingway serviu mais uma vez como ponte entre as nações estremecidas, quando um acordo sem precedentes entre o Conselho Nacional do Patrimônio Cultural de Cuba e o Conselho Nacional de Pesquisa em Ciências Sociais dos Estados Unidos financiou a conservação e preservação das milhares de páginas que continuam em Finca Vigía, ou seja, os originais da coleção do Museo, com cópias a serem enviadas para a JFK Presidential Library. Em novembro de 2002, Fidel Castro apareceu em Finca para assinar o acordo em uma cerimônia à beira da piscina testemunhada por uma multidão de jornalistas e divulgada na mídia mundo afora. Em 2009, o acesso a esses papéis para pesquisadores, tanto no Museo Hemingway quanto na JFK Presidential Library, novamente atraiu a atenção internacional.

O rol de correspondentes de Hemingway parece uma coluna social do século XX: Ezra Pound, Gertrude Stein, Sherwood Anderson, F. Scott Fitzgerald, Gerald e Sarah Murphy, John Dos Passos, Archibald MacLeish, Janet Flanner, Charles Scribner (três gerações deles), Maxwell Perkins, Pablo Picasso, Ingrid Bergman, Gary Cooper e Marlene Dietrich, para nomear alguns dos ilustres. Hemingway também se correspondia copiosamente com familiares, incluindo seus pais e avós, cinco irmãos, quatro esposas, três filhos, numerosos cunhados e cunhadas, além de amigos espalhados por diferentes continentes. Mesmo depois de se tornar celebridade mundial, ele se preocupava em responder com a devida deferência aos estudantes e estrangeiros que lhe escreviam expressando sua admiração, fazendo perguntas e pedindo conselhos ou autógrafos.

Na sua mesa, na biblioteca de Finca Vigía, há um carimbo em que se lê: "Eu nunca escrevo cartas. Ernest Hemingway". Talvez ele o tenha providenciado para diminuir o fardo das correspondências, talvez o deram de presente como piada, mas se acaso ele usou alguma vez o carimbo em vez de escrever uma carta, a evidência disso ainda está por ser encontrada. Como Carlos Baker menciona: "Por toda sua vida, desde a adolescência, Hemingway foi um correspondente inveterado, habitual e até compulsivo, para quem a comunicação era uma necessidade constante"[6].

---

6. Carlos Baker (org.), *Ernest Hemingway: Selected Letters*, 1917-1961, Nova York, Scribner's, 1981, p. X.

Introdução

A escrita de cartas foi um hábito que os pais de Hemingway incentivaram em seus filhos desde cedo. O que pode ser considerada como a mais antiga "Carta de Hemingway" sobrevivente, datada de 26 de dezembro de 1903 e dirigida à "Minha querida mamãe", enumera os presentes de Natal que ele havia recebido de familiares e do Papai Noel. Escrita e assinada "Seu filho Ernest" pela mão de seu pai, a carta ostenta os rabiscos do "autor" de três anos e meio de idade[7]. Quando o adolescente Ernest partia em viagem – fosse para descer o rio Illinois de canoa com um amigo da escola em abril de 1917, fosse para tomar conta da fazenda da família no norte de Michigan no verão de 1919 –, seu pai lhe dava cartões-postais já endereçados para que o filho mantivesse contato, e ele de fato mantinha. A correspondência era um hábito que Hemingway considerava importante instigar nos próprios filhos, de quem, quando se separavam, esperava cartas com regularidade e para quem expressaria seu contentamento ou desgosto quanto à ortografia, gramática e caligrafia. Algumas de suas cartas mais antigas estão marcadas com pontos circulados, significando *"tooseys"* ou *"toosies"*, o termo da família para beijos. Esse era também um costume que dividia com os filhos. Até mesmo depois de adultos, Hemingway terminaria as cartas que mandava para os filhos com desenhos extravagantes exibindo como legenda "beijo de Finca" ou "beijo de manga" em cartas escritas quando estava em Cuba ou, quando escrevia da África, um "GRANDE beijo (do Continente Negro)". Patrick Hemingway só percebeu que essa era uma tradição de família que antecedia sua geração aos 78 anos de idade, quando viu uma carta de 1912 de Ernest enviou para o próprio pai, o dr. Clarence Hemingway, e imediatamente reconheceu os pontos circulados como símbolos de beijos[8].

Ao longo de toda sua vida, Hemingway foi fértil na troca de cartas e insistia constantemente para que familiares e amigos lhe escrevessem. "Escrevinhe-me todos os seus problemas", escreveu a sua irmã, Ursula, em 1919, valendo-se de seu linguajar característico. "Escreva tudo", implorou a seu amigo Howard Jenkins, em 1922. "Conte-me toda a sujeira por completo", escreveu em tom de conspiração em novembro de 1925 a sua irmã Madelaine ("Sunny"), referindo-se a outros irmãos por apelidos: "Não tenho ouvido nada além das versões oficiais há um baita tempo. Esse tipo de boletim é tão estéril quanto um comunicado oficial da comissão de reparação. Quero saber das chatices do pai, da mãe, de Masween, Carol, Liecester, escrito errado, Ura e todos. Escreva de novo, quero saber das chatices"[9].

---

7. A carta faz parte da coleção do Centro Harry Ransom de Pesquisa de Humanidades na University of Texas.

8. Entrevista com Sandra Spanier, Boston, Massachusetts, 2 de abril de 2007. Todas as citações subsequentes de Patrick Hemingway são dessa mesma entrevista.

9. EH para Ursula Hemingway [aprox. 17 de setembro de 1919]; EH para Howell Jenkins, 8 de janeiro [1922]; EH para Madelaine Hemingway [24 de novembro de 1925] (PSU).

Embora Hemingway ansiosamente solicitasse cartas de todo mundo, muitas vezes ele se desculpava pela qualidade das suas. Em dezembro de 1925, enquanto ele e a esposa Hadley passavam seu segundo inverno em um vilarejo no Tirol, na Áustria, Hemingway escreveu aos editores da revista *This Quarter*, Ernest Walsh e Ethel Moorhead: "Escrevam-me aqui. Cartas são eventos tremendos em Schruns. Posso escrever uma carta melhor quando tiver outra para responder"[10]. Para Archibald MacLeish, ele enviou um pedido similar:

> Hoje é domingo, então não há correspondência. E, a propósito, se você escreve cartas, pelo amor de Deus, escreva-nos aqui. Estamo-nos divertindo, mas cartas são um acontecimento extraordinário em Schruns [...] Escreva-me uma carta. Não vou fazer uma bagunça chata como essa de novo. Conte-me toda a sujeira. Sentimos muita falta do Escândalo aqui[11].

Por mais que adorasse receber cartas, muitas vezes procrastinava sua escrita. O modo como encarava a correspondência variava entre diversão, tábua de salvação, obrigação exasperante e, no pior dos casos, um perigo ao seu trabalho. Menos de dois meses depois de chegar a Paris, seguindo sua vocação de escritor de ficção e enquanto se sustentava como repórter do jornal *Toronto Star*, escreveu para sua mãe, em 15 de fevereiro de 1922: "Desculpa por escrever cartas tão chatas, mas estou me dedicando tanto aos meus artigos e a outro trabalho que me sinto bastante exaurido e exausto do ponto de vista da escrita, então minhas cartas ficam triviais. Se eu não escrevesse nada além de cartas, estaria tudo nelas".

Em março de 1923, em uma viagem da Itália para a Alemanha via Paris para cobrir a ocupação francesa do Ruhr, ele contou a seu pai que estivera no trem por 38 horas e que no ano anterior havia viajado uns 16 mil quilômetros sobre os trilhos. Carinhosa e apologeticamente, acrescentava: "Espero que você tenha uma boa pescaria na primavera. Gosto muito de suas cartas e sinto muitíssimo por não escrever mais, mas quando se ganha a vida escrevendo é difícil escrever cartas"[12].

Esse seria um tema recorrente. Em novembro de 1952, enredado no inventário dos espólios de sua mãe e de sua segunda mulher, Pauline, ambas falecidas no ano anterior, Hemingway escreveu, exausto, ao editor da Scribner, Wallace Meyer:

---

10. EH para Ernest Walsh e Ethel Moorhead [aprox. 27 de dezembro de 1925] (JFK).
11. EH para Archibald MacLeish [aprox. 20 de dezembro de 1925] (Library of Congress, *SL*, p. 179).
12. EH para Clarence Hemingway, 26 de março de 1923 (JFK).

Introdução

> Quero dar o fora daqui e da destruição diária que é a correspondência. Isso não quer dizer que não queira ter notícias suas quando houver algo que eu deva saber. Posso ditar em uma hora o que manterá dois estenógrafos ocupados o dia inteiro. Mas escrever cartas à mão pelas manhãs, quando deve trabalhar ou se exercitar, é a forma mais rápida que conheço para um escritor destruir a si mesmo[13].

Dois anos mais tarde, em uma carta a Charles Scribner Jr., mandou lembranças a Wallace Meyer: "Ele sabe que quando não escrevo não estou sendo esnobe ou mal-humorado. É a logística de trabalho. Quando você está escrevendo bem, não sobra nada em você com que se possa escrever cartas"[14].

Em certa ocasião, Hemingway descreveu suas cartas como "muitas vezes maliciosas, sempre indiscretas, muitas vezes obscenas, e várias delas poderiam causar um grande estrago"[15]. Suas cartas são escritas em uma variedade de vozes, que variam de acordo com o humor e a ocasião, e são calibradas perfeitamente para cada audiência. "O que ele escrevia era sempre uma *performance*", disse Patrick Hemingway sobre as cartas de seu pai. "É claro, uma pessoa sempre escreve para uma pessoa. Sempre se escolhe determinado tom para aquela pessoa, mas não é assim que nos comportamos com as pessoas? Tenho certeza de que ele não se comportava com Charles Scribner, o velho, da mesma maneira que se comportava comigo."

Quando o que escrevia no âmbito privado acabava impresso, Hemingway ficava descontente. Depois de se ferir na Itália, durante a Primeira Guerra Mundial, quando era motorista voluntário de ambulância aos dezoito anos, ficou perturbado ao descobrir que duas das cartas que havia escrito para a família apareceram no jornal local de Oak Park, Illinois, uma cortesia de seu orgulhoso pai. "Então, Criança, quem diabos está entregando minhas cartas para publicação?" perguntou à sua irmã, Marcelline, em uma carta de 23 de novembro de 1918. "Quando escrevo para a família, não escrevo para o *Chicago Herald Examiner* ou quem quer que seja além da família. Alguém teve muita audácia em publicá-las e vai parecer que estou tentando bancar o herói. Puxa, fiquei irritado quando soube que estavam usando minhas coisas no *Oak Leaves*. O pai deve estar com *Mal di Testa*."

Mesmo quando buscava e era gratificado com a atenção do público e dos críticos para seu trabalho e pôde tornar-se o mais público dos escritores,

---

13. EH para Wallace Meyer, 28 de novembro de 1952 (PUL).
14. EH para Charles Scribner Jr., 7 de agosto de 1954 (PUL).
15. EH para Wallace Meyer, 21 de fevereiro de 1952 (PUL; *SL*, p. 750)

Hemingway preservava muito bem sua privacidade. Em 12 de outubro de 1929, apenas quinze dias após a publicação de *A Farewell to Arms*, ele contou com alegria à sua mãe: "Ainda não fiquei sabendo exatamente como o livro está indo, mas ouvi dizer que as críticas foram muito boas e a Scribners disse, em telegrama, 'crítica esplêndida. perspectivas brilhantes'". Mas advertiu:

> Se alguém quiser entrevistar você a meu respeito, por favor, diga que sabe que eu não gosto de publicidade pessoal, e que me prometeu sequer responder perguntas sobre mim. Nunca conte nada. Apenas diga que sente muito, mas não pode. Scribners tem as mesmas recomendações. Se for para escrever de todo, devo manter minha vida privada de fora[16].

Seria uma luta para a vida toda. As cartas que escreveu na década de 1950 refletem sua profunda ambivalência e prudência quanto ao interesse crescente de biógrafos e acadêmicos, incluindo Charles Fenton, Carlos Baker e Philip Young, interesse que considerava preocupante e invasivo, mesmo quando se correspondia com eles.

Já na década de 1930, as cartas de Hemingway eram tratadas como item de colecionador – um fenômeno que ele considerava frustrante. Um conjunto de nove cartas que escreveu a Ernest Walsh foi listado no catálogo de março de 1930 da livraria Ulysses, em Londres, como "uma revelação perfeita do homem como ele realmente é"[17]. Maxwell Perkins informou Hemingway em 8 de abril que o departamento de livros raros da Scribner tinha comprado as cartas para tirá-las de circulação, e se ofereceu para destruí-las ou devolvê-las a Hemingway sem as ler. Hemingway respondeu: "Com certeza é algo sórdido encontrar suas próprias cartas à venda. Vou parar de escrever cartas"[18]. Ele não parou, e à medida que as décadas foram passando, o interesse por suas cartas e o seu valor só cresceram. Em julho de 1952 ele escreveu para Meyer, o sucessor de Perkins, perguntando se o chefe do departamento de livros raros da Scribner havia comprado recentemente quaisquer cartas suas. Se sim, escreveu Hemingway, "eu gostaria de receber uma lista das aquisições que ele fez, para que eu me livre de alguns correspondentes"[19].

Dois meses antes de seu aniversário de 59 anos, Hemingway datilografou

---

16. EH para Grace Hall Hemingway, 12 de outubro de 1929 (PSU).

17. Matthew J. Bruccoli; C. E. Frazer Clark Jr. (orgs.), *Hemingway at Auction*, 1930-1973, Detroit, Gale Research Co. 1973, p. 235.

18. EH para Maxwell Perkins, [aprox. 11 de abril de 1930] (PUL; *TOTTC*, p. 143).

19. EH para Wallace Meyer, 29 de julho de 1952 (PUL).

Introdução

uma diretiva, colocou-a em envelope selado e escreveu "Importante – Abrir quando eu morrer", e o guardou no cofre em Finca. A nota, datada de 20 de maio de 1958, dizia: "Aos meus testamenteiros: é meu desejo que nenhuma carta escrita por mim ao longo da vida seja publicada. Solicito e oriento, portanto, que não publiquem nenhuma de minhas cartas e não permitam a publicação por terceiros de tais cartas"[20].

Após sua morte em 1961, quase duas décadas se passaram antes que Mary Hemingway, no papel de executora testamentária de seus textos, decidisse autorizar a compilação de um volume de cartas escolhidas. A publicação, em 1981, pela Scribner, de *Ernest Hemingway: Selected Letters, 1917-1961*, organizado por Carlos Baker, foi um evento literário ímpar, solenemente apresentado, em meio a muita publicidade, com matéria de capa da revista *New York Times* de 15 de fevereiro de 1981.

Como observou Carlos Baker em sua introdução a *Selected Letters*, Hemingway de fato autorizou em vida a publicação de algumas cartas ou de trechos delas. Incluindo três cartas resumidas em *The Shores of Light* (1952), de Edmund Wilson, quatro cartas em *The Flowers of Friendship: Letters Written to Gertrude Stein* (1953), de Donald Gallup, e uma ao responsável pela Oak Park Public Library, por ocasião de seu quinquagésimo aniversário, publicada em 15 de fevereiro de 1954 no *Library Journal* (Hemingway perdeu o jantar de comemoração, mas escreveu em 10 de junho de 1953 para dizer que "Estava no mar... ou teria enviado uma mensagem dizendo o quanto devo à biblioteca e o que ela significou pra mim a vida toda". Ele incluiu um cheque de cem dólares para cobrir quaisquer custos de divulgação de sua mensagem e acrescentou: "Se eu tiver multas ou dívidas de qualquer natureza, podem usar o dinheiro para cobri-las"[21]). Algumas das cartas de Hemingway aos seus editores na Alemanha e na Itália, Ernst Rowohlt e Arnoldo Mondadori, também foram publicadas: uma (em inglês) no *Rowohlts Rotblonder Roman* (1947) e três (traduzidas para o italiano) no *Il Cinquantennio Editoriale di Arnoldo Mondadori, 1907-1957* (1957). E Hemingway também permitiu que Arthur Mizener usasse citações de suas cartas a F. Scott Fitzgerald em *The Far Side of Paradise* (1949), a biografia de seu velho amigo.

Hemingway escreveu algumas cartas especialmente para publicação, incluindo cartas a editores e colunistas de vários jornais e revistas, respostas a questionários, textos de quarta capa para livros de outros escritores e notas comerciais esporádicas endossando produtos[22]. No entanto, talvez ele tenha se

---

20. EH para "meus testamenteiros", declaração datilografada, 20 maio 1958 (JFK).
21. EH para Frederick Wezeman, 10 jun. 1953 (OPPL).
22. Reunidas em Matthew J. Bruccoli; Judith S. Baughman (orgs.), *Hemingway and the Mechanism of Fame: Statements, Public Letters, Introductions, Forewords, Prefaces, Blurbs, Reviews, and Endorsements*, Columbia, University of South Carolina Press, 2006.

arrependido ao associar seu nome ao Ballantine Ale, depois de uma propaganda de duas páginas na edição de 5 de novembro de 1951 da revista *Life*, estampando o fac-símile de uma carta sua datilografada em papel timbrado onde se lia "FINCA VÍGIA, SÃO FRANCISCO DE PAULA, CUBA". Depois que *O velho e o mar* foi publicado integralmente na *Life* (1º de setembro. 1952), Hemingway "recebeu uma pancada de 3.800 cartas [...] Uma quantidade absurda delas veio parar diretamente aqui porque meu endereço foi publicado na propaganda do *Ballantine*", contou a um amigo em novembro de 1952. "Respondi a uma escola inteira de Louisville, Kentucky, e vou responder a outra escola inteira", contabilizou. Mas, disse ele,

> Sou escritor, e não um homem das letras. Então, vou vadiar, e não ter endereço por um tempo, assim minha consciência não me vai incomodar para que responda cartas de crianças (vou responder todas elas antes de partir). Quero escrever de novo e não escrever cartas[23].

Apesar da ordem de Hemingway dada em 1958, depois de sua morte outras cartas foram publicadas, parcialmente ou na íntegra, incluindo duas enviadas a Sylvia Beach (em inglês e traduzidas para o francês) na revista *Mercure de France* (1963); sete enviadas a Milton Wolff, o último comandante do batalhão Abraham Lincoln na Guerra Civil Espanhola, em *American Dialog* (1964); e quatro, citadas em italiano na *Epoca* (1965), enviadas a Adriana Ivancich, a jovem aristocrata de Veneza por quem ele se encantou em 1948 e em quem se baseou para criar a personagem Renata de *Across the River and into the Trees* (1950). Quando Mary Hemingway objetou publicamente o que considerou um uso extensivo e não autorizado das cartas de Hemingway por A. E. Hotchner em seu livro de 1966, *Papa Hemingway: A Personal Memoir*, Philip Young, professor da Pennsylvania State University, saiu em sua defesa com um relato detalhado na *Atlantic Monthly* de agosto de 1966 chamado "On Dismembering Hemingway"[24]. Embora Mary tenha perdido a causa no tribunal, "diante de um inimigo em comum, Mary e eu nos tornamos amigos", recorda Young[25]. Posteriormente, ela o convidou, junto com Charles W. Mann, chefe do Rare Books and Manuscripts, Special Collections Library, Pennsylvania

---

23. EH para Daniel Longwell, 5 de novembro de 1952 (Columbia). A carta de EH agradecendo 23 estudantes adolescentes em Louisville, Kentucky, por sua carta a respeito de *O velho e o mar* foi citada na *Time*, 2 de março de 1953, p. 53.

24. Texto publicado como "I Dismember Papa", in Philip Young, *Three Bags Full: Essays in American Fiction*. Nova York, Harcourt Brace, 1967, p. 55-67.

25. Philip Young, "Hemingway's Manuscripts: The Vault Reconsidered", in David Morrell; Sandra Spanier (orgs.), *American Fiction, American Myth: Essays by Philip Young*, University Park, The Pennsylvania State University Press, 2000, p. 120.

Introdução

State University Libraries, para catalogar os papéis de seu falecido marido. Naquela época, os papéis – recolhidos de Cuba; da casa em Ketchum, Idaho; do depósito do bar Sloppy Joe's, em Key West; e outros lugares – estavam guardados no cofre de um banco em Nova York e em sacolas de supermercado no armário de seu apartamento. Philip e Charles publicaram em 1969 o volume *The Hemingway Manuscripts: An Inventory*, que foi a primeira apuração divulgada das 19.500 páginas que Mary doaria à JFK Presidential Library e que se tornariam acessíveis a pesquisadores em 1980 com a abertura da Hemingway Collection.

Ernest Hemingway: A Comprehensive Bibliography, o marco editorial publicado em 1967 por Audre Hanneman, contava com 110 cartas de Hemingway já parcialmente citadas ou publicadas na íntegra. Um volume suplementar de 1975 listou outras 122 cartas. Muitas apareceram como excertos ou fac-símiles do documento original em catálogos de venda ou listas de negociantes. *Hemingway at Auction, 1930-1973*, compilado por Matthew J. Bruccoli e C. E. Frazer Clark Jr., reproduziu páginas dos catálogos de seis leilões e 55 negociantes, descrevendo os livros, manuscritos e as cartas de Hemingway que já tinham sido postos à venda. "O que é mais notável nos últimos anos foi uma série quase magistral de vendas de cartas em que Hemingway, o velho lutador, passou a fazer parte do time de profissionais veteranos como Goethe", escreveu Charles W. Mann na introdução ao livro de 1973. Ele se maravilhou com o fato de que as vendas em leilão de livros, cartas e manuscritos de Hemingway haviam somado 130.342,75 dólares: "Seria interessante ver a reação de Ernest Hemingway", apontou. Embora essa soma possa parecer estranha para o leitor atual (uma única carta de Hemingway para Ezra Pound, de 1925, foi vendida na casa de leilões Christie's, em Londres, por 78 mil libras esterlinas em 2007, o que seria equivalente, naquela época, a 157 mil dólares), Mann a citou como prova de que os rumores sobre a decadência da reputação de Hemingway eram extremamente exagerados. Ainda assim, o que Charles considerou mais intrigante foi o vislumbre que esses catálogos e propagandas ofereciam da correspondência de Hemingway:

> Enfim, Hemingway, com a guarda aberta em suas cartas, continua sendo um escritor surpreendente, agressivo e irresistível. Como nunca leremos suas cartas escolhidas, essas páginas serão o único meio pelo qual, ainda que de maneira fragmentada, poderemos, por vezes, ouvir sua voz[26].

---

26. Bruccoli e Frazer Clark Jr., Hemingway at Auction, cit., p. VII, XI.

As cartas de Ernest Hemingway

A intensidade do interesse acadêmico pela correspondência de Hemingway (e a frustração de sua inacessibilidade) antes da publicação das cartas escolhidas por Carlos Baker é evidente no "Preliminary Report on the State of Ernest Hemingway's Correspondence", de E. R. Hageman, de 1978. Considerando os 68 excertos de cartas de Hemingway para Mary Hemingway publicados em seu livro de memórias de 1976, *How It Was*, E. R. Hageman chegou a aproximadamente 83 mil palavras "impressas e acessíveis ao público". Compilar a "loquacidade epistolar de Hemingway" era trabalho diligente e tedioso, disse ele,

> [...] mas o que foi revelado até agora pede um esforço ainda maior. Não se trata de uma demanda da fofoca literária ou da lascívia; é uma demanda da história da literatura. Mas lá estava ela! A nota de Hemingway de 20 de maio de 1958. Jamais a mão de um homem morto havia pesado tanto sobre a excelência acadêmica[27].

Foi em maio de 1979 que Mary e seu advogado, Alfred Rice, depois de consultar Charles Scribner Jr., decidiram publicar um volume de cartas de Hemingway. "Que não haja dúvida sobre a sabedoria e a probidade da decisão", ressaltou Carlos Baker[28]. A respeito da publicação das cartas de seu pai à luz da exigência de 1958, Patrick Hemingway comentou: "Se você não as quer publicadas, queime-as. É a única forma de impedir que isso aconteça. É como um amontoado de celulose, sabe? Vai queimar".

Desde a publicação de *Selected Letters* em 1981, dois volumes adicionais sobre a correspondência de Hemingway surgiram, cada um apresentando os dois lados de suas conversas com uma pessoa: *The Only Thing That Counts: The Ernest Hemingway/Maxwell Perkins Correspondence, 1925-1947*, organizado por Matthew J. Bruccoli e Robert W. Trogdon (1996), e *Dear Papa, Dear Hotch: The Correspondence of Ernest Hemingway and A. E. Hotchner*, organizado por Albert J. DeFazio III (2005). O volume compilado por Carlos Baker traz 581 cartas reproduzidas na íntegra. Já o volume de Matthew J. Bruccoli e Robert W. Trogdon contém 130 cartas de Hemingway para Perkins (de um total de 472 existentes nos arquivos da Scribner na biblioteca da Princeton University), sendo que algumas haviam sido publicadas anteriormente por Carlos Baker e muitas foram reduzidas por questões de espaço. O volume organizado por DeFazio inclui 161 cartas trocadas entre Hemingway e Hotchner de 1948 a 1961, oitenta delas escritas por Hemingway.

---

27. *Literary Research Newsletter*, 3, n. 4, p. 163-72; 165, 1978.
28. *Selected Letters*, cit., p. XXIII.

Introdução

Outras seleções de cartas de Hemingway, algumas previamente publicadas, apareceram em livros como *Hemingway in Cuba*, de Norberto Fuentes (1984); *Hemingway in Love and War*, organizado por Henry S. Villard e James Nagel (1989); e *Letters from the Lost Generation: Gerald and Sara Murphy and Friends*, organizado por Linda Patterson Miller (1991; edição ampliada, 2002). Os livros de memórias dos irmãos de Hemingway também trazem algumas de suas cartas. Citações dessas cartas aparecem em *Ernie: Hemingway's sister "Sunny" Remembers*, de Madelaine Hemingway Miller (1975; reimpressão, 1999), e algumas cartas completas foram incluídas nas edições revistas de *My Brother, Ernest Hemingway*, de Leicester Hemingway (1961; edição revista, 1996), e *At the Hemingways*, de Marcelline Hemingway Sanford (1962; edição revista, 1999). *Running with the Bulls: My Years with the Hemingways*, de 2004, escrito por Valerie Hemingway (Danby-Smith, quando solteira), que foi secretária de Hemingway e, depois de sua morte, casou-se com um de seus filhos, Gregory, inclui uma carta que recebeu de Hemingway em 1959. *Strange Tribe: A Family Memoir*, de John Hemingway, filho de Gregory, inclui excertos da correspondência entre seu pai e seu avô. Alguns excertos ou cartas da correspondência de Hemingway e Jane Mason (uma amiga de Havana, talvez amante, da década de 1930), Lilian Ross e Ezra Pound, já apareceram em artigos de revistas[29]. Outros excertos e fac-símiles espalhados das cartas continuaram aparecendo em catálogos de leilão e listas de negociantes ao longo dos anos.

Embora essas publicações atestem o interesse e o valor das cartas (e seu incessante apelo como item de colecionador), juntas elas representam apenas uma fração das mais de seis mil cartas de Hemingway que ainda existem, o que evidencia a necessidade de uma edição acadêmica abrangente. A JFK Presidential Library conta com mais de 2.500 cartas enviadas por Hemingway, e a biblioteca da Princeton University, com aproximadamente 1.400 cartas (entre papéis de Sylvia Beach, F. Scott Fitzgerald, Patrick Hemingway, Carlos Baker e outros, além dos arquivos da Scribner). O restante está espalhado por diversos acervos de instituições ou coleções particulares ao redor do mundo. Alguns acervos se destacam pela grande quantidade de material, como a Library of Congress, a New York Public Library, a Newberry Library, Harry Ransom Center da University of Texas e as bibliotecas das universidades de Yale, Pennsylvania State, Indiana e Central Michigan, Knox College, Colby College, além das universidades de Chicago, Delaware, North Carolina, Tulsa, Wisconsin-Milwaukee, Maryland, South Carolina, Virginia e Reading (Inglaterra).

---

29. Alane Salierno Mason, "To Love and Love Not", *Vanity Fair*, julho de 1999, p. 108-18; Lillian Ross, "Hemingway Told me Things", *New York*, 24 de maio de 1999, p. 70-73; Matthew J. Bruccoli (org.), "'Yr Letters Are Life Preservers': The Correspondence of Ernest Hemingway and Ezra Pound", *Paris Review* 163 (2003), p. 96-129.

Esta edição de *As cartas de Ernest Hemingway* reúne pela primeira vez tantas cartas do autor quantas foi possível localizar, e aproximadamente 85% delas nunca foram publicadas. Esta edição foi autorizada pela Ernest Hemingway Foundation e pela Hemingway Foreign Rights Trust, as quais detêm, respectivamente, os direitos autorais das cartas nos Estados Unidos e no exterior. Esta coleção proporcionará o acesso a estudiosos e leitores em geral a todo o conjunto existente de cartas do autor, somando aquelas que já foram publicadas a milhares de outras ainda inéditas. A edição foi planejada para publicação em mais de doze tomos, sendo as cartas organizadas cronologicamente pela data em que foram escritas. A edição inclui apenas as cartas escritas por Hemingway, mas as cartas que recebeu de seus inúmeros correspondentes serão usadas como fonte de informações adicionais para os comentários da edição ao longo da publicação.

Como Hemingway não tinha o hábito de manter consigo cópias de suas cartas, e como elas estão espalhadas mundo afora, o trabalho de recolhê-las foi enorme, exigindo pesquisa de arquivo extensa e instinto de detetive. Além de procurar cópias das cartas nos arquivos de dezenas de instituições conhecidas por guardar a correspondência de Hemingway, fizemos uma pesquisa cega no acervo de mais de quinhentas bibliotecas e instituições nos Estados Unidos e no exterior. Esta edição se beneficiou da generosidade e do interesse de inúmeros pesquisadores, arquivistas, aficcionados, especialistas em livros e manuscritos, colecionadores, correspondentes ainda vivos e seus descendentes e família extendida, que forneceram informações valiosas ou cópias de suas cartas. Sempre que possível, nossas transcrições foram meticulosamente comparadas aos originais.

O lançamento do projeto desta edição, desde o seu anúncio para o público no primeiro semestre de 2002 tem atraído considerável atenção, não apenas dos círculos acadêmicos, mas também da mídia nacional e internacional. Como resultado dessa grande publicidade em veículos de comunicação, como o *Times Literary Supplement e o New York Review of Books*, além das nossas próprias buscas, dezenas de pessoas de todo o mundo entraram em contato conosco para compartilhar informações ou cópias de cartas que possuíam. Para citar apenas alguns exemplos, Walter Houk, viúvo da secretária de meio-período de Hemingway no final da década de 1940 ao começo da de 1950 (além de trabalhar na Embaixada dos Estados Unidos em Havana), enviou cópias das transcrições de 120 cartas ditadas por Hemingway em um gravador, assim como cartas que Hemingway escreveu para ela, contando detalhes da vida doméstica e discutindo seu trabalho em andamento. John Robben, de Greenwich, Connecticut, enviou cópias de três cartas que Hemingway escreveu a ele no início dos anos 1950 em resposta à crítica que ele havia publicado no jornal de sua faculdade sobre recém-editado *O velho e o mar*. Ele ficou perplexo com

Introdução

o fato de o grande escritor ter gastado tempo para responder a "um estudante universitário de 21 anos que teve a audácia de criticar o seu trabalho", uma prova, segundo ele, de que Hemingway era "uma pessoa generosa e compreensiva"[30]. Também fomos contatados por um familiar de Roy Marsh, que pilotava o avião que caiu na África em 23 de janeiro de 1954 com Mary e Ernest a bordo, e que viajou como passageiro junto com eles no avião de resgate que colidiria no dia seguinte. Vivendo sua aposentadoria nas ilhas Seychelles, o capitão Marsh nos enviou cópias digitalizadas de suas cartas via e-mail.

Até a presente data, compilamos cartas de Hemingway de quase 250 diferentes fontes dos Estados Unidos e do mundo, incluindo mais de 65 bibliotecas e arquivos institucionais e mais de 175 negociantes, colecionadores privados e correspondentes de Hemingway. Continuaremos a garimpar cartas remanescentes durante todo projeto de edição. O último tomo conterá uma seção intitulada "Cartas adicionais", para incluir aquelas que forem encontradas depois da publicação dos tomos a que pertenceriam pela ordem cronológica em que foram escritas.

É um desejo particular de Patrick Hemingway que esta seja uma coleção completa das cartas de seu pai, e não uma edição de seleções. "Acho que o verdadeiro interesse pelas cartas de um escritor está em todas elas", disse ele. "Deixemos que as peças do jogo caiam onde tiverem de cair. As pessoas podem decidir por si mesmas." Pretendemos, com esta edição, ser o mais abrangentes possível, reproduzindo todas as cartas escritas por Hemingway que encontrarmos, incluindo cartões postais, telegramas, rascunhos e fragmentos legíveis, bilhetes domésticos e cartas que ele terminou de escrever, mas nunca enviou. E mesmo em uma "edição completa" são necessários alguns juízos de valor e seleção – especialmente considerando a fama de Hemingway, a qual fez que qualquer item com sua assinatura se tornasse de colecionador, desde cheques a porta-copos de bares e considerando sua própria tendência de guardar praticamente todo pedaço de papel que passasse por suas mãos, incluindo contas a pagar e listas de compras. Via de regra, não incluímos dedicatórias de livros, exceto quando os editores as julgaram essenciais e de interesse particular. Na maioria dos casos, só existe uma cópia do texto original; por conta disso, tivemos poucos problemas em relação à história e à variação dos textos. Questões desse tipo, quando existentes, foram devidamente indicadas nas notas ao final de cada carta.

As cartas foram transcritas na íntegra, sem cortes, sempre que possível. No caso de cartas existentes apenas em fac-símiles ou como excertos reproduzidos em catálogos de leilão ou listas de venda, publicamos apenas o que estava disponível, identificando a fonte. Esses excertos geralmente condensam

---

30. John Robben para Sandra Spanier, 10 de maio de 2002 (arquivos do Projeto Hemingway Letters).

os aspectos mais essenciais e atraentes das cartas, e ainda que não substituam os originais, servem como marcadores de lugar na sequência de todas as cartas até que os originais possam ser recuperados.

Pela preservação de suas primeiras cartas, devemos agradecer à sua mãe, Grace Hall Hemingway, que mantinha livros de anotações e memórias meticulosamente organizados para cada um dos seis filhos, colando correspondências, fotos, mechas de cabelo, uma amostra de tecido da roupa de batismo, desenhos coloridos, dentes de leite, folhetos com a programação de concertos, concursos e danças da escola e outras lembranças de seus primeiros anos de vida. Os cinco volumes que ela compilou para Ernest vão de seu nascimento até sua formatura no ensino médio, e há um volume que preparou de suas experiências na Primeira Guerra Mundial para os avós. Talvez tenha sido a importância que sua família dava a uma vida bem documentada que fez germinar em Hemingway a tendência de manter, ele próprio, uma trilha de papéis. Assim como vários escritores, ele guardava rascunhos, manuscritos, provas tipográficas de seus trabalhos publicados e cópias carbonadas de algumas cartas comerciais. Mas, ao longo das décadas e das múltiplas mudanças de endereço, ele também preservou rascunhos, falsos começos de cartas, cartas completas que, à luz de um novo dia, achava melhor não enviar (às vezes rabiscava "não enviada" sobre um envelope datado) e ainda pedaços de cartas recortados com tesouras para separá-los da parte a ser enviada.

Felizmente, Hemingway ficou famoso muito cedo, e isso fez que muitos de seus correspondentes, além da família, guardassem suas cartas. A partir da década de 1920, muitos desses correspondentes se tornaram também personalidades conhecidas, tendo sua correspondência arquivada em coleções.

Estamos cientes, é claro, de que parte da correspondência de Hemingway simplesmente não sobreviveu, seja por acidente ou intencionalmente, seja por razões políticas ou pessoais. Por exemplo, o montante de cartas enviadas a Juanito Quintana, proprietário de seu hotel favorito em Pamplona e amigo desde a década de 1920, perdeu-se (junto com o hotel) durante a Guerra Civil Espanhola. Cinco cartas escritas em espanhol na década de 1950 fazem parte do acervo da biblioteca da Princeton University[31]. Para a infelicidade dos pesquisadores, mas compreensível do ponto de vista das destinatárias, entre o material perdido estão aquelas cartas escritas para algumas das mulheres mais importantes de sua vida. No final de 1918 e começo de 1919, Hemingway manteve intensa correspondência com Agnes von Kurowsky, a enfermeira por quem se apaixonou no hospital da Cruz Vermelha Americana em Milão e que serviu de protótipo para a personagem Catherine Barkley, de *Adeus às armas*. "Peguei hoje um fardo de cartas suas, na verdade ainda não consegui lê-las.

---

31. Carlos Baker, "Letters from Hemingway", *Princeton University Library Chronicle* 24, 1963, p. 101-7.

Introdução

Você não deveria escrever com tanta frequência", Agnes respondeu a ele em 1º de março de 1919. Na semana seguinte, ela contou a ele em uma carta que começava com "Querido Ernie" que estava noiva e que se casaria com outro homem[32]. Domenico Caracciolo, um elegante oficial da artilharia italiana e herdeiro de um ducado, tomado de ciúmes, forçou-a a queimar todas as cartas de Hemingway antes que sua família se opusesse à ideia de seu casamento com uma norte-americana comum e o romance acabasse.

A correspondência romântica entre Hemingway e sua primeira mulher, Hadley Richardson, foi ainda mais intensa, a julgar pelo tom e volume das cartas remanescentes que ela dirigiu a ele: quase duzentas, totalizando mais de 1.500 páginas, entre novembro de 1920 e o casamento deles em 3 de setembro de 1921. Em 1942, quinze anos depois de deixá-la para se casar com Pauline Pfeiffer, ele falava com nostalgia a respeito do passado para Hadley: "Às vezes acho que no passado escrevi tantas cartas para St. Louis de Chicago que fiquei aleijado para sempre como escritor de cartas. Como um arremessador cujo braço é fraco"[33]. De forma distinta, Hemingway guardou as cartas dela por toda a vida. Sua viúva Mary devolveu-as a Hadley depois que ele morreu, e, após a morte de Hadley, em 1979, seu filho John encontrou-as em uma caixa de sapato no seu apartamento na Flórida. A grande maioria das cartas de Hemingway para Hadley, entretanto, não existe mais. Como explica seu biógrafo, Gioia Diliberto, "Hadley queimou-as no dia seguinte ao término do casamento, uma das raras manifestações claras de sua raiva e mágoa"[34].

Tampouco restaram muitas das cartas que enviou a Pauline, de quem se divorciou em 1940 para se casar com Martha Gellhorn. Depois que Pauline faleceu de repente em 1951, seu filho de 24 anos, Patrick, recebeu uma ligação de seu testamenteiro dizendo que ela havia deixado instruções para que toda sua correspondência fosse queimada. "Então, ao contrário de algumas pessoas, ela foi lógica", Patrick recorda.

> Ela não queria que sua correspondência fosse imortalizada. Aquela era a maneira de fazê-lo. E ele ficou chocado. Eu fiquei chocado. Ele disse: "Pat, se você quiser analisar tudo, se decidir que algo não deve ser queimado...". E eu disse: "Ela pediu para queimar. Queime".

---

32. Henry S. Villard; James Nagel (orgs.). *Hemingway in Love and War: The Lost Diary of Agnes von Kurowsky, Her Letters, and Correspondence of Ernest Hemingway*. Boston, Northeastern University Press, 1989, p. 162.

33. EH para Hadley Mowrer, 23 de julho de 1942 (PUL); citado em Gioia Diliberto, *Hadley*. Nova York, Ticknor e Fields, 1992, p. XIII.

34. Gioia Diliberto, *Hadley*, cit., p. XII.

As cartas foram destruídas de acordo com o desejo de Pauline.

Hemingway alegou ter reescrito o final de *Adeus às armas* 39 vezes antes de ficar satisfeito. Manuscritos encontrados provam que ele não exagerou: a JFK Presidential Library catalogou 41 variações em sua coleção. Em contraste com o trabalho meticuloso da obra publicada, seu estilo de escrever cartas era espontâneo e informal. Em 1952, ele escreveu ao seu editor:

> Pode-se até dizer que não tenho direito de falar da prosa de língua inglesa já que cometo erros de grafia e de gramática nas cartas. Mas isso geralmente acontece porque minha cabeça corre muito à frente das minhas mãos na máquina de escrever, minha máquina às vezes emperra ou ultrapassa as margens e meu tempo nessa vida é tão curto que não vale a pena procurar a ortografia correta de uma palavra no dicionário quando estou escrevendo uma carta. A ortografia e construção de minhas cartas é mais descuidada do que ignorante. Tento evitar o ponto em que tenho de escrever seriamente quando escrevo uma carta. Do contrário, cada carta levaria o dia inteiro. Como são muitas, elas tomam todo um tempo que deveria ser usado para escrever livros[35].

Sobre a relação entre as cartas do pai e sua escrita para publicação, Patrick Hemingway comentou:

> Não acho que interferiam muito no seu trabalho como escritor. Acho que era só outra parte do cérebro dele, e não acredito que ele refletisse muito sobre as cartas ou que tentasse com elas atingir sua ideia de perfeição. Ele simplesmente as escrevia. Mas ele se comprometia com a pessoa para quem escrevia.

Na matéria da revista *New York Times* que deu ao público a primeira chance de ler as palavras de Hemingway após a publicação de *Selected Letters* em abril de 1981, James Atlas também chamou a atenção para a diferença entre a escrita profissional e a pessoal de Hemingway, expressando surpresa de que, "pela quantidade de palavras, Ernest Hemingway devia falar demais em suas cartas":

---

35. EH para Wallace Meyer, 28 de novembro de 1952 (PUL).

Introdução

Depois de produzir talvez quinhentas palavras em um dia, Hemingway ainda conseguia, na mesma noite, escrever uma carta de três mil palavras. E enquanto ele se esforçava no trabalho para ser o mais reservado possível, para ser intimista em vez de descrever as emoções, em sua correspondência ele era libertino, expansivo, anedótico[36].

Coloridas, idiossincráticas e cheias de vida, as cartas de Hemingway apresentam inúmeros desafios aos leitores (e transcritores) que não sabem das experiências, piadas internas e de uma espécie de dialeto privado que ele compartilhava com seus vários correspondentes. Ele distribuía apelidos às vezes desconcertantes aos seus amigos e familiares, e, por vezes, mais de um para a mesma pessoa[37]. Diversas vezes Hemingway se dirigiu à sua irmã Marcelline como "Marce", "Mash", "Masween", "Ivory", "Old Ivory" e "Antique Ivory". Hadley era "Hash", "Bones", "Binney", "Feather Cat", "Miss Katherine Cat", "Wickey" e "Poo". De modo inverso, um apelido podia servir para mais de uma pessoa: "Kitten" foi um termo de apreço utilizado não apenas para Hadley, sua primeira mulher, como para Mary, a última. Às vezes, dividia com alguém muito próximo um mesmo apelido, como, por exemplo, ao escrever para Martha Gellhorn "Minha mais querida Bongy" e assinar a carta como "Bongy". Na sua juventude, ele e seu amigo Bill Smith fizeram o mesmo, escrevendo cartas como "Bird" e "Boid", ou (em uma variação latina dentro do mesmo tema) "Avis". Os filhos de Hemingway, John, Patrick e Gregory, eram quase sempre "Bumby", "Mouse" e "Gigi".

Hemingway assinava suas cartas com múltiplas variações de seu próprio nome. Antes de se tornar "Papa", em cartas mais antigas era não apenas "Ernie", mas também "Oin", "Oinbones", "Miller" (seu sobrenome do meio), "Velho Bruto" (por vezes abreviado "V. B." ou alongado para "Antiga Brutalidade") e "Wemedge". Seu apelido dos tempos de escola, "Hemingstein", foi transformado em "Stein" ou "Steen", e, às vezes, um desenho de uma caneca [*stein*] de cerveja cheia de espuma no topo servia como sua assinatura. Daí em diante o dialeto privado corria solto: uma truta-arco-íris [*rainbow trout*] poderia se tornar "rainsteins", e os Dilworth (a família de Horton Bay responsável pela ferraria local, pelo restaurante que servia frangos no jantar e pelas hospedarias) tornavam-se os "Dillstein" e até os "Stilldein".

As acrobacias linguísticas que marcaram grande parte de sua correspondência com Ezra Pound, o mestre da inovação modernista, já eram evidentes em

---

36. James Atlas, "The Private Hemingway", *New York Times Magazine*, 15 de fevereiro de 1981, p. 23.
37. Kenneth B. Panda ressalta a queda de Hemingway por gírias e apelidos na introdução a "Ernest Hemingway: Letters, 1908-1925". Tese de Doutorado, University of Delaware, 2002.

cartas muito anteriores que Hemingway escreveu na juventude para amigos de Oak Park e de Michigan. Padecendo de um resfriado em meados de março de 1916, ele se desculpou com sua amiga Emily Goetzmann pela demora da resposta repetindo em prosa o som de sua congestão nasal (acrescentando uma alusão a um poema popular): "De joelhos peço perdão pelo atraso desta carta. Mas a combinação de exames mensais com um péssimo resfriado são minhas desculpas, ou, para citar 'os versos imortais', transbordam os rios, e também meu nariz"*. Para Bill Smith, ele escreveu, em 28 de abril de 1921: "Não ouvi de você nenhuma forma de insatisfação com o escriba, então depois de um tempo parei de epistolar". Sua linguagem é fluida, com palavras mudando de significado de acordo com o contexto, e, em determinados momentos, torna-se quase impenetrável. Como regra geral, deixamos para o leitor a tarefa de experimentar a linguagem pessoal de Hemingway por sua própria conta e da forma como ele a escreveu, sem intervenções editoriais ou tentativas de explicá-la.

Ao transcrever as cartas, esforçamo-nos para preservar *ipsis litteris* as "idiossincrasias afetuosas ou exasperadas de Hemingway" de mecânica e estilo, como Carlos Baker apontou[38]. Isso inclui seu bem conhecido hábito de manter o "e" mudo em palavras como *"loveing"*, *"haveing"* ou *"unbelieveable"* e a inventada "fala à moda Choctaw de Hemingway", despida de artigos e conectivos, que Lilian Ross capturou em seu famoso (ou infame) perfil do autor, de 13 de maio de 1950, para a *New Yorker*. As cartas exibem o amor frequentemente exuberante de Hemingway pela linguagem, à medida que brinca com elementos fonéticos em invenções como "Yarrup" (para Europa), "genuwind", "eggzact", "langwiges", "Alum Matress" (para alma mater), e "Christnose"[39] (como em "CHRISTNOSE QUE FUI INFLUENCIADO POR CADA BOM ESCRITOR QUE LI E DISSO SAÍMOS, SE COM ALGUMA COISA, FORTES E CLAROS COM O NOSSO NEGÓCIO", em uma carta datilografada em 1925 para o compositor George Antheil)[40].

Hemingway fez uso de outras línguas além do inglês em suas cartas, com graus variados de habilidade. Algumas cartas de quando era adolescente foram salpicadas com fragmentos de latim aprendido na escola secundária. Ao longo da vida, ele incluiu em suas cartas uma variedade de palavras e frases em outras línguas à medida que as conhecia e aprendia: italiano, francês, alemão, espanhol e suaíli. Ele acabou adquirindo fluência em algumas dessas línguas,

---

* No original: *"On pended gknees I peg your bardun vor the ladness of this legger. Bud a gombination of monthly examinachugs and Bad goldt are my eggscuse, or to quote 'them immortal lines', the brooks are ruggig-also my gnose"*. (N. T.).

38. *Selected Letters*, cit., p. XXV.

39. Um trocadilho que mistura "Christ's nose" [nariz de Cristo] com "Christ knows" [Cristo sabe].

40. EH para George Antheil [aprox. janeiro de 1925] (Columbia).

Introdução

embora nem sempre usasse a gramática com perfeição. Mesmo quando empregava palavras em inglês, ele às vezes adotava a sintaxe de outra língua: um cruzamento linguístico que ele também experimentou em seus trabalhos publicados, como quando invoca inflexões do diálogo espanhol em *Por quem os sinos dobram*. Em uma carta de novembro de 1918, escrita no hospital da Cruz Vermelha Americana em Milão, em papel timbrado com o cabeçalho "Croce Rossa Americana", ele se refere a uma *"cross red nurse"* – imitando a gramática do italiano, enquanto brincava com o significado das palavras em inglês. Em 1942, Hemingway escreveu de Finca para Martha Gellhorn, feliz e orgulhoso pela habilidade dela como escritora depois de ler sua matéria para a revista Collier's sobre um severo "cruzeiro" pelo Caribe que ela havia feito em um barco de batatas de trinta pés, em plena temporada de furacões, a fim de relatar as atividades submarinas dos alemães naquelas águas. Em seu elogio, ele mistura a sintaxe espanhola com a sua "fala *Choctaw*", declarando: "Ni Joyce ni ninguém é melhor que minha Bong agora"[41].

Quando não estava tomando liberdades com a língua inglesa ou experimentando em outras línguas, Hemingway geralmente era impecável, e suas cartas escritas à mão exibem poucos erros, exceto por escorregões ocasionais da caneta. Mas suas cartas datilografadas muitas vezes eram repletas de erros mecânicos que ele não se dava ao trabalho de corrigir. Por exemplo, quando não pressionava o bastante a tecla de mudança de caracteres, resultando em estranhezas como "I8ve" em vez de "I've", ou fazendo que apenas uma parte da letra maiúscula aparecesse, suspensa sobre a linha. Quando datilografava errado uma palavra ou frase, em vez de parar, apagar e datilografar de novo da maneira correta, geralmente ele batia uma fileira de "x" sobre o erro e continuava escrevendo, ou então simplesmente escrevia por cima do erro pressionando as teclas com mais força. "Estou datilografando de um jeito confuso, mas é porque a luz está ruim e estou tentando ser rápido", explicou ele em 17 de dezembro de 1917 em uma carta a seus pais, na qual várias frases terminavam não com ponto final, mas com o símbolo de "3/4".

As condições de sua máquina de escrever eram frequentemente motivo de comentários espirituosos. "Não importa o significado que Calamidade tenha no michiganês dos broncos, foi isso o que 'se apoderou' da máquina de escrever", escreveu ele em uma carta à mão, quando estava no norte de Michigan, a um amigo não identificado no final de setembro de 1919. "Ela solta uma série de zumbidos dissonantes como uma cascavel irritante e para friamente. A mola principal, imagino." Em uma carta de 10 de janeiro de 1921 para sua mãe, ele escreveu: "Eu amo você, desculpa os erros todos de datilografia, a máquina é nova e mais dura do que dedos congelados".

---

41. EH para Martha Gellhorn, 19 de setembro [1942] (JFK).

Para sua amiga Kate Smith, ele explicou, em uma carta de 27 de janeiro de 1922, escrita em Paris: "Não vá pensar que não sei escrever, porque eu sei, mas esta é uma maldita máquina de escrever francesa e o teclado é uma droga para trabalhar". "ESTA MÁQUINA ESTÁ SUJA E SÓ FUNCIONA EM LETRAS MAIÚSCULAS", escreveu para Jane Heap, editora do Little Review, em 1925, "ENTÃO, SE EU PRECISAR DA ÊNFASE GERALMENTE DADA PELAS LETRAS MAIÚSCULAS, VOU INSERIR EXPRESSÕES PROFANAS OU EXCLAMAÇÕES VULGARES COMO, DIGAMOS, QUE MERDA, POR EXEMPLO"[42].

Corrigir silenciosamente os erros de ortografia e pontuação, ou regularizar letras maiúsculas retiraria das cartas sua personalidade, apresentando uma perspectiva falsa, embelezada e homogeneizada dos textos que seus destinatários originalmente recebiam. Tais alterações também tornariam sem sentido os "metacomentários" espontâneos que Hemingway faz a respeito das imperfeições de suas cartas ("Perdão pela ortografia sofrível e pelos erros de datilografia", escreveu ao seu pai em 2 de maio de 1922), como quando era atacado pela fonética ao escrever palavras em língua estrangeira ou um nome próprio e colocava a seguir uma nota do tipo "Grafia muito duvidosa". E tornaria ainda invisível a manipulação que ele fazia dos nomes das pessoas, como quando se dirigia a Sylvia Beach como "Querida Seelviah", a Ezra Pound como "Querido Uzra", ou ainda quando se referia ao poeta e editor Robert McAlmon como "MuckAlmun"[43].

Todavia, mesmo querendo transmitir ao leitor o sabor forte e peculiar das cartas de Hemingway, não queremos dar o que um editor acadêmico chamou de "dispepsia literária"[44]. Sendo assim, para não testar a paciência do leitor ou sua capacidade de se concentrar no sentido das cartas, nós padronizamos a disposição de elementos como data, endereço, saudação inicial, despedida, assinatura e pós-escritos. Também padronizamos o recuo de parágrafo e o espaçamento geralmente irregulares. Por exemplo, muito comumente Hemingway dava espaço antes e depois de qualquer sinal de pontuação ou pressionava a barra de espaço duas ou três vezes entre as palavras, criando estranhezas visuais que não tentamos reproduzir na impressão. Estamos cientes de que nenhuma transcrição publicada de cartas datilografadas ou escritas à mão pode capturar completamente sua aparência na página. Esta não é uma edição de fac-símiles,

---

42. EH para Jane Heap [5 de abril de 1925] (University of Winsconsin-Milwaukee).

43. EH para Sylvia Beach [6 de novembro de 1923] (PUL; SL, p. 97-9); EH para Ezra Pound, [aprox. 10 de abril de 1925] (Yale). EH se refere a "MuckAlmun" nesta carta a Pound.

44. Frederick Karl, "General Editor's Introduction", *The Collected Letters of Joseph Conrad* (Cambridge, Cambridge University Press, 1983), v. 1, XLV.

Introdução

e para quem pretende estudar em profundidade as características físicas de uma carta, nenhuma edição impressa substituirá a análise do original.

A fim de evitar o que Lewis Mumford chamou de emaranhados de "arame farpado" causado por marcas editoriais excessivas[45], nós nos apoiamos sobretudo em notas, e não em símbolos invasivos acrescentados ao texto, para fornecer informações contextuais, traduções de palavras ou passagens em língua estrangeiras e para identificar a primeira vez que as pessoas são mencionadas no livro. As anotações aparecem como notas finais após cada carta.

Além de uma introdução apresentando a vida, a obra e a correspondência do período representado, cada tomo inclui ainda uma breve cronologia de eventos da vida e da carreira de Hemingway ao longo daqueles anos, uma nota esclarecendo políticas editoriais, uma lista dos destinatários que aparecem no volume, uma seleção de ilustrações e mapas relevantes. O final de cada volume inclui um calendário de cartas, um índice dos destinatários e um índice geral do volume. O último a ser publicado conterá um índice abrangente de toda a edição.

Uma descrição mais detalhada sobre as práticas e procedimentos editoriais aparece nas notas ao texto. Nosso objetivo é produzir uma edição que satisfaça os pesquisadores e seja atraente para o público em geral.

A publicação das cartas de Hemingway será um passo crucial para os estudos da literatura norte-americana e do modernismo literário. Hemingway causou um impacto indelével na prosa em língua inglesa – e no imaginário popular. Praticamente todos os livros que ele escreveu desde 1925 continuam sendo reimpressos. Sua carreira póstuma, o que é incomum, tem sido muito prolífica. Vários contos, artigos e poemas inéditos apareceram em novas coletâneas de sua obra. Diversos livros importantes foram publicados desde a sua morte, organizados a partir de manuscritos que ele deixou para trás em vários estados de incompletude. Estes incluem *A Moveable Feast* (1964), *Islands in the Stream* (1970), *The Garden of Eden* (1986) e duas edições de seus "livros africanos": *True at First Light* (1999), organizada por Patrick Hemingway, e a edição completa de *Under Kilimanjaro* (2005), organizada por Robert W. Lewis e Robert E. Fleming. Em 2009, foi publicada uma "edição restaurada" de *A Moveable Feast: The Restored Edition*, organizada pelo neto do autor, Seán Hemingway.

Pode-se dizer que Ernest Hemingway é o escritor norte-americano mais influente e amplamente conhecido. Mais de meio século depois de sua morte, o interesse em sua vida e obra parece insaciável, sua imagem icônica parece

---

45. Lewis Mumford, "Emerson Behind Barbed Wire", New York Review of Books, 18 de janeiro de 1968, p. 3-5, 23.

inabalável, e sua fama ainda é mundial. Leitores e escritores sérios devem aceitar seu legado artístico. Poucos escritores produziram uma correspondência de mesma importância e interesse – tanto para pesquisadores de literatura moderna quanto para o público leitor.

As cartas de Hemingway apresentam relatos imediatos e frescos sobre os eventos e relações que moldaram sua vida e obra. "Vamos para a frente de batalha <u>amanhã</u>", escreveu o motorista de ambulância de 18 anos em um cartão postal de Milão, em 9 de junho de 1918. Um mês depois, ele seria ferido seriamente pela explosão de um morteiro e hospitalizado em Milão, onde se apaixonaria: as experiências que alimentaram sua ficção, desde o conto "História curtíssima" (cuja primeira versão apareceu em seu *in our time*, de 1924) até *Adeus às armas*. Em 14 de fevereiro de 1922, recém-chegado a Paris e prestes a assumir seu lugar entre os artistas da margem esquerda do Sena, ele escreveu para sua mãe em Oak Park: "Paris é tão linda que satisfaz aquela parte sua que está sempre insaciável na América". "Gertrude Stein, que escreveu <u>Three Lives</u> e várias outras coisas incríveis, jantou aqui conosco na noite passada e ficou até meia-noite", relatou ele. "Ela tem uns 55 anos, acho, e é muito grande e bacana[46]. Ela ficou muito entusiasmada com minha poesia." E continuou: "Na sexta-feira vamos tomar chá na casa de Ezra Pound. Ele me pediu para escrever um artigo sobre o estado da literatura na América para a Little Review". A descrição da Festa de São Firmino em Pamplona, em carta de julho de 1924 para sua mãe, é especialmente impactante, considerando que seu próprio romance, publicado dois anos depois, alteraria para sempre aquela cena: "É pura festa espanhola na capital de Navarra e não há quase nenhum estrangeiro, embora venham pessoas de todos os cantos da Espanha para a festa"[47].

As cartas de Hemingway expressam e provocam uma gama de emoções humanas. Elas são alternadamente divertidas, informativas, comoventes, singelas, arrebatadoras, depressivas e enfurecidas, e, às vezes, mais de uma coisa ao mesmo tempo. Alguns leitores se surpreenderão ao perceber o quanto as cartas contradizem a imagem comum de Hemingway como um artista solitário, um sujeito aventureiro e durão, livre da família, senão distante dela. Sem dúvida, sua relação com a família era complicada e, às vezes, controversa, mas, apesar das tensões, os laços eram fortes. As cartas mostram as facetas menos familiares de Hemingway, mas não menos honestas: como marido amoroso, pai

---

46. *Three Lives: Stories of the Good Anna, Melanctha, and The Gentle Lena* (New York, Grafton Press, 1909) foi o primeiro livro de Stein a ser publicado. Quando EH escreveu esta carta, ela tinha acabado de completar 48 anos e tinha publicado outros três livros, incluindo *Tender Buttons: Objects, Food, Rooms* (Nova York, Claire Marie, 1914). Esta carta, inédita para estudiosos, localiza a data do encontro de EH e Stein em antes de março de 1922, como se acreditava (Baker *Life*, p. 86; Reynolds *PY*, p. 34-6).

47. EH para Grace Hall Hemingway, 18 de julho de 1924 (PSU).

orgulhoso, irmão atencioso e divertido e filho dedicado e afetuoso. Elas também revelam outros lados menos conhecidos do escritor: o observador político, o historiador natural, o astuto homem de negócios, o amante apaixonado, o instigador e organizador de festas e o Hemingway cotidiano. Mesmo quando escrevia sobre os menos literários dos assuntos – transações financeiras, marcas de óleo de motor, a necessidade de seguros de carro, as variedades de abacates e mangas que cresciam em Finca, o que levar em uma viagem de caça ou a bordo de seu amado barco Pilar, a logística das viagens dos filhos, os planejamentos de reforma e reparos no telhado –, ele raramente era entediante. Seus telegramas breves capturam sua voz inimitável: "SUGIRO ENFIAR LIVROS CONTÁBEIS NO TRASEIRO", escreveu em dezembro de 1922 para seu patrão, Frank Mason, que sugeriu que os relatórios de despesa enviados por Hemingway não batiam com os livros da contabilidade.

Hemingway era famoso pela sua competitividade no ofício da escrita. "Você precisa dar sempre o melhor de si em relação aos escritores mortos", aconselhou ele a William Faulkner em uma carta de 1947, "e acabar com eles, um por um"[48]. Para Charles Scribner ele confessou, em 1949: "Sou um homem sem qualquer ambição, exceto ser campeão do mundo"[49]. Para Lilian Ross, ele contou: "Comecei de mansinho e derrotei Turguêniev. Depois treinei duro e derrotei Maupassant. Já empatei duas vezes com Stendhal e acho que levei vantagem da última vez. Mas ninguém vai me colocar no ringue com Tolstói, a menos que eu seja louco ou continue melhorando"[50]. Contudo, Hemingway não via sua correspondência como arte (mesmo que fosse sempre uma *performance*) e a considerava levianamente. Ele não reconhecia a carta como um de seus gêneros mais ricos e fortes.

Em "Old Newsman writes: A letter from Cuba", publicada na revista *Esquire* em 1934, Hemingway declarou:

> Todos os bons livros são iguais no fato de serem mais verdadeiros do que teriam sido se tivessem realmente acontecido e quando terminamos a leitura de um deles sentimos que tudo aquilo de fato nos aconteceu e que tudo agora nos pertence; o bom e o ruim, o êxtase, o remorso e a mágoa e as pessoas e os lugares e como estava o tempo. Se você conseguir chegar ao ponto de dar isso às pessoas, então você é um escritor[51].

---

48. EH para William Faulkner, 23 de julho de 1947 (JFK; *SL*, p. 624).
49. EH para Charles Scribner, 1º de setembro de 1949 (PUL).
50. Lillian Ross, *Portrait of Hemingway* (Nova York, Modern Library, 1999), p. 19.
51. "Old Newsman Writes: A Letter from Cuba", *Esquire*, dezembro de 1934 (*BL*, p. 184).

Mesmo tendo estabelecido sempre uma linha divisória clara entre a escrita de cartas e a escrita "de verdade", os mesmos parâmetros de julgamento podem ser usados favoravelmente em suas próprias cartas, escritas sem pensar em seu poder de duração, ou sem a consciência de como elas atestariam sua maestria como escritor. Cada carta é um instantâneo que captura as notícias do dia e o humor da hora. Juntas elas formam um álbum vasto, um registro franco e detalhado não só de sua vida extraordinária e cheia de acontecimentos, complicações e realizações, como também dos lugares e épocas em que viveu e sobre os quais deixou sua marca. As cartas de Ernest Hemingway são um rico autorretrato do artista e uma crônica vívida, em primeira mão, do século XX.

Introdução

OBRAS ADICIONAIS CITADAS

BRUCCOLI, Matthew J. (org.), com Robert W. Trogdon. *The Only Thing That Counts: The Ernest Hemingway – Maxwell Perkins Correspondence.* Nova York, Scribner's, 1996.

"Dear Seelviah...", *Mercure de France*, agosto-setembro de 1963, p. 105-10. (Cartas a Sylvia Beach).

DEFAZIO, Albert J. III (org.). *Dear Papa, Dear Hotch: The Correspondence of Ernest Hemingway and A. E. Hotchner.* Columbia, University of Missouri Press, 2005.

FUENTES, Norberto. *Hemingway in Cuba.* Tradução de Consuelo E. Corwin. Secaucus, Nova Jersey: Lyle Stuart , 1984.

GALLUP, Donald (org.). *The Flowers of Friendship: Letters Written to Gertrude Stein.* Nova York, Knopf, 1953.

HAGEMANN, E. R. "Preliminary Report on the State of Ernest Hemingway's Correspondence." *Literary Research Newsletter* 3, n. 4, 1978, p. 163-72.

HEMINGWAY, Ernest. *A Moveable Feast: The Restored Edition.* Com prefácio de Patrick Hemingway; organização e introdução de Seán Hemingway. Nova York, Scribner's, 2009.

HEMINGWAY, John. *Strange Tribe: A Family Memoir.* Guilford, Connecticut, Lyons Press, 2007.

HEMINGWAY, Mary. *How It Was.* Nova York, Knopf, 1976.

HEMINGWAY, Valerie. *Running with the Bulls: My Years with the Hemingways.* Nova York, Random House, 2004.

Il Cinquantennio Editoriale di Arnoldo Mondadori, 1907-1957. Verona, Itália: Mondadori, 1957. (Cartas a Arnoldo Mondadori)

"La Renata di Hemingway sono io". *Epoca* 60 (25 de julho de 1965), p. 72-5. (Cartas a Adriana Ivancich).

MILLER, Linda Patterson (org.). *Letters from the Lost Generation: Gerald and Sara Murphy and Friends.* Edição ampliada. Gainesville, University Press of Florida, 2002.

MIZENER, Arthur. *The Far Side of Paradise: A Biography* of F. Scott Fitzgerald. Nova York, Avon, 1949.

MUMFORD, Lewis. "Emerson Behind Barbed Wire". *New York Review of Books*, 18 de janeiro de 1968, p. 3-5, 23.

Rowohlts Rotblonder Roman. Hamburgo, Alemanha, Rohwohlt, 1947, p. 44. (Cartas a Ernst Rowohlt).

"Unpublished Letters of Ernest Hemingway". *American Dialog* I, n. 2 (outubro-novembro de 1964), p. 1113. (Cartas a Milton Wolff).

WILSON, Edmund. *The Shores of Light: A Literary Chronicle of the Twenties and Thirties.* Nova York, Vintage Books, 1952.

Agradecimentos

A presente edição de *Cartas de Ernest Hemingway*, chamada de Cambridge Edition, deve sua existência à autorização e à gentil cooperação da Ernest Hemingway Foundation e da Hemingway Foreign Rights Trust, as quais detêm, respectivamente, os direitos autorais das cartas de Hemingway nos Estados Unidos e exterior. Patrick Hemingway concebeu originalmente uma edição acadêmica completa das cartas do pai e foi extremamente generoso e útil nesse projeto, encontrando-se com a editora em diversas ocasiões e atenciosamente respondendo perguntas, identificando referências e compartilhando histórias que ilustram as cartas.

Parte do Projeto Hemingway Letters recebe apoio de uma bolsa para edições acadêmicas do NEH – National Endowment for the Humanities. Tivemos a honra de sermos designados como um projeto *We, the People*, "um reconhecimento especial por parte do NEH para projetos-modelo que fomentam o estudo, o ensino e a compreensão da história e da cultura dos Estados Unidos" (quaisquer visões, descobertas ou conclusões presentes nesta publicação não necessariamente representam as mesmas do National Endowment for the Humanities).

Reconhecemos intensamente a generosidade das organizações e dos fundos que apoiaram o Projeto por meio de doações e presentes: AT&T Mobility, Heinz Endowments, Michigan Hemingway Society, Dr. Bernard S. e Ann Re Oldsey Endowment for the Study of American Literature do College of the Liberal Arts da Pennsylvania State University e a Xerox Corporation, que contribuiu com equipamento de cópia, impressão, *fax* e *scanners*, além de um sistema de gestão de base de dados DocuShare, personalizado às nossas necessidades. Agradecemos também a doadores individuais, incluindo Ralph e Alex Barrocas, Linda Messer Ganz, Etic V. Gearhart, Walter Goldstein, Gary Gray e Kathleen O'Toole, Harold Hein, Bill e Honey Jaffe, Ira B. Kristel, Mary Ann O'Brian Malkin, Randall Miller, Barbara Palmer, Graham B. Spanier, David A Westover III e Mark Weyermuller.

Com relação a bolsas e financiamentos de viagem para consulta a arquivos e outras atividades de pesquisa pelos pesquisadores do Projeto, gostaríamos também de agradecer a Bibliographical Society, do Reino Unido, Bibliographical Society of America, Idaho Humanities Council e JFK Presidential Library.

A Pennsylvania State University nos proporcionou um apoio institucional indispensável e uma sede ideal para o Projeto desde sua fundação em

2002. Agradecemos especialmente às seguintes pessoas pelo apoio e comprometimento: Dean Susan Welch e vice-reitores Raymond E. Lombra, Jack Selzer e Denise Solomon, College of Liberal Arts; reitora emérita Nancy Eaton e reitora Barbara Dewey, University Libraries; Rodney Erickson, pró-reitoria; Eva Pell e Henry Foley, escritório do vice-presidente de pesquisa; Marie Secor, Robert Caserio e Robin Schulze, chefes do Departmento de Inglês; e Laura Knoppers, Marica Tacconi e Michael Berube, diretores do Institute for Arts and Humanities.

O Penn State's Office of Development e a Alumni Relations nos deram uma ajuda valiosa com financiamento filantrópico externo; Rodney Kirsch, Peter Weiler, Joanne Cahill e Rebecca Mills foram fundamentais nessa conquista. Também somos devidamente agradecidos a Ron Huss, Mark Righter e ao escritório de propriedade intelectual; Bill Mahon, Cynthia Hall e Cyndee Graves do University Relations; Trish Alexander, Shane Freehauf, Mary Kay Hort, Mark Luellen, Michael Renne, Cathy A. Thompson e Sandra Wingard do College of the Liberal Arts; Robert Edwards, Elizabeth Jenkins e Mark Morrisson do Programa de Estudos de Pós-Graduação do Departamento de Inglês, bem como Amy Barone, Sharissa Feasler, Laurie Johnson, Kim Keller, Charlie Reese, Michael Riden, Wendy Shaffer e Peg Yetter no Departamento de Inglês; Roger Downs e Deryck Holdsworth do Departmento de Geografia e o cartógrafo Erin Greb e o Peter R. Gould Center for Geography and Outreach.

Também queremos agradecer o apoio dado ao coeditor do Volume 1, Robert W. Trodgon, pela Kent State University, com reconhecimento especial a Ronald Corthell, chefe do Departamento de Inglês, e ao reitor Timothy Moerland, do College of Arts and Sciences. Reconhecemos imensamente o apoio dado pela Boise State University e pela Illinois State University aos pesquisadores que trabalham nos próximos volumes da edição.

O Projeto Hemingway Letters, desde o início, beneficiou-se imensamente das sólidas diretrizes e do forte apoio de nosso Conselho Editorial, cujos membros dedicaram seu tempo e conhecimento de modo generoso e incansável. Comandados por Linda Patterson Miller, o conselho inclui Jackson R. Bryer, Scott Donaldson, James Meredith, Linda Wagner-Martin e James L. W. West III. Todos merecem um reconhecimento especial por seu comprometimento excepcional e envolvimento ativo, incluindo conselhos no estabelecimento das políticas editoriais e na leitura dos manuscritos deste volume em diversos estágios. Esta edição se fortaleceu mais com a contribuição dessas pessoas.

LaVerne Kennevan Maginnis, editora-adjunta do Projeto, entregou-se diariamente, com dedicação e profissionalismo, de diversas maneiras, e o sucesso do Projeto é maior por causa de seu conhecimento editorial e organizacional.

Agradecimentos

Além das pessoas nomeadas na página de créditos deste volume, outros participantes das equipes editoriais dos próximos volumes e consultores acadêmicos do Projeto merecem nosso reconhecimento: Edward Burns, Rose Marie Burwell, Stacey Guill, Hilary K. Justice, Ellen Andrews Knodt, Mark Ott, Gladys Rodriguez Ferrero, Chtiliana Stoilova Rousseva, Rena M. Sanderson, Rodger L. Tarr e Lisa Tyler. Devemos agradecimentos especiais às professoras Knodt e Sanderson pelas contribuições na preparação do volume 1.

Somos profundamente gratos a dezenas de bibliotecas, museus e arquivos institucionais que nos forneceram cópias de cartas de suas coleções e nos ajudaram na pesquisa para esta edição. A John F. Kennedy Presidential Library, maior repositório do mundo para os papéis de Hemingway, foi particularmente generosa apoiando o Projeto, doando cópias de toda a sua propriedade de mais de 2.500 cartas enviadas, fornecendo uma série de imagens para as ilustrações sem cobrar nada e respondendo incansavelmente nossos pedidos e consultas. Agradecemos especialmente ao diretor Thomas J. Putnam; à ex-diretora Deborah Leff; à curadora da Hemingway Collection, Susan Wrynn; ao antigo arquivista-chefe, Allan Goodrich, e sua sucessora, Karen Adler Abramson; James Roth; Stephen Plotkin; Amy Macdonald; Megan Desnoyers; James B. Hill, Laurie Austin e Maryrose Grossman, do arquivo de fotografias; e aos estagiários Shanti Freundlich, Becky Robbins, Samuel Smallidge, Marti Verso e Diana Wakimoto.

Também somos extremamente gratos ao apoio notável das bibliotecas da Pennsylvania State University, com agradecimentos especiais a William L. Joyce, chefe dos acervos especiais; Sandra Stelts, curadora de manuscritos e livros raros; e William S. Brockman, bibliotecário da seção de literatura. Mark Saussure, Steven Baylis, Shane Markley e Peggy Myers, do Digital Libraries Technology, nos forneceram apoio técnico e de gestão de base de dados indispensável. Também queremos agradecer ao estagiário Buthainah Al Thowaini.

Por fornecer cópias das cartas de seus acervos e nos dar a permissão para a publicação no primeiro volume de *Cartas de Ernest Hemingway*, agradecemos às seguintes bibliotecas e arquivos, com devidos agradecimentos especiais aos bibliotecários, curadores e membros de equipe mencionados aqui por sua gentil assistência: biblioteca da Brown University; Clarke Historical Library, Central Michigan University – Frank J. Boles; Lewis Galantiere Papers, Rare Book and Manuscript Library, Columbia University – Bernard Crystal, Susan G. Hamson, Jennifer B. Lee; Lilly Library, Indiana University – diretores Breon Mitchell e Saundra Taylor, e Rebecca Cape, Zachary Downey e Gabriel Swift; Ernest Hemingway Collection da John R. Kennedy Presidential Library and Museum; Special Collections and Archives, Knox College Library – Carley Robison, Kay Vander Meulen e Mary McAndrew; Richard John Levy and Sally Waldman Sweet Collection, Manuscript and Archives Division, The

New York Public Library, Astor, Lenox and Tilden Foundations – Thomas G. Lannon; The Newberry Library, Chicago – John H. Brady, Martha Briggs, JoEllen Dickie, Alison Hinderliter e John Powell; North Central Michigan College Library – Eunice Teel; Oak Park Public Library – Leigh Gavin e William Jerousek; Petoskey District Library – Andrew Cherven; Manuscript Division, Departament of Rare Books and Special Colections, Princeton University Library – Don C. Skemer, curador de manuscritos, e Charles E. Greene, Anna Lee Pauls, Ben Primer e Margaret Sherry Rich; Departament of Special Colections and University Archives, Stanford University Libraries – Margaret J. Kimball, Sean Quimby e Mattie Taormina; Special Collection Research Center, University of Chicago Library – Julia Gardner, Daniel Meyer, Reina Williams; Hemingway Collection, Special Collections, University of Maryland Libraries – Beth Alvarez; Harry Ransom Humanities Research Center, University of Texas at Austin – Richard Workman, Lea K. Cline, Nick Homenda, Francisca Folch, Elspeth Healey, Caitlin Murray; Departament of Special Colections, McFarlin Library, University of Tulsa – Marc Carlson; Special Collections, University of Virginia Library – Christian Dupont, Margaret D. Hrabe, Edward F. Gaynor, Heather Riser e Robin D. Wear; Yale Collection of American Literature, Beinecke Rare Book and Manuscript Library – Frank M. Turner, diretor; Nancy Kuhl, curadora, Collection of American Literature; e Heather Dean, Diane Ducharme, Stephen C. Jones, Laurie Klein, Susan Klein, Ngadi W. Kponou, John Monahan, Karen Nangle, Natalia Sciarini, Adrienne Sharpe e Graham Sherriff.

Os muitos arquivos e bibliotecas adicionais, cujas contribuições com materiais e ajuda pertencem principalmente aos próximos volumes da edição, serão devidamente agradecidos nesses volumes.

Os especialistas em manuscritos e vendedores citados a seguir foram muito úteis de diversas maneiras, inclusive fornecendo catálogos de venda e informações sobre suas ofertas, enviando pedidos aos proprietários, compartilhando cópias de cartas e ajudando em nossa pesquisa de outras formas: Bart Auerbach; David e Natalie Bauman, Ernest Hilbert, Bauman Rare Books; Patrick McGrath, Christie's de Nova York; Steve Verkman, Clean Sweep Auctions; David Bloom, Freeman's Auctions; Thomas A. Goldwasser; Glenn Horowitz Bookseller, Inc.; George R. Minkoff, David Meeker, Nick Adams Rare Books; Galeria Kenneth W. Rendell; Selby Kiffer, Sotheby de Nova York e Galerias Swann.

Somos extremamente gratos a diversas pessoas por sua generosidade em colaborar com cópias ou transcrições de cartas para o Projeto: Nickz Angell, Charles Bednar, Edwin McHaney Bennett, Ricardo Bernhard, Edward Brown, Benjamin Bruce, Annette Campbell-White, Herbert S. Channick,

Agradecimentos

Andrew Cohen, Joseph J. Creely, Jr., Page Dougherty Delano, Wesley J. Dilworth, Roger DiSilvestro, Fraser Drew, T. Mike Fletcher, Peggy Fox, Arthur T. Garrity, Mark Godburn, Hank Gorrell, Jr., Edgar Grissom, Mina Hemingway, Patrick e Carol Hemingway, Dan Hodges, Walter Houk, Ellen Andrews Knodt, Genevieve Kurek, Elizabeth Gardner Lombardi, Ernest H. Mainland, Lou Mandler, Loretta Valtz Mannucci, Roy Marsh, Robert e Susan Metzger, Ulrich Mosch, Maurice F. e Marcia Neville, Frederick W. Nolan, Sarah Parry, Arne Herlov Petersen, Paul Quintanilla, John Robben, Dan Rosenbaum, James e Marian Sanford, John E. Sanford, Michael Schnack e sua família, Dorothy Shaw, Paul Sorrentino, Charles Strauss, Mel Yoken, Mark e Rhonda Zieman, Edward L. Ziff e Daniel Zirilli. Agradecemos também a quem doou cartas e preferiu permanecer no anonimato.

Para garantir a precisão nas transcrições e anotações das cartas que Hemingway escreveu de uma variedade de lugares e usando diversas línguas, recorremos ao conhecimento local e habilidades linguísticas de diversos voluntários. As pessoas que citamos a seguir merecem agradecimentos especiais pelo conhecimento e pelas informações que nos foram dados.

Sobre informações concernentes a Oak Park, Illinois, cidade natal de Hemingway: Kathryn J. Atwood, Barbara Ballinger, Virginia Cassin, Dan Fang, Grant Gerlich, Redd Griffin, Katie Simpson e a Ernest Hemingway Foundation de Oak Park; William Jerousek e Leigh Gavin, Oak Park Public Library; Donald Vogel, Oak Park and River Forest High School; e Blaise Dierks, Hadley Ford e Michael McKee da River Forest Public Library.

Sobre detalhes relevantes a respeito da visita de Hemingway a Nantucket, em 1910: Susan F. Beegel.

Sobre pessoas e lugares em Michigan: Janice Byrne, Michael Federspiel, Jack Jobst, Ken Marek, Charlotte Ponder, Frederick J. Svoboda; Ann Wright, Otsego County Historical Society; e Ray Argetsinger, Gary e Maxine Argetsinger, Wesley J. Dilworth e Bob e Judy Sumner, descendentes das pessoas em Horton Bay que conheciam a família de Hemingway.

Sobre Kansas City: Steve Paul.

Sobre as relações de Hemingway em St. Louis e no Missouri: Catey Terry, Doris Mayuiers e Steve Weinberg, University of Missouri; Deborah E. Cribbs, St. Louis Mercantile Library; e Harry Charles e Dan Lilienkamp, St. Louis County Library.

Sobre Key West: Brewster Chamberlin, Key West Arts and Historical Society; e Tom Hambright, Monroe County Library.

Sobre os estudos de latim de Hemingway na escola: Paul B. Harvey Jr.

Sobre o italiano de Hemingway: Mark Cirino, Sherry Roush e Marica Tacconi.

Sobre as referências parisienses e de língua francesa: Edouard Cuilhé, Michel e Marie-Isabelle Cuilhé e J. Gerald Kennedy.

Sobre o espanhol e referências à Espanha e às touradas: Miriam B. Mandel.

E sobre o alemão e referências a Alemanha, Suíça e Áustria: Thomas Austenfeld e Rena M. Sanderson.

Por fornecer informações e ajudar o Projeto de várias outras maneiras, gostaríamos de agradecer às seguintes pessoas: Norman Aberle, Frank Aldrich, Robert Baldwin, Jonathan Bank, A. Scott Berg, James Brasch, Carlene Brennan, Silvio Calabi, Maureen Carr, Suzanne Clark, Peter Coveney, Gioia Diliberto, Quentin Fehr, Ande Flavelle, Thomas P. Fuller, William Gallagher, Matthew Ginn, Cheryl Glenn, Lavinia Graecen, Kathryn Grossman, Sue Hart, John Harwood, Hilary Hemingway, John Hemingway, Sean e Colette Hemingway, Valerie Hemingway, Paul Hendrickson, Donald Junkins, Mary Kiffer, John King, Jobst Knigge, Linda Lapides, Douglas LaPrade, David Lethbridge, Richard Liebman, Gaille Marsh, Laurence W. Mazzeno, David Morrell, John Mulholland, Robert M. Myers e filhos Bruce e David Myers, James Nagel, Robert Nau, David Nuffer, Sean O'Rourke, Claudia Pennington, Stephanie Perrais, Andrea Perez, Bruno Riviere, DeWitt Sage, Patrick Scott, Charles Scribner III, Pat Shipman, Gail Sinclair, Tom Stillitano, Neil Tristram, Alan Walker, Emily Wallace e William B. Watson.

Um acontecimento importantíssimo para os estudos sobre Hemingway e um grande benefício para esta edição, visto que buscamos a completude, foi a preservação das cartas e de outros documentos de Hemingway em Finca Vigía, por muito tempo a sua casa fora de Havana, e a apresentação em 2009 desses materiais para pesquisadores tanto do Museo Hemingway em Cuba quanto da JFK Presidential Library em Boston. Por participarem dessa iniciativa, as seguintes pessoas merecem reconhecimento: em Cuba, dra. Margarita Ruiz Brandi, Consejo Nacional de Patrimonio Cultural; sua predecessora, dra. Marta Arjona; Gladys Rodriguez Ferrero; Ada Rosa Alfonso Rosales, Isbel Ferreiro Garit e a equipe do Museo Hemingway; nos Estados Unidos, o congressista Jim McGovern, Jenny e Frank Phillips, Mary-Jo Adams, Thomas D. Herman, Consuelo Isaacson, Martin Peterson, Bob Vila e a Finca Vigía Foundation; Stanley Katz, Social Science Research Council; e Ann Russell e Walter Newman, Northeast Document Conservation Center. Por ajudas variadas em nossa pesquisa sobre a vida de Hemingway em Cuba, também agradecemos a Ana Elena de Arazoza, Enrique Cirules, Esperanza García Fernández, Oscar Bias Fernández, Raul e Rita Villarreal e Rene Villarreal.

As pessoas que atuaram como assistentes de pesquisa em Penn State merecem todo nosso apreço por sua dedicação, empenho e muitas contribuições valiosas a esta edição: Lauren Christensen, Geffrey Davis, Michael

Agradecimentos

DuBose, Charles Ebersole, Jeffrey Gonzalez, Janet Holtman, Verna Kale, Julius Lobo, Stefani Marciante, Susan Martin e Katie Owens-Murphy.

Reconhecemos também o excelente trabalho dos monitores da graduação no centro do Projeto: Kyle Bohunicky, Alicia Brennan, Claudia Caracci, Mark Celeste, Jennifer Cihonski, Bekah Dickstein, Lauren Eckenroth, David Eggert, Lauren Finnegan, John Gorman, Catherine Grabenhorst, Samantha Guss, John Haefele, Jabari Hall, Matthew Hook, Juliet Howard, Robert Huber, Matthew Inman, Lindsay Keiter, Allison Kuchta, Katherine Leiden, Carolyn Maginnis, John Malone, Ashlee Mayo, Andrew Mihailoff, Ashley Miller, Letitia Montgomery, Bryon Moser, Kooshan Nayerahmadi, Alice Portalatin, Megan Shawver, Aline Smith, Kelly Snyder, Brian Tkaczyk, Kevin Todorow, Michelle Vincent e Danielle Zahoran.

Pelos excelentes serviços prestados ao Projeto em várias outras funções, agradecemos a Linnet Brooks, Elizabeth Knepp, Richard Stutz, JoAnn Wilson e Shannon Whitlock.

Também queremos agradecer a contribuição das pessoas nas seguintes universidades: Lauren Allan, Nicole Christianson, Marek Markowski, Christy C. Vance e Kristin W. Whiting, assistentes de pós-graduação na Boise State University; Catherine Ratliff, assistente de pós-graduação na Illinois State University; Catherine Tisch, assistente-administrativa do Institute for Bibliography and Editing da Kent State University; e Jennifer Beno, Jennifer Butto, Benjamin Gundy, Rebecca Johnson, Chad Junkins, Jacqueline Krah, Adam McKee, Rachel Nordhoff, Joanna Orcutt, Garth Sabo, Christa Testa e Simone West, assistentes de pós-graduação também da Kent State University.

Agradecemos principalmente à nossa editora, Cambridge University Press, pelo comprometimento na produção desta abrangente edição acadêmica. Queremos expressar nossos agradecimentos particulares pela visão e pelo apoio da editora Linda Bree e pela assistência especializada de Maartje Scheltens. Também queremos agradecer às seguintes pessoas, pelo papel na preparação e publicação deste volume: no Reino Unido, Elizabeth Davey e Audrey Cotterell; em Nova York, Liza Murphy, Melissanne Scheld e Michael Duncan. Agradecemos também a Chip Kidd.

Por fim, somos profundamente agradecidos pelo interesse e apoio de nossos colegas, familiares e amigos numerosos demais para serem nomeados, mas que sabemos terem ciência de nosso apreço. A lista de pessoas a quem devemos agradecer certamente crescerá à medida que outros volumes da edição forem publicados, e continuaremos reconhecendo nossas dívidas acumuladas nos volumes posteriores.

SANDRA SPANIER

Notas sobre o texto
Regras de transcrição

Via de regra, o texto foi transcrito exatamente como aparece na caligrafia ou datilografia de Hemingway para preservar o teor das cartas – sejam casuais, apressadas, irritadas, engenhosas ou divertidas (como quando ele escreve *"goils"* em vez de *"girls"*, refere-se aos seus gatos como *"kotsies"*, observa que *"we cant stahnd it"* ou exclama *"Goturletter thanks!"*). Quando sua caligrafia é ambígua, mantivemos o benefício da dúvida e transcrevemos as palavras e a pontuação em sua forma correta. Os desafios especiais da transcrição são tratados da seguinte maneira:

Grafia
• Quando determinada letra está incompleta, distorcida ou só é visível como uma impressão no papel (seja por um toque leve na tecla, máquina suja ou fita gasta), mas mesmo assim é discernível (conforme determinado posteriormente na checagem de campo com o documento original), a letra em questão é preenchida sem nenhum comentário editorial.

• Quando um espaço em branco sugere que está faltando uma letra em uma palavra, mas não há traços físicos de um toque da tecla no original, ou quando Hemingway datilografa uma letra para fora da margem do papel, a suposta letra ou parte da palavra é apresentada entre colchetes. Exemplo: *"the[y] are trying"*, ou *"meningiti[s] epidemic"*.

• Da mesma maneira, quando uma palavra está incompleta devido a um descuido óbvio ou um deslize da caneta ou do lápis, e os editores julgaram aconselhável, em termos de clareza, preenchemos as letras ausentes entre colchetes. Exemplo: *"I[t] makes no difference"*.

• Como as teclas das máquinas de escrever variavam de tempos em tempos, ou de um país para outro, e nem sempre incluíam uma tecla para cada caractere que Hemingway queria escrever, ele necessariamente improvisava: por exemplo, para o número um ele costumava escrever um "I" maiúsculo, e para o ponto de exclamação, ele dava um espaço e digitava uma única aspa simples sobre um ponto. Não tentamos reproduzir essas improvisações ou convenções da época, mas fornecemos os caracteres que Hemingway teria datilografado se o teclado permitisse.

• Não tentamos reproduzir na impressão a aparência de avarias mecânicas, por exemplo, quando duas teclas batem juntas e duas letras aparecem sobrepostas no espaço de uma única letra – erros desse tipo foram corrigidos normalmente, e as letras foram transcritas sem comentários e na sequência que fizer sentido.

• As letras "t" sem corte e "i", sem pingos, que porventura aparecem na caligrafia de Hemingway, foram corrigidas sem comentários editoriais.

Uso de maiúsculas

Via de regra, o uso de maiúsculas por parte de Hemingway foi preservado. No entanto, embora sua caligrafia seja aberta e legível, letras maiúsculas e minúsculas às vezes são indiscerníveis (as letras "a" e "g", por exemplo, quase sempre são escritas com a forma de minúsculas, e a maiúscula é diferenciada apenas pelo tamanho em relação a outras letras). Em casos ambíguos, seguimos normalmente o uso correto no contexto da frase.

Pontuação

Quer Hemingway escreva à mão ou à máquina, não há um padrão aparente quanto ao uso ou omissão de apóstrofos, e nas cartas caligrafadas ele marca com frequência o final de uma frase com um travessão em vez de um ponto. A pontuação muitas vezes irregular de Hemingway – ou a falta dela – foi estritamente preservada, exceto nos seguintes casos:

• Nas cartas manuscritas, Hemingway às vezes marca o final de uma frase declarativa com o "x" pequeno (provavelmente um efeito de seus hábitos antigos como repórter de jornal), um floreado ou outra marca difícil de reproduzir na impressão. Em vez de tentar reproduzir essas marcas, elas foram padronizadas, sem comentários, com um ponto.

• Hemingway às vezes escreve parênteses como linhas verticais ou inclinadas; nesses casos, padronizamos como parênteses.

• Hemingway às vezes deixava de colocar ponto no final da última frase dos parágrafos (como indicado pelo recuo da linha seguinte) ou no fim de uma frase fechada com um parêntese. Outras frases simplesmente se juntam. Inserir, de modo geral, a pontuação para beneficiar a exatidão gramatical alteraria o ritmo e o tom das cartas: mascararia o descuido ou a falta de fôlego de Hemingway, suprimiria o charme involuntário de algumas cartas da infância e seu jogo de palavras intencional, e imporia uma lógica arbitrária ou uma falsa clareza em algumas passagens ambíguas, por exemplo, conforme indicado pelo espaçamento adicional depois de uma palavra e o uso de maiúscula na palavra seguinte para marcar o início de uma nova frase. Nesses casos, inserimos um ponto dentro de colchetes.

Notas sobre o texto

• Sempre que os editores acrescentaram a pontuação a título de clareza, os sinais são colocados entre colchetes, por exemplo, como quando Hemingway omitiu o uso de vírgulas para separar nomes próprios em uma lista.

SUPRESSÕES E CORREÇÕES

Hemingway dificilmente se dava ao trabalho de apagar equívocos ou erros no início das cartas. Normalmente ele rasurava ou corrigia o material escrito riscando uma linha sobre as palavras ou datilografando por cima. Sua intenção geralmente é clara, e não reproduzimos cada rasura ou correção. No entanto, quando o material suprimido ou alterado é legível e os editores consideraram importante ou interessante, a rasura ou correção foi mantida, com o texto tachado onde foi rasurado por Hemingway, da maneira como o leitor encontraria na carta.

Quando ele datilografava por cima da palavra errada com toques mais fortes, de modo que as palavras pretendidas aparecem mais escuras, mantivemos apenas a versão corrigida. Quando ele corrigia as palavras e frases voltando e datilografando sobre elas (geralmente com uma série de letra "x"), ele costumava deixar passar uma letra ou outra no início ou no fim do trecho rasurado; nós não reproduzimos as letras soltas que ele obviamente queria apagar. Também não transcrevemos as letras isoladas e os inícios errados que ele simplesmente não anulou, por exemplo, a parte de uma palavra datilografada fora da margem direita da página, seguida pela palavra completa na linha seguinte.

ENTRELINHAMENTO, ANOTAÇÕES NAS MARGENS E OUTRAS MARCAS

As inserções de Hemingway, quer apareçam entre linhas ou nas margens, foram transferidas para dentro do texto no ponto em que, segundo o juízo dos editores, seria o local pretendido. No entanto, quando a inserção deixaria uma frase ou passagem confusa se fosse simplesmente transcrita, sem nenhum comentário, no ponto indicado, colocamos o material inserido entre colchetes e acrescentamos uma breve explicação editorial em itálico. Por exemplo, [*inserção de EH*]. Quando a posição pretendida de qualquer material é questionável, ou uma inserção mereceria comentário editorial, acrescentamos uma nota.

Quando as marcas de Hemingway indicam que a ordem das letras, palavras ou frases deveria ser transposta, fizemos a transposição sem comentários. Quando ele usa sinal de idem para indicar a repetição de uma palavra ou frase que aparecer na linha anterior do texto original, nós repetimos a palavra ou frase dentro de colchetes no local indicado. Por exemplo: "Você escreveu para os Steins? [*Sinal de idem:* Você escreveu para] Ford Maddox Fords".

Sempre que possível, os esboços ou desenhos esporádicos de Hemingway são reproduzidos como aparecem no texto da carta. Fora isso, breves descrições são fornecidas entre colchetes quando tais elementos gráficos aparecem no texto. Por exemplo: "[*desenho de um gato dormindo*]", e qualquer comentário que os editores consideram necessários é acrescentado em nota.

Outras marcas no texto difíceis de serem reproduzidas na impressão, como rabiscos ou floreios isolados embaixo da data da carta ou da assinatura, são indicadas apenas quando os editores as consideraram de interesse particular. Não transcrevemos a numeração de página de Hemingway.

Recuo e espaçamento

Tanto nas letras manuscritas quanto nas datilografadas, as indicações feitas por Hemingway de quebras de parágrafo são irregulares ou inexistentes. Em algumas ocasiões, em vez de usar um recuo para indicar quebra de parágrafo, ele começava uma página nova, deixava uma lacuna entre as linhas ou terminava a frase anterior no meio da linha. Os editores indicaram novos parágrafos usando um recuo regular na primeira linha.

Nas letras datilografadas, o espaçamento dado por Hemingway é irregular. Com frequência ele toca a barra de espaços antes e depois de sinais de pontuação, ou diversas vezes entre as palavras, e espaços vazios incidentais aparecem algumas vezes no meio de uma palavra. O espaço entre os sinais de pontuação e entre as palavras foi normalizado, e os espaços vazios incidentais que aparecem no meio das palavras foram removidos.

No entanto, quando Hemingway escrevia duas palavras juntas sem espaço para separá-las, elas foram transcritas exatamente como aparecem, pois muitas vezes é impossível determinar se a escrita foi acidental ou intencional. Palavras fundidas também podem expressar um estado de pressa ou empolgação que se perderia para os leitores se os espaços convencionais fossem inseridos.

Palavras compostas*

As transcrições seguem exatamente o tratamento dado por Hemingway às palavras compostas, sem tentarmos impor consistência, corrigir ou padronizar a hifenização ou o espaçamento. Por exemplo, não há padrão aparente no uso de palavras compostas como *"good-bye"*, *"goodbye"* e *"good bye"*, ou *"someone"* e *"some one"*.

Nas cartas manuscritas, o "y" de Hemingway geralmente é seguido por um espaço que poderia ou não marcar uma lacuna entre as palavras. Por exemplo,

---

*. Via de regra, este critério não pôde ser adotado na tradução, devido às diferenças entre o inglês e o português. (N.E.)

Notas sobre o texto

às vezes é difícil dizer se ele queria escrever *"anyway"* ou *"any way"*. Quando a caligrafia de Hemingway é ambígua, nós transcrevemos a palavra como ela seria usada corretamente na frase.

Palavras sublinhadas

As palavras sublinhadas por Hemingway foram sublinhadas nas transcrições; o sublinhado duplo, triplo e quádruplo que ele usava às vezes é indicado para reproduzir sua ênfase ou exuberância.

Trechos perdidos

São usados colchetes para indicar texto ilegível, danificado ou ausente onde ocorrem, com uma descrição em itálico da condição do manuscrito. Por exemplo: *[ilegível]*, *[M rasgado]*, *[M recortado pela censura]*. Quaisquer reconstruções conjecturadas de texto perdido são fornecidas em letra romana entre colchetes.

Data e local da escrita

A data e o lugar de origem (geralmente um endereço específico para resposta) conforme fornecidos por Hemingway no texto de suas cartas são transcritos exatamente como ele os escreveu; no entanto, padronizamos a disposição desses elementos para que apareçam alinhados à margem direita. O uso de papel timbrado é indicado em nota logo após o texto completo de uma carta; as informações de endereço do cabeçalho são fornecidas na mesma nota, e não transcritas como parte do texto da carta.

Despedida e assinatura

A despedida e a assinatura de Hemingway são transcritas como ele as escreveu, seja em uma ou duas linhas, mas sua disposição foi padronizada alinhada à margem direita.

Pós-escritos

Independentemente de onde um pós-escrito aparece no manuscrito (na margem, no cabeçalho, no rodapé ou no verso da última página da carta), ele é transcrito como um novo parágrafo depois da assinatura, refletindo a ordem provável da composição.

Cartas juntas

As cartas que Hemingway escreveu com outra pessoa ou às quais ele acrescentou um pós-escrito são apresentadas inteiramente para preservar o contexto da parte escrita por ele, sendo o momento em que um escritor toma a posição do outro indicado entre colchetes. Por exemplo, "[*EH escreve:*]" ou "[*Hadley escreve:*]". Quando um escritor insere uma breve observação no texto do outro, o ponto da interposição bem como a própria observação são indicados em colchetes. Por exemplo: "[*EH interpõe:* Duvido disso.]".

Línguas estrangeiras

Qualquer parte de uma carta escrita em outra língua que não o inglês é transcrita exatamente como Hemingway a escreveu, sem nenhuma tentativa de corrigir erros ou fornecer marcas diacríticas ausentes.

Quando uma palavra, expressão, frase ou passagem dentro de uma carta está em língua estrangeira, fornecemos a tradução em nota precedida – quando consideramos necessário para a clareza – pela grafia correta ou forma com diacríticos da palavra. Não fornecemos as traduções para palavras ou expressões supostamente familiares para a maioria dos leitores, como, por exemplo, *"adios"*, *"au revoir"*. Quando Hemingway escreveu uma carta inteira em língua estrangeira, a transcrição do texto original é acompanhada da tradução entre colchetes.

Não tentamos nessas traduções reproduzir os erros gramaticais cometidos por Hemingway em outras línguas. Por exemplo, na conjugação de verbos ou na concordância de gênero dos substantivos e adjetivos. Em vez disso, fornecemos uma tradução que transmite o sentido da mensagem, enquanto apontamos brevemente a presença e natureza desses erros. Do mesmo modo, não tentamos reproduzir os mecanismos e a sintaxe exata (por exemplo, uso de maiúsculas e pontuação) do uso de Hemingway de uma língua estrangeira, mas elaboramos uma tradução que transmita o estilo e o tom de seu uso, seja formal ou coloquial.

Aparato Editorial

Título

Cada carta é precedida de um título indicando o destinatário e a data da carta, e qualquer informação fornecida pelos editores é colocada entre colchetes.

Notas sobre o texto

NOTA DE FONTE

Uma nota bibliográfica logo depois de cada carta traz informações sobre o texto-fonte no qual se baseia a transcrição, incluindo a localização e a forma da carta original. As abreviações usadas são descritas na lista de abreviações e títulos resumidos no início de cada volume. As informações aparecem nesta ordem:

(1) Símbolos que indicam a localização e a forma da carta original. Por exemplo, "JFK, CDA" indica uma carta datilografada assinada, localizada no acervo da JFK Presidential Library. Quando a carta original não pôde ser localizada e a transcrição deriva de outra fonte (por exemplo, fotocópia, transcrição do destinatário, transcrição de ditado feita por secretária, catálogo de leilão ou outra publicação), tal fonte é indicada. Quando Hemingway termina uma carta com uma "marca" em vez de escrever seu nome (como quando desenha uma caneca [*stein*] de cerveja para representar seu apelido "Stein", abreviação de "Hemingstein"), consideramos a carta como assinada, descrevendo-a, por exemplo, como "CDA" em vez de "CD".

(2) Indicamos o uso de papel timbrado e fornecemos as informações de endereço. Elementos adicionais do cabeçalho secundários para o estudo de Hemingway (por exemplo, frase de propaganda, descrição das instalações de um hotel, nome do proprietário, número de telefone) geralmente não foram registrados. No entanto, nos raros casos em que Hemingway tece algum comentário sobre esses elementos, o contexto é descrito em uma nota. Quando o texto é da imagem de um cartão-postal, uma breve descrição é fornecida. Por exemplo: "M Cartão-postal A, verso: Sun Valley Lodge, Idaho."

(3) Informações sobreviventes do carimbo postal são fornecidas. Quando um selo está incompleto ou ilegível, partes do nome dos lugares ou datas fornecidas pelos editores são colocadas entre colchetes. Por exemplo: "SCH[RUN] S." Quando a carta original não pôde ser consultada e as informações de postagem derivam de outra fonte (por exemplo, descrição em um catálogo de leilão), colocamos as informações entre colchetes.

NOTAS DE FIM

As anotações foram colocadas em notas de fim logo depois de cada carta. Nas notas, referimo-nos a Ernest Hemingway como EH. As iniciais não são usadas para outras pessoas, mas os editores usam com frequência os nomes abreviados que Hemingway teria usado. Por exemplo: Hadley para sua esposa, Elizabeth Hadley Richardson Hemingway; ou Buck Lanham para seu amigo general Charles T. Lanham. Os destinatários das cartas incluídos em dado volume são identificados no rol de correspondentes ao final do volume. Outras pessoas são identificadas em notas de fim quando mencionadas pela primeira vez.

Necessariamente pode haver alguma duplicação ou referência cruzada, pois nosso objetivo é tornar os volumes úteis para os leitores, visto que nem todos lerão as cartas em ordem estritamente cronológica de um volume ou ao longo da edição.

Ao determinar quais referências merecem anotação, estivemos atentos ao público internacional da edição e, depois de consultar previamente a editora, fornecemos notas para algumas referências talvez desconhecidas dos leitores fora dos Estados Unidos. Por exemplo, calda Karo, gêiser Old Faithful. De modo geral, não tentamos explicar as expressões inventivas, gírias privadas e outros trocadilhos de Hemingway, deixando que os leitores experimentem e interpretem sua linguagem da maneira como ele a escreveu.

Os editores se esforçaram ao máximo para identificar as referências de EH a pessoas, lugares, eventos, publicações e obras de arte. No entanto, a identidade de alguns inevitavelmente se perdeu na história. Quando uma nota não é fornecida na primeira vez em que uma referência é mencionada, o leitor pode concluir que ela continua não identificada.

Sandra Spanier

Abreviações e títulos resumidos
Fontes e localização dos manuscritos

Brown	Biblioteca da Brown University; Providence, Rhode Island
CMU	Biblioteca Histórica Clarke, Central Michigan University; Mount Pleasant, Michigan
Cohen	Coleção Andrew Cohen
Columbia	Rare Book and Manuscript Library, Columbia University; Nova York, Nova York
IndU	Lilly Library, Indiana University; Bloomington, Indiana
JFK	Coleção Ernest Hemingway da John F. Kennedy Presidential Library and Museum; Boston, Massachusetts
KCStar	*Kansas City Star*; Kansas City, Missouri
Knox	Special Collections and Archives, Knox College Library; Galesburg, Illinois
NCMC	North Central Michigan College; Petoskey, Michigan
Mainland	Coleção Ernest H. Mainland
Meeker	Coleção David F. Meeker
Newberry	The Newberry Library; Chicago, Illinois
NYPL	de Nova York Public Library; Nova York, Nova York
OPPL	Oak Park Public Library; Oak Park, Illinois
PDL	Petoskey District Library; Petoskey, Michigan
PSU	Rare Books and Manuscripts, Special Collections Library, Pennsylvania State University Libraries; University Park, Pennsylvania
PUL	Rare Books and Special Colections, Princeton University Library; Princeton, Nova Jersey
James Sanford	James Sanford
Schnack	Coleção da Família Schnack, fornecida por Michael Schnack
Stanford	Departament of Special Collections and University Archives, Stanford University Libraries; Stanford, California

UChicago	Special Collection Research Center, University of Chicago Library; Chicago, Illinois
UMD	Collections, University of Maryland Libraries; College Park, Maryland
UT	Harry Ransom Humanities Research Center, University of Texas at Austin; Austin, Texas
UTulsa	Departament of Special Colections, McFarlin Library, University of Tulsa; Tulsa, Oklahoma
UVA	Special Collections, University of Virginia Library; Charlottesville, Virginia
Yale	Yale Collection of American Literature, Beinecke Rare Book and Manuscript Library, Yale University; New Haven, Connecticut
Zieman	Coleção de Mark e Rhonda Zieman

Formas de Correspondência

As abreviações a seguir são usadas em combinação para descrever a forma do texto-fonte (por exemplo, CMA para carta manuscrita assinada, CDA para carta datilografada assinada, RMT para rascunho manuscrito de telegrama, ccCD para cópia carbonada de carta datilografada, fJFK para fotocópia na JFK Presidential Library):

A	Assinada
C	Carta
cc	Cópia carbonada
D	Datilografada
f	Fotocópia
Frag	Fragmento
M	Manuscrito
N	Nota
R	Rascunho
T	Telegrama

Abreviações e títulos resumidos

OUTRAS ABREVIAÇÕES

nasc.   nascimento
c.   cerca de
m.   morte
ca.   casamento
OPRFHS   Oak Park e River Forest High School; Oak Park, Illinois

OBRAS DE ERNEST HEMINGWAY

As seguintes abreviações e títulos resumidos para as obras de Ernest Hemingway são usadas em toda a edição; nem todas aparecem neste volume. As primeiras edições nos Estados Unidos são citadas, exceto quando indicado em nota.

ARIT   *Across the River and into the Trees.* Nova York, Scribner's, 1950.
BL   *By-line Ernest Hemingway: Selected Articles and Dispatches of Four Decades.* Organizado por William White. Nova York, Scribner's, 1967.
CSS   *The Complete Short Stories of Ernest Hemingway: The Finca Vigía Edition.* Nova York, Scribner's, 1987.
DLT   *Dateline: Toronto: The Complete "Toronto Star" Dispatches, 1920-1924.* Organizado por William White. Nova York, Scribner's, 1985.
DIA   *Death in the Afternoon.* Nova York, Scribner's, 1932.
DS   *The Dangerous Summer.* Nova York, Scribner's, 1985.
FC   *The Fifth Column and the First Forty-nine Stories.* Nova York, Scribner's, 1938.
FTA   *A Farewell to Arms.* Nova York, Scribner's, 1929.
FWBT   *For Whom the Bell Tolls.* Nova York, Scribner's, 1940.
GOE   *The Garden of Eden.* Nova York, Scribner's, 1986.
GHOA   *Green Hills of Africa.* Nova York, Scribner's, 1935.
iot   *in our time.* Paris, Three Mountains Press, 1924.
IOT   *In Our Time.* Nova York, Boni and Liveright, 1925. Edição revista. Nova York, Scribner's, 1930.
IIS   *Islands in the Stream.* Nova York, Scribner's, 1970.
MAW   *Men at War.* Nova York, Crown Publishers, 1942.
MF   *A Moveable Feast.* Nova York, Scribner's, 1964.

MF-RE	*A Moveable Feast: The Restored Edition.* Organizada por Seán Hemingway. Nova York, Scribner's, 2009.
MWW	*Men Without Women.* Nova York, Scribner's, 1927.
NAS	*The Nick Adams Stories.* Nova York, Scribner's, 1972.
OMS	*The Old Man and the Sea.* Nova York, Scribner's, 1952.
Poems	*Complete Poems.* Organização, introdução e notas de Nicholas Gerogiannis. Edição revisada. Lincoln, University of Nebraska Press, 1992.
SAR	*The Sun Also Rises.* Nova York, Scribner's, 1926.
SL	*Ernest Hemingway. Selected Letters, 1917-1961.* Organizado por Carlos Baker. Nova York, Scribner's, 1981.
SS	*The Short Stories of Ernest Hemingway.* Nova York, Scribner's, 1954.
TAFL	*True at First Light.* Organizado por Patrick Hemingway. Nova York, Scribner's, 1999.
THHN	*To Have and Have Not.* Nova York, Scribner's, 1937.
TOS	*The Torrents of Spring.* Nova York, Scribner's, 1926.
TOTTC	*The Only Thing That Counts: The Ernest Hemingway-Maxwell Perkins Correspondence,* 1925-1947. Organizado por Matthew J. Bruccoli & Robert W. Trogdon. Nova York, Scribner's, 1996.
TSTP	*Three Stories and Ten Poems.* Paris, Contact Editions, 1923.
UK	*Under Kilimanjaro.* Organizado por Robert W. Lewis & Robert E. Fleming. Kent, Ohio, Kent State University Press, 2005.
WTN	*Winner Take Nothing.* Nova York, Scribner's, 1933.

Obras de referências citadas com frequência neste volume

Baker *Life*	Baker, Carlos. *Ernest Hemingway:* A Life Story. Nova York, Scribner's, 1969.
Bakewell	Bakewell, Charles M. *The Story of the American Red Cross in Italy.* Nova York, Macmillan, 1920.
Bruccoli *Apprenticeship*	Bruccoli, Matthew J. (org.). *Ernest Hemingways Apprenticeship: Oak Park 1916-1917.* Washington, D. C, Microcard Editions, National Cash Register, 1971.
Bruccoli *Cub*	Bruccoli, Matthew J. (org.). *Ernest Hemingway, Cub Reporter: "Kansas City Star" Stories.* Pittsburgh, University of Pittsburgh Press, 1970.

Abreviações e títulos resumidos

Diliberto	Diliberto, Gioia. *Hadley.* Nova York, Ticknor and Fields, 1992.
Fenton	Fenton, Charles. *The Apprenticeship of Ernest Hemingway: The Early Years.* Nova York, Farrar, Straus and Young, 1954.
Griffin	Griffin, Peter. *Along with Youth: Hemingway: The Early Years.* Nova York, Oxford University Press, 1985.
Hanneman	Hanneman, Audre. *Ernest Hemingway: A Comprehensive Bibliography.* Princeton, Nova Jersey, Princeton University Press, 1967.
Hanneman 2	Hanneman, Audre. *Supplement to Ernest Hemingway: A Comprehensive Bibliography.* Princeton, Nova Jersey, Princeton University Press, 1975.
P. Hemingway	Hemingway, Patricia S. *The Hemingways: Past and Present and Allied Families.* Edição revisada. Baltimore, Gateway Press, Inc., 1988.
M. Miller	Miller, Madelaine Hemingway. *Ernie: Hemingway's Sister "Sunny" Remembers.* Nova York, Crown Publishers, 1975.
Ohle	Ohle, William H. *How It Was in Horton Bay, Charlevoix County, Michigan.* Boyne City, Michigan, William H. Ohle, 1989.
Reynolds *PY*	Reynolds, Michael S. *Hemingway. The Paris Years.* Oxford, Basil Blackwell, 1989.
Reynolds *YH*	Reynolds, Michael S. *The Young Hemingway.* Oxford, Basil Blackwell, 1986.
Sanford	Sanford, Marcelline Hemingway. *At the Hemingways: With Fifty Years of Correspondence Between Ernest and Marcelline Hemingway.* Moscou, University of Idaho Press, 1999.
Smith	Smith, Paul. *A Readers Guide to the Short Stories of Ernest Hemingway.* Boston, G. K. Hall, 1989.
Villard and Nagel	Villard, Henry S.; James Nagel (orgs.). *Hemingway in love and War. The Lost Diary of Agnes von Kurowsky, Her Letters, and Correspondence of Ernest Hemingway.* Boston, Northeastern University Press, 1989.

Prefácio ao volume
Linda Peterson Miller

Ernest Hemingway, o escritor, mudou o modo como as pessoas viam o mundo e pensavam sobre ele. Mas muito embora suas obras continuem merecendo atenção acadêmica e aclamação pública, a interação entre seu talento artístico e a vida que o modelou continua pouco compreendida. É preciso entendê-la por completo, e as cartas de Ernest Hemingway, que prometem desafiar suposições e mitos empoeirados sobre Hemingway e sua arte transformadora, ajudarão a tornar isso possível.

Este volume inicial fornece um retrato epistolar de Hemingway tornando-se Hemingway. Trata-se de uma reunião das cartas que Hemingway escreveu desde os dias da juventude em Oak Park, onde nascera, até 1922, seu primeiro ano em Paris, traçando desse modo sua formação como escritor. Na correspondência com a família e os amigos – de sua época em Kansas City com o jornal *Kansas City Star*, passando pela lesão que sofreria na Itália durante a Primeira Guerra Mundial e sua melhora, pelo retorno ao acampamento e à pesca no norte de Michigan, onde passava os verões quando garoto, até chegar às suas primeiras aventuras na Cidade da Luz –, Hemingway destacava as experiências e descrevia os lugares que apareceriam em seus primeiros e talvez melhores contos. A voz vigorosa que surge nessas cartas é a do jovem Hemingway, um sujeito ambicioso e aplicado, mas não ainda uma lenda, não ainda o Papa.

Hemingway só se estabeleceu como escritor em 1922 (ele ainda era um escritor praticamente não publicado, exceto por suas reportagens de jornal), mas suas primeiras cartas revelam que ele tinha plena ciência de si próprio como escritor em formação. Depois de trabalhar como foca no *Kansas City Star* por seis meses, Hemingway escreveu para o pai em 16 de abril de 1918 para falar de seu entendimento de que a escrita jornalística profissional exigia imediatismo e precisão, além de persistência. Ele estava "exausto! [...] mental e fisicamente", disse ele ao pai, depois de meses tendo "de escrever matérias de meia-coluna verificando cada nome, endereço e iniciais, e se lembrar de escrever com bom estilo, um estilo perfeito, na verdade, e expor todos os fatos na ordem correta, encadeá-los" e "visualizar o que aconteceu" enquanto "um garoto vai arrancando as páginas da máquina tão rápido quanto se escreve".

Hemingway já estava aprendendo a colocar na página os momentos arrebatadores da vida. Diversos desses momentos aparecem em suas cartas, principalmente quando ele reflete sobre o passado. Assim, em uma carta de 20 de maio de 1921 para sua irmã Marcelline, Hemingway descreveu seu recente retorno de uma "noitada formidável" em Chicago com a amiga Issy Simmons, de

Oak Park, em uma noite em que o ar da primavera o fez se lembrar da infância: "Foi uma noite magnífica. Saímos de um lugar onde estávamos dançando valsa e fomos para o ar livre e estava quente, quase tropical, com uma lua gigantesca que radiava no topo das casas. O ar suave e morto, do jeito que costumava ser quando éramos crianças e andávamos de patins ou brincávamos de pique com os Luckocks e Charlotte Bruce."

Esses momentos relembrados se misturam aos pensamentos e encontros cotidianos de Hemingway em suas cartas. Ele escreve cartas qualitativamente diferentes para cada membro da família e amigo íntimo, criando linhas narrativas paralelas, embora divergentes, mesmo quando escreve para mais de uma pessoa no mesmo dia sobre as mesmas questões. Cada carta tem seu próprio tom e enfoque; cada uma conta sua própria história. Quando lida cronologicamente e em conjunto, essa multiplicidade de perspectivas sugere a ressonância polifônica e a dissonância emocional inerentes à arte modernista que Hemingway começaria a absorver quando chegasse a Paris no final de 1921.

As cartas neste volume aferem a bússola emocional do amadurecimento de Hemingway à medida que ele lida diretamente com um mundo em rápida e constante mudança. Algumas vezes as cartas parecem egocêntricas e prepotentes, o que não é incomum para alguém tão jovem, mas geralmente são engraçadas, exuberantes, honestas e envolventes. Elas também revelam o surgimento e o desenvolvimento do estilo de Hemingway, incluindo seu olhar para detalhes específicos e sua rejeição a banalidades, simulações e a linguagem abstrata.

As cartas comprovam duas influências básicas dos primeiros anos de Hemingway que modelaram sua psique e sua arte: sua criação numa família de classe média e as experiências na Primeira Guerra Mundial. Os leitores acostumados a acreditar que Hemingway ressentia suas raízes de Oak Park e que tinha uma relação difícil com a família podem surpreender-se com a quantidade de cartas afetuosas e atenciosas que ele escrevia para os pais e irmãos. O tom, a complexidade e a riqueza textual dessas cartas mostram que a família de Hemingway significava muito para ele, e que suas relações com os familiares não poderiam simplificar-se demais com o passar do tempo.

O contato de Hemingway com a guerra e sua relação com a escrita merecem ser reexaminados à luz de sua correspondência em tempo de guerra – a maior parte dela para a família, inclusive diversas cartas jamais publicadas. Já se tornou um clichê da crítica dizer que os ferimentos sofridos quando era motorista de ambulância da Cruz Vermelha Americana na Primeira Guerra Mundial lhe causaram cicatrizes psicológicas e o levaram a criar heróis emocionalmente prejudicados tentando viver em um mundo perturbado pelo código da "graça sob pressão". Contudo, as cartas de Hemingway salientam como ele viu pouco da batalha real, e como ele tinha a tendência de romantizar seus feitos em tempo de guerra. Durante sua convalescência em Milão, entre julho e

Prefácio ao volume

dezembro de 1918, ele escreveu para a família com frequência, às vezes em cartas sucessivas que, juntas, capturam o ritmo de suas oscilações de humor. Nessas cartas que mandava para casa, vemos seu pensamento se desenvolver do tom entusiasmado de um rapaz de dezoito anos que sentia a guerra como uma grande aventura – "Oh, meu caro! Estou contente em estar aqui", escreveu ele para um amigo aproximadamente em 9 de junho de 1918 – para as reflexões mais filosóficas de um "soldado" ferido que viveu parta contar sua história.

Em 14 de julho de 1918, Ted Brumback, amigo de Hemingway, escreveu para Clarence e Grace Hemingway contando os detalhes dos ferimentos que o filho sofrera seis dias antes. Brumback destacou a bravura de Hemingway em ir direto para o *front* para entregar cigarros e chocolates aos soldados, e sua nobre conduta sob tiros quando, apesar dos sérios ferimentos que tinha nas pernas, carregou um soldado italiano machucado até que estivessem em segurança. Em um pós-escrito a essa carta, Hemingway minimizou a importância dessas ações, garantindo aos pais: "Estou bem e [...] não sou nem de perto esse valentão que o Brummy pintou para vocês". Em uma carta suplementar escrita para a família em 21 de julho, seu aniversário, ele se concentrou em detalhar a paisagem física do *front* italiano, onde recolheu "um monte de suvenires" pouco antes de se ferir. A carta era mais descritiva que introspectiva, até o final:

> Eu estava o tempo todo lá na batalha e peguei munições e carabinas austríacas, medalhas alemãs e austríacas, pistolas automáticas dos soldados, capacetes dos Boche[,] umas doze baionetas, granadas luminosas e facas e quase tudo que vocês puderem imaginar. O único limite para a quantidade de suvenires que consegui pegar foi o que pude carregar, pois havia muitos prisioneiros e australianos mortos, o chão estava praticamente coberto deles. Foi uma vitória e tanto e mostrou ao mundo como os italianos são bons de briga.

A especificidade dos detalhes e da catalogação, culminando em uma atenuação crua e desconcertante, é uma pista do futuro estilo de escrita de Hemingway, e prenuncia contos de guerra posteriores, como "A Way You'll Never Be", no qual ele evoca as consequências físicas e psicológicas da batalha. Nesse conto, Nick Adams tenta reprimir uma histeria crescente sobre o que vira no campo de batalha, onde era possível dizer "o que aconteceu pela posição dos mortos"[1].

---

1. *The Complete Short Stories of Ernest Hemingway: The Finca Vigía Edition*. Nova York, Scribner's, 1987, p. 306.

Depois de incialmente atenuar o relato de seus ferimentos, Hemingway entrou em mais detalhes nas semanas seguintes. Depois de recuperar a força física, ele começou a encarar de forma mais direta a realidade de sua experiência. É impossível negar a violência da guerra, escreveu ele para sua família em 18 de agosto de 1918.

"[...] quando uma bomba acerta em cheio o grupo em que você está [...] todos os seus colegas são chapinhados ao seu redor. Chapinhar é literal." Hemingway então descreve vividamente as consequências imediatas de quando foi ferido e se deitou "por duas horas em um estábulo, com o teto arrebentado, esperando uma ambulância" que o levaria a um posto de socorro, o tempo todo ouvindo o bombardeio "ainda [...] intenso" no fundo e "aqueles grandes 250s e 350s passando pela nossa cabeça fazendo uma barulheira feito trem de estrada de ferro". O trauma sugerido daquela noite antecipa o trauma de Nick Adams em "Now I Lay Me". Nick está deitado em um chalé durante a noite e ouvindo o barulho dos "bichos-da-seda comendo"; ele tenta não dormir, pois acreditava que "se fechasse os olhos no escuro e se entregasse, a alma sairia do corpo"[2]. [3]

Cartas posteriores até o final de 1918, no entanto, documentam as tentativas de Hemingway de se desligar da guerra e sua experiência de quase morte ao filosofar sobre sua invulnerabilidade e sobre a grandiosidade da causa. "Morrer é uma coisa muito simples", escreveu ele para a família em 18 de outubro. "Eu vi a morte, eu sei o que é. Se eu tivesse morrido teria sido muito fácil para mim. Talvez a coisa mais fácil que eu faria. [...] E como seria melhor morrer no período feliz da juventude não desiludida, sair numa rajada do que ter o corpo gasto e passado e as ilusões despedaçados."

No que se refere às desilusões de Hemingway, há quem argumente que seu amadurecimento ocorreu não por ter sido ferido na guerra, mas por ter sido ferido pelo amor depois de voltar aos Estados Unidos. As cartas que escreveu nos meses posteriores ao seu retorno a Oak Park, no início de 1919, principalmente para os novos amigos que fizera na guerra, lançam novas luzes a essas questões. Enquanto ele estava hospitalizado em Milão, Hemingway se apaixonou por uma enfermeira norte-americana, Agnes von Kurowsky. Quando ele voltou para os Estados Unidos, ficou entendido que ela o seguiria, e os dois se casariam. Então, em 30 de março de 1919, ele recebeu uma carta devastadora de Agnes terminando o relacionamento. Ela sentia por ele um afeto "mais como mãe que como namorada", escreveu Agnes, e ela esperava "logo se casar" com um oficial italiano[3]. No mesmo dia em que Hemingway recebeu a carta, ele

---

2. Idem, ibidem, p. 276.

3. Henry S. Villard; James Nagel (orgs.). *Hemingway in Love and War: The Lost Diary of Agnes von Kurowsky, Her Letters, and Correspondence of Ernest Hemingway.* Boston, Northeastern University Press, 1989, p. 163-4.

escreveu para Bill Horne, um amigo da unidade militar, para falar do choque e da tristeza. "Eu não consigo escrever, juro por Deus," começou Hemingway. "Isso me pegou tão de repente. Então primeiro vou contar as tudo o que sei." Depois de conversar em alguns parágrafos, ele prosseguiu: "Agora depois do fracasso miserável de tentar ser divertido, vou contar a triste verdade [...]que culminou em uma carta da Ag recebida hoje de manhã. [...] Ela não me ama, Bill. Ela retirou tudo o que disse. [...] Oh, Bill, não consigo brincar com isso e não consigo nem me ressentir porque simplesmente estou arrasado."

Contudo, esse arrasamento pode bem tê-lo deixado menos atormentado ou emocionalmente abalado do que a maioria dos comentadores sustentou. Pouco menos de um mês depois, em uma longa carta para Jim Gable escrita entre 18 e 27 de abril, Hemingway conseguiu entender que se sentiu libertado pela rejeição de Agnes.

> Toda a confusão das alianças acabou há cerca de um mês e sou um sortudo e tanto [...] Eu amava mesmo a garota, mas sei agora que a escassez de americanas teve, sem dúvida, muito a ver com isso. E estou feliz agora que acabou [...] agora sou livre para fazer o que quiser. Ir para onde eu quiser e ter todo o tempo do mundo para me transformar em algum tipo de escritor.

Durante praticamente três anos entre seu retorno aos Estados Unidos no início de 1919 e seu embarque para Paris no final de 1921, no entanto, Hemingway continuou fixo em Chicago e nas redondezas, passando um curto período no Canadá e pequenas estadas nos lugares que frequentava quando menino no norte de Michigan, zona rural de seu coração. As cartas desse período, a maioria delas escritas para amigos na guerra, destacam a poderosa atração que o norte do Michigan exercia sobre ele e o papel significativo que sua juventude vivida lá teria na inspiração dos contos de Nick Adams publicados em *In Our Time* (1925).

Hemingway promovia a "beleza do campo" do norte de Michigan enquanto organizava excursões de acampamento e pesca com seus companheiros. Nas cartas de 18 e 27 de abril de 1919, ele tenta convencer Gamble a se juntar a ele e outros amigos para "Simplesmente a melhor pesca de trutas da região". Ao descrever a "maneira de pescar" trutas, Hemingway falou de como eles poderiam "remar pela baía e parar nessa velha doca de madeira. No mesmo nível da água". Depois disso, jogariam "umas quatro ou cinco linhas dentro do canal" e no seu devido tempo, pelo menos até a noite cair, pescariam "uma grande arco-íris no ar. Depois, a luta".

Essa carta é apenas uma entre muitas que, reunidas, transmitem uma sensação de inocência perdida para a passagem do tempo e evocam um lirismo que lembra *Adventures of Huckleberry Finn* (1884), de Mark Twain, livro que Hemingway admirava como o começo "de toda a literatura norte-americana moderna"[4]. Huck descreve a camaradagem cordial da vida na água quando ele e o escravo fugitivo Jim "flutuamos e depois de um tempo caímos no sono" no rio Mississippi [5]. Do mesmo modo, na sua carta de abril de 1919 para Gamble, Hemingway falou do norte de Michigan como "um excelente lugar para descansar, nadar e pescar quando quiser. O melhor lugar do mundo para não fazer nada". Eles soltam as linhas na água. "Se for de noite, montamos uma fogueira e ficamos lá sentados em volta do fogo, conversando e fumando, ou, se for de dia, ficamos de bobeira e esperamos os resultados".

Gertrude Stein classificou a geração pós-guerra como "geração perdida", mas Hemingway acreditava que ele e seus camaradas não estavam tão perdidos no mundo quanto a prístina zona rural se estava perdendo para eles. Suas cartas entre 1919 e 1921 mostram que ele procurava recuperar a boa região campestre do passado que acabaria idealizando novamente para a reabilitação pós-guerra de Nick Adams em "Big Two-Hearted Rivers". Em 25 de março de 1920, ele escreveu para Bill Horne: "Não há palavra que descreva a pesca nos rios Black, Pidgeon e Big Sturgeon", onde "Acampamos no Black saindo de Barrens e você não vê nenhuma casa ou alma por perto. Nada além de Pine Barrens, uma amplitude sem tamanho com cadeias de pinheiros erguendo-se como se fossem ilhas". Em "Big Two-Hearted Rivers", Nick faz uma pausa para descansar em uma dessas "ilhas de pinheiros", onde "os troncos das árvores subiam eretos, ou se inclinavam na direção um dos outros", antes de seguir caminhando mais adiante para montar acampamento "num bom lugar [...] na sua casa, que ele mesmo construiu"[6].

Por mais maravilhoso que fosse o norte de Michigan, Hemingway só recuperaria esse território em sua escrita depois de se mudar para o exterior no final de 1921. Suas cartas do pós-guerra escritas nos Estados Unidos revelam essa vontade de deixar o país e voltar a viver e escrever na Europa. Já em 3 de março de 1919, ele começou a manifestar dúvida sobre sua terra natal. "Sou patriota e desejoso de morrer por esta grande e gloriosa nação", escreveu ele para Gamble. "Mas odeio como o diabo viver aqui." Quando ele e sua esposa Hadley, recém-casados, se mudaram para Paris, ele expressou seus sentimentos com maior veemência. "Não há vida nos Estados Unidos", escreveu ele para Kate Smith em 22 de janeiro de 1922. Qual o propósito de "tentar viver num lugar maldito como a América quando existe Paris, Suíça e Itália?" Hemingway

---

4. Ernest Hemingway, *Green Hills of Africa*. Nova York, Scribner's, 1935, p. 22.

5. Mark Twain, *Adventures of Huckleberry Finn*. Victor Fischer; Lin Salamo (orgs.). Berkeley, University of California Press, 2003, p. 157.

6. Hemingway, *Complete Short Stories*, p. 166-7.

havia explorado a Suíça durante dez dias quando mandou essa carta para Kate, sua amiga dos verões que passara em Horton Bay, Michigan: "Aqui temos um país com uma baía praticamente intacta. Florestas enormes, bons rios de trutas, estradas maravilhosas e milhares de lugares para ir". Mesmo assim, ele já sentia "falta de Paris" e estava ansioso para voltar lá. "Paris, essa cidade, nos pega no sangue."

Em 1922, Hemingway também visitou a Itália, a Alemanha e o interior da França, e suas cartas revelam essa paixão por novos lugares, mesmo quando lamenta o tempo que precisava dedicar aos artigos de jornal. "Esse maldito trabalho no jornal está me arruinando aos poucos", confessou ele para Sherwood Anderson em 9 de março de 1922. Ele esperava poder "acabar com tudo isso logo" para se tornar um escritor somente, trabalhando de sua base em Paris.

Hemingway chegou lá no final de dezembro de 1921 munido de cartas de apresentação de Anderson para figuras de destaque na comunidade literária e com a determinação de deixar sua marca como escritor sério. A Paris que ele encontrou era um estranho mundo novo, liberto das expectativas americanas e agitada pela turbulência artística. As primeiras cartas de Hemingway enviadas de Paris fervilham com a intensidade da cidade que nutriria e modelaria sua identidade incipiente como pioneiro da prosa moderna norte-americana. Pouco tempo depois de sua chegada, ele escreveu para Anderson e sua esposa, Tennessee, em uma carta de mais ou menos 23 de dezembro de 1921, dizendo que ele e Hadley estavam sentados no coração de Paris, "do lado de fora do Dome Cafe, em frente ao Rotunde que está sendo reformado, nos aquecendo perto de um daqueles braseiros". Fazia "um frio maldito lá fora", declarou Hemingway, mas "o braseiro aquece bastante, tomamos ponche de rum, quente, e a bebida nos desce como Espírito Santo". Ele e Hadley andavam "pelas ruas, dia e noite, de braços dados, olhando os pátios e parando na frente das vitrines das lojas. Temo que os doces acabem matando a Bones. Ela parece uma caçadora de doces". Seu relato sobre os primeiros dias em Paris lembra a entrada de Benjamin Franklin no coração da Filadélfia, outro jovem resoluto e determinado a deixar sua marca no mundo, carregando "três grandes folhados" comprados em uma padaria local[7]. Hemingway e Hadley, assim como Franklin, observavam, maravilhados, a grande cidade florescer diante deles.

O casal Hemingway foi morar em um apartamento na rue du Cardinal Lemoine, 74, onde logo receberam Gertrude Stein e Alice B. Toklas. Em 14 de fevereiro, Hemingway escreveu para a mãe fazendo elogios a Stein e acrescentou: "Já conhecemos uma boa quantidade de gente em Paris e, se deixássemos, todo nosso tempo seria tomado por eventos sociais". Munido de um charme

---

7. J. A. Leo Lemay; Paul M. Zall (orgs.), *Benjamin Franklin's Autobiography: An Authoritative Text*, Nova York, Norton, 1986, p. 20.

considerável e de uma abundância de talento, Hemingway foi rapidamente aceito pelos letrados de Paris, inclusive Stein e Ezra Pound, e, na mesma velocidade, Paris se tornou seu lar. No final de janeiro, ele contou para a família que Hadley agora "tem um piano e colocamos todas as nossas fotografias nas paredes e temos lareira e uma beleza de cozinha e uma sala de jantar e um quarto grande e um toucador e espaço de sobra". "O apartamento", acrescentou ele, era "no alto de uma colina na parte mais antiga de Paris."

Essa perspectiva elevada – a sensação de estar no alto olhando para além do ambiente à sua volta – perpassa as primeiras cartas deste volume. Antes de partir para a guerra na Europa, ele escreveu de Nova York para a família em 14 de maio de 1918 dizendo que havia subido "ao topo da Woolworth Tower, 796 pés – 62 andares de altura", de onde ele viu "os barcos camuflados entrando e saindo do porto e avistamos o East River e o Hell's Gate". Ao escrever da Itália para sua mãe em 29 de julho, Hemingway disse orgulhoso que havia visto "como se faz um bom bocado de história de verdade durante a Grande Batalha do Piave e fiquei o tempo todo ao longo do *front* entre as montanhas e o mar". De volta a Chicago, em 1921, ele escreveu para sua irmã Marcelline, em 20 de maio, descrevendo seu "novo Domicílio" como "uma maravilha – muito maior que o anterior – e tem elevador e vista da janela da frente para os telhados inclinados esquisitos das velhas casas da rua Rush até a grande montanha do edifício Wrigley, o verde da grama fresca ao longo das ruas e as árvores em destaque". Para além do apartamento de Paris no topo da colina, Hemingway procurava os montes mais altos da Suíça, um "lugar ótimo" que ele comparou implicitamente aos contornos do Walloon Lake em Michigan. Hemingway descreveu a cena em uma carta escrita para Marcelline de aproximadamente 25 de janeiro de 1922. Ele e Hadley subiriam

> [...] a montanha em um trenzinho parecido com a locomotiva Peto-Walloon, subindo, serpenteando, subindo, serpenteando, até tomarmos a estrada para o inferno e passar por cima de tudo quando o trem para e você entra em outro que anda sobre rodas dentadas até o topo da montanha

de onde se via lá embaixo o mundo reluzir em uma promessa coberta de branco.

As cartas neste volume mostram Hemingway lutando pelo reconhecimento artístico e concluem com o prenúncio de sua trajetória de sucesso como escritor apesar da famosa perda no final de 1922 de todos os seus primeiros escritos no famoso furto de uma maleta em Gare de Lyon. Os relatos diferem a respeito dos detalhes desse incidente, mas a terrível realidade

Prefácio ao volume

foi que, quando Ernest se encontrou com Hadley na estação de trem, em Lausanne, a maleta em que ela havia colocado todos os escritos havia sumido.

De maneira surpreendente, Hemingway não faz nenhuma referência aos manuscritos perdidos em nenhuma carta que escreveu logo depois do incidente. Diversas semanas depois, no entanto, ele escreve sobre o assunto para Ezra Pound. "Suponho que soube da perda de minha juvenília? [...] Tudo que resta de todos os meus escritos são três rascunhos a lápis de um poema inútil que depois foi rasgado, algumas correspondências entre eu e John McClure e cópias carbonadas de algumas matérias de jornal." Ele suspeitava que Pound provavelmente lhe diria "'Tudo bem' etc." e o alertou: "Não me diga isso. Ainda não cheguei nessa disposição. Trabalhei três anos naquela droga toda."[8] Em *Paris é uma festa*, Hemingway recorda uma conversa que teve sobre os textos datilografados perdidos com Edward O'Brien, editor da antologia anual *Best Short Stories*. O'Brien ficou aflito ao saber da notícia, e Hemingway o tranquilizou, dizendo para ele "não se sentir tão mal. Provavelmente foi bom para mim perder meus primeiros escritos, e disse para ele toda aquela coisa que dizemos aos soldados. Eu disse que começaria a escrever contos novamente e, ao dizer isso, apesar de mentir para que ele não se sentisse tão mal, eu sabia que era verdade"[9].

O relativo silêncio de Hemingway em suas cartas a respeito de sua perda devastadora talvez seja um sinal de sua crença recente a respeito da omissão na arte modernista. Conforme expressou mais adiante junto com a escrita da primeira história que se segue após esse incidente, "Out of Season": "Você poderia omitir qualquer coisa sabendo que omitiu e que a parte omitida fortaleceria a história e faria as pessoas sentir algo mais do que entenderam"[10]. No próximo ano seria publicado seu primeiro livro, *Three Stories and Ten Poems*, contendo aquele novo conto junto com o que restou do que escrevera antes do furto. No início de 1924, de volta a Paris depois de um breve hiato em Toronto para o aniversário de seu filho em outubro de 1923, Hemingway começou de novo. Uma lição que aprendera nos anos de sua juventude foi que é preciso superar o pior – a ferida da guerra, a rejeição de Agnes, o furto de sua maleta – e continuar trabalhando. Ele se baseava em suas perdas quando voltava à máquina de escrever e começava a compor histórias minimalistas, porém com camadas, que chegavam à alma. Depurando a experiência no fogo da memória, ele transmutava em arte o período da infância e o amadurecimento que essas cartas retratam claramente enquanto ele os vivia.

---

8. Carlos Baker (org.), *Ernest Hemingway: Selected Letters*, 1917-1961, Nova York, Scribner's, 1981, p. 77.

9. Ernest Hemingway. *A Moveable Feast*. Nova York, Scribner's, 1964, p. 74-5.

10. Idem, p. 75.

Se lidas em conjunto com as histórias, as cartas iluminam a gênese da prosa inicial e mais icônica de Hemingway. Elas revelam o artista em formação e o menino tornando-se homem.

Introdução ao volume
Robert W. Trogdon

Embora seja difícil caracterizar a estrutura e o caminho da vida criativa de um escritor, principalmente uma vida tão complexa quanto a de Ernest Hemingway, as cartas deste volume ilustram quatro períodos principais de seu desenvolvimento: a infância em Oak Park e Michigan; o início da vida adulta em Kansas City como jornalista foca e na Itália como motorista de ambulância; o interlúdio pós-guerra em Michigan e Chicago, de 1919 a 1921, enquanto lutava para se tornar escritor profissional; e o início de seu verdadeiro aprendizado literário durante o primeiro ano em Paris, em 1922. Sua correspondência mapeia as mudanças em suas circunstâncias e personalidade nesses períodos e lança novas luzes sobre sua arte e suas relações. Talvez as cartas mais importantes sejam as enviadas para a família, pois nos dão uma visão com mais nuances de sua relação familiar do que qualquer outro relato existente. Das 264 cartas reunidas neste volume, mais da metade foi escrita para familiares: às vezes para um dos avós ou uma irmã (principalmente Marcelline, quinze meses mais velha), mas a maior parte para os pais (endereçada a eles separadamente ou em uma carta conjunta). A maioria das cartas restantes era para amigos de Michigan, inclusive Bill Smith e Grace Quinlan, ou para os amigos da guerra, incluindo Bill Horne, Howell Jenkins e Jim Gamble. Juntas, essas primeiras cartas colocam em destaque a importância que Hemingway dava às pessoas e aos lugares de sua juventude, bem como o impacto que tiveram na formação de seu caráter e na alimentação de sua imaginação criativa.

Os anos de formação de Hemingway foram passados no meio-oeste dos Estados Unidos. Segundo filho e o primeiro menino de Clarence Hemingway, médico em Oak Park, e Grace Hall Hemingway, professora de música, Ernest nasceu em 21 de julho de 1899 e chegou à maturidade com o século XX. Subúrbio próspero de Chicago, o vilarejo de Oak Park tinha aspecto rural durante a infância de Ernest. Dr. Hemingway tinha um cavalo e uma charrete para fazer as visitas médicas durante a primeira década do século, substituindo-a depois por um Ford Modelo T quando Ernest era adolescente, e a família tinha um viveiro próprio para provisão de galinhas e ovos. Durante os verões, a família se mudava para Windemere, sua casa de campo em Walloon Lake, norte de Michigan. Quando adolescente, Ernest passava parte de seu tempo em Windemere nadando e pescando, mas também trabalhava na vizinha Longfield Farm (comprada pela família em 1905), preparando feno e colhendo batatas e maçãs no final do verão e início do outono.

As primeiras cartas de Hemingway refletem os interesses típicos de um garoto com o histórico dele. Hemingway era fã inveterado de beisebol, principalmente do Chicago Cubs, do White Sox e do New York Giants, e escrevia pedindo pôsteres de seus jogadores prediletos. Refletindo o amor do pai pelo ar livre e pelo estudo da natureza, ele enchia suas cartas com relatos de pesca e observações da vida selvagem. Em Nantucket Island, com sua mãe, Grace, em 1910, ele escreveu para o pai pedindo conselho sobre a possível compra de um pé de albatroz para o Oak Park Agassiz Club. Quando adolescente, ele trocava bilhetes com os colegas de classe para planejar acampamentos e viagens de canoa, incluindo uma para cruzar o lago Ontário, que ele não fez. As cartas escritas durante a escola secundária são cheias de comentários e piadas sobre trabalhos escolares e atividades extracurriculares (inclusive tocar violoncelo na orquestra da escola) e manifestações de entusiasmo pela pesca e caça. Mesmo quando era malvado, Hemingway demonstrava ser um filho dedicado. Em sua carta de 31 de julho de 1915 para sua mãe, escrita depois de ter matado uma garça-azul ilegalmente e se escondido na casa de veraneio de seu tio George Hemingway em Ironton, Michigan, ele resumiu o que fizera para prevenir a família antes de fugir da guarda de caça. Mas as cartas de Hemingway adolescente também se referem com frequência à leitura e à escrita. Ele as salpicava de citações de Rudyard Kipling e de recomendações de poetas e romancistas que ele achava que os amigos deveriam ler. Quando não estava em Oak Park, ele costumava pedir para a família lhe enviar edições de jornais locais, bem como do *Chicago Tribune*. Embora elogiasse os méritos de vários colegas e universitários, era evidente que, quando se formasse na escola, Hemingway estaria destinado a ser jornalista, e Fannie Biggs, sua professora de inglês, escreveu para os jornais de Chicago tentando ajudar o aluno a conseguir emprego.

Nenhum jornal de Chicago contratou o rapaz de Oak Park que acabara de se formar no colégio, mas o *Kansas City Star*, sim. Em outubro de 1917, o foca começou a trabalhar enquanto morava com seu tio Tyler e sua tia Arabell Hemingway. Em pouco tempo, no entanto, foi morar com Carl Edgar, amigo que passava os verões em Horton Bay, e começou a levar uma vida que os pais não imaginavam. Enquanto escrevia para eles contando sobre as longas horas no trabalho – anexando recortes das matérias que compunha –, ele escrevia para a irmã Marcelline (na época caloura do Oberlin College) contando que ia a shows de *vaudeville* e burlesco, orgulhando-se de que conseguia distinguir diferentes tipos de vinho de olhos fechados. Ele também confessou para ela que levava uma arma quando saía para cobrir as notícias no "trajeto interbases": a Delegacia de Polícia da 15th Street, a Union Station e o Hospital Geral. Embora talvez ele exagerasse para o benefício da irmã, Hemingway parecia se divertir com essa independência recém-descoberta e em ser tratado como adulto pelos outros funcionários do *Star*.

Introdução ao volume

A julgar pelos recortes que acompanhavam algumas de suas cartas para os pais, as primeiras tarefas de Hemingway resultaram em itens curtos de menos de dez linhas, embora ele provavelmente tenha colaborado com matérias maiores. À medida que ganhava experiência, suas matérias ganhavam mais espaço. Ele entrevistou Grover Cleveland Alexander, do Chicago Cubs, quando "o maior arremessador do mundo" passou pela cidade rumo à Califórnia. Fez a cobertura de um caso de corrupção envolvendo o hospital da cidade e uma greve dos funcionários de lavanderia. Escreveu artigos sobre o esforço de guerra local e ajudou a reescrever artigos telegrafados sobre a ofensiva alemã na França em março de 1918.

Hemingway também se alistou na Guarda Local do Missouri (que logo se tornou parte da Guarda Nacional do Missouri), sem dúvida como resposta à entrada dos Estados Unidos na Grande Guerra em abril de 1917. Ele só poderia alistar-se no Exército dos Estados Unidos ou em outro serviço armado sem a autorização dos pais quando fizesse dezenove anos, em 21 de julho de 1918. Além disso, seu problema de vista provavelmente o livraria do serviço militar obrigatório. Mesmo assim, depois de um mês em Kansas City, Hemingway escreveu para casa falando do desejo de se alistar em algum serviço militar, como tantos outros jovens também queriam. Como disse a Marcelline em uma carta de 6 de novembro de 1917: "Não vou por amor a divisas de glória etc, mas porque não vou conseguir encarar ninguém depois da guerra sem ter ido". Quando Ted Brumback, colega de trabalho no Star e motorista de ambulância veterano na Frente Ocidental, sugeriu que ele se alistasse na Cruz Vermelha Americana – que aceitava homens incapacitados para o serviço militar –, Hemingway se alistou e contou aos pais. Depois de uma última viagem de pesca a Michigan (interrompida quando chegou um comunicado para que se apresentasse ao serviço) e uma semana e meia em Nova York, ele partiu de navio para a Europa em maio de 1918.

Depois de uma breve escala em Paris, Hemingway chegou a Milão durante a primeira semana de junho, e no dia 10 se apresentou à quarta seção do Serviço de Ambulância da Cruz Vermelha em Schio. Embora a guerra na frente de batalha italiana não se comparasse à magnitude de destruição e devastação vividas na Frente Ocidental na França e na Bélgica, ela paralisou a Itália. Durante a Batalha de Caporetto em outubro de 1917, o exército italiano perdeu trezentos mil homens, sendo que 270 mil foram levados como prisioneiros de guerra. Apesar de o exército ter estabelecido uma forte linha defensiva no rio Piave, era impossível abrir uma ofensiva contra a Áustria e a Hungria sem a ajuda da Grã-Bretanha e da França como aliadas. A educação de Hemingway nos horrores da guerra moderna começou imediatamente após sua chegada a Milão, quando ele e outros membros de sua unidade ajudaram a se desfazer dos corpos dos trabalhadores depois de uma explosão em uma fábrica de munições;

ele relatou a experiência em um cartão-postal para o *Kansas City Star* e catorze anos depois em *Death in the Afternoon* (1932).

Com pouca coisa para fazer no setor da linha de frente (a última ofensiva austro-húngara à frente italiana ocorreu entre 15 e 22 de junho), Hemingway se voluntariou para cuidar do serviço de rancho perto de Fossalta, no Piave, onde a ação era mais intensa. Na noite de 8 de julho ele foi gravemente ferido por um morteiro de trincheira austríaco. Transferido para o Hospital da Cruz Vermelha, ele passou o verão e o outono em Milão se recuperando de mais de duzentos ferimentos nas pernas – período que seria importante por razões pessoais e literárias. Foi durante sua convalescência que Hemingway conheceu Eric Edward "Chink" Dorman-Smith, oficial do exército britânico. Os dois se tornaram amigos próximos depois que Ernest e sua esposa, Hadley, mudaram-se para a Europa alguns anos depois. De grande importância literária foi o encontro de Hemingway e Agnes von Kurowsky, enfermeira norte-americana sete anos mais velha. Logo depois de se conhecerem, ele escreveu para a família contando que estava apaixonado por ela. Agnes era uma mulher atraente e sociável, e Hemingway acabou se apaixonando. Uma de suas reclamações sobre o trabalho no *Star*, como dissera para sua mãe em uma carta de 21 de novembro de 1917, era que trabalhava demais e não conseguia conhecer nenhuma moça, acrescentando: "Isso é uma situação desagradável para um rapaz que sempre esteve apaixonado por alguém desde quando ele consegue se lembrar". Agnes pode não ter sido a primeira das muitas mulheres por quem Hemingway se apaixonou, mas a relação dos dois lhe serviu de inspiração para o conto "A Very Short Story" e para a história de amor em *A Farewell to Arms* (1929), que ele começou a escrever praticamente dez anos depois de se ferir. Suas cartas nesse período revelam muitas semelhanças entre o protagonista do romance, Frederic Henry, e o próprio Hemingway, incluindo a longa hospitalização em Milão, a viagem para Stresa, a amizade com um diplomata mais velho e o desejo de visitar Abruzzo para caçar. Hemingway também voltou para a frente de batalha depois de se recuperar dos ferimentos, assim como o inventado Frederic Henry; em uma carta para a família escrita em 1º de novembro de 1918, ele relatou que estava na frente de batalha para a última ofensiva italiana e que ajudava na evacuação dos feridos antes de sucumbirem (como o personagem) à icterícia.

A guerra apresentou ao jovem Hemingway as mais duras realidades da existência humana. Ele viu os efeitos das armas modernas sobre a carne humana e testemunhou a morte tanto nas trincheiras quanto no hospital. Nas cartas a seus pais, no entanto, ele preservava uma atitude patriota que era o reflexo de grande parte da propaganda da época. Seus ferimentos não o tornaram um herói, ele escreveu em 18 de outubro de 1918:

> Não há heróis nesta guerra. Todos nós entregamos nosso corpo e só alguns são escolhidos, mas não há nenhum mérito especial em ter sido escolhido. [...] E os verdadeiros heróis são os pais. [...] Quando uma mãe traz um filho ao mundo, ela sabe que um dia ele vai morrer. E a mãe de um filho que morreu pelo país deveria se sentir a mulher mais orgulhosa do mundo, e a mais feliz.

Só depois de testemunhar as maquinações políticas dos Aliados vitoriosos na década de 1920 é que Hemingway se decepcionaria com o que Woodrow Wilson havia chamado de "a guerra para acabar com as guerras".

O homem que voltou para Oak Park em 1919 era bem diferente do Hemingway que partiu para *Kansas City* em outubro de 1917. O período que passara no Kansas City Star e na Cruz Vermelha Americana na Itália alterou fundamentalmente suas atitudes e perspectivas. Ao se mudar de novo para a casa da família depois de um ano e meio sozinho, foi especialmente difícil. Hemingway tentou dar conta da situação da melhor maneira possível até o final de maio, escondendo dos pais, avessos ao álcool, a garrafa guardada em uma estante falsa. Seus pais queriam que ele fosse para a faculdade, e, no final de maio, rumo ao norte de Michigan, ele visitou um amigo na University of Michigan, em Ann Arbor. Mas Hemingway já havia decidido que rumo tomaria. Em 3 de março de 1919, ele escreveu para James Gamble, seu comandante no serviço de rancho, dizendo que havia escrito "umas coisas muito boas [...] E estou começando uma campanha contra sua revista da Filadélfia a Sat. Eve. Post. Mandei o primeiro conto na segunda-feira passada". Embora a *Saturday Evening Post* jamais publicasse um conto de Hemingway, e embora nenhuma das histórias que escreveu nos próximos dois anos – "The Mercenaries", "The Ash Heel's Tendon" e "Crossroads" – fossem publicadas enquanto estivesse vivo, o período pós-guerra marcou o início da carreira de Hemingway como escritor de ficção.

O período entre seu retorno aos Estados Unidos no início de 1919 e seu retorno à Europa em dezembro de 1921 foi a terceira fase de seu aprendizado literário, que começou na escola em Oak Park, continuou no *Kansas City Star* e se concluiria em Paris, sob a instrução de Ezra Pound e Gertrude Stein. O que Hemingway escreveu nessa época não era excepcional e consistia principalmente de histórias de aventuras previsíveis que ele acreditava serem adequadas para as revistas da época, mas ele aperfeiçoava sua arte trabalhando nesses escritos. E guardou memórias para usar na ficção que escreveria em Paris alguns anos depois. Por mais que tenha explorado suas experiências de infância em "Indian Camp" e "The Doctor and the Doctor's Wife", ele transformou suas viagens de pesca com Bill Smith e outros e seus relacionamentos com Kate

Smith e Marjorie Bump durante os verões de 1919 e 1920 em tema de "Big Two-Hearted River", "Summer People", "The End of Something" e "The Three-Day Blow". "The End of Something" registra o rompimento entre os personagens Nick e Marge depois de pescarem no mesmo lugar e usarem o mesmo método descrito por Hemingway em uma carta de 27 de abril de 1919 para Gamble. A história também alude à relação de Hemingway com a verdadeira Marjorie Bump quando Nick, em busca de um peixe, mas também em busca de uma briga, diz para Marjorie: "Você sabe tudo. Esse é o problema. Você sabe que sabe"[1].

A carta de término que Hemingway rascunhou para Marjorie em abril de 1921, mas pode não ter enviado, reflete esse tema na medida em que reconta tudo que havia ensinado a ela e conclui: "Eu não fui tão ruim para você – a não ser como Bill sempre disse – mas não vou repetir porque não concordo com ele". Em "The Three-Day Blow", Nick e o amigo Bill se embebedam juntos, ao que Bill acaba dizendo que Nick tinha sido muito sábio em "encerrar o assunto com Marge" principalmente porque Nick teria se casado com ela e, como consequência, "teria se casado com a família inteira"[2]. Cartas adicionais entre Hemingway e seus amigos de Michigan nos dão novos *insights* sobre a relação fundamentalmente tensa entre Hemingway e Marjorie e sobre como seus verões em Michigan depois da guerra inspiraram sua ficção inicial. Como Hemingway diz para Marjorie:

> Eu ia escrever uma carta sarcástica – mas não estou com vontade agora. Lembrei daquele verão de 1919 – [...] Foi idílico – perfeito como são alguns dias de primavera quando passamos pelos vales entre montanhas a bordo de um trem a vapor – e outras coisas transitórias.

Embora Hemingway estivesse construindo uma vida independente para si mesmo no norte de Michigan em 1919 e 1920 – e gozando de sua liberdade idílica –, ele não conseguia se separar totalmente das questões familiares. Durante seu primeiro verão após a guerra, ele defendeu o pai contra os planos da mãe de construir um chalé para si em Longfield. Em 9 de junho ele estimulou o pai com um "Não entregue os pontos!" em sua briga com Grace – uma briga que os dois homens perderam. Passando a maior parte do tempo na casa de Bill Smith ou em prolongadas viagens de acampamento, Hemingway provavelmente se encontrou pouco com os pais naquele verão. Quando o resto da família voltou para Oak Park, Ernest também voltou, mas na semana seguinte ele foi para Michigan com o intuito de passar o resto do ano lá, ficando primeiro com os Dilworth

---

1. *The Complete Short Stories of Ernest Hemingway: The Finca Vigía Edition.* Nova York: Scribner's, 1987, p. 81.

2. Idem, p. 90.

em Horton Bay antes de se mudar para a pensão de Eva Potter no 602 da State Street, em Petoskey.

Hemingway passou os quatro primeiros meses de 1920 em Toronto trabalhando como auxiliar de Ralph Connable, filho de Ralph e Harriet Connable (Hemingway e Harriet Connable se conheceram quando ele falou sobre suas experiências de guerra para a Ladies' Aid Society, na Petoskey Public Library.). Enquanto estava em Toronto, ele começou a trabalhar como *freelancer* para o *Toronto Star*. Mas a isca do norte de Michigan o atraiu de volta no verão de 1920. Esse momento marca um ponto de virada na relação de Hemingway com os pais, que começavam a se irritar cada vez mais com o comportamento do filho. Embora morasse em Windemere, a casa de verão da família, ele ajudava pouco sua mãe no trato com os irmãos e na manutenção da propriedade. Quando, à meia-noite de 27 de julho, Hemingway escapou para ir a um piquenique com suas irmãs mais novas, Ursula e Sunny, e mais cinco amigos – uma fuga que causou uma rixa com um vizinho que acordou às três da manhã e não encontrou os filhos e os convidados –, Grace escreveu uma carta furiosa dizendo que Hemingway havia ultrapassado os limites de seu amor como mãe[3]. Hemingway se mudou de Windemere e nunca mais morou com a família.

A próxima fase da vida de Hemingway se passa em Chicago, para onde ele se mudou naquele outono na tentativa de melhorar suas perspectivas de trabalho. Morando primeiro com Bill Horne, com quem ele havia servido na Cruz Vermelha, e depois com K. Y. e Doodles Smith (o irmão de Bill Smith e sua companheira, respectivamente), ele se esforçou para construir uma vida própria. Sem o apoio financeiro da família, ele teve de cuidar da própria sobrevivência. Enquanto as cartas sugerem que ele tenha trabalhado em alguns projetos de publicidade, sua principal fonte de renda era a escrita e o trabalho de edição para a *Co-operative Commonwealth*, revista da Co-operative Society of America. A ficção ficaria em segundo plano, mas esse período em Chicago foi importante por duas razões. Por intermédio de Y. K. Smith, Hemingway conheceu membros do mundo literário de Chicago, especialmente Carl Sandburg e Sherwood Anderson, visitantes frequentes do apartamento de Smith (Anderson e Smith trabalhavam juntos na empresa de publicidade Taylor-Critchfield). Anderson, cujo *Winesburg, Ohio* havia sido publicado em 1919, encorajou Hemingway a escrever ficção e o incitou a se mudar para Paris em vez de voltar para a Itália. Quando Hemingway chegou a Paris em dezembro de 1921, levou consigo cartas de apresentação de Anderson para Gertrude Stein, Ezra Pound e outras pessoas da próspera comunidade literária de expatriados na cidade.

Também foi em Chicago, em outubro de 1920, que Hemingway conheceu Elizabeth Hadley Richardson. Nativa de St. Louis e amiga de Kate Smith, ela

---

3. Michael S. Reynolds. *The Young Hemingway*. Oxford, Basil Blackwell, 1986, p. 136-38.

era ruiva, tinha o cabelo curto e era oito anos mais velha do que Hemingway, na época com vinte e um anos. Os dois começaram um namoro intenso, a maior parte mantida por correspondência (infelizmente, pouquíssimas cartas desse período, de Ernest para Hadley, sobreviveram: depois do divórcio, ela destruiu as cartas de galanteio que ele mandou para ela). Hadley era culta, bem informada e uma pianista talentosa, desfrutando do primeiro gosto da liberdade e da felicidade desde a longa doença de sua mãe no ano anterior, seguida de sua morte. Ernest, embora jovem, já havia vivido muita coisa e estava confiante no futuro. Seis semanas depois do primeiro encontro, eles já falavam em casamento, o que aconteceu em 3 de setembro de 1921, em Horton Bay. Depois de um breve período morando em Chicago, eles partiram em dezembro para Paris. Ernest tinha o emprego sonhado: trabalhar como correspondente do *Toronto Star*, cobrindo toda a Europa. Em Paris, ele encontrou um ambiente que também facilitou sua escrita de ficção.

Hemingway chegou a Paris em 20 de dezembro de 1921 para começar seu último e mais importante período de aprendizado. Embora haja pesquisas e escritos sobre os anos de expatriado de Hemingway em Paris durante a década de 1920, as cartas deste volume acrescentam novos detalhes de seu primeiro encontro com a cidade. Escritores, compositores e pintores estavam se mudando para a França de boa vontade por causa da taxa de câmbio extremamente favorável. Um dos primeiros artigos publicados no *Toronto Star Weekly* escritos pelo seu mais novo correspondente europeu proclamava: "Com mil dólares por ano, um canadense vive muito confortavelmente em Paris (4 de fevereiro de 1922)"[4]. O casal Hemingway, sustentado por uma renda de três mil dólares ao ano do fundo fiduciário de Hadley, vivia de fato confortavelmente e podia pagar viagens à França, Alemanha, Suíça, Áustria e Itália – o que começou poucas semanas depois de chegar a Paris.

A sociedade parisiense era mais aberta e liberal, oferecendo aos artistas americanos um ambiente em que sua arte e seu estilo de vida não seriam julgados pelos padrões puritanos então prevalecentes nos Estados Unidos. Em Paris, Sylvia Beach, proprietária da livraria Shakespeare and Company, na Rive Gauche, publicou livremente *Ulysses*, de James Joyce, em 1922. No ano anterior, Margaret Anderson e Jane Heap haviam publicado o romance em capítulos na *Little Review* (que na época era sediada nos Estados Unidos) e foram acusadas e condenadas por um júri de Nova York por publicar uma obra obscena (o romance de Joyce foi banido dos Estados Unidos até 1933). A sociedade francesa também era mais tolerante do que a americana em outros aspectos.

---

4. "A Canadian with One Thousand a Year Can Live Very Comfortably in Paris", in *Dateline: Toronto: The Complete "Toronto Star" Dispatches, 1920-1924*. Organizado por William White. Nova York, Scribner's, 1985, p. 88-9.

Introdução ao volume

Enquanto os Estados Unidos embarcavam no que seria o experimento fracassado da Lei Seca, todas as formas de álcool estavam prontamente disponíveis na França, como Hemingway observara animadamente em algumas de suas cartas. Boa parte dos novos conhecidos e mentores de Hemingway (incluindo Robert McAlmon, Beach e Stein) era bissexual ou homossexual. Outro amigo e mentor, Ezra Pound, gozava de um casamento aparentemente feliz, embora fosse sabido que tinha diversas amantes. Muitas casas noturnas na cidade apresentavam músicos afro-americanos, que foram introduzindo o *jazz* para muitos de seus compatriotas brancos, junto com os franceses. Na década de 1920, Paris foi o lugar de construção do mundo moderno.

A princípio, Hemingway fazia troça de seus companheiros expatriados, como fizera em "The Mecca of Fakers Is French Capital", publicado no *Toronto Daily Star* em 25 de março de 1922[5]. Mas logo ele se tornou participante entusiástico desse novo mundo. Ele continuou a trabalhar para o *Toronto Star*, mas também passava horas preciosas escrevendo ficção e – naquele breve período – também poesia. Na Shakespeare and Company, Hemingway descobriu a literatura russa e francesa do século XIX e as obras de seus contemporâneos. Em Pound e Stein, encontrou mentores para promover sua educação. Suas cartas revelam que Hemingway já encontraria Stein em fevereiro de 1922, e também demonstram como sua relação com Pound se intensificou rapidamente ao longo do ano. Pound, que trabalhava em *The Cantos*, tinha um talento particular para descobrir e aconselhar outros escritores. Ele usou seus contatos para convencer revistas e editoras a publicar os escritos do jovem Hemingway. Sem a influência de Pound, talvez sua obra acabasse não aparecendo na *Poetry*, na *Little Review* ou na *Transatlantic Review*. Gertrude Stein foi tão importante quanto Pound no desenvolvimento de Hemingway, embora de maneira diferente. Mais bem conhecida na época como autora de *Three Lives* (1909), Stein apresentou a arte moderna ao jovem americano, principalmente as obras de Paul Cézanne e Pablo Picasso, à mostra em sua casa na rua de Fleurus, 27. Enquanto Pound abria as portas para os editores, Stein fazia críticas ao trabalho de Hemingway enquanto tomavam chá e Hadley conversava com a companheira de Stein, Alice B. Toklas. E Stein despertou em Hemingway a atenção para as touradas, interesse que se tornaria uma obsessão por toda sua vida e assunto de boa parte de seus escritos. Essas cartas de 1922 salientam como o início da amizade de Hemingway com Stein e, particularmente, com Pound foram instrumentais na formação do escritor maduro que surgiu do aprendizado em Paris.

Todavia, o principal foco de Hemingway em seu primeiro ano em Paris foi o jornalismo. Apesar de a maioria de suas matérias para o *Toronto Star* serem artigos de fundo, ele também escrevia sobre as duras notícias do levante político

---

5. "The Mecca of Fakers Is French Capital". Ibidem, p. 114-6.

e social que se seguiu a Grande Guerra. Ele passou a maior parte de abril de 1922 na Conferência de Gênova, na Itália, onde conheceu os colegas jornalistas Lincoln Steffens e Bill Bird. Ele passou três semanas de outubro do mesmo ano em Constantinopla cobrindo a Guerra Greco-Turca. E, no final do ano, esteve na Suíça para escrever sobre a Conferência de Lausanne. Essa viagem ficou mais famosa por causa do furto de uma maleta com a maioria de seus escritos de ficção e poesia, quando Hadley se distraiu em Gare de Lyon ao sair de Paris para se encontrar com ele – um incidente que atingiu proporções míticas nos anos seguintes. As missões jornalísticas de Hemingway complementavam a renda do fundo fiduciário de Hadley (e depois foram complementadas pela venda de algumas de suas histórias para agências de notícias concorrentes). Elas também proporcionavam a Hemingway muitas lições de política e guerra em escala internacional.

Logo depois da perda dos manuscritos de Hemingway, Hadley engravidou. A paternidade representaria uma restrição à liberdade de Hemingway e, com a decisão de voltar a Toronto no outono de 1923 para o nascimento do filho, o fim da primeira estada do casal em Paris.

As cartas de Hemingway que constam deste volume mostram como os lugares de sua juventude e adolescência continuariam sendo pedras de toque importantes para ele. Os contos de *In Our Time* (1925) evocam repetidas vezes as paisagens de Michigan que ele conhecia nos arredores de Walloon Lake, de Petoskey e da Península Superior em Michigan. No que se tornaria seu método característico de composição, Hemingway transformou as experiências de que se lembrava em ficção, às vezes de forma explícita, mas geralmente de modos mais sutis. Como observou em uma carta de 17 de julho de 1923 para seu amigo Bill Horne: "Jamais podemos ter de volta as coisas antigas, nem o velho entusiasmo que tínhamos com algo ou encontrar as coisas do modo como nos lembramos delas. Elas são nossas da forma como nos lembramos delas, são agradáveis e maravilhosas, e precisamos continuar adiante tendo novas experiências, porque as que se passaram não estão em lugar nenhum, só na nossa mente"[6]. Os lugares e épocas que moldaram Hemingway pertenciam ao seu passado, mas em sua mente e por sua arte ele foi capaz de recuperá-los e recriá-los, não só para si, mas também para os leitores.

As cartas deste volume documentam a mudança e o desenvolvimento de Ernest Hemingway tanto como homem quanto como escritor durante os primeiros 23 anos de sua vida. Ao longo do trajeto, elas preenchem muitas lacunas do que sabemos de sua vida e arte, contando sua história de uma maneira que nenhuma biografia ou memória é capaz.

---

6. EH para William D. Horne Jr., 17 de julho de 1923 (Newberry, *SL*, p. 85).

Cronologia do volume I
(1907-1922)

9 de abril de 1871	Clarence Edmonds Hemingway, pai de Ernest Hemingway, nasce em Oak Park, Illinois.
15 de junho de 1872	Grace Hall, mãe de EH, nasce em Chicago.
1º de outubro de 1896	Clarence Heminway e Grace Hall se casam em Oak Park e se mudam para a casa do pai dela, Ernest Hall, na North Oak Park Avenue, 439 – em frente à casa dos pais de Clarence, Anson e Adelaide Hemingway.
15 de janeiro de 1898	Marcelline Hemingway, irmã de EH, nasce em Oak Park.
21 de julho de 1899	Nasce Ernest Miller Hemingway, em Oak Park.
aprox. 1º de setembro de 1899	A família de Hemingway viaja para Windemere, sua casa em Walloon Lake, Michigan, onde EH passará parte dos verões até 1917.
29 de abril de 1902	Ursula Hemingway, irmã de EH, nasce em Oak Park.
28 de novembro de 1904	Madelaine Hemingway, irmã de DH, nasce em Oak Park.
10 de maio de 1905	Ernest Hall morre.
aprox. setembro de 1905	EH começa a primeira série.
1906	Grace Hall Hemingway constrói uma casa na North Kenilworth Avenue, 600, Oak Park, usando a herança de seu pai.
Agosto de 1910	Grace leva EH para visitar parentes em Nantucket, Massachussetts.
19 de julho de 1911	Carol Hemingway, irmã de EH, nasce em Windemere.
Setembro de 1913	EH e Marcelline começam a estudar na Oak Park and River Forest High School.
28 de junho de 1914	O arquiduque austro-húngaro Francisco Ferdinando e sua esposa são assassinados em Sarajevo, Bósnia, dando início à Primeira Guerra Mundial.

28 de junho de 1914	Império Austro-Húngaro declara guerra à Sérvia.
1º-4 de agosto de 1914	A Alemanha declara Guerra a Rússia, França e Bélgica e invade a Bélgica; a Grã-Bretanha declara guerra à Alemanha. O presidente Woodrow Wilson declara política de neutralidade dos Estados Unidos.
1º de abril de 1915	Leicester Hemingway, irmão de EH, nasce em Oak Park, enquanto EH e seu amigo Lewis Clarahan fazem uma excursão pelo lago Zurich, Illinois.
Junho de 1915	EH, Clarahan e o amigo Ray Ohlsen viajam para Frankfort, Michigan, a bordo do barco a vapor *Missouri*, no lago Michigan; EH e Clarahan excursionam a pé de lá para Walloon Lake.
Setembro de 1915	EH começa a escrever para *The Trapeze*, jornal da escola.
Fevereiro de 1916	EH publica seu primeiro conto, "The Judgement of Manitou", na revista literária da escola, *Tabula*.
Junho de 1916	EH e Clarahan viajam de novo de navio até Frankfort, Michigan; depois de uma excursão e pesca, EH segue sozinho para Horton Bay, Michigan.
aprox. julho de 1916	EH conhece Bill e Kate Smith em Horton Bay.
2-6 de abril de 1917	EH e Ohlsen viajam de canoa pelo rio Illinois e pelo canal Illinois-Michigan até o Starved Rock State Park.
6 de abril de 1917	Os Estados Unidos declaram guerra à Alemanha e entram na Primeira Guerra Mundial.
14 de junho de 1917	EH e Marcelline se formam na escola secundária.
Junho-setembro de 1917	EH passa o verão e o início do outono em Michigan, trabalhando na Longfield Farm, de sua família.

Cronologia

aprox. 15 de outubro de 1917	EH começa a trabalhar como repórter foca para o *Kansas City Star,* morando a princípio com seus tios Tyler e Arabell Hemingway, na Warwick Boulevard, 3629, em Kansas City, Missouri.
19 de outubro de 1917	EH se muda para um pensionato de Gertrude Haynes na vizinhança, na Warwick Boulevard, 3733, onde ficavam muitos novatos do *Star*.
5 de novembro de 1917	EH se alista na Guarda Local do Missouri.
aprox. 6 de dezembro de 1917	EH se muda para o apartamento de Carl Edgar na Agnes Avenue, 3516, em Kansas City.
16 de dezembro de 1917	"Kerensky, the Fighting Flea", primeiro artigo atribuído a EH, é publicado no *Kansas City Star*.
aprox. 2 de março de 1918	EH se alista no Serviço de Ambulância da Cruz Vermelha Americana com o amigo Ted Brumback.
30 de abril de 1918	EH recebe o último pagamento no *Kansas City Star* e parte imediatamente de trem para a última viagem de pesca em Michigan com Carl Edgar, Charles Hopkins e Bill Smith antes de ir para a guerra. Ele passa a noite em Oak Park.
13 de maio de 1918	EH chega a Nova York para treinamento com outros voluntários da Cruz Vermelha e se encontra com Brumback; os voluntários se hospedam no Hotel Earle, na Washington Square.
18 de maio de 1918	EH participa da Parada da Cruz Vermelha na 5th Avenue. A parada é inspecionada pelo presidente Wilson.
aprox. 23 de maio-aprox. 4 de junho de 1918	EH segue de Nova York até a França a bordo do *Chicago*, aportando em Bordeaux. Ele e seus colegas da Cruz Vermelha pegam o trem da noite para Paris e passam alguns dias na cidade antes de partirem de trem para Milão, Itália.

10 de junho de 1918	EH parte de Milão para Schio, onde assume posto no Serviço de Ambulância da Cruz Vermelha Americana, Quarta Seção. Logo se voluntaria para o rancho mais próximo da linha de frente, perto do rio Piave.
10 de junho de 1918	EH parte de Milão para Schio, onde assume posto no Serviço de Ambulância da Cruz Vermelha Americana, Quarta Seção. Logo se voluntaria para o rancho mais próximo do *front*, perto do rio Piave.
8 de julho de 1918	Enquanto distribuía cigarros e chocolates para as tropas italianas em Fossalta, no rio Piave, EH é ferido por um morteiro de trincheira e tiros de metralhadora austríacos.
Verão-outono de 1918	EH se recupera no Hospital da Cruz Vermelha Americana em Milão. Apaixona-se por Agnes von Kurowsky, enfermeira norte-americana. Ele também conhece o oficial britânico Eric Edward ("Chink") Dorman-Smith.
24-30 de setembro de 1918	EH passa uma semana de repouso em Stresa, Itália.
24 de outubro de 1918	O exército italiano dá início à última ofensiva da guerra (Batalha de Vittorio Veneto). EH deixa o hospital nesse dia para auxiliar no esforço, mas volta para o hospital em 1º de novembro com icterícia.
4 de novembro de 1918	Um armistício entre as forças italianas e austro-húngaras é efetivado, acabando com o combate no teatro de operações.
11 de novembro de 1918	É declarado o armistício, acabando efetivamente com a Primeira Guerra Mundial.
7-11 de dezembro de 1918	Acompanhado em parte do trajeto por Chink Dorman-Smith, EH viaja via Pádua e Torreglia até Treviso para visitar Agnes, que está trabalhando lá em um hospital.
Final de dezembro de 1918	Entre o Natal e o Ano-Novo, EH visita Jim Gamble em Taormina, Sicília.

Cronologia

4 de janeiro de 1919	EH é dispensado da Cruz Vermelha e navega de volta da Itália para os Estados Unidos a bordo do *Giuseppe Verdi*.
21 de janeiro de 1919	EH chega de muletas em Nova York e volta para Oak Park de trem.
24 de fevereiro de 1919	EH manda sua primeira história para o *Saturday Evening Post*, que a rejeita, bem como os envios posteriores.
7 de março de 1919	Agnes termina o relacionamento com EH por carta; ele recebe a notícia por volta de 30 de março.
Final de maio-início de junho de 1919	EH volta para Michigan durante o verão e o outono para pescar e escrever; ele também trabalha na Longfield Farm. Com vários grupos de amigos, EH sai diversas vezes para acampar e pescar em Black River e em Pine Barrens (julho e agosto), e para a Península Superior de Michigan, perto de Seney (final de agosto).
Junho de 1919	Grace contrata a construção de um chalé para ela do outro lado do lago, separado de Windemere, na Longfield Farm. A construção termina em 26 de julho.
Final de outubro-dezembro de 1919	Depois de uma visita à família em Oak Park, EH volta para Petoskey, aluga um quarto na State Street, 602, e dedica-se à escrita.
31 de dezembro de 1919	EH volta a Oak Park para as férias.
Meados de janeiro de 1920	EH começa a trabalhar como auxiliar de Ralph Connable Jr. em Toronto, onde também escreve artigos como *freelancer* para o *Toronto Star*.
14 de fevereiro de 1920	O primeiro artigo de EH (não creditado), "Circulating Pictures a New High-Art Idea in Toronto", é publicado no *Toronto Star Weekly*.
Meados de maio de 1920	EH volta para Oak Park; pouco depois, parte para Michigan.
27 de julho de 1920	EH é colocado para fora de Windemere por Grace.

Outubro de 1920	EH se muda para Chicago e mora com Bill Horne na North State Street, 1230. Logo conhece Hadley Richardson e Sherwood Anderson.
Dezembro de 1920	EH começa a escrever e editar a *Co-operative Commonwealth*.
Final de dezembro de 1920	EH vai morar no apartamento de Y. K. Smith na East Division Street, 63, Chicago.
Maio de 1921	EH se muda para a residência de Y. K. Smith na East Chicago Avenue, 100.
3 de setembro de 1921	EH e Hadley se casam em Horton Bay, Michigan.
Início de outubro de 1921	EH e Hadley se mudam para a North Dearborn Avenue, 1239, em Chicago. A *Co-operative Commonwealth* sai de circulação.
29 de outubro de 1921	EH aceita escrever para o *Toronto Star* como correspondente europeu, abrindo caminho para sua mudança para Paris.
8 de dezembro de 1921	EH e Hadley viajam para a França a bordo do *Leopoldina*.
20 de dezembro de 1921	Depois que o navio aporta em Le Havre, França, EH e Hadley tomam o trem da noite para Paris e se hospedam brevemente no Hotel Jacob, em Rive Gauche.
4 de janeiro de 1922	EH conhece Sylvia Beach, proprietária da livraria Shakespeare and Company.
9 de janeiro de 1922	EH e Hadley mudam para um apartamento alugado n. 74, na rue du Cardinal Lemoine.
15 de janeiro de 1922	EH e Hadley chegam à Suíça, onde passarão as férias no Chamby-sur-Montreux.
2 de fevereiro de 1922	EH e Hadley voltam a Paris. No mesmo dia, Sylvia Beach recebe as primeiras duas cópias de *Ulysses*, de James Joyce.
Fevereiro de 1922	EH conhece Gertrude Stein e Ezra Pound.
6-27 de abril de 1922	EH cobre a Conferência de Gênova para o *Toronto Star* e conhece Lincoln Steffens e William Bird.

Cronologia

Maio de 1922	"A Divine Gesture", de EH, fábula escrita em Chicago em 1921, é publicada na resvista *Double Dealer*.
24 de maio de 1922	EH e Hadley voltam para o Chamby-sur-Montreux, Suíça. Com Chink Dorman-Smith, eles excursionam a pé pelo Passo do Grande São Bernardo até a Itália.
11 de junho de 1922	EH e Hadley viajam pela Itália, inclusive pelos antigos locais de batalha onde EH estivera. EH escreve "A Veteran Visits the Old Front" para o *Toronto Star*.
18 de junho de 1922	EH e Hadley retornam a Paris.
Verão de 1922	Pound pede que EH contribua com um volume de sua série "Inquest", a ser publicada pela Three Mountains Press, de Bill Bird.
4 de agosto-início de setembro de 1922	EH e Hadley voam para Estrasburgo e se encontram com Bill e Sally Bird e Lewis Galantière e Dorothy Butler na Floresta Negra.
Início-meados de setembro de 1922	EH e Hadley visitam Chink Dorman-Smith em Colônia.
25 de setembro-21 de outubro de 1922	EH viaja de Paris (via Sofia, Bulgária) para Constantinopla para cobrir a Guerra Greco-Turca, chegando em Constantinopla em 29 de setembro e retornando a Paris via Adrianópolis.
21 de novembro de 1922	EH chega à Suíça para cobrir a Conferência de Lausanne.
2-3 de dezembro de 1922	Uma maleta contendo praticamente todos os manuscritos de EH é furtada de Hadley em Gare de Lyon, Paris, enquanto ela estava a caminho da Suíça para se encontrar com EH.
aprox. 15 de dezembro de 1922	EH e Hadley partem de Lausanne para Chamby, onde Chink Dorman-Smith e outros amigos se juntarão a eles para as férias.

Mapas

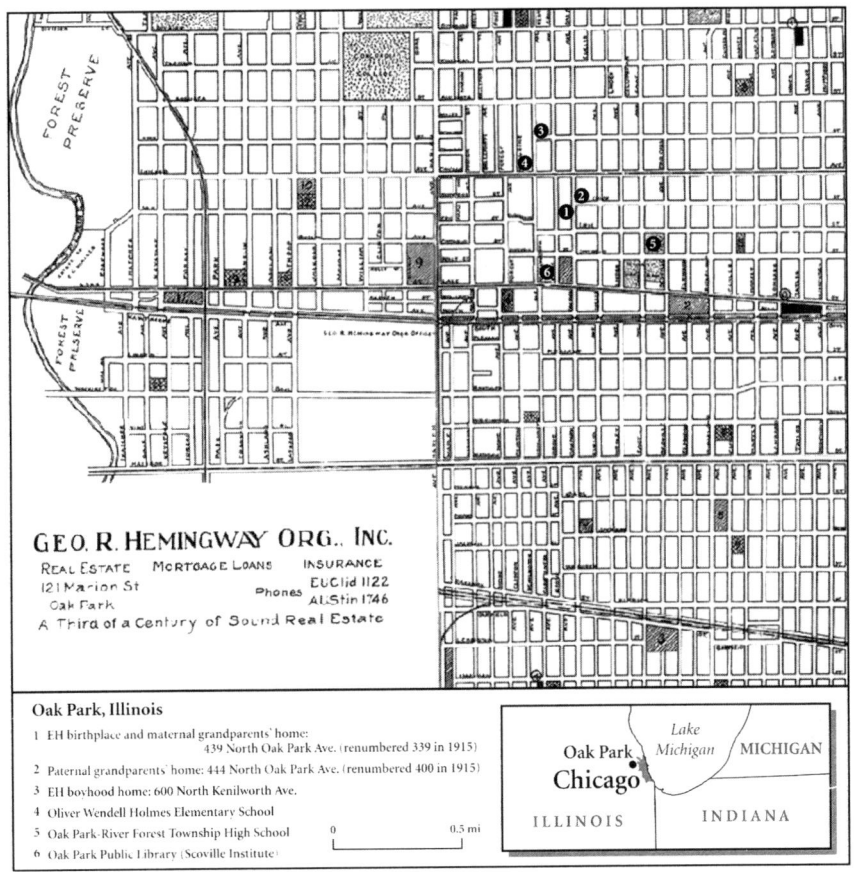

1. Oak Park, Illinois, mapa distribuído em 1920 por George (tio de Hemingway), um corretor de imóveis local.

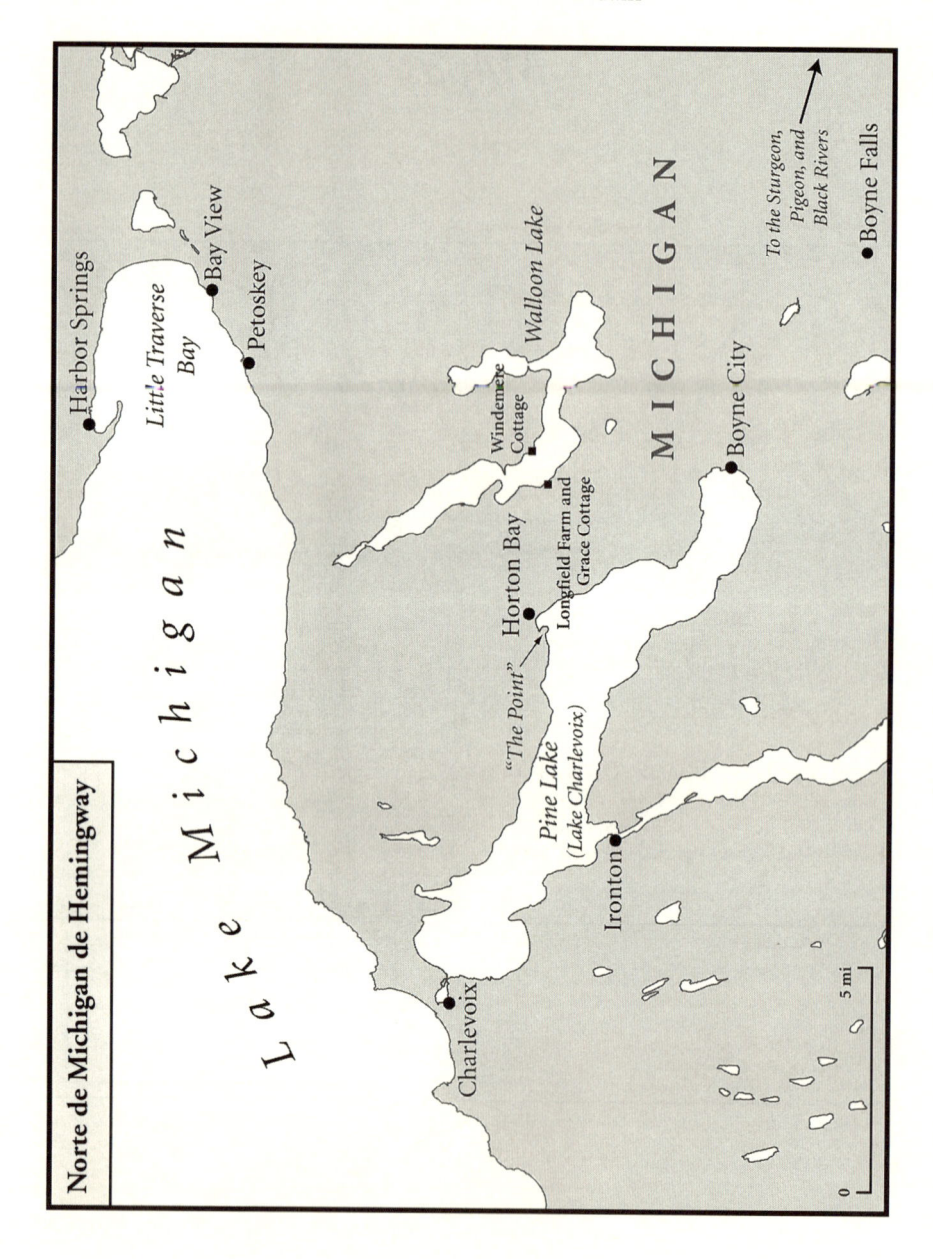

Norte de Michigan de Hemingway

Map showing locations: Harbor Springs, Bay View, Petoskey, Little Traverse Bay, Lake Michigan, Walloon Lake, Windemere Cottage, Horton Bay, "The Point", Longfield Farm and Grace Cottage, Pine Lake (Lake Charlevoix), Ironton, Charlevoix, Boyne City, Boyne Falls, To the Sturgeon, Pigeon, and Black Rivers. MICHIGAN. Scale: 5 mi.

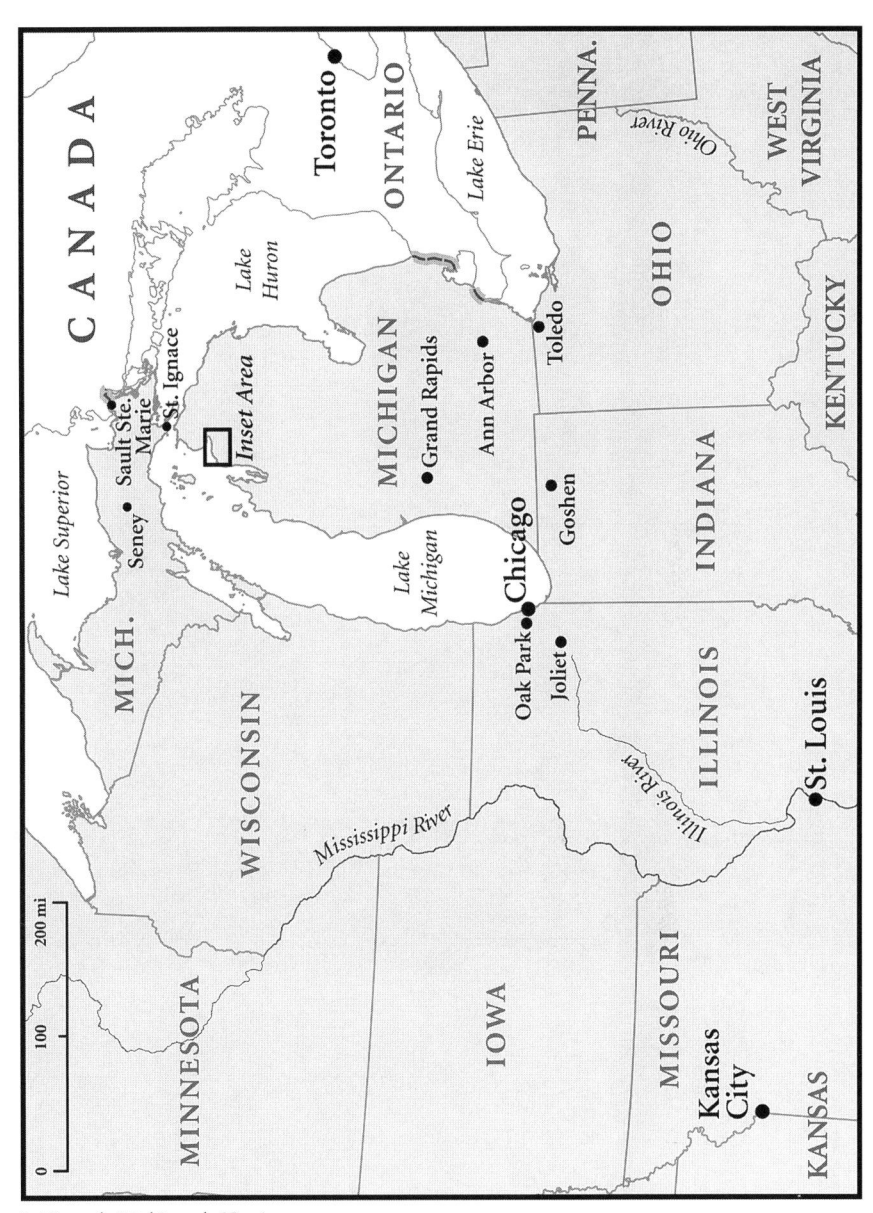

2. Norte de Michigan de Hemingway

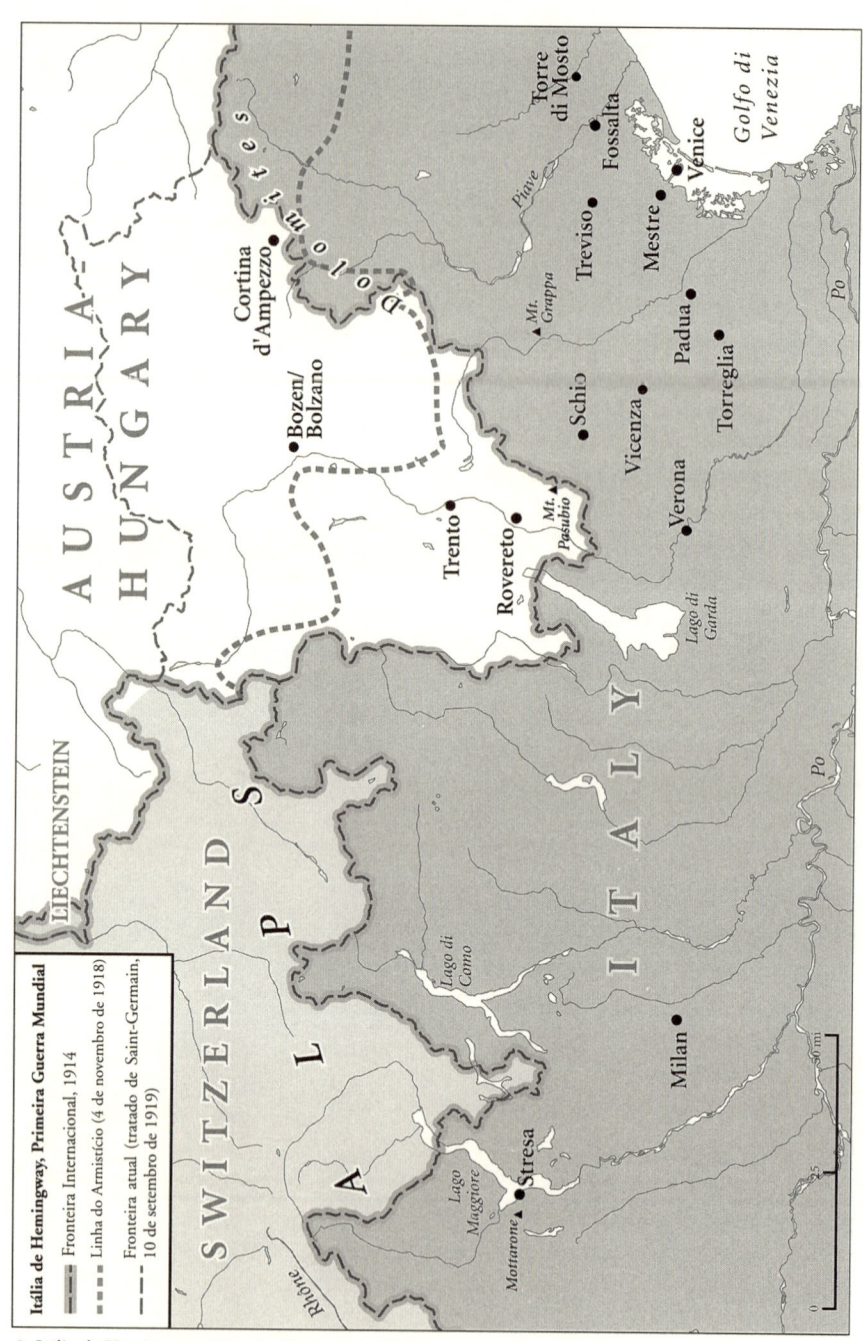

3. Itália de Hemingway, Primeira Guerra Mundial.

Mapas

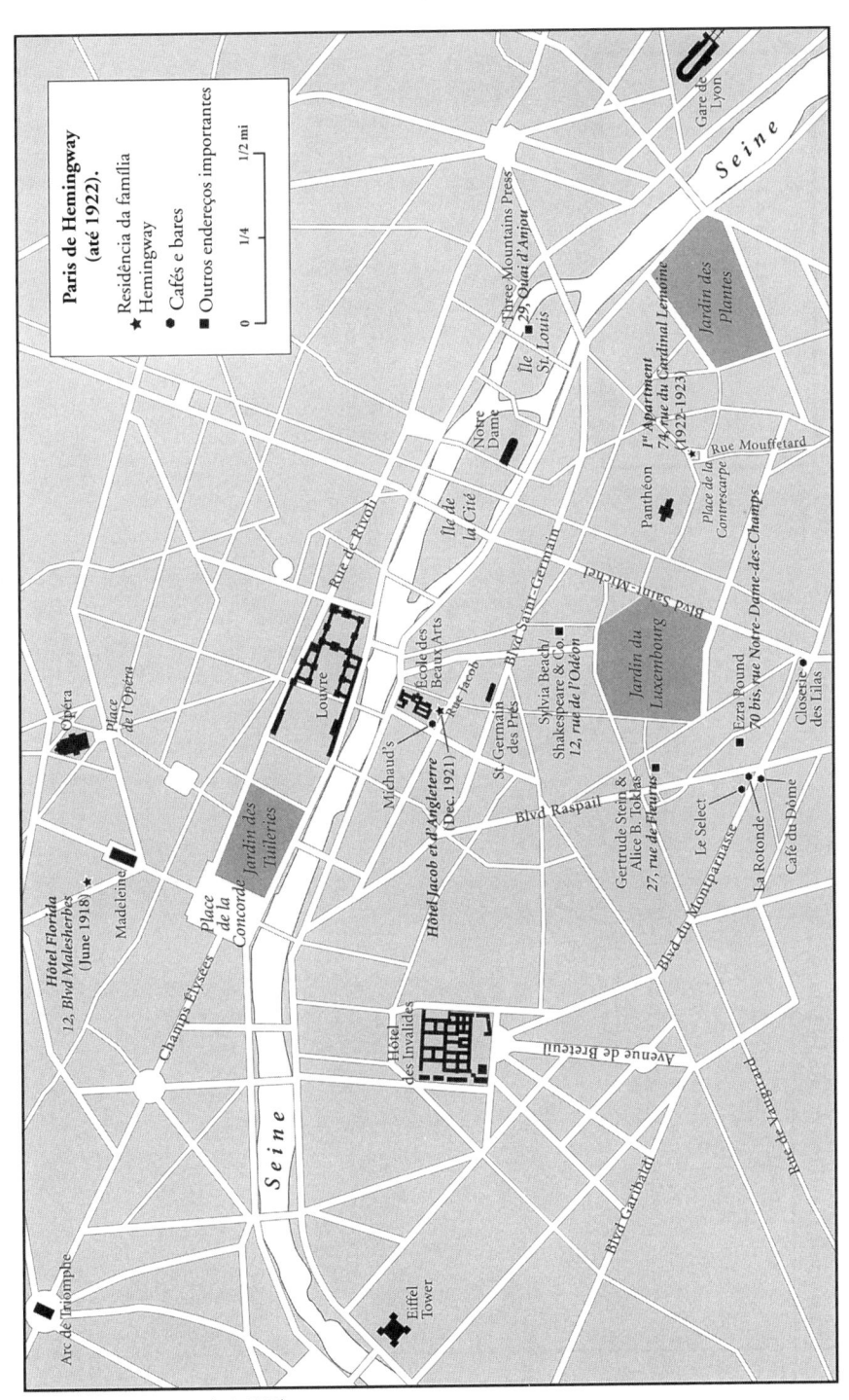

4. Paris de Hemingway (até 1922).

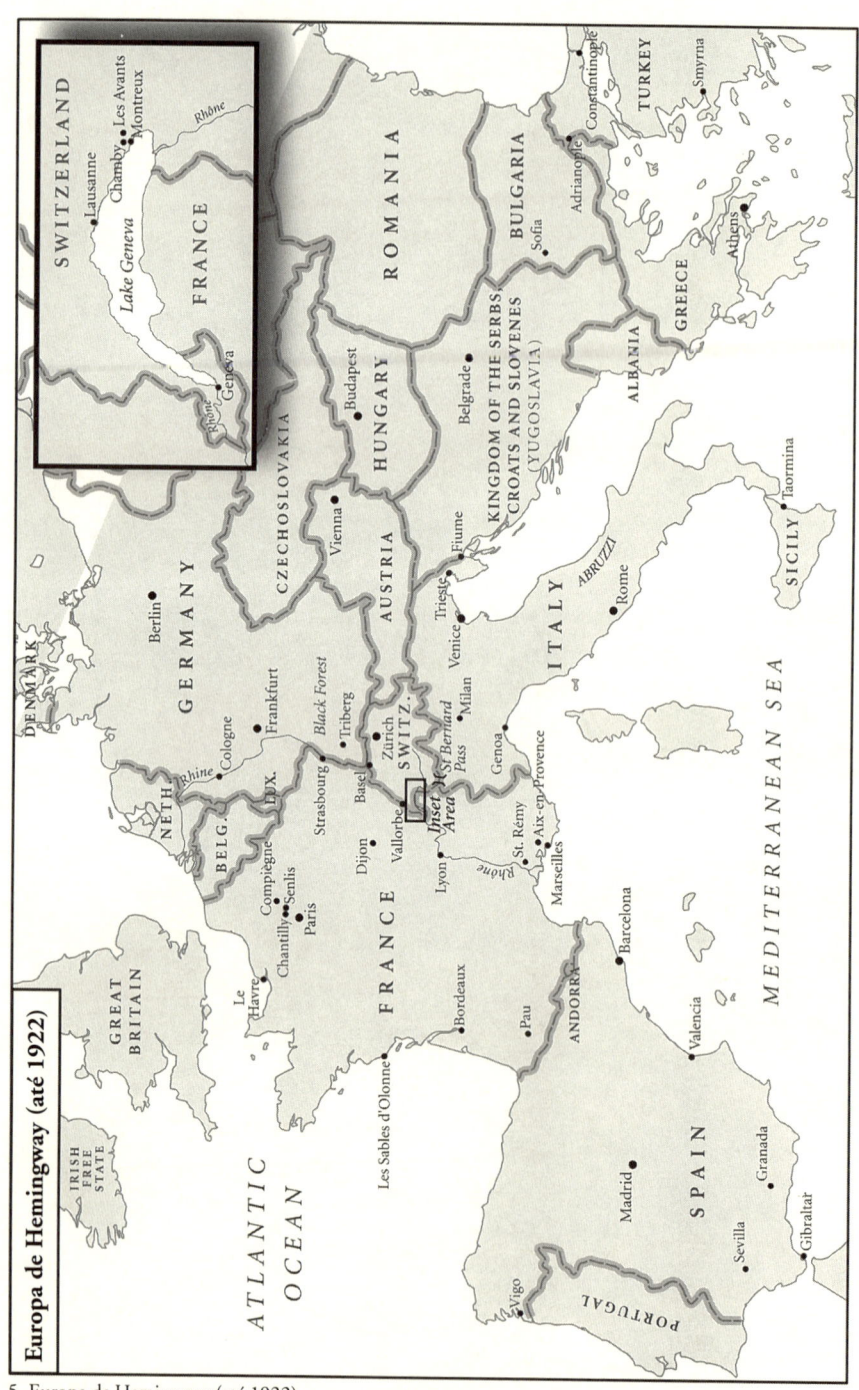

5. Europa de Hemingway (até 1922).

As cartas
1907-1922

Julho de 1907

A Clarence Hemingway, [aprox. início de julho de 1907]

Querido papai.
Vi uma mãe pata com sete bebezinhos.
meu milho já cresceu muito?
Ursula viu primeiro
Fomos colher morangos e conseguimos o suficiente para fazer três tortas pequenas.

Ernest Hemingway

Meeker, Cartão-postal MA; cabeçalho: Walloon Lake, Michigan / "Windemere", com fotografia impressa de EH e suas irmãs, Marcelline e Ursula, ainda crianças

A data provável do cartão-postal foi baseada numa resposta de Clarence a uma carta de Oak Park, datada de 8 de julho de 1907: "Recebi seu postal, e você e Ursula fiquem bem quietinhos quanto aos patos selvagens, assim, quando eu chegar, vocês dois podem ir caçar patos comigo, e nós passaremos ótimos momentos juntos" (JFK, Álbum III). Na parte de baixo da fotografia, EH escreveu "Ernest" a lápis. Windemere era a cabana de veraneio da família Hemingway, às margens do Walloon Lake, Michigan. Há uma cópia dessa fotografia no álbum dos pais de EH (JFK) com a legenda: "Ernest, 3 anos, rindo da irmã Ursula".

A Clarence Hemingway, 28 de setembro e 4 de outubro de 1908

Segunda, 28 de setembro de 1908
Querido papai—.
ontem à noite caiu uma polegada de chuva.
muito obrigado pelo cartão-postal.

4 de outubro de 1909
Coloquei palha fresca no ninho
Todos os pombos morreram
Fui no vovô para jantar[1]

Seu filho querido
Ernest M. Hemingway

Meeker, CMA; cabeçalho: Dr. Clarence E. Hemingway / Kenilworth Avenue, 600. / Corner Iowa Street / Oak Park, Illinois

Grace escreveu no verso da carta: "Guardar para Ernest". Clarence passou o verão e a primavera de 1908 fora de casa, fazendo um curso de obstetrícia durante quatro meses no Hospital Maternidade de Nova York (Baker Life, p. 10). EH datou erroneamente a segunda parte da carta, como 1909.

---

1. Os avós paternos de EH, Anson Tyler e Adelaide Edmonds Hemingway, moravam a algumas quadras de distância, em Oak Park.

Outubro de 1908

A Clarence Hemingway, [19 de outubro de 1908]

Querido papai—.
sexta-feira passada no nosso aquário da escola a água estava toda turva eu vi um molusco que trouxe do rio[1] para a escola.
Terminei um dos nossos grandes contos de peixinhos dourados japoneses.
No sábado mamãe e eu atravessamos o rio pelo raso ele é muito mais alto.
Peguei seis moluscos no rio e alguns trigos de dois metros de altura.
Seu filho querido
Ernest M. Hemingway

Stanford, CMA; timbre: Dr. Clarence E. Hemingway / Kenilworth Avenue, 600. / Corner Iowa Street / Oak Park, Illinois

Grace datou a carta, "19 de outubro de 1908", e a anexou à sua própria carta a Clarence, escrita na mesma data. Clarence estava voltando de Nova York por Nova Orleans, e Grace escreveu que esperava que ele tivesse descansado (Sanford). Ele pegou um barco a vapor no rio Mississippi e chegou em casa em novembro (Baker Life, p. 10).

1. O Des Plaines River, a cerca de três quilômetros a oeste da casa dos Hemingway em Oak Park.

A Grace Hall Hemingway, 18 de dezembro de 1908

Querida mamãe—
Recebi sua carta adorável Tia Laura veio jantar aqui:
Dei a ela uma pele de esquilo para dar ao Herald de Natal.
Comprei todos os meus presentes de Natal[1].
Obrigado por sua carta adorável.
Seu filho querido
Ernest M. Hemingway.
18 de dezembro de 1908:
Oak Park

Schnack, CMA

1. Não se sabe por onde Grace viajava nessa época, mas Clarence também escreveu para ela no dia 18 de dezembro de 1908, dizendo que EH havia adorado a carta dela e que "tia Laura Burr Gore" jantara com eles (UT). Alfred W. e Laura Burr Gore (ambos nascidos por volta de 1873) eram amigos da família e moravam na área de Chicago com seus filhos, Harold (nasc. 1901) e Josephine (nasc. 1904). Os Gore aparecem em várias fotografias da família Hemingway tiradas em Windemere (PSU, álbum de Madelaine Hemingway Miller; M. Miller, p. 24).

Junho de 1909

A Marcelline Hemingway, 9 de junho [1909]

Quarta-feira, 9 de junho

Querida Marc.
Nossa classe venceu a classe da srta. Koontz na gincana. Al Bersham arrancou dois dentes de Chandler numa briga, e sua querida e gentil srta. Hood mandou o sr. Smith segurá-lo enquanto batia nele com um cinto[1].

Com amor,
Ernest

Cohen, CMA; carimbo postal: OAK PARK / ILLINOIS, 9 JUN / 22:00 / 1909

Grace e Marcelline passaram o mês de junho visitando amigos e parentes na ilha de Nantucket, Massachusetts, uma viagem que Grace pretendia fazer com cada um dos filhos no verão assim que completasse onze anos.

1. Marcelline se lembra de que gostava da srta. Mary L. Hood, diretora da Oliver Wendell Holmes Elementary School em Oak Park, mas "Ernie não gostava, obviamente" (Sanford, p. 115). Flora Koontz e Warren R. Smith eram professores da escola.

A Grace Hall e Marcelline Hemingway, 9 de junho de 1909

9 de junho de 1909

Querida mamãe e Mash—
Ajudei papai a limpar o armário e vi que ele vai mandar umas coisas, estão todas boas. Consegui um monte de imagens para o meu mapa.
Muito obrigado pelo selo que vocês me enviaram. A *Mother's Magazine* de Marcelline chegou hoje junto com a *Youth's Companion*[1].
Andei lavando a louça essa semana.

Com amor Ernest.

UT, CMA

1. *The Mother's Magazine*, publicada mensalmente de 1905 a 1920 por David C Cook, Elgin, Illinois, e a *Youth Companion* (1827-1929), fundada em Boston por Nathaniel Parker Willis (1806-1867) como publicação religiosa para crianças e adquirida em 1857 por Daniel Sharp Ford (1822-1899). Ford a transformou numa das revistas mais populares dos Estados Unidos, com circulação semanal de mais de meio milhão na década de 1890. O editorial da edição de 3 de junho de 1909 da *Youth's Companion* descreveu a revista como "editada com consciência", com o objetivo de "não apenas entreter, mas também ser benéfica" para toda a família (p. 267).

Junho de 1909

A Grace Hall Hemingway, [aprox. 10 de junho de 1909]

Querida mamãe—
Ruth acabou de voltar de *"Servant in the House"*[1]. "Ted" e "sonny" foram ao "wee folks band", e "Ted" disse o que achou[2].

Franklin e Jane estiveram aqui, e papai deu a Franklin uma arma igual à minha, só que melhor.

Eles foram para a casa de veraneio deles no lago Chautaqua em Nova York[3].

"Bill" não pode escrever agora, mas manda *tooseys*, é isso Ⓑ. Ⓑ para Ⓖ[4] vai logo depois.

Com amor Ernest H e Bill

P.S. Bill gostou muito da peça.

JFK, CMA; cabeçalho: Dr. Clarence E. Hemingway / Kenilworth Avenue, 600. / Corner Iowa Street / Oak Park, Illinois

A carta está colocada no álbum de EH na mesma página que um envelope colado, com carimbo de 10 de junho, que contém a carta seguinte para "mamãe e marse"; no entanto, evidências intrínsecas datam a 10 de junho, apontando para a possibilidade de que tenha sido enviada originalmente naquele envelope (JFK, Álbum IV).

1. *The Servant in the House*, drama moral de Charles Rann Kennedy (1871-1950), estreou no Savoy Theatre em Nova York em 1908 e teve uma temporada no teatro Bush Temple, em Chicago, de 31 de maio a 19 de junho de 1909. Ruth Arnold, aluna de canto e ajudante da família, escreveu para Grace no dia 8 de junho de 1909 dizendo que assistiria a peça na próxima quinta-feira, dia 10 de junho (UT).
2. As Wee Folks' Bands eram organizadas pela Woman's Board of Missions of the Interior, da Igreja Congregacional, para ensinar crianças em idade pré-escolar sobre o trabalho missionário no mundo todo e angariar fundos para esse trabalho (o nome de EH apareceu na escalação da Wee Folks' Band da Primeira Igreja Congregacional de Oak Park em abril de 1901). Em carta de 8 de junho, Ruth disse a Grace que estava levando Ursula e Sunny à igreja naquela tarde para ensaiar (provavelmente para a programação anual do "dia da criança", em junho).
3. Franklin White Hemingway (1904-1984) e Jane Tyler Hemingway (1907-1965) eram os primos mais velhos de EH, filhos do irmão de Clarence, Alfred Tyler Hemingway (1877-1922) e sua esposa, Fanny Arabell Hemingway (1876-1963, White era seu sobrenome de solteira), de Kansas City, Missouri. Os pais da tia Arabell, Arabell White (Bowen, quando solteira) e John Barber White, madeireiro famoso de Kansas City, nasceram no condado de Chautauqua, Nova York. A casa de veraneio do casal ficava do outro lado do lago, em frente à Chautauqua Institution (originalmente Chautauqua Lake Sunday School Assembly), fundada em 1874 como experimento educacional para aprendizado durante as férias.
4. "Tooseys" ou "toosies" era um termo usado pela família para se referir a "beijos", geralmente representados por círculos em volta de um ponto ou outro símbolo. "Bill" pode ser o apelido de Ruth Arnold, também chamada de "Boofie", "Bobs" ou "Bobby" (Reynolds *YH*, p. 79, 105). Em uma carta de 12 de agosto de 1909 a Grace em Walloon Lake, Ruth prometeu que "Billy em pessoa" estaria em casa quando a família de Hemingway voltasse em setembro (UT).

Junho de 1909

A Grace Hall e Marcelline Hemingway, [aprox. 17 de junho de 1909]

Querida mamãe e marse.—
Passei para a 6ª série que nem a marse.
Papai e eu colhemos algumas rosas e morangos selvagens. Ursula também passou. o piquenique da escola é amanhã a ST. Nicholos chegou e não tinha nada da Marce sobre o passarinho[1].
Emily Harding mandou uma tigela de bronze de aniversário para você[2]
Fomos ao Forest Park e descemos a Grand Canon, é igualzinho à *giant coaster*[3], Sunny e ted morreram de medo[4].

Com amor Ernest.

P.S. O pai me deu 5 moedas de um dólar por ter passado.

JFK, CMA; cabeçalho: CEH [Clarence Edmonds Hemingway]

Grace escreveu no verso da carta: "Escrita para mamãe em Nantucket, 17 de junho de 1909, por Ernest Hemingway" (provavelmente a data de recebimento). A carta está guardada no álbum de EH, dobrada e colocada dentro de um envelope endereçado, com a caligrafia de EH, a "Mrs. CE Hemingway / Nantucket / Mass. / aos cuidados de A. C. Ayers / 45 peral [Pearl] St.", com carimbo de Oak Park, 10 de junho de 1909. Em um cartão-postal de Nantucket retratando a caça de um cachalote, Grace respondeu: "Um viva para o sexto-anista. Obrigado por sua carta adorável" (JFK, Álbum IV).

1. *St. Nicholas: Illustrated Magazine for Boys and Girls*, publicada mensalmente em Nova York de 1873 a 1943, primeiro pelos filhos de Charles Scribner, e a partir de 1881 pela Century Company. Concorrente da *Youth's Companion*, a *St. Nicholas* se diferenciava pelas ilustrações de alta qualidade, artigos e histórias escritas por escritores de renome, incluindo Louisa May Alcott, Rudyard Kipling e Mark Twain. Marcelline devia estar participando do concurso mensal da revista para escolher os melhores poemas, contos, desenhos, fotografias, passatempos e respostas de passatempos produzidos por leitores jovens. A edição de maio de 1909 publicou poemas vencedores sobre o tema "O ano do cultivo" e prosa sobre o assunto "Meu jardim".
2. No dia 15 de junho, Grace comemoraria seu aniversário de 37 anos.
3. O famoso Forest Park Amusement Park, em funcionamento de 1907 a 1922, ficava a menos de dois quilômetros a sudoeste de Oak Park, no subúrbio vizinho de Forest Park, Illinois. Havia três montanhas-russas no parque: a Giant Safety Coaster (na época considerada a mais alta do país), a Leap the Dip e a Grand Canyon.
4. Apelidos das irmãs de EH, Madelaine e Ursula.

A Clarence Hemingway, [23 de julho de 1909]

Querido papai
    hoje mamãe e todos nós fomos passear.
    Caminhamos até a escola.
    Marcelline correu na frente.
    Daí paramos na Clouse.
    Pouco depois ela voltou.

Agosto de 1910

Ela disse que no galpão de madeira da escola tinha um porco-espinho.
Daí fomos até lá e olhamos da porta, o porco-espinho estava dormindo.
Eu entrei e dei um golpe com o machado.
Depois dei outro e mais outro.
Depois me arrastei até a floresta.
Chamei o sr. Clous, ele pegou a arma e o matou.

Aqui estão alguns dos espinhos.

JFK, CM; cabeçalho: Walloon Lake, Michigan. / "WINDEMERE", com fotografia impressa de EH e Marcelline bem jovens nadando no lago perto de um barco atracado; carimbo postal:[WALL]OON LAKE [MICHIGAN], 23 JUL. / 9:00

Embora o dia e o mês estejam no carimbo postal, a suposição do ano da carta baseia-se no relato do jovem EH sobre o mesmo incidente em "An Adventure with a Porcupine". Essa história está presa com um cordão a um "livro" caseiro de uma página, cuja capa traz o título "SPORTS-MAN / HASH EDITED / POR E. M. E T. H." (provavelmente "Ted Hemingway", apelido de Ursula) e datada "10 de outubro de 1909" na caligrafia de EH (CMU). Outra cópia da fotografia impressa consta do álbum dos pais de EH (JFK), com a legenda "Ernest aos 2 anos / nadando". O envelope, endereçado ao dr. C. E. Hemingway em Oak Park, traz a anotação à mão: "Para Ernest".

A Ursula Hemingway e Ruth Arnold, [30 de agosto de 1910]

Querida Ted,
Escrevo esta carta no trem depois de partirmos da estação. Nossa bagagem está no vagão conosco. Tomamos café da manhã no Hoollsoats porque o outro restaurante mudou de lugar.

Sinceramente seu,
Ernest H.

Querida Ruth,
Há apenas três pessoas no nosso vagão-leito, além de nós mesmos. Estamos agora chegando a Pullman, Illinois. Vamos jantar no vagão-restaurante. Escrevo de novo quando chegarmos a Albany, N.Y.[1]

Sinceramente seu,
Ernest.

IndU, cartão-postal MA; carimbo postal: DETROIT & CHICAGO / [R.P.O.][2], 30 AGO. 1910

O cartão-postal pré-pago de um centavo está endereçado a "Ursula Hemingway / Aos cuidados de Dr. C. E. Hemingway, / Walloon Lake, Michigan" (com o nome do

Setembro de 1910

dr. Hemingway e o endereço carimbados no cartão, e o nome de Ursula escrito à mão por Grace).

1. No álbum de EH, Grace escreveu "Mamãe e Ernest saíram de 'Windemere' para Nantucket, passando por Chicago, em 29 de agosto. Passamos o mês de setembro de 1910 na ilha; hospedagem com S'annie Ayers" (JFK, Álbum IV). Para detalhes da visita, ver Susan F. Beegel, "The Young Boy and the Sea: Ernest Hemingway's Visit to Nantucket Island" (*Historic Nantucket*, 32, n. 3, 1985, p. 18-30). Ao voltar de viagem, mãe e filho visitaram lugares históricos em Boston e nos arredores, assim como fizeram Grace e Marcelline no verão anterior (Baker *Life*, p. 11).
2. Railway Post Office, posto do correio montado num vagão de trem, no qual as cartas podiam ser recebidas e distribuídas no caminho.

A Clarence Hemingway, 10 de setembro de 1910

10 de setembro de 1910.

Querido papai,
Saí para pescar sozinho ontem de manhã fora do atracadouro. Pesquei 13 trutas-marrom. São peixes muito carnudos e brigam feito percas. As quatro maiores supriram nossa mesa de seis pessoas. Achamos a carne mais gostosa do que a da truta pintada.
Estou me esforçando para comprar $50 de sorvete no Whittlesey[1]. Perdi uma enguia grande que um pescador disse que devia pesar quatro libras.
Fui à casa dos Hutchinson com mamãe enquanto ela praticava com a sra. H., e brinquei com Katherine e Lucy.
Vou pescar agora de manhã.

Seu filho querido
Ernest Hemingway

IndU, CMA; cabeçalho: paisagem da casa e do jardim com a legenda: "LAR, DOCE LAR, NANTUCKET, MASSACHUSETTS"

1. Provavelmente uma referência a Walter Whittlesey, dono de um armazém em Oak Park. Os Whittlesey frequentavam a mesma igreja que os Hemingway, e o filho deles, Robert, visitou Windemere.

A Clarence Hemingway, [11 de setembro de 1910]

Querido Papai,
Ontem à noite mamãe chamou a sra. Hutchinson para tocar e cantou muito bem para as pessoas na Sannie[1]. Como está minha doninha? Consigo um pé de albatroz aqui por dois dólares para o aggassiz[2]. Vale a pena?
Seu filho querido Ernest H.

IndU, cartão-postal MA; cabeçalho: NANTUCKET MASSACHUSETTS, 11 SET. / 12:30 / 1910

Setembro de 1910

No canto superior direito, Grace escreveu "Domingo de manhã". O cartão postal pré-pago de um centavo tem um carimbo no verso com o endereço "Dr. C. E. Hemingway / Kenilworth Ave. & Iowa St. / Oak Park, Illinois".

1. Provavelmente uma contração de "srta. Anne" ["Miss Annie", no original], Annie Ayers, em cuja casa Grace e EH estavam hospedados. Grace escreveu essa palavra à tinta sobre a escrita original de EH e acrescentou o ponto de interrogação depois de "doninha" na frase seguinte.

2. Clarence Hemingway fundou a divisão de Oak Park do Agassiz Club, uma organização de estudos naturais para crianças batizada em homenagem ao naturalista Louis Agassiz (1807-1873). Na sua resposta de 13 de setembro de 1910, Clarence alertou o filho a fazer perguntas antes de comprar o espécime. Ele também contou o resultado de uma eleição do Agassiz, na qual foi escolhido como presidente e EH, como curador assistente do clube (JFK, Álbum IV).

A Marcelline Hemingway, 13 de setembro de 1910

13 de setembro de 1910

Querida *titty mouchouse*,

Naveguei até o Great Point[1], o que dá catorze milhas. Foi bom e muito simples, daí saímos no mar aberto e entrou água à beça no barco. Comprei a espada de um peixe-espada para o agassiz de um velho marujo chamado Judas[2].

Eu e mamãe fomos à reunião do sufrágio, e eu dormi profundamente, e não fui para a cama até às ~~onze~~ dez horas[3].

Hoje é aniversário de Lucy. Vamos à sociedade histórica hoje à tarde e de manhã[4].

Seu irmão querido
Ernest Hemingway.

UT, CMA; cabeçalho: paisagem da casa e do jardim com a legenda: "Lar, doce lar, Nantucket, Massachusetts"

1. Extremidade norte de Nantucket Island.

2. Provavelmente Judah Nickerson, pescador aposentado que passava o tempo contando histórias no cais e que uma vez pescou um peixe-espada excepcionalmente grande (Beegel, "The Young Boy and the Sea", p. 27).

3. Marcelline, que também ia a essas reuniões com a mãe, recorda que elas eram realizadas na sala de estar da casa de Annie Ayers (Sanford, p. 113).

4. EH e Grace provavelmente assistiriam a uma exposição de caça às baleias da Nantucket Historical Association (fundada em 1894) em sua Fair Street Museum.

A Charles C. Spink & Son, [aprox. 1912]

Sr. Chales C. Spink & Son
cavalheiros—

Seguem anexos $0,35 para que me enviem as figurinhas de beisebol –

Maio de 1912

Mathewson – Mordecai Brown. Sam Crawford. Jas. P. Archer. Frank shulte. Owen Bush. Fred Snodgrass[1].

Atenciosamente
Ernest Hemingway
N. Kenilworth, 600
Oak Park. Illinois.

JFK, CMA

A suposta data da carta se baseia nas propagandas das edições de 1912 do semanário *Sporting News* (1886-2012) de "figurinhas" de jogadores de beisebol a cinco centavos, inclusive dos sete citados na carta de EH. O jornal foi fundado em St. Louis por Alfred Henry Spink (aprox. 1854-1928) para promover uma variedade de esportes; depois de 1899, quando seu irmão Charles Claude Spink assumiu como editor, o jornal passou a tratar somente de beisebol. Depois que Charles morreu em 1914, seu filho J. G. Taylor Spink (1888-1962) assumiu a editoria e continuou no cargo até sua morte.

1. O arremessador Christopher (Christy) Mathewson (1880-1925) e o defensor externo Fred Snodgrass (1887-1974) do New York Giants; o arremessador Mordecai "Three Finger" Brown (1876-1948), o receptor James P. (Jimmy) Archer (1883-1958) e o defensor externo Frank "Wildfire" Schulte (1882-1949), do Chicago Cubs; o defensor externo Sam Crawford (1880-1968) e o interbases Owen "Donie" Bush (1887--1972), ambos do Detroit Tigers.

A Clarence Hemingway, [aprox. segunda semana de maio de 1912]

Vagão-leito Pullman
Sete torres[1]
Kenilworth
Ave.
Oak Park

Querido papai
       Sinto-me muito melhor quando todo o meu trabalho está feito, e a minha consciência está limpa.
       Verifiquei meu quadro de horários de beisebol e descobri que o New York Giants disputa o campeonato com o Chicago Cubs no sábado, 11 de maio[2]. no próximo sábado vamos ter ensaio do coral de manhã, e de tarde estaremos livres[3]. O jogo começa às três da tarde.
       Vamos ver se conseguimos ir vai ser um jogo maravilhoso o último da Série.

Seu
Com amor
Ernie.

Outubro de 1912

Catálogo do Sotheby, Lista do lote de Maurice F. Neville (Parte I), Nova York, 13 de abril de 2004, Lote 85 (Ilustrado), CMA

1. Referência ao vagão-leito projetado e fabricado pelo industrialista norte-americano George Pullman (1831-1897) e ao romance *A casa das sete torres*, de 1851, de Nathaniel Hawthorne (1804-1864).
2. O Cubs perdeu esse jogo em casa, no West Side Park, pelo placar de 10-13. A referência de EH a um campeonato não é clara; esse foi o segundo jogo de um período inicial de uma série de três jogos (disputados em 10, 11 e 13 de maio) entre o Giants e o Cubs, que acabou em terceiro lugar na National League pela temporada de 1912.
3. EH cantava no coral de crianças da Terceira Igreja Congregacional de Oak Park, onde Grace Hemingway era diretora do coral.

A Leicester e Nevada Butler Hall, 22 de outubro de 1912

22 de outubro de 1912

Queridos tio Liester e tia Vada[1],—

Papai e mamãe disseram no jantar que tinham uma grande surpresa para nós, tentamos e tentamos adivinhar, mas não descobrimos o que era. Pensei que fosse algo de comer. Daí mamãe leu sua carta para nós. Então eu encostei a cabeça na cadeira e gritei de alegria. Todos nós gritamos, menos mamãe, papai e ruth. Quero agradecer demais pelo presente adorável.

Sunny disse que vai comprar uma bicicleta com o dinheiro dela. Eu ainda não sei o que vou fazer com o meu. Tenho medo de acordar e descobrir que é um sonho.

Seu sobrinho querido—
Ernest Miller Hemingway

P.S. Mamãe pediu para contar que estou fazendo aulas de violoncelo. e vou poder tocar na orquestra da igreja no Natal.

E.H.

Coleção particular, CMA

1. O irmão de Grace e a esposa moravam em Bishop, Califórnia, onde ele advogava. Marcelline recorda que quando o tio Leicester, solteiro há muito tempo, se casou com Nevada, a família ficou encantada e curiosa para conhecê-la. Em 1918, quando seu marido foi servir na Primeira Guerra Mundial, Nevada fez sua primeira viagem para o leste para conhecer a "nova família" e encantou a todos. Pouco tempo depois de sua visita a Oak Park, e antes de Leicester voltar da guerra, morreu por causa da pandemia de gripe (Sanford, p. 173-8).

A Clarence Hemingway, 11 de maio de 1913

Meu comportamento no Coliseu ontem foi ruim e meu comportamento na igreja hoje de manhã foi ruim meu comportamento amanhã será <u>bom</u>.

Ernest Hemingway
11 de maio de 1913

Agosto de 1913

JFK, NMA

Grace escreveu no envelope: "Para papai / 'Confissão'" (JFK, Álbum IV). Junto com outros jovens da Terceira Igreja Congregacional de Oak Park, EH, Marcelline e Ursula participaram da "The World in Chicago", uma exposição missionária ocorrida de 3 de maio a 7 de junho no Coliseu de Chicago. O envelope e o programa da exposição estão colados no álbum em páginas opostas. Embaixo das fotografias do grupo uniformizado, Grace escreveu que todo sábado à tarde eles representavam um "Casamento Japonês", uma cena do espetáculo da Women's Mission, em que EH fazia o papel do "intermediário".

A Anson Hemingway, [aprox. 30 de agosto de 1913

Querido vovô—.
Muito obrigado pelo jogo de argolas que me deu de aniversário. Pesquei 147 trutas anteontem eu pesquei uma de 11 de comprimento. Está ventando e chovendo muito agora. Acabei de pegar três patos.

Ernest Hemingway

JFK, cartão-postal MA; carimbo postal: WALLOON LAKE / [MICHIGAN], 30 / AGO / 9:00 / 1913

Esse postal está colado no álbum dos avós de EH na mesma página que um postal com o mapa do condado de Charlevoix, Michigan (JFK). A página do álbum traz a legenda escrita à mão: "Onde Ernest passava o verão". Dado que o nascimento de Hemingway (21 de julho) havia se passado seis semanas atrás, e que ele escreveu os dois próximos postais para os pais em Michigan depois de voltar para Oak Park, mas antes do início das aulas em 2 de setembro, esse cartão pode ter sido escrito um pouco antes do que a data do carimbo postal de 30 de agosto; talvez tenha sido postado por alguém da família depois que EH saiu de Michigan, ou, como acontecia de vez em quando, a data no carimbo não era precisa.

A Clarence e Grace Hall Hemingway, [aprox. final de agosto de 1913]

Queridos Pai e Mãe—,
cheguei bem tempo bom mas muito duro à noite. O sr. e a sra. Sampson[1] nos encontraram nas docas. Obrigado pelo almoço e pela carta vamos para a casa agora vovô diz para vocês trazerem para casa o jogo de argolas. A cidade está quente como ___ Boyne city.

tchau
Ernie

JFK, cartão-postal MA

Agosto de 1913

Afixado na mesma página do álbum em que está esse postal e o próximo, há uma carta de 11 de agosto de 1913 para Grace, escrita por "Mãe Hemingway" (a avó paterna de EH), dizendo do prazer que sentia por Ernest e Marcelline logo estarem dormindo sob seu teto em Oak Park (JFK, Álbum IV). Grace escreveu na página: "Ernest e Marcelline, Ruth McCollum e Harold Sampson foram todos para casa no [barco a vapor do lago Michigan] Manitou para começarem as aulas a tempo". Em 1913, as aulas em Oak Park and River Forest High School (doravante abreviada como OPRFHS) começaram na terça-feira, dia 2 de setembro, um dia depois do Dia do Trabalho; a escola primária, para as crianças mais novas, iniciou as aulas em 8 de setembro (conforme relata o jornal local, Oak Leaves, de 23 e 30 de agosto de 1913).

1. O amigo e vizinho Harold Sampson, de Oak Park, passou as últimas semanas de agosto de 1913 com EH em Michigan.

A Clarence Hemingway, [aprox. final de agosto – 1º de setembro de 1913]

Querido Pai—,

Fui para a escola secundária hoje de manhã e peguei o programa e a lista de livros. Nossos pêssegos estão bons, vou colhê-los hoje e guardar no celeiro.

McAllister cortou a grama ontem. Tia Arabelly[1] vem para a vó amanhã. As malas chegaram perfeitas. Meu camisão de dormir e minhas outras roupas estão na mala maior, eu queria <u>muito</u> pegá-las.

Com amor
Ernie

JFK, cartão-postal MA; timbre (carimbado): A. T. Hemingway / 444 Oak Park Avenue / Oak Park, Illinois

Um "Anúncio da escola", publicado na edição de 23 de agosto de 1913 no *Oak Leaves*, relatou que a diretoria da OPRFHS estaria aberta durante as manhãs, de 28 a 30 de setembro, um dia antes do início das aulas.

1. Arabell Hemingway, que morava em Kansas City.

A [Desconhecido], [aprox. junho de 1914]

Ao detetive Mac, nem meu diretor, meu conselheiro ou meu amigo, Ernest Hemingway.

Catálogo do Sotheby, Lista do lote de Jonathan Goodwin (Parte Um), Nova York, 29 de março de 1977, Lote 123, Inscrição.

Segundo a descrição do catálogo do Sotheby, EH escreveu essa frase na página de dedicatória de um exemplar do Senior Tabula de 1914, o anuário da OPRFHS.

Setembro de 1914

Na época, ele era calouro. A dedicatória impressa do anuário diz: "Para nosso conselheiro, diretor e amigo Marion Ross McDaniel, dedicamos respeitosamente este livro". McDaniel, diretor da escola de 1914 a 1939, era chamado de "Gum-Shoe Mac" porque ele usava um sapato de sola de borracha e sempre aparecia sem fazer barulho (EH para Charles Fenton, 22 de junho de 1952, JFK).

A Grace Hall Hemingway, 2 de setembro de 1914

2 de setembro de 1914

Querida mãe—,
  O tempo está muito ruim aqui. Ontem eu peguei 9 trutas, e Sam, duas, em Hortons creek[1]. É como dizem em Boston, um para o dinheiro, dois para o *show*. "Um para a moeda, dois para a exposição, três para a preparação e quatro para o procedimento["][2]. Sam parte amanhã à noite. Escrevi um cartão-postal para você de Charlevoix, mas ainda não recebi resposta. Nós colhemos e escolhemos Cinquenta *Bushels*[*] de batatas. O centeio e o trevo cresceram no topo vermelho[3]. Quem me dera estar [louco ?]

Seu filho querido
Ernest

[No verso:]
Boletim.
Buchaanaland, 15 de setembro

Informações recebidas de fontes não oficiais dizem que a Irlanda não conseguirá participar da guerra europeia devido a recente greve dos oleiros[5].

JFK, CMA; cabeçalho: "Windemere" / Walloon Lake, Michigan

1. Harold Sampson visitou EH em Michigan de novo naquele verão para um trabalho durante as férias em Longfield Farm, uma propriedade de 160 m² do outro lado do Walloon Lake, diante de Windemere, comprada pelos Hemingways em 1905 e alugada para arrendatários, os Washburns (Sanford, p. 87-8). Quando adolescente, EH trabalhava na fazenda durante as férias de verão e costumava acampar lá sozinho ou com amigos. Horton Creek atravessa o vilarejo de Horton Bay, a cerca de 3 km da fazenda.

2. EH está tirando sarro do modo supostamente afetado dos moradores de Boston acentuando a linguagem do ditado *"One for the money, two for the show, three to get ready, and four to go"*. Na época, Grace estava visitando Nantucket, Massachusetts.

3. O cume central em Longfield Farm era conhecido como "Montanha do Topo Vermelho" por causa da grama de coloração avermelhada (Sanford, p. 88).

4. Embora sua intenção não seja exatamente clara, EH faz uma alusão aos eventos recentes nos noticiários, incluindo a eclosão da "Guerra Europeia", no início de agosto de 1914, e uma greve de oleiros em Chicago no primeiro semestre de 1914, conhecida como greve do "Um milhão de dólares por dia", provocando uma paralisação de três meses nas construções. Apesar do conflito com os britânicos, em setembro de 1914, os líderes nacionais da Irlanda pediram o fim da luta pela autonomia e prometeram apoiar a Grã-Bretanha na guerra contra a Alemanha. "Buchaanaland" pode ser o erro de EH na grafia de Bechuanaland (Bechuanalândia, hoje Botswana), protetorado britânico no centro da África do Sul, onde forças da União da África do Sul lutariam contra as forças do Sudoeste Africano Alemão em 1914 e 1915, acabando por derrotá-las.

*. Unidade de medida de volume utilizada nos Estados Unidos para certos produtos agrícolas. Um *bushel* americano equivale a 35,2391 litros. (N. E.)

Setembro de 1914

A Grace Hall Hemingway, 8 de setembro de 1914

8 de setembro de 1914

Querida Mãe—,
Recebi seu cartão, muito obrigado. Nosso trem atrasou 2,25 minutos!! então nada de escola.

O programa mudou os horários perto do almoço além de um monte de outras mudanças. Circulou um boato de que eu tinha me afogado e alguns dos meus colegas pensaram que eu era fantasma. Eu posso por favor usar calças compridas [?] Todos os outros meninos da classe têm uma, Lewie Clarahan Ignatz smith e os outros moleques[1]. Minhas calças estão tão pequenas que toda vez que me mexo acho que elas vão se rasgar. E também tenho 8 ou 10 polegadas de punho de fora das mangas.

Por favor diga que posso ter das longas.

Seu filho afogado
Ernest Hemingway

R.S.V.P. P.D.Q.[2]
P.S.
Todos os botões da minha camisa voam quando eu respiro fundo.

JFK, CMA

A carta está guardada no JFK, Álbum IV, em um envelope estampado com o nome de Clarence Hemingway e o endereço de resposta em Oak Park; no envelope, EH escreveu "Irgunt" [Urgente], e Grace anotou: "Recebida na srta. Ayers, setembro de 1914, em Nantucket". Ela também escreveu no álbum: "Ernest cresceu uma polegada por mês este verão e ficou bem forte e competente na fazenda [...] Ele cresceu mais que todas as suas roupas. Voltou para casa em Oak Park no dia 8 de setembro e entrou para o segundo ano. Está jogando na equipe peso-leve de futebol americano e tocando violoncelo na orquestra".

Em 1914, as aulas das escolas de Oak Park voltaram no dia 8 de setembro, um dia depois do Dia do Trabalho (Oak Leaves, 5 de setembro de 1914).

---

1. Lewis Clarahan (1897-1994), amigo de EH, cuja família se mudou de Newton Highlands, Massachusetts, para Oak Park em 1911. Ele se formou na OPRFHS em 1915.

2. R.S.V.P: *répondez s'il vous plaît*: por favor, responda (em francês). P.D.Q.: *"pretty damn quick"* [o mais rápido que puder].

Abril de 1915 ou 1916

A Baseball Magazine, 10 de abril [1915 ou 1916]

10 de abril

Base Ball Magazine
5th Ave., 70
Nova York

Cavalheiros;

Seguem no envelope 2,50$ pelo envio da Base Ball Magazine por um ano, começando pela edição de maio. Enviem também os seguintes pôsteres: Matty, Walsh, Tex Russel, Schulte, Archer, Marquard[1].

Com os melhores cumprimentos para a revista
Ernest Hemingway[2]
N. Kenilworth ave., 600
Oak Park
Illinois.

IndU, CDAcc; cabeçalho: DR. CLARENCE E. HEMINGWAY / KENILWORTH AVENUE, 600 / CORNER IOWA STREET / OAK PARK, ILLINOIS

Tanto em 1915 quanto em 1916, a Baseball Magazine (1908-1959) anunciou os seis pôsteres que EH pediu em sua carta. Nesta, sua carta datilografada mais antiga que conhecemos, EH riscou o nome do pai no cabeçalho e escreveu o seu próprio.

1. Os arremessadores Christy "Matty" Mathewson e Richard "Rube" Marquard (1886-1980), do New York Giants; os arremessadores Ed Walsh (1881-1959) e Ewell Albert "Reb" Russell (1889-1973), do Chicago White Sox; e o defensor externo Frank Schulte e o receptor Jimmy Archer do Chicago Cubs.
2. EH começou a datilografar o próprio nome, chegou até "ERn", depois riscou tudo e acrescentou à mão sua assinatura e endereço.

A Marcelline Hemingway, [5 de maio de 1915]

Pobre *bonus caput*[1], em nome de todas as coisas justas e injustas como é que conseguiu entrar no clube de contação de histórias? Se eu não pudesse escrever uma história melhor que a sua eu me confinaria no purgatório. Parabéns.

Eternamente teu.
Ernestum

fJFK, NMA; cabeçalho: MEMORANDUM

No parte inferior da página, na caligrafia de Grace, há a data circulada, "5 de maio, 1915", junto com a anotação: "Para Marcelline, de Ernest, ao saber

Julho de 1915

que ela tinha 'conseguido' o Story Club [Clube de Contação de Histórias] / 12 candidatos aceitos em 100". Em outra caligrafia (provavelmente de Marcelline), está circulada a anotação "Maluco!". No segundo ano, as garotas podiam concorrer a membro do Story Club da OPRFHS. Cópias de todas as cartas de EH para Marcelline no JFK foram doadas pelo filho dela, John E. Sanford.

1. "Boa cabeça", em latim; talvez uma ironia proposital com *"bone head"* [cabeça oca, idiota].

A "Carissimus", 17 de julho de 1915

17 de julho de 1915

Carissimus—[1];

Recebi seus catálogos, muitíssimo obrigado, juro que aquele _ _ _ _ _ _ _ _ _ _ _ de _ _ _ _ _ _ _ de um Barco[2] meu é - -. Uso esses traços porque xinguei tanto por isso hoje à tarde que racharia minha cabeça se eu inventasse mais alguma coisa. A mulher que passou tifo para todo mundo no refeitório é aquela velha que tirava o sorvete do lado contrário ao que comíamos[3]. Meu pai descobriu. Tenho boas notícias para você, cuspidor. Eu andei lendo a correspondência da minha doce ??????? irmã Marcelline como sempre para tentar descobrir o que as damas pensam a meu respeito quando vi uma carta e li que era da sua querida amiga Dorothy Hollands[4]. Eu a peguei e vou anexá-la a esta carta [.] Céus, como é melosa. Estou dizendo, cara, <u>cuidado</u>! Todas as mulheres são iguais. Ela me escreveu uma carta e também vou enviá-la para você. Por que você não escreve para algumas mulheres? É divertido, você só precisa dizer "Estou me divertindo. Escreva e me conte todas as novidades do bom e velho Oak Park". Você envia isso e recebe uma carta de dezesseis páginas de dar risadas. Tente, meu rapaz. E aquela maravilha de porco-espinho que cacei. Eu pelei ele! Levou quase metade do dia e a pele tem a grossura de por volta de ¼ de polegada. Eu estou curtindo o couro. Eu vi aqueles prezados cervos, o macho e a fêmea. Caramba, como eles correm! Eles dão longos saltos juntos com o rabo branco empinado. Pode acreditar no seu tio Isadore, vai ter carne de veado no acampamento algum dia deste verão. Não tem uma alma viva que saiba que eles estão ali. Contei para o meu pai e ele me disse para esperar até que ele venha e então podemos atirar no macho. Os chifres estão cobertos de pele. Ontem cacei 3 esquilos e um pica-pau. Céus, é solitário aqui. Meu pai e Lewy se foram. Ninguém para falar bobagem. Aquele barco é um inferno. Vira e mexe, quando estou preso no lago, alguém passa e grita "Qual o problema?" Cara você devia me ouvir nessas horas. Jogo cada praga. Me escreva uma longa. Até mais.

Ernie

Muitíssimo obrigado pelos catálogos.

E.H.

Julho de 1915

JFK, CMA; cabeçalho: "Windemere" / Walloon Lake, Michigan, com foto impressa de EH e Marcelline quando crianças no lago perto de um barco atracado

1. O "caríssimo"pode ser o colega de classe de EH, Ray Ohlsen, que, em junho de 1915, o acompanhou com Lewis (Lewy) Clarahan no navio a vapor *Missouri* até Frankfort, Michigan, em uma viagem ao norte até Walloon Lake. EH e Clarahan caminharam o restante do percurso, passando por Traverse City e Charlevoix (Baker *Life*, p. 20)

2. Talvez a canoa de EH, sobre a qual ele disse: "Tão robusta quanto uma igreja, infernal. Se não partir o cabelo no meio, não consegue se equilibrar" (M. Miller, p. 64).

3. A epidemia de tifo que se espalhou por Oak Park durante a primavera e o verão de 1915, atingindo pelo menos quarenta pessoas e tirando a vida da professora secundária Vera Bleeker, teria começado com Mary Burke, que trabalhava no refeitório da escola (*Oak Leaves*, 3 de julho de 1915, p. 1, e 10 de julho de 1915, p. 1; *Chicago Daily Tribune*, 15 de julho de 1915, p. 1). Anteriormente, naquele ano, em Nova York, Mary Mallon (1869-1938), ou "Mary Tifoide", também cozinheira e portadora saudável da doença, infectou mais de duas dúzias de pessoas, duas das quais morreram.

4. Colega de classe de EH e Marcelline.

A Grace Hall Hemingway, 31 de julho de 1915

31 de julho de 1915.

Querida Mãe—,

Estou no tio Georges em Ironton[1]. Atravessei o lago noite passada com Bert van Houson, pescador de trutas amigo do pai[2]. Matei a galinha e a coloquei no celeiro em frente a uma das cocheiras. Peguei meio cesto de feijão e meio cesto de batatas. Os feijões estão na frente da geladeira e as batatas na leiteria. Dei ao Warren[3] a chave da leiteria que também abre a casa de gelo e o galinheiro. A ração das galinhas está no celeiro. Arkensinger sabe onde cada coisa está e pegará gelo para você com prazer[4]. Escreva para mim em R.F.D. Nº 2 East Jordan Michigan. Wesley[5] diz que Smith, o guarda de caça, é amigo dele e vai tentar dar um jeito. Hoje vou trabalhar na colheita com o tio George.

Escreva-me contando os detalhes e quanto tempo eu devo ficar. Não se preocupe, a fazenda está em ordem.

Carinhosamente
Ernie

P. S. Arkensinger tem a chave da leiteria, casa de gelo e celeiro.

JFK, CMA; cabeçalho: Geo. R. Hemingway / Real Estate / 121 Marion St. / Oak Park, Illinois.; carimbo postal: Ironton. /Michigan., 31 Jul. / Manhã / 1915

1. George R. Hemingway (1879-1953), irmão de Clarence, corretor imobiliário em Oak Park, e sua esposa, Anna (1875-1957, cujo sobrenome de solteira era Ratcliff) tinham uma casa de veraneio em Ironton, Michigan, onde EH se refugiou depois de atirar em uma garça-azul durante um passeio no Walloon Lake com sua irmã Sunny. Ao ser perseguido pelo guarda-caças da área, EH correu para Windemere para contar à mãe, atravessou o lago para Longfield Farm, então foi para a casa da família Dilworth em Horton Bay, e depois para a casa do tio George. Ele depois se apresentou ao juiz de Boyne City e pagou uma multa de quinze dólares

Setembro de 1915

(Baker *Life*, p. 20-1). O incidente é a base da história final de Nick Adams, "The Last Good Country" (NAS), que ele não terminou.

2. Bert VanHoesen e seus pais moravam longe do "local", perto de Horton Bay em Pine Lake (rebatizado como Lake Charlevoix em 1926); anos depois ele trabalhou para a companhia telefônica em Horton Bay (Ohle, 67).

3. Warren Ellsworth Summer (1878-1947), nascido em Fernton, Michigan, mudou-se para a área de Horton Bay quando tinha dez anos e morou ali pelo resto da vida, criando cinco filhos com sua esposa Myra (cujo sobrenome de solteira era Lake). Ele era proprietário da fazenda vizinha a Longfield Farm e trabalhou para os Hemingway.

4. Provavelmente James Ray (Ray J.) Argetsinger (1885-1966), de Boyne City, que trabalhava em fazendas da região.

5. Forrest Wesley Dilworth (1887-1950), filho de James e Elizabeth Dilworth e amigo de infância de EH.

A Clarence e Grace Hall Hemingway, [16 de setembro de 1915]

Meus queridos—;

Recebi sua carta, obrigado! Estou dando duro para me manter com pouco peso, mas comendo uma quantidade negativa de nada, eu consigo. Estou indo bem na escola. Tirei 100% na prova de hist. antiga. Cícero é moleza[1]. Eu poderia escrever coisas melhores do que as dele com as duas mãos amarradas nas costas. Por favor, tragam minhas fotos que estão no canto de cima da lareira em um envelope com o meu nome[.] Por favor, façam isso. Contente com as batatas. O que há com o Singer[2]?

Ernie.

P.S. ~~Penhorei meus sapatos para comprar este cartão.~~

JFK, cartão-postal MA

O cartão é datado de 16 de setembro de 1915 com a letra de Grace e foi guardado com uma anotação dela, "De Ernest em Oak Park ao Pai e à Mãe em Walloon Lake" (JFK, Álbum v).

1. Marco Túlio Cícero (106-43 a.C.), filósofo romano, orador e estadista. EH usa o coloquialismo *"pipe"* [no original] para se referir a algo fácil, canja.
2. Provavelmente Argetsinger.

A Ursula e Madelaine Hemingway, [16 de setembro de 1915]

Carus Yaps—;

Que maravilha sobre essa janela em Hem agora sei onde passar minhas próximas férias de verão[1]. Ana e Ruth colocaram com uma chave de fenda ou derrubaram com uma marreta? Soube que Warren e suas mulas tiveram uma briga e o Arkensinger venceu. E aí? Consegue imaginar seu Tio Oinutz vivendo de meio limão por dia[2]? Alguns conseguem. Até logo.

Butch.

Janeiro de 1916

PSU, cartão-postal MA; carimbo postal: OAK PARK / ILLINOIS., 16 SET. / 22:00 / 1915

1. "Hem" é "Hemlock Park", a casinha anexa construída em Windemere. Sunny se lembra de que ela era decorada com galhadas de veados e cheia de revistas e catálogos, e a descreveu como "um retiro agradável quando tarefas desagradáveis precisavam ser feitas" (M. Miller, p. 49).
2. Provavelmente uma referência ao esforço de Hemingway de se manter no limite de peso para jogar na equipe juvenil de futebol americano, como mencionado na carta anterior.

A Susan Lowrey, [aprox. 1916]

Querida Sue—;
Acho que minha casa está em ordem agora, mas não entendi o que Hetty estava tentando fazer. Quem ela matou? Muito obrigado por me escrever com certeza você salvou minha vida nesse livro.

Ernie

[*Lowrey* responde:]
Então, ela não queria matar a própria criança, mas tinha vergonha de voltar para o sr. e a sra. Poyser & pensou que talvez eles jamais descobririam. Ela deixou a criança na floresta onde provavelmente morreu de frio e abandono. Você sabe que isso poderia contar como assassinato, não poderia? Bem, por isso ela foi presa e considerada culpada. A punição seria a forca. Entende? Mas Arthur Donnithorne, que a havia interpretado mal, se arrependeu e a perdoou. Entende agora?

OPPL, NMA

Essa nota aparentemente foi trocada na escola entre EH e sua colega de classe, que parece resumir um livro que EH não leu. Do outro lado da página, a nota está endereçada duas vezes, primeiro para "Sue" (cujo nome está riscado) e depois para "Ernie". O livro é Adam Bede (1859), do romancista inglês George Eliot (pseudônimo de Mary Ann Evans, 1819-1880). A data provável da nota baseia-se no ano em que EH supostamente leu o romance (Michael S. Reynolds, Hemingway's Reading, 1901-1940: An Inventory, Princeton, Nova Jersey, Princeton University Press, 1981, p. 120; item 800). Os registros da escola mostram que tanto EH quanto Lowrey cursaram Inglês III e IV no penúltimo e no último ano, o que colocaria a nota como escrita na primavera ou no outono de 1916.

A [Desconhecido], [aprox. janeiro de 1916]

[*Amigo de EH:*] Que maravilha vou adorar ter mais duas semanas de férias. Vamos para o Zurich de novo em abril não vamos[1]? Se formos no sábado

Janeiro de 1916

eu terei de estar no [vestiário ?] às três e meia podemos tranquilamente correr para as montanhas e tirar fotos depois do jantar.

[*EH:*]: Vamos sim para o Zurich. Aprendi um jeito novo de fazer fogueira para que reflita o calor direto para a entrada da barraca e vamos ficar tão aquecidos quanto quisermos é assim

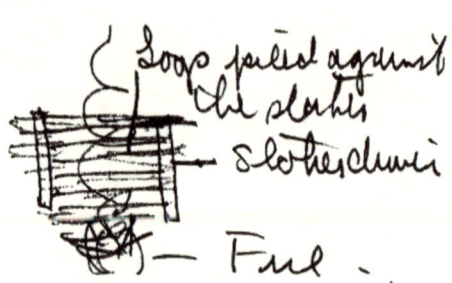

Assim reflete o calor direto para a entrada da barraca.

Caramba, mas eu queria que a gente descesse para o sul. Tenho um tanto de amigos por lá.

[*Amigo de EH:*] Teremos que *scribere litteris ad Edithior Est non dertex*[2]*?*

[*EH:*] Eddy está passando por uma boa. O reitor fez ele ir à igreja no primeiro dia por lá. A gente escreve uma carta bem dura para encorajá-lo *est non verus*.

[*Amigo de EH:*] Est verus[3][.] Onde Eddy está, numa espécie de escola catolicismística?

[*EH:*] Não, ele está na Howe, Indiana. É uma escola episcopal[4]. Como estão suas novas aulas? Terminei a minha de matemática –

[*Amigo de EH:*] ? O que significa para a [farra ?] amanhã à noite. Daí você Ho e uma garrafa de rum[5].

[*EH:*] Terminei meu trabalho. *Tunique est ad mihi quam* palavrões *sunt ad* Eddy Gale[6].

[*Amigo de EH:*] Amanhã eu sento no assento 71 bem depois de [Goodwillie ?]. A anotação deve chegar ao fim em Tunique? Escreva[.] Amanhã vou sentar no assento 71 bem distante então a anotação deve chegar ao fim em Tunique.

[*EH:*] Ao fim deve chegar, ó, meu queridíssimo. É certo que nesse mesmo dia eu me sentarei na orquestra bem distante daquele que preserva minha alma Tunique você tem um amigo Tunique preservado de toda iniquidade e pecado. O nome desse amigo é Ernestum Tunique Sit. *Est ille non verissimus*[7]

[*Amigo de EH:*] rarissimum tunique sed o verdadeiro sustentáculo de sua alma solitária *est mihi ita est tunique ad mihi ita est* [natibus ?] *ad* [Garborjor ?] *can*[8].

Março de 1916

UTulsa, NM

Essa nota aparentemente foi trocada na escola entre EH e um amigo. Escrita em doze páginas seguidas de um calendário em formato de bloco de notas, ela começa na página do dia "1 de janeiro, sábado". Na página do dia "3 de janeiro, segunda-feira", EH circulou a data e escreveu "início da escola".

1. Lake Zurich, Illinois, cerca de 55 quilômetros a noroeste de Oak Park. Durante as férias de primavera em 1915, EH fez uma excursão a pé de ida e volta com Lewis Clarahan, voltando no dia 3 de abril de 1915, três dias depois do nascimento de Leicester, irmão de EH (JFK, Álbum V).
2. A brincadeira de EH com o amigo, misturando latim e palavras parecidas com latim junto com expressões e gírias pessoais, dificulta a tradução ou explicação exata. A frase provavelmente significa "Teremos de escrever cartas para Eddy" (o rapaz mencionado depois), com um possível trocadilho com "Edithor", como em "cartas para o editor". Embora *dertex* não seja uma palavra latina, *dexter* quer dizer "direito" (em oposição a "esquerdo"); "Est non dertex?" provavelmente quer dizer "Não é verdade?", embora a palavra correta para "verdade" nesse contexto seja *verus*.
3. Não é verdade? / É verdade (em latim).
4. Howe Military School, em Howe, Indiana, fundada em 1884.
5. Aparente referência à canção de marinheiros que começa com *"Fifteen men on a dead man's chest / Yo ho ho and a bottle of rum"*. A canção é citada por Robert Louis Stevenson em seu romance *Treasure Island*, de 1883, que Marcelline aponta como um dos livros que ela e EH "devoraram" quando jovens (Sanford, p. 133).
6. "Tunique" não é uma palavra reconhecida em latim, e seu significado no contexto da carta parece ser fluido; talvez seja uma gíria particular, ou talvez um apelido. A frase, *grosso modo*, seria traduzida como "[Tunique] está para mim como os palavrões estão para Eddy Gale".
7. Não é mesmo verdade? (em latim).
8. Basicamente, "O verdadeiro sustentáculo de sua alma solitária sou eu".

A Emily Goetzmann, [aprox. 18 de março de 1916]

Oakus Parkibus—
III depois dos Idos de Março
ou seria das nonas[1]?

Querida Emily—;
De joelhos peço perdão pelo atraso desta carta. Mas a combinação de exames mensais com um péssimo resfriado são minhas desculpas, ou, para citar "os versos imortais", transbordam os rios, e também meu nariz[2].

Seu amigo Masefield é certamente bom. Assim que recebi sua carta, fui até a biblioteca e peguei "The Story of a Round House". É a luz do Barnsness – bem *melior* na verdade – de fato realmente *optimus*. Perceba a maneira leve e graciosa de trazer para a conversa pequenos trechinhos dos clássicos. Mas é sério, Masefield é uma maravilha. Li tudo que você recomendou e ao mesmo tempo peguei um outro volume. *Sea Ballads* ou algo parecido[3]. Espero que leia *Stalky and Co.*[4]. Você vai gostar.

Março de 1916

Dessa vez, além das besteiras divertidas de sempre, uma novidade. Há uma epidemia de escarlatina na escola, e eles podem ter que fechar a escola! A professora de artes domésticas pegou, e todos os alunos de A.D. estão de quarentena[5]. E eu tive um encontro com uma das meninas de A.D. "Maldição, Jack Dalton", sibilou entre os dentes cerrados. E acendeu mais um de seus cigarros infindáveis[6]. Por que em nome de Deus isso não foi acontecer com minha professora de Cícero[7]?

A outra notícia é que Haasie tirou A no boletim inteiro[8]. Não se preocupe em se corresponder comigo até a morte. Isso não pode ser feito.

E mais uma informação é que meu belo nariz irlandês etrusco greco-romano, ou, usando o palavreado vulgar, meu *pulchritudinous proboscis*, vagou por outro lado do meu rosto como resultado de uma lutinha de boxe. Mas agora ele já voltou ao normal e as pessoas na rua já passam por mim sem emitirem altas gargalhadas toscas de tocante admiração. Assim que meu nariz se recuperar, estou agendado para boxear o sr. Sexton. O querido professor de história antiga de Marce.

Desde a última alteração no meu famoso semblante, papá (acento na última sílaba) fecha a cara para o boxe. Aconteceu dessa maneira.

Papai foi informado de que nenhum dano corporal pode ser causado por luvas de 8 onças e então consentiu o nosso uso da sala de música. Atraído para lá pelos gritos da plebe romana, ele abre a porta num empurrão e contempla um espetáculo levemente sangrento. Meu beeeeeeeeeelo nariz parecia mais o gêiser Old Faithful, e meu digníssimo oponente, Townsend, campeão de River Forest, estava mais ou menos deitado no chão. Coxy, o juiz, estava contando 4-5-6-7-[9]. Se papai interrompeu nosso singelo chá da tarde? Uau. Pense na IV Filípica. Papai certamente se mostrou à altura na linha da oratória. Demóstenes – Cícero, Daniel Webster –, não foram nada perto do meu digníssimo *pater*[10]. De todo modo, o boxe é malvisto debaixo deste teto.

Estou feliz que tenha começado sua ópera. Nós trabalhamos os primeiros três atos de Marta. Uma obra-pima musical. Bem fácil de tocar também depois de Sonho de Uma Noite de Verão de ~~Mendahlson~~[11]. Mais 54 dias de escola. Mais 5 dias antes das férias de primavera. Desejo sorte com a sua ópera.

Seu amigo.
Ernest Hemingway.

Yale, CMA

---

1. No antigo calendário romano, os "idos" eram o dia quinze dos meses de março, maio, julho e outubro, e o dia 13 dos demais meses; as "nonas" eram o nono dia antes dos idos. Júlio César foi assassinado nos idos de março.

2. Alusão a "Strawberries", da poeta norte-americana Dora Read Goodale (1866-1967): "When the brooks are running over, / And the days are bright with song, / Then, from every nook and bower, / Peeps the dainty strawberry flower" ["Quando transbordam os rios / e os dias clareiam com a canção, / Assim, de cada

Primavera de 1916 ou de 1917

abrigo e recanto, / Espreita a delicada flor do morango"]. [O primeiro parágrafo da carta foi escrito de modo a imitar a sonoridade da fala quando se está com o nariz congestionado: "On pended gknees I peg your bardun vor the ladness of this legger. Bud a gombination of monthly examinachugs and Bad goldt are my eggscuse, or to quote 'them immortal lines', the brooks are ruggig – also my gnose". (N. T.)

3. John Masefield (1878-1967), poeta, romancista e dramaturgo inglês. *The Story of a Round-House and Other Poems* (Nova York, Macmillan, 1912) continha seu longo poema narrativo "Dauber" [Troca-tintas] sobre as atribulações do pintor do navio, ou troca-tintas, em uma viagem pelo Cape Horn. *Salt-Water Ballads*, sua primeira coletânea de poemas (Londres, Grant Richards, 1902; Nova York, Macmillan, 1913), inclui o conhecido "Sea-Fever" [Febre do mar]. EH pode estar se referindo ao farol Barns Ness, construído em 1901 no estuário do rio Forth, perto de Dunbar, na costa leste da Escócia. *Melior, optimus*: melhor, ótimo (em latim).4. Howe Military School, em Howe, Indiana, fundada em 1884.

4. Coletânea de contos de 1899 do poeta e romancista inglês Rudyard Kipling (1865-1936) que reconta as aventuras de três estudantes em um internato inglês.

5. O jornal da cidade natal de EH, Oak Leaves, noticiou que 55 estudantes foram dispensados do colégio no dia anterior porque a professora de artes domésticas, Avis Sprague, estava com escarlatina ("Scarlet Fever at High School", 11 de março de 1916, p. 35).

6. Referência a *Curses! Jack Dalton* (1915), curta de animação escrito e dirigido por Vincent Whitman.

7. A professora de latim de EH, Lucelle Cannon, que ensinou latim e grego na OPRFHS de 1907 a 1920.

8. Paul Haase, colega de EH no colégio e companheiro de caminhadas. Em "Confessions", ensaio escrito na aula de língua inglesa no último ano da escola, EH disse ter sido expulso da aula de língua inglesa quando calouro por "jogar dados" com Haase, e, durante o segundo ano, ter matado aula com ele nove vezes sem ser pego. Sua professora, Margaret Dixon, comentou: "Percebo nesse interessante relato sua antiga vontade de se mostrar uma pessoa pior do que você é" (Morris Buske, *Hemingway's Education, a Re-Examination: Oak Park High School and the Legacy of Principal Hanna*, Lewinston, Nova York, Edwin Mellen Press, 2007, p. 119-23).

9. Em um álbum com data de dezembro de 1915 a fevereiro de 1916, Grace escreveu que depois da temporada de outono de futebol, EH "teve um período de fascínio pelo boxe, usando a sala de música como ringue [...] Mas como o boxe começou a se degenerar em brigas, 'A Casa' foi contra, e o 'Estúdio de Música' voltou à sua prístina pureza depois da limpeza do sangue". Entre os participantes estavam Phil White, Fred "Coxy" Wilcoxen, Harold "Sam" Sampson, Lewis Clarahan e Jo Townsend (JFK, Álbum V). O gêiser Old Faithful, no Yellowstone National Park, Wyoming, sofre erupções fortíssimas em intervalos frequentes.

10. *Philippic*, discurso condenatório, assim nomeado por causa dos quatro discursos do orador grego Demóstenes (384-322 a.C.) contra Filipe II da Macedônia; Cícero adotou o termo para seus catorze discursos contra Marco Antônio em 44 a.c. Daniel Webster (1782-1852), estadista e orador norte-americano que serviu como congressista por New Hampshire, senador dos Estados Unidos por Massachusetts e secretário de Estado para três presidentes.

11. EH tocou violoncelo na orquestra da escola durante a encenação, em 18 de fevereiro de 1916, de *Sonho de uma noite de verão*, de Shakespeare, e, no dia 28 de abril de 1916, no Musical Club da escola, durante a produção de *Marta: uma ópera em três atos*, de Friedrich von Flotow (encenada pela primeira vez em 1847). Grace guardou o programa das duas apresentações (JFK, Álbum V). O fato de EH ter riscado a palavra "Mendahlsons" sugere que a orquestra pode ter tocado o prelúdio de *Sonho de uma noite de verão* (1826) de Felix Mendelssohn (1809-1847), mas o nome do compositor não aparece no livreto do programa.

A [Desconhecido], [aprox. primavera de 1916 ou 1917]

[*EH:*] Hoje à noite, talvez, podemos nos encontrar a qualquer hora. Que tal? O rio está agradável e cheio agora. Quando vamos fazer nossa viagem com A.D.V. e C.M¹.

[*Amigo de EH:*] Apareça à noite e começamos a Labuta da *Tabula*.

Escreva para elas qualquer hora esta semana e marcamos para a próxima – terça ou quarta. Que tal?

UTulsa, NM

Primavera de 1916

Esta nota e a seguinte foram escritas por EH e um amigo e aparentemente trocadas em sala de aula. No topo da página está escrito com outra caligrafia "Hemingway no colégio". Referências internas apontam para 1916 ou 1917. Grace escreveu no álbum de EH que, em abril e maio de 1916, "a canoagem entrou na moda. A canoa 'Storm Class' e o rio Desplaines nutrem o modus operandi" (JFK, Álbum v). EH colaborou com histórias e poemas para a Tabula, revista literária da OPRFHS, entre fevereiro de 1916 e março de 1917, e o seu cômico "Class Prophecy" apareceu no anuário Senior Tabula em junho de 1917.

1. A.D.V., Annette DeVoe, turma de 1918, participou da equipe da *Tabula*. C.M., provavelmente Catherine M. Meyer (aprox. 1901-1930), também da turma de 1918; ela morava na North Kenilworth, 601, em frente aos Hemingway.

A [Desconhecido], [aprox. primavera de 1916]

[*EH:*] Vamos fazer aquela viagem pela Hudson Bay eu escrevi para Ottawa ontem à noite pedindo mapas. O que acha de ir? Se conseguirmos mais alguém pegaremos 2 canoas.

[*Amigo de EH:*] Posso ir eu acho. Onde é?

[*EH:*] Começando do Soo – descendo o Moose River até a Hudson Bay[1]. Vai demorar um mês então partimos assim que acabar as aulas. Lewy eu e Charley Clarahan. São umas 400 milhas seguindo a corrente.

[*Amigo de EH:*] Não sei no próximo verão devo ir para N. D.

[*EH:*] Se nem você nem Haasy[2] puderem ir vamos pegar só uma canoa e vamos nós três ou talvez só eu e Charlie.

É lindo atravessar as florestas trechos rápidos em que o rio corre depressa. A corrente do rio é de por volta de 4 milhas por hora, então a remo você percorre bastante coisa em um dia. Quando chegarmos à Moose Factory (nome do forte no posto da Hudson Bay), a gente acampa durante algum tempo e depois subimos com os "bateaus"[3] de suprimentos.

[*Amigo de EH:*] Talvez eu me junte a vocês no final de julho.

[*EH:*] ~~Será tarde demais.~~

UTulsa, NM

1. "Soo" se refere aos Soo Locks, construídos no século XIX entre Sault St. Marie, Michigan, e Sault St. Marie, Ontário, para permitir a navegação entre o lago Superior e os outros Grandes Lagos. O Moose River, no nordeste de Ontário, desemboca na James Bay (extremo sul da Hudson Bay), perto de Moose Factory, lugar onde foi construído um forte no século XVIII pela Hudson Bay Company. Os planos de EH de navegar de canoa e acampar ao longo da província canadense não se concretizaram.

2. Paul Haase.

3. *Bateaux:* barcos (em francês).

Junho de 1916

A [Desconhecido], [aprox. primavera de 1916]

[*EH:*] Se não pudermos nos encontrar na casa do Haasie pode ser na minha na quinta de noite tomamos uma cidra etc. *Est non optimus*[1]? Pode pegar a redação? Passou no teste de química?
[*Amigo de EH:*] Não sei da redação, mas passei no teste de quím. por 1
[*EH:*] Benē Benē[2]. Sei de um programa maravilhoso. Vamos sair de canoa e remar ao luar uma noite esta semana.

JFK, NM

Esta e a próxima troca entre EH e um amigo estão mantidas no JFK, Álbum V. A página em que estão afixadas ficam entre as páginas que contêm o programa do musical Marta, com data de 28 de abril de 1916, e o programa do baile da escola de 19 de maio de 1916.

1. Não é ótimo? (em latim).
2. *Bene bene:* bom, bom (em latim). O uso que EH faz do macro (comumente impresso em textos de latim para iniciantes, indicando a pronúncia de vogais longas) está incorreto.

A [Desconhecido], [aprox. primavera de 1916]

Nas próximas férias de primavera vamos para o Lake Zurich de novo. E voltamos para casa do jeito que fizemos da última vez (Eh)! Eu posso sentir o peru descendo pela garganta feito panqueca quente que acabou de sair da frigideira. Você pode fritar os [passarinhos?]

JFK, NM

A Marcelline Hemingway, 20 de junho de 1916

20 de junho de [*191*]6[1]

Querida Antique Ivory[*] —;
E então, bebum, suponho que você esteja tendo um bocado do momento "Je su pas" como tal. Enquanto a cerimônia acontecia eu e Lew pescamos a noite toda numa lagoa do Rapid River a 50 milhas de lugar nenhum. Pinheiros murmurantes e abetos – a lagoa escura e parada – ~~torrente~~ barulho das corredeiras pelas curvas do rio – quietude solene e diabólica – poesia em excesso[**].
Quando bateu 9 horas, levantei e soltei *"skinny wow-wow"*[2]. Depois fiz um belo discurso em meu melhor inglês-francês e ojíbua. Justo quando cheguei na parte que falava da minha comovente amizade de juventude com

Junho de 1916

Mac[3], Lew puxou uma truta enorme da lagoa bem na minha cara. "Ah, cala a boca", proferiu, "tome seu diploma".

Então, depois de receber meu diploma, apertei a mão de todas as plantas – fiz uma mesura para o cesto de trutas – beijei a vara de pesca e murmurei, [x] __ __ __ __."

[x] eliminado pela censura[4].

Depois tivemos o banquete dos formados. Devia ser 12:30, e abri a sagrada lata de damascos que carreguei por umas 200 milhas. Você sabe sempre se carrega uma coisa assim por antecipação. Comemos os damascos e fiz mais um discurso que arruinado pelo tronco onde eu estava sentado, que saiu rolando. Lew não gostou da minha oratória nem um pouco e comeu a maioria dos damascos. Você viu a France? Minhas fotos ficaram boas[5]? Aposto que foi ótimo na casa de Emily. O velho Coxy disse o que precisava dizer? Eu apostaria um *tuppence* que Sammy deve ter parecido um bobalhão quando pegou o diploma com a pata direita peluda e atravessou o palco parecendo uma cruz entre Charlie Chaplain e Lord Kitchener[6].

Peguei tantas trutas que parecia que brotavam. Pegamos tanto que pudemos devolver para a água as que mediam menos de 9 polegadas. E devolvemos muitas trutas das grandes. Ivory, minha queridíssima, você tinha que ver o velho bruto fazendo dança de guerra vestido como Adão envolto numa nuvem de mosquitos no topo de um barranco de 300 pés de altura durante a noite enquanto minhas roupas secavam numa tora de cedro debaixo de uma chuva torrencial. Uma das mãos balançava o sapato enquanto a outra ajudava a xingar. A calmaria e a quietude da natureza abismal do rio Boardman foram violadas pelo velho Bruto. Lew praticamente morreu de paroxismo. Veja que era quase dez da noite. e causaria uma verdadeira impressão em qualquer pessoa a uma milha ou pouco mais dali. Eu estava cantando Ban-Ban-Bay. E chega. Não fomos a lugar nenhum além daqueles em que as pessoas nos pediram para voltar para visitá-las de novo. Caramba, a gente fez um bocado de gente feliz dando para elas uns peixes grandões. Para um casal de velhinhos a gente deu dois peixões tipo rêmora, os primeiros que eles conseguem em dez anos e eles quase se atiraram no meu pescoço. Fiquei feliz por não fazerem isso, porque a senhora fumava um cachimbo de barro e ela podia arrebentá-lo. Vá a muitos bailes por mim e coma alguma comida civilizada

Suponho que você tenha visto Lewis. E ele pode ter esquecido de contar qualquer uma das coisas interessantes. Diga a Emily que qualquer hora depois que ela se graduar direitinho e todos morrerem e estiver chovendo e ela não tiver absurdolutamente nada para fazer, que me escreva. Você também pode dizer que tenho uma fotografia para mandar para ela depois que eu souber que está viva. Aposto que você está passando maus bocados sem eu lhe guiar e proteger, não é?

Junho de 1916

Até logo
Sinceramente seu
V.B.[7]

P.S. maluco
P.P.S
Pelo amor de John escreva (não o John de Emily)[10]

fJFK, CMA; cabeçalho: Pinehurst Cottage / CHARLEVOIX COUNTY / HORTON BAY, MICHIGAN.; carimbo postal: BOYNE CITY MICHIGAN., 24 JUN. / 17:00 / 1916

1. "191" já estava impresso no cabeçalho; EH incluiu o "6".

2. Assim que o ano escolar terminou, EH e Lewis Clarahan deixaram Oak Park no dia 10 de junho e pegaram um vapor para cruzar o lago Michigan até Frankfort, Michigan, como haviam feito no verão anterior. De lá eles caminharam para o sul, pescando ao longo do Manistee River, passando pelo Bear Creek até o Boardman River, depois pegaram o trem para o norte até Kalkaska e, de lá, fizeram uma trilha até o Rapid River, nas proximidades. Depois que Clarahan voltou para casa de trem, saindo de Kalkaska, EH pegou um trem saindo de Mancelona para Petoskey e caminhou até Horton Bay, onde ficou hospedado com os Dilworth (Baker *Life*, p. 24-25). EH faz uma alusão aos "pinheiros murmurantes e abetos", na abertura de "Evangeline: A Tale of Acadie" (1847), do poeta norte-americano Henry Wadsworth Longfellow (1807-1882).

3. Provavelmente uma referência irônica ao diretor da OPRFHS, Marion Ross McDaniel (1807-1882).

4. Essa linha (a última nessa página da carta) é uma nota de rodapé de gozação do próprio Hemingway para explicar os espaços em branco depois do "x" sobrescrito na frase anterior.

5. Frances Coates, amiga do colégio. Em maio de 1916, Marcelline escreveu "Um Soneto / Para 'Eoinbones'", um poema de sarcasmo com o seguinte trecho: "Ele se pergunta se F Coates lhe dá bola / Aperta a gravata e dá um longo suspiro / Mas veja como ele salta quando a doce FC passa perto dele!" (JFK, Álbum V). No final de maio de 1916, EH, Marcelline, Harold Sampson e Frances Coates fizeram o que Grace descreveu no seu álbum como "uma bela viagem de canoa pelo rio Desplaines com um jantar bem na margem perto da *campus* universidade". O álbum inclui duas fotos do grupo no rio.

6. *Tuppence*, moeda britânica de bronze que vale "two pence", ou dois *pence*. Sammy, Harold Sampson. Charles Chaplin (1889-1977), ator e diretor de filmes mudos mais conhecido pelo personagem Vagabundo, do filme homônimo de 1915. O oficial do exército britânico Horatio Herbert Kitchener, conde Kitchener de Cartum (1950-1916), serviu como comandante-chefe das forças britânicas na Guerra dos Bôeres, na Índia e no Egito antes de ser apontado como secretário de Estado para a Guerra em agosto de 1914. Os cartazes de recrutamento da Primeira Guerra Mundial tinham sua imagem apontando para o espectador com o seguinte *slogan*: "Seu país precisa de VOCÊ". Ele morreu no dia 5 de junho de 1916, duas semanas depois de EH escrever esta carta, quando o navio que o levava para a Rússia se chocou com uma mina naval alemã.

7. Abreviação de "Velho Bruto", um dos apelidos de EH.

8. Presumivelmente um namorado de Emily Goetzmann. Em um poema com data de maio de 1916 e preservado no álbum de EH, Marcelline escreveu: "Ernest querido / Por favor venha / A voz de Emily está em toda parte / Consegue ouvi-la chamar? / Beijar-lhe-ei de novo com alegria / Venha para LaCrosse, minha doçura! / Tenho muitos pretendentes, mas quero um brinquedo novo! Venha, Ernie!" (JFK, Álbum v).

*. No original, "Antique Ivory". "Ivory", é um dos apelidos de Marcelline, aparentemente revirado de "Ivory Tower" ("Torre de Marfim", em português) devido ao fato de ser mais alta que EH e por ser distraída. (N. E.)

**. "*Skinny wow-wow*" é o verso de um grito de vitória da década de 1910 do time de beisebol New York Giants. (N. T.)

Julho de 1916

A Emily Goetzmann, 13 de julho [1916]

13 de julho, quinta

Querida Emily—;

Marce diz que a carta que lhe escrevi pode não chegar até você, então mando outra para garantir. Estou usando uma caneta grossa horrível, mas no acampamento só tem mais uma e é pior do que esta, então espero que consiga traduzir estes Higherowglifos – grafia reformada. (Uso outra caneta a partir de agora.) Trabalhamos pesado preparando o feno na fazenda e conseguimos juntar cerca de 8 toneladas de alfafa e trevos. Não sei se você entende muito de feno, então saiba que é uma quantidade muito grande para um lugar chinfrim como o nosso.

Marce esteve num lugar de veraneio em Hortons Bay perto daqui. Lá ela conheceu um calouro de Illinois chamado Horace. O único interesse do doce rapaz é a matemática, e ele acha que pescar é uma baita perda de tempo. Consegue conceber uma criatura assim? Sim, ele usa óculos âmbar de casco de tartaruga. No entanto, minha irmã mais ou menos sã passou um tempo com ele e diz que é um bom rapaz. As maravilhas da mente feminina! Como você está se saindo no rancho? Aposto que está passando ótimos momentos.

Meu velho amigo ojíbua e professor de silvicultura Billy Gilbert passou para me ver no domingo. Billy reincidiu em um estado de matrimônio há três anos. Da última vez em que vi ele era parte da floresta, um dos últimos índios da velha floresta[1]. Agora ele mora numa cabana, cultiva verduras e corta lenha.

"Minha mulher", disse Bill, "ela não gosta da floresta." Você se lembra desse fragmento de Kipling? Parece perfeito para o Billy.

"Quando estiveres deitado à noite
Prisioneiro de nossa mãe-céu,
Ouvindo-nos, seus amores, passam;
Quando despertares pelas alvoradas
Para o trabalho que não podes interromper
Desanimado, por amor à selva."

O resto não importa; essa é a parte que se aplica ao Bill. Você se lembra desse pedaço, não é? É o que os animais dizem para o Mogli quando ele deixa a selva para se casar[2].

Se o camarada Horace representa aquilo em que se transformam os que vão para Illinois, eu vou para Cornell. Pense em como minha família ficaria feliz em me civilizar e inculcar em mim o gosto pela matemática e um desgosto pela pescaria[3].

Seu sincero Amigo
Ernest Hemingway.

Janeiro de 1917

JFK, CMA; cabeçalho: "Windemere" / Walloon Lake, Michigan; carimbo postal: WALLOON LAKE / MICHIGAN., 15 JUL. / 8:00 / 1916

O envelope está endereçado a "Srta. Emily Goetsmann / 714 Pine Street / Helena, Montana". No envelope, o correio carimbou "Destinatário não localizado" e "Número inexistente".

1. Os ojíbuas (também conhecidos como *chippewa*) são uma tribo nativa do centro-norte dos Estados Unidos e do sul do Canadá. A família Gilbert morava em um acampamento com habitações de madeira perto da casa Windemere, lugar onde acontece o conto "Indian Camp", de EH (*IOT*); EH brincava com os filhos de Gilbert e também conhecia os adultos por intermédio do pai, que costumava fornecer cuidados médicos gratuitos para a comunidade (M. Miller, p. 25-6). O nome de Billy Gilbert e da esposa aparecem no inédito *Crossroads: An Anthology*, de EH (Griffin, p. 126-7), e Billy viria a ser a inspiração para o mutilado índio veterano de guerra em *TOS*.
2. EH cita com precisão um trecho do capítulo 16 de *The Second Jungle Book* (1895), de Rudyard Kipling.
3. Marcelline se lembra de que, no último ano do colégio, EH falou em ir para a Cornell University, em Ithaca, Nova York, bem como para a University of Illinois (Sanford, p. 149).

A F. Thessin, 30 de janeiro de 1917

Oak Park, Illinois.
30 de janeiro de 1917

Sr. F. Thesin
Coach Culver Military Academy[1].
Prezado sr. Thessin:
Tenho em mãos sua carta do dia 25 e estamos muito agradecidos pelos detalhes fornecidos. Seria possível que nossas equipes se encontrassem no dia 24 ou essa data já está preenchida? O dia 10 está muito próximo para colocarmos nossa equipe em forma, mas se essa data (dia 24) já estiver fechada, estaríamos dispostos a aceitar o dia 10.
Obrigado mais uma vez pelos detalhes e espero notícias em breve;
atenciosamente
Ernest M. Hemingway
Coordenador[2]

JFK, CDA

1. Colégio interno preparatório em Culver, Indiana, fundado em 1894 pelo negociante Henry Harrison Culver (1840-1897) "com o propósito exclusivo de preparar jovens do sexo masculino para as melhores universidades, escolas científicas e unidades empresariais dos Estados Unidos".
2. EH foi coordenador da equipe de corrida da OPRFHS no último ano do colégio. A equipe perderia para o Culver em uma competição em março e acabaria em segundo lugar, atrás do Culver, na competição Northwestern University National Interscholastic em abril. EH relatou os dois eventos em textos escritos para o semanário do colégio, *Trapeze* ("Track Teal Loses to Culver", 30 de março de 1917, e "Oak Park Second in Northwestern U / Culver Takes Meet", 20 de abril de 1917; em Bruccoli *Aprenticeship*, p. 72-77).

Primavera de 1917

A Al [Walker], [aprox. primavera de 1917]

N. Kenilworth Ave., 600
Oak Park.
Illinois.

Querido Al—; ! ? : *[1]

Estive mais ocupado que o diabo, por isso não escrevi de O.P. Say, meu caro. Se você for o Kabeza que projeta os carros da Dot motors[2], por favor engula ácido sulfúrico. Em outras palavras, se você for o cara que impõe carros Dort motor ao povo sofredor, imploro pelo fim de nossa amizade.

Você fez alguma observação sobre a indisposição das equipes de futebol de Oak Park? Chegue mais perto que eu te encontro na [pizzazd ?] ou, usando a linguagem vulgar, vou te acertar uma, cocabola.

Spring Brook parece ótimo para mim! Com certeza vamos conseguir umas belezas pintadas no próximo verão[3]. A primavera já está chegando aqui. Seu digníssimo aqui está tentando fazer arremesso de peso e as equipes de beisebol estão praticando na gaiola.

Agora temos um clube de boxe aqui. Já ganhei peso suficiente e passei para a categoria de 165 libras. Resumo do trabalho dos últimos dois meses.

KOs em mim   1
KOs meus   4
Decisões contra   2
Decisões a favor 6

Temos lutas de seis rounds. Tenho uma na quinta à noite com um rapaz chamado Nellie Jenkins, que tem uns 6 pés e 2 polegadas, mas é magro como um bambu. Não consigo acertar o maxilar dele, mas vou tentar e fazer as costelas dele doerem. O K.O. que você viu contra mim é por isso. Quase todos nós fomos à academia do Gilmore no sábado à noite para a noite dos amadores[4]. Lutei contra um cara chamado Tony Millichen de quem você deve ter ouvido falar. Trocamos por um minuto, e depois senti um dos colegas esfregando uma esponja cheia de água gelada no meu rosto. Cresceu um calombo no meu maxilar do tamanho de um ovo. Depois disso, vou continuar na minha categoria, e nada de 200 libras.

Como será que está o Maurice Breen, o W.K. B.S'er[5]?

Quando você vem? O que anda fazendo? Espero encontrar você daqui a uns três meses e meio. Hein? Aposto que as trutas morrem de medo da nossa chegada. Me lembrei de comprar anzóis, iscas e <u>vou</u> comprar uma vara nova. Vamos fazer trilha pegue o trem até Marquette e siga Andando até Saint Ignace[6]. Maravilha de viagem. Espero que consiga ir com a gente.

Escreva logo uma carta longa.

Abril de 1917

Seu amigo,
Gus apelido Ernest Hemingway

JFK, CMA

1. Muito provavelmente Al Walker (George Alan Walker, nasc. 1898), amigo de EH de Michigan e companheiro de pesca.
2. A Dort Motor Car Company, de Flint, Michigan, fundada por Joshua Dallas Dort, produziu automóveis entre 1915 e 1924. Al Walker e sua família moravam em Flint (livro de hóspedes de Grace Cottage, Mainland; registros do censo federal dos Estados Unidos de 1920).
3. Belezas pintadas: trutas pintadas, de cor clara.
4. "KO" é abreviatura usada no boxe para *"knockout"*. Harry Gilmore (nasc. 1854), natural do Canadá e ex-campeão (peso-leve) de boxe com as mãos nuas, mudou-se para Chicago em 1888 e montou uma academia de boxe na East Adams Street, em Chicago, popular entre boxeadores profissionais e amadores Harvey T. Woodruff, "Harry Gilmore, Who Battled in the Days of Skin Gloves", *Chicago Daily Tribune*, B3, 26 de julho de 1914).
5. Na gíria pessoal de EH, "W.K." significa *"well known"* (famoso). "B.S'er" é abreviação de *"bullshitter"* [literalmente, "falador de merda", mentiroso].
6. A Grand Rapids e a Indiana Railroad ligavam as cidades de Marquette (às margens do lago Superior) e St. Ignace (na extremidade sul da península nos estreitos de Mackinac), na Península Superior, em Michigan. Era uma trilha ambiciosa de mais de 240 quilômetros, comparável às trilhas mais longas percorridas por EH, de Frankfort para Walloon Lake em 1915 e 1916.

A Clarence Hemingway, [3 de abril de 1917]

Querido pai—,
  Estou postando isto de Joliet às 4:10. Tive uma viagem difícil saindo de Lamont. Fácil daqui em diante. Vi literalmente centenas de patos e frangos-d'água. Estamos no canal Illinois-Michigan agora. Em Lockport está a I.N.G[1]. Eles passaram por nós a noite toda.
                   Muito amor
                   Ernie.

IndU, cartão-postal MA; carimbo postal: JOLIET / ILLINOIS., 3 ABR. / 1917 / 20:00

EH escreveu em um cartão postal pré-pago de um centavo, com o endereço carimbado no verso: "Dr. C. E. Hemingway / Kenilworth Ave. & Iowa St. / Oak Park, Illinois".

1. De 2 a 6 de abril, durante as férias de primavera, EH e Ray Ohlsen fizeram uma viagem de canoa até o Starved Rock State Park, perto de LaSalle, Illinois, cerca de 150 quilômetros ao sul de Oak Park. Eles seguiram pelo canal Illinois-Michigan, aberto em 1848 para ligar os Grandes Lagos aos rios Illinois e Mississipi. Uma série de diques possibilitava a navegação de barcos pela queda de 42 metros de altura entre o lago Michigan e o rio Illinois. O canal de cerca de 155 quilômetros passava por Lemont, Lockport, Joliet, Channahon e várias outras cidades antes de terminar em LaSalle/Peru. Com a entrada dos Estados Unidos na iminente Primeira Guerra Mundial (o país declarou guerra à Alemanha em 6 de abril), a Illinois National Guard (I.N.G.) estava vigiando o canal. Ohlsen escreveu para o pai dizendo que o segundo dia de viagem foi difícil, e que ele e EH foram parados e revistados pelos soldados (Baker *Life*, p. 28).

Abril de 1917

A Clarence Hemingway, [5 de abril de 1917]

Querido pai —,
  escrevo de Chanahon, um pequeno vilarejo naquele velho canal inerte – cerca de 10:30. Esta manhã o rio estava absolutamente cheio por causa dos patos-reais, dos marrecos e dos bicos azuis dos patos. O tempo está quente e estamos tirando umas fotos boas. Boa comida. O canal I. e M. é bem bonito e pitoresco por aqui. Vamos ao rio Illinois hoje à tarde[1]. Fizemos por volta de 50 milhas. Muitos transportes.

Ernie.

Catálogo da Swann Galleries, Nova York, 8 de junho de 2000, lote 184 (ilustrado), cartão-postal AM; carimbo postal: [Channahon, 5 de abril de 1917]

1. Channahon, cerca de dezesseis quilômetros ao sul de Joliet, é uma confluência dos rios Des Plaines e Kankakee, que se encontram e formam o rio Illinois.

A Fannie Biggs, [aprox. final de junho de 1917]

Querida srta. Biggs—;
  Está tão solitário aqui que se eu visse J. Carl Urbauer[1], eu me jogaria no pescoço dele e ainda lhe emprestaria cinquenta centavos instantaneamente!
  Se não fosse pelos mosquitos e peixes eu ficaria maluco. Os mosquitos são bem companheiros e estou tentando formar um coral completo. Capturei um soprano dois baixos um barítono e um contralto, e se eu conseguir um bom tenor terei uma harmonia completa no acampamento. Os peixes estão abundantes. No sábado uma arco-íris de mais de dois quilos sucumbiu ao movimento de volta à terra[2]. Mas antes de iniciar a jornada ela fez um estardalhaço. Era 23:50 e eu estava sozinho e a lua se esqueceu de brilhar, você tinha de estar lá. Mas foi bom que não estivesse porque durante todo o tempo que prendi ele eu queria apenas que houvesse alguém a quem eu pudesse xingar.
  Provavelmente você leu a história no Trib sobre nossa briga? Então, com algumas leves alterações era tudo coisa certa. E depois você viu a história que Thexton escreveu sobre isso no Oak Leaves[3]?
  Fico imaginando se ele pensou que porque eu e Jock estamos fora da cidade ele poderia se dar bem com alguma coisa desse tipo! A primeira coisa que farei quando voltar para O.P. em setembro vai ser dar ao Art o que ele procurou para si mesmo.
  Por aqui está tudo atrasado cerca de um mês.
  Sobre a briga. Jock[,] Mussy e eu achamos que estávamos sendo atacados pela gangue Keystone e lutamos por nossas vidas. Ninguém se feriu exceto Muss com um soco no olho. Jocks e meus punhos se ~~cortaram~~ machucaram, mas não ficamos marcados. Eu não perderia isso por 100 dólares e essa história

Junho de 1917

do Thexton ficar com todo o crédito, nos fez parecer mentirosos, ainda mais escrevendo aquela história falsa para o Oak Leaves. O Blight[4], cavalheiro que é, não se meteu. Se ele tivesse resultados, poderia ser diferente. Não sabíamos quem eram eles até acertarmos um com um porrete correndo no meio da mata e eu fui chutar o rosto e era F. Lee. Mussy arrumou um machucado enorme no braço durante a primeira briga enquanto estávamos deitados.

Realmente não foi justo porque eles não queriam nos matar, mas nós pensamos que se matássemos um, destruiríamos as possibilidades. Caramba, você tinha que ver o Jock brigando!

Lembra quando eu disse que eu preferia ter ele comigo em uma emergência do que qualquer outra pessoa? Estava certo. Mussy alcançou as expectativas – veja que depois da primeira briga quando eles nos atacaram na cama e nós saímos correndo atrás deles no meio da mata Muss não estava com a gente. Depois que tivemos a segunda briga na mata é que reconhecemos os caras, estava o maior breu, e daí o Blight nos acalmou e voltou para a fogueira. Mussy estava lá. Ele disse que achou melhor ficar para proteger nossas coisas.

Quando a história foi revelada no Trib todos riram demais dos engraçadinhos e por isso eles publicaram aquilo no Oak Leaves. A pior parte foi que o cara do Trib pegou o material com Cusack e Wright, e eles não sabiam que estavam se entregando.

O Blight deve entrar em contato logo. Ele me escreveu. Parece sério para ele agora. "Acabaram o tumulto e a gritaria etc.[5]"

Seu.

Ern

JFK, CMA

1. Registros escolares mostram que Urbauer era calouro na OPRFHS em 1916-1917, e saiu da escola no meio do segundo ano.
2. "De volta à terra" ["Back to the land"] era o *slogan* de um movimento da época que encorajava os moradores da cidade a se mudarem para o campo, tanto para combater a perda populacional e o declínio econômico nas áreas rurais quanto para promover valores agrários sadios.
3. "Athletes Rout 'Scare Band' of Joker Friends: Humor Fades When Oak Parkers Tear Forth After Prowlers", de George Shaffer (*Chicago Daily Tribune*, p. 10, 20 de junho de 1917). A história diz: "Dez garotos da Oak Park High School tentaram pregar uma peça no capitão Jack Pentecost e no coordenador Ernest Hemingway, da equipe de corrida, e em Morris Musselman, herói anual dos jogos de classe, às 2h30 da manhã de terça-feira. Ontem eles ostentaram narizes quebrados e olhos roxos e juraram pegar mais leve da próxima vez, por diversão". Arthur (Art) Thexton era colega de classe de EH e membro da turma que atacou EH, "Jock" Pentecost e "Mussy" Musselman. EH atribuiu a Thexton o artigo não assinado "Joke is Warlike", que apareceu dia 23 de junho de 1917 no *Oak Leaves*, 31. O texto retrata EH como extremamente assustado, e que ele foi jogado no rio para "esfriar" depois de deixar um dos atacantes com o "nariz dolorido". Dentre os brincalhões estavam Franklin Lee, Thomas Cusak e Clarence Wright, colegas do último ano da OPRFHS.
4. Fred Wilcoxen, colega de classe.
5. Wilcoxen entrou para o exército dos Estados Unidos e acabou subindo ao posto de sargento no serviço de tanques (Sanford, p. 286). A citação é do poema de Rudyard Kipling, "Recessional" (1897).

Agosto de 1917

A Grace Hall Hemingway, [3 de agosto de 1917]

Querida Mãe—;

Pai e Ursula e Carol e Leicester estão indo para Bay View hoje à tarde com Kenneth White e eles vão trazer Marce para casa[1]. Passei todos os dias na fazenda desde quarta-feira passada. Papai está mais gentil do que nunca. Espero que você tenha um bom descanso. As crianças ficaram muito felizes com as coisas que você mandou.

Agora aqui esfriou um pouco e tudo quanto ao clima está bom exceto a falta de chuva. Nossa plantação de batatas está murchando e o feijão também, e se em três dias não chover nossas batatas ficarão como no ano passado. Temos mais feno do que no ano passado e de melhor qualidade.

K. White está aqui desde quarta.

Espero ir pescar logo. Por favor, não queime nenhum papel do meu quarto nem jogue nada de que você não goste fora e eu vou fazer o mesmo por você[2].

Com muito amor
Ernie

JFK, CMA; cabeçalho: Dr. Clarence E. Hemingway / Kenilworth Avenue, 600. / Corner Iowa Street / Oak Park, Illinois.; carimbo postal: Bayview / Michigan, 3 Ago. / 20:00 / 1917

1. A colônia de chalés de Bay View, ao norte de Petoskey na Little Traverse Bay, foi fundada em 1875 pela Igreja Metodista como lugar dos programas da "Assembleia de Verão", no estilo Chautauqua. Trumbull White (1868-1941), originalmente de Nova York e ex-editor da *Everybody's Magazine*, coordenou o programa de 1917. Seus filhos Kenneth e Owen estavam entre os amigos de EH e Marcelline, e ela passou o mês de julho de 1917 em Bay View como convidada da família (Baker *Life*, p. 30; Sanford, p. 151-2).
2. No conto "Now I Lay Me" (*MWW*), de EH, a mãe de Nick Adam, ao limpar a casa na sua ausência, queima algumas das coisas de sua estima que ela considera lixo. No manuscrito do conto, EH inadvertidamente chama Nick de "Ernie" (Smith, p. 173).

A Anson Hemingway, 6 de agosto [1917]

Walloon
6 de agosto

Querido Vô—.

Há algum tempo quero lhe escrever para agradecê-lo pelos presentes de aniversário e pelos jornais, mas estamos passando cerca de 12 horas por dia preparando feno e trabalhando na fazenda. Precisamos terrivelmente de chuva, porque tudo está ficando seco vamos perder a plantação de batatas se não chover logo.

Tio Geo. e a família e tia G. e o tio T. virão amanhã passar o dia[1]. Todo o nosso feno está pronto e então podemos relaxar um pouco agora. O Ford

Setembro de 1917

do papai está rodando bem agora que os cilindros estão limpos e não estamos pensando em vendê-lo².

Uma noite dessas peguei três trutas arco-íris que pesavam 6 lb., 5½ lb. e 3½ lb. respectivamente além de uma truta-das-fontes de 2 lb. em Horton Bay. É a maior pesca de truta que já foi feita por lá.

Eu com certeza gostei muito de você me enviar os jornais já que não temos nada para ler aqui exceto o jornal local com dois dias de atraso.

Devo ficar aqui até outubro trabalhando para Dilworth já que não vou para a U de Illinois nesse outono. Quando eu voltar para casa, ou vou visitar o tio Leicesters ou tentar arrumar um emprego no Chicago Tribune³. No ano que vem eu devo estar bem e daí vou poder ir para a faculdade.

Muito amor para a vó e para o senhor.

Ernest.

JFK, CMA

1. Tios e tias paternos de EH: George Roy, Grace Adelaide e Alfred Tyler Hemingway.
2. Em junho de 1917, Clarence Hemingway junto com Grace, EH e Leicester, de dois anos, partiram de Chicago para Walloon Lake em um carro de passeio Ford Modelo T, uma viagem cansativa que durou cinco dias, durante os quais foram percorridos quase 770 quilômetros de estradas primitivas. As meninas viajaram de navio a vapor, como sempre (Baker *Life*, p. 30; Sanford, p. 150).
3. No *Senior Tabula* de 1917, EH revelou que iria para a Universidade de Illinois. Ele era leitor regular do *Tribune*.

A Clarence Hemingway, [aprox. 3 de setembro de 1917]

Segunda 6:00.

Querido Pai—;

Semana passada colhi feijões durante quatro dias. Dois para Wesley e dois para Bill Smith como retribuição à ajuda que ele me deu em Lonfield. Vou trabalhar hoje amanhã e quarta e depois sigo para casa na quinta de manhã pela P. M. ou G.R and I¹. Os sacos e os barris chegaram bem?

O equinócio está aí e é preciso trabalhar entre as tempestades. Colher feijão é um trabalho duro, mas eu consigo colher umas duas vezes mais que Wesley.

Outro dia na chuva fomos até Charlevoix e pescamos uma grande quantidade de percas que vêm do lago Mich. Nenhuma com menos de ¼ lb e mais de 1 lb. Bill S. e eu pegamos 75 e vendemos 25 por 50¢ e dividimos o resto com nossas famílias. Está chovendo agora e é provável que chova nas próximas duas semanas sem nada para fazer.

Estou feliz por você tenha um monte de trabalho.

Seu, com muito amor para toda a turma.

Ernie

IndU, CMA

Setembro de 1917

A data "setembro de 1917" está escrita a lápis com outra caligrafia, embaixo de "Segunda 6:00."

1. Pere Marquette ou Grand Rapids and Indiana Railroad.

À Família Hemingway, 6 de setembro de 1917

6 de setembro de [*191*]7[1]

Meus queridos—;

Sinto muito em saber que demoraram tanto tempo para chegar. A GR and I está entrando rapidamente na classe da Pere Marquette[2]. Está tudo correndo bem por aqui. (Caneta podre)[3]

Até agora eu não briguei com meus empregados. Nos últimos três dias trabalhei 10 horas por dia para o Wesley. Tirei as ervas daninhas podei cenouras de ¼ acre, com minhas mãos e de joelhos. Há calos nos meus joelhos como os de um cavalo. Wesley parece muito satisfeito. A boia é muito boa. O primeiro dia que cheguei aqui (segunda), Wes. estava num piquenique e não havia nada para trabalhar, então fui pescar e peguei o bastante para durar por um bom tempo. Al W. passou para pescar com Bill G. e eu fui com os dois[4]. Pegamos 8 arco-íris no total de 32 lbs. dos quais eu pesquei 5 e ainda peguei na minha vara um <u>Musky</u> que pesava 6 lbs. Ele pulou da água umas 8 vezes e foi muito agressivo. Mordeu minha mão e arrebentou a rede. É o primeiro pescado aqui em três anos. Tia Beth me deu 18¢ de crédito por 0,5 kg na minha conta pelo peixe que usou[5]. As vacas magras vão ficar longe por um tempo. Meu trabalho tem sido duro e constante. Acordo 5:30 e começo a trabalhar 6:30 e só largo às 6 da tarde, então não pensem que fico pescando o tempo todo foi só dessa vez. Vou despachar os barris o mais rápido possível e mando o recibo de carga para vocês. Sinto muito por não estar aí para receber Harry Austin, mas ele deve ligar de novo em algum momento[6].

Muito obrigado pelos jornais. Recortem a Line O'Type do ed. do Trib e mandem para mim, por favor[7]? E mandem meu amor para a turma toda.

Com muito amor para todos vocês
Ernie.

P.S.
A sra. Diworth manda seus cumprimentos e diz que escreverá para mamãe. Ela vai fazer um jantar da † vermelha aqui na segunda à noite[8].

IndU, CMA; cabeçalho: Pinehurst Cottage / CHARLEVOIX COUNTY / HORTON BAY, MICHIGAN.; carimbo: BOYNE CITY, MICHIGAN., 7 SET. / 19:00 / 1917

Setembro de 1917

No cabeçalho, EH escreveu gracejos como resposta ao texto impresso:
PESCA EM LAGO E RIACHO   *[EH:]* Pode apostar
ESPLÊNDIDO BANHO DE MAR   *[EH:]* Muito frio
TARIFA DE $1,50 POR DIA
TARIFAS ESPECIAIS
NOS FINAIS DE SEMANA   *[EH:]* $5 por dia

1. "191" já estava impresso; EH incluiu o "7".
2. Em uma carta para EH de 3 de setembro, postada junto com a carta de Grace, Clarence contou que eles chegaram em casa em Oak Park com cinco horas de atraso depois de uma viagem de trem repleta de atrasos (JFK). Petoskey era servida por estações separadas, tanto pela Grand Rapids and Indiana Railroad (desde 1873) quanto pela Pere Marquette Railroad. Formada em 1900 por uma fusão de vias férreas, a Pere Marquette faliu em 1917 e foi reorganizada em abril.
3. Há um borrão enorme de tinta na página.
4. "Wes.", Wesley Dilworth. "Al W.", Al Walker. Bill Grundy e suas irmãs, de Louisville, Kentucky, eram amigos que Marcelline havia feito naquele verão em Bay View, e que foram apresentados a EH. No manuscrito de *SAR*, Bill Gorton foi nomeado originalmente como "Bill Grundy".
5. O *muskellunge* ou *musky* é um grande peixe de pesca que vive em água doce na América do Norte; da família dos lúcios. Elizabeth Dilworth, proprietária da Pinehust Cottage, comprou peixe de EH e descontou a quantia de suas despesas de hospedagem.
6. Na carta de 3 de setembro, Grace escreveu que o senador Harry Austin havia ligado diversas vezes para ver EH, pois soubera que ele iria para a University of Illinois e queria que EH se juntasse à sua fraternidade, da qual ele era presidente nacional (JFK). Natural de Oak Park, Henry W. Austin (1864-1947) era um negociante proeminente e líder civil, na época senador do estado de Illinois (1915-1922). Como estudante no Williams College (turma de 1888), Austin pertenceu à fraternidade Alpha Delta Phi; ele depois foi presidente nacional por diversos mandatos.
7. "A Line o' Type or Two", coluna editorial humorística criada pelo jornalista norte-americano Bert Leston Tyler (1866-1921), foi publicada no *Chicago Daily Tribune* por quase vinte anos.
8. Jantar beneficente em prol dos esforços humanitários da Cruz Vermelha Americana durante a guerra.

A Clarence Hemingway, [11 de setembro de 1917]

Petoskey
17:00
Terça

Querido Pai—;

Tive uma leve crise de amigdalite quinta e sexta, mas fiz gargarejo com álcool e água e peróxido e isso limpou a garganta. Estive trabalhando o tempo todo escavando cascalho e ajudando Wes a construir uma estrada e cortando mato. Sábado eu estava me sentindo bem, mas a dor no peito não me deixou um minuto sequer, junto com uma bela dor de cabeça. No domingo eu estava bem, mas na segunda de manhã eu senti uma forte dor de cabeça em cima da parte da frente da cabeça. (<u>Não fique nervoso</u>) Fui para a cama na segunda e a cabeça doeu a noite inteira. Hoje minha cabeça melhorou e vim a Petoskey ver o dr. Witter[1]. Ele disse que a toxina da amigdalite me deu dor de cabeça e que meu pulso estava em 120, mas sem febre. Disse que meu coração estava mais acelerado do que deveria e um pouquinho irregular,

Setembro de 1917

me deu remédio para dor de cabeça e Argyrol para as amígdalas[2]. Disse para pegar mais leve e ficar uns três ou quatro dias sem fazer nada para melhorar. Eu estava muito fraco e a pressão na minha cabeça estava me enlouquecendo, mas agora vou ficar bem. Contei tudo que tinha para contar, então não se preocupe.

Andei até a fazenda hoje de manhã e pedi que Al Walker me levasse até as plantações. A geada não pegou nossas plantações e Warren disse que as batatas estarão prontas para a colheita no início da próxima semana. Geadas terríveis, mas não nos atingiram.

Outro dia de manhã desci e pesquei uma arco-íris de 7 lb. e 9 onças que eles pegaram e colocaram em exposição na Bump and McCabes[3]. É a maior por lá e a temporada termina em 4 dias, então eles disseram que provavelmente eu vou ganhar o primeiro prêmio ($5,00 em equipamento de pesca).

Como estão todos em casa? Estou passando por momentos ótimos mesmo doente e estou comendo muito bem. A sra. Dilworth deu um grande jantar beneficente ontem à noite para a Cruz Vermelha e ganhou $40 para eles. Eu estava doente, mas apanhei e limpei a maior parte dos 25 franguinhos. Também debulhei milho e ajudei com outras coisas.

Todos da família Dilworth mandam os melhores cumprimentos e também os Bumps desejam tudo de bom para as crianças.

Muito amor
Ernie.

P.S. Peguei amigdalite podando as cenouras debaixo de chuva na terça e quarta. Obrigado pelos jornais. Vou escrever para o vô. O tempo está ótimo muito limpo nos últimos três dias e frio à noite. Três geadas em lugares mais baixos.

E.M.H.

Consegui 1,40 pelo peixe que pesquei uma noite dessas para o jantar 18¢ lb.

IndU, CMA; carimbo postal: Mack. & Rich. / R.P.O., ii / Set. / 1917

No verso do envelope, EH escreveu: "P.S. Vou escrever para Ivory quando estiver mais animado."

1. Frank C. Witter, médico em Petoskey, cujo consultório ficava na East Mitchell Street, 322 ½.

2. Marca registrada de um composto de prata e proteína patenteado, em 1908, pelo químico alemão Hermann Hille e pelo médico Albert Cooms Barnes (1872-1951), da Filadélfia, usado amplamente na primeira metade do século XX como antisséptico para tratar infecções da mucosa.

3. Loja de ferragens de Petoskey fundada por George Bump e depois dirigida por seu filho, Sidney S. Bump (1872-1911), pai de Marjorie e Georgianna Bump, amigas de EH. Ela passou a se chamar Bump and McCabe em 1909, quando George W. McCabe se tornou sócio do negócio.

Setembro de 1917

A Clarence Hemingway, 12 de setembro [1917]

Quarta, 12 de setembro

Querido Pai—;
Segue o recibo de carga dos BBls[1]. Eles seguiram no Mo. hoje de manhã e devem chegar a Chic.[2] na sexta. Vou começar a colher nossas coisas no início da semana que vem. Falei com Warren e ele disse que devem estar boas até lá. Você recebeu minha carta de Petoskey? Estou me sentindo bem agora, mas continuo seguindo as instruções do dr. Writter.
Recebi sua carta hoje de manhã quando voltei para Bay. Seguirei todas as suas instruções sobre as maçãs e batatas.
É claro que sinto falta de Sunny, Bipe House e todo mundo, mas não estou com saudades de casa[3].
As crianças dos Bump ainda estão aqui e ficarão mais alguns dias. Todo o resto foi embora.

Com muito amor
Ernie.

Por favor, me mande o Chic. Tribs sempre que puder.

IndU, CMA

1. Abreviação de *"barrels"* (barris).
2. O navio a vapor *Missouri* (pertencente à Northern Michigan Line e operado por ela) cruzava o lago Michigan, de Chicago a Harbor Springs, Michigan, na Little Traverse Bay, do outro lado de Petoskey.
3. Em carta para EH de 8 de setembro (JFK), Clarence escreveu instruções detalhadas para o envio de maçãs e batatas colhidas na Longfield Farm e perguntou se EH tinha saudades de Sunny e "Les". E acrescentou: "Estou enviando o Oak Leaves".

A Clarence e Grace Hall Hemingway, 14 de setembro [1917]

Sexta. 14 de setembro

Querido Pai—;
Segue o recibo de carga que eu achei que havia mandado. Desculpe o atraso. O carregamento todo deve estar em bom estado. Mandamos por barco para Charlevoix.

Querida Mãe—;
Muito obrigado pelo lenço e pela carta. Tudo está correndo bem aqui, mas hoje e ontem choveu muito, provavelmente por causa do equinócio.
Estou feliz que Urs tenha um grupo tão bom de professores. Ela tem que fazer cachorro-quente . Pergunte a ela para mim se ela sentiu todo aquele drama ao ouvir Boots na Victrola de Chrissie Youngs[1]. Não pergunte para ela a menos que empine o nariz, mas eu escutei o mesmo disco.

Setembro de 1917

Segunda-feira eu começo a colher nossas batatas. O remédio do dr. Whitter limpou minha dor de cabeça e agora estou me sentindo bem. Ele mandou cumprimentos para o papai.

Muito obrigado pelos recortes. Fico feliz que estejam circulando. Como um raio de luz no continente escuro, no mundo perverso brilha uma boa ação etc.[2]. Ainda há esperança para você, mãe, se começar a gostar de beisebol. Se um bebê berra, as bases choram'?

Parece que o sr. e a sra. Baby Dale Bumstead vão se divertir muito no grande Império Russo. Provavelmente não haverá mais império quando chegarem lá. É melhor ficarem em Honolulu e aprenderem a dançar a hula-hula[3]. Diga ao pai que vou levar um presente de aniversário para ele, então não perca a esperança[4]. Você tem visto algum dos rapazes? Mande um beijo para o sr. Baldwin por mim. Provavelmente chegarei em casa a tempo para a Série Mundial, em meados de outubro[5]. Agora todas as árvores estão ficando vermelhas por aqui.

Os passarinhos estão se cobrindo da bela folhagem de outono e as árvores se reúnem numa gorjeadora revoada prontas para o voo à gloriosa terra do sul

Mande meus sinceros cumprimentos no casamento de Anna Meyers[6].

Com amor

Ernie

JFK, CMA; carimbo postal: BOYNE CITY, MICHIGAN, 14 SET. / 19:00 / 1917

No verso do envelope, EH escreveu: "P.S. Por favor me mandem alguns selos."

1. Ursula havia acabado de entrar na escola secundária; ela e a colega de classe Christine B. Young se formariam em 1921. Em 1906, a Victor Talking Machine Company apresentou o primeiro "fonógrafo com corneta interna" (com a corneta de amplificação dentro do gabinete); "Victrola" se tornou o termo geral para se referir a esse tipo de toca-discos. O poema "Boots", de Rudyard Kipling, foi narrado em uma gravação fonográfica em 1915 por Taylor Holmes (1878-1959).

2. EH cita um verso de *O mercador de Veneza*, de Shakespeare: "So shines a good deed in a naughty world" (ato 5, cena 1, verso 91).

3. Um artigo publicado no *Oak Leaves* em 18 de agosto de 1917 afirmou que o sr. e a sra. Dale Bumstead estavam a caminho da Rússia, para onde foram enviados pela empresa em que o sr. Bumstead trabalhava, a DuPont Powder Company, onde deveriam permanecer por três anos. O filho deles, Dale Jr. (colega de classe de EH na época), acompanharia o casal até o Havaí e depois voltaria para estudar na Cornell University ("A Mission in Russia", p. 11). EH faz alusão à situação política volátil na Rússia: depois da renúncia do czar Nicolau II em março de 1917, seguiram-se meses de conflito entre o governo provisório e os radicais bolcheviques. Liderados por Vladimir Lenin (1870-1924), os bolcheviques tomariam o poder na Revolução de Outubro de 1917.

4. Clarence completara 46 anos em 4 de setembro.

5. Talvez uma piada referente a Whitford Baldwin, na época aluno do último ano na OPRFHS. A Série Mundial de Beisebol (World Series) ocorreu de 6 a 15 de outubro, com o Chicago White Sox derrotando o New York Giants por quatro jogos a dois.

6. O *Oak Leaves* de 22 de setembro informaria o casamento, em 14 de setembro, de Anna Mary Meyer, filha do sr. e da sra. John J. Meyer, que residiam na North Kenilworth, 601, com Mason Osgood Tilden, de Chicago. O casamento foi realizado na casa da noiva, em frente à casa dos Hemingway. Na carta de 17 de

Setembro de 1917

setembro para EH, em resposta a esta, Grace descreveu o casamento como "muito 'régio'", com os petiscos servidos numa longa tenda de trinta metros montada no gramado (JFK).
*. Jogo de palavras (no original, "If a baby balls does a base cry?"). (N. E.)

A Clarence Hemingway, [15 de setembro de 1917]

Querido Pai—;
Diga ao sr. Julus Hall que estou interessado e quero fazer a entrevista com ele no início de outubro[1]. Vou para Walloon no domingo à tarde e começo a colher na segunda. Obrigado pelos jornais.

Ernie

IndU, cartão-postal MA; verso: PERE MARQUETTE PARK, PETOSKEY, MICHIGAN; CARIMBO POSTAL: BOYNE CITY, MICHIGAN, 15 SET. / 19:00 / 1917

1. No outono de 1917, a família e os amigos de EH aparentemente invieram para que conseguisse um emprego em um jornal. Há duas cartas no JFK enviadas a Fannie Biggs como resposta aos pedidos de emprego que ela fizera para um ex-aluno: de Walter Howry, editor-chefe do *Chicago Examiner* (27 de setembro de 1917), e de Ed Beck, editor-chefe do *Chicago Daily Tribune* (29 de setembro de 1917). O sr. Hall continua sem ser identificado.

A Marcelline Hemingway, [15 de setembro de 1917]

WK Hell–;
Veja só meu quarto[1]. Estou aproveitando. Queria que você estivesse aqui. Talvez um dia você venha.

Tia Grace[2]

Escreva-me com frequência. Não entrei para nenhuma fraternidade. Solitário como o inferno.

Amor e beijos,
[*Desenho de um caneco de cerveja*][3]

fJFK, cartão-postal MA; verso: PERE MARQUETTE PARK AND STATION, PETOSKEY, MICH.; CARIMBO: BOYNE CITY, MICH., 15 SET / 7-PM / 1917

O cartão está endereçado a "Srta. Marcelline Hemingway / Barrows' House / Oberlin / Ohio". Naquele outono ela estava no Oberlin Conservatory do Oberlin College, *alma mater* de Clarence Hemingway (Sanford, 154). Em 17 de setembro, Grace escreveu para EH que Marcelline havia partido para Oberlin naquele mesmo dia (JFK).

1. Na frente do cartão, EH desenhou um "X" na fotografia das margens do rio Bear e escreveu "O X mostra meu quarto". Em carta de 18 de setembro de 1917, Marcelline respondeu: "Seu cartão gerou uma briga com minha colega de quarto. Ela é de um rancho de 13 mil acres em Colo"! (Sanford, p. 256-266).
2. EH assina a carta como "Tia Grace", referência à sua tia paterna, Grace Adelaide Hemingway.
3. A "assinatura" de EH é uma referência jocosa a um de seus apelidos, "Stein", abreviação de "Hemingstein".

Setembro de 1917

Como observa Baker, esse era o apelido predileto de EH, adotado por ele na escola secundária e mantido por toda a vida; o apelido "teve origem antes de as piadas antissemitas caírem em desuso e quando, na verdade, eram inclusive permitidas nas publicações do colégio" (Baker *Life*, p. 19).

A Clarence Hemingway, [16 de setembro de 1917]

Walloon, domingo à noite, 20:00.
Querido Pai—;
Estou escrevendo da Ransom's onde acabei de comprar $24 em comida. Amanhã começo a colher as batatas na nossa propriedade. A geada não nos afetou, mas fez uma limpa nos Drayton e Ehrfoot[1]. Estou solteirando na fazenda[2]. Paguei minhas compras mais duas semanas de pensão e ainda tenho 5,75. Os peixes pagaram! Estou me sentindo bem e animado agora. Está tudo ótimo por aqui. Bom tempo de outono.

Meu amor a todos.
Ernie

IndU, cartão-postal MA; carimbo postal: WALLOON LAKE, / MICHIGAN, 17 / SET. / 20:00 / 1917

1. Os Hemingway compravam suprimentos na Ransom's, uma pequena loja em Walloon Village ao sul de Walloon Lake (M. Miller, p. 21). Erfourth e Drayton eram fazendeiros na área de Horton Bay. W. Erfourth era um colono antigo da região, e os filhos das duas famílias frequentaram a Horton Bay School (Ohle, p. 7, 49; William H. Ohle, *100 Years in Horton Bay, Charlevoix County, Michigan*, Boyne City, Michigan, 1975, p. 33, 37).
2. Isto é, vivendo sozinho como solteiro em Longfield.

A Anson Hemingway, 19 de setembro de 1917

Quarta de manhã
19 de setembro de '17
Querido vovô—;
Muitíssimo obrigado por me mandar os jornais e as revistas, e seus cartões encorajadores[1].
Está tudo correndo bem por aqui. Estou trabalhando na fazenda agora e cozinhando minhas próprias refeições. Nos últimos dois dias, colhi cerca de ½ acre de batatas e ainda devo trabalhar uns três dias nelas. As primeiras batatas estão muito pouco manchadas. O tempo aqui está glorioso. Céu claro e limpo, mas calor demais para trabalhar. Obrigado pelos parabéns por causa do peixe, eu só queria poder dar alguns para o senhor[2]. Na semana em que adoeci e fiquei sem trabalhar paguei minha pensão saindo algumas vezes para pescar para o jantar. A sra. Dilworth me pagou 18¢ a lb. de peixe limpo e consegui mais de $5,00.

Setembro de 1917

Vamos conseguir cerca de 4 barris de maçã na fazenda. Eu já despachei um barril e alguns deles são para o senhor.

Provavelmente vou encontrá-lo daqui a duas ou três semanas, pois espero estar em casa a tempo da Série Mundial.

Acredite, fico sempre feliz quando recebo notícias suas junto com os jornais. Diga para a vó e a tia Grace que eu as amo.

Seu Neto
Ernest Hemingway

JFK, CMA

1. Nos cartões-postais remanescentes para EH de 4, 7 e 19 de setembro (JFK), o avô de EH estimou suas melhoras, o encorajou e deu notícias da família. Em carta de 7 de setembro, ele escreveu que estava mandando jornais e a "Leslie's" (*Leslie's Weekly*, revista ilustrada publicada entre 1855-1922).
2. Anson Hemingway escreveu para EH em 4 de setembro: "Sua história do peixe grande supera todas as outras" (JFK), provavelmente em resposta à carta de EH de 6 de agosto.

A Clarence Hemingway, [19 de setembro de 1917]

Quarta de manhã

Querido Pai—;

Eu vim de Walloon para cá ontem à noite pegar a correspondência e mais algumas roupas. Vai dar uns 60 *bushels* de batatas comercializáveis ao que parece. De todo modo, esses 60 bu seão muito bons. Dá para ver que há faixas boas, e então outras defeituosas.

Eu aconselharia a mandar as melhores para casa já que o Wesley está pagando apenas 85¢ o *bushel*.

Estou colhendo-as sozinho, pois Warren está todo estropiado. Nas juntas.

Espero terminar de colher todas e enviar tudo para Bay no sábado à noite. Aqui está seco como pó, e temo que nossos últimos feijões nunca amadureçam. Os nossos primeiros estão prontos para colher. Wesley aconselha despachar as batatas para O. P. Eu as colho, então escolho as boas e coloco em caixotes e então ensaco. Warren me acompanha durante uma ou duas horas durante a noite, me ajuda a colocá-las no *trenó*[1] e a puxá-las até o celeiro.

Hoje segue no *Missouri* o barril de maçãs do qual falei no cartão. Também achei que seria útil mandar um saco de batatas, elas demonstram o estado geral da colheita.

Por favor, me escreva com suas instruções então para que, se quiser que eu as envie, despache na próxima quarta-feira de navio.

Pretendo ir embora durante a primeira semana de outubro.

Setembro de 1917

Pensei em contratar os polacos para a colheita, mas eles queriam cobrar 5¢ o *bushel* então eu disse que nada feito.

Seu
Ernie

P.S. Me mande o Trib de vez em quando, por que não?

EMH

JFK, CMA; cabeçalho: Pinehurst Cottage / Charlevoix County / Horton Bay, Michigan; carimbo postal: Boyne City, Michigan, 19 Set. / 12:00 / 1917

1. O termo usado por Hemingway é "*stone boat*", plataforma similar a um um trenó, de fundo chato, usado para transportar pedras.

A Clarence Hemingway, 24 de setembro de 1917

Segunda, 8:00
24 de setembro de 1917

Querido Pai—;

Até a noite já teremos despachado todas as batatas para Bay e colhido os primeiros feijões. Teremos cerca de 60 *bushels* de batatas boas, e devo mandar tudo para casa, pois o mercado aqui está pagando só 70¢. Também vou mandar três barris de maçãs. Tudo segue no *Missouri* na quarta-feira à noite. Amanhã começo a trabalhar para o Wes. O tempo continua ótimo, como um dia quente de junho em casa, porém com as noites muito frias. Estou revolvendo a terra com cuidado e guardando as menores para plantar. As batatas não têm sarna, e os 60 *bushels* estão muito bons. Bonitas e grandes. O problema é que consegui duas ou três das grandes num monte onde deveria haver umas dez. As primeiras que o Wesley plantou estão miradas (muito) e as últimas estão muito ruins porque não chove há três semanas. Elas praticamente não cresceram desde que você foi embora. Sábado à noite eu e Bill Smith pegamos mais três arco-íris. 4 lb. 3 e 2 1/2[.] O seu filhote aqui pescou três.

Vão ajudar na conta da hospedagem. Estou em plena forma e sentindo de novo toda aquela animação.

Al Walker foi embora há duas semanas e pode-se dizer que a amada Longfield está um tanto solitária. Mas tive um mês e tanto aqui!

Gostei muito da sua carta e dos jornais. Mande mais, eu diria. Mande todo meu amor para mamãe e diga que escreverei. O garoto de quem ela fala provavelmente é Bob Preble[1].

Com amor—
Ernie

Outubro de 1917

Obrigado pelos selos e mande beijos para as crianças. Os feijões mais recentes não valem droga nenhuma. Os quarenta acres do Fox não prestam e esse ano haverá acres e acres desperdiçados.

As batatas por aqui estão muito mirradas e os preços baixos são causados pela manipulação do mercado de Chicago.

PSU, CMA; carimbo postal: BOYNE CITY, MICHIGAN, 24 SET. / 1917

1. Conhecido de Oak Park de EH e Marcelline (Sanford, p. 286, 304). Em carta de 17 de setembro, Grace escreveu: "Robt – não me lembro do nome dele, veio de Illinois para visitar você semana passada". Um "cara legal" nas palavras dela, ele trabalhou em jornal e se alistou na Força Aérea (JFK).

A Clarence Hemingway, 25 de setembro de 1917

Charlevoix
25 de setembro de [191]7[1]

Querido Pai—
Trouxe trinta sacos de batatas e três barris de maçã para cá. Anexei o recibo de carga. As batatas estão marcadas como 62 *bushel*, mas deve ter quase 90 bu. Economizamos dinheiro com 62, portanto.

As maçãs são silvestres, 1 barril, e maçãs de inverno, 1 barril, e maçãs de outono, 1 barril. Drayton ficou com metade do feno (mais ou menos). Parece ser mais leve do que pensávamos.

O *Missouri* chega no sábado de manhã. Sai daqui quarta à noite.
As batatas estão excelentes.

Amor
Ernie.

IndU, CMA; cabeçalho: United States Post Office

1. "191" já estava impresso no cabeçalho; EH incluiu o "7".

À Família Hemingway, 17 de outubro [1917]

KC
Quarta

Meus queridos—.
Suponho que vocês devem ter recebido minha primeira carta. Fiz uma boa viagem e cheguei bem. Carl Edgar me encontrou na noite em que cheguei e certamente estou feliz que ele esteja aqui[1]. Ele manda seus votos de felicidades para as crianças. Tia Arrabell quer que eu fique até o final da semana[2]. Hoje saíram três reportagens minhas no star. Parece um excelente jornal. As instalações são bem grandes[3].

Outubro de 1917

Começo a trabalhar às 8:00 e saio às 17:00 e tenho o sábado de folga. Até agora, vivo com o que gasto. Carl e eu estamos tentando conseguir um apartamento juntos, pois nós dois estamos sozinhos aqui.

Todos os parentes mandam cumprimentos.

Com amor,
Ernie

Meu novo endereço será
Warwick Boulevard, 3733
K.C.,
Mo[4].

JFK, CMA; carimbo postal: KANSAS CITY, MO., 18 OUT. / 12:00 / 1917

No topo da primeira página da carta, Clarence escreveu "17 de outubro de 1917" e, no envelope, "1ª carta de K. C. Mo. / Recebida 14:00 , 19 de outubro de 1917 / CEH". O envelope estava pré-endereçado a "Dr. C. E. Hemingway", no endereço da família em Oak Park.

1. EH viajou de trem de Chicago para Kansas City, Missouri, em 15 de outubro de 1917, para começar a trabalhar como repórter no *Kansas City Star*. Ele conseguiu o emprego pelo tio Tyler, colega de classe de Henry J. Haskell, chefe da redação editorial do jornal, no Oberlin College. J. Charles "Carl" Edgar, apelidado por EH de "Odgar", era um amigo de verão de Horton Bay. Ele trabalhava numa empresa de combustíveis em Kansas City e encorajou EH a se mudar, propondo que dividissem o apartamento que ele havia alugado lá (Baker *Life*, p. 30-2, 570; Fenton, p. 28-9).
2. Quando chegou a Kansas City, EH ficou durante alguns dias na casa do tio Tyler e da tia Arabell Hemingway, na Warwick Boulevard, 3629.
3. A maioria dos textos de EH para o *Star* consistia em reportagens curtas a partir de relatos de focas; nenhum desses textos era creditado (Bruccoli *Cub*, XII). O prédio do *Star* na Eighteen Street com a Grand Avenue ocupava quase um quarteirão inteiro; a gráfica ficava no subsolo do prédio.
4. Endereço da pensão de Gertrude Haynes, a um quarteirão da casa dos tios de EH.

A Clarence Hemingway, 25 de outubro de 1917

25 de outubro de 1917

Querido Pai—;

Estou escrevendo esta carta da Delegacia n. 4[1]. Ontem completei uma semana de trabalho aqui. É agradável. Hoje de manhã, lorde Northcliffe esteve na redação com sua equipe e com o major general Leonard Wood[2]. Você perguntou sobre Carl Edgar. Ele tem 28 anos e está cuidando da California Oil Burner Co.[3]. Ele é um cara muito bacana e muito amigo de Bill Smith. Todos no Star dizem que 35 por mês por duas refeições e uma cama é um roubo. Vou mudar no final do mês. Estou mandando um exemplar do Times dessa manhã com algumas coisas minhas marcadas[4]. Tenho uma mesa e uma máquina de escrever na redação. Ela é usada durante a noite pelo editor de cinema. Tudo

Outubro de 1917

o que escrevemos é à máquina. O Star publica o matutino The Times, em quatro edições, e o Evening Star em cinco edições, e também um semanário às quartas e um jornal de domingo. A circulação é bem ampla e acho que é bastante influente.

Qualquer hora me escreva em segredo sobre Sue Kapps, tudo bem? Fico feliz que tenha Bayley Savage como paciente, mas fico triste por ele estar machucado[5][.] Diga a ele para me escrever.

Muito obrigado pelo Line O'Type, pode apostar que sempre os recebo muito bem. Consegui um furo ontem sobre um comboio militar que seguiria para o Fort Doniphan. Passei na frente de todo mundo, falei com o capitão e consegui todas as informações. Ninguém deveria vê-lo, e os soldados não podiam sair do comboio. Ele me disse que, oficialmente, não podia dizer nada. Mas depois me levou para um canto e me contou tudo (Não comente isso por aí) de onde vinham para onde iriam etc. Ninguém mais conseguiu. Eu prometi a ele que só publicaria as informações quando o trem partisse e então deu tudo certo[6].

Com amor
Ernie

JFK, CMA; carimbo: Kansas City Mo. / Gateway Sta., 26 Out. / 10:30 / 1917

EH escreveu esta carta nas costas da edição de 24 de outubro de 1917 do Daily Bulletin, com o subtítulo "Publicação oficial do Dept. de Polícia Metropolitana / Informação apenas para empregados autorizados".

1. O trajeto que EH fazia para cobrir as notícias, que depois ele chamou de "trajeto interbases", incluía o Delegacia de Polícia n. 4, a Union Station e o Hospital Geral (Fenton, p. 25). Embora EH se refira a esse posto como Delegacia da Fifteenth Street, o Posto Policial n. 4 se mudou em julho de 1916 do número 1430 da Walnut Street para um prédio na Nineteenth com a Baltimore (Steve Paul, "Annotation Added to Hemingway History", *Kansas City Star*, 4 de julho de 1999).

2. Alfred Charles William Harmsworth, visconde de Northcliffe (1865-1922), conhecido jornalista britânico e magnata dos jornais, exercia uma forte influência política por meio de sua Amalgameted Press, empresa que cuidava do *London Evening News, Daily Mail, Daily Mirror* e *Times*. Em 1917, ele viajou para os Estados Unidos como chefe da Missão de Guerra Britânica, a qual publicou artigos de propaganda nos jornais norte-americanos. Leonard Wood (1860-1927), administrador e oficial do Exército dos Estados Unidos, comandante-fundador do Primeiro Regimento de Cavalaria Voluntária, o Rough Riders, regimento de Theodore Roosevelt, além de governador militar de Cuba (1899-1902) e chefe do estado-maior (1910-1914). Depois da eclosão da Primeira Guerra Mundial na Europa em 1914, Leonard Wood liderou o movimento de preparação nos Estados Unidos e defendeu a criação de campos de treinamento para civis.

3. A empresa, na rua 31st com a Main, fazia propaganda de aquecedores a óleo (fabricados localmente desde 1911) como alternativa mais eficaz aos aquecedores a gás ou carvão.

4. EH anexou recortes de artigos curtos intitulados "Negro Methodists Meeting Here", "Little Help for Chief Vaughan" e "Glaring Lights May Return".

5. Sue Kapps era aluna da turma de 1916 da OPRFHS; seu texto "How the Sphinx Lost Its Voice" foi publicado na edição de fevereiro de 1916 da revista literária *Tabula*, junto com o conto "The Judgment of Manitou", de EH. Em 12 de outubro de 1917, Marcelline escreveu para EH: "Peça à família para dar um presente de casamento a S. Capps por mim" (Sanford, p. 268). Clarence Bayley Savage Jr., conhecido como "C. Bayley", foi membro da turma de 1918 da OPRFHS e capitão do time de futebol durante o último ano.

Outubro de 1917

6. Um artigo publicado em 30 de outubro no *Star*, escrito "por um correspondente" em Camp Fuston, Kansas, informava que a última quota de seis mil recrutas partiria naquele dia em um "comboio especial" com destino a Camp Kearney, Califórnia, como parte de uma transferência de soldados que já havia mandado três mil homens para Camp Doniphan, em Fort Sill, Oklahoma ("Finish Transfers This Week", p. 10)

A Marcelline Hemingway, [26 de outubro de 1917]

Delegacia de Polícia n. 4
14:25

Querida Old Ivory—;

Como estão as coisas no queridíssimo Oberlin? Eu também estou trabalhando muito. Ontem de manhã tive seis histórias no miolo e uma na primeira página. Um repórter genuíno, seu velho Bruto. E nada de Fatimas, o preço subiu para 18¢[1]. Carl Edgar e eu nos divertimos com Frequência. Domingo passado estávamos na St. Joe[2] e Ana Lyon mandou lembranças e também a Helen e um tal Auryllus. Na verdade, a vida é esse lugar.

Todos os tiras gostam de mim como irmão. Sou editor da Public Mind, como a Vox of the Pop, mas agora fui promovido e edito o Mind com menos frequência[3]. Esse papel é de cópia, nele só se escreve à máquina. A pobre caligrafia ainda não me impôs desvantagens. Estive no St. Josephine e tive a chance de trabalhar no St. Josephine Gazette[4]. Mas o salário! Merci! Era nada. Uma mera ninharia! Aqui recebo 60 dessas por mês. Ordenado de príncipe.

e por que não tenho notícias suas? A solidão me consome na teoria; na prática, só trabalho e não tenho tempo, mas na redação há uma frequência do Tempus. Escreva-me aos cuidados do departamento Ed. do Star e terá resposta, eu juro. Há algum machão na sua escola? Escreva-me sobre ele. Não penso nas donzelas, mas quando vem a primavera ninguém pode trabalhar[5], ora bolas. É isso!

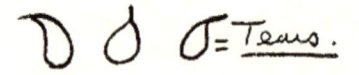

☽ ☾ σ = Tears.

Seu,
O Irmão

1. Marca de cigarros de tabaco turco fabricada pela Liggett and Myers. A demanda e o preço do tabaco aumentaram demais durante a Primeira Guerra Mundial, quando era distribuído em porções diárias para os soldados. EH está respondendo à reclamação de Marcelline em uma carta de 12 de outubro de 1917 de que a maioria dos "jovens imaturos" em Oberlin "nunca tinham visto um mata-ratos que não fossem fotos nos livros e sua ideia de alegria divina é um copo de leite e um *donut* nas tardes de sábado"; no entanto, confessa ela, muitas das meninas "têm outros métodos além de olhar para a contracapa de uma revista para sentir o doce aroma dos Fatimas" (Sanford, p. 267-8).

Novembro de 1917

2. St. Joseph, Missouri, a cerca de 89 quilômetros ao norte de Kansas City no rio Mississippi, famosa como terminal leste do Pony Express.
3. "The Public Mind" era a seção de "cartas do leitor" do *Kansas City Star*. "Vox of the Pop", de *vox populi*, ou "voz do povo" (em latim), era a seção de "cartas do leitor" do *Chicago Daily Tribune*.
4. *St. Joseph Gazette*, fundado em 1845, foi um dos jornais de circulação mais duradoura no Estado.
5. Referência a João, 9:4: "Convém que eu faça as obras daquele que me enviou, enquanto é dia; a noite vem, quando ninguém pode trabalhar".

A Madelaine, Ursula, Carol e Leicester Hemingway, [5 de novembro de 1917]

Queridas Crianças:

Oi, Nunbones; Olá, Urra; Como está, Nubs; e como vai, Bipehouse? Seu grande irmão está escrevendo esta carta na redação do jornal onde trabalha. Ele deveria estar trabalhando, não é? Mas não está. Estou mandando junto três bilhetes que Ura vai dividir igualmente entre Carol e Jazz. São bilhetes muito especiais, de St. Joe e K.C. e Nubs deveria levá-los para a escola para mostrar que seu irmão robusto pagou a passagem[1]. Ele ainda está morando na srta. Haines, mas não por muito tempo. Ele também é um belo soldado, e de se admirar[2]. É assim que ele vai ficar quando estiver todo arrumado é J-A-Z-Z-Z-Z-Z-Z-z-z-z-z-y. Urra acha que isso tudo é uma bobagem, mas ela não é sábia como nós, não é, Nunbones? Ela não percebe o significado profundo de nossas observações, percebe, Nubs? Não, não percebe. Bipehouse, quer caçar uma cacatua grande mas grande, mesmo?

O sr. e a sra. Edgar[3] mandam lembranças para vocês, eles não conhecem o Bipehouse e a Nubs, mas têm certeza de que são boa gente por serem parentes do grandiosíssimo literato Stien*, da digníssima Nunbones e da risonha e brilhante Ura. Agora seu estupendo e magnificente irmão precisa voltar ao trabalho, como é chamado, portanto oferece seus cumprimentos de despedida e espera que vocês lhe mandem muitos presentes de Natal, de Ação de Graças e qualquer outro que seja apropriado. Então comecem já a economizar dinheiro, crianças, pois a colheita é dura, e os trabalhadores são poucos[4].

Do famoso irmão e fraternal
Ernie.

JFK, CD com assinatura datilografada; carimbo postal: Kansas City, Mo., 5 Nov. / 1917

1. Entre os muitos apelidos dos irmãos Hemingway, estão "Nunbones" para Madelaine (Sunny), "Urra" ou "Ura" para Ursula, "Nubs" ou "Nubbins" para Carol e "Bipehouse" para Leicester. EH usava "Jazz" como apelido para pessoas diversas, inclusive ele mesmo; aqui não está claro a quem ele se refere. Três bilhetes de trem de 4 de novembro sobreviveram com a carta.
2. EH se juntou à Missouri Home Guard logo depois de chegar a Kansas City e participou dos treinos e manobras durante os meses que se seguiram.

Novembro de 1917

3. Pais de Carl Edgar.

4 Lucas, 10:2: "E lhes disse: 'A colheita é grande, mas os trabalhadores são poucos. Portanto, peçam ao Senhor da colheita que mande trabalhadores para a sua colheita'".

*. A forma "Stien" aparece no original diversas vezes, referindo-se a "Stein", a saber, um dos apelidos de EH. Por vezes, aparece grafada com inicial minúscula ("stien"); optamos pela felicidade à grafia oroginal.

A Marcelline Hemingway, [aprox. 30 de outubro e 6 de novembro de 1917]

Escrita uma semana antes de ser postada

Querida Old Ivory:

É claro que não vou dizer nada, sua abismalita. É verdade que cuido do Public Minds, juro por Godfrey. Fico feliz que você tenha conseguido aproveitar o tempo em Cleveland, deve ser uma cidade e tanto[1]. Hoje à noite eu e Carl vamos ao Turn To the Right[2]. O que você assistiu em Cleve? Red Milliken joga no O team? Hoje foi dia de pagamento e recebi $30 pelas duas primeiras semanas de trabalho. Hoje peguei os negativos de G. AL walker daquelas duas fotos que ele tirou e vou mandar revelar hoje ainda. Blight e Jock e o Mick me escreveram esta semana[3]. Jock está em MIchigan e está gostando muito. Blight ainda está em Allentown e Mick está trabalhando na Western Electric.

Estou num momento ótimo aqui, minha irmã, e espero que aproveite bastante fora do Alum Mattress[4]. Mas escute o seu Irmão: tome muito cuidado e seja discreta se for agir em absoluta conformidade com todas as regras e regulamentos. Carl é um bom rapaz e não um bebedor de cerveja[5], ele fuma, disso você sabe, mas tem 27 anos e não acho que a vida dele vai ser arruinada por isso. Seu irmãozinho nem encosta nesse troço ardente e deve ser o único na redação que não trabalha com o rosto equipado com uma dessas ervas imundas. Seus vícios são comprar uma revista ocasional e frequentar teatros degradantes de vez em quando, e também comer maçãs. Pretendo me alistar em breve no Exército Canadense, mas devo esperar que a primavera traga dias azuis e agradáveis[6]. Sério, menina, não posso ficar muito tempo fora, o pessoal da Missão Canadense é bem bacana e eu pretendo entrar. O major Biggs e tenente Simmie são os oficiais no comando. Se você se alista nas forças canadenses, eles dão a você o tempo que você especificou, e depois você vai para Toronto ou Halifax, depois Londres, e em três meses você está na França. Eles são os maiores combatentes do mundo e nossas tropas nem cabem na mesma frase. Eu posso até esperar o verão terminar, mas, acredite em mim, não vou por amor a divisas de glória etc. mas porque não vou conseguir encarar ninguém depois da guerra sem ter ido.

Novembro de 1917

Você provavelmente não vai me entender, mas alegre-se porque estou mais próximo de mim mesmo. Nada do que eu disse é para dividir com a família, você me conhece Al.[7]

Seu velho Bruto
Ernie.

Uma semana depois.
Ei, velho Bruto. Fico feliz que mamãe esteve aí. Dê um beijo em todas as suas colegas de quarto pelo Stien. Entrei para a Guarda Nacional do Missouri, mas só para os serviços do Estado[8]. Recebi um uniforme de 40 paus e um casaco de 50 dólares. Quanta jovialidade.

O Humano Stien.

fJFK, CMA/CDA; carimbo postal: [Kansas City, Missouri, 6 de novembro de 1917]

1. Cleveland fica a cerca de 56 quilômetros a noroeste de Oberlin, Ohio, onde Marcelline frequentava o Oberlin College.

2. O melodrama *Turn to the Right* (1916), de Winchell Smith (meados de 1872-1933) e John E. Hazzard (1881-1935), estava sendo encenado na semana de 28 de outubro no Shubert Theatre, em Kansas City, com o elenco original da Broadway. O Shubert, na West 10th Street com a Baltimore Avenue, abriu em 1906 e tinha aproximadamente 1.700 lugares.

3. EH se refere aos amigos George Alan Walker (Al), Fred "the Blight" Wilcoxen e Jack "Jock" Pentecost. "The Mick" continua sem ser identificado.

4. *Alma mater*.

5. No original, *"suds downer"*.

6. Referência aos versos *"I have a rendezvous with Death / When Spring brings back blue days and fair"* ["Tenho um encontro com a morte / Quando a primavera trouxer dias azuis e agradáveis"], de "I Have a Rendezvous with Death", do poeta norte-americano Alan Seeger (1888-1916), publicado postumamente em 1917. Antes de os Estados Unidos entrarem na Primeira Guerra Mundial, Seeger entrou para a Legião Estrangeira Francesa e foi morto na França.

7. Alusão ao livro de *Ring Lardner, You Know Me Al: A Busher's Letters* (Nova York, Doran, 1916). Nas histórias para o *Trapeze*, EH muitas vezes imitava o estilo de Lardner (1885-1933), escritor norte-americano de contos e colunista de esportes que tinha uma coluna popular no *Chicago Daily Tribune*. EH também imitou posteriormente as cartas do jogador em *CIAO*, um panfleto irreverente publicado esporadicamente pela Seção 4 do Serviço de Ambulância da Cruz Vermelha Americana ("Al Receives Another Letter", *CIAO*, junho de 1918).

8. Durante a Primeira Guerra Mundial, as unidades da Guarda Nacional formavam a maior parte das forças Expedicionárias dos Estados Unidos, incluindo 40% das divisões de combate na França.

A Clarence e Grace Hall Hemingway, 15 de novembro [1917]

15 de novembro

Queridos Pai e Mãe:
Fiquei muito feliz por receber suas ótimas epístolas e os *cookies* elegantes. Ontem à noite tive de ficar até tarde na redação para trabalhar um pouco e eles estavam muito gostosos, Maw você é uma ótima cozinheira,

Novembro de 1917

quero experimentar mais coisas para mim, mande todos os seus sucessos estupendos. Se quiser, por que não me mandar um daqueles bolos de guerra[1]? Tive de sair da redação enquanto estava datilografando, por isso mudei[2]. Toda a Guarda teve de se apresentar na terça-feira. Passamos o dia todo numa manobra e tivemos uma batalha simulada no bosque fora da cidade, marchamos, lutamos, tivemos salvas de baioneta, despachamos espiões e tudo mais. Os oficiais do exército regular foram os juízes e foi muito emocionante e instrutivo. Vou mandar para vocês algumas das minhas coisas, se eu me lembrar. Tenho conseguido algumas coisas que ocupam meia coluna. Vi o Trib sobre o acidente de carro da escola[3]. Que bom que C. Bailey ganhou no domingo. Soube pelo Cohan ontem[4].

Logo vamos receber nossos uniformes de inverno e vou tirar uma foto e mandar para vocês. Neste momento estou usando um cáqui emprestado. Nossos novos uniformes são de lã verde-oliva e os casacos também iguais ao do exército e nós usamos quepe com cordão como do exército regular só que com um escudo do estado do Missouri. Devem chegar logo. Vocês podem mandar meus sapatos grandes que estão no quarto pelos correios? Mandem qualquer pacote e correspondência aos cuidados do *star*, não sei quanto tempo ficarei na srta. Haynes.

Tudo bem que a equipe de Bailey tenha ganhado a taça do Campeonato[5]. Agora tenho tarefas melhores o tempo todo e estou bem. Planejo trabalhar aqui até a primavera e depois aproveitar mais um verão antes de me alistar. Não conseguiria de jeito nenhum ficar mais tempo longe disso. Já vai ser muito difícil ter de esperar até lá. fiquem bem e se cuidem.

com muito Amor.
Ernie.

JFK, CD/CMA; cabeçalho postal: THE KANSAS CITY STAR; carimbo postal: KANSAS CITY MO., 16 NOV. / 1917

1. Em agosto de 1917, o presidente Woodrow Wilson criou a U.S. Food Administration para garantir o fornecimento, a distribuição e a conservação de alimentos durante a guerra. Com o *slogan* "A comida vence a guerra!", o administrador-chefe Herbert Hoover lançou uma campanha de trabalho voluntário, e os norte-americanos assumiram o compromisso de conservar alimentos, pararam de comer carne às terças-feiras e criaram receitas "de guerra" sem ovos, leite e manteiga.
2. EH parou de datilografar e começou a escrever à mão depois de "sucesso estupendo".
3. O *Chicago Daily Tribune* ("Autos Driven by Girls Crash and Eight Are Hurt", 14 de novembro de 1917, p. 17) informou que oito estudantes "se feriram gravemente – uma talvez tenha morrido" quando os automóveis que dirigiam colidiram em frente a OPRFHS. Centenas de alunos entraram em pânico.
4. É provável que "Cohan" seja Ray Ohlsen, colega de classe de EH em Oak Park. Ohlsen, Lloyd Golder (1899-1980) e EH tinham armários contíguos, e EH desenhou, na porta de cada um deles, círculos com giz amarelo para representar uma casa de penhores, e os três rapazes se apelidaram de Cohen, Goldberg e Hemingstein (Baker *Life*, p. 19; Sanford, p. 128).

Novembro de 1917

5. Em 10 de novembro, comandada pelo capitão de equipe C. Bayley Savage, a OPRFHS derrotou o time peso-pesado de futebol da Evanston High School pelo placar de 24-20 (George Schaffer, "Oak Park Takes Heavies Title in Prep League", *Chicago Daily Tribune*, 11 de novembro de 1917, p. A1).

À Família Hemingway, 19 de novembro [1917]

19 de novembro

Meus queridos:

Essa deve ser a terceira carta que comecei a escrever e tive de parar todas as outras então escrevo esta logo depois do trabalho por volta das 6:20 e vou tentar terminar. As duas últimas semanas foram terrivelmente corridas para mim, fazendo alguma coisa a todo minuto. Na terça passada, todos fomos chamados e tivemos treinos e manobras o dia inteiro. Ontem eu fui à casa do tio Ty para jantar, de manhã houve um incêndio grande no vizinho bem ao lado da casa nova deles, um celeiro imenso pegou fogo e eu cheguei lá junto com os bombeiros, ajudei a derrubar a porta e jogar água no telhado e no geral tive uns bons momentos. Provavelmente vou ficar na srta. Haines mais duas semanas, hoje completou um mês que estou lá e daqui a duas semanas vou conseguir sair com tudo acertado. Fiquei feliz pela vitória do Bayley no domingo, recebi uma carta ótima dele e do Al Walker, Al mandou muitos abraços para você. Ele está em Olivet e não conseguem carvão e a menos que consigam um pouco logo terão de fechar o colégio[1]. O Star não corre risco nenhum de ficar sem carvão. Muito obrigado pelos selos, eles são muito convenientes para mandar as cartas. Na última semana eu estive lidando com uma história de assassinato, muitas informações policiais e com a questão das verbas da Y.W.C.A. então eu estou metido nisso tudo[2]. Como estão as coisas aí em casa?

Aquele acidente com certeza foi muito feio, mas foi bom que o carro de Atwood e Rogovsky tenha se arrebentado[3]. Andei na ambulância diversas vezes essa semana, e como há uma epidemia de varíola por aqui, acho que serei vacinado de novo amanhã. Tia Arrabel está fazendo um ótimo trabalho com a conservação de alimentos e está se destacando no círculo da alimentação. Temos nos divertido bastante aqui com um rapaz novo chamado Johnson que tem o jeito do Baby Dales[4], temos pregado umas peças nele. Tem uns caras excelentes aqui. Eu pretendo ir ao Camp Funston[5] em breve e procurar Pinckney, ele é chefe da unidade de caminhões por lá. Também vou a Oklahoma antes de ir para ~~casa~~ o norte. Agora vou ter que me despedir se eu quiser chegar a tempo do jantar, Os *cookies* estavam ótimos, quero mais. Com muito Amor

Ernie.

JFK, CD com assinatura datilografada; cabeçalho: THE KANSAS CITY STAR.; carimbo: KANSAS CITY / MO., 20 NOV / 12:00 / 1917

Novembro de 1917

No verso do envelope, EH escreveu: "P.S. Recebi sua carta. Muito obrigado por enviar o pacote. Provável que chegue amanhã. / EMH".

1. Olivet College, Faculdade de Artes Liberais em Olivet, Michigan, fundada em 1844 por John J. Shipherd, ministro presbiteriano que havia fundado o Oberlin College onze anos antes. Desde o início, as duas escolas eram abertas para homens e mulheres de todas as raças.
2. O tiro fatal dado em um pecuarista, Claud C. Pack, foi noticiado naquela semana no *Kansas City Star* ("Mystery in a Shooting", 15 de novembro de 1917, p. 1; "Mystery Shooting Was Fatal", 16 de novembro de 1917, p. 1). No dia em que EH escreveu esta carta (19 de novembro), tanto o *Star* quanto o *Kansas City Times* (edição matinal do *Star*) noticiaram na primeira página que a polícia matara dois ladrões e capturara um terceiro durante um assalto a uma tabacaria: foram as "informações policiais" que apareceram depois na história de EH sobre os bandidos da tabacaria (*iot*). A partir de 11 de novembro, o *Star* publicou uma série de histórias sobre o lançamento e andamento de uma campanha de uma semana para angariar fundos em Kansas City pela Young Men's Christian Association (YMCA) e pela Young Women's Christian Association (YWCA) com o intuito de dar suporte aos esforços de guerra. EH deve ter escrito ou colaborado com três histórias em 16 e 17 de novembro no *Star* tratando da YWCA, que ultrapassou seu objetivo de levantar 50 mil dólares para o Camp Recreation Fund (enquanto a organização dos homens não atingiu a quota de 350 mil dólares). A YMCA e a YWCA foram fundadas por evangélicos em meados do século XIX em Londres para combater os efeitos sociais negativos da Revolução Industrial, e as duas organizações foram estabelecidas nos Estados Unidos na década de 1850. Durante a Primeira Guerra Mundial, elas ofereceram serviços de assistência e incentivo às tropas.
3. Eleanor Atwood, alunado segundo ano da OPRFHS, dirigia um dos carros que bateu diante da escola em 13 de novembro; Florence Rogovski, vizinha que estava no carro, quebrou a perna. Segundo o *Chicago Daily Tribune* (14 de novembro de 1917), Atwood era "dona de quatro carros velozes, e ia para a escola com o maior deles". O pai dela era presidente da J. C. Whitney Manufacturing Company, empresa de peças de automóvel fundada em Chicago em 1915.
4. Dale Bumstead Jr., colega de classe de EH na OPRFHS.
5. O Camp Funston, construído no verão de 1917 em Fort Riley, Kansas, era um dos dezesseis campos de treinamento militar estabelecidos nos Estados Unidos. Durante a Primeira Guerra Mundial, praticamente cinquenta mil recrutas foram treinados nesse lugar, cerca de 190 quilômetros a oeste de Kansas City.

A Grace Hall Hemingway, 21 [de novembro de 1917]

Quarta, 21, 13:40
Redação do Star

Querida Maw:

O pacote grande e sua agradável carta chegaram hoje. Fico feliz por saber que você encara as coisas como eu e que está apoiando o papai. Ele tem a voz grave, não acha? Fui vacinado ontem no Hospital Geral, onde vou praticamente todos os dias. Eles fazem um bom trabalho. Estou escrevendo no meio do dia, mas sabe-se lá quando termino. Aqui não temos horário de almoço regular, comemos qualquer coisa quando dá. O motivo de eu não escrever com mais frequência é que trabalho o tempo inteiro e quando me dou conta o dia já passou. Estou tão ocupado que as coisas acontecem assim, levanto às 7, tomo café às 7:20 e tenho que estar na redação às 8, vejo as tarefas que ocupam minha manhã até por volta de 13:00, tenho uns 20 minutos para almoçar e depois já pego as tarefas da tarde que supostamente terminariam às 17:00 , mas geralmente preciso resolver alguma coisa e saio às 18:00 e o jantar é 18:30 e

Novembro de 1917

logo depois eu tento ler um pouco, vou para cama e caio no sono, e assim os dias voam. Ainda não vi uma garota sequer em Kansas City e isso é uma situação desagradável para um rapaz que sempre esteve apaixonado por alguém desde quando ele consegue se lembrar. No caminho de volta para casa, costumo parar no escritório do Carl e conversar alguns minutos. Ele é ótimo, mãe, com certeza você iria gostar dele. A mãe dele se parece com a vó Hemingway. Eu gosto muito da tia Arrabel, mas o tio Ty e seu estupendo egoísmo, seus modos etc. me irritam demais. Mas ele jamais suspeitaria, porque sou muito cortês. Tem uns caras ótimos aqui na redação do Star e nós sempre nos divertimos muito no trabalho. Aqui também teve uma campanha gigantesca da Y.M.C.A[1]. Sinto muito que a impotente tenha partido e você esteja tão ocupada, mas é melhor alimentar navio com carvão do que ficar olhando para aquela cara, nossa, ela me assombra até hoje[2]. Ura já deve estar bancando a valentona entre os Jaz-z-z-. Agora são 14:00 e vão me mandar sair a qualquer momento então depois escrevo mais para que eu possa sair a qualquer minuto. Seus *cookies* estavam ótimos, dei alguns para os colegas que estavam aqui durante a noite quando abri a caixa e eles adoraram. Agora preciso ir, então até logo, com muito amor para todos e para você em especial.

Ernie

JFK, CDA

1. EH talvez esteja comparando a campanha para angariar fundos da YMCA em Kansas City com a de Oak Park (talvez mencionada na carta ainda não encontrada da mãe). Ou talvez ele esteja esclarecendo que a YMCA, assim como a YWCA, fez uma campanha em Kansas City (pois ele só havia mencionado a organização das mulheres, a YWCA, em carta anterior).
2. Segundo Griffin (p. 45), a partida da "impotente" se refere à morte de Emma Hall, tia de Grace. No entanto, dado que Emma S. Hall (1844-1917), viúva do tio de Grace, Miller Hall (nasc. 1835), morreu praticamente seis meses antes (em 28 de maio), é mais provável que EH esteja se referindo à partida de uma das empregadas da família.

À Família Hemingway, [24 de novembro de 1917]

sábado 6:30

Meus queridos: O bolo que mamãe mandou estava maravilhoso, dei um pouco para tia Arrabel e tio T., e as crianças e Carl e todo mundo concordou que mamãe é uma cozinheira das boas. Muito obrigado. Hoje foi O Dia. O grande jogo do exército e da marinha foi disputado aqui e devia ter uns 5 mil soldados na cidade. O general Wood e o governador Capper de Kansas passaram na redação e o governador se apresentou para mim e para mais dois rapazes que estavam aqui na hora. Haveria uma grande parada e eles ficariam numa plataforma montada na escadaria do prédio do Star para a revista, mas alguma coisa deu errado e os soldados não conseguiram chegar a tempo[1].

Novembro de 1917

Mas a correria hoje aqui está intensa. Ontem tive 6 artigos na edição principal, dois na primeira página, eu podia mandar se tivesse selos, o pagamento é no próximo sábado daí vou comprar um monte de selos e mandar vários jornais. Recebi a carta de Ura hoje, muito obrigado, logo respondo. Carl foi a Columbia hoje visitar Bill Smith e Kate e a sra. Charles, ele vai ficar lá até domingo². Eu começo a trabalhar de novo das 7:30 às 12:30, quando sai a edição de sábado. Hoje nevou aqui e uma neblina londrina. (Tive de mudar de máquina de escrever).

Agora é melhor eu largar isso aqui e sair para comer alguma coisa.

Tenho um bom lugar para escrever cartas aqui, quando não estou no³

No hotel Muelebach, que é tão formidável quanto o Blackstone, eles têm uma sala de imprensa para todos os funcionários do jornal cheia de mesas, máquinas de escrever, telefones e um monte de papel, e é aqui que o pessoal passa o tempo livre. A gente se sente um milionário tendo uma sala privada no Muelebach, mas também existe uma no Baltimore, que corresponde ao Auditorium⁴. Se quiserem saber qualquer coisa desta cidade, me perguntem. Minha pele coça animadamente onde aplicaram a vacina então acho que está melhorando.

Com Muito Amor
Ernie.

JFK, CD com assinatura datilografada

1. Um time de futebol do exército, de Camp Funston, jogou contra um time da marinha, da Great Lakes Naval Station, diante de quase oito mil pessoas em Kansas City no dia 24 de novembro. Houve o cancelamento de uma parada agendada depois de um acidente envolvendo um dos trens que levava as tropas, o que atrasou a chegada dos soldados, como noticiou o *Star* na primeira página daquele dia. O major-general Leonard Wood era comandante de Camp Funston; Arthur Capper (1865-1951) foi governador do Kansas de 1914 a 1918 e senador dos Estados Unidos de 1919 a 1949.

2. Bill e Kate Smith estudaram na University of Missouri em Columbia. Kate se formou em 1917 bacharel em língua inglesa e jornalismo, e Bill se formou em 1918 bacharel em agricultura. Mrs. a Charles, tia materna, serviu como tutora dos dois desde a morte da mãe deles em 1899; casou-se com Joseph William Charles, médico em St. Louis, em 1902. A família passava os verões numa casa de fazenda reformada em Horton Bay.

3. EH saiu da sala quando estava no topo da página, deixando a frase incompleta.

4. O Muehlebach tinha doze andares e foi inaugurado em 1915, na Twelfth Street com a Baltimore Avenue no centro de Kansas City; era um dos hotéis mais requintados do Meio-Oeste. O Blackstone, hotel luxuoso em Chicago na South Michigan Avenue, foi construído em 1910 por Timothy Blackstone, presidente da Illinois Central Railroad. O Baltimore, um grande hotel finalizado em 1899, ficava na Eleventh Street com a Baltimore Avenue em Kansas City. O Auditorium Building, em Chicago, projetado por Adler e Sullivan e finalizado em 1889, abrigava um hotel, escritórios e um teatro.

Novembro de 1917

À Família Hemingway, [aprox. 28 de novembro de 1917]

Quinta-feira, manhã[1]

Meus queridos:

O sr. Duke Hill esteve aqui ontem e passei cerca de uma hora com ele na union station[2]. Uma pena não termos nos encontrado antes. Ele vai falar sobre isso com vocês, levou um exemplar do star daquela tarde que tinha várias coisas minhas. Essa carta vai ser curta, pois estou tentando escrever antes de cumprir minhas tarefas da tarde. Bill Smith chega na sexta e vai passar uma semana aqui, Kate foi procurar emprego em Chicago, então vocês provavelmente devem vê-la em breve. O tempo ainda não esfriou por aqui, embora toda noite tenha geada.

Esses soldados são para Nubs e Bibe house, digam a Nubs que recebi a carta e que ela é uma escrevedora de cartas maravilhosa, sem brincadeira. Também recebi a de Ura e vou responder em breve. Estou tão ocupado que mal consigo parar para escrevê-los. Amanhã é Ação de Graças, mas vamos trabalhar normalmente, e também no Natal e no Ano-Novo. Gostei muito da sua carta, Pai, e das fotos também, e as mostrei para várias pessoas. Seria ótimo se vocês conseguissem me mandar um par de botas militares. Quero escrever para cada um em separado, mas estou tão ocupado que nunca mais tenho tempo algum. Sábado é dia de pagamento de novo e vai ser bem-vindo, extremamente bem-vindo, muito bem-vindo, pois estou em contenção, vivendo com poucos recursos. Um grupo grande de soldados do Fort Sheridan[3] chegou aqui hoje de manhã, vários indivíduos de K.C. receberam patentes. Hoje tive uns artiguinhos na edição matinal e são as únicas coisas minhas na primeira edição de hoje, alguns dias são melhores do que outros. Os guardas receberão casacos e uniformes de lã ainda essa semana, acho. Agora preciso sair, então

Até Logo Com Muito Amor
Ernie.

JFK, CD com assinatura datilografada

1. EH provavelmente acrescentou essa anotação caligrafada depois de datilografar a carta, na qual ele diz "Amanhã é Ação de Graças" (em 1917, o feriado caiu numa quinta-feira, 29 de novembro). EH aparentemente postou a carta no mesmo envelope que a seguinte, enviada para o pai, escrita em 30 de novembro.

2. Duke Hill (aprox. 1873-1947), com a esposa e cinco filhos, moravam a alguns quarteirões dos Hemingway em Oak Park. Morador de Oak Park desde 1895, ele era empregado da Montgomery Ward Company. A Union Station, construída em 1914 na Pershing Road com a Main Street, era a principal estação ferroviária em Kansas City e muitas vezes parte do trajeto de Hemingway no jornal.

3. Centro de treinamento e mobilização militar fundado em 1887 às margens do lago Michigan, norte de Chicago, nomeado em homenagem a Philip Henry Sheridan (1831-1888), general da União na Guerra Civil Americana e comandante do Exército dos Estados Unidos durante as Guerras Indígenas nas Grandes Planícies.

Novembro de 1917

A Clarence Hemingway, 30 de novembro [1917]

Sexta, 30 de novembro

Querido Pai—; Muito obrigado pelos selos e cartões. Ontem foi Ação de Graças, mas eu trabalhei o dia todo. Todos nós fomos ao Woolf's Famous Place, onde serviram uma refeição de 5¢ com porco e peru ao meio-dia[1]. Todos os repórteres apareceram. Depois, à tarde, tive de cobrir uma grande partida de futebol, mas o jogo não aconteceu; foi adiado. Recebi uma ótima visita de Duke Hill e espero vê-lo de novo quando ele estiver por aqui. Amanhã é sábado e dia de pagamento. Espero me mudar na segunda, pois onde moro é tão caro que mal sobra alguma coisa para minhas necessidades. Vou pegar meu uniforme de lã V.O.[2] e o casaco amanhã. São iguais ao do exército regular, exceto pelo escudo do Estado do Missouri no colarinho, em vez de ser dos Estados Unidos. Vou tentar mandar uma foto se conseguir alguém para me fotografar. Estive terrivelmente ocupado a semana toda. Tenho no quarto uma carta que escrevi para você há alguns dias que devo postar amanhã, pois agora tenho selos. Estou mandando esta agora da Union Station.

Aqui dá para comprar sanduíches do ~~rabbit~~ Peter Rabbit nos carrinhos de cachorro-quente, diga ao Bipehouse que vou comer um por ele. Dê os parabéns a Nun bones por mim e diga a ela para comprar um presente de aniversário e pensar em mim[3]. Logo vou mandar alguma coisa.

Seu,
Ernie

O livro que você mandou é muito bom. Obrigado.

JFK, CMA; carimbo postal: KANSAS CITY, MO., 21 DEZ / 1917

Esta carta aparece no verso de formulários em branco com o cabeçalho "Metropolitan Police Department, Kansas City, Mo.". Na aba de trás do envelope, endereçado a "Dr. C. E. Hemingway", EH escreveu: "P.S. postei as <u>duas cartas juntas</u>. / Ernie." (aparentemente se referindo à carta anterior com a saudação "Meus queridos").

1. No catálogo telefônico de 1917 de Kansas City consta um Wolf's Famous Place no n. 117 da West 9th Street e um Wolf's Famous New Place no n. 1327 da Grand Avenue. O narrador de "God Rest You Merry, Gentleman" (WTN) se lembra de caminhar até o hospital em Kansas City depois de sair "da taberna dos Woolf Brothers onde, no Dia de Natal e de Ação de Graças, servia-se uma refeição gratuita com peru".
2. Verde-oliva.
3. Sunny, irmã de EH, comemorou o aniversário de treze anos em 28 de novembro.

Dezembro de 1917

A Clarence e Grace Hall Hemingway, [6 de dezembro de 1917]

Queridos Pai e Mãe:
Gostei muito das cartas de vocês, mas estive ocupado demais e não tive tempo para responder. O bolo ainda não chegou, mas tenho certeza de que estará ótimo. Eu me mudei e agora Carl e eu temos um espaço amplo com poltronas e mesa e penteadeira e uma varanda que se converteu no quarto de dormir com duas grandes camas de casal e pagamos $2,50 cada um por semana, e estou comendo em restaurantes[1]. Com certeza é uma melhora e agora tenho o tempo que preciso para trabalhar já não preciso mais sair no meio de uma matéria e andar 5 milhas para jantar. Pegamos nossos casacos e uniformes de inverno de lã V.O., são coisas do exército regular, temos o cordão de chapéu preto e dourado, do Estado do Missouri. (Tive de sair, continuo agora)
o Oak Leaves que papai me mandou não chegou ainda. Mas é provável que chegue, essa semana trabalhei numas histórias muito boas e estou mandando uma série de recortes. A nota de suicídio foi muito divertida, pois [tive que ?][2] sair e entrevistar a garota no caso, e guardamos aqui um distintivo de polícia que usamos em emergências, daí ela me contou tudo que sabia, depois fui atrás da história do cara, Bowman, e fiz ele me dar amostras da caligrafia dele, ele ficou verde de medo[3]. Hoje à tarde o chefe me mandou cumprir o trajeto normal e me mandou voltar o mais rápido possível, porque queria me manter aqui de reserva. Então não sei o que vai acontecer. Nós treinamos hoje à noite, com certeza vai fazer frio. Cerca de 15 e um vento fortíssimo. Não prestem atenção na ortografia desta carta, pois estou com muita pressa e não estou parando para corrigir os erros. Old Ivory me mandou notícias e ela deve virar jornalista[4]. Com certeza já está dando os primeiros passos. Os recortes que estou mandando são todos dos últimos dias, exceto a história do carvão, que escrevi há algum tempo[5]. Nossos casacos são ótimos. São regulares como o uniforme e esquentam como diabo. Se ficar muito frio no nosso quarto, vou ter que levar o meu para a cama. AH, eu me esqueci de contar uma coisa ótima. Meus coturnos chegaram e estou usando-os agora, então vão ficar bem macios para caminhar. São muito bons e quero agradecer muito por mandá--las, pai. Outro dia ganhei outra coisa de exército que é excelente. Um pulôver militar. De lã cáqui. Marge Bump tricotou para mim, uma maravilha de suéter.

Ela e Pudge[6] estão fazendo um para o Carl também. Elas nos escolheram para nos suprir com coisas de tricô e o Carl só vai receber o dele quando for recrutado ou se alistar, mas eu ganhei o meu antes por causa da Guarda.

Agora preciso dizer até mais
meu amor para todos
Ernie.

Dezembro de 1917

IndU, CD com assinatura datilografada

1. EH e Carl Edgar começaram a dividir um apartamento na Agnes Avenue, 3516.
2. EH parece ter datilografado uma palavra fora da margem no canto inferior direito da página, depois mudou a folha na máquina para começar a segunda página.
3. No dia 5 de dezembro de 1917, o *Kansas City Times* noticiou, numa história de primeira página, que um porteiro da Union Station encontrara o que parecia ser uma nota de suicídio de um amante rejeitado, pedindo que uma mulher chamada Eva Frampton fosse notificada de sua morte. Frampton foi testemunha de um julgamento de assalto contra W. C. Bowman, cuja condenação da acusação havia acabado de ser negada pela suprema corte do Estado. Frampton acreditava que Bowman havia escrito a nota. Na verdade, não ocorreu suicídio algum.
4. Marcelline recorda que ela teve uma "breve experiência escrevendo para o jornal do colégio" em Oberlin (Sanford, p. 154).
5. Nenhum recorte sobreviveu com esta carta
6. "Pudge", apelido de Georgianna Bump, irmã mais nova de Marjorie.

A Clarence e Grace Hall Hemingway, [17 de dezembro de 1917]

Meus queridos:

Desculpem não ter postado nada semana passada, mas eu estava até o pescoço de trabalho e não tive um minuto sequer¾ Fez muito frio por aqui também, durante umas boas duas semanas a temperatura esteve abaixo de zero o tempo inteiro¾ E pensar que na outra terça já é Natal. Acho que terei de trabalhar o dia todo, mas provavelmente será um trabalho mais leve já que não vamos liberar muitas edições. Ontem à noite eu vi os negros sentenciados à prisão perpétua sendo levados para o Fort Leavenworth¾ Havia três carros especiais e três guardas armadas com rifles atrás de cada um dos carros. Eles entraram na Union Station ontem à noite a caminho de Hpuston[1]. Não tem havido nada de especial para escrever. só as coisas de sempre, mas é muita coisa. Estou escrevendo da sala de imprensa do hotel Muehlebach no domingo à tarde. É um Hotel tão bom quanto o Blackstone e eles têm uma sala com banheiro e poltronas e uma máquina de escrever fixa para o jornal¾ Fiquei feliz que Ivory vai voltar a tempo do Natal. Eu adoraria voltar também, mas não há nenhuma chance. Estou datilografando de um jeito confuso, mas é porque a luz está ruim e estou tentando ser rápido. Estou devendo cartas para um monte de gente porque estou ocupado demais, e esta semana vou tentar colocá-las em dia. Está fazendo tanto frio aqui que tenho usado meu pulôver vermelho grande embaixo do cobertor e mesmo assim não esquenta muito. Espero ganhar um aumento em breve, pois todos os colegas dizem que isso deve acontecer. Enfim, espero que sim¾

Meu pacote de Natal só deve chegar com uma semana de atraso já que o dia de pagamento será uma semana depois do Natal. Ontem à noite não fui dormir antes das duas da manhã, então dormi até 10:30 e só agora estou começando a recuperar o ânimo. Tenho que parar agora, mas logo escrevo de novo.

Janeiro de 1918

Com Muito Amor, Ernie.

JFK, CD com assinatura datilografada; carimbo postal: Kansas City, Mo. / Gateway Sta., 17 Dez / 17:30 / 1917

1. Em 23 de agosto de 1917, houve uma revolta em Houston, Texas, quando membros da 24ª Divisão de Infantaria do Terceiro Batalhão (unidade do Exército Regular dos Estados Unidos composta por soldados afro-americanos) se posicionaram nas proximidades e entraram na cidade protestando contra supostos maus-tratos cometidos pela polícia local a soldados negros. O incidente, que resultou na morte de dezesseis civis e policiais brancos e quatro soldados negros, foi considerado motim. Em três audiências da corte marcial ocorridas entre novembro de 1917 e março de 1918, 110 soldados foram considerados culpados e dezenove, enforcados, sendo que a maioria dos outros recebeu a pena de prisão perpétua na penitenciária federal em Leavenworth, Kansas.

À Família Hemingway, 2 de janeiro de 1918

2 de janeiro, 1918

Meus queridos—;

Feliz Ano-Novo! Como estão as coisas? Ontem encontrei tia Grace e ela me contou todas as novidades[.] Jantei na casa do tio Ty e tirei folga ontem de tarde porque trabalhei no Natal. Fico feliz que Bipehouse esteja melhor e Ivory também. Tudo aqui anda muito corrido. Bill Smith chegou na sexta e foi embora na segunda. Fiquei feliz por encontrar meu velho amigo de novo. Ele e Carl foram a St. Joe no domingo. Vamos todos para o norte dia 1º de maio e nós três vamos nos alistar na Marinha no outono, a não ser que eu entre para a aeronáutica aos 19 e receba uma patente. A tia W.K. parece ótima. Eu e uma turma vimos o ano velho ir embora e a chegada do novo em estilo regular. Foi uma diversão só.

Amanhã é noite de treino e agora teremos treino domingo de manhã também. Por que o Pai não entra para o M.O.R.C.[1]? Ele podia conseguir uma patente de capitão e isso daria uns $2.700 por ano. Praticamente todos os médicos aqui têm patentes. Basta se inscrever. Ninguém vai para quartel ou coisa do tipo. Muitos são casados e gordos e muito mais velhos que papai. Fiquei feliz que tio Leicester tenha passado a segundo-tenente[2]. A razão por que Carl ainda não se alistou é que ele era tenente da Guarda Nacional e teve malária, foi exonerado e tentou entrar em 2 campos de treinamento, mas foi reprovado no exame físico[3]. Mas ele está bem agora e ele e Bill e eu podemos entrar. Mas queremos esperar mais um verão se possível.

Esquentou aqui. Só mais 4 meses até o primeiro de maio.

Yippi Yeah!

Desejem todo meu amor a todos.
Ernie

P.S.: Vou mandar umas coisas amanhã – Natal.
E.M.H.

Janeiro de 1918

P.S.S. – Peça a Ura para mandar lembranças para Ginny[4] e digam a ela que escreverei em breve.

JFK, CMA; carimbo postal: KANSAS CITY, MO. / 2 JAN. / 1917[5]

1. Medical Officers Reserve Corps. Embora nenhuma prova tenha sido encontrada de que Clarence Hemingway tenha se inscrito ou recebido tal patente, ele serviu como examinador médico da seleção militar em Oak Park (Sanford, p. 158).
2. Leicester Hall foi oficial de logística do 617º Esquadrão Aéreo do Exército dos Estados Unidos (Grace Hemingway para EH, 20 de maio de 1918 [JFK]).
3. Exame físico para admissão no serviço militar.
4. Provavelmente a prima Virginia Hemingway (1903-1975), filha de George R. e Anna Hemingway, que morava a alguns quarteirões da família de EH em Oak Park.
5. O ano do carimbo ainda não havia sido mudado para 1918.

A Madelaine Hemingway, [aprox. janeiro de 1918]

Querida Menina Nun Bones:

Será que o velho bruto ficou feliz com suas notícias? Ele ficou. Ficou, sim. Com certeza ficou. Mande lembranças à velha Jiggs[1] e diga a ela que escreverei assim que puder, então não tema, pois nem tudo está perdido. E que quando ela me mandou aquele doce eu comi e passei para os caras mais legais daqui dizendo que era da minha garota favorita, e eles disseram "mas que donzela, Steimway. Que donzela". Você vai mostrar isso para jigggs não vai?&%$#"_(&) Como estão as coisas? Já está apaixonada por algum jovem? Se não, por que não? Então você adoraria ver o stein usando um elegante uniforme? E também o maior dos Hemingsteins. Poderia ser o azul da Marinha, ou o verde-oliva dos Fuzileiros Navais, ou o cáqui do Exército ou o V.O. elegante e cinto de oficial dos motoristas de ambulância americanos em serviço na Itália[2]. Nun Bones, tem uma chance grande da antiga brutalidade aqui prestar esse serviço. Ted Brumback, que dirigiu no front de Verdun[3] e agora trabalha aqui no *Star* e o Steinway aqui estão planejando fazer algo do tipo nos próximos cinco ou seis meses. Você provavelmente vai ver este rebento da família Hemstich lá pelo mês de maio, pois fico alguns dias em Oakus Parkus a caminho da terra das trutas arco-íris. Oh, Nunbones esse peixe será como droga porque talvez seja a última viagem de pescaria. Que não seja.

Amo muito você, minha querida Minga e Cavironi até que o Chingi volte para casa, e não se esqueça de soprar uma Cracatua˙ de vez em quando enquanto mantém aceso o coitado do L'Diablo.

Seu bem conhecido e merecidamente famoso e adorado Irmão? ERNIe.

PSU, CD com assinatura datilografada

1. Provavelmente a irmã Ursula, que, quando criança, era chamada de "Srta. Giggs" ou "Giggs" (Sanford, p. 127).

Janeiro de 1918

2. Os oficiais usavam um cinto "Sam Browne" sustentado por uma tira diagonal sobre o ombro direito.

3. Repórter e colega de trabalho do *Star*, Theodore Brumback serviu de julho a novembro de 1917 como motorista de ambulância para o Serviço de Campo dos Estados Unidos na França. A frente de batalha de Verdun, no nordeste, foi o cenário de algumas das piores batalhas da Primeira Guerra Mundial em 1916. Pare detalhes do serviço de Brumback na Primeira Guerra e sua amizade com EH no jornal, ver seu texto "With Hemingway Before *A Farewell to Arms*" (Bruccoli *Cub*, p. 3-11) e "'Drive', He Said: How Ted Brumback Helped Steer Ernest Hemingway into War and Writing", de Steve Paul (Hemingway Review 27, n. 1 [Outono de 2007], p. 21-38).

*. "Cracatua" é provavelmente um trocadilho com o nome do vulcão Krakatoa, localizado na Indonésia. Foi uma das maiores erupções vulcânicas da modernidade. (N. E.)

A Marcelline Hemingway, 8 de janeiro [1918]

Terça-feira, 8 de janeiro

Querida Kid Ivory:

Caramba, sinto em saber que você teve apendicite e que terá que ficar longe da escola por um tempo[1]. Mandei um presente de Natal, Ano-Novo e aniversário para a Barrows House pensando que você estaria lá quando a encomenda chegasse[2]. Talvez seja melhor você escrever e pedir que o encaminhem. É o novo livro de Jeffrey Farnol, espero que ainda não o tenha lido[3]. Como estão as coisas, minha querida? Não pense que o Stien não ama você só porque nunca dá notícias, porque ele ama mais do que qualquer outra dama no mundo, pelo menos até agora. E, pelo que parece, vai ser assim por um bom tempo.

Você sabe que as únicas mulheres para quem eu realmente dei bola nunca deram nenhum crédito para o Stien. Sem dúvida você sabe de quem estou falando, não é? Bem, garota, você não quer se juntar à multidão. Ou quer? Claro que não. Está tudo bem com o velho Jazzz aqui[.] Lancei ao mundo um grandiosíssimo furo de reportagem numa história e quase fui liquidado por isso. Saiu em pouco mais que uma coluna na primeira página da edição de sábado do Star e o telegrafaram para a Associated Press e os jornais de St. Lois com a mesma rapidez com que escrevi. Estou mandando junto um recorte[4]. Não se esqueça de que esta é uma carta privada, não leia para a família, mostre só o recorte e mande meus abraços.

Agora, minha querida, quero que você me escreva e me conte tudo sobre a festa que teve na choupana e quem estava lá e o que fizeram e perguntaram de mim e o que disseram e se você viu Annette[5] e alguém mais e me dê detalhes. E rápido e em uma carta longa.

O velho Carl e eu estamos morando na nossa espelunca e nos divertindo à beça. Minha vida pode estar corrida, mas presto atenção por onde ando e cuido de mim. O Pai escreveu que não vai cuidar da fazenda no próximo verão, e então eu não devo fazer planos de me mandar dia 1º de maio. Mas William Smith quer minha presença na fazenda dele e no outono vou me enveredar pelo caminho mais perigoso e quero passar só mais um verão de um jeito

Janeiro de 1918

normal e espero capturar muitos e muitos monstros de barbatanas antes de ser capturado pelos hunos. Não me importo em trabalhar, desde que antes eu aproveite mais um verão, e Carl e Bill pensam exatamente a mesma coisa, por isso vamos todos passar nosso pequeno verão do jeito que planejamos.

O que acha, mulher? A bem conhecida tia Grass[6] esteve aqui e eu a vi 2 vezes. A primeira vez foi no Ano-Novo, e como na virada eu fiquei acordado até às 5 da manhã, não devo ter causado uma boa impressão. Mas não estou preocupado com isso, e se ela contar qualquer história estranha, não faça caso. não faça caso.

O velho Carl é inteligente e um ótimo companheiro e bacana e interessante e tudo mais que você quiser listar. Eu e ele somos parceiros. Agora me escreva logo e inclua todas as fofocas e exatamente o que falaram do velho pássaro. De onde você tirou aquele negócio de que a L. A. Dick estava caidinha por mim[7]? Minha opinião é de que ela não me dá a mínima, mas não diga isso a ninguém. Me escreva. Quero detalhes.

James Sanford, CDA; cabeçalho: THE KANSAS CITY STAR.; carimbo postal: KANSAS CITY, MO. / GATEWAY STA., 9 JAN. / 12:30 / 1918

No envelope, endereçado a "Srta. Marcelline Hemingway / North Kenilworth, 600 / Oak Park / Illinois", EH escreveu "<u>Privado. Pessoal.</u>"

1. Marcelline recorda que depois de voltar para Oak Park na época do Natal, depois de uma crise de apendicite, Clarence e Grace comunicaram que ela não voltaria para Oberlin, porque o semestre dela lá havia custado mais do que eles previam (Sanford, p. 159-60).

2. O aniversário de Marcelline era 15 de janeiro. Em Oberlin ela morou na Barrows House, antiga casa do presidente John Henry Barrows, que o colégio havia comprado em 1916 e remodelado para servir de residência feminina para as alunas do conservatório.

3. Jeffery Farnol (1878-1952), escritor inglês de romances de aventura e best-sellers. O livro provavelmente é *The Definite Object: A Romance of New York* (Boston, Little, Brown, 1917).

4. O artigo sem créditos "Battle of Raid Squads" apareceu na primeira página do *Kansas City Star*, domingo, 6 de janeiro de 1918. O fac-símile de um recorte escrito "coluna inteira de Ernest", com a

Janeiro de 1918

caligrafia de Clarence, junto do texto todo do artigo, pode ser encontrado em Bruccoli *Cub* (p. 20-6).
5. Provavelmente Annette DeVoe, amiga de colégio de EH e Marcelline.
6. Tia Grace (Grace Adelaide Hemingway).
7. Lucille Dick, amiga íntima de Marcelline.

A Grace Hall Hemingway, 16 de janeiro de 1918

16 de janeiro de 1918

Querida Mãe—;
Recebi sua carta hoje[1]. Eu estava começando a me perguntar por que ninguém me mandava notícias, mas todos os trens estão parados e em más condições. Aqui também fez 20° negativos, embora não tenha nevado muito. No Kansas, estão com quase dois ou três pés em todo o canto. Absolutamente nenhum trem chega do leste ou do oeste. Com certeza ficamos isolados por um tempo. A falta de carvão ainda está feia por aqui. Mas nós podemos cogitar algo, pois logo será primavera. Então seque essas lágrimas, Mãe, e se anime! Você vai ter que encontrar algo melhor do que isso para se preocupar.

Não se preocupe ou chore ou se aborreça pelo fato de eu não ser um bom cristão. Sou o mesmo tanto quanto sempre fui e rezo todas as noites e continuo tendo a mesma fé, então se anime! Não é só porque eu sou um cristão animado que você deveria se incomodar.

O motivo de eu não ir à igreja aos domingos é que eu muitas vezes sempre tenho que trabalhar até 1 da manhã preparando a edição de domingo do Sunday Star, de vez em quando fico até 3 ou 4. E nunca abro os olhos aos domingos antes de 12:30, de jeito nenhum. Entende agora? Veja então que não é porque eu não queira. Você sabe que eu não ligo muito para religião, mas sou um cristão sincero o máximo que posso.

Domingo é o único dia da semana que consigo dormir até descansar. E, além disso, a igreja de tia Arabells é uma muito enfeitada e chique, com um padre nada agradável e eu me sinto deslocado.

Então, Mãe, eu fiquei com muita raiva quando li o que você escreveu sobre Carl e Bill. Eu quis escrever na mesma hora e dizer tudo o que eu penso. Mas esperei até esfriar a cabeça.

Mas sem nunca ter visto Carl e conhecendo Bill apenas superficialmente, você foi extremamente injusta.

Carl é um Príncipe, deve ser o cristão mais verdadeiro e sincero que já conheci na vida e a sua influência em mim é melhor do que a de qualquer pessoa que eu já tenha conhecido. Ele não baba por religião feito um Peaslee, mas é um cristão extremamente sincero e um cavalheiro[2].

Janeiro de 1918

Nunca perguntei ao Bill qual igreja ele frequenta porque isso não importa. Nós dois acreditamos em Deus e em Jesus Cristo e temos esperança de uma vida futura e os credos não importam.

Por favor, não critique injustamente meus melhores amigos de novo. E agora se alegre, pois não estou sem rumo como você pensava.

Com amor
Ernie.

Não leia esta carta para ninguém e, por favor, recupere seu bom humor.

JFK, CMA

1. A carta de Grace ainda não foi encontrada.
2. A família de Herbert C. Peaslee, que tinha cinco filhos, frequentava a igreja dos Hemingway em Oak Park (Caderno de recortes de Madelaine Hemingway, PSU). Walter Peaslee formou-se com EH, e no cômico "Class Profecy", de EH, publicado no *Senior Tabula* em 1917, ele aparece como discípulo de uma "nova religião chamada Jazzismo" (Bruccoli *Apprenticeship*, p. 111).

À Família Hemingway, [aprox. 30 de janeiro de 1918]

Hem_ _ _ _ _ _ y.
ver.
Família Querida e Bem Conhecida:

Muito obrigado por todas as coisas de comer, mãe! Estava tudo uma maravilha, Carl e eu tivemos um banquete ontem à noite. A princípio achei que os pãezinhos não durariam tanto tempo, mas eles estavam ótimos. Abri o pacote no escritório ontem à noite e distribuí alguns *cookies* entre os colegas e eles disseram "mas essa mãe Hemingstein deve ser uma cozinheira e tanto" e mandaram cumprimentos. Que agora estão dados. Não há muita coisa para fazer aqui agora exceto o trabalho, que tem me ocupado feito o diabo. Estamos com poucos homens, então nós que ficamos temos que trabalhar duro e o tempo todo. Estou feliz por saber que o apêndice da Ivory está bem[1] e que Bipe House parou de sentir o mal-estar que o afligia. E também que vocês têm bastante carvão. Aqui com certeza é artigo escasso. E não dá para conseguir o gás natural porque está frio demais e tudo que há é o óleo combustível que Carl vende.

Não tenho muita coisa para contar, está tudo em paz. Haverá muita coisa para fazer em breve, quando começar a campanha de primavera para as eleições municipais. Esta aqui é uma cidade política tão suja quanto a velha vila da fumaça no lago Mich. E eles têm batalhas tão acirradas quanto àquela conduzida pelo Trib contra o Big Bill Thompson[2]. Agora mesmo há uma grande briga com o Conselho Hospitalar de Saúde e eu estou no meio[3].

Janeiro de 1918

Quando cheguei nessa cidade, pensei que era mais sulista, mas há dez dias inteiros a temperatura está abaixo de zero. E os ventos glaciais sopram direto vindo de Athabasca[4] pelo rio Missouri e penetram nos ossos desse gélido Steinway. Em outras palavras, ela é fria. Daqui a dois dias até o fantasma caminhar*, ou seja, dia de pagamento. Sua caixa chegou no momento oportuno. As meias que vó mandou são ótimas. Vou escrever para ela agora mesmo agradecendo. Acordei com o telefone tocando e era o chefe dizendo que houve um grande incêndio na 18th com a Holmes Street e pediu para eu passar por lá quando estiver a caminho do trabalho e saber do caso[5]. Bem, eu fui e ouvi as bobagens e telefonei para um fotógrafo e encharquei meus sapatos de água gelada e cheguei no escritório e lá estavam as meias de lá quentinhas que eu havia deixado no armário na noite anterior. Corri para a sala onde ficam os armários e troquei minhas meias de algodão, congeladas e ensopadas, pelas meias quentinhas de lã e estava pronto para me juntar aos outros.

Com amor
Ernie

IndU, CDA

No topo da carta está escrito "K.C. Mo. 30/1/918" com caligrafia de Clarence.

1. Marcelline seria submetida a uma apendicectomia em 1920.
2. "Velha vila da fumaça", Chicago. William Hale "Big Bill" Thompson (aprox. 1869-1944) foi prefeito em Chicago em 1915-1923 e 1927-1931. Depois que os Estados Unidos entraram na Primeira Guerra Mundial, sua franca oposição em mandar as tropas do país para lutar na Europa gerou acusações de deslealdade e de atividades pró-Alemanha; o *Chicago Daily Tribune* publicava com frequência artigos críticos à sua administração.
3. Vinte e nove histórias não creditadas sobre a batalha do hospital e sobre políticos corruptos apareceram no *Star* entre 2 de janeiro e 4 de fevereiro de 1918, algumas provavelmente escritas por EH (Bruccoli Cub, p. 65-66).
4. O Athabasca, quarto maior lago do Canadá, é alimentado pelo rio Athabasca e atravessa o extremo norte da fronteira entre Alberta e Saskatchewan.
*. A expressão *"when the ghost walks"* é uma antiga expressão inglesa para se referir ao dia de pagamento. (N. T.)
5. O relato de EH, "Fire Destroys Three Firms", foi publicado no *Star* em 26 de janeiro de 1918 e incluía uma manchete de três linhas e uma fotografia de três colunas.

A Marcelline Hemingway, [aprox. 30 de janeiro de 1918]

Dois Dias antes do
Pagamento—

Mais querida das Ivories—;
Cócegas e agrados envelopados para mim em suas epístolas trazidas pelo vento e secas ao sol. Deus, como estou feliz em saber que o velho Al está chegando[1]. Eu o amo como se fosse irmão! Diga para ele me escrever, diga! Por quanto tempo o querido rapaz ficará nessa querida espelunca.

Janeiro de 1918

Se nossos pais forem rudes, explique ao velho Al, ele é um doce e vai entender. Mande minhas lembranças.

Menina, essa coisa de jornalismo é que é vida. Desde que cheguei aqui já conheci e conversei com o General Wood, Lorde Northcliffe, Jess Willard, o vice-presidente Fairbanks, o capitão B. Baumber do Exército Britânico, o governador Capper, do Kansas, e um monte de outras pessoas[2]. Isso é que é vida. E também aprendi a diferenciar *chianti*, *catawba*, malvasia, *Dago red*, *claret* e vários outros sem usar os olhos[3]. Às vezes, quando faço crítica de espetáculos, vejo até três em um dia, todos teatros de classe. Show of Wonders, Orpheum Circuit Vaudeville e Gayety Theater[4]. Posso mandar os prefeitos para o inferno e dar tapinha nas costas dos policiais! Verdade, isso é que é viver. Hoje recebi uma carta do velho Bill Smith. Ele fala sobre aquele ótimo 1º de maio quando fomos vadiar pelo interior.

Há uma semana que não escrevo nada, exceto uma epístola para a família. Há uma disputa política infernal acontecendo e não tive um minuto sequer para pensar. Lucille e K vão ficar tão doidas quanto aquela coisa da qual se faz malte[5]. Se você encontrar com elas, diga que o maldito stien anda tão ocupado que não escreve nem para a família! Você fala? Diga a elas que é coisa séria. Merda, sabia que aqui também me chamam de Hemingstien? Até o chefe. E também de Steinway e Hemstich. E também o Hopkins, Ed. do Times[6], se dirige a mim como Sr. Goldfish! Motivo desconhecido. A maioria deles me chama de O Grande Hemingstien do Hospital Hill. É um dos lugares por onde ando. Tem um monte de caras ótimos aqui, ivory. Quase tão bons quanto os da velha turma. São todos meio selvagens, mas formam uma turma excelente. Aquelas coisas da sra. Hunter parecem ser tudo para Rosy[7]. Faça o que você achar melhor, minha querida.

Sabia que eu tenho que carregar um revólver Colt? Não deixe os velhos saberem porque eles podem ficar preocupados. Wm S. Smart e Bug Faced Bareshanks não são nada perto de mim[8].

Adeus
Seu verdadeiro amor
O velho Bruto.

Cohen, CMA; cabeçalho: Union Station Headquarters / Soldiers And Sailors / Kansas City, Mo.; carimbo postal: Kansas City / Mo., 31 Jan. / 12:00 / 1918

---

1. Provavelmente Al Walker.

2. Willard, o "Kansas Giant" (1881-1968), foi campeão mundial de boxe peso-pesado ao derrotar Jack Johnson em 1915; e assim permaneceu até disputar o título com Jack Dempsey em 1919. Charles W. Fairbanks (1852-1918), senador por Indiana (1896-1905) e vice-presidente dos EUA no governo de Theodore Roosevelt (1905-1909), foi candidato derrotado a vice-presidente pelo Partido Republicano na chapa de Charles Evan Hughes na eleição presidencial de 1916.

3. Tipos de vinho. Esse era um assunto que EH não conversaria com seus pais.

4. *The Show of Wonders* (1916) era uma revista musical (com texto e letras de Harold Atteridge; música de Sigmund Romberg, Otto Motzan e Herman Timberg) que estava em cartaz na semana de 27 de janeiro no Shubert Theatre em Kansas City. The Orpheum Circuit, fundado e administrado por Martin Beck (1869--1940), incluía mais de sessenta teatros e dominava o cenário musical do *vaudeville* a oeste de Chicago; o Orpheum Theater, de Kansas City, na esquina da Twelfth com a Baltimore Avenue e, ao lado do hotel Muehlebach, foi construído em 1914, inspirado na Ópera de Paris. O Gayety Theatre, também ao lado do Muehlebach, foi construído em 1909 na esquina da Twelfth com a Wyandotte; além de apresentar espetáculos de *vaudeville*, era também uma casa de burlesco.

5. Lucille Dick e Kay Bagley, amigas íntimas de Marcelline. Um ingrediente da cerveja (ou "malte") é o *hops* (lúpulo); EH faz um trocadilho e quer dizer aqui que as garotas ficariam *"hopping mad"* (furiosas).

6. Charles Hopkins (falecido em 1956) entrou para a equipe do *Kansas City Star* em 1915, saiu para entrar na marinha em 1918 e retornou ao jornal depois da guerra. Ele era o chefe de reportagem da edição matutina do *Star, o Kansas City Times*.

7. Não fica claro a que "coisas" EH se refere. Maria Cole Hunter era diretora de trabalhos com a juventude da Primeira Igreja Congregacional de Oak Park e era muito popular entre os jovens por seu estilo afetuoso e por encorajar atividades sociais (Sanford, p. 148).

8. EH usa a palavra "gat", gíria norte-americana para revólver, neste caso um Colt calibre 45, provavelmente automático, modelo padrão do exército dos EUA durante a Primeira Guerra Mundial. "Wm. S. Smart" pode ser uma referência a um dos primeiros grandes astros dos filmes de caubói do cinema mudo, William S. Hart (1864-1946), que dizia possuir um dos revólveres com tambor para seis cartuchos de Billy the Kid.

A Marcelline Hemingway, [12 de fevereiro de 1918]

Querida Ivory:

Então, garota, como estão todos vocês? E o grande Al, por quem nutro os melhores sentimentos, apareceu como o previsto? Espero que sim. Estou escrevendo para contar que um de meus melhores camaradas aqui, D. Wilson, irá em breve aos Grandes Lagos como operador de rádio, e assim que sair do campo de detenção ele irá para casa e você vai levá-lo para se divertir[1]. Está me entendendo, criança? Você vai gostar dele assim que o conhecer porque ele é um cara excepcional e vai contar para você tudo sobre o maior dos Hemingsteins. Você e a Kay[2] devem sair com o Woodrow e pintar o sete junto com ele. É impossível não gostar dele, ele é ótimo. O único porém é que o primeiro nome dele é, prepare-se para desmaiar, Dale. Mas ele é um exemplo vivo de que mesmo um cara bacana e um cara comum e um cara boa gente pode ter um nome desses. Vou dar a ele uma carta apresentando vocês dois e também a um outro bom amigo do star, Harold Hutchison[3], e você vai matar de rir esse cabra gordo. Vai ou não, irmãzinha do meu coração? Hein? Certeza. Então me dê um beijo, larguei o alho e de cebola passo longe. Aguardo com a ansiedade de sempre as notícias sobre o episódio do Woodrow.

O mais seu dos Teus
Stein, o antigo Bruto

P.S. Estou doente pela Mae Marsh[4]. Eu a conheci pessoalmente e caí de amores. Ivory, se você me ouvir falando em casamento, não se surpreenda.

Fevereiro de 1918

E, Ivory, se você quiser ver a futura sra. Hemingstein vá a qualquer cinema em que ela esteja em cartaz e você concordará comigo. E nos filmes ela não é nem metade do que é na vida real. Wilson Hicks, o editor de cinema, também está caidinho por ela[5]. Mas ela me ama muito mais ou então é uma bela mentirosa. Puxa, Ivory, estou bem melhor agora que me apaixonei de novo. Essa é a única sensação que se compara a _ _ _ _ _ _ _ _icação. Oh, Ivory, mas eu estou mal. O verdadeiro nome da senhorita Marsh é Mary e ela tem vinte anos ou mais e ainda está muito solteira provavelmente para não continuar assim. Eu a conheci no hotel Muehlebach. E, Ivory, a tal Jane. Frances Coates? Annette DeVoe etc. que saiam pelos fundos. Ela é tão legal quanto a Frances C. e muito mais charmosa do que a Annette, tanto em beleza quanto em atrativos etc. <u>Mas não conte a ninguém da família.</u> Minha única esperança para eu continuar solteiro é ser mandado para a guerra. É provavelmente o melhor a fazer, mas a senhorita M.M. diz que vai esperar por mim. E quem diria alguma coisa contra a vida de jornalista? Quem mesmo? Quando o momento apropriado chegar. <u>Caramba. Caramba, rapaz. Caramba, Hemingstein.</u>

Eu poderia ficar horas delirando. Mas, Ivory, vá vê-la em algum lugar e pense que o Hemingstein recebe pelo menos duas cartas por semana de M.M. Oh, Ivory. Se você visse a foto que ela me mandou. É de Straus Peyton[6]. $75 a dúzia. E tem uma dedicatória! Entenda, Ivory, ela não é do tipo devoradora, ela é um doce. Está no litoral agora, perto de Woods Hole, fazendo um filme e passará por aqui na volta, e aí, Ivory? Não sei o que alguém pode ver neste Steinway brutal, mas espero que ela continue vendo.

Com Amor de
Ernie.

Torça por mim, Ivory!

PSU, CDA com pós-escrito manuscrito; cabeçalho: THE KANSAS CITY STAR.; CARIMBO POSTAL: KANSAS CITY / MO., 12 FEV / 12:00 / 1918

1. Dale Wilson, 23 anos, do Missouri, que trabalhou como revisor do *Star* e se alistou nos fuzileiros navais. EH deu a ele o apelido de "Woodrow", em referência ao presidente Woodrow Wilson.

2. Kay Bagley.

3. Harold Hutchinson. Na redação do *Star*, em Kansas City, o nome dele aparece junto ao de EH em uma placa de bronze dedicada aos funcionários do jornal que serviram na Primeira Guerra Mundial.

4. A atriz do cinema mudo Mae Marsh (batizada Mary Wayne Marsh, 1895-1968), mais conhecida por sua participação nos filmes *O nascimento de uma nação* (1915) e *Intolerância* (1916). EH pode tê-la conhecido durante um show de *vaudeville* em Kansas City. Muitos anos depois, quando perguntaram a ela se conheceu Hemingway, ela respondeu: "Não, mas gostaria de ter conhecido" (Dale Wilson, "Hemingway in Kansas City", *Fitzgerald/Hemingway Annual*, 1976, p. 216).

5. Funcionário do *Star* e editor de cinema; foi posteriormente editor executivo da revista *Life* e, em 1952, adquiriu os direitos da revista *OMS* (Wilson, "Kansas City," p. 213).

6. Os fotógrafos Benjamin Strauss (1871-1952) e Homer Peyton (morto em meados de 1930) formaram uma parceria em um estúdio fotográfico em Kansas City em 1908, abrindo um segundo estúdio no recém-inaugurado hotel de luxo Muehlebach no centro da cidade. Eles eram famosos por seus retratos artísticos de celebridades do teatro, muitas das quais passavam pela cidade em turnês nacionais e regionais.

Fevereiro de 1918

A Adelaide Hemingway, [12 de fevereiro de 1918]

Aniversário de Lincoln.

Queridíssima vovó:
Esperei muito, muito tempo para escrever e agradecer pelas maravilhosas meias, mas aqui vai meu agradecimento. Tanto quanto couber no papel. Elas são maravilhosas e salvaram minha vida no frio de 20 graus negativos que tem feito aqui há algum tempo. Como estão as coisas em Oak Park? Espero que tudo esteja bem e que vocês estejam felizes. Mande lembranças para o vô e para a tia Grace.

Estou trabalhando muito e me divertindo bastante ao mesmo tempo. Já parece primavera por aqui e as noites estão mais agradáveis e amenas. Os dias parecem maio em Oak Park. Essa máquina de escrever tem uma letra mais legível do que a do tio Bill[1], mesmo que não sirva para escrever coisas tão boas. Imagino que vocês estejam todos ocupados com os trabalhos para a Cruz Vermelha e para o Borrowed Time Club, vocês trabalham mais nessas coisas do que eu trabalho aqui[2]. Está acontecendo uma enorme exposição de carros e tratores agora. A exposição de tratores é uma das coisas mais engraçadas que já se viu. Pensei que eu estava tendo um pesadelo. Essas máquinas são muito esquisitas. Algumas são normais. Puxam 20 arados de uma vez só. Há uns 150 tipos diferentes na exposição e muitos parecem de mentira, como enormes carros com rodas de 15 pés de altura. Com certeza são bem engraçados. Gostaria de mandar um desses brinquedos para o Lester. Bom, preciso pegar um carro para voltar para casa agora e vou escrever para você mais vezes. E mais uma vez muito obrigado pelas meias.

com Amor.
Ernie.

IndU, CDA; cabeçalho: THE KANSAS CITY STAR.

"1918." está escrito em outra caligrafia embaixo do cabeçalho.

1. O tio paterno de EH, Willoughby Hemingway (1874-1932), era médico e missionário e se estabeleceu na China em 1904 com a esposa, Mary Eliza Williams (1875-1974), e fundou um hospital e escola de enfermagem em Taigu, província de Shanxi (P. Hemingway, p. 294).
2. O trabalho nessas organizações incluía tarefas como preparar bandagens e levantar recursos para financiar os esforços de guerra. O Borrowed Time Club de Oak Park, fundado em 1902, era, no início, exclusivo para homens com mais de setenta anos. Anson T. Hemingway foi "presidente honorário".

Fevereiro de 1918

A Grace Hall Hemingway, [23 de fevereiro de 1918]

Querida Mãe:

Mãe, não se preocupe por eu não saber dar valor à sua comida. Estava tudo ótimo e os *cookies* e o bolinho e os amendoins estavam deliciosos e por favor nem pense em não me mandar mais nada porque eu e o Carl damos pulos de alegria quando chega uma caixa. E você me conhece. Estou feliz que dee fish[1] está melhor, com as bochechas mais rosadas e mais forte novamente. Estava fazendo muito frio aqui, mas agora já está mais quente e agradável. Hoje o governador Gardner[2] revistou o 2º batalhão do Missouri e tivemos uma grande revista e um desfile e por isso não trabalhei de manhã. Acabo de chegar à redação e acho que não vou precisar sair hoje à tarde porque estou exausto. Estou feliz que o velho Al Walker e o amigo dele puderam passar por aí uns dias e visitaram vocês. Al é com certeza um grande amigo meu. Nos divertimos no outono passado quando eu estava sozinho e quando fiquei doente ele cuidou de mim. Não há muito para contar daqui. Estamos numa grande briga com o Conselho Hospitalar e de Saúde. Estou escrevendo sobre isso e fazendo investigações. as coisas estão inacreditavelmente podres. Uma epidemia de varíola com 2.000 casos. Uma epidemia de meningite, nenhum antisséptico no hospital. Não tem produtos químicos para revelar as placas de raios X. Fraturas e ferimentos a bala sendo tratados sem o exame de raios X nas últimas quatro semanas. NÃO TEM álcool desde 18 de janeiro. E os políticos do conselho receberam $ 27.000 em subornos desde 1º de janeiro. Tive uma reunião com Mr. Latchaw, o editor-chefe do Times, o star matutino, anteontem à noite e ele decidiu brigar com eles e Albert King, Smith the Beamer e eu estamos cobrindo o caso[3]. Eu cubro o hospital e investigo a corrupção ali. King cobre a prefeitura à tarde e Smith, t/b/, o escritório do conselho de saúde. Escrevi pelo menos meia coluna por dia na última semana. Acho que os pegamos no pulo.

É com isso que tenho estado tão ocupado. Porque dá muito trabalho descobrir e verificar fatos perigosos e prová-los sob a ameaça de processos por difamação. Mas é justo.

Agora preciso me despedir e mande lembranças ao papai e a todas as crianças e à Nubs especialmente, sem sonegar na hora de distribuí-las.

:AMOR
Ernie.

JFK, CDA; carimbo: Kansas City Mo., 23 Fev / 1918

1. Um dos apelidos de Carol, irmã de EH; de acordo com as memórias de outra irmã, Sunny: "Carol chamava a si mesma Dee, que virou Deefish, depois Beefish até que no final parecia que Beefy era o verdadeiro nome dela" (M. Miller, p. 57).

2. Frederick D. Gardner (1869-1933), governador do Missouri de 1917 a 1921.

Março de 1918

3. D. Austin Latchaw (morto em 1948) tornou-se editor de teatro e musicais do *Kansas City Star* em 1902 e também exercia o cargo de editor-chefe do *Kansas City Times*, edição matutina do *Star* de 1911 a 1922. Ele passou então a editorialista (1922-1928) e a editor associado do *Star* de 1928 até sua morte (Felicia Hardison Londré e David Austin Latchaw, *The Enchanted Years of the Stage: Kansas City at the Crossroads of American Theater*, 1870-1930, Columbia, University of Missouri Press, 2007, p. IX). Albert King e H. Merle "the Beamer" Smith, repórteres do *Star*.

A Grace Hall Hemingway, [2 de março de 1918]

Querida Mãe:

A caixa chegou hoje e eu abri na sala de imprensa mesmo, o bolo estava ótimo. Tinha uns quatro colegas aqui e todos nós comemos. Estava uma delícia. Vou levar o que sobrou para casa, assim eu e o Carl acabamos com ele. Os caras todos disseram que a Mamãe Hemingstein é uma cozinheira e tanto e louvaram você em alto e bom som. O bolo alimentou uma multidão de jornalistas famintos e falidos esta noite. Não há muita coisa acontecendo por aqui além da briga do hospital. E nesse assunto as coisas vão muito bem. Ontem fui oficialmente proibido pelo gerente de entrar no hospital e o chefe e os políticos grandões estão aprontando o diabo. Estamos fritando a pele deles e é justo. Mas o chefe disse para ignorar que fui proibido de entrar e me mandou para lá para ouvir as fofocas sobre eles. Estamos sofrendo todo tipo de represália. Tenho umas cinco reuniões por dia com o editor-chefe e estou me saindo bem. Com certeza nós estamos fazendo que eles busquem cobertura. O motivo de tentarem me manter fora do caso é porque sei sobre eles o suficiente para mandá-los para a cadeia bem depressa. Enfim, eles certamente odeiam o grande Hemingstein e fariam de tudo para enquadrá-lo.

Mas nossa luta contra eles é tranquila e de alto nível.

Estou feliz que a garotada esteja melhor. Lembranças ao papai, vou escrever para ele na próxima. Estou feliz que a Ivory esteja se divertindo bastante.

Boa sorte
Ernie[1].
Ernie
Com amor a todos.
Ernie

JFK, CDA; carimbo postal: Kansas City, Mo., 2 Mar. / 1918

A carta foi escrita no verso de um papel de carta com o cabeçalho "Hotel Muehlebach / Baltimore Avenue e Twelfth Street / Kansas City, Mo."

1. O restante da despedida foi escrito à mão.

Março de 1918

A Marcelline Hemingway, [2 de março de 1918]

Querida Swester[1].
    Com muito amor do grande Hemingstein para todos vocês. E como você está? E o Sam como está[2]? Não se apaixone por caras como o Sam, Ivory, porque há peixes muito melhores no mundo do que aquele panaca, enfim, pense no grande Hem_ _ _ _ _ _y fazendo o papel de cunhado daquilo. O Al é muito melhor, ou alguém animado de verdade. Já posso ouvir você furiosa, mas garota, seu irmão, embora ainda seja um bebê, tem andado bastante por esse mundo ultimamente. E viu coisas de todo tipo. Também teve experiências das mais variadas, essa é a verdade dos fatos. Sério, minha irmã. Pense um pouco sobre o Sam. Já vi esse filme antes. Claro que se ele gosta de você e se ama você, deve haver algo de bom nele, não há o que discutir. Não é? Certo. Mas há tantos caras melhores de se ver, garota. Escute o grande HemO_ _ _ _ _y. É assim que assino todas as minhas matérias. É muito demorado datilografar Heminbway. De qualquer forma, não é brincadeira de gente desocupada isso de o grande Hem_ _ _ _ _ _ _ _ _ _ _y estar apaixonado. E apaixonado por ninguém menos que Mae Marsh, que você e Sam foram ver. Se um dia ela se tornar a sra. HemOOOOOOOO_ _ _ _y, a felicidade reinará suprema. É nesse estágio que estão as coisas. Talvez um dia ela me ame o suficiente. E o que você e Sam acharam de *Beloved Traitor*[3]? Ainda não vi então não posso dizer se está ao nível dos outros filmes dela. Mas eu não ligo se for ruim porque não faz a menor diferença para mim. Você contou ao Sam que estou apaixonado por quem vocês estavam vendo? O que ele disse? Você contou a mais alguém a novidade? Se contou, quero saber o que disseram. Que bom que L. Dick está interessada no Grimes, se foi isso que você quis dizer[4]. Das cinzas às cinzas e do pó ao pó, se não for pelo uísque, pela cocaína será etc[5]. O que não tem nada a ver com você, não é. Enfim, eu contei que fui recrutado como motorista do serviço americano de ambulâncias na Itália? Sim, é fato. Mas, por favor, minha querida, não diga nada à família. Eles podem se preocupar, e provavelmente não vão me convocar tão cedo. Mesmo assim é um grande alívio ser recrutado para alguma coisa. Eu me alistei para convocação imediata, mas fui jogado para o fim. Veja só, é como se existissem só cinco funções para recrutamento imediato e eu fui escolhido para a sexta, assim como o Ted Brumback, que dirigiu em Aisne por seis meses e somos os próximos da lista[6]. O Quartel-General de St. Louis confirmou o recebimento de nossos alistamentos, mas não disseram nada em resposta ao nosso telegrama, apenas que nos informariam quando nossos serviços fossem necessários. Patente de primeiro tenente paga, uniforme do exército italiano e provavelmente uns 50 por mês para despesas. É a vida. Enfim, me dê sua palavra de honra de que não vai dizer nada a ninguém porque eu não quero ser dispensado.

Março de 1918

Agora estou estudando francês e italiano e aprendi a dirigir uma ambulância. Bem animado. Torça pelo velho pássaro. A Mary M. não é uma maravilha? HuH? HUH?HUH?HU?HUHU? Caramba. Brumstein, o Grande Tubby[7] e o estupendo Hix estão todos morrendo de inveja do gr. Hem_ _ y. E não é para estar? Puxa vida. Dale Wilson ainda não foi para os Grandes Lagos e ele é um bom sujeito e espero a sua opinião. Ele é? Mas ele está ocupado agora e teve de adiar a partida. Ainda espero ir ao norte no verão. Talvez sim, talvez não.

Bem, me escreva logo e boa sorte com o seu A"mour

Garotona, não é ninguém menos que o grande Hemingstein quem assina esta carta.

O Antigo Bruto.

James Sanford, CDA; carimbo postal: KANSAS CITY, MO., 2 MAR. 1918

A carta foi escrita no verso de um papel de carta com o timbre "Hotel Muehlebach / Baltimore Avenue and Twelfth Street / Kansas City, Mo." O envelope está endereçado a "Miss Marcelline Hemingway / S. Ashland Boulevard, 315 / Chicago / Illinois", endereço da Congregational Training School, onde ela estava inscrita.

1. Provavelmente uma brincadeira com a palavra *Schwester*: irmã, em alemão.
2. Sam Anderson, amigo de Marcelline de quem ela recebia muita atenção, o que ela menciona várias vezes nas cartas escritas a EH em 1918 (Sanford).
3. Filme mudo de 1918 com Mae Marsh e E. K. Lincoln (1884-1958). Logo depois, na carta, EH se refere a ela (batizada Mary Wayne Marsh) como "Mary M.".
4. George Grimm, colega de classe íntimo de Lucille Dick, amiga de Marcelline. Em carta de 11 de maio de 1918, Marcelline conta a EH que Lucille e "George G. continuam grudados", mas, por volta de 25 de agosto, Grimm foi "enxotado da casa dos Dick" (Sanford, p. 279, 284).
5. Tipo de construção frasal comum a muitas canções de *blues*, em especial "St. Louis Blues", de W. C. Handy (1916): *"I said ashes to ashes, and dust to dust. / If my blues don't get you, my jazzing must"* ["Eu disse das cinzas às cinzas, do pó ao pó / se meu blues não te conquista, meu jazz conquistará"].
6. EH foi reprovado no serviço militar dos EUA por problemas de visão. A Cruz Vermelha Americana, entretanto, aceitou tanto EH como Brumback, que perdeu a visão de um olho em um acidente durante um jogo de golfe. O rio Aisne, no nordeste da França, foi o local da Segunda Batalha do Aisne (de 16 de abril a 9 de maio de 1917), uma ofensiva francesa malsucedida. Brumback serviu ali de julho a novembro de 1917 como motorista do serviço de ambulância do campo americano na França.
7. Apelido de T. Norman Williams, funcionário do *Star* e amigo de EH.

A Marcelline Hemingway, [8 de março de 1918]

Querida irmãzinha:

Bem, criança, deixe-me encher os seus ouvidos. Primeiro, que eu saiba, não virei um convencido. Eu só estava tentando contar a você como estou vivendo. Sempre que o Hicks e o Wilson e eu recebemos nossos cheques de pagamento, qualquer possibilidade de nos tornarmos convencidos desmorona. Segundo, minha doçura, sente-se e escute.

Março de 1918

  Eu não quero que você conte para a família porque eu posso ser recusado pelo serviço de ambulância como fui pelo governo dos EUA, embora não seja provável, e eis a questão, Você só recebe uma bandeira[1] quando não estiver tudo certo, e não quero saber de lágrimas derramadas e cartas escritas para depois ser recusado. Você me entendeu? HUH? Vou contar para o pessoal assim que eu tiver certeza, se você acha que estou inventando ou brincando com você, posso anexar a correspondência que troquei com os departamentos de St. Louis e Washington[2]. Eu pensei, criança, que você tivesse um pouco mais de confiança em mim. Tio Tyler está fora da cidade, mas eu contei à tia Arrable e recebi uma carta de recomendação do capitão J. B. White, famoso madeireiro e também nosso parente, e também dos meus chefes R. E. Stout C. G. Wellington[3]. Você acha que eu ia brincar com o chefe Stout, um dos maiores jornalistas do mundo, ou fazê-lo perder tempo com cartas? O mesmo com W. K. J. B. White. Ainda assim, se você acha que eu estava brincando e se isso faz você feliz, vá em frente. E se você não gosta da Mae Marsh, por que ficar sondando e dando voltas pra ver se me afeta? Estou apaixonado por ela, e por mais que eu acabe superando, como geralmente acontece, nesse momento ela é a maior maravilha do mundo. Além disso, em Beloved T. ela estava, se você se lembra, interpretando um papel, e é remota a possibilidade de que na vida real uma atriz maravilhosa pareça diferente, o mínimo que seja, da representação do papel que ela fez em *Beloved Traitor*[4]. Eu só cometi uma única besteira nas minhas escolhas, que foi a finada D. Davies[5]. Em relação a outras, por exemplo, Annette DeVoe, Frances Coates, meu julgamento foi bem justo. E Mary Narsh está bem longe de um erro de julgamento. E por que você foi me dizer que a Frances Coates queria notícias minhas? Não tinha a menor intenção de escrever para ela depois da impressão que você me passou. Mas mesmo assim eu escrevi há cerca de duas semanas, o que foi uma péssima coisa a se fazer se ela não queria saber de mim, e pode-se dizer que foi humilhante diante de circunstâncias sobre as quais você nada sabe já que não estava na cidade enquanto eu estava. E ela não respondeu a carta. O que não faz diferença para mim, exceto talvez por uma questão de orgulho. Ou seja, querida garota, com seu jeito confuso você entornou o caldo.

  Isso é o que eu chamo de epístola animada. Enfim, eu queria contar muitas coisas, mas estou com medo que você pense que eu sou um convencido ou que estou brincando. Por isso, minha meninota, me escreva uma epístola e veja se consegue me tranquilizar, e nada de tentar me enganar, queridíssima.

  Obrigado por convidar o Hutch para ir em casa, o Wilson ainda está aqui. também não fique convencida.

  fJFK, CD; carimbo postal: Kansas City / Mo., 8 Mar / 12:00 / 1918

Março de 1918

1. Durante a Primeira Guerra, as famílias colocavam em suas janelas uma bandeira com uma estrela azul para cada membro da família ativo no serviço militar; uma estrela dourada simbolizava que um membro da família havia morrido em ação.
2. Centros de alistamento da Cruz Vermelha Americana.
3. O pai de Arabell Hemingway, John Barber White (1847-1923), atuava no setor de madeireiras. Ralph E. Stout era editor do *Star*. C.G. "Pete" Wellington, editor e "guardião do manual de estilo do *Star*" era o editor que tinha contato mais frequente com EH, que mais tarde expressaria sua gratidão por tudo que aprendeu com ele (Fenton, p. 31-34).
4. Em *Beloved Traitor*, Marsh interpretava Mary Garland, a heroína da história.
5. De acordo com Grace Hemingway, Dorothy Davies, de Oak Park, foi uma das primeiras garotas por quem EH se interessou, quando ele tinha quinze anos (Baker *Life*, p. 19).

A Clarence Hemingway, 14 de março de 1918

14 de março.

Querido Pai—;

O Oak Leaves e o Trapezes chegaram bem, muito obrigado[.] Gostei muito deles. Nos últimos três ou quatro dias fez calor aqui. 85°* à sombra, dados oficiais. Ontem me mandaram acompanhar a chegada dos Chicago Cubs à Califórnia e eu tive uma longa conversa com o técnico Mitchel e vários jogadores. Me mandaram lá para ver Grover Cleveland Alexander, o maior arremessador do mundo, que foi vendido para os Cubs por $ 75.000 pelo Philedelphia. Ele recebeu um bônus de $ 10.000[1]. Conversamos por meia hora antes que chegasse o trem especial no qual ele embarcou. Enquanto o trem estava parado, conheci vários jornalistas de Chicago que cobrem beisebol para o Tribune, o News, o Examiner, Post e o Herald e eles me deram majestosas boas-vindas[2]. Conheci todos os jogadores, me diverti muito e escrevi minha matéria para a Associated e a United Press, então você provavelmente pode ler aí em Chicago se quiser ou em qualquer lugar do mundo. Paguei coca-cola para Alex, Pete Kilduff e Claude Hendrix e eles me pagaram uma soda, tudo isso na conta do jornal. Por ordem do chefe, bebidas compradas com o intuito de conseguir uma matéria são chamadas de despesa de transporte[3].

Há uma greve nas lavanderias por aqui e eu estou cobrindo o lado da polícia[4]. As histórias violentas. Caminhões destruídos, jogados de ribanceiras, e ontem mataram um segurança não sindicalizado. Há mais de um mês escrevo em média mais de uma coluna por dia.

Esse tempo quente é uma maravilha! Parece verão. Como vão as coisas com vocês? Ando muito ocupado, mas vou escrever sempre que puder.

Com amor a todos
Ernie

Agradeço se puder mandar mais Traps ou Oak Leaves.

Março de 1918

JFK, CMA; cabeçalho: THE KANSAS CITY STAR.; carimbo postal: KANSAS CITY, MO., 14 MAR. / 1918

EH anexou a esta carta recortes de matérias do Kansas City Star: "'Alec' Left with the Cub", "Hospital Clerk Let Out" e "Slay a Laundry Guard".

*. As indicações de temperatura nas cartas de EH estão em Fahrenheit. (N. E.)
1. Os Cubs estavam a caminho do treino de primavera em Pasadena, Califórnia, e Fred Mitchell (batizado Frederick Francis Yapp, 1878-1970) estava há dois anos como técnico. O time terminou em primeiro na National League, mas perdeu para o Boston Red Sox na Série Mundial. Em dezembro de 1917, o Philadelphia Phillies vendeu aos Cubs o contrato do arremessador Grover Cleveland "Pete" Alexander (1887-1950), que mais tarde entraria para o *Hall* da Fama do Beisebol. Ele foi convocado pelo serviço militar em abril de 1918, depois de atuar em apenas três jogos da temporada pelo Cubs.
2. *The Chicago Daily Tribune, Daily News, Examiner, Evening Post e Herald.*
3. O defensor interno dos Cubs, Kilduff (1893-1930), e o arremessador, Hendrix (1889-1944).
4. A matéria de EH "Laundry Car Over Cliff" foi publicada no *Star* em 6 de março de 1918. Um repórter mais velho enviado para cobrir a greve com ele conta que EH deixou um grupo de grevistas contrariado ao indicar para a polícia alguém que havia atirado pedras (Bruccoli *Cub*, p. 37).

À Família Hemingway, 23 de março [de 1918]

Sábado, 23 de março
à tarde

Meus queridos—;
Só dá tempo de escrevinhar umas linhas para vocês. Estamos ocupados demais. Todas as notícias sobre a ofensiva alemã estão chegando e temos poucos repórteres. Só doze homens para a cidade inteira[1]. A grande investigação de Heney Packer está em andamento, e a campanha municipal e Henry Lauder estão aqui[2]. Trabalho como o diabo. A pressão alemã parece terrível. Enquanto escrevo, chegou um boletim dizendo que eles estão bombardeando Paris[3]. Eu daria os detalhes, mas vocês vão saber bem antes de receber esta carta. A redação do Star é um lugar agitado, todos nós batendo à máquina e os telefones tocando e os meninos da revisão correndo e assim que alguém tem um tempinho corre para o telégrafo para ver os boletins.

Foi convocada uma paralisação geral por todos os sindicatos da cidade para segunda-feira[4]. Então, escreverei mais ____. A guarda local foi formalmente incluída na Guarda Nacional e o juramento federal será na segunda[5].

Com amor a todos.
Ernie.

Escrevo assim que tiver tempo. Mandem notícias de todos vocês.

JFK, CMA; carimbo: KANSAS CITY MO., 23 MAR. / 1918

1. Na tentativa de derrotar os britânicos e os franceses antes que as Forças Expedicionárias dos Estados Unidos estivessem preparadas para o combate, os alemães lançaram uma última grande ofensiva em 21 de

Abril de 1918

março. Inicialmente, eles conseguiram ganhar muito terreno e capturar muitos prisioneiros, mas os Aliados resistiram com a ajuda das forças norte-americanas. O *Star* estava com poucos repórteres por causa dos alistamentos e recrutamentos.

2. Francis J. Heney foi indicado em 1918 como promotor especial para a Federal Trade Commission, que investigava denúncias de controle de preços e manipulação de mercado pela indústria de carnes. As audiências em Kansas City começaram em 21 de março ("Ready in Packer Probe", *Kansas City Star*, 21 de março de 1918, p. 2). Sir Henry (Harry) MacLennan Lauder (1870-1950), um popular comediante escocês e animador de *vaudeville*, se apresentou no Garden Theater em Kansas City entre 21 e 23 de março, na "despedida de sua turnê pela América" (*Kansas City Star*, 16 de março de 1918, p. 3).

3. Os alemães usavam o "Canhão de Paris", um tipo de obus de 210 mm e 256 toneladas da Krupp que podia disparar bombas de mais de noventa quilos a uma distância de 120 quilômetros.

4. A paralisação foi convocada em apoio aos trabalhadores de lavanderias que estavam em greve e durou uma semana, até que os proprietários concordaram em aumentar os salários dos trabalhadores, mas se recusaram a reconhecer o sindicato da categoria.

5. O National Defense Act de 1916 obrigava os membros da Guarda Nacional a fazer dois juramentos – ao seu estado e à União. O juramento federal obrigava o membro da guarda a servir como se recebesse ordens do presidente dos Estados Unidos, inclusive no exterior.

A Clarence Hemingway, 16 de abril de 1918

16 de abril de 1918

Velho e querido Pai:

Como você está? Muito obrigado pelo Oak Leaves[,] *trap* e Tabula, mas o que foi aquela história de camuflagem se ele só tem 18 etc. Aquilo me deixou muito aborrecido e eu queria que você não tivesse feito aquilo[1]. É assim que as coisas estão no momento. Já estou aqui há sete meses, concordo. Até recentemente não ganhava o suficiente para viver. Veja os dados sobre o alto custo de vida. Sou apenas um rapaz de quase 19 anos, concordo, e tenho sido muito responsável. Trabalhando em competição com homens com três a dez anos de experiência a mais do que eu. Tenho que trabalhar como um condenado e concentrei uns três anos de trabalho em um. Graças à sorte e algumas habilidades naturais, consegui me dar muito bem nesse jogo. Na verdade, eu tenho recebido tarefas mais importantes do que muitos homens três a oito anos mais velhos do que eu. e considerando a maneira como eles aprovam o que faço, estou fazendo tudo certo. Agora eu tiro $75 por mês; o Star, por causa de uma regra criada pelo coronel Nelson, só dá um aumento por ano[2]. Se eu ficar até o próximo abril, devo receber aumento de 15 ou 30 mangos. O que daria, no máximo, $100 por mês. Bom, tenho a oportunidade de ir para Dallas por $30 por semana e para St. Louis por $30 por semana ou de começar como autônomo na United Press a $25 por semana. E todos os caras do jornal me dizem que sou burro se ficar aqui. Tive experiências valiosas, fiz um bom trabalho e assumi toda a responsabilidade. Mas agora, pai, estou exausto. Tão exausto que não consigo dormir à noite, meus olhos ficam embaçados, estou perdendo peso e fico cansado o tempo todo. Estou mental e fisicamente esgotado, Pai, e ninguém Sabe disso melhor do que eu. Veja da seguinte maneira.

Abril de 1918

É como se eu tivesse ido para a faculdade e me preparado para uma prova por sete meses seguidos. Porque é assim que é. Responsabilidade, precisão absoluta, milhares de dólares dependem das suas afirmações, verdade e precisão absolutas. Um erro na inicial de um nome do meio pode significar um processo por difamação. E sempre trabalhando sob pressão[3].

É isso que deixa mentalmente esgotado. Ter de escrever matérias de meia-coluna verificando cada nome, endereço e iniciais, e se lembrar de escrever com bom estilo, um estilo perfeito, na verdade, e expor todos os fatos na ordem correta, encadeá-los e escrever em 15 minutos, cinco frases de uma vez a tempo de entrar na edição que está quase nas prensas. Apurar uma história por telefone e não perder nenhum detalhe e visualizar o que aconteceu, correr para a máquina de escrever e datilografar página por página enquanto outras dez máquinas funcionam, o chefe grita com alguém e um garoto vai arrancando as páginas da máquina tão rápido quanto se escreve. Por quanto tempo muitas das pessoas que conheço suportariam isso antes de enlouquecer? Ou trabalhariam direto das 8 da manhã de sábado a 1 da madrugada de domingo a ponto de sair tão exaustas que não conseguiriam dormir? E lembre-se, Pai, que estou aqui há sete meses e nunca fiz nada mais extenuante antes, sem parar, além de passar cinco ou dez horas para conseguir uma história para o Trapeze.

Eu preciso muito de férias ou de uma farra e em primeiro de maio vou para Chicago pela Santa Fe[4]. Se vocês quiserem, eu ficarei feliz em passar uns poucos dias em O.P. E ver vocês e meus velhos colegas. Mas não posso ficar mais do que uns poucos dias em Oak Park porque vou para o norte trabalhar com as mãos, descansar e pescar e dar um tempo do barulho, da correria, da tensão, do meu cérebro *twin six*[5]. Quando estiver descansado e recuperado, eu volto. Posso sempre voltar para o Star e posso ganhar mais. Eles podem não pagar mais porque estão presos à velha regra, mas há outros jornais no país que me pagariam o que sou capaz de ganhar. No momento, faltam jornalistas como nunca no mundo. Basta um pouco de experiência para chegar em qualquer jornal do país e começar a trabalhar imediatamente. Depois do próximo recrutamento vão faltar mais homens ainda. Não é apenas minha opinião, mas o que dizem dezenas de pessoas. E quando falo de minha capacidade para trabalhar em outros jornais, cito os colegas de redação, o editor do Times, o Hopkins. Meyer, do Globe Democrat St. Louis, disse que me dá um emprego quando eu quiser[6]. Parece até mentira que eu, que escrevia para o Trapeze um monte de especulações, agora, com a minha idade, estou fazendo essas coisas. Mas estou e não digo isso porque quero que você pense que sou especial ou coisa assim, mas para você enxergar a situação.

Então, Pai, espero ver você em 2 de maio. Boa sorte e muito obrigado pelos jornais. Escreva para mim.

Ernie.
Vou escrever para a Mãe em breve.
Ernie.

Abril de 1918

Zieman, CDA com pós-escrito manuscrito; cabeçalho: Hotel Muehlebach Baltimore Avenue / And Twelfth Street Kansas City, Mo.

1. A edição de 6 de abril de 1918 do *Oak Leaves* informava que EH havia sido chamado para servir na 7ª Infantaria da Guarda Nacional no Missouri durante a "grande greve" da semana anterior. Aparentemente, ele presumiu que a fonte da informação tinha sido seu pai e se opôs a isso. "Embora com apenas 18 anos, ele é um dos repórteres proeminentes do *Kansas City Star*, considerado por jornalistas de toda parte um dos maiores e mais importantes jornais da América" ("Hemingway in Kansas City", p. 37). Com *"trap"* EH quer dizer Trapeze, o jornal da OPRFHS.

2. William Rockhill Nelson (1841-1915) fundou o *Star* em 1880 e foi seu diretor e editor até morrer.

3. Ao fim da frase, EH desenhou uma linha e escreveu "Inserir" na margem direita da página. O parágrafo seguinte estava datilografado em uma página separada sob o título "Inserir". Aqui, ele aparece na sequência indicada por EH.

4. As ferrovias Atchison, Topeka and Santa Fe Railway ligavam Kansas City e Chicago.

5. EH compara seu cérebro a um automóvel Packard Twin Six, lançado em 1915; o automóvel tinha um motor revolucionário de alta potência com doze cilindros.

6. T. Norman "Tubby" Williams, colega de EH, havia se transferido há pouco tempo para o *St. Louis Globe-Democrat* e pode ter informado a ele sobre ofertas de emprego ali.

A Clarence e Grace Hall Hemingway, 19 de abril [de 1918]

19 de abril.

Meus queridos:

Pai e mãe, fiquei feliz em saber de vocês[1]. Por aqui está tudo bem. Está chovendo forte agora e foi assim o dia todo. Visto meu velho casaco Mackinaw, levanto a gola e, então, que chova. Passei a semana toda resolvendo coisas do recrutamento. Escrevendo matérias sobre o exército, a marinha, os fuzileiros navais, os britânico-canadenses e ultimamente os novos tanques. Incluo no envelope algumas matérias sobre os tanques[2]. Algumas estão muito boas. Espero ver vocês no dia 2. Aviso vocês assim que tiver novidades. Como estão as coisas agora?

Boa noite
Ernie

UMD, CD/CMA; cabeçalho: Hotel Muehlebach / Baltimore Avenue / And Twelfth Street / Kansas City, Mo.

1. Clarence e Grace escreveram separadamente em 17 de abril em resposta à carta de EH de 16 de abril expressando o orgulho que tinham dele e de suas realizações, a confiança em seu discernimento e a compreensão de sua vontade de descansar em Michigan, além do desejo de vê-lo em 2 de maio (JFK).

2. EH incluiu no envelope recortes de cinco matérias publicadas no *Kansas City Star* em 17 e 18 de abril de 1918 (Bruccoli *Cub*, p. 40-55). EH recebeu seu último pagamento no *Star* em 30 de abril e então viajou a Oak Park para passar a noite com a família antes de partir para o norte de Michigan em uma viagem de pescaria com Ted Brumback, Charles Hopkins e Carl Edgar (que aguardavam ser chamados pelo exército e pela marinha) (Baker *Life*, p. 38).

Maio de 1918

A Anson e Adelaide Hemingway, [12 de maio de 1918]

Queridos vô e vó—;
    Estamos em Cleveland e a viagem está ótima[1]. É uma turma muito boa. Lembranças a todos.

Ernie

JFK, cartão-postal MA; carimbo postal: N.Y. & CHI. R.P.O. / M.D., TR4 / MAIO / 12 / 1918

Guardado no álbum dos avós de EH, o cartão-postal está datado "12 de maio de 1918" em outra caligrafia. No verso está carimbado o endereço: "THE BORROWED TIME CLUB / A. T. HEMINGWAY, HONORARY PRESIDENT / NORTH OAK PARK AVE., 400, OAK PARK, ILLINOIS".

1. EH estava viajando de trem para Nova York para se apresentar ao serviço na Cruz Vermelha. A pescaria no Michigan foi interrompida quando ele recebeu uma carta do pai, datada de 8 de maio e enviada a ele em Horton Bay aos cuidados de James Dilworth (JFK), dizendo que o quartel-general da Cruz Vermelha em St. Louis havia enviado um telegrama convocando-o a se apresentar em Nova York. EH passou rapidamente por Oak Park para pegar suas coisas antes de seguir para o leste.

À Família Hemingway, [12 de maio de 1918]

Chegando a Buffalo

Meus queridos—;
    Nossa viagem está legal e a turma é muito boa. São 15 rapazes, a maioria de New Trier e Evanston, eles formam uma turma de primeira[1]. Espero que vocês tenham visto Ted e recebido Hop para jantar e que tenha corrido tudo bem[2]. O trem leito sacode bastante e corre para chegar a Buffalo e por isso a letra está um pouco pior do que o normal. Saímos de Toledo depois do café da manhã e seguimos por Lake Erie o dia todo. Chegamos a Buffalo por volta das 4 horas e logo estaremos em Nova York.
    Em Nova York vou arrumar uma mala Duffel de lona à prova d'água com corrente e cadeado para guardar minhas coisas. Até agora as comidas estão ótimas. Então é isso, tchau e lembranças a todos.

Ernie.

Maio de 1918

JFK, CMA; carimbo postal: Buffalo / N.Y., 12 maio / 12:00 / 1918

1. New Trier Township e Evanston Township High Schools (localizadas, respectivamente, em Winnetka e Evanston, Illinois, ao norte de Chicago) eram rivais da OPRFHS na Suburban League.

2. Ted Brumback e Charles Hopkins. Em uma carta a EH também escrita em 12 de maio, Clarence relatou que passou uma hora com Brumback, que estava de passagem, quando foi se encontrar com EH, e que "Hop esteve no 600 [da Kenilworth Avenue] conosco hoje" (JFK).

A Anson, Adelaide e Grace Adelaide Hemingway, [13 de maio de 1918]

Queridos vô, vó e tia Grace–;

Paramos num hotel na Washington Square e estamos completamente equipados e uniformizados[1]. Nova York é linda _____ etc. Tudo é adorável. Ainda não sei meu endereço no exterior.

Ernest.

JFK, cartão postal MA; Nova York, N.Y. / Sta. D, 13 Maio / 12:00 / 1918

Conservado no álbum dos avós de EH, o cartão postal tem uma anotação em outra letra, "Nova York, 13 de maio de 1918". Está carimbado no verso com o endereço "The Borrowed Time Club / A. T. Hemingway, Presidente Honorário / North Oak Park Ave., 400, Oak Park, Illinois".

1. O Hotel Earle, Waverly Place, 103-105, Nova York, foi inaugurado em 1902 e batizado pelo proprietário Earle L'Amoureaux. Foi rebatizado como Washington Square Hotel em 1986.

À Família Hemingway, [14 de maio de 1918]

Terça-feira à noite

Meus queridos—;

Estamos alojados em um hotel muito bom na Washington Square. O coração de Greenwich Village. Fica a apenas meio bloco da 5ª Avenida e do arco, bem na praça[1]. O grupo de Harvard partiu hoje de manhã[2] e nós partiremos na próxima terça-feira, de acordo com as últimas informações. Enquanto isso, estamos em Nova York com hospedagem e refeições pagas. Cada um de nós ganhou um baú, 1 uniforme de oficial com todas as insígnias de oficial do Estados Unidos, meu nome e unidade estampados no baú, 1 sobretudo militar no valor de $60, 1 capa de chuva, 1 boné de serviço meio arrogante, 1 quepe, 4 macacões grossos para usar sob a roupa, luvas de camurça fina para dirigir, 1 par de polainas de cordovão tipo aviador, 2 pares de sapatos de oficial, 1 suéter de tricô, 6 pares de meias grossas de lã, 2 camisas cáqui, 1 camisa de lã e um monte de outras coisas que não consigo lembrar. Bem mais que $200 em apetrechos para cada homem. Nossos uniformes são os normais, de oficiais do Exército dos Estados Unidos, e parecem valer um milhão de dólares. Os soldados rasos e suboficiais precisam nos bater continência.

Maio de 1918

Poderemos usar os uniformes assim que nossos passaportes chegarem e recebermos os vistos. Nenhum passaporte de Chicago chegou ainda. Vou tirar uma foto assim que vestir o uniforme. Por ora está tudo no baú.

Encontrei Ted ontem e estamos dividindo o quarto aqui. Estamos com uma turma de primeira na nossa unidade e vamos nos divertir muito. Ted estava feliz por ter se encontrado com o pai e lamentou não poder encontrar vocês.

Temos o tempo todo para nós e não precisamos nos reportar a ninguém. Hoje de manhã meu uniforme foi ajustado e então à tarde Ted e How Jenkins, Harve Osterholm[,] Jerry Flaherty e eu descemos ao Battery e fomos ao aquário. Vadiamos por lá e depois subimos ao topo da Woolworth Tower, 796 pés – 62 andares de altura. Vimos os barcos camuflados entrando e saindo do porto e avistamos o East River e o Hell's Gate.[3]

E em Hoboken, o "Vaterland", que agora é usado como transporte, está atracado. Ele fez sua última viagem à França em 14 dias[4]. Andei para cima e para baixo pela Riverside Drive e vi N.Y. do Harlem River ao norte e de Grant's Tomb a oeste até o Libber of Goddesty no sul[5]. A vista é maravilhosa da Woolworth Tower. Assim que vestir meu uniforme, ficarei noivo daquela sra. e já investiguei a possibilidade na "Igrejinha da Esquina"[6]. Sempre planejei me casar quando me tornasse oficial, vocês sabem. Há um novo regulamento que nos torna oficiais. Somos uma espécie de primeiros-tenentes camuflados[7]. Somos como aviadores, só que não recebemos ordens. O departamento decretou que só vestiríamos o uniforme no exterior e pouco antes de embarcar. 3 ou 4 dias. Por isso a espera dos vistos nos passaportes. Escrevam para mim aqui no Hotel.

Com muito amor
Ernie

JFK, CMA; cabeçalho: Hotel Earle, 272, Washington Square North / Nova York; carimbo postal: Nova York, N.Y. / Sta. D, 14 Maio / 12:00 / 1918

Acima de "Terça-feira à noite", Clarence escreveu: "14 de maio de 1918". No verso do envelope está impresso o *slogan*, "The Washington Square Park Hotels, Under One Management / Hotel Judson The Holley Hotel Earle" [Hotéis Washington Square Park, sob única administração] e há uma imagem do parque e dos edifícios das redondezas. EH fez um X na imagem para marcar o Earle.

1. O arco de mármore no Washington Square Park, no início da 5ª Avenida, foi inspirado no Arco do Triunfo de Paris e concluído em 1892, substituindo um arco de madeira erguido em 1889 para comemorar o centenário da posse de George Washington como primeiro presidente dos Estados Unidos.

2. Na primavera de 1918, um grupo de voluntários da Harvard University, a maioria membros da turma de formandos de 1921 e abaixo do limite de idade mínima para o serviço militar, alistou-se no serviço de ambulâncias da Cruz Vermelha Americana. Eles se alistaram para cumprir um período de três meses no verão (em vez dos seis meses normais) com a intenção de retornar a tempo para as aulas do outono. No grupo de

Harvard que deixou Nova York no dia 14 de maio estava Henry S. Villard, que depois conheceria EH no hospital de Milão em agosto de 1918 e décadas mais tarde escreveria sobre a experiência (Villard; Nagel, p. 206-9).

3. Howell Jenkins e Jerome Flaherty eram membros da Quarta Seção do serviço de ambulâncias da Cruz Vermelha Americana, e Harvey G. Osterholm estava na Primeira Seção. Battery Park, no extremo sul de Manhattan, era o local onde ficava o New York City Aquarium, de 1896 a 1941. O Woolworth Building, no n. 233 da Broadway, foi o edifício mais alto do mundo de sua construção, em 1913, até 1930. A Hell Gate Bridge, que atravessa a parte norte do East River, foi inaugurada em 1917, possibilitando o primeiro serviço ininterrupto de trens entre Washington D.C. e Boston; até 1931 foi a maior ponte de aço em arco do mundo.

4. O navio alemão de passageiros *Vaterland* chegou a Nova York em 29 de julho de 1914, poucos dias depois do início da Segunda Guerra Mundial na Europa, e permaneceu em Hoboken, Nova Jersey, por quase três anos. Quando os Estados Unidos declararam guerra à Alemanha, em abril de 1917, o navio foi confiscado e entregue à Marinha norte-americana, rebatizado como *US Leviathan* e usado como transporte durante a guerra.

5. Túmulo de Ulysses S. Grant (1822-1885), presidente dos Estados Unidos, no Riverside Park, Upper West Side, em Manhattan. "Libber of Goddesty", trocadilho com "Goddess of Liberty", é mais um nome para a Estátua da Liberdade, localizada no porto de Nova York.

6. A Church of Transfiguration, construída em 1849 na One East Twenty-ninth Street, e conhecida como "The Little Curch Around the Corner" ["a igrejinha da esquina"], tinha muitos profissionais do teatro entre seus paroquianos e era popular na celebração de casamentos. Foi tema da canção "The Little Church Around the Corner", de 1871 (música de George S. Dwyer, letra de Arthur Matthison). O anúncio de que EH estava noivo deixou seus pais aflitos, e eles imediatamente lhe enviaram cartas e telegramas expressando preocupação e encorajando-o, como Grace escreveu em 16 de maio, a "pensar bem antes de cometer um erro como o de se casar aos dezoito anos" (JFK; para detalhes da correspondência, ver Griffin, p. 57-60).

7. Os membros do serviço de ambulâncias da Cruz Vermelha Americana recebiam a patente honorária de segundo-tenente.

À Família Hemingway, [17-18 de maio de 1918]

Meus queridos—;

Recebi o telegrama e com muita alegria[1]. Já estamos com todos os equipamentos e usando os uniformes de oficial. Ontem à tarde nos deram a data de embarque e a permissão para usar os uniformes. A data de embarque não pode ser revelada, mas não partiremos antes de quarta-feira.

Foi engraçado quando vestimos os uniformes ontem. Colocamos a roupa à tarde e fomos jantar e à noite caminhamos pela 5ª Avenida até a Broadway e depois voltamos. No começo achamos que seria engraçado porque todos os soldados rasos e suboficiais teriam de nos bater continência. Mas depois de devolver umas 200 continências, acabou toda a graça. Mas foi engraçado ver os caras se apressando para bater continência. Ted e eu tiramos umas fotos num lugarzinho barato e vou mandá-las para vocês. Ted está com o velho uniforme do Serviço de Campo dos Estados Unidos que ele usava no exército francês. Hoje à noite fui convidado pelos marinheiros para um jantar dançante em Ellis Island[2]. Também para as lutas do campeonato de boxe. Amanhã temos de marchar no desfile da grande X Vermelha. Oito quilômetros descendo a 5ª Avenida, saindo da 85ª Street até a Battery.

Maio de 1918

Muitos dos homens não tiveram nenhum treinamento militar, então treinamos no terraço de um prédio grande da 4ª Avenida.

Nós nos apresentamos às 9 da manhã e treinamos por uma hora, e novamente às 4 da tarde. Somos tratados como os aviadores, e como todos os oficiais honorários temos suboficiais em nossa companhia para treinar os homens. Sou cabo do 1º Esquadrão e vou ficar no comando do desfile. Eles têm um grande palanque na Union Square. Fui convidado para jantar na casa de Trumbull White no domingo³. Ted e eu continuamos dividindo o quarto. Pai, eu gostaria que você mandasse um cheque para o Carl. O nome dele é H. C. Edgar, aos cuidados de W. B. Smith Jr.

RFD, nº 2 Boyne City Mich.

Com muito amor,
Ernie

Estou enviando as fotos amanhã num envelope separado.

Ernie

Mandem beijos a todas as garotas, porque estou muito ocupado para escrever. Terei muito tempo a bordo do navio.

Com amor
Ernie.

Noite de sábado–

Queridos Pai, Mãe e Les Infants—;

Esqueci de colocar no correio a outra epístola, então aqui vai um adendo. Eu recebi o telegrama e podem pensar que estarei todo salgado = (no mar) na quinta-feira⁴. Só posso dizer isso. Desfilamos 85 blocos pela 5ª Avenida. hoje e o presidente Wilson nos passou em revista. Uns 75 mil estavam enfileirados e fomos a atração máxima. Fui promovido a sargento no esquadrão e liderei o 2º Pelotão pela avenida sozinho e saudei o Grande Woodrow⁵. Eu me senti solitário. Amanhã vou jantar na casa do Trumbull White. Decidi contra a igrejinha ali na esquina temporariamente. É muito melhor estar noivo. Tenho uma apólice de $1.000 do seguro – de vida – e também uma apólice de $20 por semana em caso de morte. Anotem aí.

Rebento,
Hemingstein

JFK, CMA; cabeçalho: Hotel Earle / WAVERLY PLACE, 103-105 / NOVA YORK; carimbo postal: NOVA YORK, N. Y. / STA. D, 18 MAIO / 21:00 / 1918

Clarence Hemingway datou as duas partes da carta: "Sexta-feira, 17 de maio de 1918" e "18 de maio de 1918". EH escreveu no verso do envelope "Ernest M. Hemingway / Aos cuidados do serviço de ambulâncias italiano" e forneceu dois

Maio de 1918

endereços de retorno: "222 4th / Avenue / New York City" e "Cruz Vermelha Americana / Milão / Itália".

1. Em 16 de maio Clarence telegrafou a EH: "Carta NY recebida contente equipamento excelente que venha muito sucesso favor pense seriamente antes de qq aventura tentadora lembranças Dr C E Hemingway" (JFK).
2. Quando os Estados Unidos entraram na Primeira Guerra, o departamento médico da Marinha e do Exército se apropriou do complexo do posto de imigração de Ellis Island no porto de Nova York, em operação desde 1892.
3. White era um dos muitos conhecidos da família com quem Clarence insistia que EH se encontrasse enquanto estivesse em Nova York (carta a EH, 15 de maio de 1918, JFK).
4. Em um telegrama de 18 de maio, Clarence pediu ao filho para "Por favor escrever e telegrafar antes de embarcar dizendo sua situação exata" (JFK).
5. Em 18 de maio, o presidente Wilson surpreendeu ao liderar o desfile, caminhando por quase três quilômetros antes de tomar seu lugar no palanque montado na Twenty-third Street; mais de setenta mil participaram do desfile, que durou quase seis horas (*New York Times*, "Red Cross to March by President Today", 18 de maio de 1918, p. 11; "President Leads Red Cross Parade", 19 de maio de 1918, p. 8).

A Clarence Hemingway, [19 de maio de 1918]

DR. HEMINGWAY
N KENILWORTH AVE, 600
ALEGRE-SE NÃO ESTOU NOIVO CASADO OU DIVORCIADO É
VERDADE ESTOU BRINCANDO ATÉ QUARTA[1]

ERNIE
345P

JFK, T; carimbo de recebimento da Western Union: Oak Park, Illinois; Nova York / 124P 19 Maio

1. Clarence respondeu em carta de 19 de maio: "Seu telegrama explicando a 'piada' que tirou cinco noites de sono da sua mãe e do seu pai foi recebido há meia hora. Estou tão feliz por recebê-lo, espero que tenha escrito para sua mãe, que estava com o coração partido" (JFK).

A Clarence Hemingway, [19 de maio de 1918]

Domingo

Querido Pai—;
Recebi as cartas e telegramas, ok. Relaxe, meu velho, ninguém vai ficar com meu seguro além de você[1]. Além disso minha situação matrimonial é negativa e continuará assim por alguns anos. Que soem os tambores. Todo mundo já sabe, então acho que não faz mal se você não contar a ninguém que eu contei vamos zarpar na quarta-feira via França. Desembarcamos em Bordeaux. Vamos para Paris e depois Milão. Vamos numa banheira podre da frota francesa[2]. Vai demorar dez dias, mas é viagem de primeira classe. Vou à casa do Trumbull White hoje à noite. Tentarei encontrar o Bruce Barton amanhã[3]. Vou mandar para casa coisas que não preciso. Estamos nos divertindo muito.

Maio de 1918

Não se preocupe comigo quando for fazer alguma coisa e confie na minha capacidade de julgamento. Volto a escrever antes de partir. Arthur Newburn é um cara legal o bastante, mas não é da nossa turma[4]. Somos uma turma de pássaros raros. Vou pedir para você mandar os procedimentos do Lib Bond para mim em Milão[5].

Com amor,
Ernie

P. S. Ainda não sei meu endereço no estrangeiro.
Passaporte chegou ontem

JFK, CMA; cabeçalho: Washington Square North, 27 2 / Nova York; carimbo postal: New York, N. Y. / Sta. D, 19 Maio / 16:00 / 1918

Clarence Hemingway datou a carta: "19 de maio. – 1918".

1. Em 1914, para garantir que os navios de carga e a tripulação que abastecia as Forças Aliadas tivessem cobertura de seguro, o Congresso aprovou a Lei de Seguro de Riscos de Guerra. Quando os Estados Unidos entraram na guerra, em 1917, a lei recebeu uma emenda que incluía um programa de seguro de vida opcional para os membros do serviço militar.

2. EH embarcou para a França no *Chicago*, um vapor da frota francesa lançado ao mar em 1908, "um dos muitos navios de passageiros sujos, esfumaçados e sem *glamour* da Frota Atlântica da França convertidos em navios de guerra" (C. E. Frazer Clark Jr., nota introdutória a Col. C. E. Frazer Clark, Ret., "This Is the Way It Was on the Chicago and at the Front: 1917 War Letters", em Matthew J. Bruccoli (org.), *Fitzgerald/Hemingway Annual* 1970, Washington, DC, Microcard Editions, 1970, p. 153). As fontes indicam datas diferentes da partida do *Chicago* para Bordeaux. Enquanto EH diz aqui que a data marcada foi quarta-feira (22 de maio), em sua carta seguinte para a família, postada em 20 de maio, ele informa que a partida foi adiada em um dia (supostamente para quinta-feira, 23 de maio). Baker informa que a data foi 21 de maio (SL, p. 20) ou 22 de maio (*Life*, p. 39); Sanford diz que foi 28 de maio (p. 150); e Villard e Nagel, 24 de maio, citando as memórias de Frederick Spiegel, que foi colega de cabine de EH no navio, mas também chamando a atenção para as discrepâncias entre vários registros (p. 204, 284n).

3. Barton (1886-1867) era o filho de William E. Barton, pastor da Primeira Igreja Congregacional em Oak Park. Jornalista, autor de livros religiosos e editor de revista, ele se tornou diretor de publicidade das United War Work Agencies em 1918. Mais tarde, escreveu o *best-seller The Man Nobody Knows* (1925) e se tornou um executivo da área de propaganda e congressista. Em 13 de maio, Grace escreveu a EH dizendo que recebeu uma carta atenciosa de Barton e sugeriu que EH fizesse uma visita a ele em Nova York, e "faça que ele saiba que você está escrevendo... Pode ser uma grande abertura para você no ramo de revistas" (JFK).

4. Arthur C. Newburn, também de Oak Park, fazia parte da seção 2 do serviço de ambulâncias da Cruz Vermelha Americana na Itália (Blackwell, p. 222).

5. Liberty Bonds foram títulos lançados pelo Tesouro norte-americano durante a Primeira Guerra Mundial para ajudar a financiar a operação dos Aliados; os cidadãos foram encorajados a comprar os títulos como um dever patriótico. Em abril de 1918, a Third Liberty Loan ofereceu US$ 3 bilhões em títulos a 4,5% de juros e pelo menos metade das famílias do país aderiu.

A Dale Wilson, 19 de maio [de 1918]

Querido Wilse—;

Ha! Ha! Ha! Ha! Ha! Ha! Não é ninguém menos que o maior dos Hemingsteins o culpado por esta epístola. Woodrow é meu chapa, ponto,

Maio de 1918

como está você? Muito agradecido por me enviar o velho Liberty Bond. Nas palavras de Smith The Beamer, foi muito bom de sua parte. E o grande Hicks. Com aquela disposição de tartaruga no casco e a triste carência de cobertura anal. Como ele está? Ele ainda classifica o Mais Nobre Rebento da tempestuosa Chicago como um – companheiro bem intencionado – aspas –. Diga a ele que fiz as pazes. Mas também me faça um favor. Quando a chegar a matéria do meu triste final e de Brumstein, não deixe que aquele que é conhecido por Lackpantz leia uma cópia. Porque temo que corte até o nome dos mortos[1]. Dos doentes, não, embora seu triste destino possa levar algumas pessoas a inferir que sim.

Mas vamos deixar de lado os assuntos baixos, desguarnecidos, nus. Tod N. Ormiston, o traficante de escravas brancas do jornalismo, ainda recebe aquele estipêndio bimestral do William Moorehead? Aquele conhecido como Broken Bill? E Smith the Beamer ainda puxa o saco do Gus dizendo-lhes como gosta de trabalhar no jornal que Gus dirige[2]?

E Peg Vaughn ainda corre atrás das presas enquanto Leo Lovely é caçado pelas presas que o perseguem? E o Grande Fleisher ainda segue a sombra do velhaco do Godfrey em busca de pérolas da sabedoria jornalística que possam ser lançadas ao porcino hebreu? E o que faz o Tannenbaumb sem o lenhador e arremessador de bumerangue Tasmanian Snobelater[3]? Hein? Me conta?

Eles nos deram os uniformes e agora somos Primeiros Tenentes Honorários. E antes de ontem vosso amigo Hem desceu a Broadway à noite e retribuiu 367 continências. E desde então ele prefere pegar um ônibus. Não cansa tanto o braço direito. Hoje desfilamos pela 5ª Avenida, da 82nd Street até a 8th Street, e Woodrow Sênior e a esposa nos passaram em revista. Além de uma revoada de insetos. Gíria para mandachuvas. Woodrow não parece nada com as fotos. Como somos todos oficiais de carreira, agora fazemos parte de um esquadrão e mandamos nos suboficiais. E por estar em forma de merda e ter uma pele perfeita o incomparável Hemsticth foi promovido a patrulheiro e todo mundo tem de aguentar sua voz irritante. Minhas funções se resumem a guiar o pelotão inicial, ou primeiro pelotão. E hoje, como guia, caminhei sozinho na velha avenida e me senti solitário como o diabo. Mas virando os olhos à direita dei uma bela olhada no Woodrow.

Não é para ninguém saber, rapaz, mas vamos para o mar na quarta--feira. Meu passaporte chegou hoje e pego os vistos francês e italiano na segunda. Também não é para ninguém saber, mas saí para ver a Mae várias vezes e amanhã vou jantar lá. Também já gastei cada centavo que tinha. Não é brincadeira, a senhorita Marsh diz que me ama. Sugeri a igrejinha da esquina, mas ela diz que ser viúva de guerra não é para ela. Então eu torrei num anel as 150 pratas que papai me deu e agora estou noivo. E falido também. Morto. Eu tinha mais uns 100, mas comprei um par de botas de couro de cabra de 30 mangos, umas outras coisinhas e alguns drinques e agora acabou

Maio de 1918

tudo. Bom, mas minha garota me ama e diz que acredita que um dia eu serei um grande jornalista e que vai esperar por mim, então que se dane o resto. E talvez eu consiga uma patente de verdade. Nossa, que garota maravilhosa, Wilse! Boa demais para mim. Pode contar para o Punk Wallace que estou noivo se quiser[4]. Mas pelo amor de Deus não deixe isso vazar para fora da turma ou ir para o jornal.

Bom, até mais meu velho e mande abraços para o Hop e lembranças para o Pete, para o Chefe e para Harry Kohr e John Collins e Punk, e Bill e Harry G. E. e Swensen e Smith[5].

Boa sorte
Hemingstein

Responda aos cuidados de
Serviço Italiano de Ambulância, Cruz Vermelha Americana.
Milão, Itália.
PUL, CMA; cabeçalho: Hotel Earle / WAVERLY PLACE, NOVA YORK; carimbo postal: NOVA YORK, [N.Y.] / STA. [D], 19 MAIO / 16:00 / [1918]

Na frente do envelope, endereçado a Wilson na redação do Kansas City Star, EH escreveu: "Se ele estiver em serviço, pode ser aberto por H. Merle Smith (The Beamer)". Smith era conhecido como o "capacho sorridente" (Baker *Life*, p. 35). Os apelidos que EH inventava para os colegas de jornal aparecem ao longo de toda a carta.

1. O editor Wilson Hicks se tornou alvo da raiva de EH por editar suas matérias; EH deu a ele o apelido de "Lackpants" ["sem calças"] porque o único par que tinha estava puído (Wilson, "Kansas City", p. 213). "Brumstein" é Ted Brumback.
2. Todd N. Ormiston (1890-1969) foi repórter do *Star* até 1920, quando passou a integrar a equipe do governador do Missouri; ele era chamado de "White Slaver" [traficante de escravas brancas] porque sua "habilidade com as garotas era o assunto da redação" (Wilson, "Kansas City", p. 213). William "Broken Bill" Moorehead, um jogador de pôquer azarado, era o repórter policial. August (Gus) Seested era o gerente administrativo do *Star*, cargo que ocupou por quatro décadas.
3. Miles W. "Peg" Vaughn, ex-repórter do *Star*, era chefe de redação da United Press na cidade de Kansas durante o período de aprendizagem de Hemingway e depois se tornou correspondente internacional. Leo Fitzpatrick, um irlandês elegante, "era algo entre um almofadinha e um sedutor de garotas" (Baker *Life*, p. 36). O Grande Fleisher era conhecido como "o hebreu pensativo" (Wilson, "Kansas City", p. 213) e Harry Godfrey era o redator que usava óculos e gostava de dar conselhos. O "Tasmanian" era um jovem repórter australiano (Baker *Life*, p. 36).
4. George "Punk" Wallace também era membro da equipe do *Star*. Mae Marsh, que mais tarde diria ter-se arrependido por nunca ter conhecido EH, casou-se com Lee Armes em Nova York em setembro de 1918.
5. Além dos supracitados colegas da redação do *Star*, EH refere-se aqui ao chefe de reportagem vespertino Charles Hopkins, ao editor-assistente C. G. "Pete" Wellington e ao editor de telégrafo Harry Kohr. "O Chefe" pode ser tanto o redator financeiro George Longman, que contratou EH, como R. E. Stout, o editor executivo.

Maio de 1918

À Família Hemingway, [20 de maio de 1918]

Segunda-feira à ~~tar~~ noite

Meus queridos—;

Passamos o dia todo tirando vistos e salvo-condutos de guerra e essas coisas. Os passaportes de muitos dos rapazes ainda não chegaram, então eles terão de pegar o próximo navio.

Nossa partida foi adiada em um dia e teremos um pouco mais de tempo. Há uns poucos imbecis na unidade, mas a maioria forma um grupo excelente e temos nos divertido. Se quiserem saber qualquer coisa sobre N'Yawk, me perguntem. Acho que vou levar tudo comigo porque não tenho roupas sobrando para mandar para vocês e devo precisar daquele casaco marrom velho quando estiver fora das linhas de combate. Não sei ainda, talvez mande depois. Com certeza estamos bem equipados. Ficar retribuindo as continências é a maior chatice. Ir para o centro à noite é terrível porque há milhares de soldados por lá. O Capitão Utassi[1] partiu com o grupo de Harvard na semana passada.

Nosso grupo está sob as ordens de um cara chamado Morrison. Ted e eu continuaremos juntos e seremos motoristas parceiros. As últimas informações são que iremos dirigindo de Paris a Milão. Talvez, não tenho certeza. Nem os outros.

Fui à Riverside Drive hoje à tarde e vi os grandes navios de guerra franceses no rio Hudson. Eram três cruzadores franceses e um Dreadnought dos EUA[2]. Os navios entram e saem o tempo todo. As garotas da sociedade são muito gentis com os oficiais aqui. Hoje mesmo uma delas levou três de nós para um passeio de carro. Elas nos divertem tanto quanto possível. Vocês vão vibrar em saber que desde março os U-boats não afundaram nenhum navio entre os EUA e a França[3]. Eles estão muitíssimo bem controlados.

Com muito amor
Ernie

JFK, CMA; cabeçalho: Hotel Earle / Washington Square North, 27[2] / Nova York; carimbo postal: Nova York, N. Y. / Sta. D, 20 Maio / 18:30 / 1918

No alto da primeira página, Clarence escreveu "20 de maio de 1918" e registrou: "Última recebida antes do embarque".

1. Capitão George Utassy, general intendente dos serviços de ambulância e alimentação na Itália, foi enviado a Nova York para recrutar cem motoristas de ambulância antes do fim de abril (Bakewell, p. 221; *New York Times*, 14 de abril de 1918, p. E3).

2. Depois do lançamento, em 1906, do navio de guerra britânico *Dreadnought*, o termo passou a ser usado genericamente para se referir a navios de guerra com o mesmo formato, construídos para operações em alta velocidade e totalmente armados com canhões do mesmo calibre. Em agosto de 1916, o Congresso norte--americano autorizou um programa de construção naval que incluía dez Dreadnoughts.

3. Os submarinos militares alemães, ou U-boats (abreviação em inglês de *Unterseeboot*, "barco submarino", em alemão), eram um grande risco para os navios de transporte das tropas Aliadas que atravessavam

o Atlântico. Mais de duzentos homens do serviço militar dos EUA morreram nos naufrágios do *Antilles*, em outubro de 1917, e do *Tuscania*, em 5 de fevereiro de 1918. Outros três navios de transporte das tropas dos EUA sofreram naufrágios entre 25 de maio e 2 de julho de 1918. O otimismo de EH pode ter sido provocado pela leitura de uma reportagem de capa do *New York Times* de 15 de maio de 1918, segundo a qual táticas de escolta e tecnologia tornaram a travessia segura e doze submarinos alemães sofreram naufrágios ou foram apreendidos durante o mês de abril ("U-Boats on Defensive / Dozen Sinkings in a Month Officially Reported, Two Others Known", p. 1).

À Família Hemingway, [aprox. 31 de maio] e 2 de junho de [1918]

Em algum lugar do oceano.

Meus queridos

Estamos nos aproximando do porto de desembarque e entrando numa conhecida zona de submarinos[1], por isso vou mandar esta epístola, ao menos uma vocês receberão com certeza. Que pensamento animador, não é? Essa é a banheira mais podre do mundo e ao dizer isso talvez eu esteja revelando um segredo militar. Mas que é, é. Agora imaginem como é o navio mais podre do mundo e vocês saberão no que estou metido. Tivemos dois dias de tempo glorioso! quente e tranquilo, apenas uma brisa agradável! era como um dia qualquer em waloon lake. E então entramos numa tempestade que lavava os salões de jantar a toda hora. Eu diria que uma das refeições foi bem-sucedida, mas aí um dos colegas levou a mão à boca e correu para a porta e então, sugestionado, eu corri para o parapeito. Enfim, foram dois dias de uma tempestade ininterrupta que fez a embarcação arfar, rodar, levantar a proa, balançar formando enormes círculos e eu não consegui me levantar mais do que quatro vezes. Um recorde, hein? E como estão todos, incluindo a grande Ivory e o famoso Dessie[2]. Ted e eu e Howell Jenkins estamos juntos e nos divertindo muito. A tempestade acabou e os últimos dois dias foram de tempo bom.

Também estamos com dois tenentes poloneses. Conde Galinski e Conde Horcinanowitz, mas não é assim que se escreve[3]. E eles são bem elegantes e com eles aprendemos que existe uma diferença entre polaco e polonês. Eles nos convidaram para visitá-los em Paris e vamos fazer uma grande festa. A previsão é desembarcarmos em quatro dias. Vou despachar a carta no porto e será a única que mandarei de lá, não se preocupem. Foi divertido na velha Gotham[4] e nos tornamos os inveterados da Broadway. A Croix Rouge[5] cuidou bem de nós enquanto estávamos lá e não nos faltou nada. Os YMCA, que aqui são iguaizinhos aos daí, e vocês sabem o que isso significa, são presença constante no navio e há muitos YMCA negros[6]. Os Cavaleiros de Colombo[7] têm muitos representantes a bordo e parecem bem mais humanos. Ted, Jenks[8] e eu tomamos nossa segunda dose de vacinas anteontem e meu braço está quase deformado. Só falta mais uma dose agora, que será dada na França ou na Itália. Cada dose me deixa doente feito um cão. São três para tifo e bem mais fortes do que as que tomei na escola. Há uns minutos deu para avistar um cruzador americano no sentido contrário, fizemos sinais com espelhos para eles e troca-

Junho de 1918

mos acenos com bandeiras. É o primeiro navio pelo qual passamos desde que estamos no Atlântico. É muito bom olhar para o mar à noite, quando as ondas fosforescentes quebram na proa. O rastro do navio também é fosforescente e quando o mar está revolto as cristas das ondas se espalham como faíscas de fogueira. Já vimos muitos botos e alguns peixes-voadores. Uma turma que acordou bem cedo diz que viu uma baleia, mas a gente duvida.

A comida do navio é bem gostosa, mas só são servidas duas refeições por dia. Às dez e às cinco. Quem quiser pode tomar café e comer pão duro no café da manhã, mas não vale a pena acordar por isso. De acordo com os últimos fuxicos, vamos direto para o quartel-general assim que deixarmos Paris, e dali direto para as linhas de combate. Para substituir a tropa que está de saída. Nossos seis meses começam a contar assim que começarmos a dirigir, então deve ir até meados do inverno. Escrevam para mim aos cuidados do Cônsul Americano em Milão, Itália, Serviço de Ambulância da Cruz Vermelha Americana na Itália.

Com muito amor a todos
Ernie

P. S. 2 de junho

Chegaremos ao porto amanhã. Nada de novo na viagem. Escrevo de Paris. Escrevam para o endereço de Milão.

Amo todos vocês
Ernie

IndU, CDA com P.S. manuscrito

1. O *Chicago* saiu com destino a Bordeaux. O risco de ataque por U-boats aumentava à medida que os navios se aproximavam da Europa.
2. Apelido do irmão de EH, Leicester Hemingway.
3. Dois oficiais poloneses, Anton Galinski e Leon Chociánowicz, são personagens da abertura do romance inacabado de EH sobre a Primeira Guerra, *Along with Youth*; o manuscrito traz a data de 15 de junho de 1925 (Philip Young; Charles W. Mann, *The Hemingway Manuscripts: An Inventory*, University Park, The Pennsylvania State University, 1969, p. 11). A obra foi publicada pela primeira vez em 1972 como "Night Before Landing" (*NAS*).
4. Nova York.
5. Cruz Vermelha (em francês).
6. Durante a Primeira Guerra, o YMCA contratou mais de 25 mil trabalhadores para dar assistência moral e social às forças norte-americanas na Europa. Os serviços incluíam a operação de centros para atividades recreativas e religiosas, patrocínio de entretenimento para as tropas, instalação de ranchos imediatamente atrás das linhas de combate e socorro a prisioneiros de guerra e refugiados. O YMCA tinha na época a fama de ser excessivamente moralista, e EH o considerava sinônimo de má gestão (Reynolds, *YH*, p. 22-3; *GHOA*, p. 191). Como várias organizações da época (incluindo as Forças Armadas dos EUA), o YMCA era dividido por etnia.
7. Ao lado da Cruz Vermelha e do YMCA, os Cavaleiros de Colombo, uma organização fraternal católica romana fundada em 1882, também dava assistência social e espiritual aos soldados durante a Primeira Guerra.
8. Ted Brumback e Howell Jenkins.

Junho de 1918

À Família Hemingway, [aprox. 3 de junho de 1918]

[*A carta começa aqui:*] efeito da artilharia de longo alcance dos hunos nos franceses. As bombas são coisas rotineiras para as pessoas, que raramente demonstram qualquer interesse quando elas caem. Ouvimos as primeiras bombas logo depois do café da manhã. Foi só um estrondo abafado (como dinamite numa mina). Não conseguimos descobrir o que ela atingiu, mas foi muito longe.

Durante o dia muitas outras bombas explodiram, mas ninguém deu alarme ou manifestou interesse. Só que por volta das 4 horas Booom veio uma que pareceu cair a umas 100 jardas. Olhamos para ver onde ela tinha caído, mas um oficial da artilharia inglesa disse que o clarão foi a pelo menos um quilômetro e meio.

Hoje à tarde Ted e Jenks (que você conheceu no trem, pai) andaram por todo o Hotel des Invalides. O túmulo de Napoleão. Lá tem uma exposição sensacional de artilharia capturada dos inimigos e de aviões. São quilômetros de exposição[1]. Rodamos pela cidade num daqueles velhos ônibus com motor de dois cilindros que passam por táxis. Um passeio de uma hora custa um franco. Vimos todos os pontos turísticos. O Champs Elysee. Tuilleries, Louvre, Invalides, Arco do Triunfo etc[2]. Nosso hotel fica bem na Place D'La Concorde, onde guilhotinaram Maria Antonieta e Sydney Carton[3]. Paris é uma cidade incrível, mas não é tão estranha e interessante quanto Bordeaux[4]. Se um dia a guerra acabar, quero perambular por toda a França. Já aprendi muito francês e posso desandar a falar bem rápido. Não faço ideia de como é o sotaque e não sei escrever, mas consigo falar bem o suficiente e leio com facilidade. No navio, os Garçons e as Femmes de Chambes[5] e todo mundo só falava francês, então ou você aprendia, ou morria de fome. Ted, Jenks e eu estamos nos divertindo. Hoje à noite fomos ao Folies Bergert[6]. Garotas sensuais. Mas eu ando na linha. Coloquei meu quepe arrogante e meu cinto Sam Browne e agora estou parecendo um ricaço. Iremos para Milão amanhã – terça-feira – à noite. Viagem de primeira classe até lá. Isso que é vida boa.

Escrevam para mim em Milão.

Lembranças a todo mundo.
Do seu velho garoto
Ernie.

"Graças a Deus ele escreveu do YMCA![7]

IndU, CMAFrag; cabeçalho: Y.M.C.A. / Hotel Florida / Boulevard Malesherbes, 12 / Paris

Junho de 1918

A suposta data da carta é baseada na afirmação de EH de que eles partiriam para Milão na noite seguinte, terça-feira (4 de junho). A primeira página da carta foi perdida. Ela começa na página numerada como "II".

1. Fundado por Luís XIV em 1670 para abrigar veteranos de guerra feridos ou idosos e ocupando uma área de mais de doze mil metros quadrados, o Hôtel des Invalides é também um museu militar e abriga o túmulo do imperador Napoleão I (Napoleão Bonaparte, 1769-1821) e de outros heróis franceses.
2. Na margem direita do Sena, a Avenue des Champs-Elysées se estende por quase dois quilômetros da Place de la Concorde até o Arco do Triunfo, o grande monumento que Napoleão I mandou construir em 1806 em homenagem aos homens que lutaram pela França. Os jardins das Tuileries se estendem da Place de la Concorde ao Museu do Louvre, antigo palácio real e museu nacional e galeria de arte da França.
3. A Place de la Concorde, na época chamada de "Place de la Révolution", foi o local de milhares de execuções comandadas pelo regime do Terror (1793-94). A rainha Maria Antonieta (1755-93) foi guilhotinada ali, assim como seu marido, o rei Luís XVI (1754-93). Sydney Carton é o herói de *A Tale of Two Cities* [Um conto de duas cidades], de Charles Dickens (1812-70).
4. Agitada cidade portuária do rio Garonne no sudoeste da França, Bordeaux é reconhecida por seu centro histórico do século XVIII (em 2007, a Unesco – Organização das Nações Unidas para a Educação, a Ciência e a Cultura, nomeou a cidade como Patrimônio Mundial).
5. *Femme de chambre*: camareiras, em francês.
6. O Folies Bergère, teatro musical francês conhecido pelos espetáculos provocantes.
7. O P.S. manuscrito de EH, no verso da última página da carta, é uma brincadeira por ele ter usado o papel de carta do YMCA. Em suas cartas para EH em 18 e 19 de maio, Clarence elogiou o esforço de guerra do YMCA, e também da Cruz Vermelha, e insistiu para que o filho fosse "ativo e colaborasse com ambos" (JFK).

A Clarence Hemingway, [9 de junho de 1918]

Querido Pai;
    Tudo está muito bem. Vamos para o *front* <u>amanhã</u>.
    Estou nas montanhas[.] Ted e eu fomos separados[.] Dizem que está tudo tranquilo agora. Somos tratados como reis. Estou aqui há dois dias. Os Alpes são maravilhosos[1]. Lembranças a todos.

Ernie

Ernest Hemingway
Seção 4. Ambulâncias Italianas
Croce Rosa Americana. Milão. Itália.

PSU, cartão-postal S; verso: Milão – Catedral e Torre de S. Gotardo; carimbo postal: MILÃO / PARTENZA, 11-12 / 9-VI, 1918

Ao chegar a Milão, EH foi lotado no posto da Cruz Vermelha em Schio, cidade a nordeste de Milão e a cerca de quinze quilômetros do *front*, que cobria da foz do rio Piave no mar Adriático até a cidade de Triano, na fronteira com a Suíça.

1. Schio fica no alto dos Pré-Alpes de Vicenza, na Itália, as "Pequenas Dolomitas".

Junho de 1918

A um amigo do *Kansas City Star*, [aprox. 9 de junho de 1918]

Estou me divertindo muito!!! Meu batismo de fogo foi no meu primeiro dia aqui, quando um depósito inteiro de munição explodiu[1]. Transportamos todo mundo como no General Hospital, em Kansas. Vou para o *front* amanhã. Rapaz!!! Estou contente em estar aqui. Somos amados aqui nas montanhas.

Trecho de cartão-postal conforme publicado no Kansas City Star, 14 de julho de 1918.

Publicado em artigo intitulado "FERIDO NO FRONT ITALIANO; Ernest M. Hemingway era repórter do Star", o trecho é precedido da seguinte explicação: "Amigos de Hemingway no Star receberam ontem meia-dúzia de cartões-postais enviados por ele, mesmo dia em que chegou a mensagem sobre o acidente. Eis o trecho de um dos cartões, enviado há menos de um mês de Milão, Itália". A suposta data desse cartão e do seguinte (cujo trecho foi incluído no mesmo artigo) é baseada na informação de que EH iria para o front no dia seguinte, como ele também registrou no cartão enviado de Milão para seu pai, com carimbo de 9 de junho de 1918 (PSU).

1. Em 7 de junho de 1918, 35 pessoas morreram na explosão de uma fábrica de munições da empresa suíça Sutter & Thévenot, em Bollate, pequena cidade a cerca de vinte quilômetros de Milão (James R. Mellow, *Hemingway, A Life Without Consequences*, Boston, Houghton Mifflin, 1992, p. 57); Miriam B. Mandel, *Hemingway's "Death in the Afternoon": The Complete Annotations*, Lanham, Maryland, Scarecrow Press, 2002, p. 297); Luca Gandolfi, "The Outskirts of Literature: Uncovering the Munitions Factory in 'A Natural History of the Dead'", *Hemingway Review*, 19, primavera/2000, p. 105-7). Hemingway descreveu o acontecimento posteriormente em "A Natural History of the Dead" (*DIA*).

A um amigo do *Kansas City Star*, [aprox. 9 de junho de 1918]

Estou nos Alpes dirigindo um Fiat; Ted está na planície dirigindo um Ford.

Trecho de cartão-postal conforme publicado no *Kansas City Star*, 14 de julho de 1918.

Publicado em artigo intitulado "FERIDO NO FRONT ITALIANO: Ernest M. Hemingway era repórter do Star", o trecho é precedido da seguinte explicação: "Outro cartão de Hemingway recebido hoje diz [...]".

Julho de 1918

A Ruth [Morrison ?][1], [aprox. fim de junho – início de julho de 1918]

No Piave[2].

Querida Ruth—;
Como estão as coisas no velho povoado? Tudo parece estar a um milhão de milhas de distância, e pensar que, nesta época, no ano passado, a gente tinha acabado de se formar. Se naquela época alguém me dissesse, quando eu estava lendo aquela profecia idiota, que dentro de um ano eu estaria enfiado em uma bela trincheira a 20 jardas do rio Piave e a 40 jardas da fronteira com a Áustria ouvindo a cantilena dos tiros pelo ar e o scheeeeeeeek booom das bombas e, de vez em quando, o tique-taque das metralhadoras eu teria dito: "Bebe mais uma". A frase é complicada, mas é só para dizer que eu era um profeta muito burro.

Sabia que eu sou um *soto* Tenente ou segundo tenente graduado no exército italiano e que saí temporariamente do serviço de ambulância da Croce Rosa Americana há pouco para partir para a ação[3]? Mas não conte para a família, eles ainda acham que estou dirigindo um Ford por estradinhas esburacadas no meio da floresta.

Estou alojado numa casa bem bacana a mais ou menos 1 1/2 milhas da fronteira com a Áustria. A casa tinha quatro quartos, dois no andar de baixo e dois em cima. Outro dia uma bomba caiu pelo telhado. Agora são só três quartos. Dois embaixo e um em cima. Eu estava no outro. A moral é: durma em cima. Os canhões italianos ficam atrás de nós e rugem a noite toda. Minha missão é executar *a posto Di ricovero*. Em resumo, eu distribuo chocolates e cigarros para os feridos e os soldados do *front*. Todo dia de manhã e à tarde eu encho uma mochila, pego minha tampa de lata[4] e minha máscara de gás e me mando para as trincheiras. Eu até que me divirto, mas sinto falta dos americanos. Por Deus, quase já esqueci como se fala inglês. Se Cannon ou o velho Loftberg[5] me ouvissem falando italiano o dia todo, eles iriam se revirar nos túmulos. Por Deus, como fico solitário sem ver, nem que seja de longe, uma genuína garota americana. Eu daria a pistola automática que confisquei dos soldados austríacos, o capacete tirado dos alemães e todas as minhas tranqueiras e ainda me arriscaria na linha de fogo por uma única dança.

Acredite no escritor, se quiser fazer uma boa ação escreva para mim no endereço no envelope e a carta será encaminhada a mim. E, Ruth, se você souber de algum conhecido meu de Oak Park que por acaso você consiga convencer a me escrever, faça isso e prometa que eu responderei imediatamente. Até agora não recebi nenhuma carta dos Estados Unidos e estou aqui desde 4 de junho.

Julho de 1918

Hoje à tarde me esgueirei montanha acima e tirei excelentes[6] fotos do Piave e das trincheiras austríacas. Se ficarem boas, mando umas para você. A hora do jantar se aproxima e estou faminto.

Até,

(você sabe que eu sempre me atrapalho na hora de me despedir, então vou sair de mansinho e rápido e deixar você sozinha com a carta

Ernie.

UMD, CMA

As referências de tempo na carta são um pouco contraditórias. EH dá a entender que está escrevendo um ano depois de ler sua "Profecia da Classe", que aconteceu em 13 de junho de 1917, segundo o folheto com o programa do "Dia da Classe" guardado no álbum de seus avós (JFK). Os registros de suas ações na Primeira Guerra indicam (em um formulário que ele mesmo preencheu) que ele "participou de Defensiva Principal do Piave entre 15 de junho e 8 de julho de 1918" (JFK; SL, p. 11).

1. Das quatro moças chamadas Ruth na classe de EH no colegial, a mais provável destinatária parece ser Ruth Morrison (SL, p. 11), integrante do Girls' Rifle Club e uma das duas Ruth que EH menciona em sua "Profecia de classe" (publicada em junho de 1917 no *Senior Tabula* e reproduzida em Bruccoli, *Apprenticeship*, p. 110-7).

2. Rio a nordeste de Veneza, local da Batalha do Piave, a última ofensiva austro-húngara às linhas italianas (iniciada em 15 de junho de 1918), à qual os italianos resistiram com sucesso. Uma semana depois, as forças austro-húngaras retrocederam para a margem leste do rio.

3. Como havia poucos combates nas montanhas, EH e outros motoristas de ambulância se ofereceram para distribuir provisões próximo às linhas de batalha do Piave.

4. Capacete de metal.

5. Lucelle Cannon, professora de latim de EH no colegial; J. O. Lofberg ensinou latim na OPRFHS de 1914 a 1917.

6. EH usa a palavra *darby*, gíria dos anos 1920 nos EUA para "excelente" ou "formidável".

A Clarence e Grace Hall Hemingway, 14 de julho de 1918

[*Brumback escreve:*]

Milão, Itália
14 de julho de 1918

Caro Dr. Hemingway,

Acabo de visitar Ernest no hospital da Cruz Vermelha Americana. Ele se recupera rápido e estará novo em folha, segundo o médico, em poucas semanas. Embora ele tivesse uns 200 estilhaços de bomba alojados nas pernas, nenhum atingiu acima da articulação do quadril. Havia pouquíssimos estilhaços grandes e profundos; os cortes mais sérios foram dois no joelho e dois no pé direito. O médico disse que não haverá problemas na cicatrização

Julho de 1918

desses ferimentos e que Ernest vai recuperar totalmente a mobilidade das duas pernas.

Agora que esclareci a situação dele, imagino que vocês queiram saber detalhes do que aconteceu. Afirmo que vocês podem ficar orgulhosos das atitudes de seu filho. Ele receberá uma medalha de prata por bravura, que na verdade é uma alta honraria e corresponde à Medaille Militaire ou à Legião de Honra da França.

No momento em que foi ferido, Ernest não estava no serviço de ambulância, mas no comando do rancho da Cruz Vermelha no *front*. Ernest, entre vários outros de nossa seção que estavam nas montanhas, onde não havia muita ação, se ofereceu para ir ao Piave ajudar com as provisões. Isso aconteceu no momento em que os italianos estavam engajados em fazer os austríacos recuarem para o outro lado do rio. Assim ele poderia ver toda a ação que queria.

Ernest não ficou satisfeito no rancho na retaguarda da batalha. Ele achou que poderia ajudar mais e ser mais útil se fosse até as trincheiras. Ele comunicou esse desejo ao comando italiano. Deram uma bicicleta para que ele pudesse ir às trincheiras todos os dias levando chocolates, charutos, cigarros e cartões-postais. Os italianos entrincheirados já reconheciam seu sorriso e sempre perguntavam pelo *"giovane americano"*.

Bom, tudo correu bem por seis dias. Mas por volta da meia-noite do sétimo dia, um enorme morteiro de trincheira foi lançado a poucos metros de Ernest quando ele estava distribuindo chocolate. A concussão provocada pela explosão o deixou inconsciente e coberto de terra. Havia um italiano entre Ernest e a bomba. Ele morreu imediatamente. Já outro, que estava a poucos metros, perdeu as duas pernas. Um terceiro italiano ficou seriamente ferido, e Ernest, assim que recuperou a consciência, o colocou nas costas e o carregou até o primeiro posto de apoio da trincheira. Ele dizia não se lembrar de como chegou até lá e como carregou o homem, mas, no dia seguinte, um oficial italiano contou a ele o que aconteceu e disse que houve uma votação para que ele recebesse uma medalha pelo ato.

Naturalmente, por ser americano, Ernest recebeu o melhor atendimento médico possível. Ele só ficou um ou dois dias em um hospital do *front* e depois foi enviado para o Hospital da Cruz Vermelha em Milão. Lá enfermeiras americanas dão banho nele com todo cuidado já que ele é um dos primeiros pacientes internados no hospital. Nunca vi um lugar tão limpo, organizado e arrumado quanto aquele hospital. Vocês podem ficar despreocupados porque ele está recebendo o melhor atendimento da Europa. E não precisam temer pelo futuro porque Ernest me disse que agora pretende ficar no serviço de ambulância, que, em suas próprias palavras, "é quase tão seguro quanto estar em casa".

Julho de 1918

Depois de escrever as linhas acima, visitei Ernest mais uma vez. Ele me disse que o médico havia acabado de sair e que fez outro exame minucioso. Os resultados mostram que não há nenhum osso quebrado e que as articulações não foram atingidas, todos os estilhaços só fizeram cortes na carne.

Quando vocês receberem esta carta, ele já estará de volta à seção. Ele não escreveu ainda porque um ou dois estilhaços se alojaram em seus dedos. Recolhemos vários fragmentos de bomba e balas que foram tirados da perna de Ernie para fazer anéis.

Ernie diz que escreverá em breve. Ele manda para "a Old Ivory", Ura, "Nun-bones", "Nubbins", "O Velho Bruto"[.]

Por favor, envie também minhas lembranças, embora eu não tenha tido o prazer de conhecer a todos. Diga à senhora Hemingway que lamento não ter conseguido encontrá-la quando estive em Chicago.

Atenciosamente,
Theodore B. Brumback

[*EH escreveu:*]
P.S.
Meus queridos—;
 Estou bem e mando lembranças aos meus pais. Eu não sou nem de perto esse valentão que o Brummy pintou para vocês.

Com muito amor.
Ernie.

Sh _____ Não se preocupe, pai.

PSU, NMA; (pós-escrito de EH à CMA de Theodore Brumback a Clarence Hemingway)

EH foi ferido em 8 de julho de 1918. Esta carta foi publicada no jornal de sua cidade natal, Oak Leaves (10 de agosto de 1918), e reproduzida no Kansas City Star (11 de agosto de 1918).

À Família Hemingway, [16 de julho de 1918]

Pernas feridas por um morteiro de trincheira; nada sério; vou receber medalha por bravura; volto a andar em uns dez dias.

JFK, T, conforme publicado no Oak Leaves, 20 de julho de 1918.

Na manchete "Três feridos / Ernest Hemingway foi o primeiro, no front italiano; Harold Beye e Arthur Giles foram atingidos na Batalha do Marne", que traz fotos dos três rapazes, o texto do telegrama é precedido desta explicação:

Julho de 1918

Ernest Hemingway, filho do dr. e da sra. C. E. Hemingway, residentes na North Kenilworth, 600, e membro do serviço de ambulância da Cruz Vermelha Americana na Itália, recebeu seu batismo de fogo cinco semanas após chegar à Europa, e, além disso, uma condecoração por bravura.

Na noite de sábado passado, dr. Hemingway recebeu um telegrama oficial de Washington afirmando que o jovem de Oak Park havia sido ferido enquanto realizava o serviço do rancho na Itália. Na terça-feira, a família recebeu um telegrama tranquilizador de Ernest, que dizia: [...]

Entre os recortes de jornal dos avós de EH sobre a participação do neto na Primeira Guerra Mundial, há outro artigo, também de 20 de julho de 1918, supostamente de outro jornal local, cuja manchete é "HEMINGWAY, FERIDO, SERÁ CONDECORADO POR HONRA AO MÉRITO". Esse artigo também reproduz o telegrama de EH, com palavras e pontuação um pouco diferentes. Outros recortes de 16 de julho de 1918, um deles do Evening Post, de Chicago, também registram que a família Hemingway recebeu o telegrama naquela manhã (JFK).

À Família Hemingway, 21 de julho [de 1918]

21 de julho.

Meus queridos—;
Imagino que o Brummy já contou para vocês tudo sobre os meus ferimentos. Então não há mais nada que eu possa dizer. Espero que o telegrama não tenha deixado vocês muito assustados, mas o Cap. Bates achou que seria melhor se vocês recebessem a notícia primeiro por mim e não pelos jornais. Vocês sabem, sou o primeiro americano ferido na Itália e imagino que os jornais dizem algo sobre isso[1].

Esse hospital é joia e eles têm 18 enfermeiras americanas para cuidar de quatro pacientes[2]. Está tudo bem, estou bem acomodado e um dos melhores médicos de Milão está cuidando de meus ferimentos. Ainda há uns estilhaços alojados. O raio X mostrou uma bala no meu joelho. O cirurgião, sabiamente, depois de discutir o caso, decidiu esperar que a ferida no joelho direito cicatrize antes da operação. Até lá um cisto vai envolver a bala e ele poderá fazer uma incisão abaixo da patela, pelo lado. Esperando que a ferida primeiro cicatrize completamente, ele evita qualquer risco de infecção ou lesão no joelho. É uma atitude sábia, não acha, Pai? Ele também vai tirar uma bala do meu pé direito no mesmo dia. Ele provavelmente vai me operar daqui a uma semana já que os ferimentos estão cicatrizando rápido e não há infecção. Tomei duas doses de antitetânica assim que cheguei ao pronto-socorro. Todas as outras balas e fragmentos de bomba já foram retirados e todos os machucados da minha perna esquerda estão sarando rápido. Meus dedos já estão curados e já tirei os curativos. Não haverá nenhuma sequela permanente dos ferimentos porque nenhum osso foi atingido. Nem mesmo nos joelhos. Em ambos, o esquerdo e o direito, as balas não atingiram a patela. Um dos estilhaços, do tamanho de um rolamento Timken[3], entrou no meu joelho esquerdo, mas foi removido e eu mexo joelho perfeitamente e o corte já está quase cicatrizado. No joelho direito a bala entrou pelo lado esquerdo e se alojou embaixo da patela, mas não pegou nela nem de raspão. Quando vocês receberem esta carta o cirurgião já terá me operado e já estará tudo cicatrizado. E espero voltar a dirigir pelas montanhas na segunda metade de agosto. Fiz umas fotos ótimas do Piave e de outros lugares interessantes. E também tenho um monte de suvenires. Eu estava o tempo todo lá na batalha e peguei munições e carabinas austríacas, medalhas alemãs e austríacas, pistolas automáticas dos soldados, capacetes dos Boche[4][,] umas doze baionetas, granadas luminosas e facas e quase tudo que vocês puderem imaginar. O único limite para a quantidade de suvenires que consegui pegar foi o que pude carregar, pois havia muitos prisioneiros e australianos mortos, o chão estava praticamente coberto deles. Foi uma vitória e tanto e mostrou ao mundo como os italianos são bons de briga.

Contarei tudo para vocês quando eu voltar para casa para o Natal. Aqui faz muito calor agora. Recebo as cartas de vocês regularmente. Lembranças a todo mundo e principalmente a vocês.

Ernie

Escrevam para o mesmo endereço.

A medalha para a qual fui indicado e recebi votos favoráveis é uma grande honra na Itália e estou muito orgulhoso por ter sido indicado. Ela seria entregue para mim no hospital do *front*, mas eu saí de lá um dia antes da data de entrega. Eles dizem agora que a entrega será em Milão. ~~Essas coisas levam tempo e cerimônias.~~

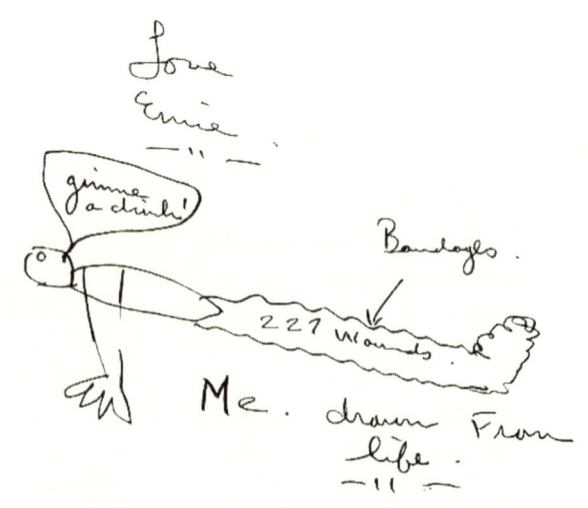

Julho de 1918

IndU, CMA; cabeçalho: Cruz Vermelha Americana / Croce Rossa Americana / Via Manzoni, 10 / Milão

"1918" está escrito como parte da data, mas na letra de outra pessoa. Esta carta foi escrita no dia do aniversário de 19 anos de EH.

1. Robert W. Bates, diretor do serviço de ambulância da Cruz Vermelha Americana na Itália (Bakewell, p. 216, 221). Na verdade, EH não foi a primeira baixa dos EUA na Itália, mas foi o primeiro a sobreviver aos ferimentos; em 16 de junho de 1918, Edward Michael McKey, do rancho da Cruz Vermelha Americana, morreu atingido por uma bomba austríaca enquanto trabalhava perto de Fossalta, lugar em que EH foi ferido (Villard; Nagel, p. 22-3; Bakewell, p. 225).
2. EH foi transferido de um hospital do *front* para o Ospedale Croce Rossa Americana (Hospital da Cruz Vermelha Americana) em Milão.
3. Em 1899, o fabricante de carruagens Henry Timken patenteou o *design* de um rolamento estreito, originalmente usado em carruagens puxadas por mulas, e fundou a empresa de rolamentos Timken em Canton, Ohio.
4. Derivado de uma gíria francesa para "canalha", esse termo se tornou popular na Primeira Guerra como sinônimo de "alemão".

A Grace Hall Hemingway, 29 de julho [de 1918]

C.V.A.
Hospital
Milão
29 de julho

Querida mamãe—;

Acabo de receber suas cartas de 2 de julho e 22 de junho. Viva para Nun bones e três vivas bem animados para Ura e o tio Geo[r]ges[1]. Diga a Ivory para encarar Sam sob a luz fria da razão não se entusiasmar demais e também se lembrar do velho provérbio sobre a magnitude grandiosa dos habitantes não fisgados do oceano[2]. E o que o Pater estava fazendo na estrada para a Geórgia? Recebi ontem o telegrama dele me dando os parabéns[3]. Não tem nenhuma novidade no *front* Hemingstein. O último boato é que devo sair andando do hospital dia 1º de setembro ou por volta desse dia. As feridas estão ficando esquisitas. Contudo, pelos indícios atuais, eu nunca vou ficar bonito de *kilt* porque as pernas exibem uma aparência toda recortadas. Estão com uma aparência meio decepcionante. Por um tempo, Mãe, eu parecia uma loja de ferragens ambulante. Quase todo mundo do norte da Itália tem uma lembrancinha do Stein Ferido. Mas não se preocupe, Mãe, enquanto o mestre mateiro dedicava sua semana às trincheiras, ele conseguiu desferir golpes discretos desanimando os austríacos. Também dei uma olhada em como se faz um bom bocado de história de verdade durante a Grande Batalha do Piave e fiquei o tempo todo ao longo do *front* entre as montanhas e o mar.

É verdade, desde que cheguei aqui tive que falar italiano e por isso aprendi naturalmente. Agora já posso conversar pelo tempo que a outra pessoa quiser.

Julho de 1918

Também me saí bem aprendendo francês. Pode parecer engraçado depois dos meus resultados em latim, mas as línguas são moleza para mim. E já posso até ser intérprete de italiano. O único problema é que só aprendi de ouvido e não sou capaz de escrever nada. Mas posso ler os jornais italianos com facilidade.

Milão é uma joia de cidade. É a cidade mais moderna e agitada da Europa. Só que é muito quente. Mas nos servem bebidas geladas e colocam minha cama na varanda debaixo do toldo. Da sacada podemos ver a cúpula da catedral. É linda. Dentro é como uma grande floresta. As colunas parecem chegar ao céu como os "Os pinheiros e os abetos murmurantes". Ainda assim, eu prefiro a Notre Dame[4]. Eles vão me mandar para a Riviera para convalescer e então vou poder caminhar e pegar uns peixes no mar e andar de barco e nadar em setembro. Todos os privilégios de uma viagem ao exterior, hein? E bem melhor do que esperar ser recrutado, não é?

Se você puder, mãe, agradeceríamos se você mandasse umas revistas. Não há nada para ler sobre os Estados Unidos. E também pergunte por que três das minhas irmãzinhas não me escrevem.

Boa noite, minha velha, e Deus a abençoe. Eu sou um bom garoto.

Com muito amor.
Ernie.

IndU. CMA

O ano está escrito com a letra de outra pessoa abaixo de "29 de julho".

1. Em cartas enviadas a EH em 11 e 23 de junho e 2 de julho (JFK), Grace contou que Sunny estava se formando (presume-se que no oitavo ano) e que o tio George, que passou dois dias na casa da família vindo de Pine Lake, levou Ursula com ele para passar duas semanas na casa de verão da família "no norte".

2. Em uma carta enviada para EH em 16 de junho, Clarence mencionou a atenção que Marcelline estava recebendo de um amigo, Sam Anderson, que estava voltando da faculdade Williams College para casa e parou em Oak Park na tentativa de entrar para a Marinha (JFK).

3. No fim de junho, Clarence viajou para Camp Wheeler, perto de Macon, Geórgia, em um trem do exército acompanhando setecentos jovens de Illinois que haviam sido recrutados para o serviço militar. Como médico e "homem do YMCA", ele ofereceu apoio moral e atendimento médico (Grace a EH, 2 de julho de 1918 e Clarence a EH, 5 e 9 de julho de 1918, JFK). Em um telegrama encaminhado a EH pela Cruz Vermelha Americana (26 de julho de 1918), Clarence escreveu: "Amor solidariedade aniversário parabéns" (JFK).

4. Ao descrever a Catedral de Milão, a segunda maior do mundo, EH cita um verso inicial do poema "Evangeline: A Tale of Acadie", de Henry Wadswort Longfellow. Notre-Dame é outra catedral gótica altíssima.

Julho de 1918

A James Gamble, 31 de julho [de 1918]

Hospital da C.V.A.
Em algum lugar de Milão
31 de julho

Caro Capitano;
    Saudações! De nosso *front*, nada a reportar. Na nossa retaguarda, no entanto, estou totalmente curado e as bandagens foram removidas. Também temos a permissão de anunciar uma vigorosa melhora nos nossos flancos direito e esquerdo. Dr. Castiloni, grafia não verificada, cirurgião do Hospital Maggiore, veio hoje. Segundo ele, ou para ele, terei de esperar mais duas semanas e só depois ele vai, ou ele pode, operar o joelho e o pé direitos. É um pouco decepcionante porque significa mais um mês e meio deitado. Dr. C_ _ _ _ _ _ _ _ _ i falou em um italiano professoral e pausado sobre a grande *pericolosa*[1] de abrir o joelho se ainda houver alguma infecção. Então é bem provável que o melhor seja esperar as duas semanas.
    Se você olhar para a margem direita deste texto datilografado não parece um pouco com *verse libre*? *Come* [2]?
    Pelo recorte do dia 9 do N. Y. Times que estou enviando, parece que a camuflagem de capitão já estourou nos jornais da metrópole[3]. Klaw e Erlanger, cópia, por favor[4]. Aliás, ele ainda exibe na roupa as três divisas? Milão está tão silenciosa agora quanto um Sabá na cidade em que você nasceu. Seeley e eu nos concentramos na leitura do Delineator de 1916 e 1917 e nossas refeições são animadas por discussões sobre pregas e cortes da moda. Sou reconhecido como uma autoridade em *Crepe de chine* no norte da Itália[5]. Seeley deve lançar em breve uma monografia sobre A Lingerie Como Ela É. "As *lingeries* que conheci" seria melhor. Sério, Capitano, quero dizer o quanto agradeço tudo o que o senhor fez por mim e o modo como cuidou de mim depois que me feri. Sinto-me mais agradecido do que consigo dizer, por isso nem vou tentar.
    Mande lembranças ao Van Der Veer e ao pessoal de Vicenza[6].

Do entusiasmado
Ernest M. Hemingway.

fJFK, CDA

1. *Pericolosa*: perigosa, em italiano; a palavra correta para "perigo" seria *pericolo*.
2. *Verse libre*: verso livre em francês, poesia sem padrão métrico fixo. *Come?*: "Como?", em italiano.
3. Embora o recorte não esteja mais junto à carta, EH parece se referir ao artigo "Our Aviators Tireless in Italiam Fighting" (*New York Times*, 9 de julho de 1918, p. 3), que fala sobre o heroísmo dos pilotos norte-americanos recrutados para missões de reconhecimento pelo capitão Fiorello LaGuardia (1882-1947), que deixou o Congresso para servir à Força Aérea como piloto de bombardeiro na Itália. LaGuardia foi encarregado pelo presidente Wilson de fazer discursos incitando os italianos dos EUA a apoiarem os esforços de guerra. Ele obteve notoriedade e foi louvado como "orador e patriota" ("La Guardia, America's Congressman-Aviator", *New York Times*, 30 de junho de 1918, p. 58).

Agosto de 1918

4. Os empresários e produtores teatrais Marc Alonzo Klaw (1838-1936) e Abraham Lincoln Erlanger (1860-1930) formaram uma parceria no fim dos anos 1880 e até o início da década de 1910 controlaram a maioria das bilheterias em todos os Estados Unidos.

5. Coles van Brunt Seeley, membro da seção 1 do serviço de ambulância da Cruz Vermelha Americana, era subordinado a Gamble no serviço de rancho (Bakewell, p. 222, 225). Ele esteve no hospital na mesma época em que EH, após se ferir com uma bomba ativada enquanto coletava suvenires (Villard; Nagel, p. 13-4). A *Delineator* (que tinha o subtítulo "Uma revista de Moda, Cultura e Belas Artes") era uma importante publicação feminina, foi publicada mensalmente entre 1873 e 1937 pela Butterick Publishing (que criava e produzia moldes para costura) e trazia ilustrações coloridas de manequins com as últimas tendências de moda. Crepe da China é um tecido de seda leve para vestidos.

6. John S. Vanderveer era membro da seção 5 do serviço de ambulâncias da Cruz Vermelha Americana (Bakewell, p. 224). Vicenza fica a cerca de 25 quilômetros de Schio.

À Família Hemingway, 4 de agosto [de 1918]

Hospital da CVA.
Milão
4 de agosto

Meus queridos—;

A carta que a mãe escreveu em 8 de julho, dia em que me feri, chegou anteontem. Não tenho nada de mais para contar porque ainda estou de cama e assim devo ficar por mais ou menos um mês.

O cirurgião diz que minha perna está ficando boa e ele planeja operar o joelho e o pé direitos em 15 de agosto. Eu bem que gostaria que ele apressasse isso, porque é cansativo esperar deitado na cama com as pernas imobilizadas. Houve um grande desfile no último domingo e eles me carregaram com as pernas presas numa tala.

Com uns seis soldados italianos como guarda-costas, me sentei numa praça e as tropas passaram em revista. A multidão me aplaudiu por uns dez minutos sem parar e eu tive que tirar o quepe e acenar umas 50 vezes. Eles jogaram flores em mim, todo mundo queria apertar minha mão e todas as garotas queriam saber meu nome para poderem me escrever. O senhor jornalista foi reconhecido pela multidão como o Herói Americano do Piave. Eu não sou nada além de um segundo tenente, ou soto-tenente, mas todos os capitães bateram continência para mim primeiro. Foi eletrizante. Eu tentei me comportar com altivez, mas estava muito envergonhado.

Ouvi hoje que fui indicado para a medalha de mérito do Duque de Aosta, o irmão do rei[1]. Essa é mais uma, além da medalha de prata a que também fui indicado. A medalha de prata é quase a mais alta Condecoração que um homem pode receber. Acho que vem junto com uma pensão, mas não tenho certeza. Só nove homens têm a condecoração mais alta. A medalha de prata corresponde à Cruz Vitória. É mais alta do que as francesas Croix D'Guerre e Medaille Millitaire e está no nível da Legião de Honra, pelo que dizem[2].

Agosto de 1918

Espero estar de pé e de saída logo para receber aquela para que me indicaram. Geralmente ela é entregue pelo rei.

As trutas arco-íris de Hortons Bay podem agradecer a Deus por haver uma guerra. Mas elas estarão maiores no próximo verão. Puxa, como eu queria estar na velha doca pescando.

Mãe, você pareceu muito entusiasmada com o último Jacky! O tal com voz de tenor. Cuidado com os tenores[3]!

Se não for muito difícil, mandem o Oak Leaves toda semana, por favor? E também o Tribune, de vez em quando. Jornais e revistas são as únicas coisas que você pode mandar para cá. E pergunte às minhas quatro lindas irmãs por que elas não me escrevem de vez em quando.

Um brinde a todos vocês,
Com muito amor a todos e mandem um beijo para Dessie por mim.
Ernie.

PSU, CMA; cabeçalho: Campo Aviazione-Cascina Malpensa; carimbo postal: Milão, Centro / Partenza, 88 18. 18

1. Príncipe Emanuel Felisberto (1869-1931), o segundo Duque de Aosta, comandou o Terceiro Exército Italiano durante a Primeira Guerra Mundial. Ele era primo em primeiro grau de Vítor Emanuel III (1869--1947), rei da Itália de 1900 a 1946.

2. *A Medaglia d'Argento al Valore Militare* italiana, criada em 1833, era outorgada em casos de excepcional bravura em combate. A Cruz Vitória, a mais alta condecoração por bravura do Reino Unido, foi criada em 1856 pela rainha Victoria. A *Croix de Guerre* foi criada em 1915 para heroísmo ao enfrentar o inimigo e era normalmente outorgada a soldados estrangeiros e unidades aliadas da França. A Médaille Militaire, condecoração instituída em 1852, era outorgada apenas a suboficiais e aos alistados. A Légion d'Honneur, a mais alta honra da França e a primeira ordem moderna de mérito, foi estabelecida em 1802 por Napoleão I e era outorgada a civis ou militares ilustres. Na verdade, EH recebeu duas condecorações italianas: a medalha de prata e a *Croce al Merito di Guerra*. Consta que a medalha de prata foi outorgada a todos os soldados que se feriram, e a Cruz de Guerra, como as fitas distintivas do Exército dos EUA, a todos aqueles engajados no combate (Robert W. Lewis, "Hemingway in Italy: Making it up", *Journal of Modern Literature*, 9, n. 2, maio de 1982, p. 223-4; Villard; Nagel, p. 256-7).

3. Em carta de 7 ou 8 de julho a EH, Grace falou sobre os vários "Jackies" que andavam visitando Marcelline. Sobre Sam Anderson (que "quase conquistou Marce"), ela escreveu: "Ele é um loiro grande e atlético, cursou dois anos da faculdade, toca um pouco & tem voz de tenor & é cheio de qualidades" (JFK).

A Clarence, Grace Hall e Marcelline Hemingway, 7 de agosto [de 1918]

7 de agosto

Meus queridos e Ivory—;
Epístolas de 9 e 13 de julho recebidas hoje. Olá para vocês. A carta de 13 de julho do Pai ultrapassou a de 5 de julho da Ivory[1]. Tais são as maravilhas do sistema postal.

Gunnar Dahl era um dos meus melhores amigos e jogava na defensiva do meu lado no velho time peso-leve. Ele era uma joia de batedor. Espero que Deus me permita encontrar alguns dos porcos alemães que o mataram[2]. Estou feliz em saber que o pai se divertiu com os recrutas. Se eles são parecidos com os contingentes que já vi, a coisa foi movimentada[3].

Ed Welch, que era *Sou chef,* um, em *Englesi*, segundo-tenente, o segundo no comando da nossa seção, vai voltar para casa semana que vem. Ele mora em Rogers Park e vai visitar vocês assim que chegar em casa[4]. Ele é um colega muito legal e vai falar de mim e da nossa turma para vocês. Ele é católico, então não façam nenhuma besteira.

Charles Griffin, um chefe ou comandante da seção, também voltará para os Estados Unidos[5]. Ele mora em New Jersey, mas deve ir a Chicago visitar vocês. Ele e Eddie são caras legais.

Depois de amanhã serei operado no joelho direito e no pé direito. Depois conto tudo para vocês. Completo amanhã um mês de cama e isso já está cansativo demais. Mas devo sair em um mês usando muletas. Vou convalescer na Riviera, onde posso nadar e pescar um pouco.

Depois, no final de setembro, vou tirar uma "licença" de duas semanas ou volto com todas as viagens de trem de graça. E então Brummy e Jenks e eu provavelmente vamos a Nápoles e Roma e por todo o Sul da Itália. Já vi todo o Norte da Itália, e o Sul da Itália precisa mostrar-se animado para se comparar ao Norte.

Vocês ficariam surpresos, família, se me vissem falando italiano. A essa altura já falo bem. Você vão ver quando eu voltar para casa e for às barracas de frutas. Meu francês também vai bem. Escrevo uma carta ou pouco mais por dia em italiano.

Acho que vou ficar por aqui no inverno. Talvez eu vá à Mesopotâmia. Só depende do quão bem eu estiver me sentindo. A Mesopotâmia é agradável no inverno. Mas conhecida como o inferno no verão. Seria legal poder ir a Bagdá e Jerusalém etc. durante o inverno. Se eu puder ficar alistado por seis meses, vou para lá. Mas não por um ano. Talvez alguns de nós vamos para a Sérvia[6]. Eu gostaria de receber uma medalha sérvia.

Bem divirtam-se enquanto o papai está longe, crianças.

Com muito amor.
Ernie.

P.S. Vejam que estou no exército italiano, não americano. Não coloquem Ten. na correspondência. Senão ela se mistura com a das ambulâncias do exército americano[7]. Nossa patente é soto-tenente. Abreviem S. Ten. ou Soto Ten. Esse é o equivalente italiano para segundo-tenente. Como S. Ten. Ernest Hemingway a correspondência será separada da do exército americano. Usem também meu novo endereço italiano.

IndU, CMA; cabeçalho: Cruz Vermelha Americana / La Croce Rossa Americana / Via Manzoni, 10 Milão

Agosto de 1818

1. Essas cartas permanecem no acervo Hemingway Collection da JFK; a de Marcelline foi incluída na edição de 1999 de suas memórias (Sanford, p. 279-80).

2. Em 13 de julho, Clarence escreveu que David Thor e Gunnar Dahl, de Oak Park, haviam morrido na França. Ele provavelmente viu a notícia na matéria de capa do *Oak Leaves* naquele dia, segundo a qual os dois "amigos desde os tempos de infância" se alistaram juntos no corpo de fuzileiros navais dos EUA em abril de 1917 e carregavam a mesma metralhadora quando morreram. Dahl se formou na OPRFHS em 1916, Thor não chegou a completar o colegial, mas seu irmão Joseph estava na classe de 1917 com Hemingway.

3. Em sua carta de 9 de julho, Clarence escreveu sobre sua "incrível viagem" acompanhando os alistados de Illinois em um trem das tropas até Camp Wheeler, na Geórgia. Ele anexou uma cópia de sua carta datilografada ao responsável do YMCA descrevendo a experiência.

4. Edward J. Welch Jr.; Rogers Park é um bairro distante a nordeste de Chicago, nas margens do lago Michigan e na fronteira com Evanston, Illinois, no extremo norte da cidade.

5. Tenente Charles B. Griffin (Baker *Life*, p. 42).

6. Na Mesopotâmia e na Palestina, a guerra foi travada principalmente por forças do Reino Unido e do Império Otomano. Nesse momento da guerra, os Aliados estavam derrotando forças dos Potências Centrais em todo o Oriente Médio. A declaração de guerra do Império Austro-Húngaro à Sérvia em 28 de julho de 1914 apressou a Primeira Guerra Mundial.

7. O envelope que Grace enviou em 23 de junho ao "Ten. Ernest Miller Hemingway / Serviço Italiano de Ambulância / Cruz Vermelha Americana / Milão / Itália / a/c Cônsul Americano" foi carimbado "NÃO É DO SERVIÇO DE AMBULÂNCIA DO EXÉRCITO DOS EUA / ITÁLIA" (JFK).

A Marcelline Hemingway, [8 de agosto de 1918]

Ospedale Americana

Cara Mio—;
Perche non scrivere a eo? Multo giorno niente epistola! An altro tenente amata. Come? Queridíssima Ivory, isso é só um exemplo das cartas que sou obrigado a escrever todos os dias. Traduzindo, significa: Queridíssima–; por que, meu amor, você não me escreve? Espero há muitos dias e nada de cartas. É por que você ama outro tenente[1]? É assim que o Velho Mestre aprende a língua italiana. Ele pode falar com grande fluência e, quando eu voltar, faremos uma excursão aos restaurantes italianos do centro para que eu faça uma demonstração. Quando eu contar sobre os muitos austríacos que caíram aos meus grandes pés, vão nos alimentar de graça. Abrindo mão de qualquer lucro.

Por que, ó, raio brilhante de uma lua de agosto, você não me escreve? É por que não me ama? Ou é nada além de negligência? Se as moças de nossa aldeia ao menos me verem de uniforme, tenho grande temor que os homens ficassem sem esposas. Ainda mais porque, para apreciarem minhas cicatrizes, eu precisaria ficar sem a parte de baixo (i.e., as calças); ou então ter presilhas na altura do joelho que pudessem ser desabotoadas quando eu quisesse mostrar as provas da minha coragem, que são muitas e variadas. Ah Hah! Não vou vestir nada além do meu maiô! Então, tudo será revelado, N'Espa[2]?

Querida Ivory, telefone para todas as minhas ex-namoradas! Diga a elas que o mestre mateiro, agora conhecido como o Herói do Piave, sente por elas um amor imortal. Transmita-lhes minha fidelidade imortal e minha devoção filial.

Agosto de 1918

Diga a elas que vou voltar, se Deus quiser, e vou cortejá-las e talvez me case com todas elas. Informe que é apenas a falta de interesse que me impede de lhes escrever. Depois me conte o que elas disseram.

Ligue também para Frances Coates e diga a ela que seu irmão está às portas da morte e que ela, por favor, sem desculpas, escreva para ele. Faça que ela repita o endereço passado por você, assim ela não terá um álibi! Diga que eu a amo ou qualquer outra coisa besteira! Você me conhece, Ivory.

Doce irmã, por que você mesma não mergulha sua pena na tinta e me escreve uma longa epístola? Não é só porque sou um grande homem que você precisa se intimidar! Eu sou democrático ou nada. Si! Predominantemente nada.

Aqui vão meus beijos,
Arevedechi, Bon Giorno[3]!
Outro beijo—

O Velho Bruto.

fJFK, CMA; cabeçalho: Cruz Vermelha Americana / La Croce Rossa Americana / Via Manzoni, 10 / Milão; carimbo postal: Milão / Partenza, 8.8.18

A carta está datada em outra caligrafia: 8 de agosto de 1918.

1. EH escreve em um italiano repleto de erros.
2. *N'est-ce pas?* [Não é? (francês)].
3. *Arrivederci, buon giorno!* [Até logo, bom dia! (italiano)].

A Clarence Hemingway, [aprox. 14 de agosto de 1918]

Washington. D.C.
14 de agosto de /918

Dr. C. E. Hemingway

Telegrama da Itália para o senhor diz Operação nas pernas totalmente bem-sucedida. melhorando rápido/ – Telegrama assinado Ernest Hemingway.

W. R. Castle jr[1]
Cruz Vermelha

JFK, transcrição manuscrita de telegrama de EH

Essa transcrição foi guardada no álbum dos avós de EH, junto com vários recortes de jornal sobre seu ferimento e hospitalização na Itália. EH foi submetido à cirurgia em 10 de agosto, conforme registro daquela data no diário de Henry S. Villard, paciente no mesmo hospital (JFK; Villard; Nagel, p. 31).

1. Ex-reitor assistente de Harvard College, William R. Castle Jr. (1879-1963) tornou-se diretor do Departamento de Comunicações da Cruz Vermelha Americana quando os Estados Unidos entraram na Primeira Guerra Mundial.

Agosto de 1918

A Elizabeth Dilworth, 14 de agosto [de 1918]

14 de agosto,

Querida tia Beth—
Guarde um lugar na mesa para mim, porque vou voltar a tempo da próxima pescaria de primavera. Eu me diverti muito aqui e espero sair do hospital e voltar ao *front* em poucos meses. Espero que você esteja aproveitando o verão. Muito amor.
Ernest.
S. Ten. Ernesto M. Hemingway.
Croce Rossa Americana Ospedale.
Milão, Itália

Robert and Susan Metzger Collection, cartão-postal MA; verso: Milão–Galleria Vittorio Emanuele II; carimbo postal: Mano / Centro, 19-20 / 15 • viii / 1918

O cartão é endereçado a "Mrs. James Dilworth / RFD No. 2 / Boyne City / Michigan / EUA". Foi encontrado no sótão da "cozinha de verão", construída separada da casa dos Dilworth em Horton Bay.

À Família Hemingway, 18 de agosto [de 1918]

X Vermelha Americana
Hospital,
Milão
18 de agosto

Meus queridos—;
Isso inclui vó e vô e tia Grace. Muito obrigado pelas 40 liras! Foram muito bem-vindas. Puxa, família, meu ferimento deu mesmo muito pano para manga! O Oak Leaves e o concorrente chegaram hoje e comecei a pensar, família, que talvez vocês não me estimassem tanto quando eu morava com vocês. Não há nada melhor do que ser morto e ler seu próprio obituário[1].

Vocês sabem que dizem que não há nada de engraçado nesta guerra. E não há. E só não digo que foi um inferno porque essa palavra tem sido muito usada desde os tempos do Gen. Sherman, mas já houve pelo menos 8 vezes em que preferiria o inferno[2]. Desde que ele não viesse justo na época em que eu estivesse vivendo a guerra. P. exemplo. Nas trincheiras, durante um ataque, quando uma granada acerta em cheio o grupo em que você está. As bombas não são ruins se não acertam em cheio. Você apenas corre o risco dos estilhaços da explosão. Mas quando ela acerta em cheio, todos os seus colegas são chapinhados ao seu redor. Chapinhar é literal.

Agosto de 1918

Durante os seis dias que estive nas trincheiras na linha de frente, a apenas 50 yds dos austríacos, senti que minha vida era meio mágica. Mas a sensação de ter uma vida mágica não importa tanto, já ter uma importa demais! Espero que a minha seja. Esse barulho são as minhas juntas batendo contra o estrado da cama.

É muito difícil escrever dos dois lados do papel, então vou pular[3]–

Bom, agora posso erguer as mãos e dizer que fui bombardeado por fortes explosivos, estilhaços e gás. Atingido por morteiros de trincheiras, atiradores e metralhadoras. E como diversão extra um avião que atirava nas tropas. Nunca atiraram uma granada de mão contra mim, mas uma de lança-granadas caiu bem perto. Talvez uma granada de mão ainda me pegue. E apesar de toda essa confusão, ter sido atingido apenas por um morteiro de trincheira e uma bala de metralhadora enquanto avançava para o fundo, como dizem os irlandeses, foi muita sorte. Não foi, família?

Os 227 ferimentos que tive por causa do morteiro de trincheira não doeram nada na hora, eu só sentia como se meu pé estivesse dentro de galochas cheias d'água. Água quente. E minha patela estava agindo de modo estranho. Senti a bala da metralhadora como se fosse uma bola de neve batendo na perna. Só que ela me derrubou. Mas eu me levantei de novo e joguei o corpo ferido dentro de um abrigo. Eu praticamente desabei dentro dele. O italiano que estava comigo sujou todo o meu casaco de sangue e parecia que alguém tinha feito geleia nas minhas calças e depois feito uns buracos para que a polpa saísse. Bem, o capitão, que era um grande amigo meu, eu estava no abrigo dele, disse: "pobre Hem, logo ele descansará em paz". Descansar em paz, é isso. É que eles pensavam que eu tinha levado um tiro no peito por causa do sangue no casaco. Mas eu fiz eles tirarem meu casaco e minha camisa, eu não estava usando camiseta por baixo, e o velho torso estava intacto. Aí eles disseram que eu provavelmente viveria. Aquilo me animou um bocado. Eu disse a ele, em italiano, que queria ver minhas pernas, apesar do medo de olhar para elas. Então tiramos minhas calças e meus velhos membros ainda estavam lá, mas, puxa, em péssimo estado. Eles não conseguiam entender como consegui andar 150 jardas carregando peso e com tiros nos dois joelhos e dois buracos grandes no sapato direito. E também 200 ferimentos na pele. "Oh", eu disse, em italiano, "Capitão. Não foi nada. Nos Estados Unidos todos fazem isso! Achamos que é melhor não deixar que o inimigo perceba que nos deixou bufando de raiva como um touro!"

A história do touro exigiu uma habilidade linguística de mestre, mas eu consegui e depois dormi por uns minutos.

Quando acordei, eles me carregaram numa maca por três quilômetros até uma enfermaria. Os padioleiros sofreram porque o caminho estava sendo bombardeado. Quando vinha uma das grandes, uiiiii uoosh – Bum – eles me

Agosto de 1918

colocavam no chão e deitavam. Meus ferimentos então doíam como se 227 pequenos demônios estivessem arranhando minha carne. A enfermaria havia sido evacuada durante o ataque, então fiquei detado por duas horas em um estábulo, com o teto arrebentado, esperando uma ambulância. Quando chegou, mandei que ela descesse até a estrada e buscasse os soldados que tinham sido feridos primeiro[4]. Ela voltou carregada e então eles me puxaram para dentro. O bombardeio ainda estava forte e atrás de nós as baterias eram disparadas o tempo todo e aqueles grandes 250s e 350s passando pela nossa cabeça fazendo uma barulheira feito trem de estrada de ferro rumo à Áustria. Então ouvimos tiros vindos das linhas. E um projétil, uma grande bomba austríaca, explodiu no meio dos tiros. Mas nós revidávamos com mais bombas e muito maiores do que as que eles nos mandavam. Aí uma bateria de canhões de campanha saiu do galpão e bum, bum, bum, bum. E os Setenta e Cinco ou 149s ganiam na direção das linhas austríacas e foguetes subiam o tempo todo e as metralhadoras pareciam rebitadeiras[5]. Tatata, tatata.

Depois de uma volta de alguns Quilômetros numa ambulância italiana, eles me deixaram numa enfermaria em que vários dos médicos eram meus colegas. Eles me deram uma dose de morfina e injeção antitetânica e rasparam minhas pernas e retiraram uns vinte e 8 fragmentos de bomba de tamanhos variando entre ⌒ e ▭ . Depois capricharam nas ataduras e apertaram minhas mãos, iam até me beijar, mas eu dispensei. Daí fiquei cinco dias no hospital de campo e fui transferido para este hospital de base aqui.

Mandei para vocês aquele telegrama para que não se preocupassem. Estou no hospital há um mês e 12 dias e espero sair daqui a um mês[6]. O cirurgião italiano fez um trabalho ótimo no meu joelho direito e no pé. Levei 28 pontos e ele me garante que poderei andar tão bem quanto antes. Todos os ferimentos sararam e não houve nenhuma infecção. Ele engessou minha perna direita para a articulação se recuperar. Tenho umas lembrancinhas afiadas que ele retirou na última operação.

Eu não estaria tão bem agora se eu estivesse sentindo dor. O cirurgião vai tirar o gesso daqui a uma semana e vai me deixar andar com muletas daqui uns dez dias.

Vou ter de aprender a andar de novo.

Vocês perguntaram sobre o Art Newburn. Ele estava em nossa seção, mas foi transferido para a II. Brummy está na nossa seção agora. Não briguem comigo, mas nos meus tempos de garoto aprendi a jogar pôquer. Art Newburn tinha a ilusão de ser um jogador de pôquer. Não quero entrar em detalhes constrangedores, mas o convenci do contrário. Sem ter nada nas mãos, eu banquei. Dobrei [a aposta?] dele, amansei os apostadores e blefei até tirar dele 50 liras. Ele tinha três ases e teve medo de arriscar. Conte isso a alguém que entenda

Agosto de 1918

de pôquer, pai. Acho que o Art contou numa carta que mandou ao Oak Parker que ele iria cuidar de mim[7]. Agora me diz, pai, de homem para homem, isso é tomar conta de mim? Não é não. Daí você vê que mesmo que a guerra não seja divertida, muitas coisas divertidas acontecem na guerra. Mas o Art venceu o campeonato de arremesso de ferraduras na Itália.

Esta é a carta mais comprida que já escrevi para alguém e ela só diz o essencial. Agradeçam por mim a todos que perguntaram sobre minha saúde e como diz Ma Pettengill, "vamos manter as lareiras acesas!"[8].

Boa noite e lembranças a todos.
Ernie

Hoje eu recebi uma carta de Helmles[9] endereçada ao Soldado Raso Ernest H – o que eu sou é S. Ten. ou Soto-Tenente Ernest Hemingway. Essa é minha patente no exército italiano e significa segundo-tenente. Espero me tornar tenente ou primeiro-tenente logo.

Querido pai–; Recebi a sua carta de 23 de julho. Muito obrigado. Mas você precisa da grana[10] mais do que eu. Se eu falir de verdade, mando um telegrama. Mande qualquer dinheiro que outros quiserem em mandar, pai, mas <u>você</u> não me dê nada a menos que eu envie um telegrama. Eu vou enviar se precisar.

Com amor
Ernie.

IndU, CMA

1. O jornal *Oak Leaves* publicou que EH foi ferido em "Three Are Wounded" (20 de julho de 1918), uma matéria de capa com a foto de EH retirada do livro de formatura no colegial, e em "Wins Italian Medal / Ernest Hemingway to Receive Valor Badge for Exploit at Piave River: Recovering in Milan" (10 de agosto de 1918). Essa matéria trazia a transcrição de uma carta de Brumback de 14 de julho à família Hemingway, com um pós-escrito de EH. Nas semanas seguintes, o *Oak Leaves* publicou outras matérias sobre EH: "With Our Wounded / Hemingway Is Italian Hero" (7 de setembro de 1918) e "Wounded 277 Times" (5 de outubro de 1918), que reproduzia esta carta e uma fotografia de EH deitado na cama no hospital de Milão. "O concorrente" é provavelmente uma referência ao *Oak Parker*, outro jornal local, fundado em 1884.

2. A frase "A guerra é o inferno" é atribuída a William Tecumseh Sherman (1820-1891), General da União durante a Guerra Civil dos EUA. Ele é famoso pela "Marcha para o mar", de Atlanta a Savannah, Geórgia, em 1864, na qual seus homens destruíram todos os bens de possível valor para os esforços de guerra dos Confederados.

3. EH escreveu o restante da carta em apenas um dos lados do papel (exceto pelo pós-escrito, no verso da última página).

4. Hemingway "prestou generosa assistência aos soldados italianos mais seriamente feridos na mesma explosão e não permitiu que o levassem a qualquer lugar antes que os demais tivessem sido evacuados", como descreve a história oficial dos EUA e uma citação de *The First World War: A Complete History*, de Martin Gilbert (Nova York, Henry Holt, 1994, p. 438).

5. Os 75 eram as armas francesas mais usadas nos campos por sua rapidez de tiro e facilidade de manuseio; os 149 eram armas italianas Obice de 149 mm. Os foguetes, ou projéteis luminosos, eram usados para sinalização e iluminação.

6. Se EH datou a carta corretamente, ele aparentemente calculou errado seu tempo de hospitalização, já que ele foi ferido em 8 de julho, um mês e dez dias antes.

Agosto de 1918

7. Em carta de 23 de julho a EH, Clarence perguntou: "Newburn estava perto de você? Onde está Ted Brumback?" Uma carta de Newburn para a mãe, datada de 9 de junho de 1918, foi publicada em um artigo de jornal (presumivelmente o *Oak Parker*) e guardada com outros recortes sobre a ação de EH na Primeira Guerra Mundial no álbum de seus avós. Newburn disse para a mãe: "Hemingway ficará na mesma seção que eu, então pode dizer ao pai dele que poderei tomar conta de seu filho" (JFK).

8. Ma Pettengill é uma personagem pitoresca criada pelo popular humorista norte-americano Harry Leon Wilson (1867-1939), que aparecia regularmente no *Saturday Evening Post*. Ela diz essa frase em "Red Gap and the Big-League Stuff", uma história publicada na edição de 15 de junho de 1918 da revista e depois incluída na coletânea *Ma Pettengill*, de 1919. A fala é uma alusão a uma canção popular da Primeira Guerra, "Keep the Home-Fires Burning ('Till the Boys Come Home)", de 1914, música de Ivor Novello (batizado David Davies, 1893-1951) e letra de Lena Ford (aprox. 1866-1918).

9. Robert K. Helmle integrava a turma de 1915 da OPRFHS e foi editor do *Trapeze* de 1914 a 1915 (Buske, *Hemingway's Education*, 77); seu texto "Boyhood Recollections of Ernest Hemingway and His Father" aparece em Robert K. Hemle; Francis Pledger Hulme (orgs.), *The Toe River Anthology* (Burnsville, Carolina do Norte, Toe River Arts Council, 1979, p. 83-94).

10. Em carta de 23 de julho, Clarence escreveu que o tio Tyler e o "vovô" deram a EH dez dólares cada um por seu aniversário; Clarence disse que enviaria o dinheiro a EH via American Express, junto com seu próprio presente, também em dinheiro (JFK).

A Grace Hall Hemingway, 29 de agosto [de 1918]

29 de agosto
Hospital da C.V.A.

Querida Mãe—;
Não escrevi antes porque não tive ânimo. Meus velhos membros vão melhorando. Minha perna esquerda está curada e consigo dobrá-la bem e agora ando pelo quarto e pelo meu andar no hospital usando muletas. Mas só posso andar um pouco por vez porque ainda estou muito fraco. Tiraram o gesso da minha perna direita há uns dois dias e ela ainda está dura como uma tábua e dói terrivelmente de tanto entalharem em volta da articulação do joelho e no pé. Mas o cirurgião, que se chama Sammarelli, é o melhor de Milão e conhece o Beck de Nova York, que agora está morto, e um dos Mayo[1]. Ele diz que com o tempo vai ficar tudo bem. A patela melhora a cada dia e logo vou poder mexê-la.

Estou mandando uma foto minha na cama do hospital. Parece que minha perna esquerda foi mutilada, mas não, só está dobrada, por isso dá essa impressão[2].

Eles têm sido ótimos comigo aqui. Todos os americanos fizeram um estardalhaço por minha causa. Uma sra. Stucke, em especial, que mora aqui há alguns anos, tem sido indescritivelmente legal. Trouxe-me livros e bolos e doces e vem com sua filha me visitar umas três vezes por semana. Ela é um doce e vai escrever para você sobre mim. Tem também uma sra. Siegel, uma doce e amável velha judia que vem sempre me ver. E um sr. Englefield, irmão de um dos Lordes do Almirantado, que tem uns 52 anos. Ele é o irmão mais novo, está na Itália faz uns 20 anos e me adotou. Ele é muito interessante e parece que gosta muito de mim. Ele me traz de tudo, de água de colônia a jornais de Londres. E um padre missionário católico da Índia, um típico bom e velho escoteiro como Mark Williams, que vem me ver com muita frequência e temos longas e boas conversas. E também tem uns colegas oficiais italianos divertidos que aparecem a toda hora. Um deles, o Tenente Brundi, é um artista famoso e quer pintar meu retrato. Seria uma bela recordação.

Então, Mãe, você pode não acreditar, mas eu sei falar italiano como um milanês nativo. Você sabe, lá nas trincheiras eu precisava falar, já que ninguém falava nenhuma outra língua. Então aprendi bastante e falo com os oficiais por uma hora em italiano. Imagino que minha gramática seja pobre, mas tenho um vasto vocabulário.

Eu já servi como intérprete um monte de vezes neste hospital. Chega alguém e não entendem o que a pessoa quer, a enfermeira a traz até minha cama e eu resolvo tudo. Todas as enfermeiras são americanas[3]. Esta guerra nos faz bem menos tolos do que éramos. Por exemplo, os poloneses e os italianos. Acho que os oficiais desses dois países são os melhores homens que já conheci. Não haverá essa coisa de "estrangeiros" para mim depois da guerra. O fato de seus colegas falarem outra língua não deveria fazer diferença nenhuma. O que se deve fazer é aprender aquela língua! Aprendi italiano muito bem. Já sei um bocado de polonês e meu francês está melhorando muito. Melhor do que dez anos de escola. Sei mais francês e italiano agora do que se tivesse feito oito anos de faculdade. E você se prepare para receber muitas visitas depois da guerra porque terei muitos colegas me visitando em Chicago. Essa é a melhor parte dessa [bela confusão ?], os amigos que se faz. E quando você vê a morte o tempo todo, você também aprende a conhecer os seus amigos também.

Não sei ainda quando vou voltar. Talvez no Natal, provavelmente não. Não posso ir para o Exército nem para a Marinha e eles não me recrutariam se eu voltasse para casa. Depois de um tiro no traseiro e duas pernas capengas, então é melhor ficar por aqui e brincar de guerra por uns tempos.

Além disso, mãe, estou apaixonado de novo[4]. Mas não se irrite e fique preocupada pensando que vou me casar. Pois não vou; já disse isso para você. Prometo com a mão direita erguida. Então, não precisa ficar nervosa e me mandar telegramas e cartas. Eu não vou nem ficar noivo! Aplausos. Então não escreva nada de "que Deus o abençoe, meu filho" por pelo menos uns dez anos.

Você é meninota muito querida e a minha garota favorita. Dê-me um beijo. Muito bem, agora adeus e me escreva com frequência. Recebi sua última carta de 21 de julho, há uma semana. Mande B.L.T. com frequência[5]. Os jornais que o pai mandou chegaram. 2 pacotes. Agradeça a ele. E também as duas ordens de pagamento, do vô e do tio Ty. Vou comprar halteres de rádio cravejados de diamantes com a grana.

Agosto de 1918

Tchau, minha velha.
Eu amo você
Ernie.

IndU, CMA; carimbo postal: 3 Milão 3 Partenza, 21-22 / 28.viii / 1918

Clarence escreveu "de 1918", completando a data, e acrescentou "Milão, Itália" abaixo de "Hospital da C.V.A.".

1. Carl Beck (1856-1911), conhecido médico de Nova York, nascido na Alemanha, pioneiro na aplicação médica da tecnologia de raio X. William J. (1861-1939) e Charles H. Mayo (1865-1939) fundaram, junto com o pai, William Worrall Mayo (1819-1911), a renomada Mayo Clinic, em Rochester, Minnesota. Durante a Primeira Guerra, os irmãos serviram no corpo médico do exército dos Estados Unidos como consultores do serviço de cirurgia, dividindo seu tempo entre Washington, D.C., e Rochester.

2. A fotografia foi guardada junto com a carta.

3. Embora muitas das enfermeiras fossem dos Estados Unidos (entre elas Ruth Brooks, Loretta Cavanaugh, Charlotte M. Heilman e Agnes von Kurowsky), Elsie MacDonald era da Escócia e Katherine C. DeLong, a enfermeira-chefe, era canadense (Bakewell, p. 228-45; Baker *Life*, p. 46-7; Villard; Nagel, p. 29).

4. EH se refere aqui a Agnes von Kurowsky (1892-1984), a enfermeira da Cruz Vermelha que inspirou Luz, em "A Very Short Story" (*IOT*), e Catherine Barkley, em *FTA*. O colega de hospital de EH, Henry Villard, membro da seção 1 do serviço de ambulância da Cruz Vermelha Americana, descreveu Agnes posteriormente como "divertida, ágil, simpática, com um senso de humor travesso — a personalidade ideal para uma enfermeira" (Baker *Life*, p. 47).

5. O pai e a mãe de EH escreveram cartas pelo seu aniversário de dezenove anos. Bert Leston Taylor usava as iniciais para assinar sua popular coluna do *Chicago Daily Tribune*, "A Line o' Type or Two".

A Henry [S. Villard][1], [aprox. agosto de 1918]

AMERICAN RED CROSS
LA CROCE ROSSA AMERICANA
TELEFONO 49-64

Croce Rossa Americana Ospedale
VIA MANZONI, 10
MILANO

Querido Henry—;

Tentei ir a seu quarto, mas fui agarrado por seis enfermeiras que me informaram que estou em quarentena e não posso sair do meu quarto. Mas Henry, por que esse fluxo de dinheiro? E como você está se sentindo? E quais as notícias sobre Bake e a minha bagagem? Dei a BAKe cem liras para se resolver com Pop e o Knapp[2]. É por isso que o dinheiro me confunde. A Croce não é uma coisa bela, mas é uma alegria eterna[3]. Puxa, estou feliz que os caras recuaram. Considere-se beijado nas duas bochechas. O Dr., depois de longa confabulação com a natureza e os últimos boletins médicos, decidiu ontem

Setembro de 1918

que tenho angina de Vincent[4]. Agora, quem é Vincent e o que eu fiz para a Angina dele ainda não ficou claro. Se fosse uma Rabbits Blondy seria mais fácil de diagnosticar. E a *medaglia D'Argento* desapareceu ou o quê?

Dê-me uma visão geral da situação, Henry, quando você tiver ânimo.

Espero que você esteja melhor.

Hem

JFK, CMA; cabeçalho: CRUZ VERMELHA AMERICANA / LA CROCE ROSSA AMERICANA / VIA MANZONI, 10 / MILÃO

O desenho de EH de uma fita acima do emblema da Cruz Vermelha no timbre o faz parecer com uma medalha militar. Na legenda, ele escreve: "Croce Al Merito Di Ospedale" (Medalha ao Mérito de Hospital), uma brincadeira com "Croce al Merito di Guerra" [Medalha ao Mérito de Guerra], nome da condecoração italiana que ele havia recebido.

1. O destinatário desta carta é provavelmente Henry S. Villard (1900-1996), da seção 1 do serviço de ambulância, que deu entrada no Hospital da Cruz Vermelha com icterícia e malária em 1º de agosto de 1918 e ocupou um quarto ao lado do EH. Uma resposta assinada como "Henry" no fim desta carta se refere aos amigos que ambos tinham em comum na Cruz Vermelha Americana, Brumback e Gamble, observando que "Gamble disse que está acompanhando a medalha de prata e que ela chegará logo". Villard voltou à frente de batalha em 23 de agosto e nunca mais viu EH (Villard; Nagel, p. 34-6, 232).
2. "Bake", provavelmente James H. Baker, que serviu nas seções 1 e 4, ou Edwin H. Baker Jr., da seção 4. "Pop" pode ser G. W. Harris, da seção 4, um voluntário mais velho que os soldados apelidaram "Dad Harris" (Brumback a EH, 1º de setembro de 1918, JFK). Harry K. Knapp Jr. serviu na seção 1.
3. Alusão a um verso de "Ode on a Grecian Urn" (1820), de John Keats (1795-1821): "A thing of beauty is a joy forever" [Uma coisa bela é uma alegria eterna].
4. Também conhecida como "boca de trincheira", uma dolorosa inflamação das gengivas e da garganta causada por bactérias e comum entre os soldados da Primeira Guerra. Recebeu o nome do médico francês Jean Hyacinthe Vincent (1862-1950).

A Clarence Hemingway, 11 de setembro de 1918

11 de setembro de 1918

Hospital da C.V.A.

Milão

Querido Pai—;

Suas cartas de 6 e 11 de agosto chegaram hoje. Fico feliz que você tenha recebido a carta do Ted e sei que ele ficará feliz em receber sua resposta. Ele veio do *front* assim que soube que fui ferido e estava nesta base e escreveu aquela carta para você em Milão[1]. Isso foi antes de fazerem o raio X da minha perna ou a operação, então não sei o que ele contou porque eu estava muito doente para pensar nisso.

Mas espero que tenha dito tudo certo. Recebi uma carta dele do *front* há uns dias e eles estão indo bem. A mãe me escreveu e contou que você e ela

Setembro de 1918

iam para o norte e eu sei que tiveram ótimas férias. Conte-me tudo se você foi pescar. É isso que me faz odiar esta guerra. No ano passado, nessa época, eu estava pegando trutas arco-íris na baía

Hoje estou na cama e provavelmente não vou sair do hospital por mais umas três semanas. Minhas pernas estão melhorando maravilhosamente e com o tempo as duas ficarão perfeitas. A perna esquerda já está boa agora. A direita ainda está rígida, mas massagem e sol e movimentos passivos estão soltando o joelho. Meu cirurgião, o capitão Sammarelli, um dos melhores da Itália, sempre me pergunta se acho que você vai ficar totalmente satisfeito com as operações. Ele diz que o trabalho dele precisa ser inspecionado pelo grande Cirurgião Hemingway de Chicago e ele quer que fique perfeito. E está mesmo. Tenho uma cicatriz de umas 8 polegadas na sola e um pequeno furo no peito do pé. É o que balas com cápsula de cobre fazem quando lhe abrem um "buraco de fechadura". Meu joelho também está lindo. Eu nunca vou poder usar *kilts*, pai. Minha coxa esquerda e a lateral da perna parecem de cavalos que foram marcados e remarcados por uns 50 donos. Tudo isso são ótimos sinais de identificação.

Já posso sair um pouco nas ruas todo dia com uma bengala ou muleta, mas ainda não posso calçar sapatos no meu pé direito. Ah, sim! Eu fui promovido a primeiro-tenente e agora uso duas faixas douradas em cada manga. Foi uma surpresa, já que eu não esperava nada parecido. E agora você pode endereçar minhas cartas como 1º-tenente ou Tenente, já que eu tenho as patentes tanto da C.V.A. como do exército italiano. Acho que sou o mais jovem 1º-tenente do exército. Enfim, me sinto todo bonito com a minha insígnia e com a faixa do meu cinto "Sam Browne" no ombro. Também ouvi que a minha *medaglia* de prata de *valore* está a caminho e provavelmente vou recebê-la assim que sair do hospital. Também me trouxeram do *front* a notícia de que eu fui indicado à cruz de guerra antes de ser ferido por alguma trapalhada generalizada nas trincheiras, imagino. Então, talvez eu seja condecorado com as duas medalhas de uma só vez. Não seria mal.

Estou muito feliz que Hop e Bill Smith estarão por perto o suficiente para você cuidar dos dois. Eles são dois dos melhores colegas que tenho, especialmente o Bill. Então, saia bastante com ele sempre porque sei que você vai gostar dele e ele fez muito por mim. Provavelmente eu volte ao serviço de ambulância em setembro de 1918 quando eu sair porque a turma quer que eu faça uma visita e eles querem dar uma grande festa.

Outro dia recebi uma longa carta de todos os colegas da seção. Queria voltar ao serviço de ambulância, mas não serei muito útil dirigindo por mais seis meses. Provavelmente vou assumir o comando de algum posto nas montanhas. De qualquer forma, não se preocupe comigo, porque já ficou provado

Setembro de 1918

que não conseguem me matar. E eu irei sempre aonde eu puder ser mais útil, você sabe. E é para isso que estamos aqui.

Bem, Adeus, Velho Escoteiro,

Seu Filho amado
Ernie.

P.S.

Se não for pedir demais, queria que você assinasse o Sat. Eve Post para mim e mandasse entregar ao meu endereço aqui. Eles o encaminharão para onde eu estiver. A gente precisa muito de leitura americana quando está no *front*.

Obrigado,
Ernie

IndU, CMA

1. Em cartas enviadas a EH em 6 e 11 de agosto, Clarence escreve que a família ficou contente e aliviada ao receber a carta detalhada que Brumback enviou em 14 de julho com o pós-escrito de EH; Clarence conta que a carta foi publicada tanto no *Oak Leaves* como no *Oak Parker* e que ele enviou cópias dos artigos para amigos de EH de fora da cidade. Em 11 de agosto, ele escreveu que recebeu uma carta de Hopkins, que havia ingressado na Marinha e passaria por Chicago em breve; Clarence o convidou para visitar a família em Oak Park "em breve e com frequência" (JFK).

A Ursula Hemingway, 16 de setembro [de 1918]

16 de set.

Querida Ura—;

Você deve estar indo para a escola agora, hein? E eu estou na cama. Provavelmente sairei do hospital em uns 20 dias [*M rasgado*: agora ?]. Com certeza foi muito bom saber de você, menina. Só que não usam besouros em botânica! Você quis dizer zoologia.

Você já está destruindo os corações dos caras do segundo ano? Mande lembranças minhas a Ginny e a Margaret[1] e diga a elas que eu escreverei em breve. As duas me escreveram cartas ótimas. Lembranças minhas a Simmie[2] e Kewpie.

Você também deve dar um beijo na Mac[3] por mim.

Seu irmão agora é um $1^{\underline{o}}$-tenente habilitado e todos os $2^{\underline{o}}$-tenentes batem continência para ele. Então, quando você for escrever ao Velho Bruto remeta ao tenente. Nada mal, hein?

Ele usa duas faixas douradas nas mangas e um cinto "Sam Browne" e vai comandar seu próprio posto.

Setembro de 1918

Agora, fique bem. E me escreva logo e bastante.
Com amor, a você e a Nunbones e a Nubs e a Dessie.

Ernie

◎ ◐ ♡ ⦿ ⸳

Estilhaços de bomba

Schnack, CMA; carimbo postal: MILÃO / CENTRO / 21-22 / 16 IX / 1918

1. As primas Virginia e Margaret Adelaide Hemingway (1901-1980), filhas dos tios de EH, George e Anna Hemingway.
2. Possivelmente, Isabelle Simmons, que na época cursava o penúltimo ano da OPRFHS, vizinha dos Hemingway em Oak Park.
3. Diretora da OPRFHS, Marion Ross McDaniel, de quem EH não gostava.

A Marcelline e Madelaine Hemingway, 21 de setembro de 1918

Hospital
21 de setembro de 1918.

Queridas Ivory e Nun Bones—;
As epístolas que vocês mandaram em 25 de agosto acabaram de chegar, ó, garotas, fiquei feliz de saber de vocês! Ainda estou no hospital e provavelmente vou ficar aqui por mais três semanas. Acreditem, meninas, o Velho Mestre é uma autoridade em hospitais. Maldição, já faz quase três meses. Curioso que só recebi duas cartas de vocês desde que a guerra começou, de 19 e de 25 de agosto.

Não há nada para contar. Sei onde o amigo de vocês, Bill Hutchins, está e vou tentar procurar por ele¹. O capitão no comando me convidou para visitá-lo e então vou tentar localizar Bill.

Sabem, Milão é uma cidade e tanto. Cerca de 690 mil habitantes. Boa ópera e tudo mais. Eu saio e caminho pela cidade quase todas as tardes e já conheço a parte antiga. Depois da guerra eu estarei apto a dirigir uma charrete de turistas pela Itália. Quando eu caminho parece que tenho uma ataxia locomotora², mas isso vai passar. Meu joelho direito agora já dobra um pouco. Puxa, mas eu fico ansioso em voltar para o *front*. Eu não sei exatamente o que vou fazer agora que eu fui promovido a 1º-tenente, mas sei que vou ter voz de comando em um posto do *front* em algum lugar. As coisas não vão bem na França³? Os alemães serão completamente esmagados até o outono. E os italianos vão aniquilar os austríacos. E agora, Ivory, lá vai uma lista completa dos títulos e outras coisas do Velho Mestre. Tenente Ernesto Hemingway: Proposto Al Medaglia D'Argento, (valore) proposto per Croce D'Guerra Ferito Da Prima linae D'Guerra. Promotzione por Merito D'Guerra. Traduzindo, isso significa

Setembro de 1918

que o velho e bacana cão de caça é um Primeiro-Tenente indicado à medalha de prata por valor militar, indicado à Cruz de Guerra, ferido nas linhas de frente e promovido por mérito.

Então, ele não é arrogante? Ele não é, não, espero. Só tenho uma ambição, na verdade, mas é melhor nem dizer. Hein?

Agradeçam a todos que perguntaram por mim e mande lembranças minhas a todos. Conheci uma garota americana incrível aqui, então não estou nem um pouco triste pelas minhas ex. Não sinto falta de nenhuma delas. O que me lembra de uma boa piada.

Um recruta negro estava conversando com um veterano negro. "Diga o que isso de 'ir além do topo' significa, chefe[4]?"

"Significa só isso, negro, só isso, bom dia, Deus!"

Nada mal, hein? Aposto que vocês se divertiram muito enquanto o pai e a mãe estavam fora, ou não?

Bem, sejam boazinhas e escrevam logo e não conquistem o coração de muitos caras! Aliás, o que eles fazem além de ir aos bailes?

Até mais crianças,
Ernie.

Cohen, CMA; cabeçalho: Cruz Vermelha Americana / La Croce Rossa Americana / Via Manzoni, 10 / Milano; carimbo postal: Milano / Centro, 17-18 / 23•ix / 1918

No verso do envelope, EH escreveu: "Do Tenente Ernest Hemingway / Croce Rossa Americana / Ospedale Milano / Itália 1".

1.Um dos pretendentes de Marcelline, graduando em Yale. Ela contou em uma carta de 25 de agosto de 1918 que ele estava na seção 587 do serviço de ambulância do exército dos EUA (Sanford, p. 285). EH conheceu Hutchins na Itália e revelou suas impressões em uma carta a Marcelline datada de 23 de novembro.

2. Distúrbio degenerativo do sistema nervoso (também chamado *tabes dorsalis*), caracterizado pela instabilidade ao caminhar e comumente provocado por infecção sifilítica não tratada.

3. Os Aliados iniciaram em agosto uma série de ofensivas no *front* oeste da França, provocando o recuo contínuo das forças alemãs.

4. "Ir além do topo" significava sair da linha de batalha para atacar o inimigo. Nesse tipo de ataque, o número de baixas é elevado.

A Marcelline Hemingway, [26 de setembro de 1918]

Querida Ivory—;

Viemos passar o dia aqui. É de grande beleza. Além das nuvens, avista-se a Suíça – ali do lado. Estou aqui de licença nos lagos. Pescar, nadar. Amo você, criança.

Ernie.

Setembro de 1918

JFK, cartão-postal MA; verso: Grand Hôtel Mottarone. Kulm (1500 m.); carimbo postal: Mottar[one], [*data ilegível*]

A data da correspondência é inferida com base na semelhança entre este cartão-postal e o seguinte, enviado ao pai de EH (sem dúvida datado por ele e com carimbo no qual se lê 26 de setembro de 1918). Eles são semelhantes em conteúdo e têm fotos idênticas, mostrando uma imagem colorida do Grand Hôtel no topo do monte Mottarone.

EH estava em licença de convalescença no resort na cidade de Stresa, a noroeste de Milão, no lago Maggiore – local que tem papel significativo no livro 4 de FTA. Em um passeio de trem de cremalheira até o topo dos quase 1.500 metros do monte Mottarone, uma viagem de um dia a partir de Stresa, EH teve uma vista panorâmica da fronteira com a Suíça ao norte e a oeste.

A Clarence Hemingway, 26 de setembro [de 1918]

26 de setembro

Meu Querido Pai.
Podemos ver a Suíça daqui. Convalescendo com italianos muito legais. Volto ao *front* em mais ou menos um mês. Tratamentos elétricos[1].
Boa sorte.
Tenente Ernesto Hemingway.
Croce Rossa Americana

IndU, Cartão-postal MA; verso: Grand Hôtel Mottarone. Kulm (m. 1500); carimbo postal: Mottarone, 26.9.[18]
"1918" foi acrescentado com a letra de Clarence depois da data escrita por EH.

1. EH recebeu tratamento com choques elétricos na perna como parte da terapia de reabilitação em Milão. Ele explora essa experiência em "In Another Country" (MWW), de 1927.

À Família Hemingway, 29 de setembro de 1918

29 de setembro de 1918.

Meus queridos—;
Estou aqui em Stresa, um pequeno *resort* no lago Maggiore, um dos mais bonitos da Itália. Tive uma licença de dez dias do hospital e estou descansando aqui. Daqui a 4 dias devo voltar ao hospital em Milão para mais tratamentos com choques elétricos na perna.
Este lugar é incrível. O hotel é quase tão grande quanto o Chicago Beach no lado sul[1].
Apesar da guerra, está quase lotado com um grupo muito bacana. Há muitas *contessas,* ou condessas, e uma delas, a Contessa Grecca, gosta muito do velho mestre e me chama de "queridinho" etc.

Setembro de 1918

Também está aqui o Signor Bellia, de Torino, um dos homens mais ricos da Itália, com as três filhas. Ele e a mãe Bellia me adotaram e chamam a si mesmos de meus pai e mãe italianos. Ele é um velho e alegre escoteiro e parece um pouco com o vovô Bacon[2]. Eles e as filhas me levam para todos os lugares e não me deixam gastar um centavo. Eles me convidaram para passar o Natal e minhas duas semanas de licença com eles em Torino e acho que provavelmente vou aceitar. As moças se chamam Ceda, Deonisia e Bianca e querem ser lembradas por minhas *sorelli* Marcelline, Ursula, Sunny e Carol. Elas sempre fazem perguntas sobre minhas irmãs e meu *"piciolo frattellino"* Leicester[3].

Na minha segunda noite aqui o Velho Conde Grecco, que completará 100 anos em março, encarregou-se de me apresentar a umas 150 pessoas[4]. Ele está bem conservado, nunca se casou, vai dormir à meia-noite e fuma e bebe champanhe. E me contou sobre seu jantar com Maria Teresa, a esposa de Napoleão I[5]. Ele teve romances com todas as mulheres famosas do século passado e me contou longas histórias sobre elas.

Ele me levou pelo braço e se despediu.

Eu manco muito, mas consigo remar pelo lago e sentar sob as árvores e escutar música e passear pelas montanhas na cremalheira. Fomos ao topo do Mottarone e avistamos o Monte Rosa[6]. Do jardim da frente do hotel é possível ver as montanhas da Suíça a poucos quilômetros.

Puxa, tenho medo de não ser mais útil para nada depois desta guerra! Tudo o que conheço agora é a guerra! Todas as outras coisas parecem sonho. Falo italiano o dia todo e escrevo de duas a três cartas por dia em italiano. Agora já é tão fácil para mim quanto o inglês.

Sabem, no começo eu sabia o italiano do *front* – toda a língua das trincheiras e do campo. Mas estar com tanta gente assim, e depois de três meses em Milão com oficiais italianos, aprendi o italiano "ousadamente educado". E consigo paquerar e pescar em italiano com facilidade.

Sei que vocês se divertiram no norte e espero que em setembro do ano que vem eu esteja em casa para irmos todos para lá. Mas não é provável. Mas por volta do Natal do ano que vem tudo terá acabado e não haverá mais alemães suficientes para vigiar o Reno[7].

Meu amor a todos vocês e à vó, ao vô e à tia Grace e a P.L. Storm & Família[8].

Com amor.
Ernie.

IndU, CMA; cabeçalho: Grand Hotel et Des / Iles Borromées / Ligne du Simplon / Stresa / (Lac Majeur); carimbo postal: Stresa / Novara, 29[•]9•18

---

1. Localizado às margens do lago Maggiore, o opulento Grand Hôtel et Des Iles Borromées data de 1861. EH usou esse cenário em vários capítulos do livro 4 de *FTA*. O luxuoso Chicago Beach Hotel, às margens

do lago Michigan no East Hyde Park Boulevard (51st Street), abriu, em 1893, próximo ao local onde se realizava a Chicago World's Fair daquele ano.

2. EH fez amizade com Pier Vincenzo Bellia e sua família, e mantiveram contato durante toda a permanência de EH na Itália (Villard; Nagel, p. 249-50). Em 1898, Clarence e Grace compraram de Henry Bacon um imóvel às margens de Walloon Lake. A fazenda da família Bacon ficava no alto do morro, logo atrás de Windemere. Sunny, a irmã de EH, recordou depois que seus pais encorajaram os filhos a chamar os velhos amigos da família de "tia" e "tio" e de "vovó" e "vovô", e que "nosso vizinho fazendeiro era o vovô Bacon desde o princípio" (M. Miller, p. 46).

3. *Sorelle*: irmãs; *piccolo fratellino*: irmãozinho caçula (em italiano).

4 Conde Giuseppe Greppi (1819-1921), um proeminente diplomata e membro da alta sociedade italiana, foi a inspiração para o velho e sábio Conde Greffi em *FTA*. Michael Reynolds observa que, embora Carlos Baker tenha identificado incorretamente o conde na vida real como Emanuele Greppi (1853-1931) em *Life* (p. 572-3), ele mesmo descobriu o erro e informou Reynolds (Michael S. Reynolds, *Hemingway's First War*, Princeton, Nova Jersey, Princeton University Press, 1976, p. 166-9). EH afirmou posteriormente ter sido "educado politicamente pelo velho Conde Greppi" (31 de julho de 1950, carta a Charles Scribner, PUL).]

5. Maria Luísa de Áustria (1791-1847), filha de Francisco I da Áustria e de Maria Teresa da Sicília, se tornou Imperatriz da França ao se casar em 1810 com Napoleão I (após seu divórcio de Josefina). Ela teve um filho, o futuro Napoleão II, e depois se tornou Duquesa de Parma. Greppi foi nomeado seu conselheiro diplomático em 1840, como registrado em seu obituário (*New York Times*, 10 de maio de 1921).

6. A mais de 4.500 metros de altura, o Monte Rosa, parte do maciço de Monte Rosa, na fronteira entre a Itália e a Suíça, é o mais alto dos Alpes.

7. "When We Wind Up the Watch on the Rhine" (1917) era uma canção patriótica da Primeira Guerra escrita pelo editor de música canadense Gordon V. Thompson (1888-1965).

8. Pierre L. Storm e sua família eram membros da Terceira Igreja Congregacional em Oak Park.

À Família Hemingway, 18 de outubro [de 1918]

18 de outubro

Meus queridos,

A carta que vocês enviaram em 24 de setembro com as fotos chegou hoje e, família, fiquei feliz em ter notícias de vocês. As fotos ficaram muito boas e imagino que todo mundo na Itália já saiba que tenho um irmão mais novo[1]. Se você soubesse como eu gostei das fotos, pai, mandaria outras. De vocês mesmos, das crianças e da baía, essas são as melhores e todo mundo gosta de ver fotos de outras pessoas.

Você, pai, fala sobre voltar para casa[2]. Eu não voltaria antes do fim da guerra mesmo se eu ganhasse 15 mil por ano nos Estados Unidos[.] Não, aqui é o lugar. Todos nós, homens da X Vermelha, recebemos ordens de não nos registrarmos. Seria tolice para nós voltar para casa porque a X Vermelha é uma organização necessária e eles teriam de buscar outros homens nos Estados Unidos para continuar o trabalho. Além disso, nós nunca viemos para cá até sermos desqualificados para o serviço militar, você sabe. Seria um crime para mim voltar para os Estados Unidos agora. Fui desqualificado antes de partir por causa dos meus olhos. Agora tenho uma perna e um pé ruins e não há exército no mundo que me queira. Mas posso ser útil aqui e ficarei aqui enquanto puder mancar e enquanto houver uma guerra pela qual mancar. E a ambulância não é serviço de preguiçoso, perdemos um homem que morreu e um ferido nas últimas duas semanas³. E quando você segura as pontas de um rancho no *front,* você sabe que tem tantas chances quanto os outros homens das trincheiras e por isso não tenho peso na consciência por ficar.

Eu gostaria de ir para casa e ver todos vocês, é claro. Mas não posso enquanto a guerra não terminar. E não vai demorar muito tempo para que isso aconteça. Não há nada com que se preocupar, porque já ficou definitivamente provado que não podem me derrubar. E os ferimentos não interessam. Não me importaria em ser ferido novamente porque eu sei como é. E você só sofre o quanto você sabe. E também há um sentimento de satisfação em ser ferido, em ser atingido por uma boa causa. Não há heróis nesta guerra. Todos nós entregamos nosso corpo e só alguns são escolhidos, mas não há nenhum mérito especial em ter sido escolhido. Esses são apenas os que têm sorte. Estou muito orgulhoso e feliz que o meu tenha sido escolhido, mas isso não deveria representar nenhum mérito extra para mim. Pense nos milhares de outros rapazes que se ofereceram. Todos os heróis estão mortos. E os verdadeiros heróis são os pais. Morrer é uma coisa muito simples. Eu vi a morte, eu sei o que é. Se eu tivesse morrido teria sido muito fácil para mim. Talvez a coisa mais fácil que eu teria feito. Mas quem está em casa não percebe isso. E sofre mil vezes mais. Quando uma mãe traz um filho ao mundo ela sabe que um dia ele vai morrer. E a mãe de um filho que morreu pelo seu país deveria se sentir a mulher mais orgulhosa do mundo, e a mais feliz. E como seria melhor morrer no período feliz da juventude não desiludida, sair numa rajada de luz do que ter o corpo gasto e passado e as ilusões despedaçadas.

Por isso, minha querida família, nunca se preocupem comigo! Não é tão ruim se ferir, eu sei porque passei por isso. E se eu morrer, terei sorte.

Tudo isso faz lembrar do garoto desvairado que há um ano vocês mandaram para aprender como é o mundo? O mundo é velho e grande, e no entanto eu sempre me diverti, e é muito provável que eu volte para meu antigo lugar. Mas achei melhor dizer a vocês como eu me sinto. Daqui a uma semana vou escrever uma carta divertida e cheia de besteiras, então não fiquem para baixo por causa desta.

Amo todos vocês,
Ernie.

IndU, TLS; cabeçalho: Cruz Vermelha Americana / La Croce Rossa Americana / Via Manzoni, 10 / Milão

Esta carta foi publicada no Oak Parker em 16 de novembro de 1918, com uma fotografia de EH usando uniforme no sidecar de uma motocicleta em frente ao Arco della Pace em Milão; os recortes da carta e da foto foram guardados no álbum dos avós de EH (JFK). Em uma carta de 13 de novembro, Clarence escreveu o quanto o alegrou a "maravilhosa carta de 18 de outubro" escrita por EH, na qual ele expressa seus "pensamentos e ideais verdadeiros". Ele acrescentou: "sua foto no sidecar está excelente", mas desejou que EH tivesse dado mais detalhes, incluindo quem era o "colega" na motocicleta (JFK).

1. Junto a uma carta de 24 de setembro para EH, Clarence enviou uma fotografia de Carol e Leicester em um campo da Longfield Farm e outra de Leicester na máquina de sovar de Wesley Dilworth (JFK).
2. Em carta de 22 de setembro a EH, Clarence escreveu: "Não se preocupe em sair por aí. Demora muito tempo para se recuperar depois de um ferimento sério" (JFK).
3. Joseph M. King, das seções 1 e 5 do serviço de ambulâncias da CVA, foi morto por uma bomba austríaca em Bassano em 29 de setembro de 1918 (Bakewell, p. 222).

À Família Hemingway, 1º de novembro [de 1918]

1º de novembro

Meus queridos—;

De volta à cama por uns tempos. As cartas do pai e da mãe de 12 de outubro chegaram hoje. E também as de Bill Smith e de Frances Coates. Frances não menciona estar noiva, então imagino que ela pense que eu não sei[1]. Bom, preciso contar a vocês por que estou de cama de novo. Nada de mais. Eu recebi licença para sair do hospital no dia em que a ofensiva começou e fui feito foguete para o *front*[2]. Trabalhei duro dia e noite onde acontecia o pior combate das montanhas e acabei pegando icterícia. Essa doença faz você se sentir exausto e parecer um habitante do reino das flores, mas nada preocupante[3]. De qualquer forma, tive a satisfação de fazer parte da ofensiva e agora posso descansar no hospital e terminar o tratamento da perna. Depois vou tirar duas semanas de folga de *"licenzia"*, em italiano, *"permission"*, em francês, e vou para algum lugar no sul da Itália[4]. Dar umas voltas em Roma e Nápoles e Sicília e Florença e me reabastecer de ânimo para a próxima missão no *front*. Brummy e eu trabalhamos juntos na última ofensiva. E os italianos mostraram ao mundo o que são capazes de fazer. Eles têm as tropas mais corajosas dos exércitos Aliados! A região das montanhas é quase impassível aos experientes escaladores dos Alpes e ainda assim eles lutaram e conquistaram, e quando vocês receberem esta carta eles já terão expulsado os austríacos da Itália. A Itália tem lutado sua própria guerra e merece todo o crédito do mundo!

Está ficando muito frio aqui e meio chuvoso. Mas eu tenho meu velho casaco Mackinaw e vou reformá-lo com uns botões bem bacanas. No *front* nunca viram um casaco Mackinaw antes e eu o uso o tempo todo. Eles achavam que era um tipo de casaco de camuflagem de francoatirador.

Com muito amor a todos,
Ernie.

Novembro de 1918

IndU, CMA; cabeçalho: Cruz Vermelha Americana / La Croce Rossa Americana / Via Manzoni, 10 / Milão

1. Em 5 de julho, Marcelline escreveu para EH contando que sua colega de escola Frances Coates havia noivado com Jack Grace, e em 25 de agosto ela disse que havia pedido a Frances que escrevesse para EH (Sanford, p. 279, 285).

2. Em 24 de outubro de 1918, o exército italiano lançou aquela que seria sua última ofensiva e que ficaria conhecida como a Batalha de Vittorio Veneto. Em uma carta a EH de 26 de outubro, Agnes escreveu: "Recebi sua carta do dia 24 e agora tenho certeza de que você voltou ao centro da ação" (Villard; Nagel, p. 113). O Império Austro-Húngaro iniciou as negociações de armistício em 1º de novembro, e as hostilidades na frente de batalha italiana cessaram oficialmente em 4 de novembro, quando trezentos mil soldados austro-húngaros foram feitos prisioneiros.

3. Icterícia é uma condição médica associada à insuficiência hepática e causada pelo excesso do pigmento de bilirrubina no sangue. Provoca o amarelecimento da pele e do branco dos olhos. "Reino das flores" é um termo para se referir à China. O personagem Frederic Henry desenvolve icterícia em *FTA* e compara a doença a levar um chute nos testículos.

4. A palavra italiana para "licença militar" é *licenza*; o termo em francês grafado por EH está correto.

À Família Hemingway, 11 de novembro [de 1918]

Hospital
11 de novembro, 9 da noite.

Queridíssima Família—;

Bem, está tudo acabado! E imagino que estejam todos muito felizes. Gostaria de ver a comemoração nos Estados Unidos, mas o exército italiano mostrou do que é feito na última ofensiva[1]. São tropas incríveis e eu as amo!

Ainda tenho mais um mês e meio, mais ou menos, de tratamentos mecânicos na minha perna. As máquinas são especialmente desenhadas para a recuperação de *mutilatis* como eu e fazem maravilhas. Não há nada igual nos Estados Unidos. Então vou terminar o tratamento e, pelo que o médico me informou, quando isso acontecer, minha perna estará praticamente tão boa quanto antes. Claro que nunca serei capaz de correr em competições ou coisa assim, mas terei uma perna perfeita para um trabalhador. Fui convidado por um oficial italiano para, depois que terminar o tratamento, passar duas semanas caçando e pescando trutas na província de Abruzzo. Ele quer que eu passe o Natal e o Ano-Novo na cidade onde ele nasceu e garante que vou caçar belas codornas, faisões e coelhos. Abruzzo é cheia de montanhas e fica no sul da Itália e estará linda em dezembro. Lá tem também muitos rios de trutas e Nick alega que a pescaria é boa. Então, vou passar minha licença lá[2]. Depois retorno a Milão e vou para o *front* da X e quando eu não for mais necessário voltarei para casa. Talvez em fevereiro ou março, mas provavelmente não antes de maio.

Não gosto do Atlântico no inverno! Agora uso as fitas de duas medalhas e meu chefe veio do *front* hoje e me deu os parabéns e disse que minha medalha de prata está garantida e que chegaria em uns três dias. Ele trouxe um telegrama falando da minha Cruz de Guerra, ou Croix D'Guerre ou Croce D'Guerra que consegui com esta última ofensiva. A cruz e a menção estão na seção e vou recebê-las em uns dois dias. Ele trouxe a fita que é azul e branca.

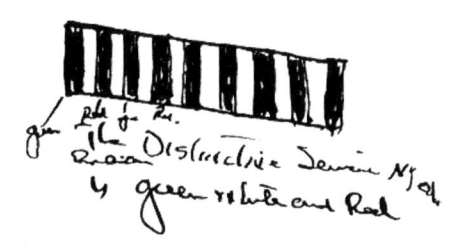

A Fita da Medalha de Distinção em Serviço é verde, branca e vermelha e é bem bonita. A fita da medalha de prata é

azul com uma estrela de prata.

Você usa as fitas das medalhas enfileiradas sobre o bolso esquerdo no peito e eu estou pegando quase uma ferrovia delas. Mas é meio embaraçoso porque tenho mais do que muitos oficiais que lutaram por três ou quatro anos. Mas "por aquilo que recebemos, que Deus nos faça verdadeiramente agradecidos", como costumávamos dizer enquanto voáramos em cima das panquecas. Mas, falando sério, eu cheguei muito perto da grande aventura nesta última ofensiva e pessoalmente me sinto como todos os demais sobre o fim da guerra. E como foi bom terminá-la com uma vitória dessas! E, por Deus, vou pescar o próximo verão inteirinho e depois dar duro no outono. A ajuda de custo para um 1º-tenente é de 800 Liras por mês, cerca de $160. Não recebo tudo isso enquanto estou no hospital, só um seguro de $20 por semana depois das primeiras quatro semanas. Mas tem havido adiamentos e atrasos e não recebo nada há quatro meses [*inserção de EH:* Estou quebrado.], mas o primeiro pagamento de 500 liras foi transferido hoje. E outras 1500 liras estão chegando. Então, quando eu receber tudo, terei o mundo a meus pés.

Novembro de 1918

 O pagamento que recebi hoje me ajudou a pagar minhas dívidas e ainda sobrou uma pequena quantia que deve durar até que eu receba o resto. Não creio que vocês possam me mandar presentes de Natal. Mas se alguém de fora da família estiver mandando algo, digam para mandar ordens de pagamento da Am. Ex. como presente. Daí posso receber todos os presentes aqui. Do jeito que as coisas estão agora é inútil tentar mandar caixas de Natal, e, além disso, é proibido, a menos que vocês tenham um tíquete enviado por mim. E nós, que estamos com o exército italiano, não temos tíquetes. Estou enviando algumas fotos tiradas durante minha convalescença. Recebo notícias de vocês, pessoal, com regularidade e tentarei escrever com mais frequência. A icterícia já passou, mas agora estou com minha amigdalite anual, então me sinto *bokoo*[3] podre.
 O pai poderá examinar minha única amígdala quando eu voltar para casa, se ele quiser. Vou guardá-la para ele. Uma noite dessas, passando a mão pela minha perna, senti uma bala, mas está alojada em um local em que não incomoda e bem aceitável. Para ser mais exato, na parte de trás do meu quadril. Então vou deixá-la, assim o pai poderá removê-la. Continuem escrevendo para mim no mesmo endereço, fiquem todos bem e comam muito no dia de Ação de Graças por mim e a chance de ver vocês na primavera é de 100 para 1. Quero conhecer um pouco da Itália e da Áustria agora, já que não devo voltar aqui por muitos anos. Porque por volta do próximo outono devo começar de novo na guerra de verdade. A guerra para tornar o mundo seguro para Ernie Hemingway e meus planos são impressioná-los e me tornar um homem muito ocupado por muitos anos. Até lá minha pensão deve se acumular em alguns milhares de liras e vou trazer meus filhos para ver os campos de batalha.

Bem, tchauzinho, família,
Com muito amor.
Ernie.

 IndU, CMA; cabeçalho: Cruz Vermelha Americana / La Croce Rossa Americana / Via Manzoni, 10 / Milão

1. Primeira Guerra Mundial terminou na manhã daquele dia, com a assinatura, perto de Compiègne, na França, do armistício entre a Alemanha e os Aliados, que entrou em vigor na décima primeira hora do décimo primeiro dia do décimo primeiro mês. Os impérios Austro-Húngaro e Otomano cessaram fogo antes disso. No dia 7 de novembro a United Press Association informou erroneamente o fim da guerra, o que levou a comemorações prematuras por todos os Estados Unidos ("City Goes Wild with Joy / Supposed Armistice Deliriously Celebrated Here and in Other Cities", *New York Times*, 8 de novembro de 1918, p. 1).

2. Nick, provavelmente Nick Neroni (ou Nerone, as fontes divergem), capitão italiano condecorado como herói de guerra que posteriormente trabalhou no consulado italiano em Chicago e se tornou um dos companheiros de EH de 1920 a 1921 (Baker *Life*, p. 60, 77; Sanford, p. 185, 211; Villard; Nagel, p. 282). EH usou o nome de Neroni e algumas de suas experiências posteriormente em alguns textos de ficção sobre o pós-guerra, incluindo "The Woppian Way". Em *FTA*, o padre é de Abruzzo, região montanhosa a leste do Lácio, e Frederic Henry lamenta não ter passado sua licença ali, apesar de o padre tê-lo convidado.

3. Trocadilho com *"beaucoup"*, "muito" (em francês).

Novembro de 1918

A Marcelline Hemingway, 11 de novembro [de 1918]

AMERICAN RED CROSS
LA CROCE ROSSA AMERICANA

La Cruce A(Merito D. guerra.

11 de novembro.

Querida Ivory—;
Respeitável irmã, é com um sentimento de profunda humilhação e estima que componho estas poucas frases para seus compreensivos, se não receptivos ouvidos. Seu brilhantismo em italiano me saudou com toda a alegria que um homem imerso num mar de Schlitz (t.b.t.M.M.F.) sente ao ver uma garrafa de cerveja vindo em sua direção[1]. Oh, por que, bela e formosa criatura, deveria você me escrever em italiano quando *sempre giorni*[2] eu como, bebo, durmo e mergulho meu ser nesse idioma? Além disso, você está aprendendo o italiano mais refinado enquanto eu falo sua variedade mais comum ou de fundo de quintal. Entretanto, quando eu voltar, o que pode ser esperado para daqui a 3 ou 4 ou 5 ou Seis meses, correremos para uma espagueteria e testaremos nossas respectivas habilidades linguísticas com um vendedor de *chianti*. *Capito? Tesora mea lo piace le tanta! Il scuolo sta melia*[3]*?*

Em relação à pergunta que você me fez, eu respondo. Sim. Ela é enfermeira da Cruz Vermelha. Mais do que isso não posso revelar, sou apenas silêncio[4]. Entretanto, Frances Coates, A. DeV. e todas as outras podem ir para o final da fila.

Por mais que seja longa a minha experiência com famílias etc., não falo mais sobre essas coisas. Então imagine o que você quiser. Mas já deixei de ter o coração perto da goela. Mas todas as donzelas de Oak Park terão de se esforçar. Dispenso todas elas. Temo voltar para casa e vê-las pulando sobre mim. Todas as gentis-donas que não dariam nada por mim antes de você escrever contando da influência que tenho. Criança, vou ficar aqui até minha garota voltar para casa e então vou para o norte para descansar antes de voltar ao trabalho no outono. O Dr. diz que estou aos pedaços no sentido figurado e no literal. Veja, meus órgãos internos foram surrados e ele diz que

Novembro de 1918

só ficarei bom daqui a um ano. Então, quero matar o máximo de tempo por aqui. Se eu fosse para casa, eu teria de trabalhar ou viver às custas do pessoal. E não posso trabalhar. Estou muito abalado e meus nervos estão irregulares[5]. Então vou ficar aqui e assim poderei descansar por todo o verão e estar em forma para o outono. Porque vou trabalhar como um cão já que pretendo prosperar. Tenho muitas razões para isso. Todos os tipos de segredo. Mas nada muito venerável. Nada definido. Mas quero surpreender todo mundo.

Bem, garota, divirta-se e cuide-se e evite gripes e eu amo você demais, criança[6]. E você também não vai me reconhecer. Estou uns 100 anos mais velho, não sou mais tímido e estou cheio de medalhas e tiros.

Até logo, Ivory, minha meninota,

Sempre (parcialmente) seu.
Ernie.

James Sanford, CMA; cabeçalho: Cruz Vermelha Americana / La Croce Rossa Americana / Via Manzoni, 10 / Milão; carimbo postal: U.S. Army M.P. / 702, 1918 / 18 Nov / 17:00

A frente do envelope traz o carimbo "Aprovado pelo censor". No verso, EH escreveu: "Ten Ernesto M. Hemingway / Croce Rossa Americana Ospedale / No. 40 Via Cesare Cantu / Milão—Italia".

1. Em carta de 2 de outubro de 1918 para EH, Marcelline escreveu várias frases em italiano, que ela estava estudando na época (Sanford, p. 290-2). O *slogan* da cervejaria Joseph Schlitz, aberta no fim dos anos 1850, em Milwaukee, Wisconsin, era "The Beer That Made Milwaukee Famous" [A cerveja que tornou Milwaukee famosa].
2. EH provavelmente pretendia dizer "todo dia"; *sempre giorni* traduzido literalmente seria "sempre dias".
3. O italiano imperfeito de EH pode ser traduzido aproximadamente como "Você entende? Meu tesouro, gosto tanto de você! A escola está melhor?".
4. Em sua carta de 2 de outubro, Marcelline expressou sua admiração pelo "novo amor" de EH e disse que ele tinha talento para "escolher vencedoras". Em um pós-escrito, ela acrescentou: "Ela é enfermeira da † Vermelha? Não conto para ninguém!!" (Sanford, p. 292).
5. A letra de EH é ambígua, não fica claro se ele quis escrever "jagged" [irregulares] ou "jazzed" [animados].
6. Marcelline contou em sua carta de 2 de outubro que um conhecido de ambos morreu de "gripe espanhola" e que "um monte de gente de Oak Park pegou" a doença (Sanford, p. 292). Estima-se que a pandemia de gripe espanhola de 1918, a pior já registrada na história, causou a morte de cinquenta milhões de pessoas em todo o mundo.

A Clarence Hemingway, 14 de novembro [de 1918]

14 de novembro

Querido Pai—;

Sua carta de 21 de outubro e o cheque de 40 L. chegaram hoje. Muito obrigado, veio em boa hora. Recebi o seguro mensal de 509 liras[1]. Mas usei quase tudo para pagar minhas dívidas. Tenho mais dois pagamentos a receber

Novembro de 1918

e talvez um terceiro que precisa ir de Roma a Paris e depois retornar a Roma para só então chegar a mim, e eles são mais lerdos do que pequeno Dyle. O primeiro pagamento só atrasou 3 meses. E vou precisar de mais um pagamento para quitar tudo. No terceiro eu já estarei tranquilo. Ainda estou mal da amigdalite, mas me livrei da icterícia e em três ou quatro dias minha garganta estará limpa. Daí poderei começar novamente meu tratamento em um grande hospital italiano[2]. Ando quase um quilômetro todas as tardes, os tratamentos duram mais ou menos uma hora e meia e então recebo uma boa massagem. A carta longa e ilustrada que a vó me escreveu pelo dia de Ação de Graças também chegou hoje. Agradeça e diga a ela e ao vô que mandei lembranças. Quando meu médico ficou sabendo da minha última medalha, a Croix D'Guerre, me deu um beijo com amigdalite e tudo. Meu "pai italiano", Papa Conde Bellia, me mandou uma grande caixa de chocolates. Ainda não pude experimentar, mas as enfermeiras adoraram. A caixa tem umas 10 lb. e deve custar 150 liras. Ele e a família são muito bons para mim.

Sabe, eu não recebi nenhuma ajuda de custo durante o tempo que passei no hospital e convalescendo, porque supostamente eu recebia o seguro. Mas o maldito seguro demorou tanto que eu tive de pedir emprestado para viver.

Mas agora que o primeiro pagamento chegou, logo resolvo isso tudo e vai ficar tudo bem. É como eu vejo as coisas, Pai. Quando eu voltar, terei de trabalhar duro pelos próximos anos e vai levar um bom tempo até eu ver a Europa de novo. Por isso, enquanto estou aqui com o privilégio de viajar de trem de graça, podemos receber uma ordem de deslocamento para qualquer lugar ou lugares da Itália, e tenho garantidas todas as mordomias de um oficial reconhecido pelo governo italiano e pelo povo, preciso conhecer o máximo possível da Itália. Roma e Nápoles, Sicília etc. Não seria justo não aproveitar. E você ficará tão feliz em me ver em maio ou junho quanto ficaria em fevereiro.

Por isso, depois que minha perna estiver curada, em uns meses, e depois que o médico retirar minhas amígdalas, ele disse que, em breve, vou dar uma volta pela Itália. E também farei uma ótima viagem a Abruzzo no Natal, e o Conde Bellia quer que eu passe umas duas semanas com eles em Turino. Ele tem um monte de dinheiro e é bom como um velho escoteiro. A família inteira é incrível e eles me tratam como um filho, ou como um filho pródigo.

Recebi hoje o Oak Leaves de 31 de agosto e a Forest & Stream[3]. Obrigado. Mas o Oak Leaves que publicou minha carta ainda não chegou[4].

Boa sorte, Pai, e estou feliz que você esteja indo bem.

Com muito amor.
Ernie.

IndU, CMA; cabeçalho: Cruz Vermelha Americana / La Croce Rossa Americana / Via Manzoni, 10 / Milão.

1. Em carta de 21 de outubro, Clarence disse que mandaria uma ordem de pagamento da American Express no valor de quarenta liras e perguntou sobre o seguro de acidentes de EH (JFK).
2. EH recebeu tratamento fisioterápico no Ospedale Maggiore de Milão (Villard; Nagel, p. 219, 223).
3. A revista *Forest and Stream* foi publicada em Nova York de 1873 a 1930, depois foi comprada e incorporada por sua concorrente, a *Field and Stream* (1896).
4. A carta enviada por EH para sua família em 18 de agosto foi publicada na edição de 5 de outubro de 1918 do *Oak Leaves*; ele deve ter recebido a notícia da publicação em uma carta que não foi localizada.

A Marcelline Hemingway, 23 de novembro [de 1918]

23 de novembro.

Querida irmãzinha—;

Bem, criança, ontem eu recebi sua carta e hoje conheci seu amigo Bill Hutchins[1]. Bill é de uma jovialidade admirável, embora tenha ficado meio atrapalhado ao conhecer o Velho Mestre. Nós o encontramos passando muito frio e tremendo, então o levamos até o hospital e demos a ele suéteres tricotados e um par de meias grossas. Ele é um garoto bacana e teve má sorte, além de um bocado de trabalhos miseráveis. Ele pensa muito em você, especialmente como correspondente. Não se case com ele, mas seja boazinha porque ele gosta muito de você. Talvez ele a ame, não perguntei. Ele usa um bigode que o faz parecer meio desanimado. Eu o aprovo. Ele provavelmente vai falar de mim quando escrever, então você saberá como os outros me veem.

Pela sua carta, criança, com certeza você está trabalhando muito. Nunca imaginei que você estivesse fazendo o lance da borboleta – Não se preocupe. Eu só queria que você pudesse[2].

Cumprimente seu professor de italiano por mim[3]. Diga a ele que seu irmãozinho foi *tre volte ferite, decoratio due volte per valore ance promosso Tenente per merito di guerra* e veja o que ele diz[4]. Diga *Ciaou* para ele por mim. Pronuncia-se tchau.

Lamento que você esteja tão caída pelo Sam Anderson. Ele parece um perfeito bobão, na minha modesta opinião. Mas o Al Walker é um doce e você tem muito tempo[5]. Você ainda não é maior de 21, não é? Não sei o que eu escrevi para você a respeito da minha garota, mas, Ivory, minha criança, eu a amo muito. Ela também me ama. Na verdade, eu a amo mais do que qualquer coisa ou qualquer pessoa no mundo ou do que o próprio mundo. E, criança, eu vejo o mundo e as coisas de um modo muito mais claro do que quando estava em casa. De verdade, Ivory, você não me reconheceria. Quero dizer, se olhasse para mim ou conversasse comigo. Lembra daquelas fotos que tiramos em casa antes da minha partida? Bem, mostrei para a Ag outro dia e ela não me reconheceu. Isso prova que mudei um bocado.

De verdade, minha querida, estou imensamente mais velho. Por isso, quando eu digo que estou apaixonado por Ag isso não significa que tenho

Novembro de 1918

um caso com ela. Significa que a amo. Então, acredite ou não, como quiser. Eu sempre imaginei como seria encontrar de verdade a garota que se amará de verdade para sempre e agora eu sei. Além disso, ela me ama – o que já é um milagre por si só. Por isso, não diga nada aos velhos, estou fazendo uma confidência a você. ~~Mas~~ Não sou tolo e acho que posso me casar agora, mas quando eu me casar saberei com quem estou casando, e, se a família não gostar, podem lamentar, porque nunca vou voltar para casa. Mas não diga nada, porque eu não vou me casar pelos próximos dois anos.

Ó, Ivory, como amo essa garota. E nunca diga que não conto nada – escrevi para você o que eu não escreveria para ninguém.

Agora, criança, me diga, quem diabos está dando todas as minhas cartas para serem publicadas? Quando eu escrevo para a família, não estou escrevendo para o Chicago Herald Examiner ou seja lá quem for – mas para a família. Alguém muito atrevido as está publicando e vai parecer que eu quero dar uma de herói. Caramba, eu fiquei furioso quando soube que estavam usando minhas cartas no Oak Leaves[6]. O pai deve estar com Mal di Testa[7].

A patroa está no *front*, no bairro invadido, medicando pessoas em uma ambulância e terrivelmente só. Eles vão fechar o hospital americano aqui em breve e então eu provavelmente vou morar em um hotel[8]. Preciso continuar os tratamentos mecânicos na perna se quiser melhorar algum dia. Mais dois meses assim. Depois, em umas semanas, vou me mandar de volta para os Estados Unidos. Provavelmente em algum dia de fevereiro-março, talvez antes. Frances Bumstead me escreveu uma carta o Alfred Dick e a tia Grace também[9]. Tudo bobagem. Mande lembranças minhas para a família e para quem mais eu deveria mandar.

E eu ainda amo você, minha Old Ivory Jazz.
O irmão W.K.
Antiga Brutalidade.

Da Ten. significa <u>do</u> Ten.

James Sanford, CMA; carimbo postal: MILÃO / CENTRO, 13-14 / 25•XI / 1918

1. Em carta de 24 de outubro de 1918 para EH, Marcelline escreveu que esperava que ele encontrasse seu amigo Bill Hutchins e insistiu que EH confiasse nela para falar de sua "nova namorada" (Sanford, p. 293-6).

2. EH se refere a "borboleta social" [pessoas com muita vida social, "arroz de festa", em português]. Em sua carta de 24 de outubro, Marcelline descreveu sua rotina agitada de trabalho, igreja, atividades escolares, o que a deixava sem tempo para ir aos bailes com os "fascinantes marinheiros" (Sanford, p. 294-5).

3. Marcelline comentou em sua carta: "Meu professor de italiano, Senore De Luca, é um amor" (Sanford, p. 294).

4. "Três vezes ferido, condecorado duas vezes por valor militar e também promovido a tenente por mérito de guerra" (no italiano inexato de EH).

5. Marcelline escreveu que "Sam" estava para se formar na Naval Aviation Officers School e que ela esperava

receber uma visita dele quando ele estivesse a caminho da Flórida para assumir suas funções. Ela também contou que Al Walker estava na França ansioso por notícias de EH (Sanford, p. 294-5).

6. Em 24 de outubro, Marcelline escreveu: "Sua carta contando sobre os detalhes de como você se feriu, que termina com 'Vamos manter as lareiras acesas' foi publicada na edição de ontem à noite do Chicago 'Herald'". A direção da escola em que ela estudava colocou um recorte do texto no mural e ela se tornou "objeto de muitas felicitações" (Sanford, p. 293). O *Chicago Herald and Examiner* começou a circular em maio de 1918, com a fusão do *Chicago Herald* com o *Chicago Examiner*. A carta de EH para a família datada de 18 de agosto também foi publicada no *Oak Leaves* (em 5 de outubro de 1918).

7. Dor de cabeça (em italiano).

8. Em 21 de novembro, Agnes von Kurowsky viajou para assumir um novo posto em um hospital de campanha em Treviso, próximo a Pádua. A Cruz Vermelha Americana em Milão estava para ser fechada. Bakewell conta que "depois do armistício, todos os enviados foram instruídos a se preparar para o encerramento dos trabalhos e para o fechamento de seus postos. Em 1º de maio de 1919, a Cruz Vermelha se retirou de todas as atividades dos tempos de guerra" (p. 203).

9. Frances Bumstead, colega de classe de EH na OPRFHS; Alfred Dick, irmão mais novo (na época com cerca de doze anos) da melhor amiga de Marcelline, Lucille Dick.

À Família Hemingway, [28 de novembro de 1918]

Noite de Ação de Graças, 10:30

Meus queridos—;

Fui a um ótimo jantar agora à noite e comemos peru, torta de abóbora e [frutas ?] e guarnições no térreo. Eu imaginei o jantar que vocês tiveram, com todo o pessoal, e eu certamente queria estar aí. Com certeza, há muitos motivos para agradecermos este ano. Provavelmente vocês estão imaginando quando volto para casa, e eu realmente não sei. Preciso de mais umas 7 semanas de tratamento se eu quiser uma perna realmente boa.

Depois disso, tenho tantos convites para ir a tantos lugares da Itália que talvez eu leve um mês para atender a todos e conhecer o país. Os Bellia querem que eu fique duas semanas em Turino. E prometi ao Nick que vou caçar com ele em Abruzzo e há a possibilidade de irmos caçar javalis na Sardenha.

Eles têm javalis por lá e pode-se, a cavalo, caçá-los com uma lança. Isso é valorizado como *quelque*[1] esporte. O capitão Gamble quer que eu vá com ele a Madiera por uns dois meses[2]. Lá o clima é tropical, a vida não é cara e o lugar é bonito. Ele pinta e acha que lá poderá fugir do clima horroroso que faz aqui. Hoje a neblina está pior do que a de Londres e nevou anteontem. No sul da Itália o clima é ótimo, pelo que dizem. Minha perna machucada é pior do que um barômetro, dói a cada mudança de temperatura e eu posso sentir se vai nevar com dois dias de antecedência. É por isso que odeio pensar como será no inverno de Chicago. Até o fim de janeiro devo ter 1.200 ou 1.500 liras e eu posso fazer uma boa viagem com isso. É impossível conseguir lugares nos navios para os Estados Unidos agora. Que todo mundo espere.

Muitos companheiros de seção de Chicago voltaram para casa e prometeram passar para ver vocês. E Brummy também passará pela cidade. Então, provavelmente, quando vocês receberem esta carta, já terão visto alguns deles.

Novembro de 1918

Eles são Howell Jenkins, Fritz Spiegel, Jerry Flaherty e Lawry Barnett e todos vão visitar vocês[3]. Todos eles são bons companheiros, principalmente o Jenks. Eles vão contar todas as novas a meu respeito.

 Se eu conseguir, vou a Trieste e Trento e acho que consigo[4]. Muitos dos meus suvenires foram roubados, mas eu ainda tenho uns legais. Ficarei em Milão no Natal e queria mandar presentes para todos vocês, mas nas atuais condições dos correios vocês nunca receberiam nada, então vou tentar levar alguma coisa quando eu voltar.

 Como estão todos? Recebo cartas de vocês quase todas as semanas e o Oak Leaves chega de vez em quando. A epidemia de gripe acabou por aqui. Milhares morreram – mas eu não peguei. Eu só tive Icterícia, Amigdalite e Angina de Vincent.

 Minha namorada está no *front* agora e me sinto muito sozinho aqui – só há mais três seres humanos americanos na cidade e não tem nada para fazer. Então eu vou à ópera no Scala. Já vi Aida, Ghismonda, Moisés, Barbeire di Seville e Mephistofele com regência de Toscanini. Vou ver La Nave de D'Annunzio em breve. Queria que eles montassem Carmen e La Boheme ou algo interessante[5]. Conheço vários cantores que frequentam o American Bar. Tem frapês de chocolate de verdade lá.

 Estou me sentindo bem agora e meu joelho está bem melhor – já posso dobrá-lo um pouco – As máquinas são muito boas.

 Bom, Adeus e escreverei na próxima Ação de Graças,

Até logo.
Ernie.

 O tio Ty me escreveu e pediu que eu mandasse "uma carta bem original" para ele. Fico imaginando de quem diabos ele acha que eu copio as coisas que escrevo[6].

 IndU, CMA

 No alto da primeira página, Clarence escreveu: "28 de novembro de 1918". No envelope falta um selo, mas há dois carimbos. Um deles diz "Capt. R. H. Post. / Am. Red. Cross.", o outro indica "Aprovado pelo censor".

1. "Algum", em francês.
2. Madeira, a maior das ilhas do arquipélago português da Ilha da Madeira, no oceano Atlântico, cerca de 560 quilômetros da costa noroeste da África. Entre o Natal e o Ano-Novo, EH visitaria Gamble, que havia alugado uma casa em Taormina, Sicília (Baker *Life*, p. 55-6).
3. Frederick Spiegel e Lawrence Barnett foram colegas de classe na New Trier High School em Winnetka, Illinois, subúrbio ao norte de Chicago. Eles, como Jenkins e Jerome Flaherty, eram membros da seção 4 do serviço de ambulância da Cruz Vermelha Americana na Itália (Baker *Life*, p. 38, 41).
4. Tanto Trieste, cidade portuária do Adriático, quanto Trento, no vale do rio Ádige, ao sul das Dolomitas, faziam parte do Império Austro-Húngaro e foram anexadas à Itália depois da guerra.
5. O La Scala de Milão (Teatro alla Scala), uma das principais casas de ópera do mundo, foi inaugurado em

Dezembro de 1918

1778. EH se refere às óperas *Aida*, de Giuseppe Verdi (1813-1901); *Ghismonda*, de Eugen d'Albert (1864--1932); *Mosè in Egitto* (Moisés no Egito) e *Il Barbiere di Siviglia* (O Barbeiro de Sevilha), de Gioachino Rossini (1792-1868); *Mefistofele* (Mefistófeles), de Arrigo Boito (1842-1918); *Carmen*, de Georges Bizet (1838-1875); e *La Bohème*, de Giacomo Puccini (1858-1924). Arturo Toscanini (1867-1957), renomado maestro italiano. *La Nave* (O navio), trágico drama de Gabriele D'Annunzio (1863-1938).

6. Em carta de 18 de setembro de 1918, Alfred Tyler Hemingway, tio de EH, diz que suas cartas eram "muito interessantes" e pediu a ele: "por favor, escreva-nos uma de suas melhores e mais originais cartas, pois ficaríamos felizes em saber tudo o que você tem feito, o que tem passado e como está se saindo" (JFK).

À Família Hemingway, 11 de dezembro [de 1918]

11 de dezembro

Meus queridos—;

Reservei uma passagem para 4 de janeiro via Gênova, Nápoles e depois Gibraltar. Então, talvez eu os veja antes de vocês receberem esta carta. Não sei quanto tempo o navio vai demorar, mas devo estar em casa em meados ou fins de janeiro.

As últimas cartas que recebi de vocês são as de 12 de novembro. Acabo de voltar de uma ótima viagem. Hoje é quarta-feira. Sábado de manhã saí de Milão e peguei carona em caminhões e carros de oficiais até Pádua. Passei a noite em Verona. A viagem de trem dura 12 horas e eu cheguei a Pádua no domingo à tarde. Depois, fui para Torreglio visitar alguns oficiais britânicos no acampamento da artilharia. Eu me diverti muito com eles e cavalguei o cavalo de caça do coronel na segunda-feira de manhã. Eu estou cavalgando muito bem e progredi bastante. Saltamos cercas e canais e tudo mais. À tarde, pegamos um carro oficial "Vauxhall" de um tenente. Hey e eu fomos para Treviso, a umas 50 milhas, para ver a garota[1]. Ela está lá em um hospital de campanha. Levamos ela e a senhorita Smith, uma amiga do Hey, ao local onde ficava o velho campo de batalha. E andamos pela ponte suspensa e vimos as trincheiras da linha do *front* austríaco, e com a luz da lua e lanternas enxergamos as casas minadas[2]. Foi uma viagem incrível. Depois voltamos e por volta da meia-noite nós quatro preparamos nossa própria ceia no hospital e quando já era quase 1 hora Hey e eu voltamos para Torreglio. Eu me diverti muito enquanto estive com os britânicos e eles me trataram como rei. Tínhamos cavalos e eu inspecionei as armas e tinha um auxiliar para me ajudar. De carro, percorremos toda a região da 105ª unidade. Cap. Shepard, que me convidou para a visita, é um artista do Punch, vocês já devem ter visto coisas dele[3]. Hey é canadense e um engenheiro bem famoso.

Eu queria ficar mais tempo aqui e vadiar um pouco, já que talvez eu não tenha outra oportunidade dessas por muito tempo. Mas também sinto que está na hora de voltar e ficar com vocês por um tempo e depois voltar ao trabalho.

Dezembro de 1918

Quase fui para a Madiera e as Canárias com o Cap. Gamble, mas daí percebi que se fosse para lá e vadiasse nunca mais voltaria para casa. O clima e o país conquistam a gente e Deus ordenou que as coisas fossem diferentes para mim e eu fui feito para ser um daqueles escritores selvagens que vocês conhecem. Vocês sabem, eu nasci para aproveitar a vida, mas Deus não me permitiu nascer rico — então vou ter que me virar e quanto mais cedo, melhor[4].

Até logo e boa sorte.
Ernie.

IndU, CMA

1. Torreglia, cidade a uns dezesseis quilômetros de Pádua. No começo de novembro, EH conheceu, no Anglo-American Club, em Milão, Eric Edward "Chink" Dorman-Smith (1895-1969), um oficial irlandês do exército britânico que então comandava as tropas britânicas em Milão. De acordo com sua biógrafa, em dezembro Dorman-Smith "tirou algumas licenças acumuladas para acompanhar Hemingway em uma viagem de mais de trezentos quilômetros ao leste para ver [Agnes von Kurowsky] e organizou uma visita a uma unidade da Royal Garrison Artillery, onde estavam alguns dos oficiais que ele comandou em Milão. Lá eles pegaram cavalos do exército para uma caçada de um dia em um local chamado Montello". Dorman-Smith decidiu não ir a Treviso com EH (Lavinia Greacen, *Chink: A Biography*, Londres, Macmillan, 1989, p. 53-9). Durante a Primeira Guerra, a montadora britânica Vauxhall Motors forneceu veículos modelo D de 25 cavalos para serem usados como carros oficiais pelo exército britânico.

2. A enfermeira Gertrude Smith havia sido transferida há pouco tempo de um hospital de refugiados em Rimini para Treviso (Villard; Nagel, p. 280). A cidade de Nervesa della Battaglia, nas margens do rio Piave e a uns 20 quilômetros de Treviso, foi cenário de intenso combate e de muita destruição durante a Batalha do Piave, em junho de 1918.

3. A 105ª unidade, parte da Royal Garrison Artillery do exército britânico, serviu na França a partir de maio de 1916, sendo depois enviada à Itália. Ernest Howard (Kipper) Shepard (1879-1976), ilustrador inglês, enquanto servia na Primeira Guerra Mundial, enviava desenhos para o semanário satírico londrino *Punch*, fundado em 1841. Depois da guerra, ele passou a integrar a equipe da revista e posteriormente ganhou fama com suas ilustrações para o livro *Winnie the Pooh* (1926), do escritor A. A. Milne, e para a edição de 1931 de *The Wind in the Willows*, de Kenneth Grahame.

4. EH planejava voltar para casa para começar a guardar dinheiro para se casar com Agnes. A situação é reconstituída em "A Very Short Story" (*IOT*).

A William B. Smith Jr., [13 de dezembro de 1918]

Caro Jazzer—;

Você faz o que alguém da sua natureza faria para continuar nessa coisa de voar. E tem meu total apoio, Avis. Mas não faça nenhuma bobagem! De verdade, cara, você pode ser cuidadoso[1]. Então seja.

O materno aqui volta para os Estados Unidos no belo navio Giussipe Verdi em 4 de janeiro. E provavelmente dará o ar da graça na cidade do sr. Chicago lá pelo fim do mês que vem. Onde você estará nessa época? Ó, carrasco de aviões, ó, destruidor em potencial de Boche, onde diabos você estará nessa época? E o oficial e o Gob? Precisamos organizar uma reunião.

Mas me escute. Não posso esperar até o verão e preciso reiniciar a batalha pela sobrevivência depressa. A batalha pelas tortas ou a luta pelos merengues. Outros podem chamar de combate pelos bolos. Já não tenho

Dezembro de 1918

mais 210 por mês. Não tenho nada além de uma dispensa respeitável e uma pensão vitalícia de 250 liras por ano às custas do rei. E 250 liras, na melhor das hipóteses, daria $50[2].

E 50 ferrous homos[3] não é muito para se viver.

Mas veja só o tipo de namorada que tenho: ultimamente eu tenho enchido a cara – uns 18 martínis por dia. E há 4 dias eu saí do hospital sem licença e pulei de caminhão em caminhão por 200 milhas até o *front* para visitar uns camaradas. Uns Ocifiais* do R.G.A. britânico perto de Padova[4]. As baterias deles estão *en repose*. Eu me diverti muito com eles e usamos um carro oficial e fomos caçar às custas dos coronéis. Com a perna desse jeito e tudo.

Mas Bill, continuando. Fomos em um carro oficial até Treviso onde está a Senhoritus em um hospital de campanha. Ela ficou sabendo das minhas bebedeiras e pensa que ela me deu sermão? Deu nada.

Ela disse: "Rapaz, nós seremos parceiros. Então, se você vai beber, eu também vou. A mesma quantidade". E ela entornou muito uísque e outras coisas piores e ela nunca tinha bebido nada além de vinho, e sei bem o que ela acha de birita. E, William, isso me fez perceber logo que ela é uma garota e tanto. Agradeço a Deus por ter ficado todo quebrado, assim pude conhecê-la. Que inferno, eu realmente não consigo entender que diabos ela vê no brutal Stein, mas graças a algum bendito astigmatismo ela me ama, Bill. Por isso vou para os Estados Unidos e começar a trabalhar para a firma. Ag diz que podemos nos divertir muito sendo pobres juntos, o que tiramos de letra porque já fomos pobres sozinhos por alguns anos e sempre mais ou menos felizes, eu acho que podemos ir levando.

Então, por enquanto, tudo o que preciso fazer é conseguir o mínimo para sustentar nós dois e economizar o suficiente para seis semanas, mais ou menos, no Norte, e chamar você para ser meu padrinho. Afinal, meu amigo, só tenho mais uns 50 anos de vida e não quero desperdiçar nenhum deles, e cada minuto longe daquela garota é desperdício.

Agora tente manter seu dedo longe do gatilho porque um dia desses você pode estar na mesma situação.

PUL, CMA; cabeçalho: BRITISH-AMERICAN CLUB, / Via Morone, 3 / Milão; carimbo postal: Milão / Partenza, 21-22 / 13•xii / 1918

Dezembro de 1918

1. Depois de se formar na Universidade do Missouri em junho de 1918, Smith se alistou no Marine Aviation Detachment para treinamento em terra no Massachusetts Institute of Technology. Ele foi dispensado em novembro, depois do armistício (*SL*, p. 20). EH responde aqui a uma carta que Smith enviou de Boston em 27 de outubro na qual lamenta que só faltavam seis semanas "até que eu ganhe os céus" e acrescenta: "provavelmente a guerra acabará antes que eu entre em serviço" (JFK). Avis é "ave" em latim, um dos apelidos mútuos que EH e Bill Smith usavam.

2. Não fica claro se EH recebeu um prêmio em dinheiro por seus serviços na Itália, o que, então, teria acontecido antes de ele receber oficialmente a medalha de prata. A medalha foi concedida pelo rei da Itália em um decreto datado de 4 de janeiro de 1920, mas só foi formalmente entregue em novembro de 1921, quando o general Armando Vittorio Diaz foi a Chicago. Marcelline relembrou: "A medalha que Ernie recebeu veio com uma pensão vitalícia de cinquenta liras por ano. Além disso, ele se tornou, segundo o general, 'um primo honorário do rei'" (Sanford, p. 211). Embora o *Chicago Daily Tribune* tenha publicado em 20 de novembro de 1921 que Diaz iria condecorar EH em um banquete naquela noite ("Chicago Greets Italy's Hero as Her Own Today"), um pequeno artigo de 26 de novembro no *Oak Leaves* afirmou que a cerimônia de condecoração de EH foi cancelada porque a agenda do general estava atribulada (Reynolds *YH*, p. 257).

3. No latim de EH, "homens de ferro", gíria norte-americana para dólares.

*. No original, "Ossifers"; grafia incorreta proposital de "Officers" ["oficiais", em português] (N. E.).

4. "R.G.A." é *Royal Garrison Artillery.*

A William D. Horne Jr., 13 de dezembro [de 1918]

13 de dezembro.

Caro Guililmus[1]—;

Sua epístola emitida antes de minha partida para o mar foi recebida com satisfação[2]. Lamento profundamente por nos termos desencontrado, mas foi por uma [*M perfurado*] já que naquela última noite eu duelei com o demônio depois de seis semanas de dispensa, um fígado enfraquecido pela icterícia e eu estava derrubado. Não há álibi para isso.

O Geusippy Verdy que supostamente navega para os Estados Unidos carregará o que resta da carcaça despedaçada do velho mestre de volta a seu torrão natal. O êxodo acontecerá em 6 de janeiro, partindo de Nápoles[3]. E como estão as coisas nos Estados Unidos, William? [*M perfurado*] O que [*ilegível*] quer dizer [*M perfurado*]? O retorno do herói carregado [*M perfurado*] rifles Boche e sobrecarregado com Croces Di Guarixes causam o efeito adequado? Espero que *non plush ultra*[4].

No sábado passado escrevinhei uma nota para a senhorita G.S. De Long[5] dizendo que estava saindo por uns dias e deixei Milão.

Pulei em caminhões até Verona, onde um carro oficial estava à disposição do velho mestre e entrei em Pádua triunfantemente. Dali me dirigi a Terreglio, cerca de 30 quilômetros [*ilegível*] nós paramos por causa de uma confusão da artilharia britânica. O velho John Walker[6] [*M perfurado*] não recarregável estava presente [*M perfurado*] na manhã cavalguei o cavalo de caça do coronel com relativo sucesso, apesar da ressaca, e fiquei firme na corrida. Na verdade meu cavalo espirrou lama com muita eficácia em 2 majores e alguns suboficiais.

Dezembro de 1918

Mas por Deus, no dia seguinte eu estava morto! Mesmo assim, o tenente Hey e eu pegamos um carro oficial e peregrinamos ao hospital próximo a Treviso onde Ag está. Fizemos um passeio sob o luar no velho campo de batalha. [*ilegível*] refeição depois. [*ilegível*] Treviglio antes do café da manhã.

Ag ficou um tanto surpresa em me ver, mas aguentou firme. Hey está enfeitiçado por uma tal senhorita Smith que estava lá. Nós atravessamos o rio por uma ponte flutuante em Nervesa. Muito eficaz.

Mandei suas lembranças à patroa[7]. Ela disse que vai adorar ter [a elegância de] W. K. Horne na mesa da ceia de domingo quando [*ilegível*] vamos [*ilegível*] com certeza nós [*ilegível*] Ag durante [*ilegível*] ela ficaria [*ilegível*] se casar comigo em uma [ilegível] de $20. Portanto, acontecimentos surpreendentes estão por vir a [*ilegível*].

Bill, eu me abri para você – brincadeiras à parte, quero dizer que você me conhece muito bem. Então, me dê sua opinião a respeito disso. Ó, diabos, não!

Depois eu conto mais. Eu ia dar alguns detalhes sobre minha esposa de nomes Tedesci[8] [*ilegível*]. Mas você a conhece – então, por que me preocupar? [*ilegível*] minha curta vida eu [*ilegível*] com alguma garota [*ilegível*]. Mas nunca [*ilegível*] [poderia] sequer pensar em [*ilegível*] você pensar que [*ilegível*] uma coisa dessas e que [*ilegível*] minha sobrancelha levantada até chegar atrás do meu pescoço eu me acalmaria ao lado de alguém que trabalha para o sr. Ziegfeld[9].

Por isso, graças a Deus, eu recebi um tiro e o resto você já sabe. Quer dizer, você não sabe o resto e nunca vai saber, mas você sabe o resultado. [*ilegível*] não tive [*ilegível*] o cara que [construiu] aquela [*ilegível*] atravessando o Piave. Porque [*ilegível*] dou a ele os [teixos ?] com folhas enormes do [lado ?] do banho mineral.

Então vou voltar para casa e começar a luta pelos pães, a briga pelo sustento ou a ou a batalha por dinheiro o mais rápido que puder. Preciso telefonar para a família antes. Eles me amam ainda mais depois que me quebrei todo e isso daria mais crédito [*ilegível*] você sabe. Não vou me alongar mais, mas não demore para mandar notícias [*ilegível*] espancando uma maldita máquina de escrever [*ilegível*] o [*ilegível*] que apesar disso ama [jovem ?] [*ilegível*] duas vezes e não uma. E [*ilegível*] 3.000 por cento.

Mas Ag diz que juntos podemos nos divertir mesmo sendo pobres e que viveremos mais uns 60 anos no máximo, então queremos começar o mais rápido possível. Eu seria pobre se ganhasse 1.000.000 por ano. A pobreza é relativa, afinal.

Bill, com certeza sou o vagabundo mais sortudo do mundo. A tentação é de começar a delirar – mas não vou.

Fevereiro de 1919

Se você souber quando o G. Verdi chega, saindo daqui no dia 6, poderemos nos ver. Eu adoraria isso. Se não der certo, então me escreva no endereço N. Kenilworth Avenue, 600.
OAK PARK.
Illinois

Toda a sorte do mundo,
Hemingstein

Newberry, CMA; cabeçalho: British-American Club, 3 Via Morone, Milão.; carimbo postal: 3 Milão / Partenza, 21-22 / 15.xii / 1918

A carta foi muito danificada por água e bolor e tem um grande furo no meio da dobra principal.

1. "Querido William" (em latim).
2. Horne escreveu de Paris para EH em 26 de novembro de 1918 lamentando que teve de deixar Milão às pressas antes que eles se encontrassem novamente e contando que embarcaria para os Estados Unidos no *La Lorraine* em 2 de dezembro (JFK).
3. EH deixaria a Europa no *Giuseppe Verdi* em 4 de janeiro.
4. *Non plus ultra:* perfeição, o ponto mais elevado ou auge (em latim).
5. Katherine C. DeLong, ex-superintendente no Bellevue Hospital School of Nursing em Nova York, estava no comando do Hospital da Cruz Vermelha Americana em Milão. Ela era conhecida entre os pacientes como "Gumshoe Casey"; G. S. pode ser a abreviação de EH para "Gum Shoe". Ela serviu de modelo para a autoritária Miss Van Campen em *FTA*.
6. Johnnie Walker, marca popular de uísque internacionalmente famosa desde a década de 1860.
7. Em carta de 26 de novembro, Horne pediu a EH para parabenizar Ag por ele "quando desse" e acrescentou: "Cara sortudo!"
8. *Tedeschi:* alemães (em italiano), uma referência ao sobrenome de Agnes. O pai dela, Paul Moritz Julius von Kurowsky, era um cidadão norte-americano naturalizado e tinha ascendências polonesa, russa e alemã (Baker *Life*, p. 572).
9. Florenz Ziegfeld (1867-1932), produtor teatral nascido em Chicago, criador do espetáculo *Ziegfeld Follies*, que apresentava mulheres seminuas cantando e dançando.

A William D. Horne Jr., [3 de fevereiro de 1919]

Querido Bill—;

Que inferno – Oh, Deus, que inferno. Pelo amor de deus, me dê o endereço do Jenk de uma vez para que eu possa me livrar disso. Barney está na Wisconsin U., é impossível localizar Jerry. Spiegel está trabalhando e não consigo encontrar o Jenks[1]. O Jenks pode me salvar – talvez. E quanto a você? Alguma chance de você aparecer? Tente convalescer no meio de 60.000.000.000 de mulheres, em sua maioria solteiras e velhas, e de 80.000.000.000.000 de homens – na maioria gordos e na reserva implorando por emoções baratas de segunda mão vindas de quem esteve no *front*. Essas pessoas que querem ficar horrorizadas por tabela roubaram a ovelha de um ex-montanhês. Deus, estou farto deste lugar.

Fevereiro de 1919

  Ag escreveu de Toro Di Mosta, depois de San Dona-Piave, contando que ela e Cavie vão ficar lá por todo o inverno². Mandei a ela suas lembranças. Bill, me sinto extremamente abandonado longe dela e não sei o que fazer. Todas as femmes de Chicago se parecem com uma colherada de xarope de milho Karo comparada a um Burgundy 83³.

  Vou mandar aquela foto para você assim que eu tiver selos. Minha família ficou comovida como o diabo com a minha chegada. Nos 2 anos e 1/2 que passei longe deles muita coisa mudou. Agora o pai ri das minhas histórias sobre Cognac e Asti. Muita coisa mudou mesmo. Sinto falta das velhas batalhas. Meu pai perdeu o jeito de lutador. O que Marte fez⁴? Edgar Rice Burroughs, aquele que perpetrou o Tarzan, o homem macaco, está tentando me convencer a escrever um livro⁵. Caso eu escreva, não vou mandar uma cópia para você – você vai ter de comprar – porque vou precisar que ele venda.

  Vou escrever com mais frequência e, Bill, quero agradecer por tudo o que você fez por mim—

  Newberry, CM; cabeçalho: Dr. Clarence E. Hemingway / Kenilworth Avenue, 600 / Corner Iowa Street / Oak Park, Illinois; carimbo postal: Oak Park / Illinois, 3 Fev. / 22:00 / 1919

1. Howell Jenkins, Lawrence Barnett, Jerome Flaherty e Frederick Spiegel.
2. A enfermeira da Cruz Vermelha Americana Loretta Cavanaugh ganhou o apelido de "Sis Cavie". Em uma carta de 21 de dezembro de 1918, Agnes disse a EH que Cavie queria que ela fosse para "um lugar miserável onde ela está montando um pequeno Hospital & dispensatório". Agnes encontrou com ela no hospital de Torre di Mosto em 10 de janeiro; por volta de 1º de março, quando Carvie se mudou para Roma, ela assumiu o comando (Villard; Nagel, p. 146, 162, 281).
3. EH equipara as mulheres a um adoçante comum (lançado no mercado em 1902 e largamente anunciado para as donas de casa dos Estados Unidos), em comparação com Agnes, que seria como um vinho francês raro e caro.
4. Cognac, um destilado sofisticado que recebeu o nome de sua cidade de origem, no oeste da França; Asti Spumante, um vinho frisante italiano. Marte, o deus romano da guerra.
5. Burroughs (1875-1950), escritor de aventura e ficção-científica, viveu em Oak Park entre maio de 1914 e janeiro de 1919, quando se mudou com a família para Los Angeles para ficar perto da indústria cinematográfica. Seu livro *Tarzan of the Apes* foi publicado em 1914 (Chicago, A. C. McClurg); a versão em filme mudo estreou em Nova York em 1918 em meio a um grande alarde e se tornou a primeira produção a alcançar a receita de um milhão de dólares.

Março de 1919

A James Gamble, 3 de março [de 1919]

3 de março

Meu velho Comandante[1],

Caramba, você sabe que eu deveria ter escrito antes. Na minha agenda, por mais de um mês, se você abrisse veria rabiscado "Escrever para Jim Gamble". A cada minuto de cada dia eu brigo comigo mesmo por não estar em Taormina com você. Estou com tantas saudades da Itália e quando penso que poderia estar lá e com você. Chefe, de verdade, nem consigo escrever sobre isso. Quando penso na velha Taormina sob a luz da lua e você e eu, um pouco iluminados às vezes, mas sempre nos divertindo, e caminhando por aquele bom e velho lugar e a lua brilhando no mar e o Etna lançando sua fumaça e as sombras e o luar na escadaria para a vila. Ó, Jim, me sinto maluco por estar aqui, vou até a estante de livros camuflada do meu quarto e preparo um bem forte e grande, com a quantidade tradicional de *aqua*, coloco perto da minha máquina de escrever, gíria para oficina, teclado gasto etc., e então passo os olhos por tudo isso e penso em nós, sentados na frente da lareira depois de um daqueles jantares *munge uova* e daí bebo em sua homenagem, Chefe[2]. Bebo em sua homenagem.

Pelo amor de Deus, não volte para este país enquanto você puder evitar. Quem diz isso sabe o que está dizendo. Sou patriota e desejoso de morrer por esta grande e gloriosa nação. Mas odeio como o diabo viver aqui.

A minha perna está bem ruim, a família vai bem e foi ótimo vê-la de novo. Aliás, eles nem me reconheceram quando eu saltei do trem. Tive uma tempestuosa mas agradável viagem de volta. Três dias ótimos em Gib. Peguei uma roupa casual emprestada de um oficial britânico e fui até a Espanha[3]. A mesma agitação frenética de Nova York. Vi o Bill Horne, que pensa muito em você. Tentaram fazer de mim um herói por aqui. Mas você e eu sabemos que os verdadeiros heróis estão mortos. Se eu fosse realmente uma peça desse jogo, eu teria sido morto. E eu sei disso, por isso não afeta o tamanho do meu crânio, acho eu[4]. Mas jovens desta vila também estiveram na Naval Reserve Force, no Student Army Training Corps e no Q.M.C.[5] Todos, menos o Al Winslow e eu e mais uns sujeitos da nossa antiga gangue que foram mortos servindo com os fuzileiros navais.

Tenho feito as honras da casa, mas o Al volta na semana que vem e ele derrubou muitos alemães e deixou um braço em uma enfermaria em um campo alemão, então anunciei minha aposentadoria dos olhos do público com a chegada dele[6].

Tenho escrito umas coisas muito boas, Jim. Isso me faz bem. E estou começando uma campanha contra sua revista da Filadélfia, a Sat. Eve. Post. Mandei o primeiro conto na segunda-feira passada. Ainda não escrevi sobre a aventura das glicínias. E não recebi nenhuma resposta ainda, claro. Amanhã atiro mais uma contra eles. Vou enviar tantas matérias e tão boas, não, ainda não virei um convencido, que eles terão de comprar alguma coisa em defesa própria. De verdade, Chefe, estou com tantas saudades da Itália que quando escrevo saem coisas que só se vê em cartas de amor. Cartas de amor, não ladainha sentimental. Uma das minhas irmãzinhas acaba de trazer um prato cheio de sanduíches de salada de lagosta, a inferência deve ser que peixe é alimento para o cérebro. Mas preciso de uma cerveja. Você já experimentou a cerveja daquela pequena Birraria lá perto da estação de Schio? E podíamos estar em Madiera agora. Ah, Droga[7].

Jenks está na cidade e a gente se encontra quase sempre. Ele mandou lembranças para você, e o Art Newburn também. A Garota ainda está em um lugar esquecido por Deus chamado Torre Di Mosta, depois do Piave. Exatamente vinte quilômetros de San Dona[.] Ela está coordenando as enfermeiras de um hospital de campanha e um jardim de infância e no tempo livre atua como prefeita da cidade. Ela mandou a bandeira para você, eu acho, ela não mencionou nada. Você recebeu com dinheiro americano trocado? Fiquei triste por não ter ido pessoalmente, mas eu estava na correria e quando eles mudaram a data de saída do Verdi tive de deixar com ela. Deu tudo certo? Se você for a Veneza, queria que fosse vê-la. Agnes von Kurowsky, e a senha é Hemingstein. Recebi um bilhete do Harry Knapp outro dia. Ele está procurando alguma coisa para fazer. Diz que os negócios estão muito instáveis. O braço dele está O.K. O frio faz o diabo com a minha perna e a junta está meio inflamada. Está tudo sob controle agora, mas meu pai disse para me manter longe do trabalho mais pesado até meados do verão, de todo modo.

Voltei para casa decidido a enfrentar de uma vez a luta pelos pães e esperando encontrar uma situação financeira ruim, mas fui recebido pelo meu pai com as seguintes palavras: "Nunca estivemos melhor. Tudo vai muito bem. Por que você não me pediu uma grana para ficar lá por um tempo se você queria?" Foi a gota d'água. Eu errei totalmente nos cálculos. E meu querido tio, que estava desaparecido e pensava-se que tinha sido assassinado, apareceu vivo e muito bem na Inglaterra e me bateu à porta há uma semana. Maldito[8].

Meu pai falou hoje sobre me mandar para o golfo por um tempo, mas as corridas terminam amanhã em Nova Orleans e tenho trabalhado duro na máquina de escrever, então acho que vou me segurar por aqui mais um tempo. Talvez eu vá para lá em meados ou fim de março.

A Garota não sabe quando volta. Estou guardando dinheiro, se é que você acredita nisso. Eu não acredito. Já tenho $172 e um Liberty Bond de cinquenta pratas no banco. É o que acontece quando se fica longe dos cavalos e quando os amigos estão do outro lado do oceano[9]. Talvez ela não goste mais de mim agora que estou regenerado, mas de qualquer forma não estou totalmente regenerado.

Se você ainda estiver em Taormina, mande lembranças minhas para a Madame Bartlett e o Maggiore e minhas saudações ao duque de Bronte. Que, além de você, é meu único amigo de verdade da Sicília. Woods e Kitsen talvez sejam bons trabalhadores, mas não acha que seria muito cansativo andar com eles por aí[10]? Tem algo que eu possa mandar para você? Você tem tabaco? Com certeza você tem Macedonias[11]. Também queria ter. Traga um pouco com você! Sério, você precisa de algo, Jim? De verdade?

Você sabe que eu queria que você estivesse aqui,

Knox, CDA com pós-escrito manuscrito; carimbo postal: OAK PARK / ILLINOIS, 4 MAR / 15:30PM / 1919

As you see I'M A rotten typist. It's one of the priveleges of the 4th. Estate.

Hemmy,

The address on the envelope is your home when you'r IN Chicago. Tel Oakpark 181

His Mark

EH endereçou o envelope: "CAP. JAMES GAMBLE / CROCE ROSA AMERICANA / TAORMINA / SICILIA" com a nota "FAVOR ENCAMINHAR". A carta foi encaminhada de Taormina para Gamble a/c H. C. Voorhes, Wellington Hotel, Elkins Park, Pensilvânia, EUA. No verso do envelope, uma nota em italiano (que não foi escrita com a letra de EH e presume-se que seja destinada a Gamble) pode ser traduzida como: "Envio os cumprimentos afetuosos de todos os seus amigos de Taormina e um abraço do amigo Giuseppe Cicala da agência de correio". O "4º estado", mencionado no pós-escrito manuscrito de EH, é uma referência à imprensa.

1. Gamble era chefe do serviço de rancho da Cruz Vermelha Americana quando EH se ofereceu para o rancho de emergência na frente de batalha do rio Piave em junho de 1918.
2. *Munge uova* é, aparentemente, uma piada interna em alusão à ação de Gamble como cozinheiro, mas em italiano não faz sentido. *Munge* é uma conjugação do verbo "ordenhar" e *uova* significa "ovos".
3. Gibraltar, território britânico no extremo sul da península Ibérica próximo à cidade portuária espanhola de Algeciras; estrategicamente localizado na entrada do Mediterrâneo, Gibraltar foi outorgado à Grã-Bretanha pela Espanha em 1713 pelo Tratado de Utrecht.
4. A edição de 1º de fevereiro de 1919 do *Oak Parker* traz uma matéria sobre o retorno de EH da Itália, acompanhada por uma fotografia dele usando uniforme (recorte na PSU; Roselle Dean, "First Lieutenant Hemingway Comes Back Riddled with Bullets and Decorated with Two Medals", p. 12). Em 24 de fevereiro, EH, um oficial francês e um oficial italiano foram aplaudidos de pé depois de discursarem no

Março de 1919

Nineteenth Century Club de Oak Park, de acordo com os dois jornais locais; recortes dos artigos foram guardados no álbum dos avós de EH na JFK ("Beware Propaganda: Three Lieutenants at Nineteenth Century Club Warn as to German Whispers – Friends of America", *Oak Leaves*, 1º de março de 1919; Roselle Dean, "France, Italy and America Well Represented at Nineteenth Century Club Monday", *Oak Parker*, recorte sem data).

5. A Naval Reserve Force foi criada pelo Congresso em 1915 para que o governo dos EUA pudesse convocar pessoal da reserva para dar apoio às forças ativas da Marinha em caso de guerra. O Student Army Training Corps foi um programa criado pelo Departamento de Guerra dos EUA em abril de 1918 para oferecer treinamento militar aos homens como um suplemento às atividades acadêmicas em faculdades e universidades de todo o país; os jovens foram desmobilizados quando a guerra acabou. Durante a Primeira Guerra, os corpos de intendentes do Exército forneciam serviços de apoio e provisões no campo de batalha.

6. O tenente Alan F. Winslow (1896-1933) de River Forest, Illinois, foi condecorado em abril de 1918 como o primeiro aviador norte-americano a derrubar um avião alemão na Primeira Guerra. No verão daquele ano, ele perdeu um braço quando seu avião foi alvejado e caiu atrás das linhas inimigas. Ele foi mantido como prisioneiro pelos alemães; por algum tempo ele foi considerado desaparecido e dado como morto. O *Chicago Daily Tribune* cobriu de perto o retorno do herói de guerra ("Alan Winslow Back in the U.S. Wearing Honors / Chicago Flyer Returns After Period in Enemy Prison Camp", 1º de março de 1919, p. 7); o retrato de Winslow usando uniforme ocupou a primeira página do *Oak Leaves* em 8 de março de 1919. Em meados de março, Winslow e EH falaram sobre suas experiências de guerra a uma plateia de estudantes na OPRFHS; o *Oak Parker* registrou que o público dos "dois guerreiros [...] fez que as quatro paredes ecoassem os aplausos" ("From Italian Front, High School Student Body Hears Story of the Ardenti and of Fighting on the Piave", 22 de março de 1919, p. 54; PSU).

7. As histórias que EH diz ter submetido não foram identificadas; nada do que ele escreveu foi publicado na *Saturday Evening Post*. Publicada na Filadélfia, cidade natal de Gamble, a revista surgiu com o nome de *Pennsylvania Gazette*, criada por Benjamin Franklin, em 1728, e se tornou conhecida como *Saturday Evening Post* em 1821. A "aventura das glicínias" foi contada em uma história que EH intitulou "The Woppian Way" na qual o protagonista, Nick Neroni, recorda suas experiências de guerra, incluindo beber cerveja em uma *trattoria* ao ar livre sob "aquelas grandes flores violeta que cobriam os muros brancos e exalavam seu perfume noite adentro" (Item 843, JFK; citado em Zvonimir Radeljkovi, "Initial Europe: 1918 as a Shaping Element in Hemingway's Weltanschauung", *College Literature*, 7, n. 3, outono de 1980, p. 306). Baker conta que, durante suas primeiras semanas na Itália, EH e seus colegas motoristas de ambulância "desfrutaram de algumas noites bebendo cerveja [...] sob arbustos de glicínias em uma das ruas secundárias de Schio" (*Life*, p. 42). *Birreria*: cervejaria (em italiano).

8. O boletim da Primeira Igreja Congregacional de Oak Park registrou que o irmão de Grace, Leicester Hall, estava desparecido desde 15 de setembro (PSU; s.d.), e em uma carta de 13 de novembro de 1918, Clarence contou a EH que seu tio poderia ter sido feito prisioneiro pelos alemães (JFK). Algumas semanas depois, Clarence registrou que o tio Leicester não apenas estava "vivo e bem", mas também havia retornado a Nova York no S.S. *Lapland* (cartas a EH, 4 e 25 de dezembro de 1918; JFK).

9. Assim que se recuperou minimamente, EH foi com Agnes e alguns amigos acompanhar as corridas de cavalo da pista de San Siro, perto de Milão, conforme ela relatou em seu diário (Villard; Nagel, p. 78-87). EH baseou-se nessa experiência em *FTA*.

10. De acordo com Griffin, durante a viagem que EH fez com Gamble a Taormina, eles tiveram a companhia do "Coronel Bartlett, um colega soldado baixinho e gordinho com bigode de morsa que Jim conheceu em Florença e que também serviu no Piave, a bela esposa de 'Bartie', Louise, duas artistas inglesas, Woods e Kisten, e um encantador e generoso aristocrata apresentado como 'duque de Bronte'" (p. 100). Entre o pessoal civil da Cruz Vermelha Americana na Itália, Bakewell lista Edward O. Bartlett, assistente do diretor (e oficial comissionado a partir de 1º de abril de 1919), e Mrs. Louise C. Bartlett, assistente social em Florença e Taormina de outubro de 1918 a março de 1919 (p. 227).

11. Cigarros Macedonia, feitos de tabaco turco, uma das marcas distribuídas sob o monopólio estatal de venda de tabaco na Itália.

Março de 1919

A William D. Horne Jr., [5 de março de 1919]

Egregrio Amicissimo[1],
Par Baccho! Sporca Madonna[2]! Meu coração pula dentro de mim enquanto envio a você meus parabéns. Mas por que, ó, *Carissimo*, você escreveu essa notícia incrível em carcamano? Mesmo feliz ao receber a mensagem fatal, tentei decifrar isso por muito tempo. A estruturas das suas frases, mas afinal, o que é a sintaxe para um homem na sua situação? Mas, Bill, estou feliz! Quando der, por favor, dê meus parabéns. E, além disso, Bill, me dê mais detalhes na *lingua Anghilterrese*[3]. Você está rico? Ou feliz?

Eu com certeza estou feliz, Bill. Mas quando um cara conhece outro como nós nos conhecemos, não é preciso dizer muito. Não é?

Agora, em relação à capa. O endereço da Ag é Agnes von Kurowsky, Croce Rossa Americana, Padova, Itália – Favor encaminhar. De acordo com as últimas recomendações que ela me passou, um certo tenente de Artigleria baixinho e muito adiposo está competindo pela mão e pelo destino dela[4]. Ele está desesperado. Então, conseguir uma capa através dele deve facilitar as coisas por si só. Sugiro que você escreva para ela. Sei que ela fará isso por você se puder.

O irmão Jenks e eu nos encontramos sempre e criamos o *slogan* "Totalmente secos para sempre – beba agora para o resto de sua vida!" Estamos bebendo[5]. Qualquer registro anterior de uma última bebedeira minha está ultrapassado. A colônia carcamana de Chicago deu duas grandes festas para nós e na última eu resgatei garrafas para o estoque da minha estante camuflada suficiente para muitos anos[6].

(Minha) Ag não sabe quando volta para casa. Ela não quer mesmo voltar. E não posso culpá-la porque eu também não queria. Mas um dos dois terá de atravessar o oceano. Eu não posso e não teria nada quando eu chegasse do outro lado. Então, acho que isso vai terminar na igrejinha ali da esquina. Você será o primeiro a ser chamado como testemunha, ou padrinho ou o que corresponder a padrinho na igrejinha. Quando, eu não sei. Já que não pode ser agora. Bill, estou escrevendo. Juro por Deus, escrevendo. Queria que você estivesse aqui para me dar sua opinião sobre essas coisas.

Uma das histórias fez o irmão Jenks chorar, sério, e ele estava bem sóbrio. Talvez tenha sido esse o problema. Mas é sério, estou escrevendo coisas que eu não tinha ideia que poderia escrever. Vou conquistar o Post. Aposto com você até em dinheiro. É isso. Qualquer coisa até cinco pratas. Agora, quando um seguidor viciado que só aposta em cavalos para ganhar começa a apostar em si próprio, tome cuidado. A coisa é boa. Quase escrevi baba. Mas é. Boa, não baba.

Março de 1919

Vi o Ed Dougherty e dei a ele lembranças suas[7]. Ele retribuiu. Ele foi à festa carcamana e estava bêbado. Ó, Bill, foi um acontecimento e tanto. A perna me dá muito aborrecimento e dói como o diabo nesse clima. Mas eu gosto porque a dor me lembra da Ag.

So far thou art [Tu és tão bela] – etc[8]. Ainda estou tão apaixonado quanto antes, Bill. Espero que a Ag continue assim também. Porque se ela não estiver, a vida não vale ser vivida. Onde você vai morar depois de casado, me dê mais detalhes. Ag é imensamente desejada por seu pobre amigo etc.

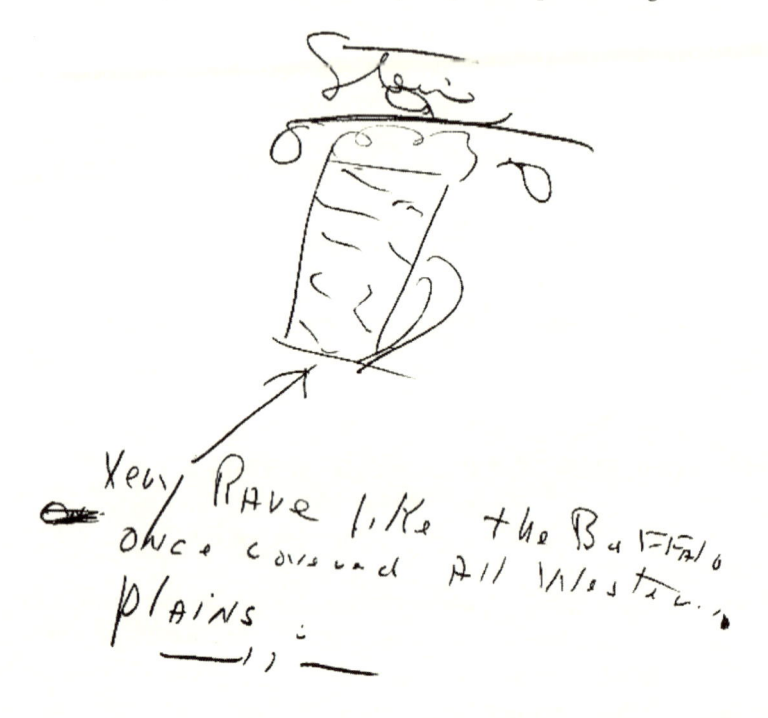

[*Datilografado no verso:*]
Alguma chance de você desistir?

Newberry, CDA com pós-escrito manuscrito; carimbo postal: Oak Park / Illinois, 5 Mar. / 22:00 / 1919

1. Literalmente, "egrégio amicíssimo" (uma justaposição cômica dos tons formal e informal em italiano, comparável, em português, a "mui estimado chapa").

2. *Per Bacco:* por Baco (deus romano da bebida). *Sporca Madonna*, literalmente "porca madona", indica que EH aprendeu a xingar em italiano, com fluência e de maneira idiomática.

3. Em uma carta a EH de 23 de fevereiro de 1919, escrita totalmente em italiano, Horne confidenciou que estava apaixonado. Ele queria dar à sua namorada uma capa de oficial italiano e perguntou a EH se Agnes poderia comprar uma e trazê-la quando voltasse para os Estados Unidos, na primavera (JFK). *Carissimo*: queridíssimo. *Lingua Anghilterrese*: no italiano inventivo de EH, "língua inglesa" (escrito corretamente, seria *lingua inglese*).

4. *Tenente di Artigleria*: tenente de artilharia (em italiano). Em uma carta a EH de 3 de fevereiro de 1919, Agnes escreveu: "O tenentinho de quem falei antes está me apressando desesperadamente – não vá ficar nervoso" (Villard; Nagel, p. 159). É provável que ele fosse o Tenente Domenico Caracciolo (1891-1970), por quem Agnes terminou seu relacionamento com EH em março. Em sua carta de 21 de janeiro, ela contou que tinha um "admirador devotado" chamado Domenico, mas o descreveu como tendo "14 anos" (Villard; Nagel, p. 157).

5. Em 16 de janeiro de 1919, o Congresso dos EUA ratificou a 18ª emenda à Constituição, que proibia a "produção, venda ou transporte de destilados embriagantes", que entrou em vigor um ano depois. Nesse meio-tempo, sob o War Prohibition Act aprovado pelo Congresso em 21 de novembro de 1918, uma proibição nacional entrou em vigor em 1º de julho de 1919. No intervalo entre a entrada em vigor das duas leis, os maiores produtores de destilados dos EUA instituíram o *slogan* "Bone Dry Forever: Stock Up Now for the Rest of Your Life" ["Totalmente secos para sempre — estoque agora para o resto de sua vida"] (Ernest W. Young, The Wilson *Administration and the Great War*, Boston, R. G. Badger, 1922, p. 22). Em outubro de 1919, acabando com o veto do Presidente Wilson, o Congresso aprovou o Volstead Act para aplicar a emenda, e, em dezembro, a Suprema Corte defendeu a constitucionalidade da lei de guerra. A proibição foi instituída em janeiro de 1920 e permaneceu válida até a emenda ser revogada, em 1933.

6. Em homenagem a EH, um grupo de ítalo-americanos de Chicago organizou grandes e animadas festas na casa dos Hemingway em Oak Park em dois domingos diferentes, o primeiro foi em 16 de fevereiro de 1919. Depois da segunda festa, que durou mais de doze horas, Clarence, desaprovando a bagunça e o fluxo livre de bebida, exigiu que as festas acabassem (Sanford, p. 185-7; Baker *Life*, p. 58).

7. Edward R. Dougherty serviu na seção 5 do serviço de ambulância da Cruz Vermelha Americana (Bakewell, p. 224).

8. Embora a frase apareça em muitas obras literárias, é mais provável que a alusão de EH seja à segunda estrofe de "A Red, Red Rose", do poeta escocês Robert Burns (1759-1796): *"So fair thou art, my bonie lass, / So deep in love am I: / And I will luve thee still, my dear, / Till a' the seas gang dry"* [Tu és tão bela, minha doce amada, / Tão profundo é o amor que sinto / E ainda vou amá-la, minha querida, / até que sequem todos os mares"].

A William D. Horne Jr., 30 de março [de 1919]

Trinta de março

Caro Amico[1],

É meio difícil escrever, Bill. Principalmente logo depois de receber notícias suas e saber como você está feliz. Então, vou deixar isso de lado por um momento. Eu não consigo escrever, juro por Deus. Isso me pegou tão de repente. Então primeiro vou contar tudo o que sei.

Pease estava na cidade[2]. Ou talvez deveria dizer que os Peas estavam na cidade. Jenks o viu. Spiegel está bem. Jenks ainda está vendendo seguros. Eu... depois eu conto. Agora não tenho estômago.

Ah, sim, chegou uma carta do Yak escrita de Fort Worth[3]. Imagina o que o cara estava fazendo lá? Você não imaginaria, mas depois de se lembrar de quem é Yak talvez você consiga. Ele foi à guerra aos cinquenta e cinco ou mais. Mas isso não é nada.

Ele está em Ft. Worth se divorciando da sra. Yak! Você acredita? Ele também deplorou a recente falta de espírito da nação. Ele ficou casado vinte e quatro anos, de acordo com o próprio depoimento. O que fazer com um cara assim, meu caro Watson, se algo puder ser feito[4].

Março de 1919

Agora depois do fracasso miserável de tentar ser divertido, vou contar a triste verdade, da qual eu já suspeitava há algum tempo, desde que voltei, e que culminou em uma carta da Ag hoje de manhã[5].

Ela não me ama, Bill. Ela retirou tudo o que disse. Um "erro", um daqueles pequenos erros, você sabe. Ó, Bill, não consigo brincar com isso e não consigo nem me ressentir porque simplesmente estou arrasado. E o inferno disso tudo é que não teria acontecido se eu não tivesse saído da Itália. Por Cristo, nunca deixe sua garota até se casar com ela. Sei que você não pode "aprender sobre as mulheres comigo"[6], assim como eu não posso aprender com ninguém. Mas você, quero dizer, o mundo em geral, ensina a garota. Não, não vou dizer dessa forma, digamos, você faz amor com uma garota e depois vai embora. Ela precisa de alguém com quem fazer amor. Se a pessoa certa aparecer, azar o seu. É assim que é. Você não acredita em mim, como eu não acreditaria.

Mas, Bill, eu amei a Ag. Ela era meu ideal e, Bill, eu esqueci tudo sobre religião e tudo mais – porque eu tinha a Ag para adorar. Bom, a queda de ideais destruídos não é uma alegre canção para os ouvidos de ninguém. Mas ela não me ama agora, Bill, e ela vai se casar com outro, de nome não mencionado, que ela conheceu desde então. Vai casar com ele tão depressa e espera que depois eu a perdoe e que eu inicie e construa uma carreira maravilhosa e tudo o mais.

Só que, Bill, eu não quero uma carreira maravilhosa e tudo o mais. Não foi bem assim, ela não escreveu "e tudo o mais" – Tudo o que eu queria era a Ag e a felicidade. E agora o mundo caiu e estou escrevendo com a boca seca e um nó na garganta e, Bill, queria que você estivesse aqui para conversarmos. A Doce Criança! Espero que ele seja o melhor homem do mundo. Ó, Bill, não consigo mais escrever sobre isso. Porque eu a amo demais, maldição.

E o grande inferno disso tudo é que o dinheiro, que era a única coisa que impedia que nos casássemos, agora chega num ritmo impiedoso[7]. Se eu trabalhar em tempo integral, consigo ganhar em média setenta por semana e já economizei quase trezentos. Venha para cá e vamos torrar tudo. Não quero mais essa porcaria. Tenho de parar antes que comece a me sentir amargo, porque eu não quero isso. Amo a Ag demais.

Me escreva, Garoto,
Ernie

Newberry, CDA; carimbo postal: [Oak] Park / [data ilegível]; carimbo de encaminhamento: Yonkers / N.Y., 2 Abr. / 23:30 / 1919

O envelope, endereçado ao "Sr. William Dodge Horne Jr. / Park Avenue, 175 / Yonkers / New York", foi encaminhado para Horne no "University Club, / Bridgeport, Connecticut".

Abril de 1919

1. "Querido amigo" (em italiano).
2. Warren H. Pease, colega da seção 4 do serviço de ambulância da Cruz Vermelha Americana; posteriormente ele atingiu a patente de almirante no exército dos EUA (Griffin, p. 73).
3. Em cartas subsequentes a Jim Gamble (18 e 27 de abril de 1919) e a Lawrence Barnett (30 de abril de 1919), EH repetiu essa notícia sobre "Yak" Harris, muito provavelmente o veterano da seção 4, G. W. Harris, de Yakima, Washington.
4. Referência ao modo como o detetive fictício Sherlock Holmes se dirige a seu assistente, dr. John H. Watson, na série de histórias do autor britânico Sir Arthur Conan Doyle (1859-1930).
5. Em sua carta de 7 de março de 1919, Agnes disse a EH que os sentimentos dela por ele eram "mais como os de uma mãe do que como os de uma namorada" e que ela planejava se casar com outra pessoa. "Não posso ignorar o fato de que você é só um menino – uma criança", ela escreveu (Villard; Nagel, p. 163-4). EH transformou a situação em ficção em um trecho do capítulo 10 de IOT e em "A Very Short Story" em *IOT*. Nas versões de 1924 e 1925, a enfermeira se chama "Ag"; na edição de 1930 de IOT, EH mudou o nome dela para "Luz".
6. Uma alusão ao poema "The Ladies", de Rudyard Kipling, que diz, na terceira estrofe: *"I was a young un at 'Oogli, / Shy as a girl to begin; / Aggie de Castrer she made me, / An' Aggie was clever as sin; / Older than me, but my first un – / More like a mother she were – / Showed me the way to promotion an' pay, / An' I learned about women from 'er!"* [Eu era um jovem em 'Oogli, / Tímido como uma menina a princípio; / Aggie de Castrer, ela me fez, / Uma Aggie tão esperta quanto o pecado; / Mais velha do que eu, mas minha primeira – / Era mais como uma mãe – / Mostrou-me o caminho do sucesso e da fama, / E com ela aprendi sobre as mulheres!"].
7. Depois de voltar da Itália, EH assinou um contrato com uma agência que organizava palestras; ele recebia de cinco a quinze dólares por cada uma de suas "Reminiscências", sobre suas experiências durante a guerra (Griffin, p. 104; Sanford, p. 179).

A Howell G. Jenkins, 9 de abril [de 1919]

Grande *Nona*, de *Aprile*
Um cinco e um quatro. Ponto do outro jogador[1].
Profissional dos títulos[2],
A provável contratação do vendedor vista de qualquer ângulo enche o escritor de uma alegria tão grande que, além da alegria da maternidade, pode ser comparada aos sentimentos de alguém que recebe uma propaganda pelo correio. O texto acima é um tanto grosseiro porque o incomparável escrevente está sem beber por um período de duas semanas inteiras. Apenas uma experiência. Não se preocupe.

O Massif fez hoje um cronograma com os equipamentos que precisam ser comprados. Estão incluídos uma nova vara de pesca com anzol de aço Bristol, de três metros de comprimento, e uma nova vara flexível, também Bristol. Um bom machado de acampamento, uma lanterna de acampamento Baldwin, que o escritor usou com muito sucesso em um passeio de canoa uma vez. Anzóis pesados. Iscas. E eu já escrevi sobre a rede de aro[3]? É um método ideal e parece ao escrevente que pode ser levada a lugares onde eles não mordem. Como depois de onde se faz cidra[4].

Abril de 1919

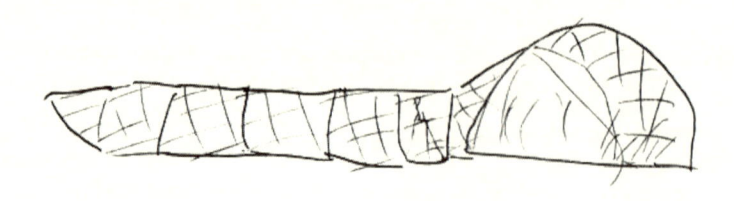

JFK, CD

1. *Nona*, nona; *Aprile*, abril (em italiano). No jogo de dados, um lance inicial de 7 ou 11 vence; um lance de 2, 3 ou 12 perde; e uma jogada que resulte em qualquer outro número (incluindo o 9) marca ponto. Nas jogadas subsequentes, o apostador precisa tirar um número que marca ponto antes de um 7 para poder vencer. Jenkins recebeu o apelido de "Fever" em uma "alusão a sua predileção pelo jogo de dados" (Baker Life, p. 40). "Fever Five" é uma jogada de cinco.

2. Referência ao trabalho de Jenkins; em uma carta de 30 de março de 1918 a Bill Horne, EH contou que Jenkins "ainda está vendendo seguros".

3. A Horton Manufacturing Company de Bristol, Connecticut, era conhecida desde os anos 1880 por suas varas de pescar de aço "Bristol", populares e de alta qualidade. A lanterna de acampamento Baldwin tinha capacidade para 140 gramas de gás acetileno em seus doze centímetros de altura e podia ser fixada em um boné ou cinto, deixando as mãos livres; era produzida pela John Simmons Company de Nova York e recomendada pelos Escoteiros da América. A rede de aro, usada em riachos e pequenas correntezas, era formada por aros de diâmetros decrescentes unidos por uma rede de fios de algodão; ela era amarrada sob a água para que, com a correnteza, o peixe entrasse pelo aro maior, sem poder sair.

4. Provavelmente uma referência à fábrica Horton Creek, construída em 1910 por um dos primeiros moradores de Horton Bay, Alonzo J. Stroud; por anos produziu cidra com maçãs que cresciam nos muitos pomares da região (Ohle, p. 58-9). Em TAFL e UK, EH rememoraria o local em que se fazia cidra e o reservatório depois de sua barragem, onde ele pegava trutas durante sua infância em Michigan.

Abril de 1919

A Kathryn Longwell, 22 de abril de 1919

> NOTHING is to be written on this side except the date and signature of the sender. Sentences not required may be erased. If anything else is added the post card will be destroyed.
> [Postage must be prepaid on any letter or post card addressed to the sender of this card.]
>
> *I am quite well.*
>
> *I have been admitted into hospital*
>
> { ~~sick~~ / wounded } *and hope to be* **discharged** *soon.*
>
> ~~I am being sent down to the base.~~
>
> *I have received your* { letter dated __Christmas__ / telegram „ __Easter__ / parcel „ __July 4th__ }
>
> *Letter follows at first opportunity.*
>
> *I have received no letter from you*
>
> { lately / or / for a long time. }
>
> Signature only } Lieutenant E. M. Hemingway
> 2nd Regiment Horse Guards
>
> Date __April 22 1919__

JFK; cartão-postal MA

Este cartão-postal do serviço militar, semelhante ao que Frederic Henry enviou a sua família em AA, era, ao que tudo indica, um suvenir de guerra que EH entregou em mãos a uma amiga do colegial. O verso traz impresso no cabeçalho "Field Service/Post Card" e as seguintes instruções: "Apenas o endereço deve ser escrito neste lado. Se algo mais for acrescentado, o cartão será destruído." No espaço reservado ao endereço, EH escreveu: "Miss Kathryn Longwell".

Baker conta que depois que Agnes rompeu o relacionamento com EH, ele "teve alguns encontros com uma bela garota chamada Kathryn Longwell, retomando o hábito que tinha antes da guerra de passear de canoa pelo rio Des Plaines". Anos depois, Longwell relembrou: "nós vínhamos para minha casa e líamos as histórias que ele escrevia, enquanto comíamos os bolinhos italianos que ele trazia da cidade". Certa vez, EH deu de presente a Longwell sua capa de oficial italiano, mas a mãe dele a pediu de volta (Life, p. 59).

A James Gamble, 18 e 27 de abril [de 1919]

18 de abril

Querido Jim,

Cara, como é bom ter notícias suas! Estava querendo escrever para você aqui nos Estados Unidos, mas imaginei que você estava em Madiera. Por que, chefe, me sinto mais simpático a esse país agora que você está aqui? Não é um lugar tão ruim, exceto pela proximidade da seca. Mas Taormina não é seca[1].

Estou tão feliz em ter notícias suas que nem sei o que escrever. Não é o momento de escrever, mas de estender a mão, cumprimentá-lo e, talvez, propor um brinde. Já é tempo de brindarmos de novo. Escrevo isso da mesa do meu quarto, depois de pular da cama assim que terminei de ler sua carta algumas vezes. À esquerda, uma estante bem abastecida com Strega, Vermute Cinzano, kummel e conhaque martell. Tudo isso obtido depois de uma busca exaustiva nas fontes de Chicago. Se não fossem nove da manhã, eu sugeriria uma mistura para o deleite dos apostadores. *Cinquante–cinquante*[2] martell e vermute.

Tenho várias boas notícias para repassar a você. Primeiro, agora sou um homem livre. Toda a confusão das alianças acabou há cerca de um mês e sou um sortudo e tanto – embora, é claro, eu não conseguisse enxergar dessa forma na época. Enfim, está tudo acabado e quanto menos se tocar no assunto, como sempre relacionado ao sexo infiel, melhor. Eu amava mesmo a garota, mas sei agora que a escassez de americanas teve, sem dúvida, muito a ver com isso. E estou feliz agora que acabou, mas não me arrependo, Jim, porque percebi que amar nos faz bem. Tive a sorte de me livrar do casamento, então, por que me lamentar? De qualquer forma, sem querer ser filosófico, foi um choque e tanto, porque eu deixei tudo de lado por causa dela, especialmente Taormina. E assim que o Objeto Definido foi removido, *quelque* chutes foram implantados em meu já famoso traseiro para que eu saísse da Itália. A primeira vez que você é rejeitado deve ser a mais difícil. De qualquer forma, agora sou livre para fazer o que quiser. Ir para onde eu quiser e ter todo o tempo do mundo para me transformar em algum tipo de escritor.

E posso me apaixonar por quem eu quiser, o que é um privilégio imenso e sem preço.

Abril de 1919

Aqui vão algumas fofocas da nossa turma. Jenks está aqui em Chicago e nos encontramos sempre. Art Thomson[3] escreveu de Buffalo e retomou seu antigo emprego. Passei uns dois dias com o Bill Horne em Yonkers e ele está noivo de uma garota lá. Bill alega que ela é a mais maravilhosa etc. Os comentários dele me soam ligeiramente familiares. Mas Bill é um cara bacana e um idealista, o que o torna bom demais para se casar com qualquer garota.

Os idealistas levam uma vida dura nesse mundo, Jim? Mas como o caranguejo-ermitão, eles arrumam uma concha para proteger seus ideais e nela se refugiam. Mas às vezes algo bem pesado pisa neles e esmaga a concha, e, junto com ela, os ideais e todo o resto. Mas, enfim, voltando à turma: recebi uma carta do Yak Harris e ele está em Ft. Worth Texas e adivinhe para quê? Para se divorciar da sra. Yak. Isso é que é notícia de verdade. Depois de 24 anos. Yak diz: "Vou me livrar disso para o resto da vida – ao menos, acho que vou". Acho que "acho que vou" foi a melhor coisa que já ouvi. Enquanto estiver longe da família, o endereço do Yak é: Aos cuidados de Goldberg's Cigar Store, Yakima, Washington.

Corp Shaw[4] foi para Coronado, mas volta para a pescaria.

Domingo, 27 de abril

Querido Jim,

Antes que eu pudesse terminar a carta fui levado ao hospital onde me fizeram outro talho. Na garganta dessa vez[5]. Agora estou em casa e lamento muito não ter terminado de escrever antes de ir para o hospital.

Foi muito bom você ter me convidado para ir a Eagle Mere[6] e sei que iríamos nos divertir muito, mas a situação atual é a seguinte. Um cara bacana, de quem você iria gostar muito. Bom rapaz, senso de humor maravilhoso, o cara perfeito; está chegando à cidade na próxima quarta-feira e ficará por uma semana mais ou menos. Bill Smith. Depois ele vai para o norte, para onde vamos no verão, e vai abrir a casa dele[7]. Vou para lá em meados de maio e planejamos vagar por ali e pescar juntos. Não sei quando o meu pessoal vai para lá, e não vamos fazer nada na fazenda no verão, acho que ela foi alugada, e não há nada mais para eu fazer além de ir para lá e ajudá-los a abrir a cabana do outro lado do lago. Eles não devem ir para lá antes do fim de junho ou primeiro de julho e duvido que eu vá ficar com eles.

Mas é essa a ideia. Bill tem uma fazenda que, enquanto ele esteve em serviço, como piloto naval, ele alugou quase inteira. Então, ele estará livre por todo o verão. É um lugar inestimável, Jim. Horton's Bay, em Pine Lake[8], a umas doze milhas de Charlevoix. A umas trezentas milhas daqui. O maravilhoso ar do norte. Simplesmente a melhor pesca de trutas da região. Sem exagero. Belo campo. Boas cores, boa atmosfera do norte, liberdade absoluta, nada dessas coisas de balneário e um monte de coisas pintáveis. E se você quiser

Abril de 1919

fazer retratos. Deve fazê-los. Bill tem um Buick seis que podemos usar para ir a Charlevoix quando sentirmos vontade de um guisado. E também é muito bom ir a Pine Barrens, que é absolutamente selvagem e onde ficam os rios Big e Little Sturgeon e Minnehaha e Black Trout. Um excelente lugar para descansar, nadar e pescar quando quiser. O melhor lugar do mundo para não fazer nada. É um lugar bonito, Jim.

E deixe-me contar sobre a pescaria de arco-íris. Não sei se você é um pescador ou não, mas mesmo que você seja um opositor ferrenho do esporte, você vai gostar desse tipo de pescaria.

Atravessando a pequena baía, onde vamos ficar, tem um local para pesca. E um pequeno rio com trutas deságua na baía e forma um canal logo depois desse ponto. Tem um velho cais ali, que é de onde pescamos. E esta é a maneira de pescar. Remamos pela baía e paramos nessa velha doca de madeira. No mesmo nível da água. Da doca, lançamos umas quatro ou cinco linhas dentro do canal. Como isca, usamos uma perca sem pele e elas vão até o fundo do canal. As linhas descem e colocamos um peso na vara de pescar, travamos o carretel e esperamos. Você consegue imaginar a cena? Todas as varas fincadas lado a lado, os carretéis travados e as linhas mergulhadas no canal. Se for de noite, montamos uma fogueira e ficamos lá sentados em volta do fogo, conversando e fumando, ou, se for de dia, ficamos de bobeira e esperamos os resultados[9]. E eis os resultados.

O carretel começa scriiii iiiich, a ponta da vara é puxada para dentro da água, você corre, segura com força e puxa a vara e de dentro do lago salta uma grande arco-íris no ar. Depois, a luta. E, Jim, essas trutas lutam. Nunca tirei da baía uma com menos de três libras, e elas podem chegar a quinze. A maior que eu já peguei tinha nove libras e sete onças. E você sempre consegue alguma coisa. Uma noite de pescaria dá em média três trutas das grandes. Mas já cheguei a sete. É o melhor lugar para pescar trutas arco-íris da América. Só essa baía, e a única coisa que você precisa levar é perca sem pele. E ninguém sabe disso, apenas nós. As pessoas vêm de Charlevoix e passam o dia todo lançando iscas e nunca conseguem nada. Enquanto nós pegamos trutas o dia todo. Um índio que me ensinou.

Elas pulam da água dúzias de vezes, e se você pega uma, você já tem um bom peixe. É o tipo mais confortável de pescaria que conheço. E se dá vontade de pescar trutas comuns, podemos ir a qualquer um dos cinquenta riachos com trutas.

Mas é muito divertido ficar lá vadiando no velho canal, sempre com uma linha esperando uma arco-íris. E tem os passeios de carro, as idas à baía Little Traverse até as missões indígenas e alguns passeios bonitos. E, Jim, vamos formar uma turma maravilhosa lá. Bill, de quem eu falei, é maravilhoso. Depois tem o Carl Edgar, um cara de Princeton com o mesmo bom-humor

Abril de 1919

do Bill Horne. Ele lê contos de fadas, nada e pesca quando ninguém aguenta mais. Ele foi oficial da artilharia durante a guerra. Carl vem em julho. Charles Hopkins, um jornalista, bom companheiro, hábil pescador e preguiçoso, irá assim que eu escrever para ele dizendo que está tudo pronto. Hop é o único que leva a pescaria a sério.

Bill e eu vadiamos juntos por anos e nós quatro já viajamos juntos no ano passado antes que eu fosse para o outro lado do oceano. O Bill é conhecido como Mestre Biólogo, porque alguma universidade deu a ele esse título; Carl é o Oil Maggot, porque ele tem um negócio com petróleo em algum lugar; Hop é o Wily Jornalista, ou o Bottle Imp; e eu, o Mateiro Maciço. Esse título me permite cortar a lenha e fazer as fogueiras enquanto o Mestre Biólogo e o Maggot se recostam e louvam minhas habilidades.

É uma turma e tanto, Jim, e sei que você vai gostar deles. Na casa do Bill tem a irmã dele, Kate, uma garota ótima, faladeira e sempre pronta para se divertir, e a sra. Charles, a tia do Bill, que é uma de nós.

Não cabe todo mundo na casa do Bill, então, quando o Hop chegar, eu vou me mudar para a casa do Dilworth, dono da maior das quatro pensões da cidadezinha de Horton's Bay, com muitas camas, bons quartos em um chalé e uma comida que quero saborear desde que voltei da Itália. Os preços são moderados e a comida e as acomodações são esplêndidas. Podemos nos divertir muito, Jim. Por que você não vem? Podemos trabalhar e podemos nos divertir. Não entendo por que você não pode. É um ótimo lugar em junho, julho agosto e setembro. E eu provavelmente ficarei lá todo esse tempo, então não vejo motivos para você não ir e ficar o quanto puder.

Ainda não tenho certeza do que vou fazer no próximo outono. Queria que viesse uma guerra e resolvesse meus problemas. Agora que não preciso trabalhar, não consigo decidir que diabos fazer. Minha família está tentando me mandar para a faculdade, mas eu quero voltar para a Itália e quero ir ao Japão e quero morar um ano em Paris e quero fazer tantas coisas que agora não sei o que diabos vou fazer. Talvez possamos voltar e lutar contra os iugoslavos[10]. Era muito mais simples quando estávamos em guerra. Só havia uma coisa para um homem fazer[11]. Estou me dando muito bem com minhas histórias. Se você quiser, mando algumas para você.

Bem que eu gostaria de encontrar você e ir a Eagle Mere, mas já prometi ao Bill que iria para o norte. Se você não retirar o convite, eu gostaria muito que fôssemos juntos numa próxima oportunidade. Mas por que você não pode vir para o norte antes? A boa pescaria e o bom tempo começam em meados de junho. Vou mandar os detalhes de como se chega lá. A única baldeação que você teria de fazer é em Chicago. Eu encontraria você na última estação, mas quando penso nisso pareço tão inexpressivo que acho melhor desistir.

Abril de 1919

Mande notícias suas, chefe,
Como Sempre,
Hemmy

Você me desculpa pela péssima digitação, Jim?
O lugar onde o Corp Shaws pesca não fica muito longe do nosso. Ele está perto de Barrens.

CMU, CDA com pós-escrito manuscrito

1. Esta é a resposta de EH a uma carta de Gamble postada em 16 de abril de 1919 na Filadélfia, que por sua vez era uma resposta à carta de EH de 3 de março. Gamble concordava com a avaliação negativa que EH fazia da vida no retorno ao "País Glorioso" e se lembrava com nostalgia de Taormina e de como eles se divertiram quando EH esteve lá. "Proximidade da seca" é uma referência à iminente entrada em vigor da Lei Seca em todo o país.

2. "Meio a meio", em francês.

3. Provavelmente Arthur E. Thomason, um colega da seção 4 do serviço de ambulância da Cruz Vermelha Americana.

4. Carleton Shaw, um colega da seção 4 do serviço de ambulância da Cruz Vermelha Americana na Itália.

5. Clarence conseguiu que EH fizesse uma cirurgia para a retirada das amígdalas na tentativa de curá-lo de sua dor de garganta crônica. Mesmo assim, décadas depois da cirurgia, EH continuava "atormentado com mais dores de garganta do que um típico cantor de ópera", como diria seu irmão, Leicester Hemingway (*My Brother, Ernest Hemingway*, Sarasota, Flórida, Pineapple Press, 1996, p. 58-9).

6. Na carta de 16 de abril, Gamble dizia que detestava a vida na cidade e convidou EH para ir com ele, em maio, a Eagles Mere, um balneário à beira de um lago e uma montanha no nordeste da Pensilvânia, onde eles poderiam ficar em um dos chalés de sua família. O pai de Jim, James M. Gamble, integrava o grupo que comprou o lago e as propriedades do entorno em 1885 e fundou a comunidade local (Joe Mosbrook, *Looking Back at Eagles Mere*, Eagles Mere, Pennsylvania, Eagles Mere Museum, 2008, p. 189).

7. Os tutores de Bill e Kate Smith, dr. e sra. Charles, compraram e reformaram uma casa de campo perto de Horton Bay para "propiciar verões saudáveis" a seus protegidos (Baker *Life*, p. 25); EH era um frequentador do local. A propriedade, adquirida em 1911, ficava às margens do Horton Creek, a noroeste da vila (Ohle, p. 104).

8. Em 1926, Pine Lake foi renomeado como Lake Charlevoix por causa de Pierre-François-Xavier de Charlevoix (1682-1761), missionário e explorador jesuíta francês.

9. A descrição de EH corresponde à do local e do método de pesca de Nick e Marge em "The End of Something" (*IOT*).

10. O reino dos sérvios, croatas e eslovenos foi oficializado em dezembro de 1918, incorporando terras do antigo. Império Austro-Húngaro, e já era conhecido como "Iugoslávia" antes de adotar oficialmente esse nome em 1929. EH simpatizava com a ação da Itália em sua disputa territorial com o novo país.

11. Em "Soldier's Home" (*IOT*), Krebs relembra "os tempos muito distantes em que ele fez a única coisa que um homem deveria fazer, de modo simples e natural".

1 Grace Hall Hemingway com o irmão e o pai Leicester Hall, pouco antes de sua morte em 1905.

2 Anson e Arabell Hemingway e cinco de seus seis filhos: Antoinette (Nettie), Tyler, George, and Grace (aprox.1917). Willoughby viveu na China como missionário.

3 Clarence Hemingway com Marcelline e Ernest, com seis semanas (11 de setembro de 1899).

4 Casa de campo Windemere em Walloon Lake, Michigan, onde Ernest deu seus primeiros passos em seu primeiro aniversário e também local da sua lua de mel com Hadley em 1921.

5 Ernest pescando trutas em Horton Creek em seu quinto aniversário (1904).

6 Ernest, Ursula, Madelaine e Marcelline no seu sexto aniversário.

7 Nova casa da família Hemingway na avenida North Kenilworth, número 600, Oak Park, projetada por Grace e construída em 1906 com a herança de seu pai.

8 Retrato de família: "A caminho de casa em Windemere," agosto 1909: Ernest, Ursula, Clarence, Madelaine, Grace, Marcelline.

9 Ernest escrevendo em um acampamento em Michigan, verão 1916.

10 Grace e seus seis filhos em Windemere: Leicester, Carol, Madelaine, Ursula, Ernest e Marcelline em 1916.

11 "Portage em Riverside," Ernest em viagem de canoa para *Starved Rock State Park* (parque norte-americado cercado por cânions), Illinois, abril 1917.

ERNEST HEMINGWAY

Class Prophet; Orchestra (1) (2) (3); Trapeze Staff (3), Editor (4); Class Play; Burke Club (3) (4); Athletic Association (1) (2) (4); Boys' High School Club (3) (4); Hanna Club (1) (3) (4); Boys' Rifle Club (1) (2) (3); Major Football (4); Minor Football (2) (3); Track Manager (4); Swimming (4).
"None are to be found more clever than Ernie."
ILLINOIS

MARCELLINE HEMINGWAY

Commencement Speaker; Orchestra (1) (2) (3) (4); Glee Club (3) (4); Tabula Board (4); Trapeze Staff (3), Editor (4); Opera (1) (2) (3); Atalanta (1) (2) (3) (4); Girls' Rifle Club (2) (3) (4); Commercial Club (4); Drama Club (3) (4); Girls' Club (3), Council (4); Story Club (3).
"I'd give a dollar for one of your dimples, Marc."
OBERLIN

12 Ernest e Marcelline no *Senior Tabula* de 1917, anuário da escola Oak Park e River Forest.

13 Warren Sumner e Ernest trabalhando na fazenda Longfield, verão 1917.

14 Ernest (segundo da esquerda) e outros voluntários americanos da cruz vermelha durante um exercício no barco salva-vidas em Chicago, a caminho da guerra na Europa (Maio de 1918).

15 Ernest como motorista de ambulância da Cruz Vermelha Americana, Itália, junho 1918.

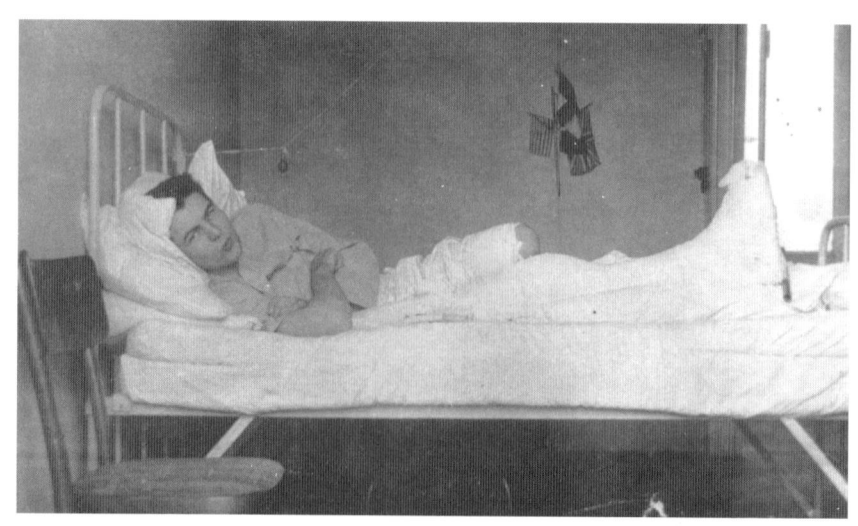

16 No hospital da Cruz Vermelha americana em Milão, verão 1918.

17 Agnes von Kurowsky, 1918.

18 Foto anexada à carta que Ernest enviou à família, em 18 de outubro de 1918, e também publicada no *Oak Parker*, 16 de novembro de 1918.

19 Chink Dorman-Smith com seu springer spaniel, George (aprox. 1919), em uma foto que ele enviou para Ernest.

20 Equipamento de pesca de Ernest, incluindo o saco de farinha e uma garrafa pendurada em seu pescoço com gafanhotos (iscas para pesca), similar à a de Nick Adams em "Big Two-Hearted River", 1919.

21 Bill Smith e Ernest no centro de Petoskey em 1919.

22 Marjorie Bump, usando a boina italiana de Ernest, Petoskey, novembro ou dezembro 1919.

23 Grace Quinlan, uma das meninas do ensino médio do círculo social de Ernest em Petoskey, outono de 1919, a quem ele carinhosamente chamava de "Irmã Luke."

24 "Grupo de Verão": Carl Edgar, Kate Smith, Marcelline, Bill Horne, Ernest, e Bill Smith, 1920. Kate observa Ernest apontando sua pistola para a câmera.

25 Jack Pentecost, Howell Jenkins, (Arthur Meyer ?), Dutch Pailthorp, Ernest, Bill Smith, Bill Horne, Carl Edgar e Lumen Ramsdell com Ernest, no dia de seu casamento, 3 de setembro de 1921, Horton Bay.

26 Hadley e Ernest recém-casados, 3 de setembro de 1921.

27 Hadley e Ernest em Chamby, Suíça, 1922.

28 Sylvia Beach em sua livraria *Shakespeare and Company,* na rua Dupuytren, Paris. Em julho de 1921 a loja mudou-se para rua l'Odeon, número 12.

29 Ezra Pound na livraria *Shakespeare and Company,* fotografado por Sylvia Beach, (aprox. 1922)

30 Alice B. Toklas e Gertrude Stein em seu salão literário na rua de Fleurus, número 17. Fotografia de Man Ray, 1922.

31 Ernest na livraria *Shakespeare and Company*, fotografado por Sylvia Beach, (aprox. 1922)

Abril de 1919

A Lawrence T. Barnett, 30 de abril [de 1919]

N. Kenilworth Ave., 600
Oak Lark, Illinois.
30 de abril

Caro Lawrey,

Come Sta[1], Barney? Como vão as coisas? Tudo tranquilo no vilarejo e não há muitas novidades da turma. Bill Horne me escreveu outro dia de New Haven[2] e eu vejo o Jenks quase sempre e o Spiegel de vez em quando. Jock Miller, o grande bebedor de Scotch de quem você deve se lembrar, me escreveu de Minneapolis outro dia. Pease estava na cidade todo engomado em linho roxo. Feder também apareceu. Corp Shaw foi para Coronado, mas já deveria ter voltado e nós vamos pescar juntos em breve. Liguei para o seu pessoal e para o do Jerri quando voltei para casa e eles me disseram que você estava na escola[3]. Tenho uma coisa desagradável para pedir. Você se lembraria de ligar para a K. Meyer, aquela dançarina bonitinha e maliciosa, mas que se leva muito a sério, e falar sobre o Grande Hemingstein? Bem, digamos que a Kate, que mora do outro lado da rua, apareceu na vila de *parked oaks* e distribuiu *quelque* telefonemas a meu respeito[4]. Praticamente me casou e me complicou com um monte de *femmes*. Isso provocou uma sensação geral em todas as garotas legais de Oak Park a quem eu tenho jurado fidelidade. Veja, fiquei longe de Oak Park por mais de dois anos e elas acabam acreditando em qualquer coisa a meu respeito. Então, como você me deve um favor, quero pedir outro favor em troca. Primeiro, deixe eu explicar, Barney, que me comprometer com mulheres, selvagens ou domesticadas, está definitivamente fora de cogitação. Sou um homem livre! Isso inclui todas as mulheres, até a Ag. Por Deus, cara, você não achou que eu ia me casar e sossegar o facho, não é? Além disso, acabo de sair do hospital daqui. Fiz outra operação e está tudo bem[5]. E daqui a duas ou três semanas, vou subir o Michigan para ficar dois ou três meses pescando.

Agora, eis uma bomba. Minha família, que Deus a abençoe sempre, está me infernizando para que eu vá para a faculdade. Eles querem que eu me aquiete por uns tempos e o lugar para onde estão me empurrando é Wisconsin. Não sei nada a respeito de lá, exceto que não me lembro de ninguém do sexo masculino que valha alguma coisa em Oak Park que tenha ido para lá, exceto o Bob McMasters e talvez o Ruck Jones. E o Bob Mac não está lá este ano. Mas eu sei que há algumas *femmes* inestimáveis por lá. E haverá mais ainda no ano que vem. Então eu pensei se você poderia me escrever e me contar tudo de lá. Que tipo de pessoal está lá e qualquer coisa que você puder me dizer sobre o lugar. Para ser franco, não sei para onde diabos ir. Eu queria era poder ir para Schio em vez de qualquer outro lugar. Enfim, você pode me escrever, Barney?

Maio de 1919

Passei em N.Y. com o Bill Horne e ele me pediu especialmente para mandar lembranças para você.

CIAOU, CARA
Stein

Perdoe a porcaria de digitação e o lápis, mas ainda estou de cama.

P.S. Yak Harris escreveu dizendo que está em Ft. Worth Tex. se divorciando da esposa!!!

JFK, CDA com pós-escrito manuscrito

1. "Como você está?" (em italiano).
2. Uma carta remanescente de Horne a EH, datada de 3 de abril de 1919, foi escrita em papel com o timbre Locomobile Company of America, Bridgeport, Connecticut (JFK). Bridgeport fica a cerca de cinquenta quilômetros de New Haven.
3. EH se refere a John W. Miller Jr., de Minnesota, um motorista de ambulância das seções 2 e 3 do serviço da Cruz Vermelha Americana que ele conheceu quando ambos eram pacientes do Hospital da Cruz Vermelha em Milão (Baker *Life*, p. 51), e aos veteranos da seção 4 Frederick Spiegel, Walter J. Feder, Warren Pease, Carleton Shaw e Jerome Flaherty.
4. "Kate" é provavelmente Catherine Meyer, cuja família morava na mesma rua dos Hemingway. Marcelline menciona "K. Meyer" em duas de suas cartas a EH (postadas em 12 de outubro de 1917 e em 25 de agosto de 1918). Nesta última, ela aparece entre as pessoas de Oak Park que perguntavam por ele (Sanford, p. 268, 286).
5. A cirurgia recente de EH para extração das amígdalas.

A Clarence Hemingway, 24 [de maio de 1919]

Ann Arbor, 24

Meus queridos—,

Fui ontem a Toledo e visitei Carleton Shaw, que estava na Itália com a gente. Vou para o norte amanhã, estarei lá quando vocês receberem este cartão.

Me diverti muito aqui de visita com Jack. Michigan é uma ótima faculdade[1]. Hoje à tarde vou a um jogo de beisebol. Michigan vs. Iowa.

Encaminhem toda minha correspondência para o norte.

Amor
Ernie.

IndU, cartão-postal MA; carimbo: Grand [Rapids & Chicago] / [R. P. O.], 25 / maio / 19[19]

Assim como muitas das mensagens de EH para a família entre maio e setembro de 1919, esta foi escrita em um cartão-postal pré-pago de dois centavos fornecido por seu pai e com o endereço do destinatário carimbado "Dr. C. E. Hemingway, / Kenilworth Ave. & Iowa Street / Oak Park, Illinois".

1. Jack Pentecost estudava na Universidade de Michigan, em Ann Arbor.

Maio de 1919

A Clarence Hemingway, [25 de maio de 1919]

Grand Rapids
Domingo 5 da tarde

Querido Pai;
Cheguei aqui hoje às 7:15 da manhã e o Grand I. tinha acabado de sair. Nenhum outro trem para o norte até amanhã de manhã. Eles [*inserção de EH:* a MC[1]] tinham prometido que o trem esperaria por nós, mas o condutor estava bêbado e se esqueceu de telegrafar avisando. Esta é a cidade mais morta do mundo, nem tem bar. Eu me diverti bastante em Ann Arbor.

Ernie

PSU, cartão-postal MA; carimbo: Grand Rapids / Michigan, Maio 25 / 22:20 / 1919

1. Michigan Central Railroad.

A Clarence Hemingway, 31 de maio [de 1919]

31 de maio

Querido Pai
[*Ilegível, manchado por um carimbo*] chegamos ontem. O tempo está [lindo ?] 90° ontem. Uma semana de calor. Pesquei umas belas trutas no riacho e ontem à tarde, uma arco-íris de 4 lb. E 28 polegadas de comprimento. Nós a assamos para o jantar de hoje. Minha perna está boa, só que me canso fácil. Tudo na fazenda está em ordem. Vou dar uma olhada em Longfield em breve e escrevo para você.
Dilworth manda lembranças. Bill e a Sra. Charles também.

Amor
Ernie.

IndU, cartão-postal MA; carimbo postal: Boyne City, Michigan, 31 Maio / 1130A

A Clarence Hemingway, 7 de junho [de 1919]

Sábado, 7 de junho

Querido Pai,
Chuva por aqui hoje. Primeira em duas semanas. Amanhã de manhã vamos a Longfield e escrevo contando como está[.] Está quente e claro para pescar. Estou fazendo um pouco de jardinagem. Sua carta chegou hoje[1]. Quando vocês estão pensando em vir? Estou engordando e minha perna está em ótima

Junho de 1919

forma. Os Dilworth mandam lembranças. Dê meus parabéns a Marce. Diga a Ura que vou escrever para ela².

Com muito amor
Ernie

P.S. Por favor me dê o endereço do Dr. Weber em Kamerun³!

PSU, cartão-postal MA; carimbo postal: BOYNE CITY, MICHIGAN, JUN 9 / 8-30A

1. Em carta de 5 de junho de 1919, Clarence pediu para EH contar "como estão as coisas em Longfield em relação ao feno e às frutas" (JFK).
2. Em uma carta enviada a EH em 20 de maio e cheia de novidades, Ursula mencionou que Marcelline se formaria naquela semana na Congregational Training School for Women, depois incorporada ao Chicago Theological Seminary (JFK; Sanford, p. 193).
3. Kamerun foi um protetorado alemão no oeste da África, entre1884 e 1916, quando foi conquistado pelas forças britânicas e francesas. Em 1919, foi dividido em duas zonas administrativas, uma britânica e outra francesa, que, em 1922, após um decreto da Liga das Nações, tornaram-se os Camarões Britânicos e os Camarões Franceses. Dr. Weber pode ser um missionário que fez uma palestra sobre o assunto em Oak Park.

A Clarence Hemingway, [9 de junho de 1919]

Segunda-feira

Querido Pai—

Fui a Longfield ontem. Warren não estava lá, mas falei com a mulher dele. Ela disse que recebeu uma carta da sra. Hemingway escrita na terça-feira pedindo ao Warren para Conseguir a Madeira para a casa que ela vai construir. Ela disse que Warren passou a semana toda correndo para fazer o transporte. Não sei se você sabe disso ou não. A mãe vai fazer essa bobagem egoísta? Os Dilworth me perguntaram sobre isso assim que cheguei e eu disse que "Não", sabendo do seu ultimato. Eles disseram que não conseguiam entender por que ela queria fazer uma construção ali¹.

A alfafa no campo perto dos polacos parece boa e forte – Vai dar muito feno. A grama alta perto do celeiro está bem firme.

Todas as cerejeiras estão carregadas. Dão uns 15 *bushels* ou mais, acho. Eu digo que acho porque não entendo nada de cerejas. Mas todas as árvores estão carregadas. Praticamente todas as árvores do velho pomar darão frutas. Todas as macieiras. E as maçãs de primeira colheita também. No velho campo de trevos atrás do velho pomar as árvores mais novas devem dar algumas maçãs.

As árvores todas parecem estar muito <u>bem</u>. Mas precisam de pulverização, se for para vender as frutas. Perguntei à Sra. Sumner se o Warren iria fazer a pulverização e ela disse que não recebeu instruções suas. Então eu disse a ela para dizer a ele para pulverizar. Você deve ter uma bela colheita de frutas.

Bill e eu pulverizamos hoje e faremos mais amanhã. Está um pouco mais fresco agora e ontem choveu. Por dez dias fez 90° quase o tempo inteiro.

Pesquei duas arco-íris grandes. Bill pegou uma – 17 polegadas e uma truta-das-fontes de dezesseis polegadas. Perdi uma enorme ontem que puxou umas 75 jardas de linha e depois veio em direção à doca e rompeu a linha líder[2].

Mande beijos à Mãe e diga que vou escrever para ela.

Com amor, Ernie.

P.S. Não esqueça do endereço do dr. Weber e <u>Não</u> <u>Entregue</u> <u>os</u> <u>Pontos</u>!

CMU, CMA; carimbo postal: BOYNE CITY, MICHIGAN, 10 JUN / 3-30P

Está escrito na primeira página da carta, com a letra de Clarence: "9 de junho de 1919 / Horton's Bay, Michigan".

1. Em 18 de junho de 1919, apesar das objeções do marido, Grace começou a supervisionar a construção de um chalé em Longfield Farm no qual ela se refugiaria das tarefas e das demandas da família em Windemere. A construção seria concluída em 26 de julho (livro de visitas do chalé de Grace, Mainland). Embora EH alegasse mais tarde que não fez faculdade porque o dinheiro foi usado na construção do chalé, Reynolds afirma que o dinheiro estava disponível, mas "quatro anos de faculdade não eram compatíveis com a autoimagem que ele tinha criado" (Baker *Life*, p. 78; Reynolds *YH*, p. 64, 69-70). Clarence ficou em Oak Park naquele verão, mas quando foi a Michigan, no outono, deixou uma anotação simpática no livro de visitas: "Uma bela vista e um chalé requintado, mas a família é o que há de melhor dentro dele" (19 de setembro de 1919).

2. Filamento que fixa a linha de pesca ao anzol ou à isca.

A Clarence Hemingway, [meados de junho de 1919]

[*Marcelline escreve:*]

Vamos todos parar para almoçar na Mãe – espero que ela não se importe. Vamos levar muitas flores para deixá-la alegre. Vou tentar ligar para ela assim que terminarmos as compras –

Hop tem sido simplesmente maravilhoso conosco ao longo de toda a viagem. Ele é, com certeza, o irmão perfeito[1].

– A Urs quer escrever um pouco agora, então *adios* – Vou mandar a conta das compras para você depois – Com muita alegria.

com amor
Marc–

[*Ursula escreve:*]

Queridíssimo Pai;—

Não tenho tido muito tempo para escrever, mas a Marce já contou todas as novidades, mesmo. Eu amo você demais!!

Ura.

[*EH escreve:*]

Querido Pai—

Acabamos de nos encontrar e elas estão bem.

Junho de 1919

Fique firme. Vamos levá-las para Windemere e de lá o Hop segue para a baía. Boa sorte.

Ernie

UT, CMA

"Verão—1918" está escrito no alto da carta, com uma letra que é aparentemente de Marcelline. A data provavelmente foi adicionada depois e aparentemente está errada, já que EH estava na Itália no verão de 1918. Outra evidência de que a data é o verão de 1919: em sua carta a EH postada em 20 de maio de 1919, Ursula escreve que, assim que terminassem as aulas, em 11 de junho, pretendia viajar para Walloon Lake "muito em breve" (JFK). Clarence escreveu a EH em 11 de junho dizendo que havia enviado um telegrama a Charles Hopkins, que estava em Fort Worth, Texas, perguntando quando ele deveria chegar no norte (JFK), provavelmente porque ele pretendia que Hopkins acompanhasse as irmãs Hemingway em sua viagem a Michigan.

1. Marcelline recordou que Hopkins se tornou amigo da família enquanto treinava na Great Lakes Naval Station, perto de Oak Park, durante a permanência de EH na Itália (Sanford, p. 159).

A Howell G. Jenkins, 15 de junho [de 1919]

Domingo, 15.

Querido Fever—:

Ciaou, cara.

Desculpe não ter escrito antes, mas você sabe como é. Enfim, aqui vão as novidades. Primeiro, espero que a malária não esteja acabando com você[1]. Corp Shaw e eu fomos a uma festa gigantesca no Toledo Club. Ficamos os dois deitados na grama do lado de fora por um tempo. Seu amigo Hem estabeleceu o recorde do clube. 15 martínis, 3 Highballs de champanhes e não sei mais quanto champagne e depois eu desmaiei.

Foi um acontecimento maravilhoso. A noite em que Toledo secou[2]. Corp recebeu um telegrama do Simmie[3] contando que você e ele foram a uma festa. Queria ter estado lá. Corp manda lembranças, ele deve chegar aí provavelmente no fim de julho. Você e ele vão chegar aqui juntos.

Tivemos uma pesca das boas. Veja o anexo do Bill. O Buick corre bem. Pegamos seis trutas arco-íris que tinham mais ou menos 3 lbs. A da foto é uma de quatro libras.

Deus, Jenks, como elas lutam. Elas são as Arditi[4] dos Lagos. Parece que vamos ter um adiamento da lei seca. Não acha? Se não tivermos, eu mando uma grana para você fazer uma reserva para mim[5].

Recebi uma carta muito triste da Ag ontem, de Roma. Ela e o major brigaram[6]. Ela está mentalmente transtornada e disse que eu deveria me sentir vingado por tudo que ela me fez. Pobre garota, estou com muita pena dela. Mas não posso fazer nada. Eu a amava, ela me enganou. E eu não a culpo. Mas resolvi cauterizar as lembranças dela e queimei tudo com álcool e com outras mulheres e agora acabou.

Ela está despedaçada e queria poder fazer algo por ela. "Mas está tudo esquecido em meu passado – num tempo e lugar distantes. E não há ônibus partindo da margem de Mandalay"[7].

Há uma tabacaria russa em uma travessa entre a Michigan e a Wabash perto da Monroe. Lá eles vendem Ivanoffs. E tem outros cigarros russos com nomes que não consigo me lembrar, com dez na caixa, eles são de papel marrom e a caixa é quadrada, mais ou menos do mesmo tamanho da dos Pall Malls[8]. Eles são meio lustrosos, o melhor tabaco que já fumei. A caixa custa 30 centavos. Estou mandando uma grana e queria que você enviasse para cá três caixas pelo correio, quando você tiver tempo. Se você não souber onde fica a loja, pergunte a alguém. Eles têm frutas e coisas assim em uma das vitrines e Cigarros Russos e Importados na outra. Talvez seja na rua Adams. Não consigo lembrar. Tem uma loja de camisas um pouco à frente, na direção da Michigan Ave.

Eu agradeceria muito se você pudesse comprá-los para mim quando passar por aqueles lados. São os melhores de todos.

Bill manda lembranças e disse para você não se esquecer que vem para cá. Vamos nos divertir muito! O endereço de Kenley Smith é o 800 da Oak Park Avenue. North. Dois blocos a leste e dois blocos ao norte da nossa casa. O número deles está na lista telefônica como Oliver Marble Gale[9]. Eles querem que você venha. Esqueci de dar seu endereço ao Kenley!

Escreva para mim, cara.

Seu velho amigo.
Hemmy.

PUL, CMA; carimbo postal: BOYNE CITY / [MICHIGAN], 16 JUN

1. Em carta a EH de 11 de agosto de 1918, Jenkins contou que ele e Dick Baum pegaram malária no Piave (JFK).

2. Como EH contou na carta que enviou à família em 24 de maio, ele visitou Shaw em Toledo, Ohio, no dia 23 de maio, quando estava a caminho do Michigan. Pela lei seca de Ohio, a venda legal de bebidas alcoólicas foi encerrada no sábado, 24 de maio de 1919. O Toledo Club, inaugurado em 1889, fica na Fourteenth Street, no centro.

3. Provavelmente Zalmon G. Simmons, que serviu com Jenkins, Shaw e EH na seção 4 do serviço de ambulância da Cruz Vermelha Americana (Bakewell, p. 224).

4. Nome da força especial de elite do exército italiano durante a Primeira Guerra Mundial. Plural do adjetivo *ardito*: destemido, intrépido (italiano).

5. Na época, esforços para bloquear a entrada em vigor da Lei Seca Nacional, que aconteceria em 1º de julho de 1919, eram intensos, como mostra a matéria do *Chicago Daily Tribune* do mesmo dia desta carta ("Wets Mobilize at Capitol to Protest Dry Law: 10,000 Hear Gompers and Others Denounce Act as a Menace", 15 de junho de 1919, p. 5). Embora a compra de bebidas alcoólicas ainda fosse legal em Illinois (Jenkins estava morando em Chicago), o estado de Michigan já estava "seco" em 1918.

6. Aparentemente, a carta de Agnes von Kurowsky não foi preservada. Quando Domenico Caracciolo a apresentou à sua família, da aristocracia de Nápoles, eles proibiram o casamento, supondo que ela era "uma americana aventureira interessada na reputação de um título italiano" (Baker *Life*, p. 61).

7. EH cita de memória versos do poema "Mandalay", de Kipling, ditos por um soldado britânico em Londres, que escuta o chamado de uma "jovem de Burma" para que ele retorne a Mandalay: *"But that's all shove be'ind me—long ago an' fur away, / An' there ain't no 'busses runnin' from the Bank to Mandalay"*. O poema foi publicado em *Barrack-room Ballads and Other Verses* (1892).

8. Ivanoff, marca de cigarros produzida pela Rosedor Cigarette Company do Brooklyn, Nova York. Pall Mall, cigarros longos produzidos desde 1907 pela American Tobacco Company de Durham, Carolina do Norte, que adquiriu a marca da empresa britânica Butler and Butler.

9. Escritor de Oak Park (1877-1943), autor de romances históricos e editor de *Americanism: Woodrow Wilson's Speeches on the War; Why He Made Them and What They Have Done* (Chicago, Baldwin Syndicate, 1918). O censo dos Estados Unidos de 1920 registrou que viviam na casa de Oliver M. Gale, em Oak Park, não apenas sua esposa e os dois filhos do casal, mas também "Weyemga" K. Smith (provavelmente "Yeremya" escrito errado), o caseiro, Blanche E. Smith (sua esposa), Katherine F. Smith (irmã) e Edith Foley (amiga do caseiro).

A William D. Horne Jr., 2 de julho de 1919

Stone Crest Farm
2 de julho de 1919

Querido Bill,

Eu deveria ter escrito para você há muito tempo, Bill. Mas por algum motivo, não consegui. Enfim, agora está tudo bem. Quer dizer, dependendo do que você entende por tudo bem. Depois da última vez que escrevi para você, passei por um processo de cauterização no qual o conhaque e duas ou três garotas por quem não sinto nada, mas sobre quem me atirei violentamente, tomaram o lugar do ferro em brasa. Foi um processo danado de desagradável, mas minucioso. Agora, depois de um mês e meio no norte, "Ag" já não me traz mais nenhuma lembrança. Tudo apagado. Então, *é finito per sempre*[1].

E como vão as coisas com você, Amico? Fui a Toledo com o Corp dos Corps e participei dos últimos bacanais numa cidade prestes a secar. Foi uma festa épica. Jenks virá passar com a gente as duas primeiras semanas de agosto. Brummy, segundo as últimas notícias, está cuidando de uma mercearia no Kansas. É muito diferente de estar nas Dolomitas. Fratello[2], sinto tanta falta da Itália que não sei o que fazer/. E você? O pequeno Fever está pior do que eu. O consolo vem do resto da turma.

Ieri mattina esta [n]otifica[z]ione ha arrivato da Commando Supremo con La Medaglia D'Argento proprio[3].
Ernesto Miller Hemingway
Tenente Croce Rossa Americana
Ufficialle della Croce Rossa Americana, incarcicato di portare generi di conforte a truppe Italiane impegnate in combattimenti, dava prova di corragio ed abnegazione.

Julho de 1919

Colpito gravemente da numerose scheggie di bombarda nemica, con mirabile spirito di fratellanza, prima di far si curare prestava generosa assistenza ai militari Italiani piu gravimente feriti dallo stesso scoppio e non si lasciavi transportare altrove se non dopo che questo erano stati sgombrati.
Fossalta (Piave) 8 Iulio 1918.
A Valore Militare[4].
Entendo a ideia geral do que diz aí, mas não tudo. Estamos pegando peixes incríveis e queria que você estivesse aqui, Bill. Alguma chance de você conseguir vir? Escreva para mim, cara.
Salute affetnosamente[5], suponho que escrito errado,

Hemingstein

Newberry, CD com assinatura datilografada; carimbo postal: BOYNE CITY, MICHIGAN, 3 JUL. / 3-30 P

1. "Acabado para sempre" (em italiano).

2. "Irmão" (em italiano).

3. Em seu italiano desprovido de gramática, o que EH provavelmente queria dizer era: "Ontem de manhã chegou esta notificação do Comando Supremo com a própria Medalha de Prata".

4. EH aparentemente copiou o texto da carta que ele recebeu com a medalha; o italiano está correto, com alguns poucos erros de ortografia que provavelmente ele cometeu na transcrição. O texto pode ser traduzido assim: "Ernest Miller Hemingway / Tenente da Cruz Vermelha Americana / Oficial da Cruz Vermelha Americana, responsável por dar assistência às tropas italianas envolvidas em batalha, deu prova de coragem e abnegação. / Gravemente ferido por numerosos estilhaços de bomba inimiga, com admirável espírito de fraternidade, antes de buscar socorro prestou generosa assistência aos soldados italianos feridos mais gravemente na mesma explosão e não se deixou transportar para outro local antes que os demais tivessem sido removidos. / Fossalta (Piave) 8 de julho de 1918 / Por mérito militar.

5. *Saluti affettuosi*: saudações afetuosas (em italiano).

A Howell G. Jenkins, [15 de julho de 1919]

Querido Jenks,
Estou extremamente chateado por não lhe ter escrito antes, mas estamos naquela correria, e você sabe que eu sou um péssimo correspondente. Bill e eu com certeza ficamos contentes em saber que você poderá vir em agosto. Em relação a como chegar aqui de barco, o S.S. Manitou sai do píer municipal e vem direto para Charlevoix, onde vamos encontrá-lo. Você pode pegar informações sobre o Manitou na agência da Northern Michigan Transportation Company no Congress Hotel[1]. Informe-se e depois escreva nos contando quando você chegará e nós estaremos na doca. Como é que está Chicago com a lei seca? Deve ser bem engraçado – mas em primeiro de outubro ela estará molhada de novo. Ao menos, espero[2].
Acabamos de voltar da viagem de uma pescaria maravilhosa de quase uma semana em Pine Barrens. Pescamos no Black River e acampamos[3].

Julho de 1919

Passamos cinco dias sem ver uma casa ou uma clareira. Selvagem como o diabo. Vimos um urso no rio Pidgeon. É para onde queremos viajar quando você vier. Temos todo o equipamento de pesca, então não se preocupe com nada do tipo. Pegamos todas as trutas que quisemos comer e no último dia pegamos 64 para trazer para casa[.] Algumas delas pegamos usando formigas-leão como iscas. Com certeza vamos nos divertir por lá já que ao longo do rio tem ótimos lugares para acampar. O rio é límpido – não tem matagal e é rápido como o diabo para atravessar. E acho que é o melhor lugar para pescar trutas nos Estados Unidos. Podemos garantir que você vai pegar quantos peixes quiser.

Há alguns veados e alguns ursos, e se você quiser trazer sua carabina austríaca e um pouco de munição, pressinto que vai ser bom. Seria ótimo ter uma arma dessas à mão no acampamento caso apareça outro urso. Tem perdizes aos montes e eu tenho uma espingarda de calibre interno 20 e um rifle 22. *Anche* uma pistola automática calibre 22 que é uma pancada[4].

Podemos pescar trutas arco-íris na baía por um tempo e nadar, nos divertir e ir a Walloon Lake ver minha família e depois passar uma semana em Barrens. Acho que dá para garantir que você vai se divertir. Corp[5] quer vir para cá e acho que poderemos levá-lo na viagem para Barrens. Você e eu e Bill e Corp não faríamos uma bela turma?

Se você puder trazer alguma bebida, traga. Porque acho que não há perigo. Não fazem buscas no barco nem em Charlevoix. Melhor trazer algumas garrafas.

Vamos com certeza ficar muito contentes em recebê-lo, Jenks e Bill e eu e minha família mandamos nossas lembranças.

Mande notícias,
Hemmy

P.S. Os papéis e condecoração da minha Medaglia D'Argento chegaram há uns dias. [*última frase ilegível*][6]

fPUL, CDA; carimbo postal: CHARLEVOIX / MICHIGAN., 15 JULHO / 1919

---

1. O vapor de passageiros *S.S. Manitou*, de oitenta metros de comprimento, foi o primeiro barco da Northern Michigan Transportation Company. Ele fazia três viagens semanais de ida e volta entre Chicago e Mackinac Island, no Michigan, parando em Charlevoix, Petoskey e Harbor Springs. Congress Hotel é um hotel histórico de Chicago, na esquina da Michigan Avenue com a Congress Parkway, concluído em 1893.

2. Grupos contrários à Lei Seca entraram com ações de contestação na corte estadual e no Congresso dos EUA na tentativa de acabar com a aplicação nacional do War Prohibition Act, que havia entrado em vigor em 1º de julho; essas disputas calorosas entre "secos" e "molhados" foram cobertas de perto pelos jornais diários. A Suprema Corte dos EUA, que muitos imaginavam que a decisão final seria dada, estava em recesso na época e só se reuniria de novo em outubro ("'Wets' to Rally and Give Justice a Taste of Beer: Will Stake Their All in Effort to Get Court Remedy" *Chicago Daily Tribune*, 6 de julho de 1919, p. 8).

3. EH e Bill Smith dirigiram até Vanderbilt, cerca de trinta quilômetros a sudeste de Horton Bay, e ali iniciaram uma viagem para pescar e acampar no leste, atravessando os rios Black, Pigeon e Sturgeon. As

Julho de 1919

viagens de pesca de EH em "Pine Barrens" e sua expedição, no fim daquele verão, à area próxima a Seney, na parte alta da península do Michigan forneceram material para "Big Two-Hearted River" (*IOT*) (Baker *Life*, p. 61-3).

4. Uma espingarda de calibre interno vinte é considerada uma arma de poder médio, apropriada para a caça de aves. Um revólver calibre 22 poderia ser usado para caçar pequenos animais, como esquilos e coelhos. *Anche:* também (em italiano).

5. Carleton Shaw.

6. No verso da primeira página do texto-fonte, fotocópia da carta de EH nos arquivos de Carlos Baker na PUL, há uma nota manuscrita: "A máquina não está funcionando". A nota é, aparentemente, uma transcrição de Baker da última linha, ilegível na fotocópia. EH provavelmente se referia ao fato de a carta estar cheia de espaçamentos irregulares e outros erros tipográficos.

A Howell G. Jenkins e Lawrence T. Barnett, 26 [de julho de 1919]

Sábado, 26.

Queridos Jenks e Barney–;

Puxa, que maravilha que Barney poderá vir. Sua carta acabou de chegar e eu a mostrei para o Bill, mandaremos um telegrama hoje à tarde de Charlevoix. Vamos nos divertir como nunca.

Bill e eu temos equipamento completo de acampamento para 4 pessoas. Barracas, cobertores, utensílios de cozinha, grelha e tudo mais. O lugar para onde vamos é Pine Barrens e acamparemos no Black River. É um lugar selvagem como o inferno e onde a pesca de trutas é a mais incrível que vocês possam imaginar. Tudo limpo – sem mata, e as trutas vêm em cardumes. Da última vez que estivemos lá, o Bill pegou duas dessas, duas vezes seguidas. Pescamos com moscas, gafanhotos e larvas também[1]. Podemos pescar tudo que quisermos, passear pelo acampamento e talvez até atirar num veado ou num urso. Espantei um urso no nosso último acampamento.

Temos apetrechos de pesca completos para 4 caras, para pescar no lago. Mas só temos três equipamentos completos para pesca de truta na correnteza. Temos 4 redes.

Barney precisa ir a V.L and A's[2] e comprar para ele uma vara de pesca com mosca de 10 ft. Uma carretilha e linha. Isso é tudo que ele vai precisar.

Tenho uma pistola automática calibre 22, um rifle 22 e minha automática 32. Também uma espingarda de calibre interno 20. É melhor vocês comprarem alguns cartuchos de munição calibre 22.

Esses são os tipos que você vai querer. "Lesmok" e "Long Rifles" calibre 22. Não é de pólvora sem fumaça. Lesmok é de pólvora de pouca fumaça[3]. Melhor trazer 1.000, já que são baratas e vamos atirar bastante. Também tragam uma caixa de 100 anzóis no. 4 de aço Carlisle. Vai custar uns 14¢ a centena. Melhor trazer duas caixas.

Se vocês tiverem alguns cobertores velhos ou lonas, tragam. Temos muitos, mas sempre podemos precisar de mais. E podem trazer roupas velhas também.

Julho de 1919

Estamos a uns 20 quilômetros de Charlevoix em Hortons Bay perto de Pine Lake. A Sra. Dilworth tem uns chalés aqui e aceita hóspedes. Eu e você e Barney ficaremos lá, Jenks. A fazenda do Bill fica a uns dois quilômetros. Só vamos ficar aqui dois ou três dias para pescar arco-íris na baía e depois *avanti* [4] para Barrens. Não vai lhe custar nada, Jenks, porque já arrumei tudo para você dividir o quarto comigo. Barney pode ficar no quarto vizinho. Vamos pegar ótimas arco-íris e você pode ver nas fotos como elas são.

Você não corre risco se trouxer bebida, porque não acredito que estejam revistando carros. A melhor rodovia para chegar aqui é a West Michigan Pike. É muito boa. Você pode achar mais informações em qualquer Blue Book[5]. Ela dá a volta em Michigan City e sobe a costa até Muskegon, Ludington[,] Manistee[,] Traverse City e depois a Charlevoix. Você deve levar menos de três dias de carro até lá. Provavelmente, dois dias. Todas as rodovias estão boas. Em Barrens elas são perfeitas. Porque o tráfego não é nem um pouco pesado. Quase dá para chegar a Pine Barrens sem passar por nenhuma rodovia, só usando a bússola. Não há nada de matagal.

Cara, nós vamos nos divertir muito. Aquela região de Barrens é a melhor em que já estive e você sabe que o encontro de Bill e você e Barney e eu vai ser <u>muito bom</u>. Há lugares ótimos para acampar no Black e precisamos pegar umas perdizes. Posso <u>garantir</u> <u>que</u> <u>você</u> e <u>Barney</u> vão pegar todas as trutas que quiserem. E, Fever, eu sei como assar aquelas trutas. Bill vai gostar do Barney, eu sei, e eu ficarei contente em vê-lo e você sabe que tipo de cara é o Bill. Traga uma câmera e outras coisas que quiser. Vamos fazer ótimas fotos de ação.

Agora, diga ao Barney que queremos que ele venha e que garanto que você e ele se divertirão. Escrevo para você se me lembrar de mais alguma coisa que possa precisar. Mande um telegrama quando sair daí. Você pode me telefonar no número da Sra. Jas. Dilworth em Hortons Bay quando chegar a Charlevoix e vamos buscar você. Ou qualquer pessoa em Charlevoix pode informar como chegar a Hortons Bay. É uma estrada direta e você vai achá-la fácil. Parece um bulevar por todo o trajeto.

Caramba, Jenks, vai ser muito bom ter você e o Barney por aqui.

Recebi uma carta do Corp ontem e ele teve de ir a Rangeley Lake, Maine, por causa da saúde da mãe dele e provavelmente não poderá vir. Ele disse para mandar lembranças a você.

Dê lembranças minhas ao Barney e para você e venham para cá. Já está tudo pronto esperando por vocês. Mande-me uma carta.

Hemmy.

P.S. Bill diz para virem *Multa Subito*[6] e para trazerem um grande suprimento de bebida. Imagine a gente em Barrens, à beira do rio com uma lareira e a barraca. A lua cheia, uma bela refeição na barriga, fumando um cigarro e com uma boa garrafa de bebida. Vai dar uma bela cantoria.

Hem.

Não vou contar nada ao Spiegel.

fPUL, CMA

No verso do envelope, EH escreveu: "P.S. Por favor, guarde as imagens". Essas imagens, supostamente fotografias, permanecem desaparecidas.

1. Gafanhotos às vezes são usados como "moscas" na pesca com moscas. "Hellers", palavra usada por EH, são as larvas da formiga-leão, também usadas como iscas.
2. Von Lengerke and Antoine, empresa de artigos esportivos de Chicago, fundada em 1891 por Oswald von Lengerke (nasc. 1860) e Charles Antoine, com loja na South Wabash Avenue.
3. O rifle e a pistola de EH usavam cartuchos de rifle longo, o maior tipo de munição calibre 22. "Lesmok" era um tipo de pólvora desenvolvido em 1911 pela E. I. du Pont Company de Wilmington, Delaware, que produzia "menos fumaça" do que outras pólvoras usadas nos cartuchos calibre 22 e foi adotada por muitos fabricantes de munição até os anos 1930.
4. *Avanti:* adiante, em frente (em italiano).
5. A West Michigan Pike seguia a costa do Lake Michigan de Chicago a Mackinaw City, Michigan. *O Official Automobile Blue Book: Standard Road Guide to America* (Nova York e Chicago, Automobile Blue Book Publishing Company), criado em 1901, era anunciado como uma "verdadeira enciclopédia para o motorista". Os volumes regionais de cada ano incluíam mapas de todas as rodovias dos Estados Unidos, além de informações sobre leis estaduais, acomodações e pontos turísticos.
6. *Molto subito:* bem depressa; imediatamente (em italiano).

A William D. Horne Jr., 7 de agosto de 1919

7 de agosto de 1919

Meu bom e velho Bill—;

Estou extremamente chateado, Bill. O que não ajuda em nada – mas, Bill, me sinto arrasado. Por quê? Por quê? Por que essas coisas acontecem?

Há algo errado com a gente, Bill – somos idealistas. E isso nos traz um monte de problemas, e por isso nos machucamos. Mas somos assim e não podemos mudar isso. Meus ideais passaram por uma tempestade e alguns deles morreram e parecia tudo devastado. Mas passada a destruição, continuo fazendo as mesmas coisas[1].

Não posso ser o mesmo depois de viver esse tão maravilhoso Amor das Mulheres[2]. Para mim, há algumas coisas que, quando são destruídas, morrem para sempre. Talvez possamos nos apaixonar por outra mulher – mas você sabe que já não poderemos mais oferecer a elas as mesmas coisas. Não quando pensamos como nós o pensamos.

Bill, se você quiser manter seus ideais vivos e se libertar dessa busca desenfreada por dinheiro, fale comigo. Há tanta coisa nesse mundo que ainda não vimos, e além disso nosso tempo aqui é tão curto.

Agosto de 1919

Nós somos *Simpatico*, Bill, e podemos ir para qualquer lugar e nos divertir. Se você quiser ir para o Havaí ou para os mares do sul, me encontre em Chicago no outono. Vamos vadiar – pode ser que a gente demore para chegar lá. Mas você sabe que será divertido estarmos juntos. E quanto mais dinheiro tivermos para começar, melhor. Mas não é essencial. Vamos para a costa sudoeste e de lá dá para ir ao Havaí por 45 dólares. E vamos descobrir cada lugar por que passarmos. E viver milhares de aventuras. E trabalhar quando precisarmos e mataremos tempo. E vamos viver, Bill! Viver! Que vantagem tem um homem que ganha o mundo – e perde a alma[3]?

Bill, vou com você para qualquer lugar no outono. Juro por Deus. O que você quiser. Seremos cavalheiros itinerantes, Bill.

Pense nisso e me escreva. Já perambulei por aí antes e sei como é. Vamos, Bill – Vamos nos libertar e partir, e, quando voltarmos, escreveremos a história. Será um clássico.

O Fever acaba de ligar de Charlevoix. Então vamos sair logo. Queria muito que você estivesse aqui. Alguma chance de você aparecer neste verão?

E vamos nos encontrar no outono, Bill! Escreva para mim. *"Sempre Avanti*[4]*!"*

Sua Amico[5]
Hemmy.

Newberry, CMA; carimbo postal: Boyne City, Michigan, 14 Aug / 11 30A

1. Embora nenhuma carta de Horne para EH tenha sido localizada para esclarecer a situação, esta é aparentemente uma resposta de EH ao saber do fim do relacionamento romântico de Horne. Em uma carta a EH de 23 de fevereiro de 1919 (JFK), Horne escreveu com muita animação sobre o fato de estar apaixonado por uma mulher de Wilmington, Delaware (ver as notas da carta de EH para Horne de [5 de março de 1919]). Nesta carta, EH reproduz com precisão a linguagem e os sentimentos expressos por Horne em uma carta que enviou a EH em 3 de abril [de 1919] (JFK) para consolá-lo, depois do rompimento com Agnes von Kurowsky.

2. De II Samuel 1:24, quando Davi se lamenta ao saber das mortes de Saul e Jonatas: "Angustiado estou por ti, meu irmão Jônatas; quão amabilíssimo me eras! Mais maravilhoso me era o teu amor do que o amor das mulheres".

3. De Marcos, 8:36: "Pois, que aproveitaria ao homem ganhar todo o mundo e perder a sua alma?".

4. "Sempre avante" (em italiano). Horne usou a mesma expressão para terminar sua carta de 3 de abril para EH.

5. *Suo Amico:* seu amigo (em italiano).

A Clarence Hemingway, [16 de agosto de 1919]

Querido Pai;

Jock Pentecost, Jenks, Bill, Barney e eu pegamos 180 trutas em 4 dias em Barrens. Uma dúzia com mais de 11 polegadas. Tivemos uma viagem inestimável. Jens vai telefonar a você para contar. Na semana que vem, vamos para a Península Superior.

Agosto de 1919

Como estão as coisas? Queria muito que estivesse conosco.

Ernie.

PSU, cartão-postal MA: CHARLEVOIX / MICHIGAN, 16 AGO / 19:00 / 1919

A Clarence Hemingway, 27 de agosto [1919]

Seney 27 de agosto

Querido Pop—

Pegamos umas trutas de riacho de mais de 1 ¾ lbs. 10 milhas ao norte de Schoolcraft Co.[1]. Ontem pesquei as 27 menores, de nove polegadas. Muitos veados e animais de caça aqui. Agora vamos para Horton. Jack Pentecost Al Walker e eu. Espero vê-lo em setembro. Passei uma semana fora.

Ernie

CMU, cartão-postal MA; carimbo postal: SENEY, / MICHIGAN, 27 AGO / PM / 1919

1. Condado na Península Superior de Michigan, formado em 1871 em homenagem a Henry Rowe Schoolcraft (1793-1864), proeminente explorador da região e uma das primeiras autoridades em suas tribos de indígenas norte-americanos. Casou-se com uma ojíbua e serviu como superintendente do setor de Questões Indígenas de Michigan no período de 1836-1841.

A Howell G. Jenkins, [aprox. 31 de agosto de 1919]

Caro Shittle:

Jock e Al Walker e eu acabamos de voltar de Seney. O Fox é incrível. O big Fox é cerca de 4 ou 5 vezes mais largo que o Black e tem tanques naturais de 40 pés de diâmetro. O little Fox é mais ou menos do tamanho do Black e cheio de peixes[1]. Jock pegou um que pesava 2 lbs. 15 polegadas e meia. Eu peguei uma de 15 polegadas no pulo! E também uma de 14 polegadas. Acho que pescamos uns 200 peixes em uma semana. Estávamos a apenas 15 milhas de Pictured Rock no Lago Superior[2]. Cara, que região maravilhosa. Vi vários veados e acertei um com três tiros a umas 40 jardas com uma espingarda calibre 22. Mas não consegui detê-lo.

Ontem Bill, Kate, Jock, eu e a Madame[3] fomos ao Black, mas como caía uma chuva infernal, pegamos apenas 23. Jock 8 – eu <u>nove</u> Bill 4 – Kate 2. Não estavam mordendo por causa da chuva. Mas pegamos uns Excelentes. De 11-1/2 polegadas. Já tínhamos ido ao Black antes e pegamos 40. Bill apanhou um que arrebentou bem na estrutura da linha líder. Bill diz que devia ter 3 ou 4 libras. E é bem fácil apanhar gafanhotos agora que é o último dia da estação deles. As arco-íris entravam na baía e eu ficava esperando uns baita peixes. A gente consegue vê-los pulando da varanda dos Dilsteins[4].

Jésuis Meu Deus[5], Fever, perdi uma no Little Fox por baixo de uma velha represa, era a maior truta que eu já vi na vida. Eu estava em cima de uns

Agosto de 1919

troncos velhos e foi quase como cair do cavalo. Consegui tirar metade dela para fora da wasser[6] e o anzol quebrou bem na haste! Ela mordeu quatro iscas. Era tão grande quanto qualquer arco-íris que eu já tenha pegado. Tentei pegá-la de novo durante 4 dias, mas ela só mordeu uma vez e parecia que tinha uma tonelada. Lá não tem *zanzaries* e quase nenhum borrachudo[7]. Pock vai conseguir um Ford ano que vem e você estará lá! Pegamos o Corp e Bill Horne e Yak, o Bird e Jock e Marby, vai ser uma turma excelente[8]. E passamos pelo Black e pelo Fox.

Presta atenção, Shittle, você e Marby me devem 5 mangos cada um pela comida. Se quiser, pode me mandar. Eu não ia dizer nada, mas só tenho 5 e não tenho ideia de como vou fazer para sair do país.

Essas fotos estão muito boas *e vero?*[9]

Sua amico
Hem. Hollow Bone Stein

Bill manda lembranças. Jock está em casa, endereço aos cuidados de J. L. Pentecost, Elmhurst Ill. Mande notícias para ele.

fPUL, CMA

A data possível da carta é baseada nas referências de EH à pesca e nas datas da temporada de pesca de 1919 em Michigan: a temporada da truta-das-fontes terminou em 31 de agosto, mas da truta arco-íris em Pine Lake terminou em 15 de setembro (State of Michigan game and Fish Laws, 1919, p. 41, 126).

1. O Fox corre por Seney, do noroeste para o sudeste; o "Little Fox" provavelmente é o braço leste do rio Fox. É essa a paisagem de "Big Two-Hearted River" (*IOT*), de EH, cujo nome vem de outro rio a nordeste de Seney.
2. Despenhadeiros de arenito bastante coloridos por depósitos minerais, que se estendem por quilômetros ao longo da margem sul do lago.
3. Apelido da tia de Bill e Kate, a sra. Charles.
4. Apelido dado por EH para os Dilworth, paralelo à construção de seu próprio apelido, Hemingstein.
5. "Joheesus an be Guy Mawd" trocadilho com "*Jesus*" e "*My Gawd*".
6. *Wasser:* água (em alemão).
7. *Zanzara:* mosquito (em italiano).
8. A "turma" que EH imagina inclui os velhos amigos Jack Pentecost ("Pock" ou "Jock") e Bill "the Bird" Smith, além dos amigos que ele conheceu na guerra: "Corp" Shaw, Bill Horne, "Yak" Harris e Larry Barnett ("Marby" ou "Barney").
9. *È vero:* é verdade? (em italiano).

Setembro de 1919

A Clarence Hemingway, [3 de setembro de 1919]

Querido Pai
 Espero que sua reunião tenha sido boa. O Chefe Lore disse que ligou para você. Ele é o cara que está comigo na foto da motocicleta[1]. Quando você vier, por favor, traga a minha Medaglia D'Argento e os papéis. Quero vê-la.
 Vi a mãe e meu futuro cunhado no domingo[2].

Amor–
Ernie

PSU, cartão-postal MA; carimbo postal: BOYNE CITY, MICHIGAN, 3 SEP/ 3-30P / 1919

1. D. D. Lore, conhecido de EH da Primeira Guerra, aparece na fotografia que EH enviou junto com uma carta para a família de 18 de outubro de 1918 (e que foi publicada pelo *Oak Parker* em 16 de novembro de 1918). Na foto, EH está no *sidecar* de uma motocicleta em Milão. A fotografia foi publicada em M. Miller (p. 86).
2. Naquele verão, em Michigan, Marcelline ficou noiva de um rapaz chamado Walter, que informou a EH sobre o retorno dela a Oak Park no fim de agosto. Ela escreveu a EH e disse que ela mesma teria contado, mas teve medo de que a reação dele "estragasse a alegria do verão" (Sanford, p. 306-7). De acordo com Reynolds, EH disse a Grace que Walter não era confiável (*YH*, p. 77). Não houve casamento. Um certo Walter Grover de Indianápolis assinou algumas vezes o livro de visitas do chalé de Grace durante o verão de 1919, inclusive na página de 31 de agosto, o que sugere que seja o "futuro cunhado" que EH conheceu no domingo anterior (Mainland). Anos depois, em uma carta a sua irmã Ursula, EH citou Walter Grover como "o primeiro amor de Marce" (10 de abril [de 1933], Schnack).

A Ursula Hemingway, [aprox. 17 de setembro de 1919]

Querida Ura,
 Eu quis escrever para você assim que recebi sua nota de despedida, mas você sabe como é seu irmão Stein com as cartas.
 Enfim, escrevo agora. Passei a noite com a mãe no Frame e ela me contou sobre suas aventuras com os indomáveis da velha instituição acadêmica[1]. Continue progredindo. Não tenho feito muita coisa. O Bird e eu pescamos bastante e pegamos várias rainteins[2]. Uma das maiores pesava 7 libras. Levei a Marge Bump para pescar rainsteins e ensinei a ela como se faz. Uma das vezes em que estávamos pescando, eu e ela pegamos uma que pesava quatro e três quartos. Outra vez ela foi sozinha e usou meus equipamentos e pegou uma de cinco libras e meia.
 Não há ninguém nos dilsteins agora. Todos já foram embora, menos o John K. Hollowbone. Que é meu novo apelido. Isso aqui está silencioso como o inferno, ou tão quieto quanto o inferno seria se tivéssemos alguns de nossos velhos professores como demônios. Marge foi embora no domingo, para voltar para a escola. Sinto a falta dela, porque passeávamos juntos por aí. Ela é um doce de garota, Nespaw? A jovem Connie Curtis estava fora, não sei se você

Setembro de 1919

topou com ela neste verão ou não[3]. Ela tentou seduzir seu velho irmão. Mas com seus catorze ou quinze anos, a sedução não foi nada bem-sucedida.

Depois que vim para cá, fui a Peto com o Bird e a Madame e lá encontrei a Barge, que me informou que você escrevinhou para ela[4]. Como e por que você não pode escrevinhar para mim? Também cacei uma batuíra para o café da manhã da Madame. Provavelmente irei para Chicago lá pelo dia 1º de outubro. Vou parar por lá por um dueto ou trio de dias e então *allez*[5] para algum lugar. Sabe-se lá para onde. Talvez Kansas City – talvez a Polônia.

A máquina acabou de quebrar[6]. Enfim, escrevinhe para mim e conte todos os problemas. Porque eu amo você.

Meu amor a Nunbones.

Ernest H. Mainland Collection em NCMC, CD/MA

A carta está escrita no verso de um título de 1º de agosto de 1918 do Keo-England Drainage District No. 4, Lonoke County, Arkansas.

1. EH passou a noite de 16 de setembro de 1919 no chalé de sua mãe em Longfield Farm; em 17 de setembro, ela escreveu no livro de visitas do chalé: "Ernest partiu" (Mainland). Ursula estava cursando o colegial em Oak Park.
2. "Bird", Bill Smith; "rainsteins", trutas arco-íris.
3. "Nespaw", jeito brincalhão de escrever *"n'est-ce pas?"*: "não é?" (em francês). Marjorie voltou a Petoskey, onde cursava o colegial. Durante o verão, ela e a irmã, Georgianna, ficaram na casa de Horton Bay com uma tia e um tio, os Ohle, que moravam na mesma rua do Pinehurst, o hotel dos Dilworth. As garotas e várias amigas de Petoskey, incluindo Connie Curtis (1904-1973), trabalharam na sala de jantar, servindo as mesas (Ohle, p. 104-5).
4. Peto, Petoskey. Barge, Marjorie Bump.
5. *"Allez"*, forma do verbo francês "aller" ("ir").
6. A máquina de escrever de EH parou de funcionar e, depois da palavra "Kansas", na frase anterior, ele escreveu o resto da carta à mão.

A Coles Van Brunt Seeley Jr., [18 de setembro de 1919]

[*Trecho publicado em um catálogo da Christie's:*]

"[...] Como vão as coisas? Por Deus, eu queria vê-lo, Capo. Nós nos divertimos demais [...] caramba como eu queria estar aí agora [...] Depois que vocês foram embora, eu voltei ao *front*, Monte Grappa[1], e foi um verdadeiro inferno. Depois passei mais uns dois meses no Ospedale Maggiore... Amaldiçoo cada dia desde que cheguei a esse país árido, seco, condenado por Deus e nada amistoso! [...] Tudo acabado entre Ag. e eu. Mas foi uma ótima vida enquanto durou [...]"

Catálogo da Christie's, Nova York, 27 de outubro de 1995, Lote 74, trecho publicado [CMA]; carimbo postal: [Boyne City, Michigan, 18 de setembro de 1919]

De acordo com a descrição do catálogo, a carta está assinada "Hem", seguido das palavras "sua marca" e de um desenho de um caneco de cerveja e, nos cumprimentos, EH se referiu a seu amigo (um colega, veterano da seção 4 do serviço de ambulância da Cruz Vermelha Americana e também paciente do hospital em Milão) como "Querido Capo". Henry Villard explicou posteriormente que a "pronúncia do nome 'Seeley' identificava o portador com uma região ao norte de Veneza conhecida como Caposile, importante nos comunicados oficiais; a semelhança entre Seeley e o italiano 'sile' levou ao apelido 'Capo'" (Villard; Nagel, p. 275). O jogo de palavras pode ir além: "capo" é também a palavra italiana para "comandante" ou "chefe". A carta foi devolvida a Hemingway porque o endereço estava errado.

1. Monte Grappa, parte dos pré-Alpes, na região italiana do Vêneto, estrategicamente localizado perto do rio Piave, foi o cenário de algumas das mais ferozes batalhas *no front* italiano durante a Primeira Guerra Mundial.

A [Desconhecido], [aprox. fim de setembro de 1919]

> Ainda no norte
> ou talvez
> Quieto no norte.

Não importa o significado que Calamidade tenha no michiganês dos broncos[1], foi isso o que "se apoderou" da máquina de escrever. Ela solta uma série de zumbidos dissonantes como uma cascavel irritante e para friamente. Imagino que seja a mola principal.

A pescaria terminou no dia 15 desse período _ _ _ strual.

Entretanto, começou a caça. Nada ocorre, exala, se desenrola ou acontece por aqui. Meu colega e eu tivemos um ataque de pôquer. Terminamos agora a 97ª hora de jogo. Jogamos com ases "selvagens"* e mais três coringas inseridos no meio das cartas. Um total de sete cartas. A aposta é de moedas pequenas, dois xelins é o limite.

Smith me pagou com todo o dinheiro que tinha e ainda me deve 220 dólares. Chegamos a isso quando ele tinha quatro ases contra minhas cinco rainhas.

Na *Língua Franca* dos velhos tempos, ele juntou um quarteto dos mortíferos contra uma quinta de Vaginas.

Outubro de 1919

Em nossas 97 horas – devo dizer que transpareceram algumas belas adições à *Língua*.

Duas rainhas ganharam o apelido de "duplo par de seios". Um par de reis é alcunhado "a dupla de monarcas".

Um full house é denominado "um antro de prostituição". Também conhecido como Jane Adams. Um estudo da política americana contemporânea revelará o porquê[2].

Ninguém lamenta a morte da minha máquina mais do que eu – exceto você, talvez. Essa será uma ladainha do pior tipo porque

NYPL, CM

Aparentemente, EH estava com Bill Smith e escreviam de Michigan para um amigo em comum, provavelmente um dos que esteve com eles pescando e acampando durante o verão: possivelmente Larry Barnett, Howell Jenkins, Jack Pentecost ou Al Walker. A suposta data da carta é baseada nas leis do Michigan para pesca e caça em 1919: a temporada de pesca de Pine Lake, em Charlevoix, terminou em 15 de setembro, a temporada de caça de patos começou no dia seguinte. A carta termina no meio da página.

1. EH usa a palavra *mossback*, gíria norte-americana para uma pessoa provinciana e rústica (no caso, do Michigan).

*. "*Wild cards*": cartas de valor variável (N. E.).

2. Jane Addams (1860-1935) foi uma reformista social norte-americana, mais conhecida como fundadora da Hull House, um centro de assistência de Chicago para mulheres e crianças dos bairros de imigrantes pobres; em 1931, ela se tornou a primeira mulher a receber o Prêmio Nobel da Paz. Addams se dedicou a melhorar as condições sociais e econômicas que, ela acreditava, levavam as mulheres à prostituição. Ela defendia o sufrágio feminino – questão que, na época, estava no primeiro plano da "política americana contemporânea", nas palavras de EH. Em junho de 1919, o Congresso aprovou a 19ª Emenda, que dava às mulheres direito a voto; depois de ratificada pelos estados, a emenda entrou em vigor em agosto de 1920.

A Clarence Hemingway, 28 de outubro [de 1919]

28 de outubro
Dilworth.

Querido Pai,

A viagem subindo o Missouri foi difícil e tempestuosa. O barco partiu por volta das 4 da tarde e chegou a Petoskey à meia-noite. Com frio e tempestade. Mas eu não enjoei.

Passei a noite no Cushman e fui visitar os Bump de manhã e fui à igreja presbiteriana com a velha sra. Bump. Tenho um quarto no 602 da State Street para onde eu gostaria que você encaminhasse minhas cartas e o que mais chegar. É pequeno, mas aquecido e é um lugar onde posso trabalhar. Na segunda-feira peguei o trem e fui a Boyne Falls e dali a Boyne City e voltei ontem à noite via Wesley[1]. Trouxe a máquina de escrever da cabana dos Charles[2] e vou

Outubro de 1919

levá-la comigo e meus outros apetrechos palavreiros a Petoskey na quinta-feira – provavelmente voltando pelo mesmo caminho que vim. Hoje à tarde trabalhei em um novo começo para "Woppian Way", que o Balmer me pediu para escrever e deve estar tudo no ponto de começar a narrar as viagens assim que eu me fixar em Petoskey[3]. Datilografei o novo começo hoje à tarde. Estava nevando um pouco ao anoitecer e a única diversão possível foi uma retomada evangélica. Há dúvidas sobre a minha participação.

Desde que saí de Oak Park, li um volume de histórias de Guy de Maupassant, um de Balzac, The Larger Testament, de Francois Villon, Richard Yea e Nay, de Maurice Hewlett, e Little Novels of Italy, também de Hewlett[4]. São todas leituras que vão além do que dão na faculdade, e que Marcelline nunca viu, então você pode ver que não sou totalmente inútil.

Muito obrigado por me ajudar tanto e mande beijos à mamãe e às crianças,

Amorosamente
Ernie

Se o Manfredi telefonar, diga a ele que só fiquei em casa pouco mais de um dia e que liguei para ele várias vezes[5]. Liguei, mas não consegui encontrá-lo. Diga a ele que ficarei fora de novo e que escrevo para ele.

Ernie

fPSU, CDA com pós-escrito manuscrito

No fim da carta, Clarence anotou: "Recebida em 31/10/919 / Respondida em 1º/11/919".

1. Construído em 1875 na Lake Street, no centro de Petoskey, o Cushman House Hotel ostentava uma varanda de quase oitenta metros e sua própria orquestra. Ao contrário de muitos outros hotéis de primeira classe da cidade, ficava aberto o ano todo e servia como ponto de encontro dos moradores da cidade (Michael R. Federspiel, *Picturing Hemingway's Michigan*, Detroit, Wayne State University Press, 2010, p. 33). Durante os dois meses que ficou em Petoskey naquele outono, EH se hospedou em uma pensão de dois andares na State Street que era gerenciada por Eva D. Potter. Hoje, a casa abriga o National Register of Historic Places. O vilarejo de Boyne Falls, uma das estações da linha principal da Grand Rapids and Indiana Railroad, se conectava por uma ferrovia local a Boyne City, oito quilômetros a noroeste de Pine Lake. Dali, EH viajaria ainda oito quilômetros por estrada até Horton Bay.

2. A fazenda de Horton Bay, de propriedade dos Charles, tio e tia de Bill e Kate Smith.

3. Também intitulada "The Passing of Pickles McCarty", a história não publicada se passa na Itália durante a Primeira Guerra Mundial. O herói larga uma promissora carreira como boxeador para se juntar a um batalhão *arditi* (Reynolds YH, p. 58-9). Edwin Balmer (1883-1959) – romancista, posteriormente editor do *Redbook* (1927-1949), e mais conhecido como coautor de *When Worlds Collide* (1933) – tinha uma casa de veraneio em Walloon Lake e deu a EH os nomes de vários editores de revistas que poderiam interessar-se por seu trabalho (Baker *Life*, p. 62, 574).

4. Guy de Maupassant (1850-1893), romancista e contista francês. Honoré de Balzac (1799-1850), romancista francês conhecido por sua série de mais de noventa romances e contos interconectados que formam *A Comédia Humana*. François Villon (1431 – aprox. 1463), poeta francês, autor de *Le Grand Testament* e *Le Petit Testament*. Maurice Henry Hewlett (1861-1923), inglês, autor de *The Life and Death of Richard Yea-and-Nay* (1900), romance histórico que se passa no tempo de Ricardo Coração de Leão, e de *The Little Novels of Italy* (1899).

Novembro de 1919

5. Pietro F. Manfredi, editor do La Tribuna, jornal italiano publicado em Chicago, foi o organizador de um festival italiano que aconteceu na casa dos Hemingway em Oak Park em fevereiro de 1919 par homenagear EH por sua ação durante a guerra na Itália (segundo recortes de jornais do álbum dos avós de EH, JFK).

A Grace Hall Hemingway, 11 de novembro [de 1919]

11 de novembro

Querida Mãe,
    Fiquei extremamente feliz em receber sua carta e desculpe por demorar tanto para responder. Nos últimos cinco dias eu tive o que seria amigdalite, se eu tivesse amígdalas. A garganta inchou tanto e doía tanto que eu não conseguia engolir nada e tinha caroços brancos dos dois lados. Fiz gargarejos regulares, usei pastilhas para a garganta e já estou bem melhor. Hoje foi o dia do armistício e rezei por todas as pessoas que não sobreviveram para ver o fim da guerra. Pareceu a coisa certa a fazer. Pobres caras – imagino o que eles pensam de nós, que fazemos gato e sapato da vitória que eles venceram. Deve ser amargo para eles ouvir congressistas falando sobre a "próxima guerra" quando eles pensavam que estavam morrendo para acabar com as guerras. O que você acha que os 500 mil bons e velhos carcamanos que morreram pensariam do Wilson roubando deles a causa pela qual lutaram[1]?
    Hoje fez um dia bonito, claro e radiante. Nenhuma neve, por enquanto. Até ontem o tempo estava chuvoso e frio, mas hoje foi uma maravilha.
    Tenho escrito muito e trabalhado bastante nas minhas coisas. Por causa da greve dos linotipistas, as revistas do leste não estão saindo e, por isso, não adianta mandar nada para elas[2]. Então estou preparando algum material para quando elas saírem. Da história que mandei para o Post, ainda não tive notícias. É bem provável que o Lorimer não a queira, mas é uma história muito boa e tenho certeza de que alguém mais vai querer[3]. Não fiz nada nos últimos dias – estava muito mal da garganta. Parece até uma praga que a primeira greve de revistas que já aconteceu venha bem agora, só para me sabotar, não é? Mas estou trabalhando duro mesmo assim e lendo muito. Só que queria estar no Fiume[4]. Mande beijos a Ura, Nunny, Nubbins, Jazz e ao Pai e diga a Ura para me escrever. Os Bump têm sido muito legais comigo. A velha sra. Bump parece a vó Hemingway.

Com Amor,
Ernie.

    Ernest H. Mainland Collection at NCMC, CDA; carimbo postal: PETOSKEY / MICHIGAN, 12 NOV / 1-30P / 1919

1. Ao fim da Primeira Guerra Mundial, a maioria dos Aliados impôs linha-dura contra os vencidos das Potências Centrais, tentando obter pesadas reparações e concessões territoriais. Woodrow Wilson se opôs a

Novembro de 1919

essas hostilidades e tinha o objetivo de promover uma paz duradoura. Ele perdeu a maioria dos apelos por moderação, tanto aos Aliados como ao Congresso dos EUA, que se recusou a dar apoio à entrada do país na Liga das Nações.

2. Em 1º de outubro, disputas trabalhistas envolvendo gráficos e outros trabalhadores da imprensa da cidade de Nova York, incluindo uma greve de linotipistas, interrompeu a publicação de mais de duzentas revistas e jornais especializados que eram distribuídos em todo o país ("Pressrooms Stop as Lockout Begins", *New York Times*, 2 de outubro de 1919, p. 3; "If You Fail to Get Magazines, Here's the Cause: 'Civil War' in Labor Ranks Closes Up All N.Y. Plants", *Chicago Daily Tribune*, 10 de outubro de 1919, p. 3).

3. George Horace Lorimer (1867-1937), editor do *Saturday Evening Post* entre 1899 e 1936.

4. Terminada a Primeira Guerra Mundial, o Fiume, um importante porto e centro industrial no Adriático que anteriormente fazia parte do Império Austro-Húngaro, foi reivindicado pela Itália e pelo recém-criado Reino dos Sérvios, Croatas e Eslovenos (Iugoslávia). Ele foi concedido à Iugoslávia (com forte apoio de Woodrow Wilson), escandalizando aqueles que acreditavam que os sacrifícios da Itália pela causa dos Aliados foram pouco reconhecidos. Em 12 de setembro de 1919, nacionalistas italianos liderados pelo poeta Gabriele D'Annunzio ocuparam o Fiume, rapidamente estabelecendo ali uma cidade-estado de regime autoritário independente. O Tratado de Roma concederia o Fiume à Itália em 1924. Em "The Woppian Way", o protagonista Nick Neroni está engajado na luta pela causa italiana no Fiume (Reynolds *YH*, p. 58-9).

A [Georgianna Bump], 23 de novembro de 1919

23 de novembro de 1919

Era uma vez o dia em que cheguei pela porta da frente e ela estava sentada ao piano tocando algo do tipo, você sabe, onírico, e quando ela ouviu meus passos na varanda, começou a tocar "Indian Blues"[1], e isso não é exatamente algo do tipo, você sabe, onírico, e então eu toquei a campainha. E ela veio até a porta e sorriu para mim e – bem, SE você quiser saber o resto, pergunte a ela. – Eu jamais vou contar.

Ernest M. Hemingway.

Private Collection, Dedicatória

De acordo com Marjorie Bump, EH escreveu essa dedicatória no livro de assinaturas de sua irmã (Georgianna Main, Pip-Pip to Hemingway in Something from Marge, Bloomington, Indiana, iUniverse, Inc., 2010, p. 21). Abaixo da assinatura está a anotação "N. State Street, 1230 / Chicago / Illinois". EH morou nesse endereço do fim de outubro ao fim de dezembro de 1920.

1. "Indian Blues", música de Edwin McHugh, letra de Carl Perillo (1919). Marjorie Bump especulava que a história teria relação com o rompimento de EH com uma garota indígena americana, Prudence Boulton, que, "segundo os boatos, foi a primeira parceira sexual de Ernest" (Main, p. 21). Boulton é considerada a inspiração para a personagem Prudence Mitchell, cuja infidelidade arrasa o jovem Nick Adams em "Ten Indians" (*MWW*), e para Trudy em "Fathers and Sons", sobre quem um Nick mais velho diz: "fez pela primeira vez o que ninguém conseguiu fazer melhor" (*WTN*).

Dezembro de 1919

A Grace Hall Hemingway, 4 de dezembro [de 1919]

Quatro de dezembro

Querida Mãe,

Muito obrigado para sempre pelas duas caixas. Elas chegaram bem, sem nada amassado, e eu agradeço muito. Posso apostar que você teve a ideia de mandá-las depois de ouvir o Tubby falar da caixa de bolo que nós devoramos na Muelstein Press House, não é[1]? Acertei? Aposto que sim. Você não gostou do Tubby? Ele é um bom amigo e um jornalista muito bom. Espero que você o receba em casa sempre. Não há ninguém mais engraçado – e quando o Tubby conta algum fato, é verdadeiro – não importa o quanto seja engraçado. Fiquei bem contente em saber que o sujeito está em Chicago.

Aqui não tem feito tempo ruim. E eu também já estou aclimatado agora, então nem percebo o tempo ruim. Ainda estão passando muitos carros, mesmo que já tenha um pouco de neve. Conheci muitas pessoas legais e me divirto bastante. Agora que as revistas estão retomando a publicação, devo me livrar de uma ou duas histórias. Escrevi uma, que estou chamando provisoriamente de "The Mercenaries", que é muito boa e acho que vou mandá-la amanhã. Mesmo que eu não esteja ganhando muita grana, estou aprendendo muito. Escrevi uma antologia das pessoas da baía que acho que vai gostar. Estou mandando para você[2]. Enquanto havia greve, o material se acumulou, então segurei o meu. Não vou à baía desde que fiquei doente, então não tenho nenhuma notícia do pessoal de lá. A sra. Joe Bacon está morando aqui em Petoskey com o Earl, e a menininha vai para a escola. A carta do Star foi enviada aos Bacons pelo seu velho sistema R.F.D.[3] e ficou lá por uma semana, daí a sra. Joe Bacon trouxe para cá e mandou para casa. Ela se esqueceu de que eu estava aqui em Petoskey.

Obrigado mais uma vez pelos presentes e por me escrever. Lembranças para você e toda a família. Da próxima, escrevo para o pai.

Com muito amor,
Ernie

A dona da pensão é muito legal comigo. Às vezes, quando chego de madrugada, encontro um lanche e uma garrafa térmica com chocolate quente na minha mesa; bolo, salada e frios. E ela me manda pipoca. Quente e com manteiga. Ela me trata muito bem. Em retribuição, eu tento fazer algumas coisas para ela no centro e vou pagar as contas de água, luz e telefone etc. Ela também faz remendos para mim, quando preciso. Ela é a sra. Potter, o marido dela morreu e ela tem um filho com ataxia locomotora – em estágio avançado, coitado. Ela é realmente legal comigo.

Ernie.

Dezembro de 1919

Ernest H. Mainland Collection na NCMC, CDA; carimbo postal: Petoskey / Michigan., 5 Dez / 8:00 / 1919

1. Referência cômica à redação no Muehlebach Hotel, onde EH e seus colegas do *Kansas City Star* comeram um bolo que estava entre os muitos pacotes de comida que a mãe enviava para ele em Kansas City (EH a Grace Hemingway, [2 de março 1918]). Um dos amigos de EH no Star, "Tubby" Williams, havia visitado os Hemingways em Oak Park fazia pouco tempo (Grace Hemingway a EH, 14 de dezembro [de 1919], JFK).
2. Nem "The Mercenaries", nem "Crossroads: An Anthology" foram publicadas enquanto EH estava vivo. Ambos foram impressos pela primeira vez no livro de Griffin (p. 104-12; 124-7).
3. Rural Free Delivery, sistema criado pelo U.S. Post Office em 1896 para entrega de correspondência diretamente em residências rurais.

A William B. Smith Jr., 4 de dezembro [de 1919]

4 de dezembro

Vendedor Smith,
    Você está errado, não sou promotor público[1]. Mas posso me tornar vice-xerife. Vou me candidatar ao emprego. Pagam muito pouco por dia, mas você não precisa fazer nada. Sem notícias suas nem ontem nem hoje. Lorrie devolveu a Wolevs and Doughnuts ontem de manhã. Vou tentar na Adventure. O que acontecerá sob supervisão de Arthur Sullivant Hoffman. Sem notícias do muito elogiado Charles Agnew McLean sobre o Woppian. Espero por Deus que ele compre a história[2]. De toda maneira, não receber notícias dele é um bom sinal. Melhor sinal do que esse seria um cheque bem gordo. Mas que inferno, Bill. Faz uns dois dias que estou indo ao tribunal.
    Não brota nenhuma escrevinhação nova. Principalmente por falta de ânimo e restrições de grana. Se conseguisse vender alguma coisa, a escrevinhação viria rápida como um tiro. Já contei a você sobre a devota da mão que se apaixonou pelo escritor? Um traseiro espantoso, quer dizer, uma história espantosa. Ela é meio índia e meio francesa e trabalha no restaurante onde almoço. Você acredita nisso? A gororoba é a preço de custo. Uma refeição de quarenta e cinco centavos por aí você come por vinte e cinco centavos. Qual seria sua atitude? Tenho certeza de que a mão seguiria uma mera sugestão minha. Até o momento minha atitude tem sido a de um cavalheiro, mas até quando esses preços continuarão válidos, desde que não aconteça nada da minha parte? Você deveria ver os sorrisos que ela dá para o escritor. A ânsia com que cada um dos movimentos dele são previstos. Dá pena. Ela tem uns vinte anos. E a mão, deve atacar? Ela é um colírio para os olhos. É uma ótima refeição. Gostaria de poder dizer o mesmo das nossas. Mas de cavalo dado não se olham os dentes. Ontem foi o início aproximado do verão indígena. Com a ajuda de meu Deus, o tempo tem estado quase bom. Não dá para reclamar. Os carros ainda passam e todas as estradas estão transitáveis. Caramba, temo pela qualidade da sua

semente no próximo verão. Tenho praticado muitas variações manuais que poderiam assegurar sua vitória se houver algum truque. Nesse jogo, quem ganha sou eu. E você sabe disso, é claro. Seria inútil você negar. O maior problema no momento é a mão semiaborígene. Deveria o escritor Don-Juanizá-la[3]? O escritor já conseguiu ter sua reputação mais ou menos manchada devido à sua associação com devotas da mão e conhecidos fornecedores de álcool. Dizer que não se passam três dias sem que a vileza de um ou de outro sejam conferidas não seria exagero da parte do escritor. Bebedeira séria do tipo italiano não tem sido possível, mas quatro ou cinco drinques podem ser conseguidos quase sempre. E como você sabe, isso é bebedeira séria. Você tem escrevinhado para o Lever? Escrevinhe para ele. Não tenho escrito e não queremos que ele pense que o negligenciamos. Uma pequena negligência de nossa parte e o imortal pode contrair matrimônio. Faça o melhor que puder com o Lever. Conte-me mais sobre o conselho de Odgar. E também o que Stut[4] tem feito para ganhar o pão. Escrevinhe para o seu epistoleiro. Ilumine o escrevinhador.

WEMAGE.

Stanford, CDA; timbre postal: OFFICE OF / PROSECUTING ATTORNEY / FOR EMMET COUNTY / PETOSKEY, MICHIGAN

Abaixo do timbre, EH escreveu: "O endereço do Lever". "Lever" é uma brincadeira com "Fever", apelido de Howell Jenkins. No verso da carta, há uma resposta de página inteira de Smith que começa com "Querido Wemage: Não leve a mal que eu use o verso de sua escrevinhação para a resposta".

1. Referência ao papel em que EH escreveu a carta.
2. "Wolves and Doughnuts" seria publicada pela primeira vez em 1985 como "The Mercenaries" (em Griffin, p. 104-12). Lorrie, George Horace Lorimer, editor do *Saturday Evening Post*. Hoffman (1876-1966), editor do *Adventure*, uma revista popular de segunda linha criada em 1910 por Trumbull White; Charles Agnew MacLean (1880-1928), irlandês-americano, editor da *Popular Magazine* (1904-1931). "The Woppian Way" também seria recusada por editores de revistas e permaneceria não publicada.
3. Referência a Don Juan, lendário libertino e sedutor de mulheres. Na resposta no verso da carta de EH, Smith aconselhou: "Sob nenhuma circunstância sacrifique sua pureza pela paixão de uma garçonete".
4. "Odgar", Carl Edgar. "Stut", Kate Smith (também conhecida como "Butstein").

A Ursula Hemingway, [meados de dezembro de 1919]

Querida Ura,
    Você deve estar se divertindo demais com aquele trenó. Fico contente que você não ligue de se machucar e tenho certeza de que os meninos também gostam disso. Fiquei mal com todas as senhoras professoras daqui porque uma jovem professora de 20 anos chamada Donley me pediu para levá-la ao baile dos professores e eu a levei e ela queria deixar todo mundo chocado, porque ela vai embora daqui esta semana. Então nós chocamos a todos, mas não fizemos

Dezembro de 1919

nenhuma grosseria, só dançamos de rosto colado, e essas coisas. Nada que você não veja no caminho de casa, mas todas as senhoras daqui dançam a um metro de distância e contam um, dois, três, quatro e vira para o oito e elas ficam uma do lado da outra! Bom, nós demos a elas uma bela ideia de como é a dança moderna do estilo do Friar's Inn e do Folies Bergere[1]. E deu o que falar.

Estou enviando $5,00 e quero que você vá à Sra. Snyder's no Mich. Boulevard, você sabe onde é, e compre duas caixas de doces e mande para mim em postagem comum[2]. Compre os que você achar bons. Aquelas coisas com marshmallow e nozes por cima são boas. Lá todos os doces são bons. Coloque quantidades iguais de doces diferentes em cada caixa, vou dá-las de presente de Natal para a Marge e a Pudge. Por favor, Ura, faça isso logo, sim? Um dia farei algo para você. Lá na Sra. Snyder, sai uns 0,90 a libra, então vai dar para você comprar pelo menos duas libras e meia para cada. Mande embrulhar as caixas separadas e, depois, juntas. E depois mande para mim. Você faria isso imediatamente? Se o dinheiro não der, complete e depois eu mando o que faltou para você. Sabe, a Pudge e a Mrage têm sido muito legais comigo e preciso dar a elas algo bacana.

Também estou mandando seis rocks[3] para você comprar algo para as crianças e o pai e a mãe. Não dá para comprar nada muito bacana, claro, mas estou com pouco dinheiro, então compre uma bugiganga para cada um. Você faria isso por mim, querida? O motivo pelo qual vou comprar para a Marge e a Pudge algo mais caro do que vou comprar para vocês todos é porque devo a elas e você sabe como é. Vocês sabem que eu amo vocês. E, de qualquer maneira, estou um Natal à frente da família.

Diga a todos que eles não podem ver esta carta porque é sobre os presentes de Natal. Espero estar de volta em 4 de janeiro. Não quebre o pescoço! E divirta-se, mas você vai se divertir de qualquer jeito mesmo, com ou sem pescoço. Vou para Toronto, Canadá, para estar lá em 10 de janeiro. Terei um bom emprego e a chance de continuar escrevendo[4]. Vou explicar tudo em uma carta para o pai. Vou escrever para ele hoje à noite[5]. Detesto ir embora daqui, onde me diverti muito e escrevi histórias realmente boas. Sabe, às vezes acho de verdade que serei um escritor dos bons algum dia. Uma vez ou outra eu escrevo uma história tão boa que não consigo nem saber como pode ter sido escrita por mim. Vou levar as cópias para mostrar para você. Tudo o que é bom demora, e demora para se tornar um escritor, mas por Deus, um dia serei um. Bem, faça o que eu pedi, sim, menina?

Envie os doces e escrevinhe para o escritor ou escreva para o escrevinhador.

Com muito amor.
THE STEIN.

Ernest H. Mainland Collection na NCMC, CD com assinatura datilografada

Dezembro de 1919

A suposta data da carta é baseada na resposta de Ursula de 21 de dezembro de 1919 (JFK).

1. Friar's Inn, uma casa noturna e ponto de encontro de músicos de *jazz* na esquina das ruas Wabash e Van Buren no centro de Chicago; EH viu um show do Folies Bergères, lendário teatro musical de Paris, quando passou pela cidade rumo à Itália em junho de 1918.
2. Ora H. Snyder possuía uma rede de lojas de doces no centro de Chicago.
3. *"Rocks"*, gíria para dólares.
4. EH recebeu uma oferta de trabalho de Ralph e Harriet Gridley Connable de Toronto para ser acompanhante do filho deles, Ralph Jr., deficiente, enquanto passavam alguns meses em Palm Beach, Flórida. Durante uma visita à sua mãe, em Petoskey, Harriet Connable ouviu EH falar sobre suas experiências de guerra no encontro de dezembro da seção local da Ladies Aid Society (Ohle, p. 106); Ralph Connable era chefe da rede de lojas de variedades F. W. Woolworth no Canadá (Baker *Life*, p. 67).
5. Em carta de 21 de dezembro, Ursula respondeu a EH: "O que você vai fazer em Toronto? Todos nós queremos saber – Você disse que escreveria para o papai naquela noite e não escreveu até agora!". Entretanto, uma carta de 22 de dezembro de Clarence para EH revela que ele havia, de fato, escrito ao pai, que respondeu: "Fiquei muito satisfeito em receber notícias suas na semana passada e tenho de admitir que não contei a ninguém. Ninguém sabe que recebi sua carta" (JFK). Clarence disse que deixaria que EH "divulgasse sua decisão" quando ele voltasse para Oak Park. A carta de EH para o pai permanece desaparecida, talvez tenha sido destruída por Clarence para manter o segredo do filho.

A Howell G. Jenkins, [20 de dezembro de 1919]

Querido Fever,

Aposto que você jogou praga no Bird e em mim por causa das cartas que não escrevemos. Em cada carta ele me pedia seu endereço e só outro dia eu lembrei de passar para ele. Então imagino que a essa altura você já teve notícias dele. Bem, e como andam as coisas? Recebi uma carta do Pock, mas ele estava delirando com o Black e o little fox o tempo todo e era tão cheia de termos como Strictures, Whangleberries, Dehooperized e Peeks, que não consegui tirar muita informação ali. Para evitar que eu fique delirando por tópicos parecidos, é bom eu voltar ao trabalho. Devo voltar para casa em 2 ou 3 de janeiro e ficarei lá por cinco dias. Depois vou para Toronto. Explico tudo quando chegar lá. Mas o importante é que estarei na cidade do pecado, e às vezes do gim, de qualquer maneira por cinco dias e queremos nos encontrar. Vamos querer *beve* conhaque no Venice e ver um show. Se você ainda não se organizou para ir com mais alguém, queria que fôssemos ao follies juntos. O que você diz? Por que você não compra ingressos para alguma noite entre 2 e 8 e nós entramos nessa? Primeiro, ficamos no estado adequado para apreciação, dividindo uma garrafa de chianti no Venice e depois entornamos dois, três ou quatro Cognaci. O que me diz disso? Você compra os ingressos? Daí eu combino com você que dia eu chego[1]. Eu mandaria grana, só que estou quase liso, mas posso pegar no banco quando voltar para casa. Essa história de Toronto parece com a do Doughnuts peruano[2]. Se você quiser entrar em contato com o Pock, pode ligar para ele no John L. Pentecost, Elmhurst Ill. Ele está na lista telefônica e é só pedir chamada

Dezembro de 1919

de longa distância para a central. Pock é John l/ Jr. Bom, tenho que ir. Veja o que você pode fazer e Feliz Natal, seu galo velho.

Ciaou,
Stein

Stanford, CDA; carimbo postal: PETOSKEY / MICHIGAN, 20 DEZ / 1:00 / 1919

No verso da carta está datilografada a primeira página de "WOLVES AND DOUGHNUTS: A Story", sob o nome de EH, seu endereço em Petoskey, State Street, 602, e a anotação "3400 palavras." O fragmento foi publicado in Baker Life (p. 65-6).

1. De acordo com Baker, o Venice Café, na South Wabash Avenue, 520, em Chicago, dirigido por David Vigano, era possivelmente o modelo do Café Cambrinus, cenário de "Wolves and Doughnuts" (*Life*, p. 575). O teatro de revista Ziegfeld Follies apresentava, na época, um espetáculo no Colonial Theatre em Chicago (Percy Hammond, "The Theaters", *Chicago Daily Tribune*, 14 de dezembro de 1919, p. E1). EH e Jenkins compareceram ao espetáculo de 7 de janeiro (EH a Grace Quinlan, [1º de janeiro de 1920]).
2. A história de Harry Leon Wilson, "The Real Peruvian Doughnuts", foi publicada no *Saturday Evening Post* (9 de outubro de 1915) e incluída na coletânea de histórias de Ma Pettengill, *Somewhere in Red Gap* (New York: Doubleday, 1916). EH usa o termo em "Wolves and Doughnuts" (posteriormente intitulado e postumamente publicado como "The Mercenaries").

A Grace Quinlan, [aprox. 26 de dezembro de 1919]

Querida G.E.::—

Segundo a mãe da Red, ela, Red, não a mãe, tem que tirar um cochilo etc. para estar bem disposta para hoje à noite. O Judge está aqui, inutilizado, apesar de todos os nossos melhores esforços. É melhor você também descansar um pouco para poder chacoalhar os pés de um jeito bem esperto hoje à noite, sem correr o risco de eles saírem do controle. Estamos de saída e esperamos ser capazes de chacoalhar o Judge (Walter)[1].

Pena você não estar aqui. Obrigado pelo bilhete. Fique com o livro. Ainda não começamos a lê-lo. O Judge iria estragá-lo de qualquer forma.

Nos vemos hoje à noite.

Pip Pip
Seu irmão, Stein
E também Red
Useless

Yale, CMA; cabeçalho: American Central Insurance Company / IN SAINT LOUIS / THOS. QUINLAN & SONS CO., INC., / Petoskey, Michigan

No envelope, EH escreveu, "Miss G. E. Quinlan. / Endereçada" e, no canto superior esquerdo, "Se não for retirada em cinco dias, rasgar e queimar". Aparentemente, esta é uma resposta de EH a um bilhete de Quinlan anexado em um envelope endereçado a "Pudge, Marge & Stein" abaixo da mensagem:

Janeiro de 1920

"PAREM! / OLHEM! / LEIAM!". Em seu bilhete, indicando apenas "1:30 da tarde", Quinlan escreveu: "Fiquem à vontade até que eu volte e, Stein, por favor, não deixe eles lerem a história antes de eu chegar em casa" (JFK). A suposta data da carta é baseada em uma outra carta, que EH recebeu de Evelyn Ramsdell (nasc. 1905), outra de suas amigas adolescentes de Petoskey, logo depois que ele foi embora da cidade. A carta de Ramsdell está no formato de uma pequena peça, "That Fatefull Day", que se passa na casa de Quinlan em 26 de dezembro de 1919, entre 15:30 e 17:30, com o seguinte elenco: EH como "Stine", Evelyn como "Eve", Grace Quinlan como "G. E.", Marjorie Bump como "Red" e Georgianna Bump como "Pudge" ou "Useless" (JFK). A peça mostra amigos reunidos, conversando e dançando, e é presumivelmente uma reconstituição das atividades antecipadas na carta de EH a Quinlan.

1. Possivelmente Walter Engle ou Walter Gilbert, os dois eram colegas de classe de Georgianna Bump.

A Grace Quinlan, [1º de janeiro de 1920]

Noite de quinta-feira

Querida Irmã Luke[1]—

Estou aqui desde ontem de *matin*[2] e parece que faz um milhão de anos. Caramba, um dia na sua vila passou como raio – aqui eles duram eras. Caramba, Luke, eu sinto muito a sua falta. Você irá ao Elk's Dance hoje à noite[3]? Já me diverti muito, Luke, mas queria não ter saído de Teposkey.

Chegou uma turma aqui mais ou menos uma hora atrás, agora são umas 10:30, querendo me levar para dançar no clube, mas eu quis ficar para escrever. Minhas *gambe*[4] ficaram fora de controle e sem condições depois da maratona de dança da noite passada. Tive cãibras nas duas panturrilhas praticamente a noite toda. Só passaram depois das 3. Por Jorge, Luke, o erro não se infiltrou. Ele galopava[5]. Então, vou ficar sem dançar por um ou dois dias. Meu avô vivo, não o morto, que já morreu, me levou a um almoço com Harry Lauder ontem[6]. Harry está em boa forma. Ele estava muito irritado por não processarm o Kaiser e exigia, em nome da Justiça, esse tipo de coisa[7].

Himmel, mas esta caneta é uma porcaria. E o escritor também detesta escrever neste tipo de papel[8].

Aquele doce não tem preço, para usar apropriadamente uma expressão que é muito usada, mas não foi nem um pouquinho melhor do que sua carta, que estava estupenda.

Puxa, estou contente que você seja minha Irmã Luke.

Contei a toda a minha família sobre como você é doce e como sabe montar um cavalo e dançar e nadar e fazer todas as coisas muito melhor do que qualquer outra pessoa e como você é uma boa pessoa e como é bem-apessoada e inteligente e tudo o mais. Depois fiquei divagando sobre você quando tomei chá com a Isabel Simmons hoje à tarde[9]. Todo mundo no meio oeste saberá que Stein Hemingway tem uma irmã no norte chamada Luke que é linda e muito legal.

Eu me encontrei com o Tubby Williams ontem à tarde e ele continua igualzinho. Red Pentecost e o Fever me ligaram e sábado almoçamos no Venice Cafe.

Haverá um jantar Arditi com 15 dos caras da velha turma de todos os cantos do país no North Side sábado à noite. Jenks organizou tudo e ele ligou hoje me convidando. Ligou para saber quando eu estaria aqui. Será *quelque* evento. Supor que haverá bebedeira não seria um erro. 15 caras da turma! O pai me deu 6 patos selvagens para fazer um jantar domingo à noite. Segunda-feira vou ver Pagliacci e ouvir o Titto Ruffo, terça vou sair com a Irene Goldsteen e quarta vou ao Follies com o Fever. Ou seja, acho que não vou ter muito tempo para fazer as lições da S.S[10].

Se a carta estiver comprida demais, Luke, pule a parte que quiser. Mas sinto sua falta e tenho vontade de ficar falando, então me desculpe toda essa ladainha sobre o que o epistoleiro anda fazendo etc. Não será ótimo nos encontrarmos de novo na primavera? Não briguei com ninguém, mas muitas garotas ficaram irritadas quando eu disse que elas não conseguem dançar tão bem quanto você.

Talvez eu não vá para Toronto nem para K.C. O pessoal da Firestone Tyre pediu para o Kenley Smith lhes arranjar um publicitário para fazer algumas coisas nessa campanha "Ship by Truck" deles e ele me pediu para fazer. Talvez já seja tarde, já que pediram há uns 3-4 dias. Eles pagam $50 por semana mais as despesas de viagem a Cleveland, Toledo, Buffalo, Detroit etc. Se ainda estiver aberta, eu pego a vaga[11].

Bom, deixa eu calar a boca.

Boa noite, Luke, irmã querida.

Com amor, do seu irmão
Stein[12].

(Minhas lembranças a sua mãe e seu pai)

Yale, CMA; carimbo postal: Oak Park, Illinois., 2 Jan / 15:30 / 1920

Quinlan escreveu no envelope: "Minha primeira carta do Stein".

Janeiro de 1920

1. EH está respondendo a uma carinhosa "carta de trem" de Quinlan, datada de entre 27e 29 de dezembro de 1919 e que ela entregou para que ele lesse durante a viagem de Petoskey para Oak Park pela Grand Rapids and Indiana Railroad. Na carta, ela menciona ter feito doces para ele, pede que ele se lembre de que é seu "único irmão" e assina: "Com amor, da sua irmã Luke" (JFK).
2. "Manhã" (em francês).
3. A Benevolent and Protective Order of the Elks, mais conhecida como Elks Club, é uma organização de caridade fundada em 1868 com seções locais por todos os Estados Unidos.
4. "Pernas" (em italiano).
5. EH imita aqui o lamento de Quinlan em uma carta recente: "O erro se infiltrou em minha caneta e em minha mente".
6. O avô vivo, Anson Hemingway; o avô materno de EH, Ernest Hall, morreu em 1905. O humorista escocês Harry Lauder se estava apresentando no Studebaker Theatre em Chicago na semana de 29 de dezembro (Anúncio, *Chicago Daily Tribune*, 26 de dezembro de 1919, p. 22; "Harry Lauder Here with a Title and a Brand New Joke", *Chicago Daily Tribune*, 30 de dezembro de 1919, p. 15). O avô de EH e Lauder podem ter-se conhecido por meio da YMCA. Anson Hemingway foi secretário-geral da YMCA em Chicago por dez anos, e, durante a Primeira Guerra Mundial, Lauder foi várias vezes chamado para se apresentar para as tropas sob o patrocínio da YMCA.
7. O *kaiser* alemão Wilhelm II (1859-1941) abdicou em 9 de novembro de 1918 e fugiu para a Holanda. Embora o Tratado de Versalhes permitisse processá-lo, o governo holandês se recusou a extraditá-lo para julgamento, e ele se manteve no exílio pelo resto da vida. Lauder, que perdeu seu único irmão na guerra, era tão famoso por seus sermões patrióticos e seus sentimentos antigermânicos quanto por seu humor.
8. *Himmel:* céu (em alemão). Manchas de tinta pela carta indicam que EH estava com problemas com a caneta. A carta está escrita dos dois lados de um grosso papel que mede 12,7 por 16,51 centímetros.
9. A família de Isabelle Simmons era vizinha do lado dos Hemingway, no n. 612 da North Kenilworth, em Oak Park. Na época ela estava no último ano do colegial.
10. *Pagliacci*, ópera italiana composta por Ruggiero Leoncavallo (1857-1919) e montada pela primeira vez em 1892; foi apresentada no Auditorium Grand Opera de Chicago em 5 de janeiro de 1920, com o barítono italiano Titta Ruffo (batizado Titta Cafiero Ruffo, 1877-1953) no papel de Tonio ("The Opera: Concerts and Recitals", *Chicago Daily Tribune*, 4 de janeiro de 1920, p. F4). Irene Goldstein, uma amiga de Petoskey que, na época, cursava a Columbia College em Chicago. EH e Howell "Fever" Jenkins foram ao Ziegfeld Follies no Colonial Theatre (*Chicago Daily Tribune*, 7 de janeiro de 1920, p. 13). "S.S.", abreviação de EH para Sunday School, escola dominical.
11. Campanha publicitária criada em 1918 pelo fundador da Firestone Tire and Rubber Co., Harvey S. Firestone (1868-1938), para encorajar viagens de carro de longa distância e a criação de um sistema interestadual de rodovias. Foram publicados oito prospectos (de dezembro de 1919 a 1921), mas a participação de EH nesse trabalho, se houve, não foi registrada. Em uma carta posterior a Quinlan (de 16 de novembro a 1º de dezembro [de 1920]), ele conta que escreveu alguns anúncios para a Firestone naquele ano.
12. O pós-escrito de EH ("Não deixe de escrever, vou dar umas braçadas por você") é uma resposta à carta de Quinlan. Ela escreveu: "Não esqueça que você ficou de dar várias braçadas na piscina por mim e de mergulhar cinco vezes mais".

A Edwin Pailthorp, [meados de janeiro de 1920]

Mr. Edwin Pailthorp
aos cuidados de Ralph Connable.
4 Queen Street West.
Toronto, Ontário.

  Estou abrindo mão de um salário de quarenta por semana mais despesas para ir a Toronto. Sugiro que o senhor me encontre no trem com uma

Fevereiro de 1920

equipe competente de alienistas. E me reserve um quarto no melhor asilo. Perdi a razão.

Ernest M. Hemingway

UTulsa, RDT com assinatura datilografada

A suposta data da carta é baseada em correspondência de 12 de janeiro de 1920 de Ralph Connable para EH, oferecendo a ele $50 por mês mais despesas e assegurando que ele poderia dispor da maior parte de seu tempo para suas "atividades literárias" (JFK). Fica evidente que Connable respondia a uma carta de EH que não foi localizada. Connable escreveu: "Acabo de receber sua carta e entendo como seu pai se sente, já que você tem algo definido em vista e você sabe muito pouco sobre como seria seu futuro no Canadá". Pailthorp, um dos melhores amigos de EH em Petoskey, tinha se mudado havia pouco tempo para Toronto para trabalhar com Connable na Woolworth Company (Baker Life, p. 65-6).

A Dorothy Connable, 16 de fevereiro de 1920

Lyndhurst, 153
16 de fevereiro de 1920.

Querida Dorothy,

Ralph recebeu hoje uma carta da parte de sua mãe que ele relatou para mim. De acordo com Ralph, você foi a um cassino com cinco dólares e saiu de lá com dezessete e passou a se interessar muito pelo jogo[1].

Então, vou parar de trabalhar na minha obra-prima, "Night Life Of the European Capitols, Or The War As I Seen It", para colocar à sua disposição os frutos de uma juventude desperdiçada.

Parágrafo. A roleta é quase invariavelmente honesta. Ela não precisa ser desonesta, porque eles vão ganhar de qualquer maneira. As chances são de 38 contra 1 de sair o único número que você escolheu e só pagam 36 por 1 caso isso aconteça[2]. Então, pela lei das probabilidades, no longo prazo você estará falida.

Parágrafo. Há muitos aparatos criados por crupiês para frear ou controlar roletas desonestas. Mas as roletas de Palm Beach são honestas, então não adianta apostar nelas.

Entretanto, há duas ou três maneiras de apostar na roleta que aumentam suas chances de ganhar dinheiro e você ficará satisfeita em saber que está jogando do jeito certo. Caramba, me dá fome só de falar em roletas!

Palpites não ajudam. Um palpite pode estar certo uma vez, mas estará errado muito mais vezes.

Um bom jeito de jogar cientificamente é olhar a roleta girando por um tempo e os números saindo. Mas o que você precisa fazer é ver quais os números que não estão saindo. Daí, escolha um número que não sai há bastante tempo,

Fevereiro de 1920

00, digamos, e aposte uma ficha nele. Se você perder, coloque duas fichas. Se você perder de novo, quatro fichas, e assim até que saia aquele número. Você vai ganhar com esse número, se você se fixar nele – mas é preciso ter paciência. É assim que os verdadeiros apostadores jogam e aí começam a ficar sem fichas e precisam obter capital para voltar ao jogo. Mas veja, o número tem de sair uma em 38 vezes e quando a roleta passou umas vinte vezes sem dar aquele número, uma boa ideia é começar a apostar nele. Não há nada, exceto a lei das probabilidades, que impeça que no longo prazo ele fique mais cinquenta vezes sem sair, e algumas vezes ele até sai, mas a chance é de que ele não saia.

Esse também é um ótimo jeito de jogar quando as mesas estão lotadas e você não pode se aproximar e se sentar. Quando você consegue se sentar, é um jeito melhor ainda.

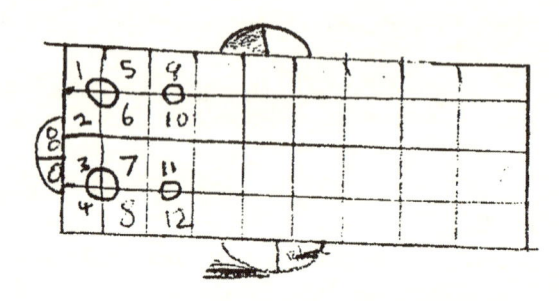

A roleta provavelmente estará rodando muito rápido, médio ou devagar. Ou seja, os números estarão saindo com mais frequência em um dos três terços do tabuleiro. O primeiro grupo de doze, o segundo ou o terceiro. Você vai escolher qualquer um dos terços que parece sair com mais frequência e jogar como marquei. Assim, com quatro fichas você aposta em doze números. A probabilidade de ganhar é de um em três, e contra você, de dois para um. É isso. Mas se você ganhar com qualquer uma das fichas apostadas em quatro números, eles pagam nove por um, e se ganhar com as fichas que cobrem dois números, eles pagam 18 por um. Então, no longo prazo, você ganha se tiver sorte e consegue levar uma grana razoável, ou, na pior das hipóteses, você joga por muito tempo antes de falir.

Provavelmente você já sabe de tudo isso e parece aquelas explicações do Edwin de que um English à direita faz a bola ir para a direita etc[3]. Mas caso você não saiba, eu expus para você. Tudo isso tem ao menos o mérito de não ser teórico, mas descoberto por amarga experiência própria nos cassinos mais infernais de Yarrup[4].

Goldwyn Gregory e La Belge vieram ontem e ficaram até as onze. Nós jogamos bilhar, nos aventuramos no órgão e eu gastei um pouco do meu francês de gueto com Yranne. A ortografia é duvidosa. A Sra. Dinnink, Dyssique ou Derrick, cujo nome eu adoraria saber escrever, ligou ontem para pedir o seu endereço. Mr. D_ _ _ _k, D_ _ _ _ _e ou D_ _ _ _ _ _ck, o marido dela, está bem doente. Eu vou com ela a um musical, se houver algum. Ela vai escrever para a sua mãe.

£ foram citadas @ três alguma coisa ou outra. Essa frase foi feita por causa do meu desejo de usar £ & @, que nunca foram usados antes nesta máquina.

A sua mãe vai continuar a andar de bicicleta quando voltar a Toronto?

Vejamos, você não escreve cartas, não é? Nem eu. Isto é apenas um tratado sobre os males do jogo. E provavelmente você nem está interessada em roleta. Mas é o melhor jogo do mundo, bem melhor do que os dados, porque nos dados você vence um amigo por dinheiro e por isso não é tão divertido. Na roleta, você aposta numa roda e não há nenhum problema ético em parar quando você está ganhando. Não dá para fazer isso nos dados ou no pôquer. Quem está perdendo é que tem de dizer quando parar. Mas, na roleta, quando você ganhou o suficiente – pare.

Se você for jogar do jeito que eu ensinei, quero saber como você se saiu. *Arte pour l'arte*[5], ou sei lá como se escreve, você sabe. Mande um telegrama para me corrigir ou algo assim.

Minhas lembranças à sra. Connable.

Espero que se a sorte for uma gota de chuva você seja o Mississippi,

Ernest Hemingway.

fPSU, CDA

1. Dorothy, irmã de Ralph Connable Jr., estava em férias com os pais em Palm Beach, Flórida.
2. No jogo de roleta nos cassinos, um crupiê gira a roda dividida em 38 cavidades numeradas (37, fora dos Estados Unidos), e os apostadores escolhem o número de uma das cavidades na qual a bolinha deve parar.
3. Edwin é "Dutch" Pailthorp. "English", um impulso dado deliberadamente para que a bola gire em seu eixo vertical; no bilhar, ajuda o jogador a acertar aquela bola que ele quer derrubar controlando sua direção.
4. Jeito brincalhão de escrever "Europe".
5. *L'art pour l'art:* a arte pela arte (em francês).

A William D. Horne Jr. 25 de março de 1920

Lyndhurst Avenue, 153.
Toronto Ontário.
25 de março de 1920

Meu garoto,

Por que eu não me preocuparia com a parte anatômica dos quadrúpedes que você mesmo diz que é se não há nenhum bom motivo para você não me escrever? A questão é que quando você me abandona assim por seis ou sete

Março de 1920

meses, eu sei que não há nada de errado acontecendo com você, mas começo a pensar se fui parar em algum inferno.

Como eu adoraria ver você. Seu maldito, por que você não falou para o Fever me mandar um telegrama avisando que você estava na cidade? Eu teria vindo do norte como uma bala. Mas tudo bem. Só que da próxima vez não se mantenha afastado de mim desse jeito.

No momento, estou aqui em Toronto. Os sheckels[1] se acumulam num nível já perceptível. Terei o suficiente para ir para o norte na primavera.

É só para isso que vivo. E é bom você ir para lá. As pescas de truta são maravilhosas, podemos nadar, caminhar, coçar o saco, qualquer coisa que você quiser, e tem um grupo de jovens para um pouco de sedução de *femme* quando você se cansar de mim.

Não há palavra que descreva a pesca nos rios Black, Pidgeon e Big Sturgeon. Apenas acredite quando eu e o Corp Shaw dizemos que o Black é o melhor lugar para pescar trutas nos Estados Unidos.

Acampamos no Black saindo de Barrens e você não vê nenhuma casa ou alma por perto. Nada além de Pine Barrens, uma amplitude sem tamanho com cadeias de pinheiros erguendo-se como se fossem ilhas. E a pesca é simplesmente maravilhosa.

Venha e fique quanto tempo você puder. Se quiser dar uma fugida, venha e fique o tempo todo e depois venha vadiar comigo no outono. Se não quiser fugir, vá quando tirar férias e você e eu e o Fever e os melhores caras que você já conheceu vamos fazer uma viagem que vai deixar até Schio em seus melhores dias para trás.

Vou ficar aqui uns dois meses, ganhando grana com o meu suor para comprar a liberdade do verão. Acho que você não gostaria dessa cidade, embora devesse gostar. Mas é simplesmente igual a qualquer outra cidade, onde a gente trabalha, fede, sua trabalhando pesado para ganhar dinheiro, e no momento sou um dos que mais trabalham, suam, fedem, apesar do banho matinal, e dão duro por dinheiro.

Mas daqui dois meses eu estarei livre, Bill.

Venha para o norte, pelo amor de Deus. Ou qualquer coisa assim. Nós ficamos em Horton's Bay, em Pine Lake, Michigan. Se você não conseguir achar no mapa, procure por — Boyne City e então siga para o leste até o lago. Para ir até lá pegue o trem da G.R. AND I. e Michigan Central para Boyne Falls. Lá nós buscamos você. Ou então venha para cá e vamos para Chicago juntos visitar o Fever e beber um pouco no Venice e depois vamos juntos para o norte. Parando em Chi o suficiente para você ter a oportunidade de observar a vida doméstica da espécie Hemingstein em seu hábitat natural. E talvez ver um ou dois jogos.

A baía é o lugar certo para você, Bill. Ouça o escritor que sabe das coisas.

Abril de 1920

E com o endosso de uma grande variedade de caras, como o Barney, o Jenks e eu mesmo. Você só precisa acreditar na nossa palavra.

Agora, me escreva e diga se você vai aguentar por aí por mais um par de meses e depois se mandar para lá. Assim que você conhecer nosso cantinho particular do norte, a vida não será mais sem sentido. Ela pode ser sem sentido no momento, mas passe por cima disso pensando na *permissione*[2] do próximo verão.

Você só precisa acreditar em mim — venha para o norte — e a partir daí você será um novo homem. Eu não deixaria de vir nem por todo o vinho, todas as mulheres e todas as canções do mundo — e eu nunca me opus a nada nessa incrível trilogia. Mesmo que eu seja um péssimo cantor.

Escreva para mim *subito*[3], Bill, no endereço de Toronto.

Ciaou
Hemmy.

Newberry, CDA; timbre do envelope: Ralph Connable / 4 Queen Street West / Toronto, Ontário; carimbo postal: Toronto / Ontário / 26 Mar / 20:00 / 1920

EH juntou à carta três instantâneos com as seguintes legendas datilografadas: "Um de nossos acampamentos em Barrens", "Jenks e Barney com uma truta" e "Fever no Black". Na parte da frente do envelope, EH riscou o endereço de devolução de Connable, impresso, e escreveu na aba, no verso: "Ernest M. Hemingway / Lyndhurst Avenue, 153 / Toronto / Ontário".

1. *Shekel*: moeda baseada na unidade hebraica de peso com o mesmo nome; usada no plural, a palavra é uma gíria para dinheiro ou riqueza.
2. Aparentemente, EH inventou uma palavra com sonoridade italiana para dizer "licença" (o correto seria *permesso*).
3. "Imediatamente" (em italiano).

A Grace Hall Hemingway, 6 de abril [de 1920]

Quarta-feira, 6 de abril.

Querida Mãe,

Desculpe pelo papel. É o único que tem por aqui no momento. Fiquei feliz que você gostou do lírio. Muito obrigado pela carta maravilhosa que você escreveu[1].

Fiquei de cama com dor de garganta e trabalhei como um camelo ao mesmo tempo, por isso não tive muito tempo para escrever. Minha garganta ainda está muito ruim, o que geralmente me derruba. Um especialista em garganta está cuidando disso por quatro dólares a visita, então não tenho conseguido guardar muito do que ganho. No começo, parecia que eu estava com angina de Vincent e ficou tão dolorida como quando eu tinha amígdalas. Assim que o tempo melhorar e eu me recuperar, ficará tudo bem.

Abril de 1920

Desculpe pelos recortes. Da próxima vez que eu escrever, vou mandar alguns. Diga para o Pai que eu estava escrevendo para o Sunday World, não o Globe. O Sunday Star não se chama assim, se chama Toronto Star Weekly².

Tenho escrito umas coisas importantes sobre política para eles nos últimos tempos. Vou mandar algumas. Queremos pegar o prefeito, que é quase tão imbecil quanto o Thompson, e eu estou na cola dele³.

A esta altura, o Brummy já deve ter ligado para você. Ele está em Chicago e está hospedado no Jenks até conseguir um lugar. Brummy passou um tempo em Paris e na América do Sul e em New Orleans desde a última primavera. Ele se virou sozinho por aí e se divertiu muito. Vou viajar com ele no outono e dar umas voltas por aí. Será bom para mim e é quase uma exigência para minha escrita. Algo absolutamente incalculável⁴.

Brummy já entendeu a confusão. Ele nunca soube que eu fiquei irritado com ele quando deixou a Itália e no final foi mais um mal-entendido do que qualquer outra coisa. Ele teria cuidado das minhas coisas, mas nunca entendeu direito o que eu queria. Brummy é um bom sujeito e espero que você possa recebê-lo e o Tubby e o Jenks para jantar.

O endereço do Jenks é o 6702 da Newgard Avenue, Rogers Park, e você pode encontrar o número dele na lista telefônica. O sobrenome é Jenkins⁵.

Tivemos tempo bom por uns dias, mas agora está frio e nevando de novo. Provavelmente o mesmo para vocês. Enquanto fez tempo bom, eu joguei tênis e me diverti muito. Não estou recebendo nenhuma grana do sr. Connable agora por solicitação minha e estou vivendo com o dinheiro que recebo do Star. Minha dívida com o médico levou todo meu dinheiro então não tenho nada agora, senão mandaria um pouco para o Pai, diga para ele. Devo a ele uns 30 dólares. Mas, por favor, diga que quando eu for para o norte terei muita grana e vou pagá-lo. Gasto mais ou menos um dólar por dia com o almoço e preciso sempre comprar roupas ou coisas para me apresentar bem. O Maldito Star só paga uma vez por mês, o que é muito inconveniente.

Mas em 1º de maio estarei muito Jake⁶. Devo partir daqui por volta de 1º de junho e então vou para o norte, passando por Chicago. Vou encontrar o Bill lá e então seguir viagem⁶.

Com muito amor para você e as crianças e o Pai,

Ernie

PSU, CDA; carimbo postal: Toronto / Ontário., 7 Abr / 15:30 / 1920

---

1. A carta está em um papel de baixa qualidade, amarelado com o tempo, e cortado de forma irregular em um dos lados. EH está respondendo a uma carta de Grace de 3 de abril de 1920, na qual ela agradece pelo lírio que ele lhe mandou e pede a ele para mandar recortes de suas matérias para o jornal (JFK).

2. *Sunday World* era uma revista semanal, suplemento do *Toronto World*, jornal diário que começou a circular em 1880 e que teria sua publicação interrompida em abril de 1921. Não foram encontrados registros dos

textos que EH teria escrito para a *Sunday World*; nenhum deles é citado na bibliografia de Hanneman, e os microfilmes disponíveis da publicação não incluem as edições de domingo. O *Toronto Globe* foi fundado em 1844 como um jornal semanal e, a partir de 1853, tornou-se diário; em 1936, ele se fundiu a outro jornal, dando origem ao *Globe and Mail*. O *Toronto Star* (fundado em 1892) era, na época, o maior jornal da cidade e publicava a revista dominical *Star Weekly*. Ao todo, foram identificados 172 trabalhos de EH na *Star Weekly*, publicados entre 14 de fevereiro de 1920 e 13 de setembro de 1924, e no *Daily Star*, publicados entre 4 de fevereiro de 1922 e 6 de outubro de 1923 (*DLT*, xxix).

3. Thomas Langton Church (1870-1950), prefeito de Toronto de 1915 a 1921. EH faz uma sátira dele em "Sporting Mayor at Boxing Bouts" (*Star Weekly*, 13 de março de 1920; *DLT*, p. 8-9) e em "Trading Celebrities" (*Star Weekly*, 19 de fevereiro de 1921; *DLT*, p. 67-9). William "Big Bill" Thompson (1869-1944) foi prefeito de Chicago nos períodos de 1915-1923 e 1927-1931.

4. EH não fez essa viagem.

5. No envelope, há a seguinte anotação, provavelmente escrita com a letra de Clarence: "Ligamos em 14/4/1920 às 8:30 da noite. Roger's Park, 3411". Rogers Park é um bairro de Chicago.

6. Gíria para "excelente" ou "muito bem".

A Clarence e Grace Hall Hemingway, 22 de abril de 1920

Queridos Pai e Mãe,

As cartas de vocês dois chegaram ontem e eu fiquei muito contente em saber que o Brummy e o Jenks foram aí e se divertiram[1].

Estou muito cansado hoje e por isso não vou tentar escrever uma verdadeira carta – só umas linhas para vocês saberem que estou bem e tudo está correndo bem. No domingo passado, fui a Buffalo e encontrei o Arthur Thomson, um dos caras da velha turma carcamana[2]. Se sair alguma coisa boa minha na Weekly de amanhã, vou mandar o recorte junto com esta carta.

Enquanto o tempo esteve bom, eu joguei bastante tênis. Minha perna está ótima, e embora ela inche um pouco depois de um dia muito cheio, isso não me incomoda muito. Na sexta-feira joguei sete *sets* e no sábado nove *sets*. Fui à ópera no sábado à noite, Cavaleria Rusticana e Pagliacci. De Frere, Du Franne e um tenor chamado O'Sullivan que é um estouro. Anna Fitziu também[3]. Eles não são estrelas das mais bem pagas, mas a ópera estava boa. O'Sullivan é vigoroso e cantou Vesti la Guibba melhor que o Enrico[4].

Joguei *bridge* ontem à noite com o pai e a mãe de Elsie Green. Fui a um piquenique no campo no domingo à tarde com Bonnie Bonnelle[5]. Fui a um baile com Doris Smith e à ópera com Dorothy Connable. Ralph pegou uma caxumba horrível. Eu não peguei, graças a Deus. Já tive doenças o suficiente.

Beijos para as crianças e para vocês.

Seu filho sempre amoroso,

JFK, ccCD

1. Em carta para EH de segunda-feira, 19 de abril de 1920, Grace contou: "Ontem convidamos Jenks e Ted Brumback para o jantar – eles parecem ter gostado muito, tanto que ficaram até depois da ceia" (JFK). EH também pode estar se referindo a uma carta de seu pai que não foi localizada: uma carta de Clarence para EH de 13 de abril de 1920 foi encontrada (JFK), mas é pouco provável que ela tenha chegado no mesmo dia da carta de Grace.

Abril de 1920

2. Arthur E. Thomason, um colega da seção 4 do serviço de ambulância da Cruz Vermelha Americana que serviu com EH na Itália durante a Primeira Guerra Mundial. Buffalo, no estado de Nova York, fica a aproximadamente 160 quilômetros de Toronto.

3. *Cavalleria Rusticana*, ópera de um ato do compositor italiano Pietro Mascagni (1863-1945) que estreou em Roma em 1890 e é frequentemente apresentada junto com *Pagliacci*, de Leoncavallo. Désiré Defrère (1888-1964) e Hector Dufranne (1871-1951), tenores da Chicago Opera; John O'Sullivan (1877-1955), um tenor irlandês da Ópera de Paris, estava se apresentando na América do Norte em 1920. A soprano norte-americana Anna Fitziu (1888-1967) estreou na Chicago Opera em 1917.

4. *Vesti la giubba*, ária cantada pelo tenor no fim do primeiro ato de *Pagliacci*. O tenor italiano Enrico Caruso (1873-1921), associado à Metropolitan Opera Company de Nova York e pioneiro na gravação de discos, era, na época, o cantor mais popular e mais bem pago. Sua gravação de *Vesti la giubba* de 1904 foi o primeiro registro fonográfico a vender mais de um milhão de cópias.

5. Bonnie Bonnell era aparentada da rica família Massey, herdeira do Massey Hall, um grande espaço para concertos, convenções e eventos esportivos de Toronto que foi inaugurado em 1894. Ela e EH andaram a cavalo pelos subúrbios do oeste e deram a si mesmos o nome de Bathurst Street Hunt Club (Baker *Life*, p. 69; William Burrill, *Hemingway: The Toronto Years*, Toronto, Doubleday Canada, 1994, p. 34-5).

A Clarence e Grace Hall Hemingway, 27 de abril [1920]

Redação do Star
27 de abril

Pai e mãe queridos:

Escrevi várias cartas, mas me esqueci de postá-las[1]. Vou tentar mandar essa aqui. Feliz que Brummy e Jenks puderam sair no domingo.

Tenho jogado muito tênis ultimamente por aqui. Ralph teve uma caxumba péssima, mas eu não cheguei a pegar.

Viajei para Buffalo algumas semanas atrás e vi Arthur E. Thompson, que esteve comigo na Itália.

Trabalhei duro esses dias no Star e estou mandando alguns recortes. Um deles eu escrevi ontem e foi citado quase na íntegra hoje num editorial do The Globe. O sr. Atkinson, dono do The Star, me parabenizou[2].

Pretendo chegar em Chicago por volta do dia 17 ou dezoito e ficar até 20 ou 21 de maio, quando vou para o norte. Eu e Bill vamos dirigindo. Devo sair para escrever histórias ao ar livre para o Star no norte. Aqui sou reconhecido como autoridade em pesca de trutas e acampamento. Estou escrevendo um texto por semana, como Larry St. John no Trib[3]. Coloquei Bill e Jacque Pentecost no meio da história e o Chefe não soube quem eram. Estou louco para ir pescar.

E as novidades? Deixei em casa uma carta que escrevi para vocês há uns 3 ou quatro dias, vou ver se me lembro de postar.

Com muito amor,
como sempre,
Ernie.

PSU, CMA

1. As cartas não postadas podem incluir a anterior, datada de 22 de abril, visto que EH repete aqui algumas coisas que escreveu antes.
2. Nenhum recorte sobreviveu junto desta carta. O editorial de 27 de abril de 1920 do *Toronto Globe*, "A National Purchasing Board", defendeu a compra de suprimentos realizada pelo governo, assim como EH em seu artigo sem assinatura chamado "Buying Commission Would Cut Out Waste", publicado no dia anterior (*Toronto Star Weekly*, 26 de abril de 1920; *DLT*, p. 25-6). A afirmação de EH de que o *Globe* citou grande parte de seu artigo não é inteiramente precisa: em vez disso, os dois textos citam uma declaração publicada sobre o assunto feita por Ralph Connable, que havia sido nomeado pela Canadian War Purchasing Commission para investigar a questão (o *Globe* cita Connable de maneira direta, e EH o cita de maneira indireta). Joseph E. Atkinson (1865-1984) se tornou chefe e editor do *Star* em 1899 e seu principal acionista em 1913; suas políticas editoriais refletiam sua crença de que um jornal deveria promover reformas políticas e sociais.
3. St. John, colunista de atividades ao ar livre para o *Chicago Daily Tribune* e autor de *Practical Bait Casting* (Nova York: Macmillan, 1918). O *Star Weekly* já havia publicado dois artigos de EH sobre o assunto: "Are You All Set for the Trout?" (não assinado, 10 de abril de 1920; *DLT* p. 14-6) e "Fishing for Trout in a Sporting Way" (24 de abril de 1920; *DLT*, p. 22-4). Outros cinco artigos de EH sobre pesca e acampamento seriam publicados no *Star Weekly* de junho a novembro de 1920 (*DLT*).

A Harriet Gridley Connable, 1º de junho [1920]

Kenilworth, 600
1º de junho

Querida sra. Connable,

Devo-lhe desculpas por não ter escrito antes para dizer o quanto gostei e apreciei estar em sua casa.

A senhora me recebeu muito bem e quero que saiba como foi importante para mim conhecer vocês todos, além de ter passado momentos agradabilíssimos.

Bill Smith demorou para chegar aqui – apareceu ontem e arrebentou um rolamento do carro, por isso ele está na garagem por alguns dias. Pretendemos partir na quinta-feira.

Brummy fica o tempo todo fora de casa e nós nos divertimos bastante. Ele está decidido a partir no outono e quer deixar São Francisco. Diz que como simples marujos, conseguimos fazer 70 mangos por mês e poderíamos ir para Yokahama com pouquíssimo dinheiro, mesmo que a gente saia de São Francisco quebrados. Vou tentar um contrato como foguista, pois dá muito mais dinheiro. Ele diz que só preciso da passagem para Frisco.

Brummy já tem passaporte e eu vou tirar o meu para China, Japão e Índia[1].

Parei em Ann Arbor e vi Jacques Pentecost. Ele e Brummy virão juntos para o norte lá pelo dia quinze ou vinte de junho.

Foi ótimo reunir toda a turma de novo.

A família inteira está ótima e também vai para o norte em sete de junho. Marcelline, minha irmã mais velha, e eu somos melhores amigos, então não tenho ninguém para brigar.

Junho de 1920

Sinto saudades de Toronto e muitas saudades da senhora, do sr. Connable, Dorothy, Ralph e sempre penso em vocês.

Vai ser muito bom vê-la em Petoskey e mal posso esperar para que você esteja em Walloon.

Já disse diversas vezes para minha família que a senhora é a pessoa mais agradável que já conheci, e tenho certeza de que todos vão concordar comigo quanto a conhecerem. Mal posso esperar.

No momento, a casa está caindo aos pedaços. Jenny – a última empregada excelente que tivemos – não aguentou o tranco e hoje estamos sem ninguém[2].

Mas em Walloon isso pouco importa.

Espero que a senhora e Dorothy tenham uma excelente viagem e mande minhas lembranças para o sr. Connable e Ralph.

Esta carta é muito longa, eu sei.

Sinceramente seu,
Ernest Hemingway.

fPUL, CMA

1. Numa carta para EH datada de 23 de abril de 1920, Brumback diz que durante visita recente à família Hemingway em Oak Park, ele "falou com eloquência sobre a inestimável oportunidade que essa viagem seria para o jogo da escrita", mas embora Grace tivesse concordado a princípio, ela queria que o filho fosse para a faculdade (JFK; Reynolds *YH*, p. 99). Eles não fizeram a viagem.

2. O recenseamento de 1920 dos Estados Unidos (com data de 10 de janeiro) registrou Jennie Fizek, dezoito anos e nascida em Praga, como empregada da família Hemingway em Oak Park. Reynolds relata que, em dezessete anos, a família teve dez novas empregadas, o que algumas pessoas viam como um sinal de que Grace era "intratável". No entanto, a família geralmente contratava uma nova empregada quando voltavam de Michigan no outono, "um indício de que a moça anterior não podia ficar desempregada durante os dois meses do verão" (*YH*, p. 108).

A Grace Hall Hemingway, [24] junho de 1920

Quinta-feira

Querida Mãe—

Fui à praia com Jock e depois ele desceu para o sul. Bill chegou com Brummy e acabou ficando uma semana. Volto para casa em Bay na próxima terça, 29 de junho. Vou tentar chegar rápido para ajudar você com a doca[1].

Me escreva no R.F.D. No 2
Boyne City

Com amor a todos
Ernie

Cheguei seg. para ver o Dr. Garganta ruim.

Agosto de 1920

JFK, cartão-postal MA; carimbo postal: [Vanderbilt] / Michigan, Jun / [2]4 / 19:00 / 1920

EH endereçou o postal a "Sra. Dr. C. E. Hemingway / aos cuidados de Joe Bacon / RFD / Petoskey / Michigan".

1. Embora EH ficasse muitas vezes na casa dos Dilworth em Horton Bay, dormindo num barracão anexo ao fundo da cozinha (Ohle, p. 104), Grace esperava a ajuda dele com alguns bicos em Windemere, inclusive a construção da doca no início do verão.

A Grace Quinlan, 1º de agosto [1920]

1º de agosto

Queridíssima G:

Mil desculpas, minha querida, por não ter escrito antes – muita coisa aconteceu.

E agora, enquanto tento escrever, há 8 malditos pensionistas tagarelas e linguarudos que não param de falar.

Espero que esteja se divertindo muito em Camp, G. É impossível sentir saudades de casa junto com Pudge e Ev[1].

Isso me lembra que estou sem casa. Literalmente, sabe? Fui chutado para sempre.

E expulso sem nenhum motivo decente.

Eu poderia te contar tudo que aconteceu, mas você ficaria entediada. Brummy também foi expulso ao mesmo tempo!

Faz um cara se sentir um vagabundo saber que não tem casa, mesmo que não a use. Então estou um pouco triste – e é terrível ser acusado injustamente também[2].

Urse minha irmã visitou Red recentemente e contou para ela tudo que aconteceu, então talvez você já saiba.

Jacque e Fever e Dick Smale estão chegando e Odgar chega lá pelo dia 14[3].

Oh, Luke, estou péssimo hoje. Sam Nickey e eu pescamos juntos semana passada. Ficamos no Club e tivemos uma ótima pescaria. Bati o recorde da truta-das-fontes para o Vanderbilt Club[4]. Pouco mais de duas libras.

Amanhã de manhã vamos sair para o Black, e daqui a algumas semanas para o Seney.

Se você escrever para cá, só vou pegar a carta quando Bill chegar no acampamento na quinta com a correspondência.

Queria escrever uma carta longa, G, e contar tudo que tenho para contar, mas estou tão cansado e com sono — a noite toda acordado, pescando

Agosto de 1920

— que não consigo escrever nada que valha a pena. Também estou deprimido e solitário aqui apesar dos rapazes—

É melhor parar antes que essa carta vire um lamento inútil.

Brummy e eu derrotamos Bill e o dr. Charles no tênis no Voix[5].

Lutei boxe semana passada e acabei com Bob Loomis (178 lbs.) em 4 rounds. Saí sem nenhuma marca.

Caramba, parece que não escrevi nada além das mesmas bobagens enfadonhas de sempre. E há tanta coisa legal e interessante para contar. Mas não vou escrever.

Nunca sei se você se importa comigo e odeio encher você com um monte de problemas.

Mande beijos para Useless, acho que ela me deve uma carta.

Com todo meu amor, Gee,
Immer[6]
Stein.

Yale, CMA; carimbo postal: Boyne City, Michigan., 2 Ago / 15:30 / 1920

1. Quinlan estava em Camp Arbutus, um acampamento de verão para moças perto de Mayfield, Michigan, cerca de 112 quilômetros ao sul de Petoskey. EH se refere nessa carta a outras amigas adolescentes de Petoskey: Georgianna Bump ("Pudge" ou "Useless"), Evelyn Ramsdell e Marjorie Bump ("Red").
2. Como EH explicaria com mais detalhes numa carta para Quinlan de 8 de agosto, sua própria mãe o expulsou de Windemere depois de uma briga com ele por causa de um piquenique secreto que ele fez à meia-noite de 27 de julho junto com Brumback, Ursula, Sunny e quatro amigos mais novos. Grace o considerou responsável pelo incidente e depois entregou a ele uma carta (datada de três dias antes, 24 de julho de 1920) queixando-se do que considerou ser um comportamento rebelde e desrespeitoso naquele verão. EH se mudou para um alojamento em Boyne City (Reynolds *YH*, p. 135-8; Baker *Life*, p. 71-3).
3. Jack Pentecost, Howell Jenkins, Dick Smale (que EH identificaria na próxima carta como "novo rapaz") e Carl Edgar. 4. Sam Nickey provavelmente era membro da família de A. B. Nickey mencionada nas memórias de Marceline (Sanford, p. 84). Os Nickey aparecem em várias fotografias da família Hemingway tiradas em Windemere (PSU, álbum de Madalaine Hemingway Miller). De acordo com a Sociedade Histórica do Condado de Otsego, o Vanderbilt Club, ou Vanderbilt Sportsman Club, era uma estalagem de caça e pesca no Pigeon River, a uns 12 ou 16 quilômetros leste da cidade de Vanderbilt, Michigan.
5. EH jogou tênis em Charlevoix com Brumback, Bill Smith e o tio de Bill, Joseph Charles.
6. "Sempre" (em alemão).

A Grace Quinlan, 8 de agosto de 1920

8 ago 1920

Queridíssima G:

Estávamos no Black e ontem voltamos para Bay e sua carta estava esperando[1]. Eu prefiro receber uma carta sua a uma carta de qualquer outra pessoa e eu certamente gosto de receber cartas, então—

Caramba, G, que baita excursionista você é. 11 e 15 milhas! Uma verdadeira honra. Você deve estar se divertindo inigualavelmente.

Agosto de 1920

Talvez eu e você sejamos o tipo de gente que não sente saudades de casa. Eu nunca senti, e a sua está tão distante que não conta.

Essa viagem foi maravilhosa. Brummy e Jacques e o Fever e um rapaz novo chamado Dick Smale.

Brum toca bandolim maravilhosamente bem e tocava de noite depois do jantar enquanto estávamos no escuro junto da fogueira.

A gente sempre se juntava perto da fogueira antes de dormir. A lua estava sempre maravilhosa e eu lia em voz alta para os rapazes Wonder Tales de Lord Dunsany. Ele é ótimo[2].

Bill, Dr. Charles e a Madame passaram aqui um dia e pescamos umas 50 trutas, eles tiveram comida de sobra para levar para casa.

Brummy e Dick foram avançando pelo rio, mas uns três quilômetros depois do acampamento Brummy já estava cansado e ensopado. A barba do Brum estava loura e encrespada, tanto que Dick disse "Caramba, Baugh, está parecendo Jesus Cristo!".

"Bem", Baugh olhou para ele e disse, "Se eu fosse, não atravessaria o rio. Subiria na água e andaria de volta até o acampamento!"

Não foi ótimo, Nespah? Alugamos um carro e um *trailer* por uma semana. Jock e eu pegamos uns peixes maneiros!

Voltamos ontem para casa, fomos todos para o Voix e jogamos no Cook's. Eu só tinha seis mangos e pensei em escrever e pedir dinheiro ao banco da minha casa, ou trabalhar na fábrica de cimento, mas acabei jogando roleta até as duas da manhã de hoje e ganhei 59[3]. Eu estava jogando em *rouge* e *noir* do jeito que aprendi em Algeciras – mas os caras me fizeram sair porque eles queriam ir para casa[4]. Hemingstein sortudo.

59 mangos são vários dias de trabalho na fábrica de cimento.

8 moças devem ser demais para uma barraca só, G. Já achamos demais quando botamos dois rapazes numa só. Mas elas fazem manter tudo em ordem, não é?

Não tivemos uma lua maravilhosa no início da semana passada? Foi maravilhoso no acampamento, todos nós deitados enrolados no cobertor perto da fogueira quando ela já estava só em brasa até todo mundo cair no sono olhando a lua e pensando e pensando. Na Sicília dizem que dormir com a cara pra lua torna a gente esquisito. A lua impressiona. Talvez seja isso o que me aflige.

Sobre o lance da expulsão. Ursula e Sunny e a menina dos Loomis e uma garota que a visitava arrumaram uma ceia da meia-noite. Arrastaram o Baugh (Brummy) e eu fui junto. E a gente nem queria ir para aquela droga. Um tédio só. Daí todo mundo saiu quando bateu meia-noite e comemos à beça no Ryan's Point e voltamos lá pelas 3 da manhã.[5]

Urse e Sunny e Bob Loomis e a irmã dele e Jean Reynolds e um garoto que estava na casa do Bob e Brummy e eu continuamos[6].

Agosto de 1920

A sra. Loomis sentiu falta das crianças, ficou preocupada, foi até lá em casa, fez um escândalo dos infernos e acusou eu e Baugh de termos dado a festa sabe-se lá por qual motivo idiota! Sendo que nós fomos arrastados e agimos como responsáveis!

Daí na manhã seguinte eu e Brummy fomos expulsos sem nem termos a chance de explicar o que aconteceu!

Mamãe ficou feliz com a desculpa por me expulsar porque ela meio que me odeia desde que fui contra a decisão dela de jogar dois ou três mil no lixo para construir um novo chalé para ela, quando as crianças deviam ser mandadas para a faculdade. Mas essa é outra história. Coisa de família. Toda família tem seus segredos. Talvez não os Quinlan, mas os Steins têm aos montes. "Mountes". Red costumava falar assim.

Meu avô perdeu uma fortuna apostando, tenho um tio-avô que vive do que recebe da família, não pode voltar para a Inglaterra e nunca está sóbrio o suficiente para endossar os cheques que recebe. O criado tem que resolver tudo por ele[7]. Ah, tem todo tipo de escândalo que escondemos dos vizinhos. E esse é mais um deles.

Mas esse não é o motivo mais ridículo para ser expulso de casa? Recebi umas três ou quatro cartas deles e nem abri, então nem sei das últimas novidades[8]. Estou tão indignado que não quero contato nenhum com eles por pelo menos um ano.

O Baugh resolveu ir para Wopland[9] e eu resolvi trabalhar neste inverno. Jacque também vai trabalhar no inverno e pretendemos comprar um carro na primavera e cobrir o país inteiro no próximo verão. Odiaria curtir a Europa inteira quando ainda há muito que conhecer no meu próprio país.

~~Mas~~ E a Wopland entra no sangue e meio que nos destrói para qualquer outra coisa. Preferiria ir depois. Veja só que eu me divirto demais trabalhando num jornal e escrevendo e eu gosto deste país.

Mas está tudo nas mãos de Deus. Tenho um trabalho em Nova York para o próximo inverno. Mas também estou pronto para pegar a estrada e muitas ondas no mar, além de um velho navio a vapor para perfurar o mar escorregadio.

E acordar de manhã em portos estranhos. Com aromas novos e agradáveis e uma língua que desconheço. E o barulho do carregamento sendo retirado do porão.

E muitas taças e copos cheios. Novas histórias fora do comum e velhos amigos em lugares distantes. Noites quentes no convés, só de pijamas.

E noites frias enquanto o vento sopra lá fora, as ondas batem no vidro grosso da escotilha e você anda pelo convés tomando chuva e precisa gritar para ser ouvido.

Agosto de 1920

E deitar com o queixo encostado na grama, no topo de uma colina, observando o mar.
Ah, um tanto de coisas, G.
Aliás, aposto que ninguém mais escreve para você cartas tão tolas quanto as minhas.
Estamos aqui jogando tênis há uns 3 ou 4 dias no Voix. Bill e o Doc — Brummy e eu, Jack e o Fever. Jogamos ótimas partidas de duplas. E também peguei uma arco-íris de 4 lb hoje de manhã.
Você jogou tênis no acampamento? Estamos nadando um monte ultimamente.
Preciso terminar esta, querida G. O que você acha sobre as coisas? Escreva, por favor. Devo uma epístola a todos que conheço.
Com amor (tudo que tenho)
Stein.

Mande lembranças a Useless e Evalina.
PS: Brummy manda A.T.L. para você[10].

Yale, CMA; carimbo postal: BOYNE CITY, MICHIGAN, 9 AGO / 11:30 / 1920

1. EH está respondendo a uma carta de Quinlan datada de 4 de agosto de 1920 (JFK) descrevendo suas atividades no acampamento de verão.
2. Edward Plunkett, décimo oitavo barão Dunsany (1878-1957), escritor anglo-irlandês de fantasia cujas obras incluem *The Book of Wonder: A Chronicle of Little Adventures at the End of the World* (Londres, William Heinemann, 1921; Boston, J. W. Luce and Company) e *Tales of Wonder* (Londres, Wlkin Mathews, 1916), publicada nos Estados Unidos como *The Last Book of Wonder* (Boston, J. W. and Company, 1916).
3. Cook's, casa de apostas em Charlevoix (Constance Cappel, *Hemingway in Michigan*, Petoskey, Michigan, Little Traverse Historical Society, 1999, p. 185). EH está se referindo à Petoskey Portland Cement Company, que começou a produzir em 1921 em novas instalações a oeste de Petoskey, às margens da Little Traverse Bay, no lago Michigan.
4. *Rouge* e *noir*: vermelho e preto (em francês), cores da maioria das casas de uma roleta; EH visitou brevemente o porto espanhol de Algeciras quando voltava da Itália em 1919.
5. O grupo acampou num lugar arenoso que forma os estreitos no lado oeste de Walloon Lake, a cerca de um quilômetro e meio da margem para cima da casa Windemere. Para o relato de Sunny, ver "A Midnight Picnic" (M. Miller, p. 67-8); ela observa que, no verão seguinte, a família a mandou para um acampamento de garotas em Minnesota.
6. Jean Reynolds era uma garota de treze anos, hóspede do chalé da família Loomis perto de Windemere, e muitos dizem que ela flertava com EH. Ela e a jovem Elizabeth Loomis convidaram EH e Brumback para o piquenique (Baker *Life*, p. 71; Reynolds *YH*, p. 435).
7. O avô Ernest Hall e o cunhado William Randall fundaram a bem-sucedida empresa Randall, Hall and Company Wholesale Cutlery, em 1862. Marcelline lembra de Grace dizer às crianças que, com sua aposentadoria, o avô Hall deteve o "monopólio do trigo" no mercado de ações durante algumas horas e havia sido um milionário em potencial, mas "perdeu tudo" e depois voltou a fazer investimentos mais modestos (Sanford, p. 5). EH usa os termos *"remittance man"* para aquele que vive do dinheiro que a família manda do exterior e *"unsoused"* para sóbrio. EH aparentemente está embelezando a história da família para causar efeito: seu tio-avô que vivia sozinho, Benjamin Tyler Hancock (1848-1933), nasceu na Inglaterra alguns meses antes de a família emigrar para os Estados Unidos e posteriormente trabalhou como vendedor viajante de estrados de cama feitos de metal (P. Hemingway, p. 520, 527).

8. As cartas que os pais de EH podem ter escrito entre a data do incidente em Windemere e a data desta carta não foram localizadas.
9. Gíria de EH para "Itália".
10. Evalina é Evelin Ramsdell. A.T.L. provavelmente é *all tender love* "todo amor e ternura".

A Howell G. Jenkins, [16 de setembro de 1920]

Caro sr. LeFever – O Crica:
Cara, milhões de desculpas por não ter escrito antes – mas sei que os caras contaram tudo o que aconteceu até o momento em que foram embora.

Depois que eles foram, pegamos um monte de Rainsteins. Pelo menos duas excelentes todos os dias. Também arrumamos um barco de alto nível e navegamos à beça todo dia. Ontem Kate, Odgar e eu navegamos para Voix, e apesar de termos colhido os rizes, pegamos uma baita tempestade e tivemos que parar em Ironton. Chuva raio trovão maremotos tufões e sabe lá Deus o que mais.

A temporada dos patos começa hoje e esperamos por um desses penados. Estou querendo ficar aqui até meados de outubro e depois chispar num carro com a Madame e o Bird & Stut. Como fui barrado de entrar em meu próprio domicílio, não sei onde vou passar um tempo em Chi. Provavelmente vou pedir ao Vigano para me deixar ficar no Venice com uns cobertores. Vou ficar uns dias em Chicago e depois *allez* para Toronto ou K.C. Recebi uma carta de K.C. perguntando qual o meu preço! Como tenho garantidos cinquenta mangos por semana em Toronto, vou falar dessa possibilidade para eles. Alguma coisa me diz que eles vão aceitar. Se for assim, vou estar cheio da grana no próximo verão. Eles ofereceram $175 por mês para o Baugh e sempre me pagaram mais do que para o Baugh. Espero que me paguem um tanto bom por lá, porque posso arrumar cem ou cento e cinquenta por mês por fora sendo correspondente especial. Por isso que acho que K.C. é o lugar ideal, porque lá tenho um bom salário e consigo complementar por fora quase com o mesmo tanto que ganharia em Toronto[1].

O que acha?
Sobre Jack e Carp, não se deixe arruinar pelo entusiasmo[2].
Lembre-se disso. Miske foi uma armação. Ele estava doente, foi nocauteado no ringue e acabou que o Dempsey fez um bem para ele. Eles são muito amigos, segundo o Jack. Você tem que atribuir ao Miske o primeiro golpe pelo título. É claro que foi ridículo esperar que o Miske fizesse qualquer coisa contra o Jack[3].

Agora o Jack vai enfrentar outro velho cavalo de guerra que está absolutamente acabado, Gunboat Smith[4]. Esse Gunner era um lutador dos grandes, apesar de ter um gingado selvagem pra caramba. Mas agora está totalmente acabado. Algum lutador de segunda classe o nocauteou no Gra[n]d Rapids uma noite dessas.

Jack vai detonar com ele em poucos segundos e depois vai dar nocaute em Bill Brennan, que é um dos piores lutadores de todos os tempos[5].

Mas você precisa lembrar, Fever, que Geo. conseguiria arrumar uma trapaça dessas com a mesma facilidade.

Geo. Teve trinta rounds contra Joe Jeanette, lutou contra Billy Papke e Frank Klaus, nocauteou Wells duas vezes e Beckett mais rápido do que Dempsey jamais havia derrubado qualquer um. Ele não é um fracasso, tampouco um que só se dá bem nos treinos, e não vá você pensar que só porque Dempsey está derrubando todos os vagabundos que ele vai fazer o Mr. Carp parecer um idiota[6].

Se você encontrar alguém que diga que existe uma chance em dez ou algo do tipo de que Dempsey vai acabar com ele bem rápido, eu aproveitaria essa oportunidade mais rápido que um tiro. Porque assim que eles anunciarem Geo. contra Battling Levinsky, o preço das apostas vai despencar[7].

Dempsey, fever, ainda não teve uma luta de verdade, Geo. tem um monte delas no seu cinturão. Dempsey pode ser tão bom quanto dizem que é – mas nunca provou ser nada mais que um esmurrador veloz, um cara que bate um monte de golpes. Agora o que ele vai fazer contra um sujeito que soca tão rápido quanto ele, que consegue manter distância dele e devolver os golpes, a gente ainda vai ver.

Pense nessas coisas. Dempsey pode muito bem destruir o adversário. Por outro lado, há uma grande chance de que ele não possa. E essa foi a primeira luta do Jack em que o resultado já não estava determinado antes de eles pisarem no ringue.

É claro que eu adorei ver o Chic derrotar o Francis Ouimet. Para o inferno com os Ouriços de Harvard[8].

O que está fazendo agora? O que Poack está fazendo? Ele vai voltar para a escola? Você tem visto o Dick?

E o que houve com as bebidas?

Escreva-me, Carper, e diga o que achou do que falei sobre Dempsey-Carp.

Colhemos um monte de maçãs recentemente e também cortamos e preparamos nove acres de meliloto. Ah, sim. Bati a barriga no cunho do barco e tive hemorragia interna, daí ontem o médico fez uma incisão no umbigo e tirou um monte de pus. Hoje estou melhor. Eles acharam que eu estava fora de mim, mas só por um momento.

Conseguimos umas luvas e lutamos boxe outro dia. Tive quatro rounds com o Bom Will[9] sem tomar nenhum golpe, não, só três rounds, e deixei a cara do Will toda inchada. Will é rápido e bate com força, mas não conhece o bastante do jogo. Mas ele é cheio de disposição, porque eu arrebentei ele com

Setembro de 1920

ganchos de direita e esquerda na cabeça e ele continuava avançando. Outro dia jogamos três sets de tênis e Will me fez parecer pior na quadra do que eu o fiz parecer com as luvas.

Bem, vou tentar alcançar as marcas oficiais com isso.
Me escreva e mande lembranças para a sua família e para o Dick.

Immer/
Stein.

fPUL, CD com assinatura datilografada; carimbo postal: BOYNE CITY, MICHIGAN,16 SET / 11:30 / 1920

1. EH nunca voltou a trabalhar no *Kansas City Star*, mas continuaria trabalhando como *freelancer* para o *Toronto Star*.
2. Em 2 de julho de 1921, numa luta promovida amplamente como "Batalha do Século", o norte-americano Jack Dempsey (1895-1983), campeão de pesos-pesados no boxe desde 1919, defenderia seu título contra o boxeador francês Georges Carpentier (1894-1975). Apesar de EH ter predito nesta carta e num artigo de 30 de outubro de 1920 para o *Toronto Star Weekly* ("Carpentier vs. Dempsey", *DLT*, p. 55-7) que Carpentier venceria, Dempsey venceu a luta por nocaute, mantendo o título até 1926.
3. William Arthur (Billy) Miske (1894-1924), que sofria de insuficiência renal crônica, foi nocauteado por Dempsey numa luta pelo título mundial de pesos-pesados em 6 de setembro de 1920, em Benton Harbor, Michigan ("Dempsey Visits Miskey at Hotel, Best of Friends", *Chicago Daily Tribune*, 9 de setembro de 1920, p. 18).
4. Gunboat Smith (cujo verdadeiro nome era Edward J. Smyth, 1887-1974) perdeu o título mundial dos pesos-pesados para Carpentier em julho de 1914. Consta que Dempsey e Smith planejavam encontrar-se numa luta (que não aconteceu) pelo título em Boston ("Dempsey Expects to Meet Gunboat Smith This Month", *New York Times*, 7 de setembro de 1920, p. 25; *Chicago Daily Tribune*, 9 de setembro de 1920, p. 18).
5. Bill Brennan (cujo verdadeiro nome era Wilhelm Schenck, 1893-1924). A previsão de EH foi correta: em 14 de dezembro de 1920, Dempsey derrotaria Brennan por nocaute pelo título dos pesos-pesados.
6. Em 1914, o norte-americano Joe Jeanette (cujo verdadeiro nome era Jeremiah Jennette, 1879-1958) lutou quinze rounds com Georges Carpentier e ganhou por pontos. William Herman (Billy) Papke, "The Illinois Thunderbolt" (1886-1936), e Frank Klaus (1887-1948) derrotaram Carpentier nas lutas do campeonato de peso-médio na França em 1912. Em 1913, Carpentier nocauteou o peso-pesado inglês "Bombardier" Billy Wells (1889-1967) nas duas lutas pelo título europeu de pesos-pesados. Em 1919, Carpentier nocauteou o inglês Joe Beckett (1892-1965) depois de um round e confirmou o campeonato europeu de pesos-pesados.
7. O boxeador norte-americano Levinsky (cujo verdadeiro nome era Barney Lebrowitz, 1891-1949), campeão dos meio-pesados desde 1916, perderia por nocaute para Carpentier em 12 de outubro de 1920.
8. Charles "Chick" Evans Jr. (1890-1979), nascido em Chicago, derrotou Francis Ouimet (1893-1967), de Boston, no U.S. Amateur Golf Championship, em 11 de setembro de 1920. O menosprezo de EH pelos "Ouriços de Harvard" pode ser uma expressão de orgulho regional; o *Chicago Daily Tribune* interpretou a vitória de Evans como um sinal da "Força do Meio-Oeste" em relação ao grupo dominante do golfe no Leste (Joe Davis, "Beating Ouimet Evans' Sweetest Win of Career", 13 de setembro de 1920, p. 14).
9. Bill Smith.

Setembro de 1920

A Grace Quinlan, 30 de setembro [1920]

30 de setembro

Queridíssima G:

Sua mãe me disse hoje de manhã que foi seu aniversário, então na mesma hora fui até o centro da cidade para comprar alguma coisa. Mas como só tinha cinquenta e nove centavos no bolso, passei por uma séria dificuldade.

Considerei presenteá-la com cinquenta e nove selos de um centavo – ou com a assinatura de um mês do Evening Snewse, ou fazer uma barganha numa liquidação especial de galochas na Reinhertzes[1], mas descartei tudo pensando que você pode conseguir selos, ler o jornal em qualquer lugar e provavelmente não usa galochas.

Então Kate, eu e Dr. fomos ao Martin's[2] e tomamos uma bebida, e eu pedi que todos brindassem a uma dama muito estimada, minha conhecida e aniversariante. Bebemos e Kate quis saber quantos anos tinha essa dama, e eu disse que ela estava se aproximando dos trinta – lenta, mas certamente. Dito isso, nós bebemos de novo até que todo o dinheiro para o seu aniversário acabou.

Mas da próxima vez vou tentar não ir à falência antes de você comemorar.

Hoje de manhã, enquanto conversávamos na cozinha da sua casa, Deggie chegou e eu soube por ele, no decorrer da conversa, que foi bem feito para mim ter perdido por apostar no Sox no outono passado. Pensando que a série era honesta. E que ele não culpava o Sox por ter vendido a vitória etc.[3]. E como fiquei um pouco nervoso, mas sem demonstrar, acho eu, fui tomado por um desejo incontrolável de dar uma surra nele. Mas consegui controlar porque pensei, "O que vai ser do resto de minha velha influência se eu espancar um amigo querido?"

Daí eu e Kate fomos à igreja católica, acendemos uma vela e rezamos por todas as coisas que eu quero e nunca vou conseguir e saímos de lá super bem-humorados, e pouco tempo depois, como recompensa, o Senhor me mandou a Aventura com um toque de Romance.

Foi uma aventura muito curta, mas inesperada e emocionante por um momento e eu fiquei feliz por ter acendido a vela. Para saber dos detalhes, você vai ter que procurar a Liz[4].

Dirigimos de volta para casa debaixo de chuva, e eu pensei longos e longos pensamentos sobre como é bom ter Quinze Anos e Você[5]. Choveu muito forte, Kate foi dormir e eu escrevi um poema sobre você e seus quinze anos, e quando cheguei em casa eu me lembrei de como você é bem mais sensível do que eu, e depois que a chuva parou e Kate acordou, pensei que você acharia um poema algo tolo demais. Por isso não mandei.

Outubro de 1920

Caramba, me perdoe por eu ter sido uma péssima companhia e tão enfadonho nesse verão, e me perdoe por você não ter gostado tanto de mim quanto gostava antes. E como eu gosto mais de você do que de qualquer outra pessoa, fiquei magoado quando soube que você tinha falado coisas sobre mim nas minhas costas.

Mas não escrevi para falar disso, e sim do seu aniversário, e espero que você tenha tido um dia excelente e se não estiver se sentindo velha demais me escreva uma carta.

Boa noite
Com amor, minha querida,
Stein

P.S.: Acendi uma vela pra você. Será que você já teve algum resultado? Meu pedido foi para que você conseguisse tudo o que quisesses.

YALE, CDA; CARIMBO POSTAL: BOYNE CITY, MICHIGAN, 1 OUT / 11:30 / 1920

1. I. Reinhertz and Son, loja de produtos têxteis na East Mitchell Street, 410, em Petoskey.
2. Kate Smith e seu tio, Dr. Joseph Charles; Martin's Candy Corner, em Petoskey.
3. Num escândalo que arruinou a Série Mundial de 1919, oito jogadores do Chicago White Sox foram acusados de entregar o jogo para o Cincinnati Reds. Eles foram acusados formalmente de conspiração por um júri de instrução em Chicago em 28 de setembro de 1920.
4. Liz é Elizabeth Shoemaker, amiga em comum de ambos, também de Petoskey, que na época cursava a escola secundária. Numa carta para EH datada de 25 de outubro de 1920 (JFK), Shoemaker disse: "Terminei tudo com Harold Lee Ruggles!", um garoto de Petoskey que, segundo ela, ficou furioso ao descobrir que EH a havia beijado – provavelmente a "aventura" a que EH se refere aqui.
5. EH se confundiu quanto à idade de Quinlan; nascida em 1906, ela estava fazendo catorze anos.

A Grace Hall Hemingway, 9 de outubro [1920]

9 de outubro

Querida mãe,

Sua carta chegou ontem. Fiquei muito chateado por não estar em Longfield no dia em que você partiu[1].

Eu estava trabalhando no Bill, ia parar meio-dia, ir até Bay para depois sair com Charley Friend, mas a srta. Charles me disse que eles já estavam atrasados quase meia hora. Corri até a baía, mas Charley Friend já tinha ido embora. Fiquei triste por não conseguir vê-la.

O Pai esteve aqui algumas vezes e consegui encontrá-lo uma vez. Ontem recebi uma carta sua para ele e ele telefonou ontem à noite. Ele deve vir hoje para pegar a carta e se não vier vamos encaminhá-la para ele. Acho que ele deve ir embora no sábado, pela Pennsylvania[2]. O clima esteve maravilhoso todo esse tempo em que ele esteve aqui.

Outubro de 1920

Se o tempo ainda estiver bom, devemos sair de carro até Grand Rapids nesta terça. Agora estou muito ocupado arrumando as maçãs no Bill e ele ainda não consegue andar.

Ontem, quando papai ligou, ele disse que encontrou o livro Camp Cooking em Windemere[3]. Isso vale para todos os outros.

Me desculpe por você não ter dormido à noite preocupada com meu ferimento. Não achei que isso fosse preocupá-la, senão não teria dito nada. Agora está tudo bem e já nem me incomoda mais[4].

Quanto aos meus planos, recebi uma carta de Bill Horne, da turma de Carl Edgar em Princeton, um dos meus melhores amigos, dizendo que vai para morar em Chicago no inverno e sugeriu alugarmos algo juntos por lá. Se der tudo certo e eu conseguir um bom emprego, provavelmente vamos morar juntos na cidade. Se não, provavelmente eu *allez* para Kansas City, porque ontem recebi uma carta do Carl pedindo que eu fosse para lá, dizendo que se eu fosse ele sairia de St. Joe[5] e conseguiria um emprego lá para morarmos juntos de novo. Ele ainda não decidiu o que vai fazer no inverno. Está esperando que eu dê notícias.

De todo modo, provavelmente devo ver você na quinta ou sexta da semana que vem a não ser que dê tudo errado.

Espero que você esteja bem e todo meu amor para você e para as crianças,

Como sempre,
Ernie

P.S. Conheci a sra. Bassett outro dia, que conheceu seu pai e seu irmão, o tio Miller, suponho, quando ficaram em Los Angeles no inverno[6]. Ela falou deles com muito carinho e de como faziam longas caminhadas juntos. E ela conheceu você há muito tempo junto com Geof Von Platens[7].

PSU, CDA

1. Grace escreveu no livro de visitas de seu chalé que ela partiu de Oak Park em 27 de setembro (Mainland). Em carta de 4 de outubro (JFK), ela disse para EH que havia preparado um almoço para ele naquele dia e que ficou chateada por ele não ter ido visitá-la.

2. Para voltar a Chicago, é provável que Clarence tenha tomado um trem para o sul pela ferrovia Grand Rapids and Indiana (GR&I), depois de ter feito uma baldeação para o leste pela Pennsylvania Railroad (PRR) em Fort Wayne, Indiana.

3. Na sua carta, Grace disse que devolveu os livros que EH havia pegado emprestado na biblioteca pública, mas pediu para ele procurar na estante de Windemere o "Camp Cooking", que estava faltando. Provavelmente *Camping and Camp Cooking*, de Frank Amasa Bates (Boston, Ball, 1909).

4. Grace escreveu que não conseguiu dormir de tanta "dor no sistema nervoso" na noite em que EH contou para ela sobre seus ferimentos internos, provavelmente o ferimento descrito para Jenkins na carta de 16 de setembro.

5. St. Joseph, Missouri, onde Carl Edgar vivia.

Outubro de 1920

6. O pai de Grace, Ernest Miller Hall (1840-1905), tinha um irmão chamado Miller Hall (nasc. 1835). Eles eram dois dos nove filhos de Charles E. Hall (1800-1872) e Mary Dunhill Miller (1806-1897) (P. Hemingway, p. 505).

7. Provavelmente Godfrey (Guff) Vonplaten, próspero madeireiro de Boyne City (William H. Ohle, *100 Years in Horton Bay, Charlevoix County, Michigan*, Boyne City, Michigan, William H. Ohle, 1975, p. 12-3.).

A William B. Smith Jr., 25 [outubro de 1920]

Vinte e cinco.

Bom Will de Ottawa.

Parece inacreditável. O que aconteceu no automóvel? Quanto eles cobram a diária num hotel em Ottawa? Quantos dias você ficou lá? Estou espantado com as condições desse lugar.

Parece difícil que você esteja convencido a comprar uma casa lá. Não pode ser, pode[1]?

Por exemplo, por que não continua na Hash? Por uma quantia simbólica, tenho certeza de que Hash jamais voltaria para o apartamento. Estamos a uma quadra do lago aqui. Tudo pode acontecer[2]. Você consegue segurar o apartamento depois que a coisa toda do testamento da Hash se resolver? O que você vai oferecer?

Zist já se mandou e para onde[3]?

Ainda não consegui emprego .. estou esperando um lance de publicidade que o Yen está desenvolvendo. Enquanto isso, escrevo um texto por dia para o Toronto Papier[4]. Até agora, já foram quatro. De mil a mil e duzentos cada. Mais do que ganhei no verão inteiro. Ainda tenho mais quatro para escrever e devo começar assim que acabar a carta.

Bill Horne e eu conseguimos um cile no 1230 da N. State Street. Fica a uma quadra da nova choupana do Yen, um pouco para baixo do Stut, mas do outro lado da rua[5].

Procurei Deek sexta-feira passada. Ele não passa de uma sombra do que já foi um dia. Com a maior facilidade, daria para suplente do Bom Abe Attell[6].

Eles também tiraram medidas para um casaco de alpaca. Você soube disso?

Se o lance da publicidade não der certo, vou encarar os eds. da cidade. Yen disse que é quase garantido que eu consiga alguma agência, mas antes preciso pegar uns temporários. Enquanto isso, estou ganhando mais grana com o Toronto do que ganharia com reportagem, mas não consigo segurar isso um mês. Uma história por dia, ganhando de dez a vinte por cada uma, você não tem ideia do quanto demora um temporário para fazer uma grana. Mas a necessidade de ganhar dinheiro vivo vai acabar me levando de novo para o prostíbulo do jornalismo[7]. Amanhã vou atrás dos Eds. Até agora a produção rendeu uma história por dia. Mal consigo acreditar.

    Bill Horne deu uma festa uma noite dessas e apareceu uma galera e Stut Hash o escritor e ele estavam presentes. Jantamos na Victor House, duas rodadas de Bronix's mais bebidas e licores. Depois fomos dançar na College Inn[8]. Todos em belíssima forma e muito alegres. Um quarto na victor para todo mundo e muita cantoria. Hash é uma moça de einst wasser[9] e sabe beber. Na opinião deste que escreve, ela também consegue bater Doodles no piano e continuar firme depois de três músicas. Foi a primeira vez que vi Stut numa discussão cheia de bebida na cabeça, o que faria Theodore levantar o assunto da emasculação de animais irracionais sem que ela perdesse a serenidade e jovialidade.

    O que faria J. C. Odgar tentar se matar e ao mesmo tempo o impossibilitaria de perceber que deixou para trás a irmã em excelente forma.

    O endereço é N. State, 1230. Mande notícias para mim e lembranças para a Madame. Quanto tempo você quer que Hash fique aqui? Ela vai passar a semana toda aqui, de todo modo.

Waddiox
Miller

PUL, CD com assinatura datilografada

1. Em sua carta a EH de 21 de outubro de 1920 (JFK), Bill Smith disse que estava entusiasmado com as mulheres de Ottawa, Illinois, onde ele e a tia pararam enquanto voltavam de carro para casa em St. Louis, saindo de Michigan. Smith escreveu que planejava comprar uma casa lá porque "os aluguéis eram excelentes".

2. EH e Elizabeth Hadley "Hash" Richardson se conheceram em Chicago em outubro de 1920 quando se hospedaram no apartamento do irmão e da cunhada de Bill e Kate, Yeremya Kenley ("Y. K." ou "Yen") e Genevieve "Doodles" Smith. Hadley e Kate estudaram juntas no Mary Institute, em St. Louis. Depois da morte recente da mãe, Hadley passou algumas semanas em Chicago a convite de Kate. EH, que tinha acabado de voltar de Michigan, aceitou a oferta de Y. K. para se hospedar temporariamente no seu apartamento, no n. 100 da East Chicago Avenue, até encontrar emprego. Quando voltou para St. Louis, enquanto procurava residência permanente, Bill Smith ficou hospedado na casa de Hadley no 5739 da Cates Avenue, que ela dividia com a irmã e a família.

3. Em duas cartas a EH, datadas de 21 de outubro e 2 de novembro (JFK), Smith se refere a "the Zist", apelido de um médico que os dois conheciam chamado Gudakunst (Smith responderia a pergunta de EH no dia 2 de novembro, dizendo que "Zist foi para Santa Fé, Novo México" [JFK]). Em cartas posteriores, EH adotaria a palavra "zist" como gíria para se referir a "médico".

4. Seis artigos de EH apareceram no *Toronto Star Weekly* de outubro a dezembro de 1920 (*DLT*, p. 53-66); o jornal publicou cinco de seus artigos de junho a agosto.

5. "Cile", gíria de EH para "domicílio" ["domicile", no original]. Ele e Horne dividiriam apartamento em outubro e novembro de 1920. Kate "Stut" Smith morava no n. 1259 da North State Street (K. Smith a EH, 7 de outubro de 1920, JFK), e Y. K. tinha acabado de alugar um apartamento de sete cômodos nas redondezas, em "Belleville", East Division Street, 63.

6. Abraham Washington Attell (1884-1970), peso-pena de boxe conhecido como "The Little Hebrew". EH ironicamente o apelidou de "Bom Abe" (fazendo alusão ao apelido do presidente Abraham Lincoln) porque Attell supostamente intermediou mensagens entre jogadores e apostadores na armação da Série Mundial de 1919.

Novembro de 1920

7. EH usa o termo "*jacksonian*" para se referir a dinheiro, provavelmente está floreando a gíria "jack", ou fazendo referência ao presidente Andrew Jackson (1767-1845), presidente dos Estados Unidos, cujo retrato apareceu em cédulas de vários valores desde 1869.

8. Victor House, no n. 9 da East Grand, foi um dos restaurantes italianos mais populares do Near North Side de Chicago. "Bronix's", provavelmente um coquetel Bronx preparado com gin, vermute e suco de laranja. College Inn, restaurante do Hotel Sherman no cruzamento das ruas Clark e Randolph, famoso por sua orquestra de *jazz*.

9. Em alemão incorreto (que literalmente significaria "outrora água"), EH provavelmente quis dizer "*first water*" (primeira água), expressão que se refere a diamantes ou pedras preciosas de primeiríssima qualidade.

A *Chicago Daily Tribune*, 29 de novembro [1920]

Vinte e Nove de Novembro

C 122

Tribune:

Não tentarei de maneira nenhuma escrever uma carta ardilosa que os envolvesse numa crise de riso tão grande que vocês atribuiriam a mim de imediato o cargo anunciado no Tribune de domingo.

Melhor será tomarem conhecimento dos fatos e julgarem a qualidade de minha escrita a partir de artigos já publicados.

Tenho vinte e quatro anos de idade[1], trabalhei como repórter do Kansas City Star e como cronista do Toronto Star e do Toronto Sunday World.

Sou solteiro crônico.

Reportagens de guerra são o que mais existe no mercado, é claro, mas a explicação de eu ter me afastado do trabalho em 1918 é que servi ao Exército Italiano[2] por não ter passado nos exames físicos dos Estados Unidos. Fui ferido no dia 8 de julho no rio Piave – duas vezes condecorado e comissionado. Não que isso faça alguma diferença.

Atualmente escrevo artigos de fundo por um centavo e meio a palavra, e me pedem em média cinco colunas por semana. Coisas de domingo, em geral.

Tenho muita vontade de parar de escrever matérias e começar a escrever propagandas. Se desejarem, posso enviar cópias de meus trabalhos publicados no Toronto Star e no Toronto Sunday World para que avaliem a qualidade de minha escrita a partir deles. Também posso fornecer quaisquer referências pessoais ou comerciais que desejarem.

Na esperança de ter superado todas as suas expectativas—

muito atenciosamente
N. State Street, 1230
Chicago – Illinois.

UTulsa, CD

Novembro de 1920

EH está respondendo ao seguinte anúncio da seção "Wanted – Male Help", de 28 de novembro de 1920, do Chicago Daily Tribune (H2): "Escritor publicitário. Não é necessário experiência. Destacada agência de propaganda de Chicago oferece oportunidade incomum para homens capazes de se expressar por escrito de maneira clara e divertida. Uma verdadeira oportunidade para entrar na carreira publicitária e ser promovido rapidamente de acordo com suas capacidades. Solicita-se idade, formação, experiência (se houver), estado civil, trabalhos mais recentes e qualquer coisa que contribua para conhecer o candidato. Todas as mensagens recebidas são estritamente confidenciais. Endereço C 122 Tribune". Não se sabe se EH recebeu resposta a sua carta de inscrição.

1. EH na verdade tinha 21 anos.
2. EH não menciona que serviu na guerra como motorista de ambulância da Cruz Vermelha Americana.

A Grace Quinlan, 16 de novembro e 1º de dezembro [1920]

16 de novembro

Queridíssima e Old G,

Não, sua carta não estava cheia de queixas e reclamações ou algo assim. Apenas fiquei foi muito feliz por receber notícias suas. É claro que está perdoada ...... Parece-me maravilhoso ter notícias suas de novo[1].

Não há nada para perdoar. Só fiquei triste porque imaginei que você não gostasse mais de mim ... mas você não tinha nenhum motivo especial para gostar de mim .. mas se ainda tiver, por que se importar? Não há nada para perdoar.

Sim, soube um monte dos *affaires du couer* de Liz, escrito errado, é claro, e como você sabe ela mistura um pouco as coisas. Por amor à aventura e à possibilidade de conflito. Mas como a aventura foi mínima, o conflito nunca se concretizou. Mas aí aquele verme imundo e covarde do Ruggles bateu num cara bacana como Gale Wilson[2].

Pelo menos foi isso que eu soube. Queria muito que você me contasse todas essas novidades quando quiser. Você me conhece, minha querida, confio mais na sua capacidade de julgar e nas suas opiniões do que nas da maioria das pessoas.

E sobre a experiência de ser a melhor professora, Gee. É a mais pura verdade. Mas o preço que se paga é alto demais. Tenho seguido por esse caminho toda minha vida, e quando aprendemos alguma coisa, é para valer. Mas .. .. o preço é caro demais, meu Deus.

Um exemplo, bem hipotético, se alguém diz que piche fervendo queima e você quiser aprender de uma vez por todas que piche fervendo queima, você enfia o dedo nele. Isso é aprender por experiência. Com certeza ela ensina algo.

Dezembro de 1920

Mas depois de um tempo você acaba aprendendo a julgar as pessoas e saber em que pessoas e livros acreditar e de quais desconfiar. Por isso não precisa tanto enfiar o dedo num caldeirão de piche.

Não vejo a menor possibilidade de caçar neste outono. No momento, estou tentando conseguir um emprego na área de publicidade que me pague um bom Jacksoniano. Talvez duas vezes mais do que já cheguei a ganhar. Parece que vai acontecer, mas demora um tempo. Kenley Smith quer que eu vá para a Gregg and Ward, mas está tentando me colocar na Erwin-Wasey, pois eles pagam melhor[3].

Enquanto isso, escrevo diariamente para o Star. Estou escrevendo uma comédia com Morris Musselman na base do meio a meio. Ele vendeu uma peça para um cara e agora está escrevendo esta sob encomenda. Hoje de manhã um sujeito me ligou querendo que eu escrevesse uma história de menino em seis partes para uma seção de meninos e meninas que ele vendeu para mais de duzentos jornais. O cara falou numa grana muito boa, então devo escrever agora mesmo[4].

E estou escrevendo umas coisas publicitárias para a Firestone, a pedido de Tubby Williams, da Critchfield, e também escrevi umas histórias jornalísticas que devem ser publicadas como parte de uma grande campanha publicitária para a Handsen Gloves[5].

Isso cobre quase todo o trabalho.. mas, Gee Gee, estamos num momento ótimo! Hadley Richardson esteve aqui durante três semanas e saímos muito e nos divertimos demais. Vimos todos os espetáculos bacanas, Ethel Barrymore em DeClassee e Happy Go Lucky, o Scandals e mais alguns outros[6].

Bill Horne e eu conseguimos um lugar maravilhoso para morar, minha relação com a família está ótima e vamos lá aos domingos. A cidade não está seca em nenhum sentido .. na verdade, está bem mais úmida do que no mesmo período do ano passado.

Agora vejo que tenho uma página inteira preenchida com nada além do que eu tenho feito e você vai pensar que o rapaz aqui está mais egocêntrico do que nunca. Juro por Deus, Gee, que não sou. Eu apenas comecei a falar do que estava acontecendo aqui e me empolguei. Sinto muito se me achou egoísta.. mas o Senhor sabe que eu não queria. Eu vou tentar cortar todos os "eus" a partir de agora. Veja só que eu estou escrevendo três na frase.

Mas então, Gee, essa cidade é maravilhosa demais e em vez de odiá-la como antigamente estou apaixonado por ela. Mas, ainda assim, não deve ser minha residência permanente .. pois há muitas outras cidades excelentes em diversos lugares em que eu adoraria estar. Custa grana também. Mas é para elas que quero ir agora.

E o que você anda fazendo? Com quem tem saído? Gosta deles muito. pouco ou médio? Espero que você tenha terminado com Bob Mudgett[7]. Ele é uma fase na vida de todas as garotas, eu acho. Gee, ele é o mais completamente desprezível .... Não ... não vale a pena detonar ninguém. Petoskey também é bacana. As garotas são muito legais e a maioria dos rapazes não vale o pão que come. Mas talvez eu esteja difamando demais os caras.

Estou juntando todo mundo e saindo com Kate Smith e Hadley, só ela se *allezou*, e hoje com duas garotas do Jenks. Não eu e as duas, mas com o grande Little Fever junto.

Preciso parar. Jenks acabou de telefonar dizendo que ele e Jacques estão me esperando na cidade para almoçar.

Até logo, Gee, queria que você estivesse aqui. Há coisas legais demais para fazer. Também assisti uns ótimos jogos de futebol.

Queridíssima G

1º dezembro

Pensei que já tivesse colocado esta carta no correio há meses, Gee! Me desculpe. Quais são as novidades? O que tem feito, pensado, o que estão fazendo com você, o que pensam de você, o que dizem de você etc?

Não consegui caçar. Papai foi semana passada. Foi para o sul – queria que eu fosse junto, mas achei que seria melhor ficar aqui. Ele pegou um tanto de codorna, um gato selvagem e acho que uns guaxinins. Mamãe *allezou* para a Califórnia para passar o inverno. Levou meu irmãozinho junto[8]. Marce deu uma festa no dia de Ação de Graças, andou jogando golfe, mas agora está nevando então nada feito. Se você encontrar o Luman Ramsdell diga a ele por mim, Gee, que vou escrever devolvendo o livro Drowsy[9]? Obrigado.

Vou à Ópera amanhã à noite, Andrea Chenier, vi na semana passada também. É interessante, com Ruffo, Raisa, Johnson, VanGordon, e o roteiro parece com o Conto de Duas Cidades[10]. Também vi Scandals com Ann Pennington ficando meio pesada, Ethel Barrymore em Declasse, uma coisa maravilhosa, Ethel está excelente, e Happy Go Lucky com O. P. Heggie e Belle Bennet, é ótimo, eu estava meio triste e nervoso, mas no final do segundo ato quase tive de ser carregado para fora de tão histérico. Gee, queria muito que você pudesse ver. Alguma chance de você e sua mãe virem aqui no inverno? Mande lembranças para ela, por favor?

Com meu eterno amor,
Stein

E mande notícias suas!

Yale, CDA com pós-escrito manuscrito; carimbo postal: Chicago / Illinois, 4 Dez / 130AM / 1920

Dezembro de 1920

1. Em carta a EH datada de 14 de novembro de 1920 (JFK), Quinlan pediu desculpas e pediu que EH a perdoasse por não ter escrito nada desde que recebeu aquela "maravilha de carta de aniversário" [30 de setembro de 1920].

2. *Affaires de coeur*: assuntos do coração (em francês). Liz Shoemaker (que, em carta de 25 de outubro, falou da raiva de Harold Ruggles quando descobriu que ela e EH se beijaram) escreveu para EH em 11 de novembro de 1920 dizendo que estava decepcionada com os homens por causa de "R—s". Ruggles foi estrela de basquete no time da Petoskey High School, na época no penúltimo ano da escola (1920 Observer, anuário escolar). Gale D. Wilson é listado como escriturário no *Petoskey City Directory* de 1919 a 1920.

3. Agências de publicidade em Chicago. Y. K. Smith trabalhava para a agência de publicidade Critchfield, em Chicago.

4. Morris McNeil Muselman (1899-1952), colega de escola de EH que, sob o pseudônimo de Morris McNeil, publicou *Ouija: A Farce Comedy in One Act* (Boston, W. H. Baker and Company, 1920). Depois ele escreveu diversos livros e se tornou um roteirista famoso em Hollywood. A comédia que ele escreveu junto com EH, *Hokum, A Play in Three Acts*, foi registrada por Musselman em 4 de junho de 1921 e publicada pela primeira vez em 1978 em edição limitada, com introdução de William Young (Wellesley Hills, Massachusetts, Sans Souci Press). Nenhuma "história de menino" que EH possa ter escrito para publicação em jornal foi localizada.

5. EH quis dizer luvas Hansen, fabricadas em Milwaukee, Winsconsin, desde 1871. Quaisquer trabalhos publicitários que ele tenha feito para a Firestone ou para a Hansen não foram documentados. Williams conseguiu um emprego na agência Critchfield no início de 1920 com a ajuda de um amigo que os dois tinham em comum, Y. K. Smith (Williams a EH [26 de fevereiro de 1920], JFK).

6. Ethel Barrymore (batizada Ethel Mae Blythe, 1879-1959), estrela americana de cinema e teatro da famosa família Barrymore; ela começou sua carreira em *Declassée*, drama de Zoë Akins (1886-1958) que estreou em Nova York no dia 6 de outubro de 1919 e foi apresentado no Powers' Theatre, em Chicago, de outubro a dezembro de 1920, terminando sua temporada no Natal. *Happy-Go-Lucky*, comédia de Ian Hay, estreou em Nova York em 24 de agosto de 1920 e teve temporada no Teatro Playhouse, em Chicago, de 1º de novembro de 1920 até fevereiro de 1921, estrelando Oliver Peters (O. P.) Heggie (1879-1936) e Belle Bennett (1891-1932). *Scandals*, revista musical anual similar a *Ziegfield Follies*, apresentando esquetes musicais rápidos e populares, foi produzido de 1919 a 1926 por George White (1890-1968). *George White's Scandals 1920*, estrelando Ann Pennington (1893-1971), teve uma temporada de outubro a dezembro de 1920 no Colonial Theatre Chicago.

7. Robert "Skinner" Mudgett, formou-se em 1918 na Petoskey High School, onde foi capitão do time de basquete no último ano.

8. Grace Hemingway levou o filho Leicester, de cinco anos, para visitar o irmão dela, Leicester Hall, que morava na cidadezinha de Bishop, centro-oeste da Califórnia.

9. Ramsdell (1900-1928), um dos amigos mais próximos de EH em Petoskey e amigo de Evelyn, admiradora mais jovem de EH; o pai deles era médico local (Baker *Life*, p. 65-6). *Drowsy* (Nova York, Frederick A. Stokes, 1917), romance de John Ames Mitchell (1845-1918) que fundou a revista norte-americana de humor *Life* (1883-1936) e trabalhou como editor-chefe até sua morte.

10. *Andrea Chénier* (1896), ópera composta por Umberto Giordano (1867-1948), com libreto de Luigi Illica (1857-1919). Foi apresentada pela Chicago Opera Company no Auditorium em 24 de novembro e 2 de dezembro de 1920, estrelando Titta Ruffo; Rosa Raisa (1893-1963), soprano nascida na Polônia; Edward Johnson (1878-1959), tenor principal nascido no Canadá e membro da Chicago Opera de 1919 a 1922; e Cyrena Van Gordon (nasc. Cyrene Sue Pocock, aprox. 1897-1964), meio-soprano dos Estados Unidos. A ópera é levemente baseada na vida do poeta André-Marie Chénier (1762-1794), que morreu na guilhotina durante a Revolução Francesa. O romance *Um conto de duas cidades*, de Charles Dickens, também se passa nessa época.

A *Chicago Daily Tribune*, [2 de dezembro de 1920]

F. G. 391 Tribune:

O anúncio da edição de hoje parece ser a oportunidade que eu procurava para abandonar a carreira nos jornais e iniciar na área de revistas.

Dezembro de 1920

Venho trabalhando com jornais desde 1916[1] – no Kansas City Star e Times como repórter e no Toronto Star e Toronto Sunday World como cronista.

Atualmente, saí do Toronto e estou escrevendo artigos de fundo assinados para a edição de domingo do Star. Essas histórias tratam de tudo que é americano com um toque canadense. Eles pagam bem, mas escrever o tempo todo sobre coisas canadenses para canadenses sem estar no Canadá cansa depois de um tempo.

UTulsa, ccCD

EH está respondendo ao seguinte anúncio da seção "Procura-se – Vaga para homens" do Tribune de 2 de dezembro de 1920 (26): "Procura-se jornalista – jovens do sexo masculino com experiência como repórter em diários e que tenha escrito editoriais e artigos de fundo; vaga incomum para homem em revista dinâmica em Chicago com cerca de 200.000 leitores mensais, procuramos um jovem incomum; escreva uma carta com formação, experiência, idade e pretensão salarial para início imediato. Endereço G. G. 391, Tribune".

1. Assim como na resposta enviada a outro anúncio em 29 de novembro, EH mente a respeito de sua experiência; em 1916 ele ainda estava na escola, apesar de escrever para o *Trapeze*.

A Grace Hall Hemingway, [22 de dezembro de 1920]

Queridíssima mãe,

Só me dei conta de que falta muito pouco para o Natal quando ele praticamente já chegou.

Todos sentimos sua falta aqui. Bill Horne foi para o leste, mas Kenley e Doodles estão vindo para jantar.

Estou trabalhando numa revista chamada Co-operative Commonwealth, que é o órgão, o órgão de boca, não o órgão de tubo, do movimento cooperativo[1]. Se pelo menos uma parte do que dizem sobre esse movimento for verdadeira, é *quelque* movimento. A revista tem circulação de 65 mil exemplares e este mês oitenta páginas de texto e cerca de vinte de anúncios. A maior parte dos textos foi escrita por mim mesmo. Também escrevo os editoriais e quase todo o resto. Ainda vou escrever tudo.

Foi ótimo receber sua carta e fiquei feliz por saber que o tio Leicester acha que vai gostar de mim. Vou tentar fazer o mesmo com ele. Tomara que você consiga nadar nas termas de água quente e borbulhante[2] – elas parecem com aquelas que íamos em Nantucket, eu nadava com as algas e caranguejos e você nas termas de água salgada.

O pai me deixa ler suas cartas quando apareço aos domingos, então fico bem informado do que você anda fazendo. Não consigo pensar em nenhuma novidade que possa ser novidade pra você. Levei Sun para a festa do futebol e ela dançou que foi uma maravilha, estava muito bonita. Ura estava lá com Johnny e de vestido longo, branco e adamascado, com um corte parecido com roupa de bobo da corte. Ela sempre fica lindíssima nos vestidos porque é uma figura belíssima.

Doodles está indo para Nova York estudar com Lawrence na segunda depois do Natal. Daí vou me mudar para East Division Street, 63. É um apartamento bem confortável, de sete cômodos, e a impagável Della vai cozinhar para nós. Vamos morar nós cinco nos quartos de solteiro.

Estou me sentindo terrivelmente bem seguindo seus conselhos. Você me pediu pelo menos para ser bom, não foi? Estou sendo, de todo modo. Muito ocupado, muito bom e muito cansado. É divertido ser o primeiro, mas o segundo e o terceiro têm um apelo menor. Hash passou por aqui, vinda de Saint Louis, e passou um final de semana. Chegou num sábado à noite e *allezou* na segunda à noite. Passamos momentos ótimos juntos. Ela queria muito que eu fosse a um grande jantar e festa de Ano-Novo no Clube Universitário em Sin Louis, mas não consegui negociar as datas[3]. Estou tão sem grana que pareço uma laranja sem sementes.

Estou ganhando um bom salário, mas estou envolvido demais com o Natal, preciso pagar as dívidas antigas e comprar roupas novas com urgência, íntimas e normais.

Estou mandando algum dinheiro para as crianças como presente de Natal – não tive um minuto para fazer compras. Não seria nada adequado mandar notas de dinheiro para a mãe mais rica e luxuosa da Califórnia – então vou comprar para você e Lessie[4] alguma coisa e guardar aqui comigo ou mandar pelo correio se você resolver ficar mais tempo.

Mande todo meu amor pro garotão e deseje a ele e ao tio Leicester Feliz Natal por mim. Queria muito ver o tio Leicester.

Recebi ontem uma carta do Zist, Doutor Gudakunst, quer dizer, acho que você se lembra que ele é médico, não? Ele está em Santa Fé Novo México e está dirigindo um *resort* de tratamento por uma boa grana. Ele quer pagar minha passagem para ir até lá, disse que há cavalos pra marcar com ferro, que os homens nunca se barbeiam e um monte de outras atrações[5]. Ele está ansioso para que eu *allez* até lá – mas não quero assumir o papel dos ratos que abandonam o navio que afunda – o cheiro do navio está começando a ficar perceptível. Quando o mau cheiro apertar, dou uma chegada lá. Ou seja, estou totalmente confiante no Movimento.

Bem, Feliz Natal pra você, minha velha – não vou desejar Feliz Ano-Novo porque o Ano-Novo é só mais um passo mais perto da cova e não é motivo de felicidade.

Espero que tenha uma ótima noite.

Dezembro de 1920

Com amor,
Ernie

JFK, CDA; carimbo postal: Chicago / Illinois, 22 Dez / 20:30

EH datilografou "Ernest Hemingway" acima do envelope já impresso com o endereço de devolução: "The Co-Operative Commonweath / Richard H. Loper, Publisher / Ogden Avenue, 1554 / Chicago, Illinois". O envelope está endereçado a "Sra. Grace Hall Hemingway / aos cuidados de Leicester C. Hall / Bishop / Condado de Inyo / Califórnia". Ela escreveu no envelope: "Cartas de Ernest recebidas em Bishop. Jan. 1921".

1. A revista da Co-operative Society of America, fundada em Chicago por Harrison M. Parker em 20 de fevereiro de 1919. O objetivo da sociedade era permitir que as pessoas "aproveitassem as vantagens da cooperação como fuga providencial dos lucros inescrupulosos de negociantes vorazes" (Colston E. Warne, "The Co-operative Society of America: A Common Law Trust", University Journal of Business, p. 1, agosto de 1923, p. 373). EH trabalhou como escritor e editor de dezembro de 1920 a outubro de 1921, quando a revista faliu e a Sociedade teve a falência decretada em meio a acusações de fraude levantadas contra Parker (para um relato do escândalo, ver "Parker Gave Wife $1,000,000 in Bonds", *New York Times*, 11 de outubro de 1921, p. 7).
2. Provavelmente as Hot Springs de Keogh, famoso *resort* aberto em 1919, onde ficam as fontes geotérmicas perto de Bishop, Califórnia.
3. Clube particular em St. Louis localizado na antiga mansão de Edward Walsh na West Pine Street. A festa foi oferecida por Helen Pierce Breaker (nasc. c. 1891), amiga de longa data de Hadley, e por seu marido, George Breaker (nasc. 1891), advogado em St. Louis, e Hadley insistiu para que EH estivesse presente (Dilberto, p. 49). Ele não compareceu.
4. Leicester, irmão de EH.
5. A carta de Gudakunst datada de 18 de dezembro, escrita de Clovis, Novo México, encontra-se no JFK.

A Hadley Richardson, 23 de dezembro [1920]

[*A carta começa aqui:*] Eu também ficaria muito feliz, Hash querida – mas não posso ir – Você sabe que detesto e odeio e abomino falar de dinheiro, mas não passo o Ano-Novo em casa desde 1915, acho eu, e mandei uma boa grana para que as crianças tivessem um Natal decente e agora estou quebrado[1] – É desagradável, eu sei. Seria mais fácil mentir para você dizendo que aceitei uma dúzia de convites para passar o Ano-Novo e que acabei descartando todos um minuto depois só para ver você, mas herdei de você esse hábito de sempre falar a verdade.

Você pode me fazer ciúmes – e pode me magoar da pior maneira –, pois meu amor por você é uma fenda na armadura de quando mando o mundo aos infernos, e nesse amor você pode confiar o tempo inteiro—

Detesto pensar em você indo à festa com o Dick[2] em vez de comigo – mas estou falido por causa do aniversário do Senhor! Não é que eu me importe com dinheiro ou algo assim – mas por que falar disso?

Dezembro de 1920

Me sinto péssimo, mas já torrei meu cheque de Toronto, só vou receber outro no dia 15 de janeiro e vou passar esses dias todos com seis membros da *famille*—

Neste momento tem uma ou outra pessoa roncando na cama grande – demos um festão antes de Saltzenbeck voltar para o sul. Gim detona – Don[3] regulou seu Scotch de Natal e uma garrafa de vinho do Porto. Eu detesto gim! Já me fez muito mal.

Vi uma tragédia hoje à noite. Eu estava numa farmácia em frente ao Marigold Gardens[4] e uma moça telefonava numa cabine. Ela estava brincando com alguém na linha, tinha um sorriso nos lábios. Jogava conversa fora toda alegre, e de vez em quando esfregava o lenço nos olhos – pobrezinha, o que quer que tenha sido aquilo, foi uma cena terrível.

Hash, querida, você com certeza consegue me magoar um bocado quando você quer. Sobre a plataforma e o trem. Deus – achei que amasse você – Se não amasse, jamais poderia ou amaria ninguém[5]. Acho que estava pensando demais em como não queria ir embora – Você não acredita que eu amo você? Não sei como fazê-la acreditar.

Eu não quis dar um beijo de despedida – esse foi o problema – eu queria dar um beijo de boa noite – o que é bem diferente. Não conseguia suportar a ideia de você ir embora logo quando é tão querida e necessária e toma conta de todo meu ser.

Suponha que quando você me diz como Dick é legal e tudo mais eu responda dizendo como é agradável dançar com Maydlyn e como ela parece bonita montada num cavalo etc. – mas quando penso em qualquer pessoa em comparação a você é como – Você é tão querida e eu te amo tanto – que o que importa brincar com eles.

É claro que eu amo você – eu Amo você o tempo inteiro – quando acordo de manhã e tenho que saltar da cama, tomar banho e fazer a barba – eu olho sua fotografia e penso em você – e essa é a hora mais mortal do dia, você sabe – um bom teste de amor para qualquer pessoa.

E à noite – É coisa demais para suportar – Vá – vá à festa com Dick, mas finja que estou aí–

Descobri Siegfried Sassoon hoje à tarde e parece bem intenso[6] – sinto muito sobre Bill e Ruth – se ela é seu Bill, ela tem muito. Pobre Bill – pena que essa guerra não deu em nada, ele é melhor em praticamente todo o resto[7].

Parece que ficou uma situação bastante desconfortável entre você e Leticia[8] – Se você acha que eu não entenderia, não tentarei entender.

De quanto de dinheiro precisaríamos para a fogueira? Para irmos de chalupa não precisamos de muito, mas no fim da viagem tem um bom pedaço a pé na praia, a não ser que eu dirija pesado antes. É o que estou pensando em fazer.

Dezembro de 1920

Boa noite, minha queridíssima Hash. Adoraria abraçá-la e beijá-la para que você não pudesse duvidar do quanto eu quero ou não.

Amo você
*Sera*⁹
Ernesto

2a.
23 de dezembro

Muito gentil você mandar o pacote para N. Kenilworth, 600. Jim Gamble é ótimo – e eu gosto muito dele – mas não mais do que gosto de você – você é mais que mais que queridíssima, querida[10].

JFK, FragCMA

O início da carta desapareceu.

1. EH está respondendo à carta de Hadley datada de 20 de dezembro de 1920 (JFK), na qual ela escreveu: "Se você quiser realmente saber o que penso, penso que eu ficaria muito mais feliz se você viesse para o Ano-Novo". A última vez que ele tinha passado o Natal em Oak Park foi em 1916.

2. Depois que EH disse que não tinha dinheiro para ir a St. Louis, Hadley convidou Dick Pierce, irmão de Helen Breaker, para acompanhá-la (Diliberto, p. 49).

3. Provavelmente Don Wright, que também se hospedava na Y. K. Smith.

4. Famosa cervejaria ao ar livre no cruzamento das ruas Grace e Halstead num bairro predominantemente teuto-americano na parte norte de Chicago; fundada em 1895 como Bismarck Gardens, ela mudou de nome para Marigold Gardens em 1915, em resposta à atitude antigermânica durante a Primeira Guerra Mundial.

5. Quando Hadley e EH se despediram na estação de trem em Chicago depois da visita dela na primeira semana de dezembro, EH não a beijou como ela esperava, e ela foi embora magoada: "Achei que talvez você não quisesse me dar um beijo de despedida", escreveu ela. "Fiquei em pedaços – porque com certeza eu não queria ir embora" (Hadley para EH, 20 de dezembro de 1920 [JFK]; citado em Diliberto, p. 46).

6. Sassoon (1886-1967), poeta e memorialista mais conhecido por seus poemas sobre a Primeira Guerra Mundial.

7. Bill Horne estava visitando St. Louis na época e, como disse Hadley a EH numa carta datada de 16 de dezembro de 1920 (JFK), ele "saiu atrás da Ruth. Possibilidade surpreendente!". Ruth Bradfield, com 25 anos na época, trabalhava como redatora de publicidade para uma loja de departamentos de St. Louis e morava no segundo andar da casa de Hadley na Cates Street (Diliberto p. 36, 42). No entanto, o encontro que Hadley arranjou não deu certo, conforme escreveu na carta de 20 de dezembro: "Eu adoro o Bill, como sempre. Queria (furiosamente) saber o quanto Ruth é sedutora – estou dizendo, foi uma luta – fiquei com muita raiva – [...] não tivemos nem a chance de nos divertir e conversar direito" (JFK).

8. Letitia Perker, uma moça rica, foi colega de classe de Hadley no Mary Institute, e se ofereceu para acompanhá-la de St. Louis a Chicago no início de dezembro, pagando a viagem, mas cancelou de última hora, e Hadley teve de viajar sozinha e com o próprio dinheiro (Diliberto, p. 44).

9. "Noite" (em italiano).

10. Na carta de 20 de dezembro, Hadley disse que, no dia seguinte, ela postaria um "pacote com presentinhos e descobertas" para o endereço de Oak Park. Ela também escreveu: "Jim Gamble parece ótimo, se você gosta tanto dele".

Dezembro de 1920

A James Gamble, [aprox. 27 de dezembro de 1920]

James Gamble
South 16th Street, 256
Filadélfia, Pensilvânia.
    Prefiro ir a Roma com você do que para o céu Ponto. ~~Não casei ponto.~~ Mas fali ponto ~~Triste ponto~~ Triste demais para escrever ponto Escrevendo e vendendo ponto ~~Solteiro~~ mas sem enriquecer ponto Todos os escritores são pobres primeiro ricos depois ponto. não sou exceção ponto Nós teríamos dias ótimos juntos ponto Deus como tenho inveja de você

Hemmy.
East Division Street, 63
Chicago Illinois.
aos cuidados de Y. K. Smith

JFK, RTD

EH escreveu esse rascunho de telegrama em resposta a um telegrama e uma carta de Gamble de 27 de dezembro de 1920 (JFK) pedindo para que EH o acompanhasse até a Itália, partindo no dia 4 de janeiro de 1921 no S.S. Rochambeau. Os planos de Gamble não estavam definidos, disse ele, e "podemos esboçá-los de acordo com a sua vontade": "Pense de novo na terra do Romance, do espaguete e das pulgas. Consegue resistir?". Ele também perguntou: "O que andou fazendo desde as últimas notícias? Casou? Está escrevendo? Ganhando dinheiro ou o quê?". Gamble garantiu a EH que a viagem não seria cara, pois a lira "valia apenas três centavos".

A Hadley Richardson, [29 de dezembro de 1920]

Hemingway

Quarta-feira.

Queridíssima Hash—
    Espero que eu não tenha recebido notícias suas desde o Natal apenas por causa do acúmulo de correspondência nos correios[1]. Seja lá o que aconteceu, não é nada divertido.
    As coisas estão todas no ar. Provavelmente devo partir na terça para Roma, não Roma N.Y., a outra Roma, na maior oportunidade da minha carreira. Carreira, uma merda – não tive uma carreira –, mas com essa coisa de Roma, devo ter uma.
    Se eu *allez* para lá, passo por N.Y. via Washington para arrumar o passaporte e saio de lá para St. Louis, depois para Washington.
    Eis a chance – 5 meses de escrita em condições Ideais – uma chance que só Deus sabe quando eu terei de novo para fazer ficção dessa maneira – um acordo com a Co-operative de que eles vão dizer que me mandaram para a

Europa para estudar o movimento cooperativo no exterior – e colaborar com editoriais para a revista – pagando um salário que a taxa de câmbio tornará suficiente – 30 liras a um dólar aproximadamente. E Roma per se não é tão ruim assim no inverno – o clima se parece com o nosso em outubro – e é uma cidade bastante decente.

Depois em junho eu volto com um trabalho melhor e a vantagem de ter tido 5 meses com os melhores. Vou conseguir conversar de forma inteligente contigo sobre [Berenson ?][2] depois de 5 meses com Jim em Roma—

Eu até poderia conseguir uma graninha do Toronto – mas acho que o ideal é deixar de escrever matérias e agarrar algo maior—

Acho que a proposta é atraente para qualquer um que já se arriscou.

Yen está louco para que eu vá. Diz que se eu não for é porque sou um completo idiota. Meu pai é a favor — o que você acha[3]?

JFK, CM

1. Em 24 de dezembro de 1920, Hadley mandou uma carta como entrega especial para EH para que ele a recebesse no dia do Natal (JFK).
2. Embora a caligrafia de EH não esteja totalmente legível, provavelmente ele se refere a Bernard Berenson (1865-1959), nascido na Lituânia, conhecedor, crítico e historiador de arte formado em Harvard, mais bem conhecido por seus influentes estudos sobre a pintura renascentista italiana, a maioria deles publicada entre 1894 e 1909. Posteriormente, EH e Berenson se tornaram correspondentes, a partir de 1949.
3. Em uma carta por entrega especial a EH com data de 31 de dezembro de 1920, Hadley desejou a ele "o melhor dos Anos-Novos", acrescentando: "Estivesse você em Roma ou Buenos Aires, o desejo seria sempre o mesmo". Ela também escreveu: "Espero que possa me dizer os prós e contras de Roma" (JFK). EH não fez a viagem com Gamble.

A srta. Conger, [aprox. 1921]

SRTA. CONGER—

O sr. Parker e o sr. Loper fizeram a revisão de norma e forma nas provas anexadas e eu fiz a revisão procurando erros tipográficos[1].

Você poderia verificar a composição e a continuidade das várias histórias?
Ernest Hemingway.

Escrevi, sob orientação do sr. Loper, um pequeno artigo para falar da história do banco, que deve ser eliminado.[2] Você pode conferir se o sobrenome daquele bebê está correto? Parente do sr. Mal-Agradecido, quero dizer.
E.M.H.

JFK, CD com assinatura datilografada

1. Harrison Parker, fundador da Co-operative Society of America, e Richard Loper, editor da revista *Co-operative Commonwealth*. As provas tipográficas não sobreviveram com a carta.
2. Como a única edição sobrevivente da *Co-operative Commonwealth* é de 1º de outubro de 1921 (JFK), o texto de EH não foi identificado e a data da carta é incerta.

Janeiro de 1921

A Grace Hall Hemingway, [10 de janeiro de 1921]

Querida mãe,

Estive muito ocupado esses dias, senão teria escrito antes. Eu me mudei, acho que já disse isso, ou que me mudaria.

Agora estou no East Division, 63. Não saio de casa desde o Ano-Novo, acho – agora já é dez de janeiro, então logo terei que sair.

Ontem eu quis sair, mas Isaac Don Levine, correspondente do Daily News na Rússia, chegou meio-dia para almoçar conosco e depois fomos a uma apresentação de Benno Moseiwitch no Orchestra Hall durante a tarde. Moseiqitch é o melhor pianista da atualidade, acho eu[1]. Ele é infinitamente superior a Levitski ou Jeosh Hoffman, ou ainda Rachmaninoff ou Gabrilowitch – está entre os quatro primeiros, de todo modo[2].

Ele fez uma apresentação muito melhor do que a última que eu assisti, Concerto em B Menor, de Chopin, e a catedral submersa, Cathedral Engloutie ou alguma coisa assim, de DeBussy, depois duas de Lizst com Campanella e alguma coisa moderna que não consigo me lembrar do nome[3]. Estou citando de memória, senão estaria sendo mais preciso.

Depois Levine levou eu e Kenley para ver Leonore Ulric na nova peça no Powers. Lembra quando nós a vimos em Tiger Rose? Essa nova é The Son-Daughter – um melodrama tão bom quanto Tiger Rose – não sei se é tão bem construído ou não, mas Lenpre é *quelque actorine* e a peça é repleta de coisas notáveis, como FenCha, ilustre apostador, e The Sea Crab – o sea crab é muito assustador – eu fiquei com medo – você também ficaria com medo[4].

Vi Willie Collier em Hottentot e Happy Go Lucky e mais alguns espetáculos e também Ulric duas vezes[5].

Levine é um cara ótimo e nos conta todas as novidades da Rooshia. Ele chegou há quatro dias de lá e amanhã vai para Nova York.

Estou ganhando dez dólares a mais por semana. Dez dólares é dez dólares. Isso quer dizer que tenho recebido uns cinquenta todo sábado. É claro que isso não é muito, mas já é alguma coisa.

Horney Bill continua no leste, em Yonkers, para ser exato. As crianças estão todas ótimas, acredito. Parecem felizes. Estão se comportando bem. Parecem saudáveis.

Estou ótimo de saúde. Me alimento bem. Durmo bem. Faço tudo bem, menos trabalhar.

Entrevistei Mary Bartelme hoje e ela é uma figura muito autêntica. Uma mulher excelente, fiquei apaixonado por ela e escrevi uma matéria ótima. Vou mandar para você quando sair[6].

Eu mandei para você uma das péssimas revistas?

Como está o pequeno Leicester?

Janeiro de 1921

Mande todo meu amor para o tio Leicester, e todo o amor que restar para você, o que é muito amor, pois só posso amar o tio Leicester como algo abstrato, um personagem de ficção.
Fico sempre feliz por ter notícias suas.
Se eu fosse você, ficaria aí o máximo que pudesse – o tempo aqui está ótimo, o que quer dizer que o tempo ruim para diabo está a caminho. Ele sempre chega, mais cedo ou mais tarde, mas ainda não veio.
Eu amo você, desculpa os erros todos de datilografia, a máquina é nova e mais dura do que bigodes congelados.

Ernie

JFK, CDA

1. Levine (1892-1981), jornalista de origem russa, mudou-se para os Estados Unidos em 1911; trabalhou para o *Kansas City Star*, cobriu a Revolução de 1917 para o *New York Herald Tribune* e voltou para a União Soviética para cobrir a guerra civil como correspondente estrangeiro para o *Chicago Daily News* (1919-1921). Moiseiwitsch (1890-1963), pianista de origem russa que em 1919 fez sua estreia em Nova York e se apresentou no Orchestra Hall em Chicago em 9 de janeiro de 1921.

2. Mischa Levitzki (1898-1941), pianista e compositor norte-americano; Josef Hofmann (1876-1957), pianista nascido na Polônia; Sergei Rachmaninov (1873-1943), maestro, pianista e compositor nascido na Rússia; Ossip Gabrilovich (1878-1936), pianista nascido na Rússia, com residência estabelecida nos Estados Unidos em 1914 e maestro da Orquestra Sinfônica de Detroit desde 1916.

3. Frédéric Chopin (1810-1849), compositor e pianista polonês que se estabeleceu em Paris em 1831. Seus dois concertos para piano são em mi menor e fá menor, mas ele compôs outras obras em si menor. *La Cathédrale Engloutie*, composição de 1910 para piano do francês Claude Debussy (1862-1918). Franz Liszt (1811-1886), pianista virtuoso e compositor húngaro; *La Campanella* é sua transcrição para piano do concerto para violino em si menor de Nicolò Paganini (1782-1840), de 1826. Das diversas versões que Lizst criou desse concerto, a primeira foi composta em 1833, e a mais popular é a de 1851. EH provavelmente leu uma resenha da pré-estreia escrita por Bert Leston Taylor na sua coluna "Line O'Type or Two", de 6 de janeiro, no *Chicago Daily Tribune*: "O sr. Moiseiwitsch, que apresentou um programa *très punque* da última vez que esteve aqui, fará no próximo domingo uma apresentação tão boa quanto a anterior: Händel-Brahms, Chopin, Ravel, Debussy, Palmgren e Liszt no que tem de mais tolerável" (6).

4. Lenore Ulric (nascida Leonora Ulrich, 1892-1970), atriz de cinema e teatro que estrelou a produção de David Belasco para *The Son-Daughter. A Play of New China*, melodrama em três atos de George Scarborough e David Belasco. A peça estreou na Broadway em novembro de 1919 e teve uma temporada no Powers' Theatre de Chicago entre 27 de dezembro de 1920 e 19 de fevereiro de 1921. Fen-sha, rico comerciante cuja identidade secreta é "Sea Crab", é um personagem de *Son-Daughter*. Ulric havia antes estrelado a peça *Tiger Rose* (1917), de Willard Mach (nascido Charles Willard McLaughlin, 1878-1934). EH mencionaria Ulric em *TOS*, e ela depois interpretaria Anita, em 1940, na produção da Broadway de *The Fifth Column*, de EH.

5. William Collier (1866-1944), ator, escritor e diretor norte-americano, estrelou *Hottentot*, farsa em três atos que ele escreveu com Victor Mapes (1870-1943), cuja estreia ocorreu em Nova York em 1º de março de 1920 e foi apresentada depois do Cohan's Grand, em Chicago, em 5 de dezembro de 1920. EH mencionou ter visto *Happy-Go-Lucky* em carta a Grace Quinlan de 16 de novembro e 1º de dezembro de 1920.

6. Mary M. Bartelme (1866-1954), advogada nascida em Chicago que se especializou em casos relacionados a crianças. Em 1889, ela ajudou a fundar a corte juvenil em Chicago. Em 1914 fundou o primeiro "Mary Club", supervisionava meninas antes de serem entregues a lares adotivos, e em 1923 foi eleita juíza cível no condado de Cook, a primeira mulher a ocupar cargo tão alto em Illinois. Não se sabe se existe alguma cópia da história de EH sobre ela, presumivelmente publicada na *Co-operative Commonwealth*.

Janeiro de 1921

A William D. Horne Jr., [antes de 26 de janeiro de 1921]

Horney Horney Bill—
Eu e a máquina de escrever estamos doentes, então essa carta não vai sair lá essas coisas.
Imagino que você já deva ter visto Doodiles e que ela tenha informado você sobre os vários estados, sendo os últimos sempre piores que os primeiros, dos homens.
Tenho pouca coisa para dizer. A sra. Seymour precisa da sua chave. Ela me perguntou várias vezes se você tinha mandado. Sempre digo que não, mas que estou esperando. Agora posso continuar dizendo isso, mas com uma consciência tranquila.
Mande para mim que eu entrego a ela.
A maioria das coisas ainda está aqui no clube e os resíduos continuam nos Seymourses, onde as malas continuam guardadas[1] – deixo elas aqui usando a desculpa de que uma hora você vai me dizer o que fazer com elas. Mas não me diga – elas estão muito bem onde estão.
Uma garganta ulcerada me acometeu por um acre de Bungwad Abissínio[2]. Isso quer dizer que estou no clube me recuperando.
Como estão as coisas?
Queria que você estivesse aqui. Estamos passando por uma fase ótima. Carl Sandburg e Sherwood Anderson apareceram[3], enchemos a cara de vinho tinto todas as noites durante o jantar, é melhor você voltar logo para casa. Você sabe como Della cozinha bem.
O lance da agência de propaganda está arruinado – estão despedindo os caras – Don acaba de ficar sem emprego. Tenho sorte de ter esse emprego do Loper, acho eu. Os homens estão indo para a rua. As mulheres também.
Minha irmã perguntou por você. Minha mãe perguntou por você, numa carta.
Tenho um tanto de coisa para contar – mas estou podre demais para continuar escrevendo.
Vou escrever de novo em breve.
Ainda estou apaixonado por Hash – ela continua dizendo que se nos encontrássemos ela não tentaria me acertar na cabeça com uma barra de ferro.
Isso é tudo que sei–
Não, mentira deslavada – sei muito mais coisas, mas estou cansado demais para escrevinhar–
Isso é só um bilhete – escrevi umas coisas bem decentes e a revista tem me mostrado o final da fila.

Até logo,
Immer,
Oin

Janeiro de 1921

Newbery, CDA

A suposta data é baseada em uma anotação que Horne fez na carta: "Respondida em 26 de janeiro de 1921", e pela resposta, postada em 27 de janeiro 1921 (JFK), fazendo alusão a detalhes da carta de EH.

1. EH e Horne dividiram apartamento na North State Street, 1230, de propriedade da família Seymour, até que a empresa onde Horne trabalhava, a Eaton Axle Company, o chamou para trabalhar na matriz de Cleveland no início de novembro (Horne para EH [10 de novembro de 1920], JFK). Logo depois do Natal, EH se mudou para a casa de Y. K. Smith, na East Division, 63 (conhecida como "clube"), juntando-se a diversos outros jovens que já moravam lá e aceitou a oferta de Y. K. de um quarto gratuito enquanto sua esposa, Doodles, estudava música em Nova York. Horne disse para EH que enquanto estivesse em casa em Yonkers, Nova York, passando férias de Natal, ele deveria entrar em contato com Doodles (Horne para EH, 18 de dezembro de 1920, JFK).]
2. Em sua resposta de 26 de janeiro, Horne disse que ao compartilhar a carta de EH com Doodles, ele "censurou devidamente" as "efusões" de EH en relação ao "Abasynian Bungwad" (aparentemente uma piada interna de mau gosto; "Bungwad" era a gíria usada os Estados Unidos na década de 1920 para papel higiênico).
3. Sandburg, escritor e poeta norte-americano (1878-1967), mais conhecido pelas biografias que escreveu de Abraham Lincoln e por seus poemas sobre Chicago. Anderson, cuja carreira ganhava proeminência desde a publicação de *Winesburg, Ohio*, tinha um apartamento perto da East Division e conhecia Y. K. Smith por causa da ligação que os dois tinham com a agência de publicidade Critchfield (Reynolds *YH*, p. 181-2).

A William B. Smith Jr., [aprox. janeiro de 1921]

Kellner—[1]

Acabo de concluir que aquele refinado poema The Lost Chord tem um novo significado que deve ser interpretado da seguinte maneira–

"Sentado um dia no meu órgão–etc[2]".

Meu coração, por assim dizer, ficou muito feliz com suas notícias. O escritor aqui resolveu que a menos que o epistoleiro tenha escrito alguma coisa, ele, o epistoleiro, está condenado a passar o resto da vida mijando na beira do precipício. O escritor teve certeza de que você tinha começado uma campanha para exorcizar seus velhos conhecidos. O escritor achou que já havia reconciliado no que se refere a você. A amargura chegou a acometer a válvula cardíaca do epistoleiro.

Se quiser entrar no jogo dos jornais, posso mandar cartas para qualquer editor geral que você quiser – se você quiser. Para quais jornais você quer que eu mande? As cartas serão de um sujeito que exerce incontestável influência sobre os editores e redatores em questão.

Viole seus novos costumes e me avise se você as quer ou não.

A larva é igual enxofre – uma maravilha, até que você acende, daí ele fede, estala e queima com uma chama azul. Deixe ele longe do fogo e não há melhor – acenda o cigarro e não vai haver pior–

Se a chama fica a uma distância suficiente, você não acredita no efeito. Basta encostar na chama que ela fede.

Fevereiro de 1921

O Guy, o Carper e eu comemos no Dick Smale uma Nacht dessas[3]. Comida agradável. Jovens rapazes finos.

Essa cidade está cheia de vinho—

O escritor aqui não vai falar mais nada sobre Hash – é claro que as aparências estão contra mim, já expliquei isso – Apesar do desempenho anterior, um cavalo ainda pode ganhar uma boa corrida – talvez tenha carregado muito peso – talvez o cavaleiro não tenha lhe proporcionado uma boa corrida – talvez tenham forçado demais no alongamento – quem vai saber? O desempenho em corridas anteriores só vai importar mesmo depois de muitos anos de corrida – enfim, um cavalo sempre sabe que pode ganhar às vezes.

JFK, CM

A suposta data da carta é baseada no verso da segunda página, uma circular mimeografada com data de 7 de janeiro de 1921 sobre o estacionamento na Michigan Avenue. A referência de EH ao desejo do amigo de arrumar emprego num jornal sugere que ele tenha escrito antes de receber a carta de Smith datada de 30 de janeiro de 1921, na qual Smith conta que aceitou um emprego da Ever-Tight Piston Ring Company em St. Louis (PUL). EH pode ter abandonado a própria carta e guardado como não enviada.

1. Garçom (alemão), apelido mútuo de EH e Smith.
2. "Seated one day on my organ", trocadilho obsceno com "Seated one day at the organ" [Sentado um dia junto ao órgão], primeiro verso do poema "The Lost Chord", de Adelaide A. Proctor (1825-1864). O poema foi musicado em 1877 por Arthur Sullivan (1842-1900), da dupla Gilbert and Sullivan, e a música foi bastante popular até o início do século XX.
3. "The Guy", variação de "the Ghee", apelido de Jack Pentecost. *Nacht*: noite (em alemão).

A William B. Smith Jr., [15 de fevereiro de 1921]

Escrita na terça—
Postada na sexta—

Smith—

Segura o rojão. Por mais que seu cargo pareça ser a morte na sua pior forma, mostre para os cães que Smith sabe como morrer[1]. Boid, você tem que ver Tevern[2] – Meu Deus, nunca vi uma apresentação tão boa assim na minha vida! Yen mais eu e o Carper, isto é, o Mr. LaFever, vimos numa matinê no sábado e numa hora eu pensei que a morte de Yen ocorreria ali mesmo de tanto que ele ria. Mr. La Fever ficou tão comovido que se levantou e deu um soco na cara do sujeito ao lado apenas na camaradagem. Sem brincadeira, a melhor coisa que já vi. Como é a Ruth? Faz bem ou mal para os olhos? Provoca ou não uma tumescência? Tem um apelo mais para um sádico ou um masoquista? Ela é uma *femme* com quem um homem se sentiria seguro tocando no assunto do predomínio do coito intercrural entre os papuas[3]? Que tipo de *femme* ela é?

Fevereiro de 1921

Ao epistoleiro não têm faltado aventuras. Na quinta o epistoleiro mais Gayle Aiken mais Yen foram na casa de Ruth Bush Lobdell[4]. Uma noite rara tivemos, tendo como característica a alcoolização de Aiken provocada por uma garrafa 5 estrelas de Haig and Haig – e a derrota da Sra. Lobdell e de Aiken no jogo de bridge por Yen e o escrevedor – a alcoolização provavelmente ajudou, e eu já tinha tomado dois highballs por cima de uma Bock. E teve a troca de certas palavras e expressões entre o epistoleiro e a Sra. Lobdell, de modo que essas palavras e expressões etc. muito bem pensadas para que os dois concluíssem que nenhum era homossexual. O efeito foi positivo, porque no sábado à noite eu fui chamado para jogar bridge na casa dos Lobdell. Chegando lá encontrei quatro pessoas jogando e a Sra. de fora. Ela é muito atraente. Ruth Bush era de Nova Orleans e foi quatro vezes rainha do baile Mardi Gras. Nós fomos para a sala de jantar e tomamos uísque – também bebemos vários Benedictines, um conhaque de damasco etc. Meu Deus, que adega era aquela.[6] O desfecho disso tudo foi o não retorno do escrevedor ao seu domicílio antes das três! Parece que Charles, o marido, é um cara ótimo e tranquilo que gosta de ficar na cama mais do que qualquer outra coisa durante a noite. Ruth gosta de dançar e passear. Uma situação esplêndida. Yen conheceu Ruth em Nova Orleans. E ela ainda dá uma força para a grana deles.

O escrevedor aqui conseguiu um emprego para Yen com os caras na revista – ele trabalha meio período, está tudo muito chato na G. and W.[7], graças a Deus vocês não compraram uma agência, e Yen está cuidando da parte mecânica. Está ganhando uns 50 mangos todo sábado à noite. Até que não está ruim para um emprego arranjado, não é? Empurrei ele para a agência como o maior mecânico de todos os tempos e disse que era impossível para mim realizar o trabalho – pelo qual eu não receberia nenhum centavo a mais –, arrancando assim 50 mangos a mais dos braços da indústria.

Sin Louie como centro de boxe me parece um lugar onde os melhores vão só para fingir que estão lutando – eles têm que lutar em Nova York porque senão os jornalistas detonariam com eles – mas depois de estrelar uma luta brilhante lá, eles dizem – "Agora vamos pra Sin Louis, lutamos seis rounds, ninguém é nocauteado e vamos progredindo e ganhando respeito"[8]. É assim que me parece. Eu poderia até perguntar para Kid Howard, Charley Cutler e alguns dos caras que eu conheço que sabem das condições financeiras das competições[9].

Soube outro dia pelo FitzSimmons, o promotor, almocei com ele, que Dempsey está quebrado apesar de toda a grana que ganha porque teve de pagar centenas de milhares em multa por escapar da convocação lá na costa. Parece que ele vai ter que lutar com Carp quer queira, quer não – porque está sem grana e precisa pagar as dívidas[10].

Fevereiro de 1921

Isso acrescenta um novo ângulo à questão, hein? Dizem ainda que ele está preso pelos seus famosos cachês e que é uma sombra do que foi antigamente. Fitz não confirmou as informações sobre os cachês, mas deu uma pista[11]. E Flitz sabe. Ele é um grande sujeito. Ele não fala bosta e é interessante como o diabo.

Acho que Tom Gibbons pode derrotar Jack com facilidade – e temo que podia derrotar Carp[12]. Pessoalmente eu nunca vi um lutador melhor, um golpeador mais rápido e com um estilo e um sistema de acertos mais perfeito que esse cara, o Gibbons. Ele só tem 165 – mas, Deus, é um cara muito bom. Sou completamente apaixonado por ele como astro do ringue, e você sabe que não sou do tipo que fica babando por um boxeador sem ter motivo. Ele não tem nenhum ponto fraco. Eu daria cinco pratas para que você o visse.

Yen não esteve muito bem nos últimos dias – mas já superou e agora está ótimo. Ele está pegando leve agora – teve uma dor de cabeça que durou dez dias – como já tinha tido uma vez. Ele está joia agora, não há por que se preocupar. Ele fica acariciando o Ayfee e só saiu duas noites desde que Doodles foi embora – mentira, uma noite só!

O escrevedor aqui está mandando dez notas para quitar minha dívida com a madame – vou escrever para ela.

Das novidades da Stut eu não sei. Ela e eu fomos para mais um daqueles malditos cafés da manhã outro dia – no último sábado. Na quarta ela disse que voltaria para casa antes de primeiro de março – mas você a conhece. Ela sugeriu ir embora e eles pediram para ela ficar, mas agora ela vai mesmo. Ela e Yen voltaram às boas.

O Carper e o Ghee eu vejo quase sempre – Ghee passou a nacht aqui recentemente e jogamos uma partida de bridge.

Eu vou achar ótimo ver você mesmo que seja nas dores da morte – do jeito que diz, você não vai suportar o peso desse trabalho. Nenhum homem suporta.

Yen veio trabalhar hoje e viu Palmer – Yen só precisa ficar uma hora no escritório – recebe $8.33 por dia. Ganhou isso hoje em uma hora. Lembra um pouco os quarenta centavos por hora com as maçãs.

Eu poderia pensar até em mais coisas se eu ao menos pudesse pensar. Mas não posso. Estou escrevendo de casa, fazendo minha *siesta* de sempre e devo voltar para o escritório por volta das 4. A ideia é que eu faça uma grande quantidade de editoriais pensando e desenvolvendo em casa. Meus horários são flexíveis. Costumo chegar entre 9 e nove e meia – fico duas ou três horas até o meio-dia e dou o fora lá pelas quatro ou quatro e meia. Não é um emprego ruim –, mas quando se tem que trabalhar no final do mês, temos que trabalhar como condenados[13].

Fevereiro de 1921

O epistoleiro comprou um terno da Brooks Brothers – eles estiveram aqui no La Salle semana passada. Vou pagar na entrega, que deve acontecer dia primeiro ou quatro de março – depois disso, assim que tiver uma grana, *allez* a Sin Louis[14]. Não podia encarar ninguém com as roupas que estou vestindo – todas maltrapilhas – só cheguei bem arrumado na casa dos Lobdell por causa da luz baixa e os tapetes surrados – não dava para ver os detalhes da roupa, e o corte do meu velho casaco azul é ótimo. Esse terno novo vai deixar você em coma. Estilo inglês genuíno.

Não sei nada de Hourismans mas tendo a apostar minhas fichas no Hoppy[15]. Como está Hash? Mande lembranças para a Madame.

Immer escreva para
Marvelous Miller. the Miller.

PUL, CD com assinatura datilografada; carimbo postal: Chicago / Illinois, 19 Fev / 0:30 / 1921

Embora EH tenha escrito que postou a carta na sexta, ela só foi carimbada depois da meia-noite do dia 19 de fevereiro, um sábado. No envelope ele escreveu: "Entrega especial".

---

1. Em carta a EH datada de 13 de fevereiro de 1921, Smith reclamou das longas horas e do tédio no novo emprego (JFK).

2. *The Tavern*, adaptação satírica feita por George M. Cohan (1878-1942) de *The Choice of the Superman*, de Cora Dick Gantt (nasc. 1877). A peça de Grantt estreou em Nova York em setembro de 1920; *The Tavern* teve uma temporada em Chicago de 31 de janeiro a 1º de maio de 1921 no Cohan's Grand Theatre.

3. Em sua carta, Smith disse que saiu para jantar na noite anterior com Hadley e Ruth Bradfiels no apartamento delas "antes de inserir Ruth na classe dos que escrevem cartas".

4. As perguntas de EH atestam que ele leu *Erotic symbolism; The Mechanism of Detumescence*; The Psychic State in Pregnancy (1906), volume 5 de *Studies in the Psychology of Sex*, do sexólogo inglês Havelock Ellis. EH comprou o livro em Toronto no início de 1920 e mandou um exemplar para Smith, que não gostou e devolveu quase imediatamente (Reynolds *YH*, p. 120-1).

5. Charles W. e Ruth Bush Lobdell moravam no n. 2650 da Lake View Avenue; Ruth era de Nova Orleans e foi rainha do baile Mardi Gras antes de se casar com Charles. A coluna social do *Chicago Daily Tribune* de 30 de janeiro de 1920 (F4) publicou em destaque uma foto dela usando um vestido de noite junto com a notícia de um baile beneficente que ela estava ajudando a organizar.

6. Haig and Haig, marca de uísque escocês. Highball, termo cunhado nos Estados Unidos na década de 1890 para uma bebida gelada de uísque e soda ou outra mistura servida num copo duplo. Bock, cerveja alemã escura; talvez o apelido de uma das companhias de EH. Benedictine, licor de ervas fabricado originalmente pelos monges beneditinos da Normandia; um comerciante local modernizou a receita na década de 1860 e começou a produzi-la comercialmente em 1876 pela empresa fundada por ele, a Benedictine S.A.

7. Agência de propaganda Gregg and Ward.

8. Na carta de 13 de fevereiro, Smith reclamou da prática de antijogo que ele observou em lutas recentes em St. Louis.

9. Kid Howard (apelido de Howard Carr) administrou academias de boxe em Chicago por praticamente três décadas – a primeira (1910-1925) no n. 32 da South Clark Street ("Howard Gym Closes", *Chicago Daily Tribune*, 23 de novembro 1939, p. 38); EH visitou sua academia quando adolescente (Baker *Life*, p. 22). Charles "Kid" Cutler (nasc. 1883), boxeador e campeão mundial de pesos-pesados (1913-1915), abriu uma academia em Chicago em 1913 e lutou até a década de 1920 ("Time Mellows Kid Cutler, Mat King in Golden Age", *Chicago Daily Tribune*, 1º de fevereiro de 1951, p. B1).

Fevereiro de 1921

10. Floyd Fitzsimmons, promotor de lutas de boxe em Chicago que organizou a luta entre Miske e Dempsey em 1920. No início de 1920, a dispensa de Dempsey do serviço militar durante a Primeira Guerra Mundial foi questionada e ele foi acusado formalmente de tentar escapar do serviço obrigatório. Em 15 de junho de 1920, um júri em São Francisco o considerou inocente, mas as acusações de que ele estava fugindo do serviço militar continuaram sendo um estigma para sua reputação. Dempsey e Carpentier, herói de guerra francês, se enfrentaram numa luta muito conhecida em 2 de julho de 1921, a primeira luta de um milhão de dólares da história do boxe.

11. Alusão a Romanos, 6: 23: "Pois o salário do pecado é a morte, mas o dom gratuito de Deus é a vida eterna em Cristo Jesus, nosso Senhor".

12. Tommy Gibbons (1891-1960), peso meio-pesado norte-americano. Em 1923, Dempsey não nocauteou Gibbons, ganhando a luta somente por pontos, e, em 1924, Gibbons derrotou Carpentier.

13. Esse comentário sugere que a revista era publicada mensalmente; no entanto, o único exemplar que sobreviveu, com data de 1º de outubro de 1921 (JFK), traz no cabeçalho a descrição "a revista semanal de ajuda mútua", como também nota Reynolds (*YH*, p. 279). O formato de publicação da revista pode ter mudado no decorrer de sua história.

14. Brooks Brothers, empresa varejista de Nova York especializada em alta moda masculina fundada em 1818. Aparentemente um representante de vendas da empresa esteve no LaSalle Hotel, um dos mais requintados de Chicago, no cruzamento das ruas LaSalle e Madison, aceitando pedidos para roupas sob medida a serem pagas na entrega.

15. Em sua carta de 13 de fevereiro, Smith escreveu que "os caras em St. Louie estão escolhendo o Houremans para acabar com o original Hoppe! O papo é que o belga é muito melhor que William na tacada *massé* [...] acho que vou dar uma chance ao Hop". Em novembro de 1920, Edouard Horemans, da Bélgica, campeão europeu de bilhar profissional, chegou nos Estados Unidos para disputar com William Fredrick (Willie) Hoppe (1887-1959) o título mundial, que Hoppe mantinha há quinze anos. Quando eles finalmente se enfrentaram no torneio do mundial em novembro de 1921 em Chicago, Hoppe derrotou Horemans, mas perdeu o título em dezembro para outro norte-americano, Jake Schaefer.

A Grace Quinlan, 25 de fevereiro [1921]

25 de fevereiro

Queridíssima G—

Desculpe usar sua carta – é que estou na cama com a máquina – mas sem papel. Por que me mandou uma carta tão vazia como essa? Você vai ver só.

Don Wright, há pouco tempo, me trouxe uma carta sua ótima de umas três ou quatro páginas, mas quando eu abro pensando "Que bom, uma carta da G.", me deparo com isso.

Por que você quis mandar o livro de volta? Não quero mais nada com ele.

E teve o "muito atenciosamente, sua". Desde quando você se despede com "muito atenciosamente"? Você fica me dizendo essas coisas. Elas me paralisam. Você costumava dizer "com amor", que queria dizer que gostava de mim – você não gosta mais de mim[1]?

Estou preso na cama há uns sete ou dez dias – não, não tenho hemorragias nem qualquer daquelas doenças que Petoskey me provoca de tempos em tempos a ponto de morrer – só estou com *Grippe* e febre – e não tenho recebido uma maldita carta. Não tive disposição para escrever para ninguém – e acho que estou devendo uma carta para todo mundo.

Quais são as novidades? Queria muito que você pudesse vir aqui ver The Tavern. É o espetáculo mais engraçado que já vi na vida. É um melodrama

Fevereiro de 1921

burlesco de Geo. M. Cohan, e é tão engraçado que em alguns momentos você acha que se eles falarem algo mais engraçado, você vai morrer de tanto rir.

Huh. Pensando aqui, acredito piamente que você me deve uma carta. É. No entanto, esta que acabo de receber teve um significado tremendo. Pode significar diversas coisas.

Pode significar que você descobriu o segredo de meu terrível passado.

Pode significar que você está seriamente apaixonada por alguém. Parece que é isso. As pessoas perdem totalmente o senso de humor quando isso acontece. Odeio pensar em você apaixonada por alguém em Petoskey. Pode significar que Liz contou alguma das diversas diatribes que eu possa ter escrito sobre você enquanto estava naquele período, muito remoto e surreal, de profunda irritação com você.

Pode significar que você se tornou uma cientista cristã. Isso também acaba automaticamente com o senso de humor[2].

E pode não significar nada em absoluto.

Espero que seja a última coisa e que eu receba uma boa carta sua. Porque apesar de tudo, como dizem os melhores melodramas, eu ainda amo você – também andando, dançando, nadando – você nada muito bem que eu sei. E costumávamos ter um carinho muito grande um pelo outro. Achei que você era a melhor irmãzinha que eu tinha. E por pensar que você era minha irmãzinha, você não me achava muito interessante. Sim, eu sei disso. Mas é porque eu gostava muito de você, e porque você tinha 14, ainda que notavelmente já crescida, que eu sempre tratei você como minha irmãzinha. E por isso perdi minha influência por não ser sensacional como os galanteadores caipiras do vilarejo.

Eu posso fazer amor, você sabe – mas sempre a considerei irmã e amiga –, por isso nunca admirei muito caras como Bob Mudgett, que ficam por aí de namorico com as mocinhas na cidade, todos melosos como se fosse xarope Karo.

O papel está acabando.

Me escreva uma carta decente, G – ou se por alguma razão péssima ou cruel você estiver de saco cheio de mim até a morte –, escrava para mim uma carta dramática, fria e esnobe dizendo todas as coisas que você jamais gostaria de me escrever de novo. Adoro uma situação dramática como essas. Há algo de interessante nelas.

Então, tchau.

Queria que você estivesse aqui para me animar durante a tarde – estou meio triste – Tenho um ótimo emprego novo e ganho uma boa grana.

Com amor
Stein.

phPDL, CDA

Março de 1921

1. EH datilografou essa resposta na carta que Quinlan mandou para ele em 23 de fevereiro de 1921, mas só colocou no correio junto com outra carta, em 21 de julho de 1921. Ela escreveu para devolver um exemplar de *This Side of Paradise*, romance de estreia de F. Scott Fitzgerald (Scribner's, 1920), um dos best-sellers daquele ano. Em contraposição a suas cartas anteriores (JFK), com encerramentos do tipo "com todo meu amor", esta é breve e formal, assinada "Muito atenciosamente, sua / Grace Edith Quinlan".

2. A Church of Christ, Scientist (Igreja de Cristo Cientista), foi fundada em Boston em 1879 por Mary Baker Eddy (1821-1910) "para restabelecer o cristianismo primitivo e seu elemento perdido de cura". Os cientistas cristãos costumam preferir a prática de métodos de cura espiritual em vez de tratamento médico. Em "O médico e a mulher do médico" (*IOT*), EH retrata a esposa do médico, de maneira irônica e antipática, como cientista cristã.

A John Bone, 2 de março de 1921

Chicago
~~Fevereiro~~
Março
dois
Mil Novecentos e Vinte e Um

Sr. John R. Bone
Editor-chefe
The Toronto Star.

Caro sr. Bone—
    Fiquei muito feliz por receber sua carta sobre a orientação prevista ~~dos artigos~~ para o Daily Star. Foi especialmente interessante porque coincidiu com algumas ideias que venho amadurecendo há bastante tempo em relação ao Daily.
    ~~Das~~ Como o senhor disse, histórias curtas para um jornal diário são bem diferentes das histórias para publicações semanais. Mas isso, bem como os ~~outros, diversos~~ variados usos que se pode fazer de um escritor específico que trabalha diretamente para um editor-chefe, poderia ser discutido posteriormente.
    Esse cargo, como o senhor ~~delineou~~ esboçou, parece oferecer possibilidades esplêndidas e me interessa bastante.
    No momento, estou ganhando \$75.^{00} por semana por um trabalho conveniente, mas muito entediante. Eu ficaria feliz em receber \$85 por semana, começando em 1$^{\underline{o}}$ de abril.

Atenciosamente,
Ernest M. Hemingway

JFK, RCMA

A carta de Bone, para a qual EH rascunhou esta resposta, não foi localizada, assim como uma carta de EH para seu amigo Greg Clark, editor de artigos de fundo do Toronto Star Weekly, pedindo conselhos sobre como responder a oferta de emprego de Bone para escrever artigos de fundo para o Daily Star. Em carta de 28 de fevereiro de 1921, Clark aconselhou EH a dizer para Bone que ele "estava ganhando $75 por semana num trabalho conveniente e tranquilo", e pedir um salário entre $70 e $100 (JFK). A carta que EH de fato mandou para Bone não foi localizada, tampouco a resposta de Bone. Mas em carta posterior, com data de 17 de maio, Bone escreveu para agradecer a EH pela carta de 12 de maio, acrescentando que o artigo anexado era mais apropriado para a edição semanal do que a diária do Star (JFK). O Star Weekly publicou sete artigos de EH em 1921; sua primeira peça para o Daily Star só seria publicada em fevereiro de 1922 (DLT, p. 67-8).

A William B. Smith Jr., 4 de março [1921]

4 de março
Ye Ossif

Smith—:

Então, Smith, você não escreve mais para os amigos, não é[1]? Isso não se faz. Não seja como os ratos que abandonam o navio que naustraga*. Bem vergonhoso comparar este que escreve a um navio naustragado. O escritor não está naustragado. Até mesmo os pés do escritor aqui têm o puro odor de rosas. O escritor se banha todos os dias.

Alguns recortes – jornais inteiros não lhe serão enviados. Neles você verá marcas de azul e preto nas histórias que eu escrevi. Em alguns casos, verá o nome do escritor.

Preste atenção no estilo delicado, na densidade, na virilidade, na engenhosidade artística dos artigos. Veja como os artigos escritos pelo escritor superam os escritos pelos outros.

O escritor incentiva a si próprio. Ninguém vai incentivar o escritor.

Como estão as vendas? Descobri que você pode vender um carro por semana durante dez semanas e conseguir 2.000 pratas. Com isso, numa estimativa conservadora, dá para comprar 200.000 Yellow Sallys[2].

JFK, CM

---

1. A carta de Smith que parece ser a que precedeu esta é de 30 de janeiro de 1921; a próxima carta de Smith para EH que sobreviveu foi enviada de St. Louis em 7 de março de 1921 (PUL).
*. "Stink" [feder], no original; trata-se de um trocadilho com "Sink" [naufragar]. (N. E.)
2. Tipo de inseto seco usado na pesca com moscas.

Março de 1921

A Irene Goldstein, 16 de março [1921]

16 de março

Querida Yrene—

Que notícia maravilhosa saber que você virá para cá – apesar de não ter muito o que fazer – em julho. Pavley–Oukrainskey. Você deve ser boa. Por que nunca a vi dançar[1]?

Aposto que a visita da Sra. Rosenthal deve ter sido ótima. Achei engraçado a coisa da carta. Escrevi na redação e pensei, é claro, que Grand Island ficaria bom para você – achei que nesse momento você já estaria informada de tudo[2]. Fiquei pensando que diabos tinha acontecido, não tive nenhuma notícia sua. Vou esperar até chegar em casa para ver sua carta e mandar esta para o endereço certo para que você receba.

Passei esse último fim de semana em Saint Louis. Voltei ontem[3]. Tive dias ótimos. Está quente por lá – não precisa usar casaco o tempo todo. Passeei de canoa e caminhei bastante no clube campestre.

Por aqui vai tudo bem. Quando você chega? Neste momento, estamos realizando uma orgia básica de bridge. Segurei as cartas mais inacreditáveis. Propus aos caras cobrar uma tarifa única mensal no bridge. A cidade também continua úmida. Estou trabalhando demais. Seu trabalho também parece difícil. Você fica cansada durante a noite? Eu também. Durmo igual um urso. Temos o apartamento até 1º de maio. Depois vamos passar o verão na Sra. Aldis. Um lugar excelente. Esse aqui supera o outro no tamanho, mas não no Sofá. Caramba, que sofá é aquele. E. Chicago, 100, é o novo endereço. Mas ainda não. Vamos ficar na Aldis até novembro, depois arrumamos um novo lugar para morar. É claro que a comida ainda é um problema. Há uma semana pensei que iria para Toronto de uma vez por todas – tive uma oferta bacana de lá, mas se você vem em julho, vou ficar por aqui. Vai ser bom encontrar você. Bobb Rouse ainda parece caidinho por você – você sabe que eu sou – me escreva uma carta – hein [4]?

Stein

Stanford, CDA

1. Goldstein escreveu para EH no dia 9 de março de 1921 dizendo que passaria o mês de julho em Chicago para estudar na Escola de Balé Pavley-Oukrainsky (JFK). Em 1916, Andreas Pavley (1892-1931) e Serge Oukrainsky (1886-1972), dois veteranos do Balé Imperial Russo e, na época, principais bailarinos da Chicago Grand Opera, fundaram a escola para treinar bailarinos para o balé da ópera; a partir de 1919, eles coordenaram um encontro anual de dança em South Haven, Michigan.

2. Goldstein estava lecionando educação física numa escola pública em Grand Island, Nebraska (Diliberto, p. 50). Ela escreveu que a tia, a "sra. Rosenthal, de Petoskey", estava fazendo uma visita e que a carta anterior de EH tinha ficado presa duas semanas no correio de Grand Island.

3. EH visitou Hadley em St. Louis pela primeira vez no final de semana do dia 11 de março (Baker *Life*, p. 77; Diliberto, p. 57-8).

Abril de 1921

4. EH e Bill Horne se mudariam com Y. K. Smith quando ele voltasse para seu antigo apartamento em East Chicago, 100, de propriedade da sra. Dorothy Aldis, "uma rica patrona local das artes" (Frento, p. 99). Robert (Bobby) Rouse era um dos jovens solteiros que dividia o apartamento de Smith em East Division, 63, onde Goldstein visitou EH durante as férias de Natal. Anos depois ela se lembrou que, quando estava indo embora, EH se jogou em cima dela enquanto estavam sentados numa cama onde ela havia deixado seu casaco (Diliberto, p. 50) – o que talvez explique sua referência ao sofá.

A Marjorie Bump, [depois de 7 de abril de 1921]

~~Minha querida~~

A veia vituperiosa não é tão adaptável à sua tola inflexibilidade de dicção.

Por exemplo, desenvolver uma filípica daquelas e depois cometer a indiscrição de escrever "abominável" daquele jeito todo charmoso e ingênuo que você escreveu é fatal para o estilo Bernhardtítico[1].

O acréscimo a lápis de seu endereço nas costas do envelope significa, é claro, que você deseja uma resposta[2].

Querida Red,

Tentei, no que escrevi acima, fazer algo que se comparasse ao tom do seu discurso. Mas foi muito difícil – esse tipo de carta, você sabe, a gente encontra em livros de etiqueta. Não jogue fora o livro de etiqueta que estudamos juntos.

~~Se foi minha abominável arrogância que acabou distorcendo aquela carta que recebi de você depois de dois meses, é recíproco dizer que foi a forma da sua boca que, a meu ver, nos separou para sempre.~~

~~Você só fez uma referência à arrogância então vou me referir à boca só uma vez.~~

~~Foi uma ideia esplêndida esperar dois meses para discutir isso. A veia vituperiosa – aliteração indefensável – mas meu estenógrafo tem trabalho demais para fazer e você proibiu as expressões prediletas – não é próprio de seu estilo tolo~~[3].

Abominável não se escreve Abomnável.

Isso mostra, sem ter que pensar por 2 meses, como eu fui bom para você. Estava brincando, Red, você sabe disso.

Fico pensando o motivo do seu grande acesso de raiva. Acho que nunca vou saber. Foi o lance da arrogância? Será que sou mesmo um maldito arrogante?

Eu ia escrever uma carta sarcástica – mas não estou com vontade agora. Lembrei daquele verão de 1919 – O melhor verão ~~que já tive~~ que já existiu, acho – Não vou ficar falando demais daquele verão ou outono para qualquer um. Foi idílico – perfeito como são alguns dias de primavera quando passamos pelos vales entre montanhas a bordo de um trem a vapor – e outras coisas transitórias.

Abril de 1921

    Depois você começou a se comportar diferente e eu agi como um idiota – no final, deu tudo certo.

    Você vai se casar com o refinado Don Marcle[4] ou algo do tipo e viverá feliz para sempre – e se você se casar com um cretino divertido suficientemente divertido e suficientemente cretino vocês dois serão felizes para sempre. Charles Graham é um bom exemplo do tipo[5] – Você vai ter uma maravilhosa lua de mel e dois anos depois vai conseguir tirá-lo de casa de vez em quando para ir ao cinema. Não pode depender disso, contudo. Ele tem que gostar muito de cinema. Não existe fórmula.

    Provavelmente, como você disse, eu não era bom o suficiente para você – partidário da natação à meia-noite – e da pesca de trutas sem propósito, de dançar em grupo no depósito, de trabalhar no pomar com Kate e Bill – enquanto qualquer ser humano sensível saberia que o divertimento apropriado estava no sorvete da Koulis, nas danças judaicas no Cushman e nas festas infantis bobinhas na Helen Sly[6].

    Sim, eu fui ruim para você – não devia ter falado para você ler Richard Yea and Nay – lembre-se que a bibliotecária de Petoskey disse que Hewlett não era bom. Não devíamos ter lido as outras coisas que lemos quando você podia estar lendo The American Magazine e The Ladies Home Journal[7].

    Anime-se, Red – Eu não fui tão ruim para você – a não ser como Bill sempre disse – mas não vou repetir porque não concordo com ele.

    Esta carta está ficando longa demais.

JFK, RCM

    Aparentemente, um rascunho não enviado respondendo à carta de Marjorie Bump datada de 7 de abril de 1921 (JFK), na qual ela disse que depois de pensar durante dois meses que EH havia dito ter sido bom para ela, ela concluiu que estaria muito melhor se não o tivesse conhecido, acrescentando: "cometi um erro superestimando uma pessoa cuja arrogância é tão abominável". Reynolds presume que essa carta para EH tenha sido uma resposta a uma carta perdida dele na qual falava de seus planos de se casar com Hadley (YH, p. 174). No entanto, H. R. Stoneback acha mais provável que EH e Marjorie tenham se encontrado dois meses antes, talvez durante o recesso escolar dela, e que ele deu a notícia a ela pessoalmente ("'Nothing Was Ever Lost': Another Look at 'That Marge Business'", em Hemingway: "Up in Michigan" Perspectives, Frederic J. Svoboda e Joseph J. Waldmeir (orgs.), East Lansing, Michigan State University Press, 1995, p. 74).

1. Sarah Bernhardt (1844-1923), atriz francesa de teatro conhecida por seus papéis dramáticos.

2. O envelope não sobreviveu com a carta de Marjorie Bump.

3. Essa frase está datilografada no verso da primeira página e riscada a lápis. Provavelmente representa a primeira tentativa de EH no início da carta.

4. Donald Markle, aluno da Petoskey High School, na época no último ano.

5. Charles S. Graham era casado com a mãe de Marjorie, Mate Cecilia Bump Graham (aprox. 1872-1935), viúva de Sidney S. Bump. De acordo com o catálogo telefônico de Petoskey de 1919 a 1920, Graham era vendedor e morava na Grove, 414, com a sra. "Matie C. Graham", que trabalhava na Bump and McCabe.

6. Koulis Kandy Kitchen, na Mitchell Street, 325, em Petoskey, vendia "sorvete e doces caseiros". Sly, colega de classe de Marjorie Bump, também se formou na Petoskey High School em 1920.

7. The Life and Death of Richard Yea-and-Nay, de Maurice Henry Hewlett. *The American Magazine* (1906-1956) e *Ladies' Home Journal* (desde 1883), revistas mensais populares, com um imenso público leitor.

A Clarence Hemingway, 15 de abril de 1921

15 abril 1921

Querido pai

Fiquei muito feliz por receber seus dois postais – sua viagem deve estar maravilhosa[1]. As coisas estão caminhando bem rápido por aqui. Estou trabalhando bastante e tenho uma chance de promoção, e suponho que mais dinheiro – não posso entrar em detalhes porque corro sempre o risco de aparecer alguém, espiar pelas minhas costas e ver o que estou escrevendo. Estamos com um novo escritório no loop – o endereço é sala 205, Wells Building – North Wells Street, 128, Chicago, Illinois[2]. Há uma chance de eu me tornar editor-chefe. Isso é secreto e confidencial.

Enquanto isso continuo negociando com o Toronto e devo aparecer por lá qualquer hora[3]. A lira italiana que comprei por 3,50, mais ou menos, subiu para 5,00 – eu poderia vender e lucrar bastante –, mas comprei porque queria as liras, não como uma aposta. Quero ir para a Itália em novembro e já tenho liras suficientes. Manfredi esteve aqui ontem à noite. Ele está ótimo e mandou lembranças.

Levei Ursula para jantar uma noite dessas e logo devo ir para casa. Mas tenho trabalhado como um cão. Vou para Wisconsin fazer uma matéria na próxima segunda.

Eles enforcaram Cardinella, Cosmano e mais um outro assassino carcamano hoje. Lopez, que seria enforcado, teve suspensão temporária da sentença. Cardinella deve ser um sujeito bom de se enforcar, imagino[4]. Passei na cadeia hoje de manhã e tinha uma multidão do lado de fora esperando o evento.

Você ainda tem pescado?

Mande meu amor e carinho para a vó e o vô e a tia Grace e Carol. Espero que todos estejam bem.

Descanse, pesque e nade bastante por mim – queria muito poder estar aí com você – coma muitos camarões também – Quisera eu tirar umas férias – parece que a gente trabalha como cão a semana toda, mal chega domingo, dormimos um pouco e voltamos para a labuta de novo – vou aproveitar quando for para Wopland no outono.

Abril de 1921

O sol não aparece por aqui há duas semanas. Estou escrevendo uma carta triste e elegante só para você apreciar o momento ótimo que está tendo. Odeio esses caras que escrevem para a gente enquanto estão viajando e fazem parecer que estariam mais felizes se estivessem em casa. Aqui não é nada divertido – e não há nada para se esperar daqui.

Com essa alegre perspectiva, me despeço –

Seu afetuoso filho
Ernie

JFK, CDA; carimbo postal: CHICAGO / ILLINOIS, 15 ABR. / 18:00 / 1921

1. Clarence estava visitando Sanibel Island, Flórida, com a filha Carol, seus pais e sua irmã, Grace Adelaide Hemingway. No postal que sobreviveu dessa viagem, Clarence disse que todos estavam "tão felizes" e que tinha muito peixe (9 de abril de 1921, JFK).
2. O escritório da *Co-operative Commonwealth* ficava no centro comercial histórico da cidade, popularmente conhecido como Loop [Anel], por causa do padrão dos trilhos elevados que circundavam a região.
3. EH recebeu uma oferta de emprego no Toronto Star feita pelo editor-chefe John Bone.
4. Salvatore "Sam" Cardinella ("Cardinelli" nos registros legais; 1880-1921), chefão do crime organizado de Chicago, foi enforcado naquele dia pelo assassinato em 24 de junho de 1919 do taberneiro Andrew Bowman. Joseph Constanzo (não "Cosmano"), Sam Ferrara e Antonio "The Game Cock" Lopez foram sentenciados à morte pelo assassinato, em 14 de janeiro de 1921, de Antonio Varchetto, banqueiro de Chicago. Embora Constanzo e Ferrara também tenham sido executados em 15 de abril, Lopez teve suspensão temporária da pena por trinta dias depois que se descobriu uma prova que poderia inocentá-lo ("Three to Hang Today; Lopez Is Reprieved'", *Chicago Daily Tribune*, 15 de abril de 1921, p. 1; "Bandit Killed, Three Hanged, in Crime War", *Chicago Daily Tribune*, 16 de abril de 1921, p. 1). Lopez acabou sendo executado em 8 de julho de 1921. EH escreveu sobre o enforcamento de Cardinella em *iot*.

A William B. Smith Jr., [28 de abril de 1921]

Caramba, Bird, você parece péssimo. Longe do epistoleiro ficar contando letras de artigo ruim. Você tem que conseguir uma boa grana nessa Zelnicker durante o verão com algum trabalho secundário. Você também pode dar uma enrolada no Nicker sobre a situação de Michigan. Ben Brown está guardando nossos anéis de pistão[1]?

O epistoleiro aqui está impressionado com seu suposto humor – as cartas vão fluir livremente. Eu não fazia ideia da merda em que você estava, embora parecesse triste quando nos encontramos na vila. Não ouvi de você nenhuma forma de insatisfação com o escriba, então depois de um tempo parei de epistolar seguindo a teoria de que se um homem não quer ter algo a ver com outro homem, é porque o homem não deve imitar Odgar na busca epistolar do Butstein. Mas se houver uma espada apontando para você, como obviamente parece, o fluxo será irrestrito.

Estamos nos mudando para E. Chicago, 100, no próximo sábado. Doodiles volta para casa no dia 28 de maio. Yen deu uma crescida – 172 li-

Abril de 1921

bras – fica entre isso e 174. Diz que nunca se sentiu melhor desde que estava agrilhoado.

Fedith[2] está na cidade, morando com os pais no Virginia Hotel. Stut ainda não a vê, que eu saiba, há uma semana ou dez dias. Stut esteve com Yen ou comigo praticamente todas as noites da semana passada – fizemos uma festança Ela, Yen e o escriba e um cara legal chamado Krebs[3] sábado passado à noite numa série de resorts familiares alemães que eu nunca vi igual. Duvido até que existam na Alemanha. Vinhos do Mosel a 40 centavos a taça grande, cerveja de antes da guerra por 40 centavos o caneco. Dá para jantar muito bem por 50 centavos. Ninguém fala nenhuma palavra de inglês. Podemos ir lá de novo quando você vier. Domingo Stut e os caras, Yen, Horne e Rouse foram para Oak Park, a parentalha toda em Michigan. Vimos um vaudeveel alemão nos lugares mencionados, Wurtz n'seep's[4], Komicker Seppels e dois outros lugares esplêndidos.

Fedith está aqui, ela e Stut vivendo separados e sem se ver vai acabar em rompimento, não acha?

O escrevedor não está muito bem de saúde. Nas últimas duas semanas tive umas dores de cabeça alucinantes que quase me mataram. Ontem na redação fiquei louco por minha boa visão e tive de voltar para casa. Entreguei os pontos de tanta dor de cabeça – estou trabalhando feito um condenado enquanto faço ao mesmo tempo umas coisas para o Loper. Escrevi mais coisas nas últimas duas semanas do que nos 18 meses anteriores. Não parece que o corpo está lutando contra o mental – mas sinto que estou beirando a loucura completa. Quando der para nadar aqui, vai ser melhor. Atualmente chego em casa da redação, como, jogo duas ou três partidas de bridge com os caras e vou para a cama, durmo um pouco, acordo e não consigo dormir de novo por nada, daí começo a trabalhar e continuo até adormecer de manhã. Experimentei o Veronal[5] mas parece que não bateu direito. Estou com uma vontade dos infernos de ir para o norte quando vocês forem. Duvido que eu consiga ir neste verão – Jo Eesus, às vezes me pego pensando sobre o Sturgeon e o Black durante a noite e quase fico biruta – não ajo como Odgar nesse caso. Talvez tenha que abrir mão por algo que eu queira mais – mas isso não me impede de amar isso com todas as minhas forças. É assim que são as coisas. Guy só se apaixonou por dois ou três rios a vida inteira e os ama mais do que tudo no mundo –, mas quando se apaixona por uma garota, os malditos rios podem secar que ele não está nem aí. O único ponto negativo é que aquela região inteira me atrai como nunca – estou sentindo uma vontade de ir para lá nessa primavera mais forte do que já tive antes – e você sabe como tem sido – não fico pensando nisso durante o dia, mas à noite a ideia vem e acaba comigo – e não consigo evitar.

Se lembra daquele dia no verão passado quando topamos com um cardume gigante naquela curva para baixo do Chandler? Aquele foi um dos

Abril de 1921

piores. E do dia que pesquei sozinho com Sam Nickey mais para baixo, numa outra parte do riacho, e pegamos aqueles enormes no trecho onde eu e você pescamos um monte, o dia que Hoopkins e Odgar pescaram um punhado lá em cima no rio. Lembra que minha vara quebrou naquele lugar onde você pegou um dos grandes e a briga que a gente teve antes de conseguir enredar o peixe? Joe Eesus, aposto que lá deve ter uma quantidade inacreditável de trutas. Agora que comecei a pensar nessas coisas, acabou com meu dia.

Esta carta está parecendo as do Carper – ele está ganhando uma grana ótima agora – só na base de comissão – fazendo muito mais grana agora do que já fez na vida e guardando tudo direito. Diz que vai passar um mês no norte. O Dirty Dick está ótimo – almocei com ele hoje. Ainda não sei dos planos do Ghee. Tem notícias do Theodore? Recebi uma carta de Theodore – um postal aliás – mas ele não deu notícia nenhuma[6].

Suponho que uma das principais causas da loucura é você estar tão cansado à noite que não consegue fazer exercício nenhum. Pense que esse é um dos grandes motivos da ruína humana. Você só percebe isso depois de já estar arruinado. Parece que você tem uma boa influência com o Zelnicker. Coisa boa de se ter–

Então Waddyoh – escrevo uma carta melhor qualquer hora – mais duas cartas desse tipo e eu estarei derrubado num caixão.

Immer,
Wemedge

PUL, CDA; carimbo postal: CHICAGO / ILLINOIS, 28 ABR / 23:00 / 1921

1. Smith estava trabalhando na Walter A. Zelnicker Supply Company de St. Louis, fabricante da Ever-Tight Piston Ring. Brown cuidava de uma oficina em Charlevoix, fundada em 1898 como loja de arreios.

2. Edith Foley (nasc. 1894), escritora *freelancer* e amiga de Kate Smith dos encontros de garotas que aconteciam no verão, em Michigan; elas moraram juntas no apartamento de Y. K. Smith em Chicago e coescreveram artigos de revista (Fenton, p. 99-100). Smith se casou com John Dos Passos em 1929, e Foley se casou com o escritor Frank Shay (1888-1954) em 1930, e os casais moravam perto um do outro, em Provincetown, Massachusetts. Elas escreveram dois livros juntas, *Down the Cape: The Complete Guide to Cape Cod* (Nova York, Dodge Publishing Company, 1936) e *The Private Adventure of Captain Shaw* (Boston, Houghton Mifflin Company, 1945), um romance histórico.

3. Krebs Friend (1896-1967), colega da *Co-operative Commonwealth* e veterano da Primeira Guerra Mundial. Ele presenciou ações de guerra no *front* ocidental em 1918 e sofreu traumas de guerra severos. EH o encontrou de novo em Paris em 1924, quando, depois de se casar com uma herdeira, Friend se tornou o principal investidor da *Transatlantic Review* (Baker *Life*, p. 131; Smith, p. 70). EH escreveu sobre as experiências de guerra de alguns amigos em "Soldier's Home" (*IOT*), cujo protagonista recebeu o nome de Harold Krebs.

4. Wurz' n' Zepp's, cervejaria famosa na North Avenue, em Chicago (Baker *Life*, p. 79).

5. Marca de um barbiturato com efeito sedativo ou hipnótico introduzida em 1903.

6. Grace Hemingway encaminhou para EH um cartão-postal de Ted Brumback, postado dia 8 de abril de 1921 em Kansas City, junto com uma carta que ela escreveu em 14 de abril de 1921 (JFK).

Maio de 1921

A Marcelline Hemingway, [20 de maio de 1921]

Minha Queridíssima Carved Ivory—
Espero que esteja tudo bem. Fiquei muito triste quando soube que você ia entrar na faca. Nada me preocupa mais do que saber que um amigo ou parente vai entrar na faca.

Mas conversei com papai e ele me passou a informação de que você saiu da cirurgia em excelente forma.

Estou te escrevendo e logo vou te visitar para ver se você está mesmo ótima depois de ter entrado na faca.

Hoje à noite o Carper, i.e; Mr. La Fever, o Carper, mais Yenlaw Smith e o escritor vamos nos sentar na primeira fila do ringue enquanto Frankie Schaeffer – da Stock Yard – e Gene Watson – o demônio da Costa do Pacífico – disputam dez rounds na luta das 130 lbs[1]. Vai ser uma briga ótima. Mal consigo esperar para ver.

Acho que Al[2] teve bons dias aqui comigo. Espero que sim – segui sua dica de que ele estava sem grana e banquei todo o entretenimento – comida, bebida etc. Ele deve ter ficado em choque quando soube que você entraria na faca.

Douglas Wilde sabe que você entrou na faca? Ele tem que aparecer com algo bem bonito. Pense no que você mereceria dele se tivesse pelo menos deixado que ele a beijasse. Se ele soubesse da cirurgia, ficaria tão mal que provavelmente inundaria o hospital de tanto chorar, como se estivesse coberto por cebolas.

Todos os caras ficaram arrasados quando souberam que você entrou na faca.

Ontem à noite Issy Simons e eu tivemos uma noitada formidável. Fomos a quatro dos melhores lugares da cidade e embora eu estivesse triste de pensar na sua cirurgia, consegui fingir uma certa alegria. Nos divertimos para caramba. Issy é muito bacana. Foi uma noite magnífica. Saímos de um lugar onde estávamos dançando valsa e fomos para o ar livre e estava quente, quase tropical, com uma lua gigantesca que radiava no topo das casas. O ar suave e morto, do jeito que costumava ser quando éramos crianças e andávamos de patins ou brincávamos de pique com os Luckocks e Charlotte Bruce[3].

Eu e Horney vamos para St. Louis na próxima sexta à noite e ficaremos três dias na casa da Hash. Acho que vai ser muito bom.

O novo Domicílio é uma maravilha – muito maior que o anterior – e tem elevador e vista da janela da frente para os telhados inclinados esquisitos das velhas casas da rua Rush até a grande montanha do edifício Wrigley[4], o verde da grama fresca ao longo das ruas e as árvores em destaque – uma vista

Maio de 1921

impressionante. Bobby vai morar de vez em Nova York – você sabia disso? Horney está dando duro.

> Agora temos uma música bacana – eu que escrevi sobre os caras–
> Bobby passeia pela La Salle Street
> Carper torra dinheiro na gandaia
> Horney trabalha por um caneco
> Meu Deus, como entra dinheiro[5]!

Caramba, que pena você ter entrado na faca. Mas quando a gente tem que entrar na faca, é preciso aceitar sem lutar. Estou com um sono dos diabos hoje – está quente, e só consegui dormir quando o dia já estava claro. Como foi bom ontem – me diverti com Is muito mais do que com qualquer pessoa que eu conheça nessa cidade. Você tinha que ver a gente no Grottenkeller dançando valsa para lá e para cá rodeados de alemães, um clima ótimo, com boa cerveja, cigarros, batendo na mesa com uma caneca de cerveja pedindo mais música.

Scuse a datilografia péssima e as centenas de *errati* – é porque estou usando um sistema para datilografar que aprendi recentemente, é mais rápido, porém mais impreciso[6].

Kate mandou lembranças e disse que você é a última pessoa do mundo para quem ela desejaria uma cirurgia. Eu também, detesto a ideia de você ter entrado na faca – você deixou tirarem tudo? Eu deixaria tirarem tudo de uma vez. Devo chegar no domingo e vou dar uma boa olhada em você–

Todo meu amor a você, minha querida – espero que esteja se sentindo bem–

sempre,
Ernie

fJFK, CDA; carimbo postal: CHICAGO / ILLINOIS, 20 MAIO / 18:30 / 1921

EH endereçou o envelope da seguinte maneira: "Entrega especial / Srta. Marcelline Hemingway / aos cuidados de Oak Park Hospital / Oak Park / Illinois / (Paciente internada para retirada de apêndice)".

---

1. Frankie Schaeffer, nativo de Chicago, ganharia uma luta de boxe peso-leve com Gene Watson, de Los Angeles, em Aurora, Illinois, em 15 de julho, mas não foi localizado nenhum registro de luta do mês de maio.
2. Provavelmente Al Walker.
3. A família de George e Emma Luccock morava em North Kenilworth, 523, perto dos Hemingway e da família de Isabelle Simmons; as filhas deles, Georgia e Emory, eram cerca de quatro anos mais velhas que EH. Charlotte Bruce foi da turma de 1915 da OPRFHS.
4. A construção do edifício Wrigley, finalizada em abril de 1921, inaugurou o desenvolvimento do distrito comercial "Magnificent Mile", de Chicago, na Michigan Avenue, ao norte do rio Chicago.

Maio de 1921

5. EH fez uma paródia de uma canção obscena, "My God How the Money Rolls In" (cantada na melodia da canção folclórica escocesa "My Bonnie Lies Over the Ocean"). Uma das versões começa assim: *"My father makes illegal whiskey. / My mother makes illegal gin. / My sister sells sin in the corner. / My God how the money rolls in"* (Meu pai faz uísque ilegal / Minha mãe faz gim ilegal / Minha irmã se vende na esquina / Deus, como entra dinheiro).

6. O método de datilografia "com todos os dedos", desenvolvido em 1876 por Frank Edgar McGurrin, baseia-se no instinto e na memória, e não na visão. Depois de ganhar em 1888 uma competição de datilografia muito conhecida contra um datilógrafo que usava apenas quatro dedos, esse método ganhou ampla aceitação como a técnica mais eficaz.

A Marcelline Hemingway, [25 de maio de 1921]

Hemingway

Querida Ivory Tower—

Segue anexa uma missiva biológica de Yenlaw escrita na biblioteca Crear – não há nada para relatar[1]. Mamãe esteve aqui ontem à noite e ela e o escriba aqui comeram um chow mein no Royal Cafe – não está mais quente – mas você provavelmente já sabe disso. Yen arrancou a ponta do dedão com uma navalha, mas o escritor, assumindo momentaneamente o papel de médico, colocou no lugar e está cicatrizando muito bem.

Horney e eu vamos zarpar para SinLouis na sexta à noite. Como você pode presumir, eu vou ficar feliz demais de botar meus olhos em Hash. Não tem tido nada de interessante aqui na redação. Andei trabalhando demais e estava muito quente – mas uma brisa fria do lago levou o calor embora como se fosse um sonho ruim.

Você já deve estar recuperada agora. Há algum presente indicado no caso de comparecermos ao casamento do Apaixonado Blight com a Prima Maggie[2]? Em caso positivo, sinto que minha presença ficará prejudicada.

Caramba, queria que fosse sexta à noite – ainda há dois turnos inteiros para cumprir antes que a noite chegue. Só vai ser pior quando eu voltar – e isso é um inferno – por assim dizer.

Como você está?

Desculpe a brevidade e também a asneira desta epístola e acredite que sou sempre seu devotado irmão e sincero admirador –

do seu bom amigo,
Ernest M. Hemingway

James Sanford, CDA; carimbo postal: CHICAGO / ILLINOIS, 25 MAIO / 18:00 / 1921

1. Biblioteca John Crerar, biblioteca pública de referência em literatura científica, técnica e médica, fundada em 1897 e originalmente localizada no edifício Marshall Field and Company, no Loop, em Chicago. Em maio de 1921, ela reabriu em um edifício permanente na esquina da Michigan Boulevard com a Randolf Street. A carta em anexo de Y. K. Smith não foi localizada.

Julho de 1921

2. A edição do *Oak Leaves* de 11 de junho de 1921 anunciou o casamento da segunda prima de EH, Margaret E. Hall (nasc. aprox. 1901) com seu colega de classe Fred S. "The Blight" Wilcoxen Jr. O pai de Margaret, Fred E. Hall (nasc. 1877) de Oak Park, era o primo mais velho de Grace Hall Hemingway, filho de Miller e Emma Hall.

A Hadley Richardson, [7 de julho de 1921]

Srta. E. Hadley Richardson
5739 Cates Avenue
St. Louis Missouri—

Nada melhor que sua vinda. Ponto. Feliz. Ponto. Bill de coração partido por Georges Carpentier[1]. Ponto. Eu não — Ponto. Venha por favor. Ponto. Fique aqui. Ponto. Com todo meu amor.

E. M. H.

JFK, RTMA

EH escreveu isso no verso de um telegrama de Hadley, datado de 7 de julho de 1921, que diz: "Quero muito ver você, mas tenho medo de dificultar as coisas ainda mais venha sexta à noite vejo você sábado e domingo posso abrir mão saiba que quero muito ver você pode não ser prático por causa da garganta e do trabalho com amor / E.H.R".

1. Em 2 de julho de 1921, Jack Dempsey, campeão de boxe peso-pesado na época, nocauteou Georges Carpentier no quarto *round* de uma luta muito esperada pelo título mundial, apelidada de "Batalha do Século". Mais de oitenta mil espectadores lotaram um estádio construído especialmente para essa ocasião em Jersey City, Nova Jersey.

A Grace Quinlan e Georgianna Bump, [aprox. 21 de julho de 1921]

Queridíssima G e Queridíssima Pudge—

Não tenho a menor ideia de onde vocês estão agora – talvez em vários lugares, então estou mandando esta carta para o endereço de G e sabe-se lá Deus quanto tempo vai demorar para vocês receberem.

A carta anexada é a que acabei de receber do papai, de Walloon – ele me disse que na primeira quinzena de julho me encaminhou uma carta de Petoskey – que nunca chegou – eu escrevi para ele duas vezes e finalmente ela voltou para um endereço decente, chegou hoje de manhã.

Me sinto péssimo por não ter respondido sua carta de congratulações – mas só chegou hoje de manhã e estou respondendo o mais rápido que posso—

Como nunca escrevi uma carta única para vocês, não sei como fazer – então aqui acaba essa carta dupla com todo meu amor para vocês e aqui começam duas cartas separadas para cada uma – Só um minuto —

Julho de 1921

O que vai anexado é para vocês duas verem, e se me mandarem de volta vou ficar muito agradecido porque são os únicos que tenho – é uma evidência a mais no caso—

Não estou escrevendo para Red porque ela me mandou uma carta dizendo que não queria botar os olhos em mim nunca mais por eu ser muito arrogante, então naturalmente eu me sentiria desconfortável escrevendo para ela porque, pensando no que quer que eu tenha dito, ela pensaria — "Ah, lá vem o insano arrogante". Mas não estou magoado com ela nem nada – de todo modo ela disse que minha arrogância era "abomnável", não insana – então está tudo bem[1]—

Com amor para vocês duas—
Stein

Yale, CDA

A suposta data da carta é baseada na data da carta seguinte, de 21 de julho de 1921, de EH para Quinlan, que ele aparentemente anexou com essa "carta dupla" para Quinlan e Georgianna Bump. Os outros anexos que ele menciona, incluindo uma "carta separada" para Giorgianna ("Pudge"), não foram encontrados com esta carta. Os comentários que ele faz na próxima carta sugerem que ele tenha mandado recortes da coluna social de jornais de St. Louis anunciando o noivado entre ele e Hadley.

1. Referência à carta de Marjorie Bump para EH datada de 7 de março de 1921 (JFK).

A Grace Quinlan, 21 de julho de 1921

21 julho 1921

Querida Gee—

Você deve pensar que eu sou um grande canalha vagabundo por não ter respondido o impagável bilhete seu e da Pudges – mas a carta para vocês duas explica isso[1]. Eu ia escrever para vocês duas juntas, mas não consegui fazer isso muito bem, vocês sempre foram separadas na minha cabeça e há coisas para dizer para cada uma de vocês.

Só porque você disse que eu não escrevo, estou mandando junto uma carta que escrevi um dia, em fevereiro, quando estava me sentindo para baixo – assim você não vai pensar que eu simplesmente tirei você da cabeça[2].

Suponho que você queira saber tudo sobre a Hadley – bem, o apelido dela é Hash – ela é uma excelente jogadora de tênis, a melhor pianista que já ouvi e uma figura maravilhosa. Apesar do recorte prevendo um grande casamento no outono em St. Louis, nós os enganamos e vamos nos casar em Bay naquela igrejinha que tem lá[3]. Depois vamos viajar por aí por umas três semanas e voltar para Chicago – no apartamento de Kenley Smith – ficamos até novem-

Julho de 1921

bro, acho, e depois *allez* para a Itália por um ano ou talvez dois. Andei guardando grana e comprando dinheiro carcamano desde que voltei de Petoskey, e recentemente ganhei uma quantia do Rei, então estou me estabelecendo muito bem assim[4]. Vamos para Nápoles e ficamos lá até esquentar na primavera. Vamos morar em Capri, acho, e depois subimos para Abruzzo. Provavelmente Capracotta — há um ótimo rio de trutas por lá, o Rio Sangro, além de quadras de tênis, e fica a 1200 metros acima do nível do mar — você não encontraria lugar mais bonito no mundo. Já recebi todas as notícias sobre os preços e tudo o mais do meu grande amigo Nick Neroni, ele acabou de chegar aqui neste país, nós nos conhecemos na guerra, ele vai ficar por aqui comigo e me contar tudo. Vai voltar no outono e deixar tudo arrumado para nós.

Não parece ótimo? Ainda não acertamos a data do casamento, mas vai ser no início de set. — na primeira semana — e você estará lá, é claro. Não posso convidar muita gente porque nós vamos nos casar no norte para fugir desse tipo de coisa, mas você vai, não vai? Os convites com todas as informações devem chegar no momento apropriado.

Não vá pensar que deixei de lado todo mundo por quem tenho carinho no norte só porque não escrevi no inverno. Foi um inverno dos infernos em muitos sentidos — fiquei muito doente diversas vezes, trabalhei dia e noite para ganhar mais grana, escrevi um monte de coisas em paralelo o tempo todo, estava tão ocupado, cansado e esgotado que não escrevi uma só linha no inverno, a não ser para Hash.

Estou com um emprego realmente bom agora — talvez esteja fazendo besteira em jogá-lo para o alto e ir para a Itália, mas vou ter dinheiro suficiente para ficar dois anos lá — e com esse tempo para escrever, talvez eu consiga chegar a algum lugar—

Irene Goldstein esteve aqui e tivemos uma ótima partida de tênis, eu ia encontrá-la de novo, mas de repente me mandaram para o leste para cobrir a luta e tive que sair de uma hora para a outra — fiz as malas correndo e nem tive a chance de falar com ela de novo[5]. Perdi 700 e poucos na luta — o que não me deixou nada tranquilo —, mas foi uma boa aposta de 3-1 — Carp deixou isso claro quando quase o derrotou no segundo round. Nós estávamos sem sorte — se ele não tivesse estourado a mão na primeira direita que ele acertou — mas de que servem os Post mortems? Gostaria que você não falasse nada sobre a perda da grana, entende, tem muita gente por aí que se aproveita de nós quando damos a chance—

Então, minha querida, é melhor eu terminar — preciso escrever para Useless — te vejo em setembro — Irene disse que você está linda — o que não é novidade — você deve estar mesmo muito bonita para que outras garotas digam que está —

Julho de 1921

Você vai escrever, não vai? E mande minhas lembranças para seu pai e sua mãe. Gosto demais de vocês todos – você sabe como gosto de você—

Sempre,
Stein

P.S. Talvez seu pai e sua mãe possam levar você e Pudge e quem mais? Red e Lizz? Para o casamento. Não vou convidar a sra. Graham[6] – você sabe por quê –, pois não quero a presença dela. Mas não quero que Pudge saiba disso.

Immer
Stein.

Me conte todas as novidades, hein?

Yale, CDA

1. No envelope, EH simplesmente escreveu "Para / Srta. G. E. Quinlan". Esta carta aparentemente foi enviada junto com a carta anterior, sem data, para "Queridíssima G e queridíssima Pudge". As duas cartas foram escritas na mesma máquina, no mesmo tipo de papel e assinadas com o mesmo lápis de cor azul.
2. A carta de EH para Quinlan, de 25 de fevereiro de 1921, datilografada na carta que ela mandou para ele em 23 de fevereiro de 1921 (PDL).
3. Uma nota na coluna "Social Items", do *St. Louis Post-Dispatch* de 15 de julho de 1921, informou que o noivado da srta. Hadley Richardson e "Ernest Miller Hemingway" foi anunciado no dia anterior durante um chá oferecido pela sra. George J. Breaker, e que o casamento provavelmente aconteceria no outono. EH aparentemente está fazendo uma alusão ao artigo "Society News" do *St. Louis-Democrat* (15 de junho de 1921), que previu que "O casamento será um dos eventos sociais de destaque do outono". EH e Hadley se casariam no dia 3 de setembro. Embora o convite de casamento enviado pela irmã de Hadley tivesse como local a Igreja Presbiteriana de Horton Bay, o casamento na verdade aconteceu na Igreja Metodista que ficava perto do armazém de Horton Bay. Ohle observa que, em 1921, a Igreja Metodista era usada raramente para cerimônias, e que um "'pregador ambulante' aparecia de vez em quando" (106-8; Baker *Life*, p. 576).
4. Marcelline lembrou que EH, condecorado na Itália com a Croce di Guerra, recebia uma pensão vitalícia de cinquenta liras por ano (Sanford, p. 211).
5. Apesar da afirmação de EH nesta carta, e como não sobreviveu nenhum exemplar da *Co-operative Commonwealth* (além de uma única edição, de 1º de outubro de 1920, no JFK), não há evidências que confirmem a presença de EH em Nova Jersey para cobrir a luta pelo título, em 2 de julho, entre Dempsey e Carpentier.
6. De acordo com Ohle, sua prima Marjorie Bump não foi ao casamento porque sua mãe, Mate Bump Graham, tia paterna de Ohle, não foi convidada (Ohle, p. 108). Georgiana Bump compareceu.

A Grace Quinlan, [aprox. final de julho de 1921]

Queridíssima G—

É tão bom ter você de volta que eu me sinto ótimo em escrever – queria que você estivesse aqui agora para irmos ao Wurz nSepp's, jantar e depois sair para dançar, conversar e compensar todo o tempo que perdemos interpretando mal um ao outro—

É claro que sei como você se sente por eu estar me casando – porque teoricamente eu ainda sou muito novo e <u>poderia</u> parecer extremamente engraçado

Julho de 1921

eu me casar e horrível eu ser domesticado, entrar numa rotina de ganhar dinheiro, ter filhos etc. Mas há uma boa chance de não ser nada disso – Há uma boa chance de ser apenas duas pessoas que se amam e que são capazes de ficar juntas, entender uma à outra, se divertir juntas, se ajudarem no trabalho e tirar um do outro aquele tipo de solidão que acompanha a gente mesmo quando estamos no meio de uma multidão de pessoas que gostam da gente. Acho que o casamento pode ser uma coisa terrível, entende – mas Hash e eu vamos tentar—

Gee, me desculpa por qualquer bobagem que possa ter causado aquela carta do "Muito atenciosamente". E se eu respondesse apenas a ela, tudo teria ficado claro na época – quisera eu queria que você me dissesse tudo que aconteceu – Você sabe que tem milhares de coisas sobre o fato de eu me casar que eu queria conversar com a melhor irmã que tenho – Hein? – não fale para ninguém que eu disse que é você, tudo bem? Porque você sabe que eu sempre gostei muito mais de você do que da turma inteira, e isso deixaria todos com ciúmes e eles tentariam me enganar sobre você – poderiam me fazer ficar com raiva de você mentindo para mim – e acreditaria – mas jamais poderiam me fazer não amar você. É engraçado. Eu não sei – você é uma pessoa incrível – Imagine que você travou a melhor luta contra Petoskey – isso é realmente algo por que lutar. Terrível o que as mães fizeram com Liz, não acha? Eu não escrevo para ela há séculos — mas vou — mas a sra. Graham, a terrível sra. Graham não deixar Pudge estar com Liz é tão ruim que chega a ser engraçado.

Tudo de bom no acampamento, ok? Caramba, queria muito estar no norte. Durmo no terraço aqui – nosso apartamento tem um terraço enorme e todo tipo de quebra-vento nas chaminés, às vezes deito lá à noite e fico imaginando a baía com a lua surgindo sobre a montanha e todos nós deitados no dique e uma truta arco-íris enorme dando rabadas no ar – ou penso na imensidão do campo visto da colina onde costumamos acampar acima do Sturgeon – ou no lago em frente à choupana no Black River – fico com a vontade de saltar do telhado—

JFK, CD

Aparentemente abandonada e não enviada. A suposta data da carta é baseada na referência de EH à sua carta a Quinlan, datada de 25 de fevereiro (respondendo à carta do "Muito atenciosamente", de 23 de fevereiro), que ele finalmente mandou para ela anexada em sua carta de 21 de julho. Além disso, EH se refere no tempo futuro à ida de Quinlan a um acampamento; na carta enviada para ele em 10 de agosto de 1921 (JFK), ela diria que passou duas semanas num acampamento.

Agosto de 1921

A William B. Smith Jr., [aprox. 3-5 de agosto de 1921]

Boid—

Não estou com sua carta em mãos, mas devo dizer que aprecio muito o fato de você estar fazendo o melhor que pode para que esse seja um casamento de verdade, do início ao fim. É assim que gosto de fazer as coisas. O casamento está sendo planejado essa semana com a consequente perda do meu dinheiro. Planejar um casamento é algo tão pesado para o bolso quanto qualquer outra coisa com que o escriba já se deparou. Você provavelmente já deve ter visto a matéria falando da absolvição do Hose? Condado de Cook, quantos crimes são cometidos em teu nome. Onde mais isso poderia ter acontecido? Nova York, provavelmente. Lembra do esquema do Abe Attell? Absolvido diante do Burns e do testemunho de Maharg e de suas próprias confissões[1]! Meu Deus, a justiça tem um apelo tão forte aqui quanto teria a Madame se fosse julgada pelo assassinato de Lyle Shanahan por um júri escolhido entre os garotos da região[2].

Estou trabalhando como um condenado. Você não faz ideia do quanto trabalho. É muito bom para mim porque estou aprendendo demais com o Stockbridge[3] – Os caras provavelmente já deram notícias. Eles devem ir embora na próxima Montag. Se esforçaram um tanto para que Stut fosse com eles, mas não tiveram sucesso[4].

Downey ganha o título numa boa, mas como vai fazer isso eu não sei. O que aconteceu foi imundo ao extremo. Conheci Bryan e ele é um garoto muito honesto, mas, Jo Eezus, não se pode falar muito dos meios. Ele surrou o Wilson, que estava gordo igual um porco e tinha a proteção do agente, tudo bem, mas Wilson treinado e em boa forma poderia massacrá-lo. A não ser que Wilson estivesse com a espada no pescoço, eu não seria homem de apostar uma grana em Downey numa revanche[5]. Boid, os juízes nesse lance todo do boxe agem da forma mais absurda e vigarista do que em algumas das partidas que você jogou em Voix. Tenho visto coisas que ninguém acreditaria. Contagens de 7 segundos e de 18 segundos. Tem um cara chamado Phil Collins que arbitra nas lutas locais, os caras têm medo de chegar em nove porque uma vez com a cara na lona e o Collins contando não tem mais volta. Ninguém levanta depois que ele começa a contar. Esse Garner deve ser visceral. Não que eu admire esse tipo, mas pense em como deve ter sido junto ao ringue, Wilson inconsciente, no chão por 13 depois 18 segundos, e esse Gardner teve a ousadia de desclassificar Downey enquanto Wilson estava mais frio do que peixe por falta! Meu Deus[6].

As coisas estão mais feias do que nunca em casa. Não posso escrever sobre isso. Adoraria sentar a bunda do seu lado em algum lugar no Sturge[7] e fazer um Bert Collier nessa sua Orelha Branquela – não posso falar sobre isso com ninguém aqui – não sei como Yen está agora – as notícias de que ele tem perdido peso com facilidade ou algo do tipo estão sendo passadas para mim pelo Diles. Melhor do que nunca é o veredito dela. Ela o está levando como o cavalo de madeira levou os troianos. Eu preferiria ter o cavalo numa aventura matrimonial[8]. Jo EEzus – como você deve ter achado que eu era cego quando a defendi outras vezes. Não deveria falar dessa maneira visto que lá usufruo de pensão com cama e comida, mas posso falar um pouco porque raramente como e não tenho cama. Horney e eu dividimos um quarto pequeno – os dois quartos maiores são ocupados por eles, não estou fazendo pouco caso – só quebrando o mito da pensão completa. Eu durmo no terraço. Tudo bem, desde que eu possa entrar no banheiro de manhã para me livrar da fuligem despejada das chaminés próximas. Doodles disse feliz para Hash que não importa como estiver o tempo, Ernest nunca sai do terraço. A questão é que ele não tem outro lugar para onde ir. O homem enfrenta a chuva é cobrindo a cabeça com o cobertor. Parte do que queria contar mas não tive vontade é que não ocuparemos o domicílio com eles no próximo outono.

Wright! Caramba eu mataria Wright se não fosse algo que me faria muito mal, e se eu o atacasse eles diriam o quanto menor etc. mas tudo isso será superado um dia e eu vou afogar o Wright numa privada. O escriba preferiria levar sua noiva para o quarto dos fundos do segundo andar de um bordel em Seney Michigan do que a um domicílio habitado ou até mesmo frequentado por Donal McCloud Wright. E agora a história do Wright. Wright comandou uma campanha intensiva com Diles tendo como base o fato de que o escriba qui "não era nenhum cavalheiro", nas palavras dele, desde o outono passado. E durante parte dessa época Wright estava transando com sua amante ninfomaníaca, Harvey, na própria casa de Dile! Como o escriba falou honestamente com Wright usando poucas palavras, ele posou de mártir aos olhos de Diles e não vai voltar para casa enquanto eu estiver aqui. Esse é o ultimato dele – mas ele a chama diversas vezes durante o dia e ela sempre tem que ir lá fora para se encontrar com ele porque ele se recusa a entrar. As palavras de Yen para mim são "Você nunca vai entender o que Don significa para Doodles". Yen está certo. Não vou mesmo. Ele, Yen, e eu não tivemos nenhuma desavença, ele só estava me explicando um ataque mais pesado que Doodles teve porque eu não gostava do Wright. Você já a ouviu tendo um ataque? Pois deveria. Você iria correndo até Baffin Bay e com um rifle potente atiraria em todas as mulheres assim que elas passassem. Jo Eezus. Esse wright pensa no que faz. Quem é esse sujeito afinal?

Hash está bem e em ótima forma. Estamos tendo momentos ótimos. Não venha me dizer que me aconselhou a nunca morar com eles. Eu sei que você disse, só estou comentando. Quando eu estive lá, no entanto, Diles estava em N.Y. e foi tudo maravilhoso. Yen parece um velho acabado ultimamente. Não dá um sorriso sequer. É claro que ele não tem motivos para rir, mas ele costumava dar risada de qualquer jeito. Não mais. Diles baniu de casa música popular e todas as canções de bar. Ela está tocando pior do que nunca. Se tudo que escrevi parecer incoerente, leve na esportiva. O epistoleiro aqui já fez demais. Não fui feito para apanhador.

Não fiz nenhum pedido para você assumir o papel de Padrinho nesse casamento porque suponho e acredito que você obviamente será o padrinho. Olha os deveres. Você vai ter que superá-los, estou ocupado averiguando os deveres de noivo, talvez primeiro eu tenha que passar por ajudante de noivo, talvez você consiga o furo de reportagem com algum dono de albergue. Será que devo arrumar a noiva? Há alguma chance de ela não estar bem arrumada? Quem arruma o noivo? Ashdown provavelmente.

Ghee está acertando no golfe com uma tacada só. Eu apostaria nele contra aquele suíno judeu depois de o Ghee jogar o percurso algumas vezes. Existe uma coisa diferente no desempenho do Ghee quando tem grana apostada que sempre me atraiu. Vi com meus olhos ele ganhar $7.50 domingo de manhã contra três caras, todos superiores a Deak Foley.

Eu contei que arranjei uma hérnia ensinando Horney Bill a boxear e usei uma bandagem elástica por indicação de um doutor e que agora curou e não está mais inchado? Que triste fim para um homem. Eu estava ensinando nosso colega a golpear no corpo, não estava usando colhoneira e fiquei lembrando que ele tinha que dar os ganchos por baixo. Ele me pegou mais ou menos um pé abaixo do cinturão com um swing realmente bom e teve o resultado de sempre. Deve ter sido há um mês e pouco – começou a inchar, fui ao médico e ele me curou sem cirurgia – não fiz nada até então, só joguei um pouco de tênis no domingo – a princípio não imaginei que daria alguma coisa – está tudo bem agora – mas não posso arriscar. O destino está balançando seu dedo nojento para mim nos últimos meses. Stockbridge ia me mandar para a convenção internacional da Co-operative em Basileia, Suíça, no final de agosto, para cobri-la para a nova Commonwealth – mas estou afastado por causa das Núupsias.

Preciso *allez* agora, vou levar Hash para jantar – Jo Eezus, se não fosse pela presença da Hash eu estaria arruinado. Bem, eu costumava ser sortudo, você se lembra. Estremeço só de pensar no que você faria com minha grana agora, um pequeno fósforo de cera não seria o menor impedimento para você. Mantenha os olhos abertos – daqui a um ano você provavelmente será tão sortudo quanto eu costumava ser – e quando a sorte vier, agarre-a. O álcool é o que tem levado o escriba no último mês. Cara, o álcool é uma coisa boa. E que ninguém fale mal dele. Por álcool digo vinho, é claro – o cara da 19th ward[9] me deu um tanto de conhaque não faz muito tempo – estou indo para o mundo velho e não quero vendê-lo – já era – mas foi bom para mim.

Agosto de 1921

Não estou tão mal quanto parece, mas você sabe como a gente fica, reclama com a cara boa durante o dia inteiro e procura alívio numa carta. Me mande uma.

Immer,
Miller

PUL, CDA

A suposta data da carta baseia-se na referência de EH ao "casamento planejado" naquela semana; segundo Diliberto, Hadley visitou Hemingway em Chicago de 1 a 6 de agosto de 1921 (p. 78-80). EH também faz referência à absolvição em 2 de agosto de 1921 de oito jogadores de beisebol do Chicago White Sox ("pale hose" ["meias brancas"]) conectados com o escândalo das apostas na Série Mundial dois anos antes.

1. O resultado do julgamento do White Sox foi notícia de primeira página nos jornais em 3 de agosto. O escândalo começou em setembro de 1920, quando Bill Maharg, ex-boxeador, disse para um jornal da Filadélfia que ele e Bill Burns, ex-arremessador, agiram como mediadores entre os jogadores de Chicago e os apostadores que queriam fraudar os jogos, incluindo o antigo campeão peso-pena de boxe Abe Attell ("Jury Frees Baseball Men / All Black Sox Acquitted on Single Ballot", *Chicago Daily Tribune*, 3 de agosto de 1921, p. 1). Chicago é o centro administrativo do condado de Cook, Illinois.

2. Lisle Shanahan (nasc. 1875), nascido em Michigan, foi um famoso advogado e líder civil em Charlevoix; considerado um "cidadão liberal e de muita confiança", que gozava "de uma legião de amigos", ele era particularmente admirado por ter tido sucesso apesar de uma deficiência física causada por uma doença na infância (Charles Moore, *History of Michigan, volume 4*, Chicago: Lewis Publishing Company, 1915, p. 2107-2108). Madame, tia de Bill Smith, costumava passar os verões na região.

3. Frank Parker Stockbridge (1870-1940), organizador e editor da *Co-operative Commonwealth*.

4. *Montag*: segunda-feira (em alemão). Stut é Kate, irmã de Bill Smith.

5. Na luta pelo título mundial de peso-médio em 27 de julho de 1921, o campeão Johnny Wilson (pseudônimo de Giovanni Francisco Panica, 1893-1985) foi derrubado três vezes no sétimo *round* por Bryan Downey (cujo nome completo era William Bryan Downey, 1896-1970); no entanto, o árbitro Jimmy Gardner (nasc. 1885) declarou Wilson vencedor e desclassificou Downey, afirmando que ele golpeou Wilson enquanto este estava no chão. Antes da luta, Wilson insistiu para que Gardner fosse o árbitro. As comissões de boxe de Cleveland e Ohio decidiram contra o árbitro e declararam Downey vencedor por nocaute ("Wilson Scrap Ends in Riot; Title Dubious", *Chicago Daily Tribune*, 28 de julho de 1921, p. 13). Em 5 de setembro, os boxeadores se enfrentaram numa revanche que acabou empatada, sendo Downey reconhecido como campeão em Ohio e Wilson amplamente conhecido noutros lugares.

6. O árbitro deve contar até dez quando um dos boxeadores numa luta é derrubado antes de anunciar seu oponente como vencedor por nocaute. Philip J. "Little Phil" Collins (aprox. 1885-1963) posteriormente seria árbitro da luta pelo título mundial de peso-leve de 1926, em Chicago, entre Sammy Mandell e Rocky Kansas, a primeira luta legalizada em Illinois desde que o estado havia proibido o boxe em 1900.

7. Rio Sturgeon.

8. A preocupação de EH com o peso de Y. K. está provavelmente relacionada ao fato de Y. K. ter tido tuberculose. Na tradição épica, os gregos conquistaram Troia escondendo soldados dentro de um cavalo de madeira oco dado como presente; um cavalo de Troia, portanto, significa um meio de atacar secretamente por dentro. EH estava furioso porque Doodles estava tendo um caso com um dos inquilinos de Y. K., Don Wright. Segundo Diliberto, EH não entendia que Y. K. e Doodles tinham um "casamento aberto" e estavam livres para se relacionarem com outras pessoas. Eles se conheceram em uma clínica para tuberculosos em Adirondacks, e "sua união era baseada mais na doença em comum do que no amor mútuo"; eles nunca se casaram legalmente (p. 43).

9. O International Co-operative League Congress, a que compareceram emissários de doze países representando 42.650 associações cooperativas, aconteceu em Basileia, Suíça, de 22 a 26 de agosto de 1921.

O principal tema de discussão foi a criação de uma organização internacional de compra por atacado ("Open Big Congress of Co-operatives", *New York Times,* 23 de agosto de 1921, p. 3).

10. Na época, a 19th Ward, no West Side de Chicago, abrigava uma grande população de imigrantes italianos e era o refúgio de figurões do crime organizado.

A Grace Quinlan, [7 de agosto de 1921]

Queridíssima G—

Todos os tipos de coisa me impediram de escrever antes, é claro. Mas – ah, a *bas*[1] o álibi.

Não é que esse lugar é ótimo? Meu chefe me mandou para o leste para levar o carro dele até Chicago e estou no último trecho da viagem[2]. Chego amanhã ao meio-dia, queira Deus – Shhh —— – não quis cometer um sacrilégio – só estou rezando mesmo. Caramba, G. vou ficar muito feliz de ver você no casamento. Minha queridíssima. Aposto que o acampamento está sendo ótimo.

Sei como você se sente a respeito de eu estar me casando muito novo. Me senti exatamente da mesma maneira até que eu e Hash percebemos que a vida só seria tão interessante quanto esse esplêndido hotel [ver a foto no timbre][3] se pudéssemos viver um com o outro. Então, em situações como essa, a gente precisa fazer concessões.

Nunca quis me casar antes, apesar de ter tido diversas oportunidades.

Pudge está no acampamento? Por que ela não responde minha carta?

Estou feliz por você ainda ser muito querida, muito bonita, muito mais madura que sua idade, muito insatisfeita (graças a Deus) com a cidadã de Petoskey que é você. Você é a melhor das irmãs. Não diga isso, para as de sangue ou qualquer outra; e eu sabia que você não ia ser cientista[4].

Estou cansado de dirigir o dia todo, e a mais preguiçosa das minhas pernas preguiçosas já está fatigada, então vou me afundar na banheira para ver se a fadiga passa.

Queria que você estivesse aqui para conversarmos. Estou mais sozinho que o diabo. Se você quiser, pegue aquela foto que mandei com o anúncio do casamento e outra foto da Hash. Me fale se quer mesmo. Está em casa.

Estou mandando junto uma foto da Hadley vestida de noiva. Muito impróprio circular isso antes do casamento, mas você é minha irmã – não é?

Boa noite, minha queridíssima – amo você demais.

Seu sempre irmão,
Stein

Yale, CMA; cabeçalho (com a ilustração de um prédio): ALDERMAN HOTEL. GOSHEN, IND.; carimbo postal: GOSHEN IND., 7 AGO. / 13:00 / 1921

1. "Abaixo o" (em francês).
2. Goshen, Indiana, fica a cerca de 190 quilômetros a oeste de Chicago.
3. Os colchetes são de EH.
4. Cientista cristã.

A Grace Hall Hemingway, [8 de agosto de 1921]

Querida mãe—

Acabei de escrever para o pai e disse a ele para contar que eu escreveria assim que tivesse um tempinho – mas me dei conta de que não faço ideia de quando terei tempo, então estou escrevendo agora na hora do almoço e assim será. Você sabe que amo as pessoas, quer eu escreva para elas ou não, mas elas não se lembram disso.

Entre hoje e o dia em que irei para o norte, além dos milhares de compromissos pessoais, tenho que escrever 8 artigos de cinco mil palavras para uma série que será transformada em livro na European Co-operation – um livro de umas 100 mil palavras[1]. Vou fazer os outros quando voltar. Estou trabalhando como um cão.

Hadley passou uma semana aqui e agora está no norte, em Wisconsin[2]. Só vou vê-la de novo em 1º de setembro. O casamento é dia 3. Você vai mesmo alugar Longfield para a irmã de Al Walker? Se for mesmo alugar, não sei onde vocês vão ficar enquanto esperam o casamento já que a casa dos Dilworth está cheia. Alguma chance de mandar afinar o piano em Windemere? Hash vai querer tocar e um piano desafinado não é nada bom. É claro que você já deve ter mandado afinar.

Os lenços são excelentes. Muito obrigado. Se não fosse pelos lenços e pelo cheque do papai, eu nem saberia que fiz aniversário. Acho que senti falta de pescar.

O Stockbridge vai fazer uma revista ótima sobre isso. É um prazer enorme escrever para ele. Estou aprendendo muito, só queria que essa tensão passasse logo. Estou com uma condição física péssima e tenho que me manter estimulado [*inserção de EH a mão*: Essa frase soou péssima. Me refiro apenas a café e a bebida de vez em quando] para ficar acordado e trabalhar à noite. Não ajuda em nada.

Diga para Ura que eu a amo, quer escreva para ela ou não. Ela não está com raiva por eu não escrever, espero. Além disso, ela não tem me escrito nada.

Essa miserável Parada do Progresso está acontecendo aqui, mas durante a noite conseguimos ver bons fogos de artifício no terraço[3].

Eu e Hash não vamos morar na casa de Kenley no outono – eles vão ter que entregar o apartamento, o que resulta numa nova tarefa para mim. Estou procurando algum lugar para ficarmos por três meses. Acho que vou conseguir encontrar logo, só preciso pensar nisso.

Agosto de 1921

Preciso começar esse primeiro artigo, tem que estar pronto daqui a três dias – então vou terminar a carta.

até—
Ernie

PSU, CDA; cabeçalho: The Co-operative Commonwealth / Quarto 205 / Wells Building / N. Wells Street, 128 / Chicago; carimbo postal: Chicago / Illinois, 8 Ago. 3:00 / 1921

1. Não se sabe se EH escreveu mesmo esses artigos.
2. Em 7 de agosto, Hadley chegou no Charles A. Brent Camp, perto da State Line, Wisconsin, para um mês de férias com o casal Helen e George Breaker e o filho pequeno (Diliberto, p. 80).
3. Montado no Píer Municipal (renomeado Navy Pier em 1927), com mais de mil metros de comprimento, a feira aconteceu de 31 de julho a 14 de agosto de 1921, atraindo uma média de 55 mil pessoas diariamente para ver a exposição de cerca de dois mil produtos comerciais e industriais.

A Marcelline Hemingway, [11 de agosto de 1921]

Querida e Adoentada Ivory—

A mãe me informou que você está enlouquecida em New Hampshire[1]. Deus. A carta chegou hoje, trazendo, pela primeira vez, seu endereço e corri para esta Corona[2] barulhenta e numa velocidade enorme e com milhares de erros ofereço a chama imortal do meu amor por você, chama que, no momento em que escrevo, corre por minhas veias como gim barato.

Então você ficou enlouquecida, hein ¢. Isso deveria ser uma interrogação, que eu vou colocar agora ? Entenda, isso aqui é uma Corona, o presente daquela que, eu estou sempre dizendo a ela, num lapso temporário de bom senso, vai assumir o difícil papel de sra. Hemingstein. A Corona, na verdade, é muito pequena para minhas mãos que, todos os dias, acariciam as maiores máquinas do mercado. Então, perdoe a quantidade de erros que estragam esta maravilhosa melodia.

O epistoleiro se tornará marido e mulher dia 3 de setembro em Hortense Bay, Michigan, já que ainda não compreendi todo o horror que é o casamento, que era totalmente visível na cara do Blights, você se lembra da cara dele? Então, se você quiser me ver sucumbir no altar e talvez precisar ser carregado até lá numa cadeira pelos padrinhos, é melhor você fazer seus planos para estar no local naquela data. É um sábado.

Venha, Ivory, pelo amor de Deus, venha. Esteja lá. Uma bela seleção de jovens rapazes estará presente. Horney, o Ghee, o Casper, Art Meyer, outros, Hoopkins, eu imagino, e espero ansioso pelo Odgar. Venha de uma vez e sem pensar muito. Esteja lá. Responda logo afirmando que você estará lá. Posso contar com você, não posso? Farei de tudo para que o casamento seja o mais divertido possível para você.

Agosto de 1921

Será mesmo um evento de alto nível. Hash está em ótima forma. Ela está treinando no norte de Wisconsin e a imprensa diz que ela nunca esteve melhor. Eu estou me exercitando todos os dias no Ferretti Gymnasium com um grupo de colegas muito competentes e Nate Lewis diz que me deixará tão em forma como nunca estive na minha carreira[3].

Agora, Ivory, falando sério, venha a este casamento. Por favor, por favor, por favor! Você precisa vir. Se você não vier, eu cancelo.

A data é 3 de setembro, às 4 da tarde.

Meu amor para você e melhoras. Obrigado pelo telegrama de aniversário. Com todo meu amor — e esteja lá.

Immer,
Oin

JFK, CDA; carimbo postal: CHICAGO / ILLINOIS, 11 AGO. / 23:00 / 1921

1. Em 7 de agosto de 1921, Grace escreveu a EH contando que Marcelline teve de sair do emprego como orientadora em um acampamento e ir para a casa de sua antiga amiga, Marion Vose, em Concord, New Hampshire, para repousar: "Com os nervos estraçalhados" (JFK; Reynolds *YH*, p. 245-6). Embora em sua resposta a EH, datada de 16 de agosto, Marcelline tenha expressado seu desejo de ir a Michigan para o casamento (Sanford, p. 315-7), ela não conseguiu comparecer.

2. A máquina de escrever portátil mais popular da época, fabricada pela Corona Typewriter Company.

3. Ferretti, academia de boxe em Chicago onde lutadores profissionais treinavam. Lewis era um peso meio-médio que havia perdido por pontos para Peter Cholke em Detroit em julho daquele ano.

A Grace Quinlan, [19 de agosto de 1921]

Queridíssima G—

Que pena que o acampamento decepcionou você. Talvez agora já tenha melhorado. Em geral, as coisas não são tão divertidas na segunda vez, não é? Devemos fazê-las uma vez e depois tentar algo novo — mas pense que as coisas novas podem nos desgastar demais.

Claro, conheço alguém chamado Shorney. Dois caras, Gordon e Herbert. Herbert é mais velho do que eu, mas eu e o Gordon fomos colegas de classe na escola. Ele é um cara ótimo. Conheço a irmã deles com quem posso falar —

Não, sério que eles acham que eu tinha me casado na França? Deus. Conte-me tudo. O que eu fiz depois, a abandonei? Você pensou que eu era um bígamo? Conte-me tudo. Estou tremendamente interessado[1].

Devo sair daqui dia 27 de agosto e chegar ao norte na manhã seguinte, provavelmente vou direto para o Sturgeon para os últimos três dias da temporada de pesca. Eles fecham dia 1º de setembro e faz tanto tempo que não pesco que estou morrendo, louco por uma pescaria. Depois eu volto e fico de prontidão até o dia 3, quando acontecerá o grande casamento. Será uma ocasião

Agosto de 1921

e tanto, vai ter uma turma ótima por lá. Não muitas pessoas, mas muitas pessoas de quem gostamos². Vou tentar ir a Petorskey para ver você antes de der Tag.

Estou enviando uma foto³. Você nunca me viu com aparência tão alinhada, Hein? Estou supreendentemente alinhado assim há uns doze meses, mais ou menos, e é quase como ser um homem totalmente arruinado.

Daqui a pouco preciso descer para entrevistar o presidente da U.S. Grain Growers Inc., e estou escrevendo esta carta na minha hora de almoço⁴. O cara com quem costumo almoçar está doente. Então estou falando com você. Você não tem nada contra, tem? Hash está em algum lugar na Península Superior se divertindo com a família. Só vou vê-la de novo quando voltar para Bay. Sunny está em Minnesota, Marce no Maine, os Hemingstein em Walloon. Todo mundo que conheço está fora da cidade, nem uma alma por aqui, estou sozinho como Boyne Falls. Mas só tenho que aguentar mais duas semanas assim. O que é bom.

Tive um sonho muito engraçadíssimo com você na noite passada. Não consigo me lembrar agora, é um daqueles sonhos que se apagam logo, mas foi um sonho muito bom e eu queria me lembrar dele. Foi a primeira vez que você apareceu perambulando na minha mente em um sonho nos últimos meses. Engraçado é que foi ontem à noite e a primeira coisa hoje de manhã é uma carta sua. Talvez tenha sido a mão do Criador se aproximando do meu quarto.

Ah, sim. O que você me diz sobre pastores, pregadores, padres ou prelados?? Em sua ampla e diversa rede de conhecidos, pode me recomendar algum pastor competente para realizar a cerimônia? Hash diz que não se importa muito com a espécie do padre, mas ela prefere um que não use um colarinho de celuloide⁵ ou que masque tabaco. Pensamos que conseguiríamos o Bispo Tuttle de St. Louis que passa o verão em Harbor Point, mas até lá ele já deve ter ido embora⁶. Quando for escolher, lembre-se que esse sacerdote deve ser capaz de ler e ter um ar digno. Dignidade, é por isso que vamos pagar a esse prelado, não queremos nenhum evangelista que possa sair gritando 'Louvem ao Senhor' e que comece a rolar no chão durante alguma parte crítica da cerimônia. Preferimos presbiterianos, ou melhor, episcopais, não que eu veja alguma diferença. Qual é a situação do prelado local? Faça um breve resumo para mim. Que tal? Escolha-me um prelado.

Bom, preciso comer alguma coisa e depois fazer essa entrevista do Grain Grower. Vamos para a gráfica em três dias. Estou trabalhando feito cão para terminar tudo e cobrir o tempo em que estarei fora⁷. Estou conseguindo terminar aos poucos, mas é claro que estou de saco cheio. Estou escrevendo um livro de 100 mil palavras para eles publicarem tudo em série, em blocos de 5 mil. Insuportável. Você não vai me reconhecer, arruinado, ouça o que eu digo,

Agosto de 1921

arruinado. Bote um pouco de juízo, ou não muito se não valer a pena, não mais do que você acha que deve, na cabeça desse pobre coitado aqui.

Escreva para mim, G— estou solitário como o diabo—

Com grandes quantidades de amor—

Stein

Yale, CDA; cabeçalho: The Co-operative Commonwealth / Quarto 205 / Wells Building / N. Wells Street, 128 / Chicago; carimbo: Chicago / Illinois, 19 Ago., 19 ago. / 12:00 / 1921

1. EH está respondendo a uma carta de Quinlan de 10 de agosto, escrita do Camp Arbutus, na qual ela diz que aquele acampamento não é tão interessante quanto foi no ano anterior e pergunta se ele conhece alguém de sobrenome Shorney. Ela conta que havia boatos de que ele se casou com uma enfermeira que conheceu na França em um "romance de guerra" (JFK). Gordon Shorney era colega de EH na turma que se formou em 1917 na OPRFHS; seu irmão Herbert era membro da classe de formandos de 1914, e a irmã deles, Marian, estava na turma de 1921.

2. Baker conta que em determinado momento a lista de convidados havia chegado a 450 pessoas (*Life*, p. 80). De acordo com Ohle, EH e Hadley escolheram Horton Bay para evitar a pompa de uma cerimônia em St. Louis ou em Oak Park. Grace Hemingway convidou as famílias locais para ajudar a lotar a igreja, mas muitas eram "muito tímidas para aparecer" e não mais do que trinta pessoas compareceram à cerimônia (Ohle, p. 106, 108).

3. A fotografia não foi guardada com a carta.

4. U.S. Grain Growers era uma associação sem fins lucrativos de fazendeiros que vendia grãos para seus membros; foi fundada em Chicago em 16 de abril de 1921. Nenhuma cópia da entrevista foi localizada.

5. Colarinhos para camisas masculinas destacáveis, produzidos em massa e populares no fim do século XIX e início do século XX.

6. Daniel Sylvester Tuttle (1837-1923) foi o bispo que presidiu a Igreja Episcopal do estado de Missouri de 1886 até sua morte. Harbor Point fica ao norte de Little Traverse Bay, em frente a Petoskey.

7. EH recebeu uma licença de três semanas da Co-operative Commonwealth para o casamento, duas delas pagas (Reynolds *YH*, p. 251).

A William B. Smith Jr., [meados a final de agosto de 1921]

Boid—

Meu pai age como o esperado. O g.d. kkkkk ---------- Jo Eezus mas de que pai eu fui nascer. Além de si mesmo, ele não consegue lidar com outro homem? Estou torcendo para que o maldito ford dele pegue fogo. Ele é o cara mais covarde que conheço[1]—

Não estou com tempo para escrever demais, mas só para contar as novidades. Estão me esperando em O.P. em uma hora para pegar minhas tralhas.

Eu me esforcei para convencer a Stut a *allez*, mas ela está presa no banco, eles não queriam deixá-la sair e não consegui informações sobre a partida dela para mandar para você. Agora, ela jura que vai sair na sexta-feira à noite, então estou avisando você.

Agosto de 1921

Yen não fala mais com o epistoleiro! A Dinamarca, na pior fase de Hamlet, era um verdadeiro paraíso perto daquele lugar. As coisas do Wright são terríveis. Yen não tem colhões, graças ao bisturi do Wright e da Diles[2]. A última baixaria dele foi tentar convencer a Stut a não ir ao casório. Ele é dominado pelo Wright de todas as maneiras possíveis, não tenho tempo de entrar em detalhes — Stut vai contar parte da história para você e eu conto o resto. Mas é o pior dos piores cenários imagináveis.

O epistoleiro tem uma passagem e um leito no G.R. & I. saindo daqui na noite de sábado, 27, chegando a Boyne Falls domingo às 5.50 da manhã, acho. Você consegue me buscar? Não se sinta obrigado a responder nem nada disso, apenas dê um jeito de nos encontrarmos.

Convide Bob e Wedna[3] a todo custo e mande os nomes completos deles para a Hash no seguinte endereço:

Hadley Richardson
Aos cuidados de C.A. Bent
Donaldson
Vilas County
Wisconsin

e ela vai mandar para eles convites de verdade. Se você lembrar de mais alguém que eu convidaria, faça o convite em meu nome como diria Jesus.

Há um prelado episcopal em Petoskey que deve se responsabilizar pela união. Mas que raio é essa coisa de serviço de aliança[4]? Não precisa me responder, você me explica quando eu chegar.

Eu tenho dado um duro tão grande para preparar tudo para as quatro semanas que estarei fora que peço desculpas por ter passado batido em coisas como me lembrar de convidar Morrow—convide ele e a Wedna de qualquer maneira. O banco dispensou a Stut de um jeito péssimo, mas agora é ela quem os está dispensando,

A situação está horrível — Eu contei que reservei um apartamento ótimo para a Hash e eu, sem precisar de contrato, no 1239 da N.Dearborn, bem localizado, totalmente mobiliado, quatro cômodos, sala, varanda, quarto e cozinha, muitas janelas, prédio antigo, por valor inicial de 75 por mês? Ninguém acredita. Já paguei o depósito para o dono. Quatro pessoas já tentaram tirá-lo do epistoleiro. Elmore Brown, um ilustrador de revistas que conheço[5] foi quem entregou para mim, nos mudamos no dia 6 de outubro — eles vão limpar e decorar para a gente, não temos nenhuma obrigação de ficar mais de um mês. É um lugar de primeira. O cônsul Carcamano morou no apartamento 1, esse é o 3. A velha *sorte* está de volta, não?

Preciso voltar ao trabalho no dia 26 — a Hash pode ficar no Dilstein até o dia 5 e então *allez* para o nosso canto — Eu vou ficar no Krebs enquanto isso. Vai ser até bom, no final, porque só Deus sabe a quantidade de trabalho que terei para fazer naquela semana.

O epistoleiro vai querer correr para os rios assim que chegar. Tenho vara e essas coisas, certo? Se os caras estão no Sturg podemos chegar lá via R.R. como eu e o Ghee fizemos. Mesmo com a Stut lá, você vai comigo, não vai? Significa muito para mim, cara. Uma espécie de derradeiro encontro dos bons tempos.

Recebi uma carta do chefe Hoop. Negado.

Sinto muitíssimo que não tenha dado muito certo para a Madame. Você diz isso a ela por mim? É uma pena.

Odgar nos deixou. Fico dizendo para a Butstein que ela o perdeu. Ela dá a entender que estava tentando isso mesmo[6].

Não vou precisar de acomodações de primeira antes de setembro porque espero que seja divertido no rio até lá. Provavelmente o wes ou a Sra. west possam me receber se estiver cheio nos Stilldeins[7].

Sua façanha de pegar o peixe perdido com armadilha foi colossal[8], trabalho de mestre. Estou tão furioso com meu pai por causa daquela história dos dois homens que nem consigo escrever direito.

Fico feliz que o Guy ganhou 75[9]. Como você conseguiu que ele pegasse a grana?

Sobre o Whissle, fico com ele, é um barco melhor do que aquele que usamos no verão passado.

Preciso colocar isso no correio para você agora porque estão me esperando em P.O. Diga para Dillstein guardar minhas cartas.

Ipiscopal, quanto ao sacerdote. Eles são trabalhadores honestos e usam batina.

Para mim é tudo muito estranho. Como quando enforcaram Sam Cardinella — ele só percebeu no último minuto. Aí o carregaram até a forca e o penduraram numa cadeira. Uma visão impressionante.

Se tiver alguma coisa que você queira que eu leve, mande um telegrama. Pode mandar telegrama sobre qualquer outra coisa também—

Immer—
Wemedge—

Tenho umas roupas bacanas—
Desculpe as pragas do meu pai!

Meeker, CDA com pós-escrito a mão

1. EH está furioso com o pai por causa de um incidente que Smith havia contado numa carta recente: "Seu pai ia passar para pegar os caras hoje com o Al Walker para irmos [pescar no rio Black]. Ele veio, mas disse que o Fraud [Ford] dele só tinha condições de levar ele e o Al. Isso posto, o Ghee e o Carp esvaziaram os bolsos para pagar o Charlie Friend e foram levados por ele. Vou buscá-los de volta. Veja bem, eles esperavam ir com seu pai" (aprox. agosto de 1921, JFK).

2. EH evoca a frase de Shakespeare, em *Hamlet*: "Há algo de podre no reino da Dinamarca" (Ato I, Cena IV), ao se referir ao relacionamento entre Doodles "Diles" Smith e Don Wright, também pensionista no "Domocile", como era conhecida a casa dos Smith.

3. Em sua carta a EH, Smith contou que foi para a jogatina no Cooks com Bob e Wedna e depois foi para a casa de Wedna para beber. Smith perguntou se eles poderiam ser convidados para o casamento de EH.

4. Smith perguntou numa carta que tipo de "fornecedor evangélico" EH gostaria que realizasse o casamento acrescentando que "um bom fornecedor que conheça a cerimônia das alianças é raro". As tradições envolvendo as joias de casamento, incluindo a troca de alianças pelos noivos, foram criadas na década de 1920 pela crescente indústria de casamentos.

5. Colega de classe da OPRFHS, Elmor J. Brown (1899-1968), que ilustrou o conto "A Matter of Colour", na *Tabula* de abril de 1916, e se tornou ilustrador de revistas de reconhecimento nacional nos EUA, em especial a *Collier's*, onde seus trabalhos seriam publicados regularmente de 1933 a 1949.

6. Kate Smith foi por muito tempo o alvo do amor platônico de Carl Edgar (Baker *Life*, p. 30; *SL*, p. 4; Reynolds *YH*, p. 75). Eles aparecem como "Odgar" e "Stut" em "Summer People" (*NAS*), uma história de EH que permaneceu inédita até 1972.

7. Wes, Wesley Dilworth, vivia na época em Boyne City com a esposa, Katherine (cujo sobrenome de solteira era Kennedy, uma professora primária com quem ele se casou em 1915) e seus filhos pequenos. Sra. West é, provavelmente, Anna West, viúva que morava numa fazenda em Horton Bay Road com as três filhas, o genro e a neta (Censo Federal dos Estados Unidos, 1920). "Stilldeins" é uma brincadeira com "Dilstein's", que, por sua vez, é uma brincadeira com "Dilworth's" (referência à pousada Pinehurst, de James e Elizabeth Dilworth, em Horton Bay).

8. Smith contou que, quando estava pescando com Jack Pentecost e Howell Jenkins, um peixe fisgou uma isca que não estava sendo vigiada, puxando a melhor vara que eles tinham para longe da doca e "para as profundezas". Smith conseguiu pegar a linha e recuperar a vara, arrastando anzóis e pesos no fundo da baía.

9. Smith contou que, numa jogatina recente, "o Ghee" (Pentecost) trocou as fichas quando estava com 75 dólares de vantagem, sendo que tinha chegado antes a 80 dólares.

A Y. K. Smith, [1º de outubro de 1921]

Redação
Sábado à tarde.

Dear Y.K.—

Entendi minha mãe dizer, por telefone, que ela enviou por correio para você o convite para uma recepção hoje à noite em Oak Park[1].

Claro que não há chance de você e a Doodles irem, mas caso vocês tenham entendido errado o convite, vou perder uns dois minutos para revogá-lo pessoalmente.

Não que não me desse prazer vê-los, afinal, como a Doodles diz em sua obra-prima muitas vezes interpretada em voz alta, você é "um jovem bem-apessoado", mas, para mim, citando a obra universalmente admirada de sua esposa, "que assim seja".

Vou passar aí para pegar o resto das minhas coisas e, provavelmente, de minha correspondência exaustivamente lida enquanto você e sua senhora estiverem na casinha de Palos Park[2].

Outubro de 1921

Que assim seja
Que assim seja
Enforque-se numa árvore de Natal

Sempre,

JFK, CD

1. Em 1º de outubro, Clarence e Grace ofereceram uma recepção para comemorar seus 25 anos de casados.
2. Y. K. respondeu a EH logo em seguida dizendo que ele poderia pegar suas coisas no almoxarifado da Aldis, acrescentando: "Não será difícil entender que ter me escrito naquele tom torna sua presença em minha casa impossível, em qualquer momento, sob qualquer circunstância" ([2 de outubro de 1921], JFK). Essa correspondência pôs fim à amizade entre EH e Y. K. A amizade com Bill Smith também sofreu um revés de vários anos; os dois só retomariam contato em 1924.

A John Bone, 29 de outubro de 1921

Chicago, Illinois
29 de outubro de 1921
Sr. John R. Bone
Editor executivo
The Toronto Star

Caro sr. Bone:
    Greg Clark me escreveu contando que conversou com o senhor a respeito de minha esperança de retornar a Toronto e

Caro sr. Bone—
    Greg Clark me escreveu contando que conversou com o senhor a respeito de meu desejo de retornar a Toronto e conseguir um emprego no Star.

O senhor gentilmente me ofereceu esse emprego em fevereiro passado, mas na época eu estava adquirindo uma ~~muito~~ valiosa experiência e recebia um salário bastante satisfatório aqui e, na resposta que lhe enviei, mencionei um salário num valor maior, creio eu, do que o senhor estava disposto a pagar.

JFK, RCD

EH começou cada rascunho em lados diferentes da mesma folha. Ele se demitiu do Co-operative Commonwealth porque a organização que a patrocinava estava falindo depois de ser acusada de fraudes. Embora a carta que Bone de fato recebeu não tenha sido localizada ainda, "aquele bilhete ou alguma outra comunicação para o Toronto foi fulminante. Na segunda-feira posterior ao Dia de Ação de Graças, foi acertado que Hemingway iria para Paris como correspondente itinerante para os dois jornais Star e que seria pago regularmente por coluna e pelas despesas na maioria das matérias, ou receberia 75 dólares por semana mais despesas durante coberturas especiais" (Scott Donaldson, "Hemingway of The Star", College Literature, v. 7, n. 3, [Outono 1980], p. 264-5).

Dezembro de 1921

À Família Hemingway, [8 de dezembro de 1921]

Queridos pai e mãe & crianças—:
Estamos escrevendo do hotel um pouco antes de partir[1]. Tudo foi incrível. Ótima viagem e nos deliciamos muito com as tâmaras e maçãs que a mãe mandou e com as cartas de Nunbone e Massweene.

Jantamos com Bobby Rouse e encontramos vários outros amigos aqui, tanto da Hashe como meus e eu conferi toda nossa bagagem e vi o navio.

Walter Johnson vai nos encontrar no navio[2]. Vou mandar isto pelo timoneiro —

Tudo está ótimo e vamos partir em grande estilo. Desejamos a vocês todos um Feliz Natal.

Fiquem longe dos matadouros, eis o meu conselho, até a greve terminar[3]. Mantenham as crianças longe também. Elas devem achar outro lugar para brincar.

Robby Rouse manda lembranças, assim como

Ernie
e
Hash

Amamos muito todos <u>vocês</u>.

JFK, CMA

No canto superior direito da primeira página, há a seguinte anotação com a letra de Clarence: "Nova York N.Y. 8 Dez, 1921".

1. Depois de muito tempo sonhando em voltar à Itália, Sherwood Anderson convenceu EH de que Paris era o melhor lugar para um jovem aspirante a escritor. Os recém-casados partiram de Nova York em 8 de dezembro a bordo do navio francês *S.S. Leopoldina* e chegaram a Le Havre, França, em 22 de dezembro.
2. Walter Edmonds Johnson, de Montclair, Nova Jersey, primo de EH (Sanford, p. 149).
3. Estava acontecendo uma greve dos embaladores de carne na Chicago Stockyards, na qual cerca de dois mil policiais em ação receberam ordens de atirar nos grevistas, se necessário; um grevista foi morto e muitos ficaram feridos (Reynolds *YH*, p. 259).

À Família Hemingway, 20 de dezembro de 1921

[A bord] SS. Leopoldina
[le] 20 de dezembro [192]1

Querida *Famille*—
Fizemos uma ótima viagem. Paramos em Vigo, na Espanha, e, de lancha, chegamos em terra[1]. O mar só esteve revolto por um dia. Depois veio um furacão. Agora o tempo está bem equilibrado.

Dezembro de 1921

Estava tão quente na Espanha que passei um calorão mesmo com um único suéter. No porto, enormes cardumes de atum—alguns saltavam de 6 a 8 pés para fora da água atrás de sardinhas.

A Hash é muito popular no navio por tocar piano. Demos um show uma noite dessas — pegamos três mesas do salão de jantar e improvisamos um ringue e lutei boxe por três rounds com Henry Cuddy, um peso-médio de Salt Lake City que vai lutar em Paris[2]. Treinamos juntos a bordo e no 3º round eu quase o nocauteei. Eu podia decidir. Cuddy quer que eu lute em Paris. Hash ficou no meu *corner* e me enxugava com uma toalha entre os *rounds*.

Quando estávamos chegando na costa da Espanha perto do Cabo Finisterra, vimos uma baleia. O porto de Vigo é cercado de terra e foi um ótimo esconderijo para submarinos alemães durante a guerra. Pratiquei minha *Lingua Franca*— [a língua internacional do Mediterrâneo][3] em Vigo e fui intérprete de todos os passageiros. ~~Bones~~ Hash fala francês, então nos viramos lindamente.

Obrigado a todos pelas cartas. Nós ficamos muito felizes em receber todas elas e estamos usando os elásticos do pai—

Hash está tocando piano enquanto escrevo, mas os dedos dela estão muito duros por causa do vento frio do Canal da Mancha. Passamos o dia todo navegando entre a Baía de Biscaia e a costa da França. Deixamos para trás vários navios instáveis, mas este aqui é firme como uma rocha.

Tem muita gente divertida a bordo, mas ~~muitas~~ poucas realmente legais.

Desembarcamos em Havre amanhã por volta de meio-dia e chegaremos a Paris amanhã à noite. Vou postar isso de Havre—

Hash e eu enviamos nosso amor a todos e à toda a família do vô.

Com amor—
Ernie e Hash—

Hash está falando francês com três argentinos que estão apaixonados por ela. E também um velho francês—————

JFK, CMA; cabeçalho: Cie Gle / Transatlantique; carimbo: Le Havre / Seine-Infre, 21:30 / 25 xii / 1921

No verso do envelope, Clarence escreveu: "Ler e enviar imediatamente o apenso ao pai".

1. EH e Hadley tiveram quatro horas para conhecer a cidade antes que o navio seguisse viagem para Le Havre (Baker *Life*, p. 83).
2. Há um engano aparente na história de EH: ou ele está inventando, ou seu oponente no navio se apresentou de forma incorreta. O boxeador peso-pena Henry "Kid" Cuddy lutou em Salt Lake City, em Utah, em 19 de dezembro de 1921; sua derrota por pontos foi noticiada pelo Salt Lake Telegram no dia 20 de dezembro de 1921, mesmo dia em que EH escreveu esta carta.
3. Colchetes de EH.

Dezembro de 1921

A William B. Smith Jr., [aprox. 20 de dezembro de 1921]

Boid—

Vigo, Espanha. Eis o lugar para um homem. Um porto quase totalmente cercado por terra e quase tão grande quanto a pequena baía Traverse com grandes montanhas acastanhadas. Um homem pode comprar um barco à vela usado por 5 pratas. A diária no Grand Hotel é uma prata e a baía está infestada de atuns.

Eles agem exatamente como lainsteins — sardinhas para os peixes prateados — e as perseguem da mesma maneira, vi três saltarem no ar de uma vez — 1 chegou facilmente a 8 pés. O maior que pegaram este ano pesava 850 libras!

Vigo deve ser quatro vezes maior que Voix e há uns três ou quatro lugares em volta da baía para onde ir com o barco. Deus, que lugar.

Vamos voltar lá. Córregos cheios de trutas e atuns na baía. Água verde para nadar e as praias são arenosas. *Vino* custa 2 pesetas[1] o litro, preço do envelhecido por 3 anos, que pode ser reconhecido por um selo azul. O conhaque é 4 pesetas o litro.

C'est la vie—

Immer—
Wemedge—

[*No verso:*]

Por que você não me escreve aos cuidados da American Express Paris—França[2]?

Hash segurou a toalha para mim numa luta de três *rounds* com o Jovem Cuddy — um de 158 libras de Salt Lake City — desclassificado dos meio-médios — um carcamano que vai a Paris para lutar — Ele fará 3 lutas lá e 1 em Milão—

Nós treinamos todos os dias durante a viagem.

Eles pegaram três mesas do salão de jantar e fizeram um ringue entre as colunas e nós lutamos três *rounds* com a arrecadação destinada a uma moça francesa da terceira classe que tem um bebê e ia chegar à França com apenas 10 francos. O marido da A.E.F. a abandonou[3].

Os passageiros disseram que foi uma luta boa de ver.

Você tem de pedir à Hash para contar sobre a luta. Se eu contar, você vai achar que é invenção.

Wemedge.

PUL, CMA; cabeçalho: Cie Gle / Transatlantique / A Bord; carimbo: Le Havre / Seine-Infre, 2130 / 25 XII / 1921

Dezembro de 1921

1. Peseta, moeda oficial da Espanha na época. Em 1921, um dólar valia por volta de 7,3 pesetas.
2. A American Express, que começou em Nova York em 1850 como uma empresa privada de entregas expressas, iniciou o serviço de remessas de dinheiro e de cheques para turistas nas décadas de 1880 e 1890, e, em 1895, abriu em Paris seu primeiro escritório na Europa. Durante a Primeira Guerra, expandiu suas operações, incluindo serviços bancários, de correio e de viagens.
3. American Expeditionary Forces, forças militares americanas na Europa durante a Primeira Guerra Mundial, comandadas pelo general John J. Pershing (1860-1948).

A Sherwood e Tennessee Anderson, [aprox. 23 de dezembro de 1921]

Queridos Sherwood e Tennessee—
    Cá estamos. Sentamos do lado de fora do Dome Café, em frente ao Rotunde que está sendo reformado, nos aquecendo perto de um daqueles braseiros de carvão, e está um frio maldito lá fora, mas o braseiro aquece bastante, tomamos ponche de rum, quente, e a bebida nos desce como Espírito Santo[1].
    E quando a noite está fria nas ruas de Paris e estamos voltando para a casa andando pela Rue Bonaparte nos lembramos dos caminhos pelos quais os lobos se esgueiravam pela cidade e de Francois Villon e dos cadafalsos de Montfaucon. Que cidade[2].
    A Bones está lá fora agora e eu tenho ganhado o pão nosso de cada dia nesta máquina de escrever[3]. Em uns dois dias estaremos acomodados e então mandarei as cartas de apresentação como se estivesse mandando uma frota de navios[4]. Por enquanto não mandamos as cartas porque temos rodado pelas ruas, dia e noite, de braços dados, olhando os pátios e parando na frente das vitrines das lojas. Temo que os doces acabem matando a Bones. Ela parece uma caçadora de doces. Devem ter sido sempre um desejo reprimido dela, eu acho.
    Recebemos um bilhete do Louis Galantiere hoje e vamos ligar para ele amanhã. Seu bilhete, Sherwood, estava aqui no hotel quando chegamos[5]. Foi extremamente gentil de sua parte nos escrever. Estávamos um pouco para baixo e ficamos muito animados por recebê-lo.
    O Jacob é limpo e barato. O restaurante de Pre aux Clercs na esquina da Rue Bonaparte com a Rue Jacob é onde costumamos comer. Duas pessoas podem conseguir um jantar de primeira aqui, com vinho e à la carte, por 12 francos. Tomamos café da manhã por aí. O custo médio é de 2,50 F. Acho que está tudo mais barato ainda do que quando vocês estiveram aqui[6].
    Viemos pela Espanha e sentimos falta de tudo, menos do dia de tempestade. Você precisa ver a costa da Espanha. Grandes montanhas marrons que parecem dinossauros que caíram de cansaço no mar. Gaivotas seguem o barco pairando no ar com tanta estabilidade que parecem pássaros marionetes manipulados para cima e para baixo por fios. O farol parece uma pequena vela presa no ombro do dinossauro. A costa da Espanha é longa e tem aquele tom marrom antigo.

Dezembro de 1921

Depois viemos de trem pela Normandia, com seus vilarejos e montes de esterco fumacento e longos campos e florestas com o chão coberto de folhas e árvores com os galhos nus até o tronco e uma fileira de campos e torres no alto das montanhas. Estações escuras, túneis escuros e vagões de 3ª classe cheios de soldados, mas depois todos acabam dormindo nos seus vagões, se encostando uns nos outros, sacudindo ao balanço do trem. O silêncio é sepulcral e cansativo, e no fim de uma longa viagem você não tem para onde ir a não ser para uma outra cabine.

Enfim, estamos muito felizes por estarmos aqui e esperamos que você tenha um bom Natal e Ano-Novo e gostaríamos de poder jantar com vocês hoje à noite.

[*Hadley escreve:*]
Cada uma das palavras dele é verdadeira, especialmente os votos pelas festas mais alegres de todas. A sensação de estar no Jacob é tudo, menos estranha, ainda mais com seu bilhete de boas-vindas e o sentimento de que vocês viveram aqui até recentemente. Gostamos muito daqui e, além disso, achamos que é a melhor vizinhança que já vimos. Vamos sair agora, atravessar esse rio para abastecer a meia de Natal um do outro. Vou tentar não comprar doces para o Ern. Lá vamos nós, com uma pausa para um momento de carinho para assinarmos

Ernest e Bones

Newberry, CD/CMA

Nesta carta conjunta de EH e Hadley, a parte inicial foi datilografada por EH e Hadley continuou a mão. Os dois assinaram a carta no final.

1. O Café du Dôme e o Café de la Rotonde, no Boulevard Montparnasse, atraíam expatriados, artistas e militantes políticos na década de 1920; os dois cafés são citados em STL. Em uma matéria para o *Toronto Star Weekly* intitulada "American Bohemians in Paris a Weird Lot", EH censurava a clientela do Rotonde por ser formada por vagabundos pretensiosos, "a escória do Greenwich Village, em Nova York" (25 de março de 1922; *DLT*, 114-6).
2. No conto "A Lodging for the Night" (1877), de Robert Louis Stevenson, o poeta medieval francês Villon pondera que este é o tipo de clima "em que os lobos podem enfiar em suas cabeças que podem entrar em Paris novamente", e é perseguido pela visão dos cadafalsos de Montfaucon, a "grande forca da Paris do Terror".
3. "Bones", apelido de Hadley. Embora EH estivesse trabalhando para o Toronto Star como correspondente internacional, o casal estava sendo sustentado em grande parte pelo fundo fiduciário de Hadley, que lhes dava cerca de US$ 3 mil por ano, mais do que o suficiente para viver confortavelmente em Paris (Reynolds PY, p. 5; Gerry Brenner, *A Comprehensive Companion to Hemingway's "A Moveable Feast": Annotation to Interpretation*, Lewiston, Nova York, Edwin Mellen Press, 2000, p. 40).
4. Sherwood Anderson deu a EH várias cartas de apresentação destinadas a seu amigo Lewis Galantière e outros literatos que ele havia conhecido em sua primeira visita a Paris: Sylvia Beach, Ezra Pound e Gertrude Stein. Em uma carta de 28 de novembro de 1921 a Galantière, que era então funcionário da Câmara Internacional de Comércio em Paris, Anderson descreveu EH como "um jovem de extraordinário talento" (Baker, p. 82-3; Fenton, p. 118; Howard Mumford Jones e Walter B. Rideout (org.), *Letters of Sherwood Anderson*, Boston, Little, Brown and Company, 1953, p. 82-3).

Dezembro de 1921

5. Galantière fez reserva para os Hemingway no Hôtel Jacob et d'Angleterre, no n. 44 da rue Jacob, na margem esquerda, próximo à praça St. Germain des Prés e a poucos metros do Sena.

6. EH descreve a boa vida que turistas e expatriados tinham em Paris, devido à taxa de câmbio favorável, em sua matéria de 4 de fevereiro de 1922 para o *Toronto Star Weekly*, "Living on $1,000 a Year in Paris" (*DLT*, p. 88-9).

A Howell G. Jenkins, 26 de dezembro [de 1921]

Escrevinhe aos cuidados de
American Express Company
Paris, France[1].
[*PARIS, LE*] 26 dez.

Caro Carpative—

Feliz Natal e Mille Grazie[2] pelo cachecol. Bones e eu estamos em uma hospedaria na margem esquerda do rio, atrás do Beaux Arts[3] e estamos bem.

Nosso quarto parece uma loja de bebidas — Rum, Espumante Asti e Vermute Cinzano enchem uma prateleira. Sei preparar um drinque de rum que deixaria você encarcerado.

A vida aqui é muito barata. O quarto no hotel custa 12 francos, e 12,61 equivale a um dólar. Uma refeição para dois custa entre 12 e 14 francos — uns 50 centavos por pessoa. O vinho é 60 centavos. Um bom Pinard[4]. Compro rum por 14 francos a garrafa. Vive La France.

Não há muito mais a escrever. Paris é fria e úmida, mas cheia de gente, alegre e bonita. Há braseiros de carvão na frente de todos os cafés e todo mundo parece estar bem.

Bones e eu vamos comprar uma motocicleta com sidecar e vamos rodar feito o demônio por toda a Europa no próximo verão.

Escrevinhe para este cara. Lembranças a Ghee e Dirty Dick—

Sempre
Steen—

Stanford, CMA; cabeçalho: Hotel Jacob & D'Angleterre / 44, Rue Jacob — Paris

1. EH escreveu o endereço de correspondência sobre o timbre com o endereço do hotel.

2 *Mille grazie*: mil obrigados (em italiano).

3. A École des Beaux-Arts, primeira escola oficial de belas artes da França, tem suas origens na fundação da Academia Real de Pintura e Escultura, em 1648; desde o começo do século XIX, ela ocupa um complexo de edifícios na rue Bonaparte, atravessando o Sena, em frente ao Louvre e próximo ao hotel em que estavam os Hemingway.

4. "Pinard", gíria francesa para vinho tinto de má qualidade, especialmente para o tipo de vinho que os soldados franceses bebiam durante a Primeira Guerra Mundial.

Janeiro de 1922

A Howell G. Jenkins, 8 de janeiro de [1922]

[PARIS, LE] 8 de janeiro.

Caro Carpative—

Hash e eu estamos de mudança para um apartamento no 74 da Rue du Cardinal Lemoine[1]. Então, pode nos escrever aos cuidados do Cardeal˙. Acredito que a esta altura você já recebeu meus últimos rabiscos. Nossa diversão aqui não tem preço e eu tenho trabalhado como o diabo. Escrevi um pedaço do meu romance e vários artigos.

Dei uma volta na Florida outro dia e comi [em] um lugar perto da Madeleine. Mostrei à Hash a cabeça que foi arrancada quando estávamos lá. Eles deixaram sem[2].

Estou bebendo Rum St. James[3] agora com uma felicidade fora do comum. É um rum genuíno de 6 anos tão aveludado como o queixo de um gatinho.

Este apartamento é um lugar de alto nível e vamos nos mudar amanhã —mas não vamos manter uma casa até voltarmos de Chamby Sur Montreaux na Suíça, para onde nós estamos allezando por umas duas semanas para praticar alguns esportes de inverno. Fica nas montanhas acima de Genebra e é um lugar parecido com o do Dilstein — mas com uma clientela mais selecionada. Seria o paraíso se os caras estivessem lá. Caramba — Você consegue imaginar a gente com bebida da boa e à vontade, esquiando, andando de trenó e patinando? Queria que você, o Ghee e o Boid e o Dirty também fossem[4].

Preciso terminar. Escrevinhe para mim. Uso cachecóis todo dia. Sou proprietário de um casaco — feito para combinar com calças e ceroulas — feito em tear irlandês caseiro — por 700 francos. Como comprei os francos a 14 por dólar, não é tão caro. Cook and Co. é uma alfaiataria famosa de Londres[5]. Você os conhece com certeza. Este era o que eles tinham de melhor no local.

Bem, escrevinhe para mim, Carpative. Que saudade dos infernos tenho de vocês, sozinho aqui eu sinto muita falta dos caras. Mas este é o lugar para se viver.

Com amor.
Steen.

Hash também manda lembranças.
Escrevinhe para Rue du Cardinal Lemoine, 77.
Fica bem atrás do Panteon e da École Polytechnique — na melhor parte do Quartier Latin[6].
Cumprimente o Dick por mim e diga que vou escrever para ele. Lembranças para o pessoal da redação.

Janeiro de 1922

Stanford, CMA; cabeçalho: Hotel Jacob & D'Angleterre, 44, Rue Jacob -:- Paris; carimbo postal: Paris 115 / R des Saints-Pères, 13 15 / 9-1 / 22

1. Galantière ajudou os Hemingway a encontrar um apartamento de quarto andar sem elevador no n. 74 da rue du Cardinal Lemoine, num bairro de trabalhadores perto da Place de la Contrescarpe, no quinto *arrondissement*.

*. EH faz uma brincadeira com Cardinal, nome da rua, e cardeal, aos cuidados de quem Jenkins deveria mandar as cartas. (N.T.)

2. A caminho da Itália para a guerra, em junho de 1918, EH e seu amigo, voluntários da Cruz Vermelha Americana, ficaram no Hotel Florida no n. 12 do Boulevard Malesherbes, no oitavo *arrondissement*. Nas proximidades fica a Madeleine (Église Sainte-Marie-Madeleine), inaugurada em 1806 por Napoleão I como um "Templo de Glória" para homenagear suas forças armadas e construída no estilo de um templo romano no lugar de uma igreja do século XVIII; a estrutura foi consagrada como igreja em 1842. EH se refere provavelmente a uma estátua danificada quando a artilharia alemã atingiu a fachada da Madeleine durante o bombardeio de Paris que ele descreve em uma carta para a família por volta de 3 de junho de 1918 (ver também Baker *Life*, 40, para a descrição do bombardeio por Ted Brumback).

3. Marca de rum produzida desde 1765 na ilha de Martinica, no Caribe.

4. Jack Pentecost, Bill Smith e Dick Smale ("Dirty Dick").

5. Provavelmente Alfred H. Cooke, alfaiate e dono de uma loja de roupas em Londres. Entre os papéis de Hemingway que estão na biblioteca McFarlin da Universidade de Tulsa, há um recibo da loja de Cooke em Gibraltar datada de 8 de janeiro de 1919 para polainas, camisetas e colarinhos aparentemente comprados por EH quando voltou da Itália depois da guerra. De acordo com o guia de Paris da Baedeker de 1924, muitas alfaiatarias de Londres tinham filiais em Paris (*Paris and Its Environs*, 19. ed., Leipzig, Karl Baedeker, Publisher, 1924, p. 51).

6. EH se enganou de número e escreveu "77". O Panthéon, originalmente uma igreja consagrada à Santa Genoveva, padroeira de Paris, foi transformado em 1791 em um templo memorial onde seriam enterrados cidadãos franceses ilustres. Fica na montanha Santa Genoneva, o ponto mais alto da margem esquerda e uma das três montanhas de Paris (os outros são o Montmartre e o de Montparnasse). Foi daí que o jornalista e editor norte-americano William Bird (1888-1963) tirou o nome de sua editora, a Three Mountains Press. A École Polytechnique, faculdade de engenharia fundada em 1794, ficava, na época, na rue Descartes.

À Família Hemingway, [aprox. final de janeiro de 1922]

Meus queridos—

Bones e eu estamos aqui, vivendo a cerca de 3.000 pés acima do nível do mar e nos divertindo maravilhosamente. Paris tem um clima péssimo e úmido, então viemos para os Alpes para nos livrarmos dos resfriados e ficarmos saudáveis. Estamos em Les Avants, acima de Montreaux, no lago de Genebra, em uma incrível montanha de esportes. Compramos uma passagem de dia inteiro para a pequena estrada de ferro e daí descemos a montanha de trenó e depois pegamos o trem de volta. Com a passagem de dia inteiro você pode pegar o trem quantas vezes quiser. No trenó só cabem dois por vez e tem um volante e breques e desce a montanha no meio do campo mais selvagem que já vi. Florestas negras de pinheiros e desfiladeiros e a grande montanha Dent du Jaman[1]. A neve tem um metro de profundidade mas você nunca sente frio. Só uso suéteres e o ar é revigorante. O trenó atinge a velocidade de sessenta milhas por hora em alguns trechos e não há nenhuma parada até chegar à estação de trem no pé da montanha. Vocês precisavam ver a gente descendo com a Hash

Janeiro de 1922

dirigindo. Ela acha que é sinal de covardia usar o breque! Eu uso algumas vezes, mas só para ver o jeito como os flocos de neve voam. Nas curvas você precisa se equilibrar para fora e um bom pedaço da descida é íngreme demais. É o melhor esporte que já fiz.

Também tenho trabalhado muito. Hoje de manhã escrevi dois artigos para o Star[2] que enviei enquanto a Hash estava descendo a montanha com Dorothy Beck, uma moça americana muito legal que está aqui. Estamos num lugar com preços bem parecidos com o do Dilworth e temos direito a duas enormes refeições por dia. Bebemos muito leite, o tempo todo, e Hash e eu estamos ficando muito bem de saúde. Você sai de Paris às 9 h da noite e chega a Montreaux às dez da manhã seguinte. Montreaux, vocês lembram, é bem perto de Chateaux Chillon[3]. Vocês dois provavelmente estiveram lá, pai e mãe. Todos vocês iriam enlouquecer com a descida de montanha. Também há esqui, escalada e patinação, mas a descida é mais divertida. Fazemos um percurso de doze milhas em 14 minutos! Beck é a única americana aqui — ela veio com a gente — todos os outros são jovens ingleses. É muito engraçado assobiar quando você está correndo empurrando o trenó[4].

A Hash acaba de entrar aqui e ler isto sobre meus ombros e manda mil beijos para vocês e pediu para contar sobre nosso apartamento. É no 74 da Rue duCardinal Lemoine. E é o lugar mais gostoso que já vi. Alugamos com mobília por 250 francos por mês, cerca de 18 dólares, e tem uma *femme du menage* que prepara o jantar toda noite[5]. Acho que já contei isso, então não vou me alongar, vocês podem mandar as cartas para lá e nós as receberemos. É o jeito mais confortável e barato de viver, a Bones tem um piano e colocamos todas as nossas fotografias nas paredes e temos lareira e uma beleza de cozinha e uma sala de jantar e um quarto grande e um toucador e espaço de sobra. É no alto de uma colina na parte mais antiga de Paris. A melhor parte do Quartier Latin. Bem atrás do Pantheon e da Ecole Polytechique. Há uma quadra de tênis bem em frente, do outro lado da rua e uma linha de ônibus que faz ponto final na praça da esquina, então dá para ir a qualquer parte da cidade. Estávamos indo muito bem em Paris, mas o tempo estava tão ruim que ficamos felizes em vir para cá. Custa só sete dólares a passagem de Paris. Viemos para cá dois dias depois de mudarmos para o apartamento e desempacotarmos tudo, assim, quando voltarmos a Paris, teremos nosso canto e nada para desempacotar. Para essa viagem compramos só duas mochilas e uma mala grande. Mandei fazer umas roupas íntimas para a Bones no melhor alfaiate de Paris e elas vestem muito bem. Ela tem um longo suéter branco de gola rolê e um gorro de lã branco com listras laranja. Mando essas informações para as mulheres da família.

Vocês ficariam impressionados de ver como ficamos aquecidos mesmo fazendo tanto frio. Não usamos casacos desde que chegamos aqui e nenhum dos homens usa chapéu. É o lugar mais saudável e bacana que vocês podem imaginar.

Bones e eu mandamos nosso carinho a vocês, à vó, ao vô, à tia Grace e a toda a família do tio George. Esperamos receber cartas de vocês em breve.

Com amor,
Ernie e Hadley[6]

[*Hadley escreve:*]
P.S. Meus queridos:—
Estamos aqui enchendo os pulmões do ar gelado dos Alpes Suíços, caminhando e subindo e descendo a montanha o dia todo — à noite estamos tão cansados que nos jogamos na cama, puxamos os lençóis brancos imaculados — e caímos num sono tão profundo que só acaba quando entram para ligar o aquecedor e as velas às 8 da manhã. Café na cama! Depois um pouco de leitura ou uma conversa, até que saímos de novo ou fazemos compras em Montreux. Sentimos que ficamos mais em forma a cada dia— Espero saber umas fofocas em breve sobre o que a família anda fazendo.

Com a devoção de sempre
Hadley

IndU, CDA

A data presumida da carta é baseada no carimbo no passaporte de EH indicando sua chegada à Suíça em 15 de janeiro de 1922 (JFK); no verso da segunda página, Clarence escreveu: "Recebida em 2/2/922". Tanto em conteúdo quanto na linguagem, esta carta é muito similar às duas seguintes, nas quais EH contou que ele e Hadley ficaram na Suíça por dez dias. Hadley assinou a carta e adicionou seu próprio pós-escrito.

1. Dent de Jaman, montanha a nordeste de Montreux, nos Alpes berneses, com mais de 1,8 mil metros de altura.

2. Dezenove matérias de EH foram publicadas no *Toronto Daily Star* e no *Star Weekly* em fevereiro e março de 1922, quatro delas sobre o turismo e o inverno na Suíça (*DLT*, p. 87, 101-14, 110-1).

3. O Château de Chillon fica em uma ilhota rochosa na extremidade do lago de Genebra, perto de Montreux e ficou famoso pelo poema "The Prisoner of Chillon" (1816), de Byron. O castelo se tornou uma atração turística no século XIX, e entre seus visitantes ilustres estão Charles Dickens, Hans Christian Andersen e Mark Twain.

4. Em "The Luge of Switzerland" (Toronto *Star Weekly*, 18 de março de 1922, *DLT*, p. 110-1), EH registra a popularidade do trenó entre expatriados britânicos de Bellaria, próximo a Vevey, cerca de oito quilômetros a noroeste de Montreux, no lago de Genebra.

5. *Femme de ménage*: empregada doméstica (em francês). Os Hemingway contrataram Marie Rohrbach (apelidada "Marie-Cocotte"), "uma camponesa forte de Mur-de-Bretagne", que vivia em Paris com o marido Henri ("Ton-ton") no n. 10 bis da Avenue des Gobelins (Baker *Life*, p. 123). Hadley se lembrou posteriormente que "a grande qualidade desse apartamento era que com ele vinha Marie-Cocotte, nossa cozinheira, que limpava vários objetos, carregava água, fazia as compras, explicava os modos e costumes franceses e, nos últimos anos, era babá de Bumbie (o filho dos Hemingway)" (entrevista com Hadley, 1962, JFK).

6. "Ernie e" está escrito na letra de EH e o restante da carta, na letra de Hadley.

Janeiro de 1922

A Marcelline Hemingway, [aprox. 25 de janeiro de 1922]

Chamby sur Montreux
Les Avants
Sonloup
Château Chillon
Ferrovia Montreux-Oberland Bernoise
Estrada de Ferro da Suíça[1].

Querida Ivory—

Mando isto em seu aniversário daqui da Suíça, onde estamos muito felizes e de onde desejamos a você boa saúde e prosperidade constante[2]. Ontem quebrei minha mão em alguns lugares, está tão inchada que está do tamanho de uma abóbora, então a carta não terá qualidade excelente, nem será longa.

A Suíça é um lugar ótimo. Leia meus artigos no Toronto Star. Aqui onde estamos está abarrotado de ingleses, com quem tomamos chá. A Hash está falando inglês como eles e sempre puxa no sotaque para dizer coisas como "Encha-me a banheira, Ahthuh, porque a temperatura está caindo e estou saindo para o cinema'". Temos um trenó com direção, dois freios de mão e um pedal de freio e subimos a montanha em um trenzinho parecido com a locomotiva Peto-Walloon[3], subindo, serpenteando, subindo, serpenteando, até tomarmos a estrada para o inferno e passar por cima de tudo quando o trem para e você entra em outro que anda sobre rodas dentadas até o topo da montanha. Aí empurramos o trenó na estrada e descemos uma rampa que faz seu coração bater no céu da boca por sete quilômetros. Tudo isso no meio de uma floresta bem fechada de pinheiros, em estradas incríveis. Chegamos a cinquenta quilômetros por hora e Hash, que agora é conhecida como Binney, e eu nos revezamos na direção. Um dirige e o outro breca. O nome da montanha é Sonloup e dela vemos o Dent du Jaman, o Dent du Midi, a Wetterhorn, a Jung frau e várias outras cobertas de neve[4].

Comemos bem e estamos fortes como cabritos monteses. Estamos aqui há dez dias e vamos ficar mais uns dez e depois voltamos para nosso apartamento em Paris. É um lugar ótimo. Minha mão dói demais para datilografar, senão eu escreveria mais a respeito. Tenho trabalhado muito e escrito algumas coisas boas. As apresentações do Sherwood Anderson não nos fizeram mal nenhum. Este é o melhor país que já estive para quem quer simplesmente viver. Você se diverte tanto, na natureza o tempo todo, que você não pensa em nada, não se preocupa, não faz nada exceto trabalhar uns quatro dias por semana pela manhã e engolir ar na descida de trenó.

De novo, desejamos a você prosperidade renovada e mais sucesso em sua bela carreira[5].

Sou,

seu irmão afetuoso;
Ernie

Janeiro de 1922

James Sanford, CDA; carimbo postal: Ch[amby] / Sur [Montreux] / [data ausente; selo e parte do carimbo rasgados]

A suposta data da carta é baseada na afirmação de EH de que eles estavam na Suíça há dez dias; o selo no passaporte dele indica que ele e Hadley chegaram ao país em 15 de janeiro de 1922 (JFK).

1. A estrada de ferro Montreux-Oberland Bernois, uma das mais antigas linhas férreas elétricas da Suíça, foi inaugurada fazendo a ligação entre Montreux e Les Avants em 1901, e por volta de 1912 chegava até Lenk. As Estradas de Ferro Federais da Suíça foram criadas em 1º de janeiro de 1902, quando as principais ferrovias privadas do país foram estatizadas.

2. Considerando-se que a data no carimbo do passaporte de EH esteja correta, ou EH confundiu a data de aniversário da irmã, que é 15 de janeiro, ou ele estava escrevendo na data exata do aniversário, e não na suposta data da carta.

*. Neste trecho, EH parodia o sotaque inglês, grafando "Ahthuh" em vez de "Arthur", e com termos usados na Inglaterra, como "glass" para barômetro ou temômetro, indicando que a temperatura está caindo ("The glass is falling"). (N.T.)

3. A simulação de trem de Walloon Lake, uma linha de esteira construída pela Grand Rapids e Indiana Railroad, operou entre 1892 e 1928, ligando Harbor Springs, Petoskey e o vilarejo de Walloon Lake.

4. De Les Avants, a cerca de três quilômetros de Chamby por rodovia, e 213 metros mais acima, EH podia fazer uma viagem de seis minutos de trem puxado a cabo até Col du Sonloup (elevação de cerca de 1100 metros), de onde é possível ter vistas panorâmicas do lago de Genebra e dos topos dos Alpes suíços (Karl Baedeker, *Switzerland Together with Chamonix and the Italian Lakes*, 26ª ed., Leipzig, Karl Baedeker, 1922, p. 286-7). Assim como o Dents du Midi ("Dentes do Sul"), uma série acidentada de sete picos, cada um com mais de três mil metros de altura, ao sul do lago de Genebra, próximo à fronteira da Suíça com a França. O Dent de Jaman, o Wetterhorn (mais de 3.600 metros) e o Jungfrau (quase 3.700 metros) ficam a nordeste de Montreux, nos Alpes berneses.

5. Marcelline estava fazendo aulas na Northwestern University e trabalhando como supervisora no Kenilworth Community Center (Sanford, p. 213).

A Katharine Foster Smith, [27 de janeiro de 1922]

Querida Butstein—

Eis os fatos crus. Temos um apartamento em Paris na Rue du Cardinal Lemoine, 74, pelo qual pagamos 250 francos por mês. Fica no topo de uma montanha bem alta na parte mais antiga de Paris e bem acima de um lugar ótimo chamado Bal au printemps que é uma espécie de Frau Kuntz francês. A gente ouve do apartamento o acordeão ao som do qual eles dançam, mas não atrapalha. Temos uma Femme du Menage que eu chamo de *feminine menagerie* que vem de manhã, faz o café, arruma e limpa as coisas e vai embora, depois ela volta, prepara e serve o jantar. Ela cozinha as melhores refeições que já experimentei e eu invento os *menus*, eu e a Bones, a partir de tudo o que já ouvimos falar ou que já comemos e ela prepara tudo maravilhosamente. Nós a contratamos pela recomendação de que o marido dela é um grande *gourmet* e *gourmond* também, e eu acredito. O apartamento é maior do que o nosso em Chicago e muito confortável, com uma lareira e uma enorme cama francesa,

Janeiro de 1922

uma boa sala de jantar, um toucador e uma cozinha com uns 3.000 potes e panelas pendurados na parede. Mas não estamos lá.

Estamos na Suíça para praticar esportes de inverno. A Suisse é um país incrível, leia meus artigos no Toronto Star, e eu estou fazendo amizade com uns jovens ingleses e praticando as mais incríveis corridas de trenó que você possa imaginar. As estradas são de ferro com mais ou menos um metro de neve compactada, e você desce dando um berro, a descida pode durar metade do dia, aí você pega um trem e sobre de novo. Temos um trenó para duas pessoas com direção e dois freios e quando você freia incluindo para fora, ele desliza e levanta uma nuvem de gelo. Deus. Esse país tem tantas florestas quanto as grandes cordilheiras e matas e todas as montanhas têm manchas de florestas em seus flancos.

Hash aqui se tornou Binney, variante de Bones, e está ficando tão saudável e forte quanto um cabrito. O nome do trenó é Theodore e a gente se reveza na direção. Estamos num chalé administrado por um suíço que fala inglês de nome Gangwisch e o café da manhã é servido na cama e ainda temos direito a duas enormes refeições, a senhoria é uma cozinheira de alto nível e comemos coisas como rosbife, couve-flor cremosa, batatas fritas, sopa e depois mirtilo com creme de chantili por duas pratas por dia[1]. É praticamente nada, capaz de fazer um homem cantar o Exército e a Marinha para sempre, três vivas para o vermelho, o branco e o azul[2]!

Não tenho recebido notícias do Bill, embora tenha escrito quatro cartas para ele, todas sem resposta. Se ele quer tornar a coisa permanente, eu gostaria que ele me avisasse, assim eu posso começar a esquecê-lo. De qualquer forma, ele é meu melhor amigo entre os rapazes e não há ninguém para ocupar esse lugar.

Estamos aqui há dez dias e devemos voltar qualquer hora dessas. A viagem para Paris dura um dia inteiro e queremos viajar durante o dia para poder olhar a paisagem. Estou começando a sentir falta de Paris e vou ficar feliz em voltar. Mas me diverti muito aqui, só que Paris, essa cidade, nos pega no sangue. Não vá pensar que não sei escrever, porque eu sei, mas esta é uma maldita máquina de escrever francesa e o teclado é uma droga para trabalhar. Você ficaria maluca com esse país, parece que é o único lugar que realmente presta para se viver. Parece tão engraçado, lamentamos tanto pelos judeus chegando e arruinando a baía e aqui temos um país que tem uma baía praticamente intacta. Florestas enormes, bons rios de trutas, estradas maravilhosas e milhares de lugares para ir, ao contrário de Boyne e de Voix. Se os caras estivessem aqui, faríamos deste um lugar épico.

Ontem a Binney e eu fizemos uma excursão ao topo da montanha passando pelo meio da floresta de pinheiros altos, como se estivéssemos nos corredores de uma catedral, as árvores são muito altas e quase não há

Janeiro de 1922

vegetação rasteira como as florestas costumavam ser depois que você atravessava o Sturgeon rumo ao Black. Quando estávamos subindo a encosta da montanha, rolávamos rochas para baixo; elas começavam pulando como coelhos e depois iam reduzindo a altura até chegar ao pé da montanha, se arrebentando na estrada. Achávamos que elas iam se arrebentar nos trilhos. Na floresta tem veados e lobos e todo tipo de aves exóticas. Todos os pássaros são desconhecidos para mim, exceto os enormes corvos que balançam no alto dos pinheiros e observam tudo o que você faz. Tem uns pássaros engraçados, marrons e cinzas, também. Todos os pássaros suíços parecem ter uma corcunda.

Binnes e eu nos referimos um ao outro como Binney macho e fêmea. Nosso ditado favorito é que a Binney fêmea protege o menor. Você é chamada de tia Katherine do pequeno Binney e o Harrison Williams de tio Harrison do pequeno Binney. Nós nos divertimos muito juntos, e você precisava ver a Binney fêmea virando a direção do trenó na descida do col du Sonloup. Nossa, ela é uma pilota e tanto.

Vamos descer até Montreux, a cidade onde fica o Château Chillon, para beber chá e ver um filme e ontem vimos um filme de esquiadores e todos eles eram mostrados em silhueta negra e a Binney fêmea disse "Queria poder ver os rostos, assim eu saberia se tenho algum interesse pessoal neles" e eu disse "Você não está vendo as pernas?" e a fêmea diz "Sim, mas um nariz muitas vezes vale mais do que duas pernas". Só conto isso para dar a você uma ideia da atmosfera entre nós dois.

Minha boa e velha Butstein, queria muitíssimo que você estivesse aqui. Você precisa experimentar isso tudo antes de morrer. Não há vida nos Estados Unidos. Envenene o Unc e venha para cá, envenene a Madame e venha com o Smith[3]. Caramba, eu posso até imaginar como ele se comportaria. Seria incrível. Qual o propósito de tentar viver num lugar maldito como a América quando existe Paris e Suíça e Itália. Meu Deus, a diversão que se tem aqui! Quando as pessoas mentirem para você e disserem que a América é linda ou tão divertida quanto aqui, responda com uma gargalhada. Aqui é tão lindo que chega a doer de um jeito que paralisa o tempo todo, e quando você está com alguém que você ama a beleza se torna uma espécie de felicidade tremenda. É tão lindo, Butstein, e a gente se diverte tanto.

Escreva para mim. Não tive notícias suas. Vou mandar algumas das coisas que estou escrevendo, se você quiser; se você me escrever, quer dizer. Por favor, escreva para este sujeito. Eu não sou seu melhor amigo? Sou ou não sou? Quem adora você tanto quanto eu?

Até logo
Com amor como sempre
Wemedge.

Janeiro de 1922

UVA, CDA; carimbo postal: CHAMBY / SUR MONTREUX, 27.I.22

EH mandou esta carta a "Miss Katherine Foster Smith" com o endereço de Bill Smith em St. Louis com a anotação "Favor encaminhar". O envelope traz o endereço de encaminhamento "Chicago Beach Hotel / Chicago / Illinois" e no verso, o seguinte carimbo postal: "ST. LOUIS, MISSOURI, 16 FEV / 18:00. / 1922". Junto à carta, numa página separada, há um longo poema escrito numa letra que parece ser de Kate Smith. A terceira estrofe diz: "I am not of the eagle's role / But you have driven me up / Alone / I do not even know / If you are above me / Or below" [Não sou um tipo de águia / Mas você me coloca para cima / Sozinha / Nem mesmo sei / Se você está acima de mim / Ou abaixo]. Perto desses versos, EH escreveu a lápis a anotação "Ressaca".

1. Nascidos na Alemanha, o casal Gustav e Marie-Therese Gangwisch (1874-1951; 1880-1973) tinham uma pousada em Chamby num chalé de que foram donos entre 1904 e 1933 (Hans Schmid, "The Switzerland of Fitzgerald and Hemingway", *Fitzgerald/Hemingway Annual* 1978, p. 265-67). No livro 5 de *FTA*, Frederic Henry e Catherine Barkley se hospedam em um chalé no alto de uma montanha perto de Montreux e se divertem praticando esportes de inverno, os personagens Sr. e Sra. Guttingen guardam forte semelhança com os Gangwisch.
2. "The Army and Navy forever, / Three cheers for the red, white and blue!" [O exército e a marinha para sempre, / três vivas para o vermelho, o branco e o azul!] fazem parte da letra de "Columbia, the Gem of the Ocean", canção cujos direitos autorais foram registrados nos Estados Unidos em 1843 por David T. Shaw.
3. "Unc" e "Madame" são o tio e a tia de Kate e Bill Smith, dr. e sra. Joseph Charles.

A Lewis Galantière, 30 de janeiro [de 1922]

30 Jan.

Caro Louis—

Bones e eu estamos fazendo uma excursão subindo o vale do Ródano e vamos voltar a Paris a pé[1]. Só vamos pegar o trem quando tivermos vontade. Esta é nossa primeira parada para enviar cartões-postais.

Immer

Ernest M. Hemingway

Columbia, cartão-postal MA; verso: Château de Chillon; carimbo postal: VEYTAUX-CH[ILLON], 30. 1. 22 · 19

1. O rio Ródano nasce nos Alpes suíços e deságua na extremidade leste do lago Léman, a cerca de três quilômetros de Montreux; da extremidade sudoeste do lago, ele corre da cidade de Genebra atravessando a França até o Mediterrâneo. Presume-se que EH estivesse brincando sobre voltar andando para Paris.

Fevereiro de 1922

A Clarence Hemingway, 3 de fevereiro de 1922

Paris
3 de fevereiro de 1922

Querido Pai—

Hash e eu estamos de volta a Paris depois de três semanas na Suíça, estamos ótimos e bem de saúde. Encontrei sua carta de 19 de janeiro nos aguardando hoje de manhã. Estou feliz que vocês estejam todos bem e as coisas também.

É difícil para mim dizer a você como conseguir minhas matérias, já que eu mando tudo por correio e não sei as datas exatas de publicação. Mas se você assinar o Toronto Star Weekly você certamente lerá grande parte delas. Escreva ao escritório: The Toronto Star Weekly — Toronto, Ontário, e faça a assinatura de três meses ou coisa assim e daí procure por minhas matérias, acho que é o melhor jeito. Muitas das matérias são publicadas no Daily Star, mas por causa do correio essas publicações são muito irregulares. A redação decide quais matérias usar no Daily ou no Weekly, mas a maioria sai no Weekly e, além disso, seria mais fácil para você procurar.

Mandei dez ou doze boas matérias da Suíça e eles devem publicá-las ao longo das três semanas depois da data de envio.

À tarde —

Estamos instalados confortavelmente em nosso apartamento em Paris e fizemos bons amigos aqui. Hoje o tempo está chuvoso mas são chuvas rápidas, é só esperar um pouco sob alguma cobertura e seguir caminho. Nunca me diverti tanto quanto na Suíça. Escalamos o Dent du Jaman — e fizemos longas excursões. Nossa viagem pelo vale do Ródano foi interrompida por uma grande tempestade de neve que bloqueou as estradas. Na primavera, vamos para lá de novo e vamos caminhar pelo passo do Grande São Bernardo. É tudo muito selvagem e lindo.

O Toronto Star Weekly de 19 de dezembro tem um artigo meu sobre presentes de casamento — (engraçado) e é ilustrado com um cartum[1]. Foi o último jornal que recebi.

Preciso terminar agora e tomar um banho. Tenho escrito em diferentes horas do dia e acabo de voltar do posto da alfândega. Hash saiu, está num chá. Estamos felizes e nos divertindo.

Com amor para você, a mãe e a família.
Ernie—

PSU, CMA

1. "On Weddynge Gyftes", na verdade publicado em 17 de dezembro de 1921 (*DLT*, p. 84-6).

Fevereiro de 1922

A Grace Hall Hemingway, 14 e 15 de fevereiro de 1922

14 de fevereiro de 1922
Paris—

Querida Mãe—

A carta do pai de 2 de fevereiro chegou hoje — fez uma travessia bem rápida. Deve ter vindo no Aquitania. Dependendo do navio em que vem a carta, a diferença de tempo para chegar é grande[1]. Hash recebeu uma linda carta sua e ela vai responder em breve. Ela está bem afiada no piano agora e não está escrevendo nada. Ela está muito bem e forte e saudável.

Há pouco tempo, tive um resfriado terrível e tenho me sentido um idiota, mas assim que chegar a primavera aqui eu vou melhorar. Já conhecemos uma boa quantidade de gente em Paris, e se deixássemos todo nosso tempo seria tomado por eventos sociais; mas tenho trabalhado muito duro e nós reservamos bastante tempo para nós dois. É divertido morar nesse antigo bairro de Paris, nos divertimos muito[2]. Paris é tão linda que satisfaz aquela parte sua que está sempre insaciável na América.

Estou com tanto frio na cabeça que é praticamente impossível pensar e escrever em sequência. Aquela sensação de estar cheio de muco e se sentindo um idiota que você conhece.

Gertrude Stein, que escreveu <u>Three Lives</u> e várias outras coisas incríveis, jantou aqui conosco na noite passada e ficou até meia-noite[.] Ela tem uns 55 anos, acho, e é muito grande e bacana[3]. Ela ficou muito entusiasmada com minha poesia — Minha máquina de escrever Corona está no conserto. A *femme de menage* a derrubou da minha mesa enquanto estava fazendo a limpeza e só vou pegá-la de volta amanhã[4]

Dia seguinte—

A madame veio ontem enquanto eu estava escrevendo para limpar o quarto e então eu tive de parar. Recebi a máquina de escrever de volta hoje. Fui ao almoço semanal da associação dos jornalistas anglo-americanos[5]. Amanhã vou enviar quatro matérias ao Star e preciso dar duro o dia todo. Hash, que agora é chamada de Binney, vai sair para comprar um chapéu para a primavera e uma pele para usar no pescoço com conjuntos e vestidos assim que ela puder parar de usar o casaco.

Diga a Dessie e a Nubbins que estamos morando a apenas dois blocos do Jardin des Plantes, que é o maior jardim zoológico do mundo. Eles têm centenas de animais e pássaros que eu nunca vi antes. Têm cabritos monteses das montanhas Atlas com chifres em espiral de três pés de comprimento e uns pelos engraçados nas patas da frente. Todos os tipos de falcões e águias da América do Sul e da África e todos os animais da África do Sul. Há também uma imensa gaiola de condores que têm as cabeças horríveis, sem penas, os olhos

Fevereiro de 1922

vermelhos e as asas negras de doze pés de comprimento. É o maior conjunto de aves e animais que já vi e todas as três gaiolas são externas. Tem também uma casa de cobras que é tão grande quanto o maior prédio do Lincoln Park Zoo[6].

Na sexta-feira vamos tomar chá na casa de Ezra Pound. Ele me pediu para escrever um artigo sobre o estado da literatura na América para a Little Review[7]. Binney está lendo Queen Victoria, de Lytton Strachey, enquanto eu escrevo isto. Você vai gostar, se não leu ainda[8].

Me desculpe por escrever estas cartas sem graça, mas eu trabalho tanto para me expressar bem nos meus artigos e nas outras coisas que estou fazendo que fico sem energia e exausto para escrever e então minhas cartas ficam muito banais. Se eu só escrevesse cartas, tudo aquilo estaria nelas. Você sabe o que Flaubert dizia: "O artista deve viver como um burguês e pensar como um semideus"[9].

Espero que você esteja muito bem e se divertindo. Mande meu carinho para o pai e todas as crianças e à família. Vou escrever para ele em breve. Os selos desta carta são para a Carol, com carinho.

Com muito amor sempre,
Ernie

PSU, CM/CDA

1. Navio da Cunard Line desenhado para ser o maior transoceânico do mundo e lançado em 1913, o *Aquitania* navegava a 23 nós. Durante os anos 1920 ele operava na rota Southampton-Cherbourg-Nova York no Atlântico Norte.

2. Da janela de sua cozinha, EH via a rue Rollin e as Arènes de Lutèce, antigo anfiteatro romano construído no século I d.C.

3. *Three Lives: Stories of the Good Anna, Melanctha, and The Gentle Lena* (New York, Grafton Press, 1909) foi o primeiro livro de Stein a ser publicado. Quando EH escreveu esta carta, ela tinha acabado de completar 48 anos e tinha publicado outros três livros, incluindo *Tender Buttons: Objects, Food, Rooms* (Nova York, Claire Marie, 1914). Esta carta, inédita para estudiosos, localiza a data do encontro de EH e Stein em antes de março de 1922, como se acreditava (Baker *Life*, p. 86; Reynolds *PY*, p. 34-6).

4. A carta é manuscrita até este ponto, o restante é datilografado.

5. A Anglo-American Press Association of Paris foi fundada em 16 de dezembro de 1907 por correspondentes do *London Chronicle* e do *Chicago Daily News*, que compartilhavam a mesma redação. Nos almoços semanais, instituídos em 1914, eram apresentados discursos de oficiais públicos de todo o mundo, em geral falando aos repórteres em sigilo.

6. O Jardin des Plantes, criado em 1626 como um jardim de ervas medicinais para o rei Luís XIII, foi o primeiro jardim de Paris a ser aberto ao público, a partir de 1640. Depois da Revolução, ele passou a integrar o Museu Nacional de História Natural, em 1793, e animais da coleção da realeza em Versalhes foram levados para lá para a criação do zoológico. O zoológico de Lincoln Park, em Chicago, às margens do lago Michigan, cerca de cinco quilômetros ao norte de Lopo, foi criado em 1868.

7. A *Little Review* (1914-1929) foi fundada em Chicago por Margaret Anderson (1886-1973), que a editava junto com Jane Heap (1883-1964). Em 1918, a revista começou a publicar *Ulysses*, de James Joyce (1882-1941), em capítulos; as editoras foram acusadas de obscenidade e condenadas em 1921. Como editor internacional da *Little Review*, entre 1917 e 1919, Pound apresentou a Anderson e Heap o romance de Joyce e continuou a caçar novos talentos e influenciar a direção durante todo o período de publicação. Se EH chegou a escrever o artigo, ele não foi publicado na revista.

Fevereiro de 1922

8. Em 1921, Strachey (1880-1932) recebeu o prêmio James Tait Black Memorial, da Universidade de Edimburgo, na categoria biografia, por *Queen Victoria* (Londres, Chatto and Windus, 1921; Nova York, Harcourt, Brace, 1922).

9. Gustave Flaubert (1821-1880), escritor realista francês conhecido principalmente por seu romance *Madame Bovary* (publicado em livro pela primeira vez em 1857). EH está parafraseando uma frase de uma carta de Flaubert à sua amante, Louise Colet, em que ele enunciava seus princípios artísticos. A tradução da carta em inglês foi incluída em *Gustave Flaubert: As Seen in His Works and Correspondence*, de John Charles Tarver (Westminster, A. Constable and Company, 1895).

A Lewis Galantière, [27 de fevereiro de 1922]

Cher Galantiére—
Obrigado pelo bilhete. Nós dois estamos bem. Eu e Ezra Pound estamos nos tornando ótimos companheiros. Você vai mandar um bilhete nos dizendo que dia desta semana pode jantar com a gente?
Nós dois estamos envergonhados por termos estragado sua festa. Binney manda lembranças.

Immer—
Ernest Hemingway.

Columbia, cartão-postal MA; carimbo postal: PARIS / MONGE, 1630 / 27-2 / 22

A Sherwood Anderson, 9 de março [de 1922]

9 de março, Rue du Cardinal Lemoine, 74
Caro Sherwood—
Você fala como um homem muito amado por Jesus. Tem muita coisa acontecendo por aqui. Gertrude Stein e eu somos como irmãos e a encontramos com frequência. Li o prefácio que você escreveu para o novo livro dela e gostei muito. A Gertrude adorou[1]. Hash me disse para contar a você que, aspas, as coisas acabaram bem entre ela e Lewy — fecha aspas[2]. Meus espiões estão de olho naqueles dois.
Joyce publicou um livro maravilhoso. Você provavelmente vai recebê-lo a tempo. Enquanto isso, a novidade é que ele e toda a família estão passando fome, mas você pode encontrar a sua tripulação céltica inteira todas as noites no Michaud, onde eu e a Binney só podemos pagar um jantar por semana[3].
Gertrude Stein diz que Joyce a faz lembrar de uma velha de São Francisco. O filho dessa mulher ficou podre de rico em Klondyke e a velha saía por aí com as mãos entrelaçadas e dizendo: "Oh, meu pobre Joey! Meu pobre Joey! Ele tem tanto dinheiro!"[4] Aquele maldito irlandês, eles precisam reclamar de uma coisa ou outra, mas você nunca ouviu falar de um irlandês passando fome.

Março de 1922

    Pound pegou seis poemas meus e os mandou, com uma carta, a Thayer, Scofield, você já deve ter ouvido falar dele. Pound acha que sou um ótimo poeta. Ele também pegou um conto para a Little Review[5].

    Estou ensinando boxe ao Pound sem muito sucesso. Ele costuma conduzir o golpe com o queixo e tem a graça de um lagostim. Tem força de vontade, mas pouco fôlego. Vou para lá hoje à tarde para mais um treino mas não é muito divertido porque tenho que fingir lutar entre um *round* e outro para suar um pouco. O Pound até que sua bem, acho que vou dizer isso a ele. Além disso, é bem esportivo da parte dele arriscar a própria dignidade e sua reputação crítica numa coisa sobre a qual ele não entende nada. Ele é um cara bacana, Pound, com sua língua afiada. Escreveu uma bela resenha sobre Ulysses para a April Dial[6].

    Não sei qual a influência dele sobre Thayer, por isso não sei se ele consegue convencê-lo a publicar os poemas ou não — mas espero que sim[7].

    Agora chamo a Bones de Binney. Nós chamamos um ao outro de Binney. Eu sou o Binney macho e ela, a Binney fêmea. E temos um dito — O Binney macho protege a fêmea — mas a fêmea cuida do menor.

    Nós conhecemos Le Verrier e gostamos dele — ele fez uma resenha do Egg para uma revista francesa[8]. Eu mando para você, se ele ainda não tiver mandado.

    Seu livro parece ótimo. Pagaram para você ir a Nova Orleans — hein[9]? Queria conseguir trabalhar desse jeito. Esse maldito trabalho no jornal está me arruinando aos poucos — mas eu vou acabar com tudo isso logo e trabalhar por uns três meses.

    Se você viu Benny Leonard é porque viu todo mundo. Espero que ele tenha se divertido quando você o encontrou. Eu vi esse tal de Pete Herman. Ele é cego de um olho, como você sabe, e às vezes sai sangue ou suor do outro, daí precisam levá-lo pela mão — mas ele devia estar enxergando bem quando você o viu. Ele é um belo de um carcamano e pode socar e acertar para valer[10].

    Bom, esse negócio está ficando comprido demais. Escreva para a gente de novo, sim? É sempre um dia animado quando chega uma carta sua.

    Ah, sim. O Griffin Barry ainda está em Viena e morando, segundo dizem, com a Edna St. Vincent etc. O Rotonde é cheio de jovens, moças, ela foi pelo mau caminho[11]. Como a Lady Lil, ela empilha as vítimas em montes[12].

    Bom, até mais, com todo meu carinho para Tennessee e para você—
                                              Ernest

Escrevi uns poemas rimados muito bons outro dia.
Nós amamos a Gertrude Stein.

Newberry, CDA com pós-escrito manuscrito

Março de 1922

1. No prefácio que escreveu para *Geography and Plays* (Boston, Four Seas, 1922), de Stein, Anderson escreveu que "o trabalho dela é o mais importante a abrir caminho no campo das letras de minha época" e que ela conseguiu "recriar a vida em palavras".

2. Provavelmente Lewis Galantière.

3. Os dois primeiros exemplares de *Ulysses* foram entregues nas mãos de Sylvia Beach em Paris em 2 de fevereiro de 1922, data de aniversário de quarenta anos de Joyce. O Michaud, restaurante favorito de Joyce, ficava na esquina da rua Jacob com a rua des Saints-Pères.

4. A descoberta de ouro no rio Klondike, no território de Yukon, Canadá, provocou uma corrida de garimpeiros ao Alasca e a Yukon no início de 1897.

5. Pound era o correspondente europeu da *Dial*. Scofield Thayer (1889-1982) comprou a revista em 1919 (com James Sibley Watson Jr.) e atuava como editor da publicação desde a primeira edição em janeiro de 1920 até junho de 1925. Anderson certamente já tinha ouvido falar de Thayer, como EH bem sabia: Anderson recebeu o Dial Award em 1921, o primeiro ano da premiação de US$ 2 mil criada pela revista em "reconhecimento ao serviço às letras" prestado por seus colaboradores. Hadley escreveu a Grace Hemingway em 20 de fevereiro: "Ezra Pound enviou alguns poemas de Ernest a Thayer, da 'Dial', pegou alguns trabalhos em prosa para a *Little Review* e também pediu a ele para escrever uma série de artigos para a 'Dial' sobre as revistas americanas" (JFK, citado em Reynolds *PY*, p. 26). O que quer que "alguns trabalhos em prosa" signifique, a primeira contribuição de EH para a *Little Review* só apareceu na edição da primavera de 1923: "In Our Time" (seis vinhetas que seriam publicadas com uma pequena revisão como os capítulos 1 a 6 de *iot*) e um poema, "They All Made Peace: What Is Peace?".

6. A resenha escrita por Pound, intitulada "Paris Letter" e datada de "maio de 1922", foi publicada, na verdade, na edição de junho de 1922 da *Dial* (p. 623-9).

7. Thayer rejeitou os poemas (que seriam publicados como "Wanderings" na edição de janeiro de 1923 de *Poetry: A Magazine of Verse*), e, por muito tempo, EH alimentou certo ressentimento contra a *Dial* e seus editores. Thayer é mencionado em *TP* e *PF*.

8. *The Triumph of the Egg: A Book of Impressions from American Life in Tales and Poems* (Nova York, Huebsch, 1921), de Anderson, republicado como *The Triumph of the Egg, and Other Stories* (Londres, Cape, 1922). Na edição de 30 de março de 1922 da *Revue Hebdomadaire*, saiu uma resenha do crítico francês Charles Le Verrier, que escreveu que o trabalho de Anderson era como um alerta contra a conformidade e o pragmatismo que sufocavam a literatura americana (MarySue Schriber, "Sherwood Anderson in France: 1919-1939", *Twentieth-Century Literature*, v. 23, n. 1, fevereiro de 1977, p. 141).

9. Animado pelo sucesso de vendas de *The Egg*, Anderson foi para Nova Orleans trabalhar em *Many Marriages* (Nova York, Heubsch, 1923). O romance foi publicado como uma série na *Dial* antes de sair na forma de livro.

10. Leonard (cujo verdadeiro nome era Benjamin Leiner, 1896-1947), boxeador peso-leve de Nova York, e Peter "Kid Herman" Gulotta (1896-1973), boxeador peso-galo de Nova Orleans; os dois haviam vencido competições recentes (em 25 de fevereiro e em 20 de fevereiro, respectivamente). Fica claro que Anderson assistiu às lutas e as descreveu a EH em uma carta que não foi localizada.

11. Griffin Barry (1884-1957), jornalista norte-americano. Edna St. Vincent Millay (1892-1950), poetisa e dramaturga norte-americana que, em 1923, se tornou a primeira mulher a receber o Prêmio Pulitzer de Poesia. Ela viajou pela Europa de janeiro de 1921 a janeiro de 1923. Barry e Millay foram amantes e estavam vivendo juntos em Viena no início de 1922, mas ela estava infeliz no relacionamento e voltou a Paris e à "turma do Rotonde" no final de março (Nancy Milford, *Savage Beauty: The Life of Edna St. Vincent Millay*, Nova York, Random House, 2001, p. 225, 229).

12. Lady Lil, personagem de um poema popular norte-americano, participa de um "concurso de fornicação" com um homem chamado Pisspot Pete. Em várias versões, o poema diz que "Quando [ela] fornicava, fornicava sem parar / E deixava as vítimas empilhadas em montes". Uma peça da tradição oral, o poema foi impresso pela primeira vez em 1927, em *Immortalia*, uma antologia particular e anônima de versos obscenos atribuída ao jornalista norte-americano Eugene Field (1850-1895).

Março de 1922

A Howell G. Jenkins, 20 de março de 1922

74 Rue du Cardinal Lemoine
20 de março de 1922

Estimado Carpative—

Sua epístola me puxou para a máquina, arrancando-me da cama onde eu estava sofrendo de dor, e trabalhei como um maluco. Jo Eesus, nos últimos dois dias eu não fui mais do que um homem doente, o mesmo problema da garganta, no mais alto grau. Mas você me contou um monte de novidades e foi muito bom ter notícias suas, Carper.

Deixa eu ver, não lembro qual era a fofoca. Ah, sim, eu estava sentado no Boulevard Madeliene, matando uma dose de absinto, que aqui eles chamam com outro nome, mas é genuíno, quando eu vi o Feder passando[1]. Chamei o Duque com uns bons palavrões e ele e a noivinha judia dele, imagine o Duque em lua de mel com aquela mulher cheia de dentes falsos, vieram jantar aqui nessa noite. Eles passaram a lua de mel viajando pela Itália e Áustria etc. etc e embarcaram no navio para os Estados Unidos no dia seguinte ao jantar. Hash e eu levamos os dois para uns passeios depois da boia e matamos umas duas garrafas de champanhe e mais umas coisinhas, Feder não exagerou para não arriscar sua nova reputação, mas eu, que já estou casado há muito tempo, agi como de costume.

Hash manda lembranças e nós dois mandamos uma foto. Ogilvey não sabe fazer o terno com aquele corte, carpative[2]. Esse é tão artesanal que dá pra sentir no tecido o cheiro da turfa usada na calefação.

A droga da fita dessa máquina está quase acabando. Tenho trabalhado feito um escravo. O Star me ofereceu 75 pratas por semana quando eu voltar para casa — eu queria copiar a carta para você, mas é muito comprida, e eu já consigo ganhar isso e até mais pelo espaço[3], então por que diabos eu voltaria antes de meus filhos estarem prontos para ir para a faculdade, exceto para ver vocês, sendo que nesse caso vocês é que poderiam vir para cá? Peguei uma truta de seis libras num rio perto de Pau anteontem, e os caras que pescam com moscas por lá estão pegando muita coisa boa esses dias. Aqui a temporada começa no dia primeiro de março.

Mando junto a carta que o Smith mandou depois que escrevi umas cinco para ele, é a primeira resposta que recebo. Depois que você ler, mande de volta para mim, quero guardá-la. A tentação, é claro, é de dizer para ele pegar toda a porcaria da família e enfiá-la na bunda de um elefante – mas eu ainda tenho consideração por ele, por isso não vou responder. Mas não é uma carta maldita vinda de um cara que foi o que o Smith e eu éramos? Claro, a Madame, aquela mulher maldita, fica envenenando ele contra mim já faz uns anos, mas eu não imaginava que ele engolisse a propaganda negativa tão facilmente! Cristo! Você acha que eu mudei tanto para pior e essa coisa toda? Nós não passamos os dias mais divertidos juntos da nossa vida, você e Rouse e eu? Será que eu fui tão asqueroso? Ah, inferno — é um inferno quando um amigo apunhala você — principalmente quando você ainda gosta dele. Mostre a carta para o Ghee. Ele que vá para o inferno, se ele quer agir assim, eu escrevi cinco cartas para ele, no velho estilo que você conhece — pensei que ele estava ocupado demais para responder[4].

    Queria ter visto as fotos de Ketchell — ele era um lutador excelente, mas baixinho demais para aquela fumaça maldita[5]. Não vejo uma luta desde que cheguei aqui porque não tenho ninguém para ir comigo — mas têm bons campeonatos aqui o tempo todo. Vou arrumar algum fã de lutas e conseguir um ingresso para essa temporada ou coisa do tipo.

    Aliás — Você encontra a Butstein? Não tenho notícias dela desde que partimos — ela não desgrudava de mim na época — e eu deixei com ela uns oitocentos dólares em ordens de pagamento dos carcamanos para que ela me mandasse assim que tivéssemos um endereço aqui. Era para ela guardar tudo no cofre dela e mandar assim que escrevêssemos. Já escrevi cinco vezes sem resposta, e precisamos muito do dinheiro. Talvez ela não tenha recebido as cartas. E enquanto isso as ordens de pagamento estão prestes a prescrever — algumas já têm quase um ano. Está uma confusão e além disso eu preciso do dinheiro para ir à conferência em Gênova[6]. Preciso pagar a viagem e daí eles vão me reembolsar. Você pode ir procurar por ela, ou no hotel Chicago Beach ou no Co-op N. Wells, 128, e ver se ela recebeu minhas cartas e pedir a ela que, por favor, me mande as ordens de pagamento? Estou muito preocupado com isso. Precisa registrar o envio e fazer seguro. Mandar para Rue du Cardinal Lemoine, 74, ou para a American Express Company, Rue Scribe, 11. Mas quando estes rabiscos chegarem aí talvez as ordens de pagamento tenham chegado aqui, mas como não tive nenhuma notícia e estou escrevendo há dois meses, seria bom dar uma olhada. Você faz isso, por favor? Muito obrigado, Carp. Você pode mostrar a ela a carta do Bill, se quiser. Estou com medo de escrever de novo para ela porque ela pode estar aborrecida comigo — escrevi cinco cartas para o Bill e tenho mais consideração pela Stut do que pelo Bill, mas a gente fica meio contrariado quando vê nossos sentimentos transformados em pó depois de tanto tempo. Krebs talvez saiba onde procurar a Kate — ele sabe, com certeza. Diga a ela que meus sentimentos continuam os mesmos.

    Nós nos divertimos muito. Sempre luto boxe com o Ezra Pound, e ele virou um ótimo golpeador, quase sempre consigo me esquivar antes que ele me acerte e quando ele bate muito forte eu o jogo no chão. Ele é um bom jogador e progrediu muito golpeando com as luvas — qualquer dia eu me descuido e ele vai me derrubar no meio das latrinas. Ele pesa 180.

Março de 1922

Minhas coisas estão se ajeitando — vou procurar emprego para você aqui. Você fala francês? Mande lembranças minhas ao Baw — vou escrevinhar para ele. Não escrevinho tanto quanto deveria porque, por Deus, sou uma fábrica de escrita todos os dias. Um dia antes de ficar doente nós fomos em quatro a um piquenique perto do Marne ver Mildred Aldrich — ela escreveu A Hilltop on the Marne — você sabe — uma refinada velha *femme*[7]. Vimos a floresta onde os ulanos ficaram em 1914 e as pontes que os ingleses explodiram, essas coisas[8]. O vale é muito bonito e está começando a florescer. Aldrich estava lá durante a batalha e nos contou tudo a respeito. Queria que você estivesse com a gente. Eu matei um *fiasco* de vinho no almoço no caminho de volta, nós estávamos num Ford, todos animados, eu bebi uma taça cheia de um Hennesey 3 estrelas dirigindo de volta para Paris. Fomos perto de Meaux. Um lugar lindo[9].

Bom, preciso voltar para a cama — esta maldita garganta deve ficar boa daqui a uns três dias — muito pus e manchas brancas —

Até logo, velho Carpier, e escrevinhe para mim aqui—

Lembranças minhas ao John e ao Dirty Dick — diga a ele para me escrevinhar, talvez eu até escrevinhe antes. Fique longe de mulheres e de bebida ruim. Hash manda lembranças ao Dick.

Sempre,
Steen

UT, CDA

1. Bebida preferida entre os fregueses dos cafés de Paris e da vanguarda artística desde a década de 1890, o absinto começou a ser considerado uma droga perigosa e um problema social e foi proibido na França em 1915. Em "The Great 'Apéritif' Scandal", publicado no *Toronto Star Weekly* (12 de agosto de 1922; *DLT*, p. 182-4), EH explicou que, apesar da proibição, o absinto continuava sendo vendido em grandes quantidades na forma de um xarope amarelo-claro com o nome de Anis Delloso. Walter J. Feder era um colega veterano da seção 4 do serviço de ambulância da Cruz Vermelha Americana.

2. Provavelmente Ogilvie and Heneage ou Ogilvie and Jacobs, ambos na lista telefônica de Chicago de 1923 como lojas de roupas masculinas com endereços no Jackson Boulevard, em Chicago Loop.

3. EH quer dizer que, pago pelo tamanho da coluna, ele já recebe US$ 75 por semana.

4. Depois que EH mandou uma carta a Bill Smith insultando Y. K. Smith, Bill ficou ao lado do irmão, alegando que os laços de sangue são mais fortes do que as amizades. Numa carta de 22 de fevereiro de 1922 a EH, Bill escreveu que a amizade deles passou por "mudanças profundas e indesejáveis" e que ele não se interessava pela "edição de 1922 de E.M.H.", diferente do que ele havia sido até então, assim como o vinagre é diferente do champanhe (phPUL; citado em *SL*, p. 66, e Baker *Life*, p. 88). EH e Bill só se reconciliaram no outono de 1924.

5. Stanley Ketchel (como era conhecido Stanislaus Kiecal, 1886-1910), boxeador peso-médio americano campeão entre 1908 e 1910, apelidado "o assassino de Michigan" e conhecido por enfrentar oponentes mais fortes. Como "a Esperança Branca", Ketchel lutou contra o afro-americano campeão dos peso-pesados Jack Johnson em 16 de outubro de 1909, derrubou-o com um golpe surpresa no $12^{\underline{o}}$ *round*; Johnson (que EH chama pejorativamente de "aquela fumaça maldita") revidou nocauteando Ketchel com um único golpe. No ano seguinte, enquanto treinava e tentava organizar uma luta de revanche, Ketchel foi assassinado, supostamente, pelo namorado enciumado de uma mulher. EH descreve a luta lendária em "The Light of the World" (*WTN*).

Abril de 1922

6. A Conferenza Internazionale Economica realizada em Gênova, Itália, entre 10 de abril e 19 de maio de 1922. Delegações de mais de trinta países europeus se encontraram para discutir a reconstrução econômica da Europa após a guerra e o desenvolvimento das relações entre a Europa Ocidental e a União Soviética.

7. Baw, Ted Brumback. EH e Hadley foram com Gertrude Stein e Alice B. Toklas visitar Mildred Aldrich (1853-1928), escritora norte-americana que era muito amiga de Stein e cuja obra inclui *A Hilltop on the Marne, Being Letters Written June 8-September 8, 1914* (1915). Como o governo francês acreditava que o trabalho dela tinha sido uma ferramenta para persuadir os Estados Unidos a entrar na guerra, ela recebeu a Legião de Honra em 1922.

8. Ulanos, soldados da cavalaria alemã. As pontes foram destruídas para atrasar o avanço do exército alemão rumo a Paris.

9. Hennessy, conhaque feito em Cognac, França, desde 1765, quando a marca foi criada pelo aristocrata irlandês Richard Hennessy (1724-1800). Meaux, cidade a cerca de quarenta quilômetros de Paris, no departamento de Seine-et-Marne.

A Howell G. Jenkins, 20 de abril de 1922

Querido Carpative—
As bandeiras de todos os países estão do lado de fora da Conference. Estou aqui há duas semanas trabalhando como um condenado.

sempre
Steen.

phPUL, cartão-postal MA; carimbo postal: Paris / R. Monge, 16 30 / [2]-5 / [22]

EH escreveu este cartão e os três seguintes em Gênova e os enviou quando voltou a Paris (como ele explicou para sua mãe em uma carta de 2 de maio de 1922); todos têm o carimbo da agência de correios da rua Monge em Paris com data de 2 de maio de 1922.

A Marcelline Hemingway, [aprox. final de abril de 1922]

Querida Ivory: Parto amanhã de volta para casa; trabalhei duro, como é da minha índole, e ficarei feliz em reencontrar a Hash.

A cidade não é nada ruim se você não tem de viver nela e pode ir e voltar dela de trem.

Ernie

James Sanford, cartão-postal D com assinatura datilografada; verso: Genova —Via G. D'Albertis; carimbo postal: Paris / R. Monge, 16 30 / 2-5 / 22

Abril de 1922

A Clarence Hemingway, [aprox. final de abril de 1922]

Querido pai:
 Se você leu o Daily Star você sabe tudo sobre esta cidade. Estou feliz em ir embora daqui, por mais que o tempo esteja quente e agradável. Este é o velho forte no topo do monte bem acima da cidade.

Com amor,
Ernie

JFK, cartão-postal D com assinatura datilografada; verso: GENOVA— Righi— Castellacio; carimbo postal: Paris / R. Monge, 16 30 / 2-5 / 22

1. Entre 10 de abril e 13 de maio de 1922 o *Toronto Daily Star* publicou 22 artigos de EH sobre a conferência de Gênova, sete deles sem assinatura (*DLT*, p. 127-35, p. 138-68).

A Madelaine Hemingway, [aprox. final de abril de 1922]

Querida Nunbones:
 Estou feliz em ir embora desta cidade onde seu velho irmão tem trabalhado feito um cavalo.
 Mas ficar aqui sem trabalhar acaba enlouquecendo.
 Mande lembranças minhas para os parentes e acredite sempre no seu irmão aqui.

Sinceramente seu, como sempre

PSU, cartão-postal D com assinatura datilografada; verso: Genova — Panorama; carimbo: Paris / R. Monge, 16 30 / 2-5 / 22

A Grace Hall Hemingway, 2 de maio de 1922

Paris, 2 de maio de 1922

Querida mãe—
 Muito obrigada pela linda fotografia. Eu e a Hadley gostamos demais e agradecemos muito por você tê-la mandado para nós. É muito bonita.
 Juntei a esta carta vários postais que escrevi para todos vocês de Gênova e os levava no bolso, mas estava ocupado demais para mandar[1]. Voltei na semana passada, depois de dar tudo o que pude em Gênova.
 Eu estava exausto e bem-acabado por causa do excesso de trabalho e fomos numa excursão até Chantilly e através da floresta até Senlis. Dormimos num hotel em Senlis onde Von Kluck ficou em 1914. Como ele tinha ficado lá, os alemães o pouparam quando incendiaram a cidade. É uma cidadezinha antiga e agradável com uma bela catedral e abadia e um velho castelo. Dali andamos pela floresta e os montes até Pont St. Maxense no rio Oise, e depois

Maio de 1922

fomos a Compiegne². Íamos a Soissons e depois desceríamos para o Rheims³, mas começou a chover e eu fiquei doente, então voltamos a Paris e estou de cama há uns três dias por causa da garganta. Foi uma boa excursão e a floresta é muito bonita nessa época do ano. A região de Senlis é ótima para caça de javali selvagem e veado.

Voltaremos para lá quando minha garganta estiver curada. Krebs⁴ e Willard Kitchell estão aqui há seis semanas e foram caçar no sul. Todo mundo atira em javalis nesse país.

Eu me diverti em Gênova e escrevi e telegrafei boas matérias. Você deve ter visto algumas no Star. Meus primeiros artigos sobre Gênova (enviados por telégrafo) começaram a ser publicados em 10 de abril. Os artigos que enviei pelo correio são de 22 ou 23 de abril

Talvez eu vá para a Rússia pelo Star em breve, estou esperando as orientações⁵.

Desculpe por eu ser tão desleixado com as cartas ultimamente. Pensei que a Binney estava escrevendo e ela também pensou que eu escrevia, e como estávamos a muitas milhas de distância, acabamos não falando sobre isso.

Espero que todos estejam bem e que o papai pesque boas trutas em maio. Ele provavelmente está pescando agora. É engraçado que a Marce tenha se divertido tanto quando foi ficar com a tia Arrabel depois da morte do tio Tyler⁶. Como elas conseguiram fazer um bota-fora depois de tudo?

Vimos a esposa do Dr. Lewis outro dia⁷. Fomos encontrá-la no hotel. Ela fez uma ótima viagem e está muito bem.

Mande meu amor e carinho ao pai e às crianças. Vou escrever para o pai em breve.

Com amor, como sempre,
Ernie

PSU, CDA; carimbo postal: Paris / R. Monge, 16 30 / 2-5 / 22

Esta carta foi escrita no verso de um papel do Co-operative Commonwealth.

1. EH evidentemente decidiu enviar os postais de Gênova separadamente em vez de juntá-los à carta; os postais trazem selos do correio francês e os carimbos mostram que foram postados ao mesmo tempo na mesma agência de correio de Paris de onde foi enviada a carta.

2. O general Alexander von Kluck (1846-1934) comandou o Primeiro Exército Alemão durante a invasão de agosto de 1914 na Bélgica e na França, e suas forças chegaram a 25 quilômetros de Paris antes de serem detidas na Primeira Batalha do Marne em setembro de 1914. Da cidade de Chantilly, cerca de cinquenta quilômetros a noroeste de Paris, EH e Hadley viajaram mais 65 quilômetros até Compiègne, passando pelas cidades de Senlis e Pont-Sainte-Maxence. Senlis é famosa pela catedral gótica de Notre Dame, do século XII, por um castelo do século XI e pelas ruínas dos muros galo-romanos. O armistício entre os Aliados e os alemães que colocou fim à Primeira Guerra Mundial foi assinado em um carro em uma estrada na floresta perto de Compiègne.

3. Soissons (quarenta quilômetros a leste de Compiègne) foi o local de uma violenta batalha entre tropas dos EUA e da Alemanha em julho de 1918. A cidade de Reims (a cerca de sessenta quilômetros a leste de Soissons e 150 quilômetros a nordeste de Paris) é conhecida por sua catedral gótica do século XIII, onde os reis

franceses eram tradicionalmente coroados; a cidade e a catedral foram muito danificadas durante os bombardeios alemães na Primeira Guerra Mundial.

4. Krebs Friend.

5. A viagem para a Rússia nunca aconteceu.

6. O tio paterno de EH, Alfred Tyler Hemingway, morreu de pneumonia em 24 de fevereiro, em Kansas City.

7. Gertrude Lewis (nasc. aprox. 1863), viúva do médico William R. Lewis (nasc. aprox. 1849) de Oak Park e membro do Nineteenth Century Club; Grace Hall Hemingway também fazia parte do clube.

A Clarence Hemingway, 2 de maio de 1922

2 de maio de 1922

Querido pai—

Fiquei muito feliz em receber sua última carta dizendo que você ia para o norte em maio para pescar um pouco. Espero que você esteja lá neste momento.

A primavera definitivamente chegou por aqui, mas demorou muito. Foi uma mudança e tanto sair do calor de Gênova onde eu não precisava usar casaco.

Estou de cama há uns quatro dias com a mesma boa e velha dor de garganta que já parece ter cumprido seu ciclo e espero poder sair amanhã. O primeiro de maio foi silencioso por aqui, mas os Camaradas atiraram em uns policiais[1]. Trabalhei duro em Gênova e escrevi algumas matérias muito boas. Conheci L. George, Chicherin, Litvinoff e muitos outros[2]. O Star me paga 75 por semana mais as despesas. Espero ir para a Rússia em breve. Esperando orientações. Aviso assim que tiver mais detalhes.

Hoje o dia está chuvoso. O interior, de Paris a Picardy, é lindo[3]. Os campos são cheios de grandes pegas preto e brancas que sobem os caminhos abertos pelos arados exatamente como os corvos. Também tem muitas cotovias. E um monte de pássaros comuns que eu não conheço, mas vou visitar o zoológico que fica perto da nossa casa para identificá-los. Outro dia vi um cruza-bico.

As florestas são muito selvagens e com poucos arbustos e cobrem todos os montes e cadeias de montanhas. Hash e eu fizemos uma excursão de quarenta milhas quase toda pela floresta. Florestas de Chantilly, Chatallate[4] e Compiegne. Eles têm veados e javalis selvagens e raposas e coelhos. Comi carne de javali duas vezes e é bem gostosa. Eles a preparam em um tipo de empadão com cenouras, cebolas e cogumelos e uma fina crosta marrom. Também tem muitos faisões e perdizes. Espero fazer uma bela caçada no outono.

Krebs foi para o sul da França caçar javali agora. Eles se movem muito rápido e parecem muito ferozes quando os cães começam a correr atrás deles.

Na nossa excursão, Hash e eu fomos até o rio Oise e atravessamos florestas no alto das montanhas até o Aisne. Eles trabalham duro para

Maio de 1922

reconstruir as cidades e estão deixando muitas delas horríveis com a nova arquitetura francesa[5].

Estou escrevendo na minha Corona na cama e vou ter de parar porque está muito desconfortável. A sra. Lewis mandou lembranças para você, ela é só elogios a você. Também encontramos seus antigos pacientes, os Winslow. Hash saiu com a Marjorie Winslow e foram a uma casa de chá enquanto eu estava em Gênova. Alan tem um novo cargo diplomático no Brasil[6].

Com todo meu amor, pai, e espero que você faça uma ótima viagem. Eu mandei os dois volumes do World's Illusion por correio para a sra. Dilworth antes de sair de Chicago e vou tentar rastreá-los. Se ela não os recebeu, vou mandar cinco dólares para Kroch mandar para ela outros dois, mas tenho certeza de que ela os recebeu[7]. Eu postei o pacote já pago com o endereço da sra. Dilworth.

Perdão pela ortografia sofrível e pelos erros de datilografia.

Ernie

JFK, CDA; carimbo postal: Paris / R. Monge, 16 30 / 2-5 / 22

Assim como a carta de EH para a mãe, na mesma data, esta carta foi datilografada em um papel do Co-operative Commonwealth. EH postou as cartas a seus pais em envelopes separados para o endereço North Kenilworth, 600, em Oak Park.

1. O primeiro de maio foi designado como Dia Internacional dos Trabalhadores pelo Congresso Internacional Socialista, em Paris, em 1889; desde 1890, tem sido um dia de manifestações e comemorações para vários grupos socialistas, comunistas e trabalhistas. Em 1922, dois policiais foram atingidos por tiros enquanto tentavam controlar a multidão durante uma "manifestação que antecedeu o Primeiro de Maio" em Paris. ("Two Policemen Shot at End of Reds' Meeting / Single Bullet Wounds Both: Expect Them to Die", Paris, *Chicago Daily Tribune*, 1º de maio de 1922, p. 1.). Em seu texto não publicado, "Paris 1922", EH escreveu: "Vi a polícia ameaçar a multidão com espadas enquanto eles voltavam a Paris pela Porte Maillot no Primeiro de Maio e vi o olhar orgulhoso e assustado no rosto lívido de um garoto de 16 anos que parecia aluno da escola preparatória e que tinha acabado de atirar em dois policiais" (JFK; Baker *Life*, p. 91).
2. Entre os representantes enviados para a conferência de Gênova estavam o primeiro-ministro britânico David Lloyd George (1863-1945), o comissário para assuntos internacionais do governo soviético Georgy Chicherin (1872-1936) e o vice-comissário para assuntos internacionais do governo soviético Maxim Litvinov (1876-1951).
3. Região ao norte de Paris atravessada pelos rios Somme, Oise e Aisne.
4. Provavelmente a floresta d'Halatte, ao norte de Senlis, entre as florestas de Chantilly e Compiègne.
5. O vale do rio Aisne foi o cenário de três grandes batalhas da Primeira Guerra Mundial.
6. Os Winslow, William H. e Edith H. Winslow, de River Forest e Chicago, Illinois. A filha deles, Marjorie, tinha cerca de quinze anos. O filho deles, Alan F. Winslow, famoso aviador da Primeira Guerra Mundial, trabalhava para o Departamento de Estado depois da guerra e passou vários anos no serviço diplomático dos EUA ("Alan Winslow, 37, War Ace, Is Dead", *New York Times*, 16 de agosto de 1933, p. 17).
7. *The World's Illusion* (Nova York, Harcourt, Brace and Howe, 1920) é a tradução inglesa de Ludwig Lewisohn do romance em dois volumes de 1919 *Christian Wahnschaffe*, do escritor alemão Jakob Wassermann (1873-1934); o protagonista rejeita a herança da família para se dedicar a serviços humanitários depois de uma vida de prazeres. A Kroch's International Book Store, criada em 1907 pelo imigrante austríaco Adolph Kroch (1882-1978), ficava na North Michigan Avenue em Chicago.

Maio de 1922

A Kate Buss, 12 de maio de 1922

> Chalet Chamby
> Chamby sur Montreux
> Suisse
> 12 de maio de 1922.

Cara Srta. Buss:—

Muito obrigado pela carta e pelo livro. Nosso zelador encaminhou ambos e eu vou fazer as duas resenhas e enviar ao Johnson assim que ler o livro, o que espero fazer hoje à noite[1].

Parece formidável.

Esperamos vê-la antes de seu embarque. Tentei passar no hotel para pegar o volume no dia em que viajamos, de última hora, mas não consegui e então deixei instruções e selos com nosso gentil, atencioso e prestativo zelador.

Se você voltar para casa passando pela China, poderia nos avisar? Gostaria que a senhora conhecesse meu tio Bill, caso ele não tenha sido morto pelos Wangs. Eles estão em combate na província dele[2].

Recebi um bilhete de Pound dizendo que o próximo endereço dele será Ravenna, Poste Restante[3], acredito.

Mais uma vez, obrigado pelo livro, até logo e muito boa sorte.

> Ernest M. Hemingway.

Brown, CDA

1. Buss, uma amiga de Stein e Pound, provavelmente pediu a EH para resenhar um livro que ela escreveu, talvez *Studies in the Chinese Drama* (Boston, Four Seasons, 1922). Nenhuma resenha do livro escrita por EH foi localizada.
2. Dr. Willoughby Hemingway, tio de EH, era missionário na província de Shansi, China. Em 20 de abril de 1922, a Associated Press divulgou que um movimento anticristão, organizado na Universidade de Pequim, estava crescendo rapidamente por toda a China e que líderes cristãos e autoridades consulares dos EUA estavam assustados com o alcance do movimento, "apoiado por agitadores comunistas" ("Rival Chinese Armies Now Near Each Other / But Peking Does Not Expect Clash: Anti-Christian Movement Is Reported," *New York Times*, 21 de abril de 1922, p. 12.)
3. *Poste Restante* indica que a carta deve ser mantida na agência do correio até que o destinatário vá buscá-la.

A Clarence Hemingway, 24 de maio de 1922

> Chamby sur Montreux.
> 24 de maio de 1922.

Querido pai:—

Imagino que a esta altura você tenha recebido uma carta minha de Paris. O motivo pelo qual você não viu nenhuma matéria minha no Star é que você só recebe o Star Weekly e meus últimos dezesseis artigos foram publicados no Daily entre 24 de abril e 8 de maio. Vou mandar alguma coisa daqui para o Weekly agora. Elas foram recusadas porque as pautas em Gênova eram diárias e o sr. Bone, o editor geral, acabou não as aproveitando em outro lugar.

Maio de 1922

Desde que voltei de Gênova, até quando viemos para cá, eu fiquei doente e de cama e não produzi nada.

Aqui é incrível. Meu velho colega Major Dorman-Smith está passando a folga dele conosco e fomos pescar trutas e escalar montanhas e no próximo fim de semana vamos caminhar pelo passo de São Bernardo e dali vamos entrar na Itália onde pegaremos o trem de volta a Paris[1]. Já ganhei todos os quilos que perdi e estou me sentindo bem de novo. Minha garganta ainda incomoda, mas pelo que todos os médicos dizem não há muito a fazer e ela deve me incomodar o resto da vida.

Hoje escalamos o Cape au Moine[2], uma subida muito íngreme e perigosa de mais de 7.000 pés e foi incrível descer pela encosta coberta de neve – o único esforço era sentar, as cordas faziam o resto. Nos vales mais baixos, os campos estão cobertos de narcisos e bem na linha onde começa a neve, quando escalamos o Dent du Jaman, outro dia, vimos duas martas enormes. Elas eram do tamanho de um gambá grande, mas bem mais compridas e delgadas. Peguei várias trutas em um riacho chamado Canal du Rhone, na parte alta do vale do Ródano. Lá se pesca com moscas e as trutas são pescadas ali há dois mil anos ou mais, então elas são bastante ariscas. Ainda não as peguei de jeito e fui pescar quatro vezes. Os riachos das montanhas continuam cheios de neve derretida e muito turbulentos para a pesca, mas tem um riacho ótimo chamado Stockalper que deságua no Ródano umas vinte milhas acima do lago Léman e quero muito ir pescar lá. Dá para pegar salmão, mas está muito agitado.

Minhas credenciais para a viagem à Rússia pelo Star chegaram hoje junto com um cheque gordo, 465,00, pelas despesas e por três semanas de salário a 75 dólares por semana. Veio em muito boa hora.

O acampamento de verão parece que vai ser agitado. Quem vai estar lá? Espero que você vá e pesque um pouco.

Hadley está ótima de saúde e tão corada e bronzeada quanto uma índia. Ela nunca esteve tão bem. É ótimo aqui, onde passamos o inverno e conhecemos as pessoas. Escalamos todos os picos mais altos das redondezas e estamos prontos para escalar de novo os melhores.

Espero que você esteja bem e que tudo esteja correndo da melhor forma. Diga para a mãe e para as crianças que eu as amo muito, mande muitas lembranças de Hash e minhas—

Seu filho amoroso,
Ernie

JFK, CDA; carimbo postal: Paris / R. Monge, 16 30 / 2-5 / 22

1. O passo do Grande São Bernardo é o mais antigo dos Alpes ocidentais, atravessando os Alpes valaisanos entre Martigny, Suíça, e Aosta, Itália, com uma elevação de mais de 2,4 mil metros. Para detalhes da viagem, ver Baker (*Life*, p. 91-4) e Reynolds (*PY*, p. 53-4).
2. Pico dos Pré-Alpes friburguenses-berneses, a nordeste de Montreux.

Junho de 1922

A Gertrude Stein e Alice B. Toklas, 11 de junho de 1922

Milão, Itália, 11 de junho, 1922.

Queridas srta. Stein e Srta. Tocraz—

Estamos aqui há quase uma semana apostando nos cavalos com um tremendo sucesso. Levanto bem cedo e estudo a tabela das corridas e então depois que eu quase quebro a cabeça de tanto pensar, a sra. Hemingway, que já tomou uns três drinques, pega um lápis e marca os vencedores com a mesma facilidade com que se escolhe amendoins. Com a ajuda de sua clarividência alcoólica e de um velho amigo meu que, desconfio, dorme com os cavalos, escolhemos 17 vencedores em 21 corridas[1].

Viemos da Suíça para cá caminhando pelo passo do Grande São Bernardo. Fizemos 57 quilômetros em dois dias com Chink, o capitão, dando uma de Simon Legree[2] para cima da gente. Não fomos direto para Milão por causa do inchaço nos pés da sra. Hemingway quando chegamos a Aosta. Foi uma bela trilha porque o passo ainda não estava aberto e ninguém ainda tinha atravessado do lado suíço para cá este ano. Foi preciso os esforços conjuntos do Capitão e da Sra. H. além de uma dose de conhaque a cada duzentas jardas para me fazer atravessar os últimos quilômetros de neve.

Daqui vamos subir a Recoaro e Schio no Trentino e depois desceremos ao Piave e a Veneza e então voltaremos a Paris[3]. Quero estar de volta mais ou menos no dia 18. Está chovendo muito hoje, o que deve causar um desastre na trilha, não creio que o gênio alcoolizado da Sra. H funcione direito numa pista enlameada e sei que se a coisa ficar feia não vou conseguir nem escolher os cavalos. Mesmo assim, é divertido vê-los correndo com as caudas empinadas e escorregando na lama.

Nos divertimos muito na Suíça. Escalamos umas montanhas com o Chink e depois ele escalou uma sozinho e quase morreu no dia da Ascensão[4] atravessando uma torrente forte e intensa demais para ele e nos encontrou em Bains des Alliaz[5] e bebemos 11 garrafas de cerveja cada enquanto a Sra. H dormia na relva, depois caminhamos para casa na noite gelada com pés que nem sentiam o chão, mas ainda assim se moviam bem rápido.

Espero ver vocês em breve.

Seu amigo,
Ernest M. Hemingway

Yale, CDA

1. Depois de atravessar o passo Grande São Bernardo, EH e Hadley pegaram o trem para Milão e Chink Dorman-Smith voltou para seu posto militar no Reno (Baker *Life*, p. 92). As corridas de cavalo em San Siro, pista que fica perto de Milão, aparecem no conto "My Old Man", de 1923, e em *FTA*.

2. O cruel senhor de escravos que açoitou Tom até a morte no influente romance *Uncle Tom's Cabin* (1852), de Harriet Beecher Stowe (1811-1896).

3. EH planejou a viagem para mostrar a Hadley vários dos lugares por onde ele passou durante a Primeira Guerra Mundial. Para detalhes, ver "A Veteran Visits the Old Front" (*Toronto Daily Star*, 22 de julho de 1922; *DLT*, p. 176-80).

4. Comemoração cristã realizada quarenta dias depois da Páscoa e que lembra a ascensão de Cristo aos céus. Em 1922, o Dia da Ascensão (sempre numa quinta-feira) foi em 25 de maio.

5. Bains-de-l'Alliaz, *spa* suíço com nascentes de água sulfurosa, cerca de seis quilômetros ao norte de Chamby sur Montreux, perto de Blonay.

A Howell G. Jenkins, 14 de junho de 1922

14 de junho de 22

Querido Carper—

Novo hotel nas velhas Dolomitas. Viemos de carro de Schio a Rovereto. O Valli dei Signori continua exatamente igual. Santa Caterina reconstruída. Queria que você estivesse conosco.

Steen

phPUL, cartão-postal MA; verso: imagem do Albergo Dolomiti, uma torre de quatro andares aos pés do monte Pasubio; carimbopostal: Rovereto / 14 6.22 15 / Trento

No mesmo papel em que o cartão foi fotocopiado (arquivos de Carlos Baker, PUL), há um cartão com a mesma data de Hadley para Jenkins que começa assim: "Saudações ao Il Carpatorio do cenário de suas aventuras de guerra. Fomos ao clube de campo de Schio ontem e ouvimos toda a história de novo e entendi por que vocês todos querem voltar". Antes que a Itália entrasse na Primeira Guerra Mundial, em maio de 1915, Rovereto (cerca de 50 quilômetros a nordeste de Schio) pertencia ao Império Austro-Húngaro e ficava a poucos quilômetros da fronteira com a Itália, que passava entre as duas cidades. A área foi muito disputada durante a guerra; com o armistício, em novembro de 1918, Rovereto passou a ser parte da Itália.

A Harriet Monroe, 16 de julho de 1922

Rue du Cardinal
Lemoine, 74.
Paris.
16 de julho, 1922.

Srta. Harriet Monroe,
E. Erie Street, 232,
Chicago, Illinois.

Cara srta. Monroe:—

Estou muito feliz porque os poemas serão publicados na Poetry e peço desculpas por não ter escrito antes.

Julho de 1922

Envio mais alguns que talvez vocês possam usar.

Lembranças minhas a Henry B. Fuller[2] e, caso você o encontre, a Sherwood Anderson.

Atenciosamente,
Ernest M. Hemingway

P.S. Conheci aqui um jovem, Ernest Walsh, que diz ser seu amigo. Ele ficou bastante doente, mas agora está bem melhor[3].

Autobiografia —[4]

Nascido em Oak Park, Illinois.

Endereço permanente Rue du Cardinal Lemoine, 74
Paris V. e.m.

Ocupação — No momento, na Rússia como correspondente do Toronto Star. (o passaporte está três semanas atrasado, mas o de Max Eastman chegou ontem, então o meu deve estar a caminho[5]. Litvinoff me prometeu em Gênova que não haveria problemas)

Poemas etc. publicados no Double Dealer ~~etc~~[6].

UChicago, CDA

---

1. Na edição de janeiro de 1923 da revista de Monroe, *Poetry: A Magazine of Verse*, foram publicados seis poemas de EH sob o título "Wanderings": "Mitrailliatrice", "Oily Weather", "Roosevelt", "Riparto d'Assalto", "Champs d'Honneur" e "Chapter Heading" (p. 193-5).

2. Henry Blake Fuller (1857-1929), romancista de Chicago e membro declarado do movimento anti-imperialista. Suas obras incluem *On the Stairs* (1918) e *Bertram Cope's Year* (1919), um romance que trata abertamente da homossexualidade. Amigo íntimo de Monroe, Fuller era assistente de edição da *Poetry*.

3. Ernest Walsh (1895-1926) iniciou correspondência com Monroe em agosto de 1921, enquanto estava hospitalizado com problemas pulmonares resultantes da queda de um avião do Exército dos EUA durante treinamentos militares. Seus ferimentos foram agravados por uma tuberculose, que ele havia contraído antes e da qual nunca se recuperou completamente. Monroe publicou quatro poemas de Walsh na edição de janeiro de 1922 da Poetry. Depois que sua doença foi diagnosticada como incurável e que ele foi liberado do hospital, ela o ajudou a obter uma pensão como veterano ferido da guerra e deu a ele cartas de apresentação a Pound e outros escritores de Paris. Com Ethel Moorhead (1869-1955), Walsh fundou uma pequena revista, *This Quarter*, em 1925, que publicou "Big Two-Hearted River", de EH, na primeira edição. Anos depois, EH escreveu uma cena sarcástica sobre Walsh, "The Man Who Was Marked for Death" (*MF*).

4. EH datilografou essa "Autobiografia" no verso da carta. A página traz carimbada a data "29 JUL 1922" e uma anotação a mão, "Biog", ambas provavelmente acrescentadas por Monroe ou funcionários da revista.

5. Max Forrester Eastman (1883-1969) foi cofundador e editor da revista socialista *The Masses* de 1913 até a falência, em 1917, quando foi banida dos correios dos EUA sob alegação de prejudicar os esforços de guerra e, portanto, violar a Lei de Espionagem, recentemente aprovada. Em 1918, ele fundou a revista pró-soviética *The Liberator* e, em 1922, desistiu de editá-la para viajar à União Soviética e testemunhar em primeira mão as condições do país após a revolução.

6. Aconselhado por Sherwood Anderson, EH enviou trabalhos para a *Double Dealer* (1921-1926), pequena revista publicada em Nova Orleans por Julius Weis Friend com o objetivo declarado de reverter a "estagnação artística" que atingia o sul desde a Guerra Civil dos EUA. A fábula "A Divine Gesture", de EH, foi publicada na edição de maio de 1922, e seu poema "Ultimately", na edição do mês seguinte. De acordo com observações de Hanneman em *Ernest Hemingway: A Comprehensive Bibliography*, a *Double Dealer* foi a primeira revista norte-americana a trazer uma contribuição de EH desde a revista para a qual escrevera no colegial, *Tabula* (135).

Agosto de 1922

A Howell G. Jenkins, 4 de agosto [de 1922]

4 de ago—

Querido Carper—

Voamos de Paris para Estrasburgo em 2 hrs e 1/2 — seriam 10 horas de trem! Sobrevoamos o Vosges e atravessamos o Reno entrando na Alemanha[1]. Com 850 marcos a um dólar, duas pessoas conseguem passar um dia inteiro com um dólar[2]. A cerveja custa 10 marcos o caneco. Aqui há cegonhas nos telhados das casas. Vocês foram pescar? Mande-me toda a história —

sempre
Steen

Dick Baum estava na cidade[3]. Muito bêbado!

phPUL, cartão-postal MA; carimbo postal: [*local ilegível*], 8 / 5-8 / 22

Embora o carimbo esteja parcialmente ilegível, o selo indica que o cartão foi enviado da França.

1. EH descreve a viagem em "A Paris-to-Strasbourg Flight Shows Living Cubist Picture" (*Toronto Daily Star*, 9 de setembro de 1922; *DLT*, p. 205-7).
2. O *Toronto Daily Star* publicou duas matérias de EH sobre a hiperinflação do marco alemão após a Primeira Guerra Mundial. "Germans Are Doggedly Sullen or Desperate Over the Mark" (1º de setembro de 1922; DLT, p. 194-6) e "Crossing to Germany Is Way to Make Money" (19 de setembro de 1922; DLT, p. 208-10). Em novembro de 1923 a taxa de câmbio havia atingido um trilhão de marcos por dólar.
3. Richard T. Baum, colega da seção 4 do serviço de ambulância da Cruz Vermelha Americana.

A Ezra Pound, [12 de agosto de 1922]

[*William Bird escreve:*]
Fiquei surpreso em saber por isto que o Hem esteve aqui durante a guerra.

WB

[*EH escreve:*]
Desmentido registrado. Sugiro usar isto no frontispício do livro de Hueffer[1].

Hem

IndU, cartão-postal MA; verso: imagem de uma mulher reclinada em um banco com uma perna sobre um soldado, que está reclinado no chão, com a legenda "Repos du Soldat et d'un Ange Gardien" [Descanso do soldado e um anjo da guarda]; carimbo: [*local ilegível*], 12-8 / 22

Embora o carimbo esteja parcialmente ilegível, o selo indica que o cartão foi enviado da França. William (Bill) Bird era um correspondente norte-americano e diretor do braço continental da Consolidated Press em Paris. Ele e EH se conheceram

Agosto de 1922

no trem rumo à conferência de Gênova na primavera de 1922 e se tornaram amigos. Naquele verão, Bird comprou uma prensa manual e a instalou no número 29 do Quai d'Anjou, na Île Saint Louis, fundando assim a Three Mountains Press; EH colocou Bird em contato com Pound. Em 1º de agosto, Pound concordou em editar uma série de seis livros intitulada "An Inquest into the State of Contemporary English Prose" (Hugh Ford, *Published in Paris: American and British Writers, Printers, and Publishers in Paris, 1920-1939*, Nova York, Macmillan Publishing Company, 1975, p. 95-100; Reynolds PY, p .80).

Bill e Sally Bird, Lewis Galantière e sua noiva, Dorothy Butler, juntaram-se a EH e Hadley em agosto de 1922 em uma viagem de pesca e escalada na Floresta Negra, na Alemanha. Bird aparece nomeado em duas matérias que EH fez durante a viagem para o *Toronto Daily Star*: "Once Over Permit Obstacle, Fishing in Baden Perfect" (2 de setembro de 1922; DLT, p. 197-200) e "German Inn-Keepers Rough Dealing with 'Auslanders'" (5 de setembro de 1922; DLT, p. 201-4).

1. O romancista inglês Ford Hermann Hueffer (1873-1939) alterou seu nome legalmente de para Ford Madox Ford em 1919. EH se refere a *Women and Men*, de Ford, publicado em 1923 no segundo volume da série "Inquest", editada por Pound.

A Ezra Pound, [aprox. fim de agosto de 1922]

Querido Ezra—

Há uma donzela macaquinha olhando para o mar ao leste,
Há uma nova macaca soprano assobiando numa árvore,
e o Harold está bem bonito, dizem os jornais[1].

L'ENVOI[2]

Foi uma bela de uma operação,
    Mas que pode ter salvado a nação,
E o que é uma amputação
    Para uma tribo?

Sinceramente seu, meu querido Pound,

Rudyard Kipling

Hotel Loewen National
Triberg,
Baden,
Alemanha.

IndU, CD assinada como "Rudyard Kipling" na letra de EH

1. EH faz uma paródia dos primeiros versos do poema "Mandalay", de Rudyard Kipling ("*By the old Moulmein Pagoda, lookin' eastward to the sea,/ There's a Burma girl a-settin', and I know she thinks o' me*" ["Pelo velho pagode de Moulmein, olhando para o mar ao leste,/ Há uma birmanesa que me espera, e que sei que pensa em mim"]) para ridicularizar Harold F. McCormick (1872-1941), um milionário de Chicago que recentemente havia passado por uma alardeada "cirurgia de rejuvenescimento" (ver "McCormick's Surgeon Silent on Gland Story / Millionaire Is Recovering from Operation", *Chicago Daily Tribune*, 18 de junho de 1922, p. 2; e "McCormick Silent on His Operation", *New York Times*, 19 de junho de 1922, p. 13). Naquele verão também foi noticiado em Paris que o médico russo Serge Voronoff (1866-1951) estava testando o transplante de testículos de macacos em seres humanos ("Wizard Surgeon Plans Renewing All Vital Organs", *Chicago Daily Tribune*, 20 de junho de 1922, p. 4; Reynolds PY, p. 65-6), além de notícias de um romance entre a cantora de ópera polonesa Ganna Walska e McCormick, que havia se divorciado de Edith Rockefeller em 1921. Em 11 de agosto de 1922, McCormick se casou com Walska em Paris, tornando-se seu quarto marido ("Ganna Walska and M'Cormick on Honeymoon", *Chicago Daily Tribune*, 12 de agosto de 1922, p. 5).

2. "Envoi", conclusão de um poema, em geral um resumo da mensagem moral da obra ou uma dedicatória. Tanto Pound quanto Kipling escreveram poemas com esse título.

À Família Hemingway, 25 de agosto de 1922

Triberg na Floresta Negra.
25 de agosto de 1922.

Meus queridos—

Hash, eu, o Bill Bird da Consolidated Press e a esposa fizemos um passeio pela Floresta Negra e nos divertimos muito. Como o marco continua caindo, temos mais dinheiro agora do que quando começamos a viagem há duas semanas, e se ficássemos aqui muito tempo nós nos manteríamos com nada. Economia é uma coisa maravilhosa.

Pai e mãe, muito obrigado pelas felicitações de aniversário e pelos lindos lenços. Gostei muito.

Fomos várias vezes pescar trutas e a Hash pegou três enormes na primeira pescaria dela. Pegamos dez num dia só e seis no outro e eu peguei cinco no rio Elz usando moscas. Ainda uso minhas velhas iscas McGintys e parece que elas são apreciadas internacionalmente[1].

Como foi o acampamento de verão? E como vocês passaram o verão? Não temos notícias há um bom tempo. Estou enviando um pouco de dinheiro alemão para o pai. Espero que tudo esteja bem. Vou escrever uma bela carta para vocês assim que eu terminar uma boa parte deste trabalho. Vamos passar dois ou três dias escalando montanhas e atravessando a floresta e depois voltaremos a nossas máquinas de escrever para poder pagar as contas.

Amo todos vocês, meus parabéns atrasados pelo aniversário da mãe em junho, da Carol em julho e do Pop em setembro. Sem contar o da Nunbones na época de Ação de Graças[2]. O que me faz lembrar que quando estivemos na Itália comemos um peru delicioso em um restaurante em Mestre por vinte centavos cada. Mas sem molho de cranberry.

Sempre
Ernie

Agosto de 1922

Hash manda lembranças também. Vamos a Frankfurt e faremos uma viagem de barco pelo Reno até Colônia onde o Chink está com o regimento[3]. Os 62 marcos dão para comprar 6 canecos de cerveja. 10 jornais. Cinco libras de maçãs. ou um ingresso de teatro. Da próxima vez vou tentar mandar um dinheiro mais bonito. Eles têm umas notas lindas. Fiquei um tempão guardando algumas para vocês, mas precisei usá-las.

Ernie

JFK, CDA

1. Muito usadas na pesca com moscas, as moscas McGinty se parecem com abelhões ou vespas.
2. O aniversário de Grace foi em 15 de junho; o de Carol, em 19 de julho; o de Clarence, em 4 de setembro; e o de Sunny, em 28 de novembro.
3. Dorman-Smith estava baseado no assentamento britânico Garrison.

A Gertrude Stein, 28 de agosto de 1922

28/8/22 — Triberg — Baden —
Imagino que vocês já tenham voltado para Paris a esta altura, mas talvez não[1]. Não temos dinheiro para sair deste país. Nunca mais serei capaz de gastar um franco sem que meu coração queime só de pensar que é o equivalente a 150 marcos = 10 cervejas, ou 5 licenças de pesca ou uma garrafa de Wachenheimer[2]. Pegamos 10 trutas num só dia, mas sinto falta de Paris.

Boa sorte
Ernest Hemingway—

Yale, cartão-postal MA; verso: imagem de um homem e quatro mulheres fantasiados com a legenda "Badische Volkstrachten. Glotterthäler aus Glotterthal" [Trajes folclóricos de Baden. Povo de Glotterthal]; carimbo postal: TRIBERG, 31.8.22.5-6N.

Debaixo da imagem e da legenda, EH escreveu: "Moda de outono da Yvonne Davidson local". A francesa Yvonne Davidson (falecida em 1934) e seu marido, o escultor norte-americano Jo Davidson (1883-1952) eram grandes amigos de Stein e Toklas (entre seus trabalhos mais famosos, está uma escultura de Stein como um Buda, que apareceu em uma fotografia da Vanity Fair em fevereiro de 1923, junto com um perfil dele feito por Stein). Durante a Primeira Guerra Mundial, Yvonne dirigiu um hospital para oficiais feridos perto de Perpignan; depois da guerra, ela abriu lojas de costura inovadoras em Paris e se tornou um nome proeminente da moda.

1. Em agosto de 1922, Stein e Toklas viajaram à Provença em férias com a escultora Janet Scudder e sua companheira, Camille Lane Seygard. Depois que suas amigas compraram uma casa em Aix-en-Provence, Stein e Toklas se hospedaram em um hotel em Saint-Rémy e só voltaram a Paris em março de 1923.
2. Vinho de Riesling.

A Ezra Pound, 31 de agosto de 1922

O Anônimo sempre foi meu escritor favorito! Quem é esse impostor, esse tal de "Estritamente Anônimo"? Corte a cabeça e as pernas dessa moça e me diga se ela não faz lembrar o período azul de Picasso[1].

IndU, cartão-postal manuscrito; cabeçalho: J. BERNARD-MASSARD, SEKTKELLEREI / TRIER A.D. MOSEL; verso: imagem da deusa grega Hebe (donzela consagrada aos trabalhos domésticos para os Deuses), com três anjos segurando rótulos ovais com os nomes dos vinhos especiais da adega de J. Bernard-Massard; com a legenda "Göttin 'Hebe' ihre Lieblinge bezeichnend" [Deusa Hebe batiza seus favoritos]; carimbo postal: TRIBERG, 31.8.22.5-6N

1. Referência ao pintor espanhol Pablo Picasso (1881-1973) e às pinturas de seu "Período Azul" (aprox. 1901-1904).

A Gertrude Stein, [20 de setembro de 1922]

Tive que ~~voltar~~ descer para ver Clemenceau[1] — Vocês não vão mais voltar a Paris? Talvez em breve também não volte — Aqui já é inverno. Espero que vocês voltem logo.

Ernest Hemingway.

Yale, cartão-postal MA; verso: LES SABLES D'OLONNE. Le Pont d'Enfer; carimbo postal: [ilegível], 20-9 / 22

1. Estadista francês Georges Clemenceau (1841-1929), foi duas vezes primeiro-ministro, de 1906 a 1909 e de 1917 a 1920. Depois da guerra, exigiu um acordo de paz rigoroso, insistindo no desarmamento da Alemanha e em pesadas reparações. EH juntou-se a Bill Bird em uma visita ao refúgio de Clemenceau, perto de Les Sables d'Olonne, uma cidade de veraneio no Atlântico francês. Em carta de 25 de setembro de 1922 a EH (JFK), John Bone comunica o recebimento da entrevista com Clemenceau, enviada para ele por EH junto com uma carta de 14 de setembro que permanece desaparecida. Embora Bone tenha publicado os comentários sarcásticos de Clemenceau sobre o papel do Canadá na guerra, o *Star* não publicou a entrevista.

A John McClure, [aprox. setembro de 1922]

Caro Sr. McClure:—

O sr. Lewis Galantiere, há alguns meses, sugeriu que eu lhe escrevesse para dizer, da parte dele, que o senhor é um filho da puta. Fiz isso, de brincadeira.

Agora, envio a mesma mensagem, mas não da parte do sr. Galantiere, mas da minha, e dessa vez com toda a seriedade. Você é um filho da puta, sr. McClure, repito.

Setembro de 1922

Por algum tempo, o título — Double-Dealer me intrigou. Não intriga mais. Double Dealer significa que sua prática é trapacear, enganar ou maltratar tanto o assinante quanto o colaborador.

Se você tem dinheiro suficiente para comprar a quarta capa da New Republic, por que não paga pelas colaborações[1]?

JFK, CM

Esta é a resposta a uma carta de McClure, editor-chefe da Double Dealer, em que ele recusa uma série de poemas de EH e o encoraja a enviar outros trabalhos. McClure elogiou "A Divine Gesture" e "Ultimately" (que foram publicados nas edições de maio e junho de 1922) e o encoraja a enviar mais textos para avaliação. Ele acrescenta que a revista devia a EH "muitos dólares" pelos poemas publicados e que o cheque provavelmente seria recebido no final de setembro, garantindo a EH que "não é intenção ou predisposição da Double Dealer ficar inadimplente — é apenas um atraso no pagamento" (JFK, [3(?) de agosto de 1922]). EH escreveu esta resposta, aparentemente sem concluí-la ou enviá-la, no verso de algumas anotações manuscritas de sua entrevista com Georges Clemenceau em setembro de 1922 (cujas páginas numeradas estão na JFK, item 773).

1. Um anúncio de página inteira da *Double Dealer* foi publicado na quarta capa da edição de 2 de agosto de 1922 da New Republic. Não se sabe se EH chegou a receber o pagamento por suas contribuições para a *Double Dealer*.

A Howell G. Jenkins, 26 de setembro [de 1922]

26 set—

Querido Carper—

Passei por aqui no Simplon Orient rumo a Constantinopla para o Star[1]. Lembranças ao Dirty Dick e a você—

Steen

phPUL, cartão-postal MA; carimbo postal: Milão / Ferrovia, 26 IX / 1922

1. O Simplon Orient Express, trem de luxo que fazia a rota entre Paris e Constantinopla pelo túnel Simplon, conectando a Suíça e a Itália, começou a operar na primavera de 1919 ("Paris-Orient Line To Be Opened May 1 / Part of the Train Service Through Non-Teuton Countries Starts April 15", *New York Times*, 28 de março de 1919, p. 13). EH viajou para cobrir a última ofensiva turca na Guerra Greco-Turca (1920-1922). O *Toronto Daily Star* publicou dezenove matérias escritas por ele entre 30 de setembro e 14 de novembro de 1922 (*DLT*, p. 216-52). Suas experiências também aparecem em trabalhos posteriores, incluindo três capítulos de *iot*, "Introduction by the Author" (*IOT*, 1930; publicados depois como "On the Quai at Smyrna"), "A Natural History of the Dead" (DIA) e " The Snows of Kilimanjaro" (FC). (cf. Jeffrey Meyers, "Hemingway's Second War: The Greco-Turkish Conflict, 1920-1922", *Modern Fiction Studies* 30, n. 1, primavera de 1984, p. 25-36.)

Setembro de 1922

A Gertrude Stein, [aprox. 27 de setembro de 1922]

Partindo para Constantinopla etc[1]. Tempo bom e quente. Trem está seis horas atrasado e cada vez mais atrasado. Você devia fazer essa viagem um dia de Ford[2] —

Ernest Hemingway

Yale, cartão-postal MA; verso: imagem de uma cena de rua com a legenda "Sophia. 'Boulevard Dondoukoff '"; carimbo postal: [*ilegível*]

1. EH passou rapidamente por Sofia, capital da Bulgária, em seu caminho para Constantinopla.
2. Em 1917, Stein comprou uma caminhonete Ford que ela usava para transportar suprimentos médicos para a American Fund for French Wounded. Especialmente equipado com uma carroceria, o carro foi apelidado "Auntie". Em 1920, como precisava de um carro "civil" depois da guerra, ela comprou um Ford de dois lugares; desprovido de conforto, o carro ficou conhecido como "Godiva".

A John Bone, 27 de outubro de 1922

Rue du Cardinal Lemoine, 74
Paris, France.
27 de outubro de 1922.

John R. Bone Esq.
Editor-chefe,
The Toronto Star,
Toronto, Canadá.

Caro sr. Bone:—

Envio anexo o relatório de despesas da viagem a Constantinopla. Espero não ter cometido nenhum erro, mas como não tenho máquina de somar, o auditor pode acabar encontrando alguns.

O relatório é autoexplicativo, mas há um ou dois itens que talvez exijam esclarecimento. A taxa de $30,00 por um visto para entrar no Reino dos Sérvios, Croatas e Eslovenos foi paga num posto de fiscalização. Eles se recusaram a respeitar meu visto de retorno e nesse caso ou eu pagava a taxa tripla na fronteira, ou teria confiscada minha certidão de nascimento etc. e teria de voltar para Sofia para arrumar outro visto.

O telegrama, cuja cópia eu encaminho, não está cobrado no relatório porque foi enviado em circunstâncias inusitadas. Eu estava em Adrianópolis e todos os cabos haviam sido cortados e não havia como despachar o que me pareceu uma matéria muito boa que eu tinha em mãos[1]. A única maneira era fazê-la chegar a Constantinopla com a ajuda de alguém. Eu não tinha dinheiro suficiente para ir a Constantinopla, pagar pelo telegrama e voltar, e como eu estava com uma febre por volta de 102, eu estava mais disposto a ficar em casa. Acabei encontrando um *carabiniere* italiano que prometeu pedir ao coronel

Outubro de 1922

dele, que estava voltando para Constantinopla às 5 da manhã do dia seguinte, são doze horas de viagem de trem, para enviá-lo por mim.

Para resolver o problema de como pagar pelo telegrama eu pedi para enviá-lo a cobrar para Frank Mason da International News Service em Paris com instruções para retransmiti-lo para o sr. Somerville em Londres. O I.N.S. tem uma conta com a Eastern Telegraph Company[2].

O escritório de Mason o retransmitiu imediatamente, mas o roubaram e reescreveram como puderam. Eu precisava aproveitar a oportunidade de mandá-lo, mas depositei mais confiança na honestidade de Mason do que ele merecia.

De qualquer forma, tirei isso a limpo com o Mason. Foi um problema pessoal e uma questão de ética. Naturalmente, não tem sentido pagarmos por algo que plagiaram de nós. Mason não permitiria que eu pagasse uma vez que ele roubou a matéria, de todo modo. Mason me garante que ele se certificou de que não restou nenhuma cópia com o serviço da I.N.S. no Canadá antes de fazer o envio. Eu me indignei à toa. Legalmente, claro que ele tinha o direito de reescrever o telegrama, considerando-se o modo como foi enviado a ele, mas, eticamente, e a nossa ética domina a profissão por aqui, foi uma jogada lamentável[3].

Fiquei muito preocupado com os artigos que enviei para o senhor pelo correio em Constantinopla e espero que todos tenham chegado. A sra. Hemingway me escreveu todos os dias por duas semanas e só chegaram três das cartas, e todas foram enviadas para o mesmo endereço. Algumas das cartas voltaram para ela e outras estão começando a retornar agora. Quando eu estava em Adrianópolis houve uma interrupção de uns oito dias nas entregas do correio. É muito difícil confiar no serviço postal porque antes de as cartas da sra. Hemingway pararem de chegar eu recebi seis cartas dela que chegaram perfeitamente.

Quanto ao salário, eu estive fora de Paris entre 25 de setembro e 21 de outubro. Espero que os artigos estejam satisfatórios. Depois que tive aquela febre fiquei muito deprimido em relação ao meu trabalho e quando fiquei tão mal a ponto de não poder ir no destroier para Mitilene, tudo ficou pior ainda. Mas a Trácia me encorajou. Enfim, se os artigos não estiverem bons, pode ajustar o salário de acordo

[*A cópia carbonada do telegrama começa aqui:*]
FAVOR RETRANSMITIR A COBRAR BONE TORONTO STAR VIAGEM CONSTANTINOPLA DUZENTOS DÓLARES INCLUSOS E GASTANDO NOVE DÓLARES POR DIA PONTO ÓTIMA MATÉRIA MAS SE FOR PARA GUERRA NECESSÁRIO CORRER PONTO SE

Outubro de 1922

NÃO TIVER GUERRA GRANDE SÉRIE DE ARTIGOS DE QUALQUER FORMA
HEMINGWAY.

[*O relatório de despesas começa aqui:*]
DESPESAS DE VIAGEM A CONSTANTINOPLA ORIENTE PRÓXIMO.
ERNEST M. HEMINGWAY.

Recebidos do Star 6.501,70 francos equivalentes a $ 500 enviados para mim pela Surete Generale.

		Francos
21 set.	Vistos de passaporte	
	Grécia—	65,70
	Bulgaria—	12,00
	Iugoslávia	120,00
	Itália	135,00
	Taxi e gorjetas——	35,00
22 set.	Gorjeta para a reserva de leito no trem—	20,00
25 set.	Bilhete e vagão-leito Paris—Constantinopla	1187,75
	Táxi	10,00
	Jantar — vagão-restaurante	7,50
26 set.	no trem	
	café da manhã	6,00
	almoço	18,00
	jantar	16,00
27 set.	no trem	
	café da manhã	7,50
	almoço	17,00
	jantar	18,00
28 set.	no trem	
	café da manhã	7,00
	almoço	18,00

Outubro de 1922

29 set.	jantar	18,00
	no trem	
	café da manhã	7,00
	almoço	17,00
	gorjeta ao carregador do vagão-dormitório	25,00
	Francos	1767,45

Chegada a Constantinopla em 29 set. ao meio-dia. A partir de agora, os valores das despesas estão em libras turcas que eu comprei a 7 francos por libra turca, 100 piastras equivalem a uma libra turca, indicada por Ltq.

		Ltq.
	táxi—	2,00
	carregadores	1,00
	pedágio da ponte	0,10
	gorjetas	0,90
Despesas página 2		
29 set. continuação		
	bonde	0,10
	jornais	0,90
30 set.	almoço	1,20
	correio	0,20
	táxis	3,40
	postagem aérea	2,00
	mensageiro	1,00
	jantar	2,75
1 out.	almoço	1,00
	jantar	2,75
	correio	0,20
2 out.	café	0,05
	almoço	2,50
	jantar	5,00
3 out.	almoço	2,00

Outubro de 1922

	jantar	2,50
4 out.	papel	2,50
	carbono	1,00
	almoço	1,25
	jantar	2,00
	jornais	0,45
5 out.	almoço	1,25
	selos	0,55
	gorjeta para o piloto do avião	1,50
	transporte para aeroporto St. Stefano	1,00
	jantar	3,50
6 out.	café da manhã	0,40
	almoço	2,00
	jantar	1,60
	quinina	0,75
7 out.	almoço	1,60
	táxi	2,00
	lavanderia	3,75
	jantar	1,65
8 out.	almoço	1,55
	correio	0,55
	jornais	0,40
	jantar	2,00
9 out.	almoço	1,75
	táxi	2,50
	jantar	3,00
	correio aéreo	3,00
	jornais	0,30

Despesas página 3

10 out.	papel	0,10
	almoço	1,50
	táxi	2,00
	jantar	2,00
11 out.	almoço	1,50
	jornais	0,40
	jantar	3,00

Outubro de 1922

	lavanderia	1,50
12 out.	almoço	1,50
	jantar	3,00
	visto interaliado e mensageiro	1,80
13 out.	Almoço	1,80
	Consulta médica	10,00
	jantar	2,00
14 out.	cobertores	13,00
	almoço	1,50
	jantar	2,00
	quinina	0,80
	aspirina	0,40
15 out.	carregador	0,80
	táxi	1,50
	carregador	0,80
	pedágio da ponte	0,10
	almoço	3,00
	jantar	3,00
	carregador	1,50
16 out.	Gratificação para o *carabiniere* italiano que levou o telegrama	3,00
17 out.	conta do Hotel Madame Marie	7,00
18 out. no trem	café da manhã	5,00 francos franceses
	Almoço	18,00
	Visto sérvio	360,00
	jantar	18,00
19 out.	café da manhã	4,00
	almoço	19,00
	jantar	19,00
20 out.	almoço	18,50
	jantar	19,00
21 out.	café da manhã	3,50
	gorjeta ao carregador do trem	25,00
	táxi	6,50

Outubro de 1922

Despesas página 4

		Ltq.
Tarifa de trem e vagão-leito de Constantinopla a Adrianópolis e de Adrianópolis a Paris – – – –		28,75
	Francos franceses	1000,00
Recibos em anexo		
	Recibos de Hotéis em anexo	Ltq.
		57,85
		18,37
	Ltq. total	76,22
Telegramas – – –	Recibos em anexo	21,44
		49,27
		9,48
		21,64
		32,16
		3,29
		28,53
Total	Ltq.	165,81
Total dos gastos em francos – – – – – – –		F. 3281,97
Total dos gastos em Ltq. ou libras turcas – – – – –		416,88 igual a
	a 7 francos franceses a libra – – – – – –	F. 2918,16
	Somatória Total em francos franceses	6200,13

despesas adicionais Constantinopla — Trácia

		Ltq.
14 out.—	jornais	0,45
15 out.—	jornais	0,35
16 out.—	jornais	0,35
	táxi	3,00
17 out.	táxi	2,50
	gorjetas	1,00
Despesas de representação ao censor—		28,00
	Total	Ltq. 125,00

Cada Ltq. me custou 62¢ em Constantinopla.

Ltq. 125,00 – – – – 77,50

Novembro de 1922

JFK, ccCD com anexos

1. A cidade de Adrianópolis, cerca de 210 quilômetros a noroeste de Constantinopla, na confluência dos rios Tundzha e Maritsa, foi concedida à Turquia junto com o resto da região oriental da Trácia em um acordo em Mudania em 11 de outubro de 1922. Em reportagens para o *Toronto Daily Star*, EH descreve como isso acarretou uma evacuação em massa de refugiados civis e a fuga das tropas gregas, que cortaram os cabos de telégrafo por onde passaram ("Betrayal Preceded Defeat, then Came Greek Revolt", 3 de novembro de 1922, *DLT*, p. 244-5; e "Refugee Procession Is Scene of Horror", 14 de novembro de 1922, *DLT*, p. 249-52)

2. Frank Mason trabalhou para a International News Service (INS) de 1920 a 1931 e era o gerente do escritório em Paris. Parte do império editorial de William Randolph Hearst (1863-1951), essa companhia de telégrafos começou a operar em 1909 e fornecia reportagens para muitos dos jornais de Hearst.

3. Antes de deixar Paris e violando seu contrato de exclusividade com o *Star*, EH fez um acordo secreto com Mason para telegrafar com notícias para a INS, que as publicaria sob o pseudônimo de "John Hadley, correspondente da International News Service". A explicação inverídica que EH dá nesta carta é uma resposta a um telegrama de John Bone de 6 de outubro (JFK) afirmando que outras agências de notícias haviam publicado as mesmas reportagens que EH enviou para o *Star*. Para detalhes sobre o acordo fraudulento de EH (que Hadley não aprovava) e sobre a viagem dele para cobrir a Guerra Greco-Turca, ver Baker *Life* (p. 97-9, p. 578-9), Reynolds *PY* (p. 71-8) e Donaldson, " *Star*" (p. 263-81).

A Gertrude Stein, [3 de novembro de 1922]

Estou feliz por ter voltado desse lugar. Paris está fria e chuvosa¹. Vocês estão sabendo de tudo. Vão ficar aí o inverno inteiro? Quando sai o livro? Por que vocês não voltam para animar esta cidade²? Deixei de lado tudo o que eu tinha para fazer e dormi o dia todo. Dormir é muito bom. Acabo de descobrir. É um jeito ótimo de passar o inverno.

Hemingway

Yale, cartão-postal DA; verso: Constantinopla. Vue de Scutari au Bosphore; carimbo postal: [PARIS / R. M]ONGE, [ilegível]—22

A suposta data do cartão-postal é baseada numa anotação do arquivista de Yale.

1. EH voltou a Paris em 21 de outubro depois de sua viagem de quase quatro semanas a Constantinopla para cobrir a Guerra Greco-Turca.
2. O livro de Stein, *Geography and Plays* (Boston, Four Seas, 1922), foi lançado em 15 de dezembro de 1922. Ela e Toklas ficaram em Saint-Rémy até março de 1923.

A Ezra Pound, [8 de novembro de 1922]

Noite de quarta-feira—

Querido Ezra—

Fui colocado numa posição muito infantil ao ter de defender meu jornalês, que eu reconheço que é jornalês, da acusação de ser jornalês. Foi bobo.

Eu fui um belo idiota tentando respeitar os sentimentos de Steffen defendendo os pontos fracos do que escrevo e que Steff admira porque são

Novembro de 1922

exatamente o que ele sempre tentou alcançar. Não há muita vantagem em ser arrogante com caras ingênuos[1].

Vou sair dessa. [Isso fica entre nós.] Eu sei o estou buscando na prosa, agora, pelo menos, [quer dizer, no presente] e espero mandar para você uns exemplos do que estou falando em uns seis meses[2]. Se for uma merda eu vou saber, e ser enaltecido por Steffens, sra. Butler, George Horace Lorimer, Paul Rosenfeld[3], Bill Bird, Warren G. Harding[4], H. L. Menken[5], Pussyfoot Johnson[6], Dave O'Neil[7], Eugene O'Neil[8], Florence O'Neil[9], Rose O'Neil[10], Mother MacCree[11], Rudyard Kipling, Clare Sheridan[12], Max Eastman, John Quinn[13], John Drew[14], John Wanamaker[15], Malcolm Cowley[16], ou Leticia Parker não fará a menor diferença.

Enquanto isso, agradeço que você não me deixe escapar da Three Mountains em nome de nossa amizade, e não vou mais reclamar do acordo, brigar ou qualquer coisa parecida se você se arrepender de dar seu apoio a alguém que você percebe que não vale nada no mercado editorial e decidir me tirar do sexteto[17].

Você tem minha aprovação, Missou[18]. E eu ainda acho que você é o único poeta vivo. Fico feliz em ler as aventuras de Herr Elliot para fugir da perfeição. Se Herr estrangulasse a esposa doente, violentasse o neurologista e roubasse um banco ele escreveria um poema melhor ainda[19].

Só estou brincando.

Vejo você à noite—
Hem

IndU, CMA; carimbo postal: Paris / R. Monge, 9-11 / 22

EH endereçou o envelope a "S. S.ª Ezra Pound / bis Rue Notre Dame, 70 / Des Champs / Paris E.V." (abreviação de en ville, ou dentro da cidade). EH também escreveu no envelope "Pneumatique", indicando que deveria ser enviado via Correio Pneumático, um sistema de tubos pressurizados emoperação entre 1866-1984 que transportava as mensagens em cilindros rapidamente de uma agência de correio a outra. Está impresso na aba do envelope "Windermere / Walloon Lake, Michigan" (o nome do chalé da família está escrito errado); uma anotação na frente do envelope, em francês, provavelmente feita por um funcionário do correio, diz: "Colocado no serviço postal. Excede as dimensões máximas de acordo com o artigo 25".

1. EH conheceu Joseph Lincoln Steffens (1866-1936), jornalista investigativo norte-americano, na conferência de Gênova em abril de 1922. Eles mantiveram contato depois e viram juntos a luta entre Carpentier e Battling Siki (pseudônimo de Louis M'Barick Fall, 1897-1925) em 24 de setembro de 1922, véspera da viagem de EH para Constantinopla (Reynolds PY, p. 73). Quando Steffens expressou sua admiração pela vivacidade dos telegramas de EH sobre a Guerra Greco-Turca, EH o repreendeu por apenas "enxergar o cenário" em vez de analisar a linguagem do "telegrafês" (*The Autobiography of Lincoln Steffens*, Nova York: Harcourt, Brace and World, 1931, p. 834; Baker *Life*, p. 102). Depois de ler "My Old Man", de EH, Steffens enviou a história com uma recomendação sua à Cosmopolitan; a revista rejeitou a contribuição em dezembro de 1922 (Smith, p. 10-1).

Novembro de 1922

2. Embora tenha reclamado que o jornalismo estava atrapalhando sua escrita, EH continuou a escrever para o *Star* até dezembro de 1923. Por algum tempo, John Bone se mostrou ansioso para que ele voltasse a trabalhar na redação do *Star* em Toronto (como mostram as cartas que escreveu para EH em 20 de fevereiro, 30 de agosto e 2 de novembro de 1922; JFK). Em resposta a uma carta de EH que não foi localizada, Bone escreveu, em 13 de dezembro de 1922, que lamentava saber que EH não pretendia voltar a Toronto "antes do próximo outono" e assegurou a ele: "estamos muito ansiosos para receber suas contribuições" (JFK). EH de fato retornou a Toronto no outono, onde Hadley deu à luz o filho do casal, John Hadley Nicanor Hemingway, em 10 de outubro de 1923. Logo depois, EH saiu do *Star* definitivamente e voltou a Paris em janeiro de 1924 para se dedicar à sua arte. Os colchetes no texto da carta são de EH.

3. Paul Leopold Rosenfeld (1890-1946) era um produtivo jornalista, ensaísta e crítico musical que escrevia uma coluna mensal, "Musical Chronicles", para a *Dial*.

4. Harding (1865-1923) foi o 29º presidente dos EUA, entre 1921 e 1923.

5. H. L. Mencken (1880-1956) foi um dos mais influentes críticos sociais e literários da época. Ele atuou como editor, colunista e correspondente político para o *Baltimore Herald* (1899-1906) e o *Sunpapers* (1906--1941), como editor literário e depois como coeditor com George Jean Nathan, da *Smart Set* (1908-1923). Ele e Nathan fundaram, depois, a *American Mercury* (1924-1933), que Mencken editou.

6. William E. "Pussyfoot" Johnson (1862-1945), ex-agente da ordem pública e defensor da Lei Seca, que editou a publicação semanal da Anti-Saloon League, *New Republic* (1913-1916) — não confundir com a revista progressista *New Republic*, fundada em 1914 e que teve como primeiro editor Herbert Croly (1869--1930).

7. David N. O'Neil (1874-1947) e sua família, amigos abastados de Hadley oriundos de St. Louis, tinham acabado de se mudar para Paris. Em uma carta a EH [1º de novembro de 1922], Pound o encorajava a "levar O'Neil" para visitá-lo (JFK). Homem de negócios formado em direito e apaixonado por poesia, O'Neil publicou uma antologia de seus poemas, *Cabinet of Jade* (Boston, Four Seasons Company, 1918). Posteriormente, coeditou Today's Poetry, uma antologia em brochura da série Ten Cent Pocket, da editora Little Blue Books (Girard, Kansas, Haldeman-Julius Company, 1923). O volume incluía trabalhos de Pound, Dos Passos, T. S. Eliot, Robert Frost, Marianne Moore e vários outros poetas modernos, entre eles o próprio O'Neil.

8. Eugene O'Neill (1888-1953), dramaturgo norte-americano, recebeu o Prêmio Pulitzer de dramaturgia, em 1920, por Beyond the Horizon e, em 1922, por Anna Christie.

9. Protagonista de *Florence O'Neill, the Rose of St. Germains; or, the Siege of Limerick*, romance de Agnes M. Stewart (Nova York, Kenedy, 1871).

10. Rose Cecil O'Neill (1874-1944), artista norte-americana e escritora, mais conhecida por suas ilustrações de "Kewpies", crianças com asas, como cupidos, que foram publicadas pela primeira vez na *Ladies' Home Journal* em 1909. As figuras, populares, inspiraram uma série de produtos comerciais, incluindo as bonecas Kewpie. Em 1922, ela publicou e ilustrou uma antologia de poemas, *The Master-Mistress* (Nova York, Alfred A. Knopf).

11. Variação de "*Mother mo chroí*", termo afetivo irlandês que significa "mãe do meu coração" ou "minha querida". A expressão foi usada numa canção popular, "Mother Machree", composta em 1910 por Ernest Ball (1878-1927) com letra de Rida Johnson Young (1869-1926).

12. Sheridan (pseudônimo de Clare Consuelo Frewen, 1885-1970), escultora londrina cujos trabalhos incluem bustos de Lenin, Trotski e do primo dela, Winston Churchill. Ela também trabalhou como jornalista na década de 1920, entrevistando Mussolini na Conferência de Lausane em novembro de 1922, como EH registrou em uma matéria para o *Toronto Daily Star* (27 de janeiro de 1923; *DLT*, p. 256).

13. John Quinn (1870-1924), advogado norte-americano, mecenas e influente colecionador que deu suporte financeiro a Joyce e T. S. Eliot. Ele subsidiou as revistas *The Egoist, Transatlantic Review* e *Little Review*, e foi o defensor dos editores desta última contra acusações de obscenidade em 1921.

14. John Drew Jr. (1853-1927) era um importante ator de teatro norte-americano; era filho dos atores John Drew (1827-1862) e Louisa Lane Drew (1820-1897).

15. John Wanamaker (1838-1922), importante empresário da Filadélfia e líder comunitário, promoveu ativamente a YMCA, atuou como diretor-geral dos correios dos EUA (1889-1893) e transformou sua loja de tecidos em uma das maiores lojas de departamentos do país.

16. Malcolm Cowley (1898-1989), poeta, editor e crítico literário norte-americano. Depois de atuar no American Field Service na França durante a Primeira Guerra Mundial e se formar em Harvard em 1920, Cowley saiu de Greenwich Village e foi a Paris, em 1921, onde publicou desde pequenas revistas até importantes jornais.

17. Pound convidou EH a colaborar com a série "Inquest", que ele editou para a editora de Bill Bird, a Three Mountains Press. Enquanto EH estava em Constantinopla, Bird publicou um anúncio da série. Como Pound não sabia qual seria o título da contribuição de EH, sua obra apareceu no anúncio como "em branco". A série de seis volumes incluiu livros de Pound, de Ford, do poeta norte-americano William Carlos Williams (1883-1963), de B. Cyril Windeler, comerciante de madeira britânico e coronel da Força Aérea, de B. M. G. Adams, uma senhora da alta sociedade inglesa e amiga íntima de Pound, e de EH (Reynolds PY, p. 80; Ford, *Published in Paris*, p. 103-4).

18. Provavelmente, uma grafia brincalhona de EH para "Monsieur", "senhor", em francês.

19. O poema de Eliot, "The Waste Land", que foi um divisor de águas de sua obra, foi publicado em Nova York na edição de novembro de 1922 da Dial e recebeu o prêmio anual de dois mil oferecido pela revista. A esposa de Eliot, Vivienne Haigh-Wood (1888-1947), sofreu de problemas de saúde físicos e mentais durante toda a vida; eles se casaram em 1915 e se separaram em 1933. Eliot trabalhou como secretário no Departamento Estrangeiro e Colonial do Lloyd's Bank de 1917 a 1925. Após sofrer um colapso nervoso, em 1921, ele tirou três meses de licença, a pedido de seu médico. Nesse período, ele conseguiu superar uma fase de grande dificuldade para escrever e completou "The Waste Land", com Pound, a quem ele dedicou o poema, como mentor.

A Harriet Monroe, 16 de novembro de 1922

Rue du Cardinal Lemoine, 74,
Paris.
16 de novembro de 1922.

Srta. Harriet Monroe,
Chicago, Illinois.

Cara Senhorita Monroe:—

Tenho me perguntado sobre quando você usará os poemas, já que aqui a Three Mountains Press lançará em breve um livro, editado por Ezra Pound, com textos meus e eu gostaria de usar os poemas que estão com você, caso me dê a permissão de republicá-los[1].

Paris está bastante tranquila no momento. Dave O'Neil, de St. Louis, que, acredito, você conhece, está na cidade com a família e provavelmente ficará por aqui uns anos. Ele diz que ficará para sempre, mas isso geralmente significa dois anos[2].

O sr. Walsh estava na Alemanha da última vez que ouvi a respeito dele. Acabo de voltar de Constantinopla, então não sei nenhuma novidade sobre o sr. Walsh, ~~mas~~ encontrei Padraic Colum uma noite dessas, mas não comentei o assunto com ele[3].

Gertrude Stein desceu para St. Remy, em Provença, e diz que só voltará a Paris depois do Natal. Recebemos dela um melão-casaba enorme e doce pelo correio ontem. Era quase tão grande quanto uma abóbora. Ela está trabalhando num livro novo.

Não sei se você chegou a conhecer Lewis Galantiere quando ele morou em Chicago. Ele teve um romance complicado com uma moça de Evanston, Ill., que veio para cá adquirir cultura. Ela acaba de sair da cidade e ficamos todos muito contentes[4].

Novembro de 1922

Hueffer chega amanhã para passar um mês. Ele estava morando na fazenda dele na Inglaterra. Joyce está em Nice, doente. Ele tem passado maus momentos por causa dos olhos. Frank Harris está tentando convencer Sylvia Beach, que publicou Ulysses, a publicar a autobiografia dele. Ela não quer, mesmo que eu diga a ela que é a melhor ficção já escrita[5].

A nova publicação de T.S.Eliot, The Criterion, que é trimestral, parece ter inspirado a Dial e a última edição está muito boa[6]. Mas isso já é fofoca americana, não parisiense.

Dizem que Gargoyle[7] deixará de ser publicada. Não conheço aquela turma, então não tenho certeza.

Chegou a época de beber ponche quente de rum e jogar damas. Parece que o inverno vai ser bom. Os cafés ficam bastante cheios durante o dia por causa das pessoas que não têm aquecimento em seus quartos nos hotéis.

Isto está parecendo a coluna social do Petoskey Evening Resorter[8]. E talvez você ache essa fofoca entediante.

Atenciosamente,
Ernest M. Hemingway.

UChicago, CDA

1. Os seis poemas de EH que foram publicados na edição de janeiro de 1923 da Poetry também foram incluídos em seu livro *Three Stories and Ten Poems*, publicado em Paris no verão de 1923 pela Robert McAlmon's Contact Publishing Company. A contribuição de EH à série "Inquest", de Pound, foi *in our time*, coletânea de textos curtos em prosa, publicada em 1924 pela Three Mountains Press.

2. Monroe publicou alguns poemas de O'Neil na edição de novembro de 1917 da *Poetry*. Depois de enriquecer negociando madeira serrada em St. Louis, O'Neil se aposentou aos 48 anos e, em agosto de 1922, mudou-se para Paris com a esposa Barbara e os filhos George, Horton e Barbara. EH acertou na previsão: os O'Neil voltaram para os Estados Unidos em agosto de 1924 (EH a George e Helen Breaker, 27 de agosto de 1924 [JFK]).

3. Padraic Colum (1881-1972), poeta e dramaturgo irlandês, amigo de James Joyce.

4. Noiva de Galantière, Dorothy Butler.

5. Hueffer é Ford Madox Ford. Frank Harris (pseudônimo de James Thomas Harris, 1856-1931), escritor e editor irlandês que ficou famoso por sua autobiografia em quatro volumes, *My Life and Loves*. Por causa das leis contra obscenidade, a publicação da obra, de conteúdo sexualmente explícito, representava o risco de prisão dos editores, por isso Harris fez uma tiragem particular. O primeiro volume foi publicado em Paris em 1922; os demais volumes saíram em 1925 e 1927 e foram impressos em Nice apenas para assinantes.

6. *The Criterion*, uma revista literária trimestral, foi lançada em Londres pela patrocinadora de T. S. Eliot, Lady Rothermere (Mary Lilian Share, 1875-1937), e foi editada por Eliot da primeira edição, em outubro de 1922, à última, em janeiro de 1939. O primeiro número trazia o poema "The Waste Land", de Eliot. O poema também foi publicado em novembro de 1922 na *Dial*, junto com trabalhos de Pound, Anderson e Picasso.

7. Uma pequena revista parisiense (1921-1922) coeditada por Arthur Moss (1889-1969) e sua companheira de muitos anos, Florence Gilliam, que se mudou de Greenwich Village para Paris em 1921. A *Gargoyle* foi a primeira revista em inglês sobre arte e literatura a ser editada na Europa Continental depois da Primeira Guerra Mundial; entre seus colaboradores estavam Malcolm Cowley, Edna St. Vincent Millay, Hart Crane, Sinclair Lewis e H.D. (Hilda Doolittle). Depois de uma breve mas memorável existência, a revista foi fechada por falta de apoio financeiro.

8. O *Petoskey Evening News and Daily Resorter* começou a circular em 1902; em 1915, o título foi reduzido para *Petoskey Evening News*.

Novembro de 1922

A Hadley Richardson Hemingway, 24 de novembro de 1922

= BEAU RIVAGE OUCHY 24 11^{H}40
= POBRE WICKEY PONTO ANSIOSO QUE VENHA PONTO DESCULPAS CARTA PREGUIÇOSA NÃO DEVERIA SER PONTO TELEGRAFE QUANDO CHEGAR TEMPO MARAVILHOSO STEEE[1] MANDA LEMBRANÇAS PONTO AMO VOCÊ POO PONTO DIJON A CAMINHO = POO

JFK, telegrama; carimbo do comprovante de envio: Paris / V / Central, 24-ii / 22

O campo do endereço no "Télégramme" diz: "Handly Hemingway 74 / Rue Cardinal Lemoine Paris." Em 21 de novembro, EH foi novamente para a Suíça para cobrir a Conferência de Paz de Lausanne, convocada para solucionar as disputas territoriais no centro da Guerra Greco-Turca. Ele foi enviado por Frank Mason da INS e Charles Bertelli do Universal News Service, empresa do grupo Hearst, para enviar matérias por telégrafo sobre a conferência.

1. Aparentemente o operador de telégrafo se enganou e deveria ser "STEFF," i.e., Lincoln Steffens.

A Hadley Richardson Hemingway, 25 de novembro de 1922

= PARIS BEAURIVAGE OUCHY (25/11 – 12:33)=
DESCULPE DOENTE E ESGOTADO LOGO MELHORO VIAGEM LINDA MUITO SOL CLIMA BOM PONTO SE MUITO DOENTE AVISO BOA CHANCE VOLTAR PARA CASA
= = POO =

JFK, telegrama; carimbo do comprovante de envio: Paris / V / Central, 25-ii / 22

A Miriam Hapgood, [aprox. 26 de novembro de 1922]

DOMINGO

Querida Miriam=
Envio as fotos. Você está bem bonita. Guy manda uma em que estão seu pai, ele e Steff[1]. Você acha que eu pareço um jornalista internacional sério? É uma pose difícil de manter.

Como vai a escola? Naquela noite me pareceu um lugar meio macabro[2]. Seu pai veio conosco à sala de imprensa e ele e o Guy ficaram por lá conversando, eu fui ao bar e bebi cerveja e escrevi matérias e nós nos divertimos. Estava tentando trabalhar numa ótima matéria que mostraria as conexões entre a chegada de Chicherin, o início da greve geral, a realização da conferência e a

Novembro de 1922

dívida otomana³. Mas não deu certo. Então eu pensei em você aí nessa maldita escola enorme com cara de castelo e com aquele longo caminho na entrada e a cerca viva e a lua e a porta abrindo e fechando daquele jeito macabro e você sem conhecer ninguém e então percebi que você é a única corajosa na turma.

Espero que você não esteja triste ou solitária ou com saudade de casa, mas, se estiver, lembre-se de que nós três estamos a poucos quarteirões e que estamos pensando em você e desejando sorte, por isso você não está realmente sozinha em Lausanne. Claro que se você quiser se deleitar com a ideia de estar sozinha e não ter ninguém por perto, tudo bem, também. Espero vê-la em breve. Steff deve ir embora na terça-feira e queremos tentar visitar você antes disso. Talvez Hadley chegue antes e então os dois vão juntos buscar você para comer com a gente. Toda a sorte do mundo e espero que você esteja se divertindo,

Seu amigo
Ernest Hemingway

Acho que as fotos ficaram engraçadas, e você?

Stanford, CDA

Esta carta só foi postada depois, quando EH a juntou à carta que enviou em 10 de dezembro a Miriam Hapgood. Ele a conheceu em Lausanne por meio de Lincoln Steffens, amigo íntimo dos pais dela.

1. Guy Hickok (1888-1951) era um experiente repórter e chefe da sucursal parisiense do *Brooklyn Daily Eagle* desde 1918, com quem EH estabeleceu uma forte amizade logo depois que chegou a Paris. Os pais de Miriam, os escritores norte-americanos Hutchins Hapgood e Neith Boyce, se conheceram em 1897, quando trabalharam para o jornal investigativo de Steffens, o *Commercial Advertiser*. Eles se casaram dois anos depois.
2. Em 1922, os Hapgood venderam sua casa em Dobbs Ferry, Nova York, e foram para a França e Suíça, e colocaram os três filhos em internatos.
3. The Toronto *Daily* Star publicou duas matérias de EH sobre a Conferência de Lausanne, uma delas sobre o chanceler russo Georgy Chicherin ("Gaudy Uniform Is Tchitcherin's Weakness: A 'Chocolate Soldier' of the Soviet Army", 10 de fevereiro de 1923; *DLT*, p. 257-9).

A Pier Vincenzo Bellia, [aprox. 26 de novembro de 1922]

Carríssimo Papa—

Estamos aqui perto e nos divertindo

JFK, cartão-postal M; verso: Aigle. Le Château et les Alpes.

A suposta data do cartão é baseada em uma referência de EH em sua carta para Hadley (com carimbo postal de 28 de novembro de 1922, uma terça-feira) a uma viagem de carro que ele fez na segunda-feira (aparentemente 26 de novembro) e que incluía uma passagem por Aigle, Suíça. O cartão-postal traz a imagem do Château d'Aigle, um castelo medieval na parte alta da cidade e com montanhas ao fundo. O cartão é endereçado a "Bellia Pier Vincenzo / Via Pietro Micca 6. / Turim / Piemonte / Itália". EH foi "adotado" por Bellia e sua família durante sua convalescença em Stresa, em 1918, e se refere a ele como "meu 'pai italiano', Papa Conde Bellia" (EH a Clarence Hemingway, 14 de novembro de 1918). Aparentemente, o cartão não foi terminado nem enviado.

A Frank Mason, [27 de novembro de 1922]

~~A história aconteceu às Onze 23 horas Se quiser serviço 24 horas, pague por ele.~~
A história aconteceu às 22:30
Serviço 24 horas é cobrado.

Hemingway

JFK, RTMA

EH rascunhou esta resposta no verso de um telegrama de Mason datado de 27 de novembro de 1922 e enviado a "hemmingway" no Hôtel Beau-Séjour em Lausanne: "telegramas do new york citam hadley nós demos furo sobre curzon — anúncio portas abertas — mason". EH escreveu artigos para o INS sob o pseudônimo de John Hadley. Em 28 de novembro de 1922, o New York Times publicou uma matéria de capa com data e local "Lausanne, 27 Nov." informando que o chanceler britânico George Curzon (1859-1925) havia anunciado apoio a uma "política de portas abertas" para garantir o acesso gratuito de todos os países ao Estreito de Dardanelos, cuja importância era estratégica. A este telegrama de EH, Mason respondeu em 28 de novembro, "ernest matéria certamente valeu as taxas não entendo se cobrança é de taxas ou o quê cumprimentos mason" (JFK).

A Hadley Richardson Hemingway, [28 de novembro de 1922]

Queridíssima Wicky— Pobrezinha da querida Wicky Poo, lamento muito que você tenha se sentido tão assustadoramente mal e doente. Tive a mesma coisa, escarrando uma coisa verde com manchas pretas que saía do meu peito e uma tosse dolorosa, cabeça pesando e usando milhões de lenços e eu só tinha quatro. Com certeza tem sido péssimo para nós, os pequenos. Fico feliz que a Leticia[1] tenha cuidado de você, mas sinto que eu deveria ter feito isso e, caramba, queria muito estar com você. Minha pobre e querida Poo.

Parece que esta é a primeira vez que tenho de escrever uma carta em dias. Nunca almoço antes das duas e janto sempre as sobras e os três lugares onde posso ir ficam a 3 quilômetros uns dos outros subindo ou descendo a montanha, sempre dá medo de estar perdendo alguma coisa em um lugar ou outro e todo mundo fala francês e os russos ficam a quilômetros de distância e eu sou apenas um bonequinho de cera. O Mason é muquirana comigo então não

Novembro de 1922

tenho dinheiro para pagar táxis e tenho que pegar ônibus e andar. E eles ainda esperam que eu cubra tudo o que acontece até meia-noite todas as noites e começando às 9 da manhã[2].

No domingo eu dei um tempo e fiz uma viagem de carro (grátis) até o Chateau D'oeux, ou seja lá como se escreve, e de lá a Aigle passando por Diablerets e pelo velho Dent e então até Montreux, onde eu desci do carro e peguei o bondinho para o alto da montanha e jantei com os Gangwisch. Eles tiveram notícias de que Mab e Janet virão no dia 23 e o Chink no 17 e Izzy no dia 2 e reservaram quartos para eles e falaram maravilhas da minha Poo. Estava escuro e não tinha nevado, exceto em Rocher du Naye e no Dent, mas não havia nem sinal de neve no ar e no domingo à noite nevou[3]. Até Lausanne ficou cheia de neve que agora derreteu um pouco e virou uma mistura de pedra e lama, mas lisa e bonita de olhar em todos os montes e montanhas. Os Gangwisch acham que os O'Neil devem ir ao Grand Hotel em Les Avants porque lá há boa comida, pessoas, música etc. E no Narcissus tem comida barata, uma cerimônia de funeral e essas coisas[4]. Seremos Les Avantsward todos os dias e eles irão conosco. Com certeza é esse o lance. Avise Barbara e Dave. Para mim, parece uma boa.

Estou tão cansado disso— é tão difícil. Todos os outros estão com dois homens ou um assistente e eles esperam que eu cubra tudo sozinho — e pelo salário minúsculo do Mason. É quase impossível porque as coisas acontecem ao mesmo tempo em locais distantes e tudo mais.

Estava louco para você vir e ainda estou, mas se você disser que está muito mal para viajar, você já sabe. Mas, por favor, Wickey, saiba que quero você e não estou tentando adiar. Agora, enquanto escrevo esta carta, eu deveria estar com os russos. Mas algo do tipo acontece toda vez que começo a escrever uma carta, então eles que vão para o inferno. A menos que Mason me pague muita grana, eu vou largar esse trabalho em algum momento desta semana, e se ele me pagar muita grana você tem de vir para cá, doente, curada ou de qualquer jeito. Você pode vir de avião, você sabe. Já pensou nisso? Por que você não faz isso? Daí não terá que passar por Vallorbe ou coisa assim. Dê uma olhada nos voos. Você também pode vir por Bale[5]. Dizem que é fácil.

Um tal Coronel Foster, acho, de St. Louis, está aqui, um senhor idoso, conhece seu pai e todo mundo, de bigode branco. Amigo de J. Ham Lewis[6].

O Almirante Bristol veio e eles querem conhecer a Mummy[7]. Todo mundo manda lembranças para você. O Steffens escreveu uma carta para você. Eu amo você, minha queridíssima Wicky — você escreve as melhores cartas. De qualquer forma, como estamos os dois derrubados pela gripe, não perdemos muito tempo naqueles dias porque você provavelmente estava muito doente. Mas eu detesto que você tenha perdido a época que é mais confortável e agradável para as moças. Não vamos dormir juntos? Se eu largar o

Dezembro de 1922

trabalho esta semana, você pode me encontrar em Dijon uns dois dias depois. Eu terei de mandar um telegrama para você me mandar o passaporte registrado[8]. Minha querida e doce gatinha de pele macia tratada com óleo de rícino e vomitando, me dá tanta pena que tenho vontade de chorar.

Sou seu bonequinho de cera.
Com amor, do Pups para a mups ——

Minha Doce Mummy!
Você escreveu aos Stein?
[*Sinal de idem:* Você escreveu aos] Ford Madox Fords
Rue Vavin, 50

JFK, CD com assinatura datilografada e pós-escrito assinado, carimbo postal: Ouchy, 28.XI.22.19

1. Amiga de Hadley de St. Louis, Letitia Parker.
2. O salário inicial de EH na INS, de sessenta dólares por semana mais despesas, era menor do que o pago pelo *Star*, de 75 dólares por semana mais todas as despesas pagas, e ele subestimou tanto os esforços quanto os custos desse trabalho em Lausanne. O salário e as despesas são o tema central do que foi encontrado da correspondência entre EH e Mason (JFK; ver também Donaldson, "Star," p. 94-6, e Reynolds PY, p. 84-5).
3. As amigas de Hadley em St. Louis, a sra. Percival Phelan e sua filha Janet, e a vizinha de EH em Oak Park, Isabelle (Izzy) Simmons, se juntariam aos Hemingway e a Chink para passar um feriado na pensão Gangwisch em Chamby (*SL*, p. 74; Diliberto, p. 142; Reynolds PY, p. 94). As cidades de Château d'Oex e Aigle e os picos de Les Diablerets, Dent de Jaman e Rochers de Naye ficam entre o leste e o sudeste de Montreux, num raio de cerca de cinquenta quilômetros da cidade.
4. Com 105 quartos, o Grand Hôtel era o maior e mais caro dos três hotéis de Les Avants. O "Narcissus" é, provavelmente, o Grand Hôtel des Narcisses, de 145 quartos, em Chamby, único hotel naquela aldeia (Karl Baedeker, *Switzerland: Handbook for Travellers*, Leipzig, Baedeker, 1922, p. 285-286).
5. Vallorbe, cidade na fronteira da Suíça, na cordilheira do Jura. *Bâle* (francês): Basileia, cidade suíça às margens do Reno, na fronteira com a França e a Alemanha.
6. James Hamilton Lewis (1863-1939), senador norte-americano pelo estado de Illinois de 1913 a 1919 e de 1931 a 1939.
7. Contra-almirante Mark Lambert Bristol (1868-1939), comissário superior dos Estados Unidos em Constantinopla (1919-1927), integrou a delegação dos EUA na Conferência de Lausanne.
8. EH e Hadley tinham um passaporte norte-americano conjunto.

A Isabelle Simmons, [aprox. 1º de dezembro de 1922]

[*A carta começa aqui:*] veio ainda. Tenho esperado e procurado por ela todos os dias. Se ela não puder vir, vou telegrafar à I.N.S. para que consigam outra pessoa e vou voltar para Paris. Pobrezinha, ela está se sentindo muito mal, e não é nada divertido ficar doente em Paris.

Existem dois trens que você pode pegar em Londres para Montreux. É só comprar uma passagem para Montreux. Nós encontramos você lá. A companhia ferroviária de lá é pequena e não vende as passagens fora do país. Os dois trens partem de Londres às 11 horas. Um é o Simplon Orient Express

Dezembro de 1922

que só tem carros-dormitório e é bem caro e o outro é um trem de primeira segunda e terceira classes com carros-dormitório de Paris a Montreux. Você precisa reservar lugar no carro-dormitório com antecedência se quiser um. Ele chega na Gare de Lyons[1] em Paris às 7.25 da noite, ou 19.25 pelo horário de 24 horas, e parte para a Suíça às 8.35. Você pode despachar sua bagagem direto para Montreux, se tiver alguma, e não precisará passar por conferência na fronteira suíça. Eles farão isso na estação em Montreux e a gente conhece os caras lá e eles vão liberar. O Simplon Orient chega a Montreux às 6:57 da manhã e o outro trem às 8:57. A única vantagem do Simplon Orient é que você não precisa descer com a bagagem e o passaporte na fronteira suíça em Vallorbe, eles fazem tudo no trem. Mas nos dois a revista é só superficial. Eles só perguntam se você tem ouro, chocolate, tabaco e você só precisa dizer "rien" e eles respondem "merci mademoiselle" e pronto[2].

Mas como é a primeira vez que você atravessa a fronteira e tudo isso acontece de manhã bem cedo, é mais fácil se você pegar o Simplon-Orient. Não sei o quanto ele é mais caro. Mas não é uma quantia exorbitante. Mas o outro também é muito bom. E quem não consegue um leito passa a noite sentado, mas não é tão ruim. Enfim, boa sorte aí.

Você pode comer bem na Gare des Lyons. O restaurante fica no andar de cima[3].

Queria que pudéssemos estar vindo com você. É bem divertido viajar em quatro ou três pessoas porque daí você domina a cabine e senta e vai conversando e desce em Dijon para comer uns sanduíches e ver o luar no campo e abre a janela tão rápido quanto os franceses a fecham e um pode deitar e dormir e se alguém abre a porta os outros dizem "shhh— Malade!"[4] olhando a pessoa de um jeito solene e ninguém tenta entrar na cabine. Mas é uma viagem fácil, de qualquer forma. Fiz essa viagem umas doze vezes no ano passado.

Imagino que a Hadley tenha escrito para você a respeito das roupas. A maioria das moças usa calças de montaria para esquiar com um suéter e um casaco. Se você não tiver sapatos para montanha, pode comprar uns ótimos em Montreux. E as luvas de lona para esquiar também são baratas lá. Você sabe de que tipo de roupa estou falando, a Hadley vai levar um vestido de noite também, acho que para um baile ou coisa assim. Nós não usamos nada especial para os jantares no chalé. Metade da diversão é jantar com roupas grosseiras. A Hadley usa calças de montaria, polainas ou meias de golfe, em geral estas últimas, e uma camisa de flanela branca, suéter ou jaqueta do uniforme de montaria com um cinto. Não há nada de formal nessas roupas, exceto que todos usam as calças de montaria em vez de calças compridas, que são muito largas para esquiar e pegam muita neve.

Nós vamos nos divertir muito. Acho que é a melhor notícia de todas, você estar na Europa e vir para a Suíça. O mundo é um lugar engraçado. No

Dezembro de 1922

dia Sete de Janeiro acontecem as competições do Cantão de Vaud na *piste* de Col de Sonloup — e até lá você já será um competente membro de uma equipe de trenó. Sonloup é uma pista ótima quando está preparada.

O Chink chega no dia 16. Você vai gostar muito dele. E eu sei que você vai amar Chamby e Les Avants. Eu acho que é o melhor lugar do mundo. Teremos muita coisa para ler e se você tiver qualquer coisa americana nova traga com você. Chink lê um livro por dia quando está de folga. Eu quase sempre leio os russos e Joe Conrad no campo — porque são bem longos[5].

Bom, preciso colocar isto no correio. Não sei por que ou como você ainda está em Yarrup, mas isso é o que menos importa. O importante é que você está aqui. E isso é ótimo.

Essa conferência é muito maçante e muito reservada e todo mundo vai atrás de todo mundo — os turcos, hoje, são como macacos selvagens que se escondem em seus buracos quando você está procurando por eles e saem assim que você vai embora. Bem — Até mais —

como Sempre
Ernie

PUL, CD/CMAFrag

O começo da carta está desaparecido. Durante uma viagem à Europa em 1923, Simmons visitou EH e Hadley na Suíça e na Itália.

1. Gare de Lyon, construída entre 1895 e 1902 no bulevar Diderot, no 12º *arrondissement*, é a estação parisiense de onde partem os trens para o sul e o leste.
2. "Nada" e "obrigado, senhorita" (em francês).
3. O Buffet de la Gare de Lyon, na parte de cima da entrada principal da estação, foi inaugurado em 1901. Em 1963 foi renomeado como Le Train Bleu Restaurant e em 1972 foi declarado monumento histórico por seu interior no estilo da Belle Époque.
4. Doente (em francês).
5. EH deve estar se referindo a escritores russos como Anton Tchekhov (1860-1904), Fiódor M. Dostoiévski (1821-1881), cuja obra ele depois se lembraria de ter lido em traduções emprestadas de Sylvia Beach (*MF*), Nikolai Gógol (1809-1852), Lev Tolstói (1828-1910) e Ivan Turguêniev (1818-1883), além do romancista inglês, nascido na Polônia, Joseph Conrad (1857-1924).

A Alice Langelier, 5 de dezembro de 1922

Lausanne, Suisse.
5 de dezembro de 1922.

Cara srta. Langelier:—

Em seu bilhete de 4 de dezembro você diz que me enviou um cheque pelo salário de 2/6 por semana mais despesas no valor de $60 e de 4/6 por semana no valor de $90 convertidos em francos à taxa de 14,40.

Dezembro de 1922

De acordo com um telegrama que recebi do sr. Mason datado de 29 de novembro, o aumento semanal seria de $35, não de US$ 30. Peço que você acrescente ao meu próximo cheque a diferença do salário de 4/6 a $90 e o mesmo período por $95 à taxa de 14,40 francos por dólar.

Essa divisão da semana em seis dias significa que os empregados da I.N.S. em Paris não são pagos para trabalhar aos domingos? Gostaria de esclarecer esse ponto.

Atenciosamente,
Ernest M. Hemingway

JFK, CDA

A carta de 4 de dezembro de 1922 de Langelier a qual EH responde (escrita em papel timbrado do escritório da International News Service, Paris, Place de la Bourse, 10) estão na JFK, assim como o telegrama de Mason de 29 de novembro.

A Miriam Hapgood, [10 de dezembro de 1922]

Domingo seguinte—

Querida Miriam—

Envio as fotos e a primeira carta[1]. Agora é melhor eu colocar isto no correio sem esperar ou no próximo domingo estarei escrevendo "envio as fotos, a primeira e a segunda carta—".

Guy e Steff foram embora na terça-feira passada. Não tenho notícias deles desde então. A Hadley chegou no domingo, eu acho. Ela quer muito conhecer você em algum dia da próxima semana. Eu tenho trabalhado demais nessa conferência e ela está de cama. Acho que a conferência está mais tranquila agora. Recebi uma carta de seu pai hoje de manhã. Eu gosto muitíssimo dele.

Espero que a escola não esteja tão ruim. Será que eles deixam você vir jantar conosco alguma noite da próxima semana[?] Me avise e se eles deixarem a Hadley vai escrever um convite tão bacana que passará pela inspeção da preceptora de qualquer escola.

Seu amigo
Ernest Hemingway

Stanford, ALS; carimbo postal: LAUSANNE [envelope rasgado] / 10 [envelope rasgado]

A suposta data da carta é baseada na menção de EH à chegada de Hadley. Ela saiu de Paris em 2 de dezembro, chegando a Lausanne no dia seguinte. O que EH não menciona é o roubo, na Gare de Lyon, de uma mala contendo quase todos os textos que ele escreveu durante o ano e que Hadley estava levando para ele como surpresa, para que ele pudesse trabalhar em suas histórias enquanto eles estivessem em

Dezembro de 1922

férias de inverno. Uma carta de EH a Pound de 23 de janeiro de 1923 foi a primeira encontrada em que EH registra essa perda lendária (SL, p. 76-7), que ele descreveu décadas depois em MF.

1. Junto com esta carta, EH enviou a carta do "domingo" anterior escrita Hapgood, na verdade escrita a duas semanas antes [aprox. 26 de novembro de 1922].

A Frank Mason, [aprox. 14 de dezembro de 1922]

INTERNEWS PARIS[1]
TELEGRAMA ISENTO
URGENTE OITOCENTOS FRANCOS SUÍÇOS NECESSÁRIOS PARA DESPESAS COM HOTEL NECESSITO FECHAR CONTA ANTES DISSO PELO QUE POSSO VER TELEGRAFEI VOCÊ PARA AGIR POR NECESSIDADE BANCO ESPERANDO ASSINATURA DAREI CHEQUE EM BRANCO COBRINDO GARANTIA SE VOCÊ QUISER ENVIO CONTA TENHO RECIBOS DE TELEGRAMAS NÃO SOLICITADOS PARIS MAS SE MINHA CONTA INSATISFATÓRIA ACEITO A PERDA NÃO SERÁ PRIMEIRA SÓ TRABALHO SÁBADO MANHÃ TARDE NOITE IMPORTANTE RECEBER OITOCENTOS FRANCOS ANTES DO FECHAMENTO DOS BANCOS NO SÁBADO CUMPRIMENTOS HEMINGWAY

JFK, RTD

A suposta data da carta é baseada no telegrama de resposta de Mason datado de 14 de dezembro de 1922 (JFK): "ernest nossos livros mostram aproximadamente 500 francos suíços serão enviados a você sábado mas você deve ter recibos de telegramas para continente e contar com 250 adiantados no início antes do último ajuste ponto enviando nosso acordo por correio expresso ponto por favor urgente recibos e relatório despesas para nós ponto avise se você trabalhará inclusive sábado e domingo noite lembranças vocês dois = mason".

1. Endereço telegráfico da International News Service em Paris.

A Frank Mason, [aprox. 15 de dezembro 1922]

INTERNEWS PARIS
SUGIRO ENFIAR LIVROS CONTÁBEIS NO TRASEIRO HEMINGWAY

JFK, RTD

EH aparentemente está respondendo ao telegrama de Mason de 14 de dezembro e talvez também ao telegrama de 15 de dezembro de 1922 (JFK), no qual ele diz a EH, "em vez de enviar cheque branco sugiro apenas telegrafar direto a seu banco instruindo comprarem francos suíços necessários e avisarem você ponto se você telegrafar cópia para mim simultaneamente vou pessoalmente ao banco apressá-los o máximo possível".

A Frank Mason, 15 de dezembro de 1922

Hotel Beau-Sejour
Lausanne, Suisse.
15 de dezembro de 1922.

Caro Frank—

Por favor confira os recibos de dois telegramas pagos antecipadamente por mim. O que foi para Nova York foi pago antecipadamente por engano pelo concierge do hotel daqui que não sabia que eu, ou melhor, você, tinha uma conta.

Esses comprovantes somam 30,10 francos suíços. Como você solicitou recibos não farei nenhuma referência aos outros vários telegramas que enviei para você daqui.

Dos 30,10 deduzidos dos 250 francos suíços que você me pagou adiantado restam 219,90 francos suíços que eu devo à I.N.S. de acordo com seus livros contábeis.

Por favor, deduza esse valor de qualquer que seja o valor em francos suíços que vocês decidirem que a I.N.S. me deve até sábado à meia-noite e envie a diferença para o Chalet Chamby, Chamby sur Montreux, Suisse.

Sua recusa em me enviar os oitocentos francos suíços que eu precisava com urgência me causou grandes inconvenientes, estragou todos os meus planos e me trouxe muitas despesas extras. Só posso considerá-la uma atitude nada amistosa e ofensiva.

Claro que eu estava pedindo um favor que você teria todo o direito de recusar. Mas eu não esperava que você recusasse já que tenho feito turnos de 24 horas aqui para vocês a cinquenta dólares por semana como um favor a você.

O lucro líquido de meu trabalho para a I.N.S. foi um prejuízo líquido para mim de $15. Meu salário foi todo gasto em despesas e os 250 francos que você tanto mencionou nos telegramas foram todos usados em despesas necessárias.

Eu telegrafei pedindo dinheiro em primeiro lugar porque é o jeito mais simples e mais fácil e lógico quando um jornalista precisa de dinheiro: de seu empregador. Os bancos são lentos e espera-se receber algum benefício de uma "instituição". Parece não haver outro jeito possível de entender sua recusa em me mandar dinheiro exceto que você acreditava que eu estava planejando ou tentando enganar você de algum modo. Talvez você ainda tenha a chance de

Dezembro de 1922

mudar meu modo de ver as coisas, que parece ser o único possível para mim. Espero que tenha.

Atenciosamente,

JFK, ccCD

Lista de correspondentes
VOLUME I (1907-1922)

Os destinatários das cartas incluídas neste volume estão identificados nesta lista, e não nas notas de rodapé, exceto quando alguma informação adicional se fez necessária no contexto de alguma carta específica. Quando o destinatário não pôde ser identificado pelo nome, quando o nome do destinatário foi presumido pelos editores ou quando a carta de Hemingway foi enviada para uma publicação, empresa ou outro receptor institucional em vez de uma pessoa, quaisquer comentários editoriais aparecerão na nota referente à carta em questão. Sempre que possível, fornecemos a data de nascimento e morte de cada destinatário. Quando não conseguimos confirmar as duas datas, fornecemos a informação parcial que fomos capazes de estabelecer.

Sherwood Anderson (1876-1941). Romancista e contista norte-americano, escreveu *Winesburg, Ohio* (1919) e *Poor White* (1920); conheceu EH em Chicago em 1921 por um amigo em comum, Y. K. Smith. Depois de sua primeira viagem a Paris naquele ano, Anderson sugeriu a EH que se mudasse para Paris com o intuito de buscar uma escrita séria, dando a ele cartas de apresentação para Sylvia Beach, Lewis Galantière, Ezra Pound e Gertrude Stein.

Tennessee Claflin Mitchell Anderson (1874-1929). Afinadora de piano e professora de música de espírito independente na época em que conheceu Sherwood Anderson em Chicago em 1914. Eles se casaram em 1916 e se divorciaram em 1924.

Ruth Arnold (nasc. 1890). Morou com Grace Hall Hemingway enquanto estudava música, de 1907 a 1919, e também ajudou a cuidar dos filhos dos Hemingway e da manutenção da casa da família em Oak Park (no recenseamento realizado pelo governo dos Estados Unidos, em 1910, ela foi listada como governanta). Embora Clarence Hemingway a tenha expulsado de casa em 1919, sob circunstâncias que não ficaram claras, ela continuou amiga da família durante toda sua vida.

Lawrence T. Barnett. Morador da aldeia de Winnetka, em Chicago, Illinois, Barnett serviu com EH na Itália, na Seção 4 do Serviço de Ambulância da Cruz Vermelha, durante a Primeira Guerra Mundial. Eles continuaram amigos depois da guerra e pescavam juntos no norte de Michigan. [Lawry, Lawrey, Barney, Marby.]

Pier Vincenzo Bellia. Rico cidadão de Turim, Itália. Ele, a esposa e as três filhas conheceram EH e desenvolveram amizade com ele enquanto se recuperava em Stresa em setembro de 1918.

Fannie Bernice Biggs (1884-1957). Professora de língua inglesa de EH na escola secundária, lecionava tópicos em jornalismo e escrita de contos e o encorajou em sua paixão pela escrita. Graduada e mestre pela University of Michigan, ela lecionou na Oak Park and River Forest High School de 1912 a 1920.

John Rainsford Bone (1877-1928). Natural de Ontário, Bone graduou-se em matemática pela Toronto University em 1899 e entrou para a equipe do *Toronto Daily Star* em 1900. Trabalhou como editor geral de 1907 até sua morte. Reconhecendo o talento de EH como escritor *freelance* para o *Star*, Bone ofereceu a ele um emprego permanente no jornal em 1921.

Georgianna Bump (1903-1983). Irmã mais nova de Marjorie Bump, Georgianna se formou na Petoskey High School em 1921. Ela era uma das estudantes que costumava socializar com EH no outono de 1920. [Pudge, Useless]

Marjorie Bump (Lucy Marjorie Bump, 1901-1987). Natural de Petoskey, uma das amigas mais íntimas de EH no norte de Michigan. Eles se conheceram em 1915, em Horton Bay, onde o tio dela, Ernest L. Ohle, professor da Washington University, em St. Louis, tinha uma casa de veraneio. Marjorie e Georgianna eram filhas de Mate e Sidney Bump, fundador da loja Bump and McCabe Hardware em Petoskey. [Marge, Barge, Red]

Kate Buss (1884-1943). Poeta e crítica literária, autora de *Jevons Block: A Book of Sex Enmity (1917)* e *Studies in the Chinese Drama* (1922), Kate Buss era de Medford, Massachusetts, e amiga dos vanguardistas expatriados em Paris. Buss promoveu avidamente a carreira de Gertrude Stein, e sua própria editora (Four Season Company, de Boston) lançou *Geography and Plays*, de Stein, em 1922, numa edição financiada pela própria escritora. *Portraits and Prayers* (1934), de Stein, tinha um texto dedicado a Buss, chamado "To Kitty or Kate Buss".

Srta. Conger. Funcionária da *Co-operative Commonwealth* em Chicago, para quem EH escreveu em 1921 dando instruções de layout para uma edição da revista.

Dorothy Connable (1893-1975). Filha de Ralph Connable e Harriet Gridley Connable, de Toronto. Seis anos mais velha que EH, ela serviu na Cruz Vermelha na França durante a Primeira Guerra Mundial, fundando uma Associação Cristã para Moços (YMCA) para soldados americanos, e ajudou o exército de ocupação na Alemanha depois do Armistício. Ela e EH ficaram amigos no início de 1920, quando ele se mudou para a casa de Connable para trabalhar tomando conta do irmão dela, Ralph Jr.

Harriet Gridley Connable (nasc. aprox. 1871). Enquanto visitava a mãe em Petoskey, Harriet ouviu EH falando de suas experiências de guerra no encontro da Ladies Aid Society em dezembro de 1919. Ela ficou impressionada e convidou EH para morar alguns meses em Toronto ajudando como companhia de seu filho deficiente de dezenove anos. EH aceitou a oferta e se mudou para a mansão da família em janeiro de 1920. O marido de Harriet, Ralph Connable, natural de Chicago, comandava a F. W. Woolworth Company no Canadá.

Elizabeth Dilworth (Elizabeth Jane Bewell, 1864-1936). Ela e o marido, James Dilworth (1856-1936), eram donos da loja de ferragem, da galeteria e da hospedaria Pinehurst Cottage em Horton Bay. Ela e Grace Hall Hemingway eram amigas e tinham um interesse em comum pela pintura. Quando adolescente, EH dormia na casa dos Dilworth e pescava peixes para serem servidos à clientela da hospedaria durante o jantar. [Tia Beth]

Lewis Galantière (1895-1977). Nascido em Chicago, filho de pais franceses, ele se tornou um dos amigos de EH entre os expatriados americanos em Paris devido a uma carta de apresentação escrita por Sherwood Anderson. Galantière trabalhou para a Câmara Internacional de Comércio em Paris de 1920 a 1927. Usando o nome de Lewis Gay, começou a escrever uma coluna em 1924 para a revista parisiense *Tribune*, que saía aos domingos, chamada "Reviews and Reflections".

James Gamble (1882-1958). O capitão Gamble era inspetor de campo do rancho da Cruz Vermelha Americana e comandante de EH na época em que ele se feriu em julho de 1918. No final de dezembro de 1918, Gamble custeou as férias de EH junto dele em Taormina, Sicília. Gamble se formou em Yale e depois estudou na Pennsylvania Academy of Fine Art. Vivia como pintor em Florença, Itália, no início da Primeira Guerra Mundial. Depois da guerra, ele voltou para sua casa na Filadélfia e para sua carreira como pintor. [Jim]

Emily Goetzmann (nasc. 1898). Amiga de EH e de sua irmã Marcelline, Emily se mudou de Oak Park para La Crosse, Wisconsin, em algum momento depois de 1912. EH escreveu para ela em 1916.

Irene Goldstein (1899-2004). Nascida em Chicago e moradora de Petoskey desde a infância, Goldstein conheceu EH numa festa nas proximidades de Bay View no final de 1919. Eles passaram algum tempo juntos em Petoskey e Chicago, onde ela frequentava um programa de educação física no Columbia College antes de assumir o cargo para lecionar um ano em Grand Island, Nebraska. Posteriormente, ela recordou que recebeu dúzias de cartas de EH, mas guardou pouquíssimas. [Yrene.]

Leicester Campbell Hall (1874-1950). Tio de EH; irmão mais novo de Grace Hall Hemingway. Famoso advogado em Bishop, Califórnia, ele lutou contra a discriminação de nipo-americanos e índios americanos. Depois de passar um longo período solteiro, ele se casou com Nevada Butler. Quando os Estados Unidos entraram na Primeira Guerra Mundial, ele se alistou no Exército, apesar da idade, servindo como oficial de carreira para o 617º esquadrão das Forças Aéreas. Ele desapareceu numa missão na França em setembro de 1918 e voltou para casa em dezembro, descobrindo que a esposa havia morrido de gripe.

Nevada Butler Hall (m. 1918). Filha de Belle e James Butler, que descobriu minas de ouro e prata em Tonopah, Nevada, em 1900. Em 1916, ela foi eleita como chefe do Comitê Republicano Central do condado de Inyo, Califórnia. Enquanto Leicester, seu marido, servia na Primeira Guerra Mundial, ela visitou os Hemingway em Oak Park, conquistando toda a família. Depois de voltar para a Califórnia, morreu numa epidemia de gripe.

Miriam Hapgood (1906-1990). Filha da jornalista, poeta e ficcionista Neith Boyce (1872-1951) e do jornalista e crítico social Hutchins Hapgood (1869-1944); sobrinha do jornalista, crítico e editor Norman Hapgood (1868--1937). EH e Hadley ficaram amigos de Miriam em 1922 enquanto ela esteve num internato em Lausanne.

Adelaide Edmonds Hemingway (1841-1923). Avó paterna de EH, estudou no Wheaton College, onde conheceu Anson Hemingway. Eles se casaram em 1867 e criaram seis filhos em Oak Park, Illinois.

Anson Tyler Hemingway (1844-1926). Avô paterno de EH, veterano da Guerra Civil, lutou sob o comando de Ulysses S. Grant na Batalha de Vicksburg, em 1863. Além de comandar uma empresa imobiliária bem-sucedida em Oak Park, ele era líder civil, ativo na YMCA, na Primeira Igreja Congregacional e em outras organizações comunitárias.

Carol Hemingway (1911-2002). Irmã de EH. É a quinta filha de seis crianças. [Dee, Deefish, Nubbins, Nubs.]

Clarence Edmonds Hemingway (1871-1928). Pai de EH. Natural de Oak Park, Illinois, formou-se na escola secundária em 1890, frequentou o Oberlin College em Ohio e graduou-se em medicina pelo Rush Medical College em Chicago em 1896. Nesse mesmo ano, ele se casou com Grace Hall, que havia se formado pela Oak Park and River Forest High School em 1891. Além de exercer a medicina, era caçador ávido e naturalista e fundou uma divisão local do Agassiz Club para os jovens de Oak Park. Teve ondas de depressão profunda depois de 1903 e morreu aos 57 anos ao atirar em si próprio.

Grace Adelaide Hemingway (1881-1959). Tia de EH; irmã mais jovem de Clarence Hemingway. Trabalhou como secretária da divisão da National Story Teller's League em Chicago e lecionou literatura infantil no National Kindergarten and Elementary College em Chicago. Viveu com os pais, Adelaide e Anson Hemingway, e cuidou deles até morrerem; em 1927, casou-se com Chester Gilbert Livingston (1880-1961).

Grace Hall Hemingway (1872-1951). Mãe de EH. Ela e Clarence Hemingway se conheceram na escola secundária em Oak Park e se casaram em 1º de outubro de 1896. Quando jovem, Grace queria ser cantora de ópera e estudou em Nova York de 1895 a 1896. Tornou-se uma famosa professora de música em Oak Park e dirigia o coral infantil e a orquestra da Terceira Igreja Congregacional. Era uma mulher resoluta, tinha visões progressistas a respeito do papel das mulheres na sociedade, defendeu o sufrágio feminino e era participante ativa de organizações civis.

Hadley Richardson Hemingway (Elizabeth Hadley Richardson, 1891-1979). Primeira esposa de EH. Natural de St. Louis, Missouri, frequentou o Mary Institute, escola privada para moças, formando-se em 1910. Ela e EH se conheceram no outono de 1921 em Chicago por intermédio de uma amiga em comum, Kate Smith, e se casaram em Horton Bay, Michigan, em 3 de setembro de 1921. Tiveram um filho, John Hadley Nicanor Hemingway (1923-2000). Divorciaram-se em 1927. [Binnes, Binney, Bones, Hash, Poo, Wickey, Wicky, Wicky Poo]

Leicester Hemingway (1915-1982) Irmão caçula de Hemingway. [Bipe House, Bipehouse, Dessie, Lessie.]

Madelaine Hemingway (1904-1995). Irmã de Hemingway, é a quarta das crianças da família. [Nun Bones, Nunbones, Nunny, Sunny.]

Marcelline Hemingway (1898-1963). Irmã mais velha de EH e primeira filha dos Hemingway. Eles se formaram juntos em 1917 pela Oak Park and River Forest High School. [Marfim, Marc, Marce, Marse, Mash, Masween]

Ursula Hemingway (1902-1966). Irmã de EH e terceira filha dos Hemingways. [Ted, Ura, Urra, Urs.]

William D. Horne Jr. (1892-1986). Formado em 1913 pela Princeton University, Horne conheceu EH no Serviço de Ambulância da Cruz Vermelha Americana durante a Primeira Guerra Mundial, e os dois se tornaram amigos íntimos. Foram companheiros de quarto em Chicago entre 1920 e 1921, e Horne esteve no casamento de EH e Hadley em 1921. [Bill, Horney Bill, Horney.]

Howell G. Jenkins (1894-1971). Natural de Evanston, Illinois, serviu na Seção 4 do Serviço de Ambulância da Cruz Vermelha Americana na Itália durante a Primeira Guerra Mundial. Amigo íntimo de EH, Jenkins foi um dos companheiros de pescaria e acampamento de EH em Michigan no verão de 1919 e participou do casamento de EH em 1921. [Carp. Carpative, Carper, Fever, Jenks, Lever.]

Alice Langelier. Funcionária do escritório do International News Service em Paris. EH escreveu para ela em 1922.

Kathryn Longwell. Formou-se em 1919 pela Oak Park and River Forest High School. Foi uma das jovens com quem EH se encontrou na primavera de 1919 quando voltou da Itália depois da guerra.

Susan Lowrey. Colega de EH na turma de 1917 da Oak Park and River Forest High School. Trabalharam juntos no jornal da escola, o Trapeze, durante os dois últimos anos da escola, primeiro como membros da equipe geral, depois como editores-assistentes.

Frank Earl Mason (1893-1979). Natural de Milwaukee, Wisconsin, Mason serviu como oficial de inteligência no Exército dos Estados Unidos e como adido na embaixada dos Estados Unidos em Haia e em Berlim em 1919. Em 1920, ele começou a trabalhar como correspondente do International News Service de William Randolph, em Berlim; foi coordenador do escritório de Londres em 1921 e do de Paris de 1922 a 1926. Depois trabalhou como presidente e coordenador geral do INS (1928-1931) antes de se tornar executivo da National Broadcasting Company (1931-1945). Em 1922, EH vendeu para ele algumas histórias sobre a Guerra Greco-Turca, publicadas com o nome de John Hadley.

John McClure (1893-1956). Editor geral da revista literária *Double Dealer*, de New Orleans, para a qual EH enviou trabalho seguindo o conselho de Sherwood Anderson. A fábula "A Divine Gesture" e o poema "Ultimately" foram publicados nas edições de maio e junho, respectivamente.

Harriet Monroe (1860-1936). Fundadora e editora da Poetry: *A Magazine of Verse*, criada em Chicago em 1912. Fundada por assinatura e ricos patrocinadores, o objetivo da revista era elevar o status da poesia e promover novos talentos pagando pelas colaborações e oferecendo um prêmio anual. Entre seus colaboradores, citamos figuras como Ezra Pound, T. S. Eliot, Marianne Moore,

Lista de correspondentes

William Carlos Williams e Robert Frost. Monroe aceitou seis poemas de EH para publicação na edição de janeiro de 1923 da *Poetry*.

Edwin Pailthorp (1900-1972). Filho de um advogado local, era um dos amigos de EH em Petoskey. Depois de se afastar da University of Michigan por motivo de doença, Pailthorp se mudou para Toronto mais ou menos na mesma época que EH para trabalhar em uma das lojas Woolworth, comandada por Connable. [Dutch.]

Ezra Pound (1885-1972). Poeta norte-americano mais conhecido pela escrita de *The Cantos* e por seu papel como mentor e conselheiro de outros escritores modernistas, incluindo T. S. Eliot. Quase imediatamente, após ele e EH se terem encontrado em Paris por intermédio de uma carta de Sherwood Anderson, Pound se tornou um dos primeiros e mais fortes defensores de EH. Pound o ajudou a desenvolver sua escrita e a negociar com a politicagem literária de Paris. A amizade dos dois durou até o fim da vida de EH.

Grace Edith Quinlan (1906-1964). Natural de Petoskey, Quinlan era uma das estudantes secundárias do círculo social de EH quando ele morou lá no outono de 1919 para se dedicar à escrita depois que voltou da guerra. EH e Quinlan desenvolveram uma amizade de "irmão e irmã" e mantiveram uma correspondência afetuosa entre 1920 e 1921 depois que ele se mudou para Chicago. [G., Gee, Irmã Luke.]

Coles Van Brunt Seeley Jr. Natural de Newark, Nova Jersey, ele serviu com EH na Seção 4 do Serviço de Ambulância da Cruz Vermelha Americana. Segundo o colega veterano Henry Villard, da Cruz Vermelha Americana, Seeley quase perdeu as mãos e ficou cego por causa de uma explosão enquanto procurava suvenires no campo de batalha e foi hospitalizado com EH e Villard em Milão em 1918 (Villard e Nagel, p. 13-4). Seeley foi imortalizado no capítulo 17 de *A Farewell to Arms* como um dos colegas de hospital de Frederic Henry, "um rapaz bacana que tentou desparafusar um projétil para guardar de lembrança".

Isabelle Simmons (1901-1964). Vizinha de porta da família Hemingway na North Kenilworth Avenue, Simmons se formou na Oak Park and River Forest High School em 1920 e frequentou a University of Chicago de 1920 a 1922.

Katharine Foster Smith (1891-1947). Irmã de Bill Smith e uma das amigas mais próximas de EH antes de ele se casar com Hadley. Natural de St. Louis, ela foi uma das quatro crianças de William Benjamin Smith, professor de matemática, e Katharine Drake Merrill. Depois que a mãe morreu, em 1899, as crianças foram criadas pela tia materna e passavam os verões em Horton Bay. Kate frequentou o Mary Institute com Hadley e a apresentou a EH em Chicago no outono de 1920. Formou-se como bacharel em língua inglesa e jornalismo pela University of Missouri em 1920 e se dedicou à carreira de escritora. Casou-se com o escritor norte-americano John Dos Passos em 1929. [Kate, Butstein, Stut.]

William B. Smith Jr. (1895-1972). Amigo de Horton Bay, Michigan, onde ele e a irmã, Kate, passavam os verões numa casa de fazenda reformada pela tia e tutora dos dois, sra. Charles, e o marido, Joseph William Charles, médico de St. Louis. Bill foi um dos confidentes e companheiros mais próximos de EH durante muitos anos e foi padrinho no casamento de EH com Hadley. A relação entre os dois esfriou depois que EH brigou com o irmão de Bill, Y. K. Smith, em 1921; eles retomaram a amizade em 1924, mas sem nunca recuperar o vigor de antes. [Bill, Bird, Boid, Avis, Bom Will.]

Yeremya Kenley Smith (1887-1969). Irmão mais velho de Bill e Kate Smith, trabalhou com propaganda em Chicago e apresentou EH a Sherwood Anderson e Carl Sandburg. EH estava entre os inquilinos solteiros que moravam no apartamento de Smith em Chicago do final dos anos 1920 até meados de 1921. O fato de EH ter comentado verbalmente sobre a traição da companheira de Y. K., Doodles, levou ao término da amizade entre os dois. [Y. K., Yen, Yenlaw.]

Gertrude Stein (1874-1946). Escritora norte-americana expatriada, moradora da margem esquerda de Paris, mais bem conhecida pelas obras *Three Lives* (1909), *Tender Buttons* (1914) e *The Making of Americans: Being a History of a Family's Progress* (1925). Stein fez amizade com EH logo depois que ele chegou a Paris e se tornou sua mentora e conselheira literária. EH, por sua vez, ajudou-a a ter sua obra publicada em 1924 no *Transatlantic Review*. A amizade acabou em 1925, culminando na sátira que EH fez de Stein em seu primeiro romance, *As torrentes da primavera*.

F. Thessin. Instrutor na Culver Military Academy, internato preparatório para a faculdade em Culver, Indiana, para quem EH escreveu em 1917.

Alice B. Toklas (1877-1967). Companheira de toda a vida de Gertrude Stein desde 1907. Era a anfitriã das reuniões artísticas e literárias em sua residência na rue de Fleurus, 27, onde EH ia como visitante. Ela e Stein foram madrinhas de John, filho de EH e Hadley, nascido em 1923. Ela foi imortalizada no livro de Stein *The Autobiography of Alice B. Toklas* (1933).

Dale Wilson (1894-1987). Natural do Missouri e colega de EH na redação do *Kansas City Star*. Wilson foi recrutado pela Marinha dos Estados Unidos durante a Primeira Guerra Mundial. Seu apelido era "Woodrow", em homenagem ao presidente Woodrow Wilson.

Calendário das cartas
Volume I (1907-1922)

Data da correspondência	Destinatário	Descrição	Localização do texto fonte	Publicação prévia[1]
[aprox. início de julho de 1907]	Clarence Hemingway	Cartão-postal MA	Meeker	inédita
28 de setembro e 4 de outubro de 1908	Clarence Hemingway	CMA	Meeker	inédita
19 de outubro de 1908	Clarence Hemingway	CMA	Stanford	*SL* (introdução)
18 de dezembro de 1908	Grace Hall Hemingway	CMA	Schanck	inédita
9 de junho [de 1909]	Marcelline Hemingway	CMA	Cohen	Sanford; *SL* (introdução)
9 de junho de 1909	Grace Hall e Marcelline Hemingway	CMA	UT	inédita
[aprox. 10 de junho de 1909]	Grace Hall Hemingway	CMA	JFK	inédita
[aprox. 17 de junho de 1909]	Grace Hall e Marcelline Hemingway	CMA	JFK	*SL* (introdução)
[23 de julho de 1909]	Clarence Hemingway	CM	JFK	Griffin
[30 de agosto de 1910]	Ursula Hemingway e Ruth Arnold	Cartão-postal MA	IndU	inédita
10 de setembro de 1910	Clarence Hemingway	CMA	IndU	inédita
[11 de setembro de 1910]	Clarence Hemingway	Cartão-postal MA	IndU	inédita
13 de setembro de 1910	Marcelline Hemingway	CMA	UT	inédita

1. Aqui listamos as publicações do texto completo em língua inglesa das cartas de EH, excluindo catálogos de venda e artigos de jornal.

Data da correspondência	Destinatário	Descrição	Localização do texto fonte	Publicação prévia
[aprox. 1912]	Charles C. Spink & Son	CMA	JFK	inédita
[aprox. segunda semana de maio de 1912]	Clarence Hemingway	CMA	Catálogo do Sotheby	inédita
22 de outubro de 1912	Leicester e Nevada Butler Hall	CMA	Coleção particular	inédita
11 de maio de 1913	Clarence Hemingway	NMA	JFK	inédita
[aprox. 30 de agosto de 1913]	Anson Hemingway	Cartão-postal MA	JFK	inédita
[aprox. final de agosto de 1913]	Clarence e Grace Hall Hemingway	Cartão-postal MA	JFK	inédita
[aprox. final de agosto – 1º de setembro de 1913]	Clarence Hemingway	Cartão-postal MA	JFK	inédita
[aprox. junho de 1914]	[Desconhecido]	Inscrição	Catálogo do Sotheby	inédita
2 de setembro de 1914	Grace Hall Hemingway	CMA	JFK	inédita
8 de setembro de 1914	Grace Hall Hemingway	CMA	JFK	Griffin
10 de abril [de 1915 ou 1916]	Baseball Magazine	ccCDA	IndU	inédita
[5 de maio de 1915]	Marcelline Hemingway	NMA	fJFK	Sanford
17 de julho de 1915	"Carissimus"	CMA	JFK	inédita
31 de julho de 1915	Grace Hall Hemingway	CMA	JFK	inédita
[16 de setembro de 1915]	Clarence e Grace Hall Hemingway	Cartão-postal MA	JFK	inédita
[16 de setembro de 1915]	Ursula e Madelaine Hemingway	Cartão-postal MA	JFK	inédita

Calendário das cartas

Data da correspondência	Destinatário	Descrição	Localização do texto fonte	Publicação prévia
[aprox. 1916]	Susan Lowrey	NMA	OPPL	Morris Buske, Hemingway's Education, A Re-Examination: Oak Park High School and the Legacy of Principal Hanna (Lewiston, Nova York, Edwin Mellen Press, 2007)
[aprox. janeiro de 1916]	[Desconhecido]	NA	UTulsa	inédita
[aprox. 18 de março de 1916]	Emily Goetzmann	CMA	Yale	inédita
[aprox. primavera de 1916 ou 1917]	[Desconhecido]	NA	UTulsa	inédita
[aprox. primavera de 1916]	[Desconhecido]	NA	UTulsa	inédita
[aprox. primavera de 1916]	[Desconhecido]	NA	JFK	inédita
[aprox. primavera de 1916]	[Desconhecido]	NA	JFK	inédita
20 de junho de 1916	Marcelline Hemingway	CMA	fJFK	Sanford
13 de julho [de 1916]	Emily Goetzmann	CMA	JFK	inédita
30 de janeiro de 1917	F. Thessin	CDA	JFK	inédita
[aprox. primavera de 1917]	Al [Walker]	CMA	JFK	inédita
[3 de abril de 1917]	Clarence Hemingway	Cartão-postal MA	IndU	inédita
[5 de abril de 1917]	Clarence Hemingway	Cartão-postal MA	Catálogo da Swann Galleries	inédita

Data da correspondência	Destinatário	Descrição	Localização do texto fonte	Publicação prévia
[aprox. final de junho de 1917]	Fannie Biggs	CMA	JFK	Georgianna Main, Pip-Pip to Hemingway in Something From Marge (Bloomington, Indiana, iUniverse, Inc., 2010)
[3 de agosto de 1917]	Grace Hall Hemingway	CMA	JFK	inédita
6 de agosto [de 1917]	Anson Hemingway	CMA	JFK	*SL*
[aprox. 3 de setembro de 1917]	Clarence Hemingway	CMA	IndU	inédita
6 de setembro de 1917	Família Hemingway	CMA	IndU	inédita
[11 de setembro de 1917]	Clarence Hemingway	CMA	IndU	inédita
12 de setembro [de 1917]	Clarence Hemingway	CMA	IndU	inédita
14 de setembro [de 1917]	Clarence e Grace Hall Hemingway	CMA	JFK	inédita
[15 de setembro de 1917]	Clarence Hemingway	Cartão-postal MA	IndU	inédita
[15 de setembro de 1917]	Marcelline Hemingway	Cartão-postal MA	fJFK	Sanford
[16 de setembro de 1917]	Clarence Hemingway	Cartão-postal MA	IndU	inédita
19 de setembro de 1917	Anson Hemingway	CMA	JFK	inédita
[19 de setembro de 1917]	Clarence Hemingway	CMA	JFK	*SL*
24 de setembro de 1917	Clarence Hemingway	CMA	PSU	inédita
25 de setembro de 1917	Clarence Hemingway	CMA	IndU	inédita
17 de outubro [de 1917]	Família Hemingway	CMA	JFK	inédita

Calendário das cartas

Data da correspondência	Destinatário	Descrição	Localização do texto fonte	Publicação prévia
25 de outubro de 1917	Clarence Hemingway	CMA	JFK	inédita
[26 de outubro de 1917]	Marcelline Hemingway	Cartão--postal MA	fJFK	Sanford
[5 de novembro de 1917]	Madelaine, Ursula, Carol e Leicester Hemingway	CD com assinatura datilografada	JFK	inédita
[aprox. 30 de outubro e 6 de novembro de 1917]	Marcelline Hemingway	CMA/CDA	fJFK	Sanford
15 de novembro [de 1917]	Clarence e Grace Hall Hemingway	CM/CDA	JFK	inédita
19 de novembro [de 1917]	Família Hemingway	CD com assinatura datilografada	JFK	*SL*
21 de novembro [de 1917]	Grace Hall Hemingway	CDA	JFK	inédita
[24 de novembro de 1917]	Família Hemingway	CD com assinatura datilografada	JFK	inédita
[aprox. 28 de novembro de 1917]	Família Hemingway	CD com assinatura datilografada	JFK	inédita
30 de novembro [de 1917]	Clarence Hemingway	CMA	JFK	inédita
[6 de dezembro de 1917]	Clarence e Grace Hall Hemingway	CD com assinatura datilografada	IndU	inédita
[17 de dezembro de 1917]	Clarence e Grace Hall Hemingway	CD com assinatura datilografada	JFK	inédita
2 de janeiro de 1918	Família Hemingway	CMA	JFK	inédita

Data da correspondência	Destinatário	Descrição	Localização do texto fonte	Publicação prévia
[aprox. janeiro de 1918]	Madelaine Hemingway	CD com assinatura datilografada	PSU	inédita
8 de janeiro [de 1918]	Marcelline Hemingway	CDA	James Sanford	inédita
16 de janeiro de 1918	Grace Hall Hemingway	CMA	JFK	*SL*
[aprox. 30 de janeiro de 1918]	Família Hemingway	CDA	IndU	inédita
[aprox. 30 de janeiro de 1918]	Marcelline Hemingway	CMA	fJFK	Sanford
[12 de fevereiro de 1918]	Marcelline Hemingway	CD com pós-escrito manuscrito	PSU	inédita
[12 de fevereiro de 1918]	Adelaide Hemingway	CDA	IndU	inédita
[23 de fevereiro de 1918]	Grace Hall Hemingway	CDA	JFK	inédita
[2 de março de 1918]	Grace Hall Hemingway	CDA	JFK	*SL*
[2 de março de 1918]	Marcelline Hemingway	CDA	James Sanford	Sanford
[8 de março de 1918]	Marcelline Hemingway	CD	fJFK	Sanford
14 de março de 1918	Clarence Hemingway	CMA	JFK	Griffin
23 de março [de 1918]	Família Hemingway	CMA	JFK	inédita
16 de abril de 1918	Clarence Hemingway	CD com assinatura datilografada	Zieman	inédita
19 de abril [1918]	Clarence e Grace Hall Hemingway	CM/CDA	UMD	*SL*
[12 de maio de 1918]	Anson e Adelaide Hemingway	Cartão-postal MA	JFK	Griffin

Calendário das cartas

Data da correspondência	Destinatário	Descrição	Localização do texto fonte	Publicação prévia
[12 de maio de 1918]	Família Hemingway	CMA	JFK	inédita
[13 de maio de 1918]	Anson, Adelaide e Grace Adelaide Hemingway	Cartão-postal MA	JFK	inédita
[14 de maio de 1918]	Família Hemingway	CMA	JFK	*SL*
[17-18 de maio de 1918]	Família Hemingway	CMA	JFK	inédita
19 de maio [de 1918]	Clarence Hemingway	Telegrama	JFK	inédita
[19 de maio de 1918]	Clarence Hemingway	CMA	JFK	Griffin
19 de maio [de 1918]	Dale Wilson	CMA	PUL	*SL*
[20 de maio de 1918]	Família Hemingway	CMA	JFK	Griffin
[aprox. 31 de maio] e 2 de junho [1918]	Família Hemingway	CD com pós-escrito manuscrito	IndU	*SL*
[aprox. 3 de junho de 1918]	Família Hemingway	CMAFrag	IndU	inédita
[9 de junho de 1918]	Clarence Hemingway	Cartão-postal MA	PSU	inédita
[aprox. 9 de junho de 1918]	amigo do Kansas City Star	Trecho de cartão-postal	KCStar	inédita
[aprox. 9 de junho de 1918]	amigo do Kansas City Star	Trecho de cartão-postal	KCStar	inédita
[aprox. final de junho – início de julho de 1918]	Ruth Morrison ?]	CMA	UMD	*SL*
14 de julho de 1918	Clarence e Grace Hall Hemingway	NMA	PSU	Sanford

Data da correspondência	Destinatário	Descrição	Localização do texto fonte	Publicação prévia
[16 de julho de 1918]	Família Hemingway	Telegrama	JFK	inédita
21 de julho [de 1918]	Família Hemingway	CMA	IndU	SL; Villard e Nagel
29 de julho [de 1918]	Grace Hall Hemingway	CMA	IndU	Villard e Nagel
31 de julho [de 1918]	James Gamble	CDA	fJFK	inédita
4 de agosto [de 1918]	Família Hemingway	CMA	PSU	inédita
7 de agosto [de 1918]	Clarence, Grace Hall e Marcelline Hemingway	CMA	IndU	Villard e Nagel
[8 de agosto de 1918]	Marcelline Hemingway	CMA	fJFK	Sanford
[aprox. 14 de agosto de 1918]	Clarence Hemingway	transcrição manuscrita de telegrama	JFK	inédita
14 de agosto [de 1918]	Elizabeth Dilworth	Cartão--postal MA	Metzger	inédita
18 de agosto [de 1918]	Família Hemingway	CMA	IndU	Sanford; SL; Robert W. Trogdon (org.), Ernest Hemingway: A Literary Reference (Nova York, Carroll and Graf, 2002); Villard e Nagel
29 de agosto [de 1918]	Grace Hall Hemingway	CMA	IndU	Villard e Nagel
[aprox. agosto de 1918]	Henry [S. Villard]	CMA	JFK	inédita
11 de setembro de 1918	Clarence Hemingway	CMA	IndU	SL; Villard e Nagel

Calendário das cartas

Data da correspondência	Destinatário	Descrição	Localização do texto fonte	Publicação prévia
16 de setembro [de 1918]	Ursula Hemingway	CMA	Schnack	inédita
21 de setembro de 1918	Marcelline e Madelaine Hemingway	CMA	Cohen	Sanford
[26 de setembro de 1918]	Marcelline Hemingway	Cartão-postal MA	JFK	Sanford
26 de setembro [de 1918]	Clarence Hemingway	Cartão-postal MA	IndU	Villard e Nagel
29 de setembro de 1918	Família Hemingway	CMA	IndU	Villard e Nagel
18 de outubro [de 1918]	Família Hemingway	CDA	IndU	*SL*; Villard e Nagel
1º de novembro [1918]	Família Hemingway	CMA	IndU	Villard e Nagel
11 de novembro [de 1918]	Família Hemingway	CMA	IndU	Villard e Nagel
11 de novembro [de 1918]	Marcelline Hemingway	CMA	James Sanford	Sanford
14 de novembro [de 1918]	Clarence Hemingway	CMA	IndU	Villard e Nagel
23 de novembro [de 1918]	Marceline Hemingway	CMA	James Sanford	Sanford
[28 de novembro de 1918]	Família Hemingway	CMA	IndU	Villard e Nagel
11 de dezembro [de 1918]	Família Hemingway	CMA	IndU	Villard e Nagel
[13 de dezembro de 1918]	William B. Smith Jr.	CMA	PUL	*SL*
13 de dezembro [de 1918]	William D. Horne Jr.	CMA	Newberry	inédita
[3 de fevereiro de 1919]	William D. Horne Jr.	CMA	Newberry	Griffin
3 de março [de 1919]	James Gamble	CD com assinatura datilografada	Knox	*SL*

Data da correspondência	Destinatário	Descrição	Localização do texto fonte	Publicação prévia
[5 de março de 1919]	William D. Horne Jr.	CD com assinatura datilografada	Newberry	inédita
30 de março [de 1919]	William D. Horne Jr.	CDA	Newberry	Griffin
9 de abril [1919]	Howell G. Jenkins	CD	JFK	inédita
22 de abril de 1919	Kathryn Longwell	Cartão-postal MA	JFK	inédita
18 e 27 de abril [de 1919]	James Gamble	CD com pós-escrito manuscrito	CMU	Griffin; Main
30 de abril [de 1919]	Lawrence T. Barnett	CD com pós-escrito manuscrito	JFK	*SL*
24 [de maio de 1919]	Clarence Hemingway	Cartão-postal MA	IndU	inédita
[25 de maio de 1919]	Clarence Hemingway	Cartão-postal MA	PSU	inédita
31 de maio [de 1919]	Clarence Hemingway	Cartão-postal MA	IndU	inédita
7 de junho [de 1919]	Clarence Hemingway	Cartão-postal MA	PSU	inédita
[9 de junho de 1919]	Clarence Hemingway	CMA	CMU	inédita
[meados de junho de 1919]	Clarence Hemingway	CMA	UT	inédita
15 de junho [de 1919]	Howell G. Jenkins	CMA	PUL	*SL*
2 de julho de 1919	William D. Horne Jr.	CD com assinatura datilografada	Newberry	inédita
[15 de julho de 1919]	Howell G. Jenkins	CDA	fPUL	inédita
26 [de julho de 1919]	Howell G. Jenkins e Lawrence T. Barnett	CMA	fPUL	*SL*

Calendário das cartas

Data da correspondência	Destinatário	Descrição	Localização do texto fonte	Publicação prévia
7 de agosto de 1919	William D. Horne Jr.	CMA	Newberry	inédita
[16 de agosto de 1919]	Clarence Hemingway	Cartão-postal MA	PSU	inédita
27 de agosto [de 1919]	Clarence Hemingway	Cartão-postal MA	CMU	inédita
[aprox. 31 de agosto de 1919]	Howell G. Jenkins	CMA	fPUL	*SL*
[3 de setembro de 1919]	Clarence Hemingway	Cartão-postal DA	PSU	inédita
[aprox. 17 de setembro de 1919]	Ursula Hemingway	CD/CMA	Mainland Collection na NCMC	inédita
[18 de setembro de 1919]	Coles Van Brunt Seeley Jr.	Trecho de CMA	Catálogo da Christie's	inédita
[aprox. final de setembro de 1919]	[Desconhecido]	CD	NYPL	inédita
28 de outubro [de 1919]	Clarence Hemingway	CDA com pós-escrito manuscrito	fPSU	inédita
11 de novembro [de 1919]	Grace Hall Hemingway	CDA	Mainland Collection na NCMC	inédita
23 de novembro de 1919	[Georgianna Bump]	Inscrição	Coleção particular	Main
4 de dezembro [de 1919]	Grace Hall Hemingway	CDA	Mainland Collection na NCMC	inédita
4 de dezembro [de 1919]	William B. Smith Jr.	CDA	Stanford	inédita
[meados de dezembro de 1919]	Ursula Hemingway	CD com assinatura datilografada	Mainland Collection na NCMC	inédita
[20 de dezembro de 1919]	Howell G. Jenkins	CDA	Stanford	*SL*

Data da correspondência	Destinatário	Descrição	Localização do texto fonte	Publicação prévia
[aprox. 26 de dezembro de 1919]	Grace Quinlan	CMA	Yale	inédita
[1º de janeiro de 1920]	Grace Quinlan	CMA	Yale	*SL*
[meados de janeiro de 1920]	Edwin Pailthorp	RTD com assinatura datilografada	UTulsa	inédita
16 de fevereiro de 1920	Dorothy Connable	CDA	fPSU	*SL*
25 de março de 1920	William D. Horne Jr.	CDA	Newberry	inédita
6 de abril [de 1920]	Grace Hall Hemingway	CDA	PSU	inédita
22 de abril de 1920	Clarence e Grace Hall Hemingway	ccCD	JFK	inédita
27 de abril [de 1920]	Clarence e Grace Hall Hemingway	CMA	PSU	inédita
1º de junho [de 1920]	Harriet Gridley Connable	CMA	fPUL	*SL*
[24] de junho de 1920	Grace Hall Hemingway	Cartão--postal MA	JFK	inédita
1º de agosto [de 1920]	Grace Quinlan	CMA	Yale	inédita
8 de agosto de 1920	Grace Quinlan	CMA	Yale	*SL*
[16 de setembro de 1920]	Howell G. Jenkins	CD com assinatura datilografada	fPUL	*SL*
30 de setembro [de 1920]	Grace Quinlan	CDA	Yale	*SL*
9 de outubro [de 1920]	Grace Hall Hemingway	CDA	PSU	inédita

Calendário das cartas

Data da correspondência	Destinatário	Descrição	Localização do texto fonte	Publicação prévia
25 [de outubro de 1920]	William B. Smith Jr.	CD com assinatura datilografada	PUL	inédita
29 de novembro [de 1920]	Chicago Daily Tribune	CD	UTulsa	inédita
16 de novembro e 1º de dezembro [de 1920]	Grace Quinlan	CDA com pós-escrito manuscrito	Yale	inédita
[2 de dezembro de 1920]	Chicago Daily Tribune	ccCD	UTulsa	inédita
[22 de dezembro de 1920]	Grace Hall Hemingway	CDA	JFK	*SL*
23 de dezembro [de 1920]	Hadley Richardson	CMAFrag	JFK	inédita
[aprox. 27 de dezembro de 1920]	James Gamble	RTD	JFK	*SL*; Griffin
[29 de dezembro de 1920]	Hadley Richardson	CM	JFK	inédita
[aprox. 1921]	Srta. Conger	CD com assinatura datilografada	JFK	inédita
[10 de janeiro de 1921]	Grace Hall Hemingway	CDA	JFK	
[antes de 26 de janeiro de 1921]	William D. Horne Jr.	CDA	Newberry	inédita
[aprox. janeiro de 1921]	William B. Smith Jr.	CM	JFK	inédita
[15 de fevereiro de 1921]	William B. Smith Jr.	CD com assinatura datilografada	PUL	inédita
25 de fevereiro [de 1921]	Grace Quinlan	CDA	fPDL	inédita
2 de março de 1921	John Bone	RCMA	JFK	inédita

Data da correspondência	Destinatário	Descrição	Localização do texto fonte	Publicação prévia
4 de março [de 1921	William B. Smith Jr.	CM	JFK	inédita
16 de março [de 1921]	Irene Goldstein	CDA	Stanford	inédita
[depois de 7 de abril de 1921]	Marjorie Bump	RCM	JFK	Main
15 de abril de 1921	Clarence Hemingway	CDA	JFK	SL
[28 de abril de 1921]	William B. Smith Jr.	CDA	PUL	SL
[20 de maio de 1921]	Marcelline Hemingway	CDA	fJFK	SL; Sanford
[25 de maio de 1921]	Marcelline Hemingway	CDA	James Sanford	Sanford
[7 de julho de 1921]	Hadley Richardson	RTMA	JFK	inédita
[c. 21 de julho de 1921]	Grace Quinlan e Giorgianna Bump	CDA	Yale	inédita
21 de julho de 1921	Grace Quinlan	CDA	Yale	SL; Sanford
[aprox. final de julho de 1921]	Grace Quinlan	CD	JFK	inédita
[aprox. 3-5 de agosto de 1921]	William B. Smith, Jr.	CDA	PUL	inédita
[7 de agosto de 1921]	Grace Quinlan	CMA	Yale	SL
[8 de agosto de 1921]	Grace Hall Hemingway	CDA	PSU	inédita
[11 de agosto de 1921]	Marcelline Hemingway	CDA	JFK	Sanford
[19 de agosto de 1921]	Grace Quinlan	CDA	Yale	SL
[meados a final de agosto de 1921]	William B. Smith Jr.	CDA com pós-escrito manuscrito	Meeker	inédita
[1º de outubro de 1921]	Y. K. Smith	CD	JFK	SL

Calendário das cartas

Data da correspondência	Destinatário	Descrição	Localização do texto fonte	Publicação prévia
29 de outubro de 1921	John Bone	RCD	JFK	inédita
[8 de dezembro de 1921]	Família Hemingway	CMA	JFK	*SL*
20 de dezembro de 1921	Família Hemingway	CMA	JFK	*SL*
[aprox. 20 de dezembro de 1921]	William B. Smith Jr.	CMA	PUL	*SL*
[aprox. 23 de dezembro de 1921]	Sherwood e Tennessee Anderson	CD/CMA	Newberry	*SL*
26 de dezembro [de 1921]	Howell G. Jenkins	CMA	Stanford	*SL*
8 de janeiro [de 1922]	Howell G. Jenkins	CMA	Stanford	*SL*
[aprox. final de janeiro de 1922]	Família Hemingway	CDA	IndU	inédita
[aprox. 25 de janeiro de 1922]	Marcelline Hemingway	CDA	James Sanford	Sanford
[27 de janeiro de 1922]	Katharine Foster Smith	CDA	UVA	inédita
30 de janeiro [de 1922]	Lewis Galantière	Cartão-postal MA	Columbia	inédita
3 de fevereiro de 1922	Clarence Hemingway	CMA	PSU	inédita
14 e 15 de fevereiro de 1922	Grace Hall Hemingway	CM/CDA	PSU	inédita
[27 de fevereiro de 1922]	Lewis Galantière	Cartão-postal MA	Columbia	inédita
9 de março [de 1922]	Sherwood Anderson	CDA com pós-escrito manuscrito	Newberry	*SL*; Trogdon *Literary Reference*
20 de março de 1922	Howell G. Jenkins	CDA	UT	*SL*
20 de abril de 1922	Howell G. Jenkins	Cartão-postal MA	fPUL	inédita

Data da correspondência	Destinatário	Descrição	Localização do texto fonte	Publicação prévia
[aprox. final de abril de 1922]	Marcelline Hemingway	Cartão--postal D com assinatura datilografada	James Sanford	Sanford
[aprox. final de abril de 1922]	Clarence Hemingway	Cartão--postal D com assinatura datilografada	JFK	inédita
[aprox. final de abril de 1922]	Madelaine Hemingway	Cartão--postal D com assinatura datilografada	PSU	inédita
2 de maio de 1922	Grace Hall Hemingway	CDA	PSU	inédita
2 de maio de 1922	Clarence Hemingway	CDA	JFK	*SL*
12 de maio de 1922	Kate Buss	CDA	Brown	inédita
24 de maio de 1922	Clarence Hemingway	CDA	JFK	*SL*
11 de junho de 1922	Gertrude Stein e Alice B. Toklas	CDA	Yale	*SL*
14 de junho de 1922	Howell G. Jenkins	Cartão--postal MA	fPUL	inédita
16 de julho de 1922	Harriet Monroe	CDA	UChicago	*SL*
4 de agosto [de 1922]	Howell G. Jenkins	Cartão--postal MA	fPUL	inédita
[12 de agosto de 1922]	Ezra Pound	Cartão--postal MA	IndU	inédita
[aprox. final de agosto de 1922]	Ezra Pound	CDA	IndU	inédita

Calendário das cartas

Data da correspondência	Destinatário	Descrição	Localização do texto fonte	Publicação prévia
25 de agosto de 1922	Família Hemingway	CDA	JFK	*SL*
28 de agosto de 1922	Gertrude Stein	Cartão--postal MA	Yale	inédita
31 de agosto de 1922	Ezra Pound	Cartão--postal M	IndU	inédita
[20 de setembro de 1922]	Gertrude Stein	Cartão--postal MA	Yale	inédita
[aprox. setembro de 1922]	John McClure	CM	JFK	inédita
26 de setembro [de 1922]	Howell G. Jenkins	Cartão--postal MA	fPUL	inédita
[aprox. 27 de setembro de 1922]	Gertrude Stein	Cartão--postal MA	Yale	inédita
27 de outubro de 1922	John Bone	ccCD com anexos	JFK	inédita
[3 de novembro de 1922]	Gertrude Stein	Cartão--postal DA	Yale	inédita
[8 de novembro de 1922]	Ezra Pound	CMA	IndU	inédita
16 de novembro de 1922	Harriet Monroe	CDA	UChicago	*SL*
24 de novembro de 1922	Hadley Richardson Hemingway	Telegrama	JFK	inédita
25 de novembro de 1922	Hadley Richardson Hemingway	Telegrama	JFK	inédita
[aprox. 26 de novembro de 1922]	Miriam Hapgood	CDA	Stanford	inédita
[aprox. 26 de novembro de 1922]	Pier Vincenzo Bellia	Cartão--postal M	JFK	inédita
[27 de novembro de 1922]	Frank Mason	RTMA	JFK	inédita

Data da correspondência	Destinatário	Descrição	Localização do texto fonte	Publicação prévia
[28 de novembro de 1922]	Hadley Richardson Hemingway	CD com assinatura datilografada e pós-escrito manuscrito	JFK	*SL*
[aprox. 1º de dezembro de 1922]	Isabelle Simmons	CD/CMA-Frag	PUL	*SL*
5 de dezembro de 1922	Alice Langelier	CDA	JFK	inédita
[10 de dezembro de 1922]	Miriam Hapgood	CMA	Stanford	inédita
[aprox. 14 de dezembro de 1922]	Frank Mason	RTD	JFK	inédita
[aprox. 15 de dezembro de 1922]	Frank Mason	RTD	JFK	inédita
15 de dezembro de 1922	Frank Mason	ccCD	JFK	inédita

Índice de destinatários
Volume I (1907-1922)

Neste índice de destinatários, apenas a primeira página de cada carta é citada. Cartas endereçadas a mais de uma pessoa foram indexadas em cada nome e marcadas com † (exceto no caso de cartas direcionadas à família de EH ou outro grupo em geral).

Anderson, Sherwood, 274†, 289
Anderson, Tennessee, 274†
Arnold, Ruth, 8†

Barnett, Lawrence T., 163, 173†
Baseball Magazine, 17
Bellia, Pier Vincenzo, 324
Biggs, Fannie, 34
Bone, John, 240, 270, 311
Bump, Georgianna, 185, 252†
Bump, Marjorie, 243
Buss, Kate, 300

"*Carissimus*", 18
Charles C. Spink & Son, 10
Chicago Daily Tribune, 218, 222
Conger, Srta., 229
Connable, Dorothy, 195
Connable, Harriet Gridley, 203

[Desconhecido], 14, 24, 25, 26, 27, 181
Dilworth, Elizabeth, 112

Galantière, Lewis, 285, 289
Gamble, James, 106, 147, 158, 228
Goetzmann, Emily, 23, 30
Goldstein, Irene, 242

Hall, Leicester, 12†
Hall, Nevada Butler, 12†
Hapgood, Miriam, 323, 330
Hemingway, família, 38, 47, 54, 57, 58, 62, 67, 79, 84, 85, 87, 92, 93, 95, 102, 103, 107, 113, 125, 127, 128, 130, 138, 140, 271, 278, 307
Hemingway, Adelaide, 72, 83†, 84†
Hemingway, Anson, 13, 36, 44, 83†, 84†

Hemingway, Carol, 51†
Hemingway, Clarence, 3, 4, 7, 9, 11, 12, 13†, 14, 20†, 33, 34, 39, 41, 41†, 43, 44, 45, 46, 47, 48, 53†, 59, 60†, 61†, 78, 80, 83†, 89, 97, 100†, 109†, 112, 120, 124, 134, 164, 165, 166, 167, 176, 177, 179, 182, 201†, 202†, 245, 286, 296, 298, 300
Hemingway, Grace Adelaide, 84†
Hemingway, Grace Hall, 4, 5†, 6, 7†, 13†, 15, 16, 19, 20†, 36, 41†, 53†, 56, 60†, 61†, 66, 73, 74, 83†, 100†, 105, 109†, 116, 184, 186, 199, 201†, 202†, 204, 214, 223, 230, 262, 287, 296
Hemingway, Hadley Richardson, 225, 228, 252, 323, 325
Hemingway, Leicester, 51†
Hemingway, Madelaine, 20†, 51†, 63, 122†, 296
Hemingway, Marcelline, 5†, 7†, 10, 17, 27, 43, 50, 51, 64, 69, 70, 75, 77†, 109†, 110†, 122†, 124, 133, 136, 249, 251, 263, 281, 295
Hemingway, Ursula, 8†, 20†, 51†, 122, 179, 188
Horne, William D., 143, 145, 151, 153, 170, 175, 197, 232

Jenkins, Howell G., 155, 168, 171, 173†, 177, 190, 210, 276, 277, 292, 295, 303, 305, 310

Kansas City Star, redação do, 97

Langelier, Alice, 329

Longwell, Kathryn, 157
Lowrey, Susan, 21

Mason, Frank, 325, 331
McClure, John, 309
Monroe, Harriet, 303, 321
[Morrison ?], Ruth, 98

Pailthorp, Edwin, 195
Pound, Ezra, 305, 306, 309, 318

Quinlan, Grace, 191, 192, 205, 206, 213, 219, 238, 252†, 253, 255, 261, 264

Richardson, Hadley. *Cf.* Hemingway, Hadley Richardson

Seeley, Coles Van Brunt, Jr., 180
Simmons, Isabelle, 327
Smith, Katharine Foster, 282
Smith Jr., William B., 141, 187, 216, 233, 234, 241, 246, 257, 266, 273
Smith, Y. K., 269
Stein, Gertrude, 302†, 308, 309, 311, 318

Thessin, F., 31
Toklas, Alice B., 302†

[Villard], Henry [S.], 119

[Walker], Al, 32
Wilson, Dale, 90

Índice geral
Volume I (1907-1922)

Referências a obras de Ernest Hemingway aparecem na entrada referente ao nome dele. Nomes de jogadores de beisebol, boxeadores, óperas, peças e teatro de revista, lojas, canções e greves estão registradas em cada uma dessas categorias. Referências a batalhas e outros aspectos da Primeira Guerra Mundial estão registradas nessa entrada. Todas as referências bíblicas estão reunidas na entrada "Bíblia". Referências a localidades dentro de uma cidade específica (hotéis, restaurantes, bares, igrejas, escolas, museus, monumentos e outros lugares) aparecem na entrada da cidade.

Abruzzo (Itália), LXXIV, 130, 132, 135, 138, 254
Adam Bede (George Eliot), 21
Adams, B. M. G., 321
Addams, Jane, 182
Adrianópolis, LXXXVII, 311, 312, 317, 318
Adventure (revista), 187, 188
Adventures of Huckleberry Finn (Twain), LXVI
Agassiz Club, LXXII, 10, 384
Agassiz, Louis, 10
Aigle, Suíça, 324, 326, 327
   Château d'Aigle, 325
Aiken, Gayle, 235
Aisne, rio (França), 76, 77, 298, 299
Albany, Nova York, 8
Alcott, Louisa May, 7
Aldis, Dorothy, 242, 270
Aldrich, Mildred, 294, 295
   Hilltop on the Marne, A, 294, 295
Algeciras, Espanha, 149, 207, 209
American Dialog, X X
American Express, 116, 136, 273, 274
American Magazine, 244, 245
Anderson, Margaret, LXXVIII, 288
Anderson, Sam, 75, 76, 105, 106, 109, 136, 137
Anderson, Sherwood, XIV, LXVII, LXXVII, LXXXVI, 232, 233, 271, 274, 275, 281, 289, 291, 304, 322, 335, 337, 340, 342

Many Marriages, 291
Triumph of the Egg, The, 290, 291
Anderson, Tennessee, 274, 290, 335
Anglo-American Press Association of Paris, 288
Ann Arbor, Michigan, LXXV, 164, 165, 203
Antheil, George, XXX
Aosta, Duque de (Emanuele Filiberto), 108, 109
Aosta, Itália, 301
Argetsinger, James Ray, XLIII, 19, 20
Arnold, Ruth, 6, 8, 20, 335
   carta a Grace Hall Hemingway, 6
Associated Press, 65, 79, 300
Atkinson, Joseph E., 203
Atlantic Monthly, XIII
Atlas, James, XXVIII, XXIX
Atwood, Eleanor, 55, 56
Austin, Senador Henry W., 38, 39
Áustria, XVI, XLVI, LXXIII, LXXVIII, 99, 132, 292
Ayers, Annie, 7, 10, 16

Bacon, Earl, 186
Bacon, Henry, 125, 126
Bacon, Joseph, 205
Bacon, sra. Joseph, 186
Bagdá, 110
Bagley, Kay, 69, 70, 72, 81, 82
Baía. Cf. Horton Bay

Bains-de-l'Alliaz, Suíça, 302, 303
Baker, Carlos, XII, XIV, XVIII, XIX, XXII,
    XXIII, XXVI, XXX, LVIII, LXIX,
    126, 173, 303
Baker Jr., Edwin H., 119
Baker, James H., 119
Baldwin, Whitford, 42, 43
Ballantine Ale, XX
Balmer, Edwin, 183
Balzac, Honoré de, 183
Barge. Cf. Bump, Marjorie
Barnett, Lawrence T., 139, 145, 146, 155,
    163, 173, 176, 178, 182, 199,
    335
Barney. Cf. Barnett, Lawrence T.
Barrows, John Henry, 64
Barry, Griffin, 290, 291
Barrymore, Ethel, 220, 221, 222
Bartelme, Mary M., 230, 231
Bartlett, Edward O., 150
Bartlett, Louise C., 150
Barton, Bruce, 89, 90
Barton, William E., 90
Baseball Magazine, 17
Basileia, Suíça, 259, 260, 326, 327
Bassett, Sr., 215
Bates, Frank Amasa
    Camping and Camp Cooking, 215
Bates, Robert W., 103, 104
Baugh. Cf. Brumback, Theodore
Baum, Richard T., 169, 305
Baumber, Capitão B., 69
Bay View, Michigan, 36, 39, 337
Beach, Sylvia, VIII, XX, XXIII, XXXII,
    XXXVII, LXXVIII, LXXXVI,
    275, 291, 322, 329, 335
Beamer, the. Cf. Smith, H. Merle
Bear Creek (Michigan), 29
Bechuanaland, 15
Beck, Carl, 117, 118
Beck, Dorothy, 279
Beck, Ed, 43
Beegel, Susan F., XLIII, 9
beisebol, jogadores de
    Alexander, Grover Cleveland, LXXIII,
        78
    Archer, Jimmy, 10, 11, 17

Brown, Mordecai "Three Finger", 10,
    11
Bush, Owen "Donie", 10, 11
Crawford, Sam, 10, 11
Hendrix, Claude, 79
Kilduff, Pete, 79
Marquard, Richard "Rube", 17
Mathewson, Christy, 10, 11, 17
Mitchell, Fred, XLI, 79
Russell, Ewell Albert "Reb", 17
Schulte, Frank "Wildfire", 10, 11, 17
Snodgrass, Fred, 10, 11, 17
Walsh, Ed, 17
beisebol, times de
    Chicago Cubs, LXXII, LXXIII, 11, 12,
        17, 78
    Chicago White Sox, LXXII, 17, 43,
        214, 260
    Cincinnati Reds, 214
    Detroit Tigers, 11
    New York Giants, LXXII, 11, 12, 17,
        29, 43
    Philadelphia Phillies, 79
Bellia, Bianca, 125
Bellia, Ceda, 125
Bellia, Deonisia, 125
Bellia, Mãe, 125
Bellia, Pier Vincenzo, 125, 126, 135, 324,
    325, 336
Beloved Traitor (filme), 75, 77, 78
Bennett, Belle, 222
Berenson, Bernard, 229
Bergman, Ingrid, XIV
Bernhardt, Sarah, 243, 244
Bersham, Al, 5
Bertelli, Charles, 323
Bíblia
    João 9:4, 50
    Lucas 10:2, 51
    Marcos 8:36, 176
    Romanos 6:23, 238,
    Samuel 1:24, 176
Biggs, Fannie, LXXII, 34, 43, 336
Binnes ou Binney. Cf.Hemingway, Hadley
    Richardson
Bipe House ou Bipehouse. Cf. Hemingway,
    Leicester

Índice geral

Bird ou Boid. Cf. Smith Jr., William B.
Bird, Sally, LXXXVII, 306, 307
Bird, William, LXXX, LXXXVI, LXXXVII, 278, 305, 307, 309, 319, 321, 342
Biscaia, Baía de, 272
Bishop, Califórnia, 12, 222, 225, 338
Black River (Michigan), LXVI, LXXXV, 160, 171, 172, 173, 174, 177, 178, 190, 198, 199, 205, 206, 247, 256, 268, 284
Bleeker, Vera, 19
Blight. Cf. Wilcoxen Jr., Fred S.
Boardman River (Michigan), 28, 29
Bone, John, 240, 246, 370, 309, 311, 318, 320, 336
    cartas a EH, 309, 318, 320
Bones. Cf. Hemingway, Hadley Richardson
Bonnell, Bonnie, 201, 202
"Boots" (Kipling), 42
Bordeaux, França, LXXXIII, 89, 90, 95, 96, 97
Borrowed Time Club (Oak Park), 72, 73, 83, 85
Boston, Massachusetts, XIV, XV, XLIV, LV, 9, 15, 86, 143, 212, 240
Boulton, Prudence, 185
Bowman, Andrew, 246
Bowman, W. C., 60, 61
boxeadores
    Attell, Abraham Washington, 216, 217, 257, 260
    Beckett, Joe, 211, 212
    Brennan, Bill, 211, 212
    Carpentier, Georges, 212, 238, 252, 255, 319
    Cuddy, Henry "Kid", 272, 273
    Cutler, Charles "Kid", 235, 237
    Dempsey, Jack, 70, 210, 211, 212, 235, 238, 252
    Downey, Bryan, 257, 260
    Gibbons, Tommy, 236, 238
    Gilmore, Harry, 32
    Gulotta, Peter "Kid Herman", 290, 291
    Howard, Kid, 235, 237
    Jeanette, Joe, 211, 212
    Johnson, Jack, 70, 294
    Ketchel, Stanley, 293, 294
    Klaus, Frank, 211, 212
    Leonard, Benny, 290, 291
    Levinsky, Battling, 211, 212
    Lewis, Nate, 264
    Miske, William Arthur, 210, 212
    Papke, William Herman, 211, 212
    Schaeffer, Frankie, 249, 250
    Siki, Battling, 319
    Smith, Gunboat, 210, 212
    Watson, Gene, 249, 250
    Wells, "Bombardier" Billy, 211, 212
    Willard, Jess "The Kansas Giant", 69, 70
    Wilson, Johnny, 257, 260
Boyce, Neith, 324, 338
Boyne City, Michigan, 13, 19, 20, 87, 100, 182, 183, 198, 204, 206, 216, 269
Boyne Falls, Michigan, 182, 183, 198, 265, 267
Bradfield, Ruth, 226, 227, 234, 235
Breaker, George, 225, 255, 263, 322
Breaker, Helen Pierce, 225, 227, 255, 263, 322
Breen, Maurice, 32
Bristol, Mark Lambert, 326, 327
Bronte, Duque de, 149
Brooklyn Daily Eagle, 324
Brooks Brothers, 237, 238
Brooks, Ruth, 118
Brown, Ben, 246, 248
Brown, Elmor J., 267, 307
Bruccoli, Matthew J., XXI, XXII
Bruce, Charlotte, LXII, 249, 250
Brumback, Theodore, LXIII, LXXIII, LXXXIII, 64, 76, 77, 83, 84, 85, 87, 90, 92, 93, 94, 95, 96, 97, 98, 100, 101, 102, 109, 115, 116, 119, 121, 129, 138, 170, 200, 201, 202, 203, 204, 205, 206, 207, 208, 209, 217, 248, 278, 294, 295
    carta a Clarence Hemingway, 100-101, 116
    carta a EH, 204, 248
Brundi, Tenente, 117
Buffalo, Nova York, 84, 159, 193, 201, 202
Bulgária, 311, 313
Bump, família, 182, 184
Bump, "Velha" sra., 182, 184
Bump, George, 40

Bump, Georgianna, 40, 61, 180, 185, 192, 205, 206, 252, 253, 255, 256, 261, 336
Bump, Marjorie, LXXV, LXXVI, 40, 61, 179, 180, 185, 189, 192, 205, 206, 208, 243, 244, 245, 252, 253, 255, 336
    carta a EH, 244, 253
Bump, Sidney S., 40, 244, 336
Bumstead Jr., Dale, 42, 55, 56
Bumstead, Frances, 137, 138
Bumstead, sr. e sra. Dale, 42
Burke, Mary, 19
Burns, Bill, 257, 260
Burns, Robert
    "Red, Red Rose, A", 153
Burroughs, Edgar Rice, 146
    Tarzan of the Apes, 146
Buss, Kate, 300, 336
    Studies in the Chinese Drama, 300
Butler, Dorothy, LXXXVII, 306, 322
Butler, James e Belle, 338
Butstein. Cf. Smith, Katharine Foster
Byron, George Gordon, Lorde
    "Prisoner of Chillon, The", 280

California Oil Burner Company, 48, 49
Camp Doniphan, Oklahoma, 49
Camp Funston, Kansas, 55, 56, 58
Camping and Camp Cooking (Bates), 215
Cannon, Lucelle, 24, 25, 99, 100
Cape au Moine (Suíça), 301
Capper, Governador Arthur, 57, 58, 69
Capracotta, Itália, 254
Capri, 254
Caracciolo, Domenico, XXVII, 151, 153, 168, 170
Cardinella, Salvatore "Sam", 245, 246, 268
Carp, Carpative Cf. Jenkins, Howell G.
Caruso, Enrico, 202
Castiloni, Dr., 106
Castle Jr., William R., 112
Castro, Fidel, XIII
Cavaleiros de Colombo, 94, 95
Cavanaugh, Loretta, 118, 146
Cézanne, Paul, LXXIX

Chamby-sur-Montreux, Suíça, LXXXVI, LXXXVII, 277, 281, 282, 300, 303, 327, 329, 332
localidades
    Chalet Chamby, 285, 327, 329, 332
    Grand Hôtel des Narcisses, 326, 327
Chandler (colega de classe), 5
Channahon, Illinois, 33, 34
Chantilly, França, 296, 297, 298, 299
Chaplin, Charlie, 28, 29
Charles, Joseph, 58, 162, 182, 183, 206, 209, 213, 214, 284, 285
Charles, sra. Joseph, 57, 58, 161, 162, 165, 177, 178, 180, 182, 183, 207, 210, 217, 236, 237, 257, 260, 268, 284, 285, 287, 292, 342
Charlevoix, condado de (Michigan), 13
Charlevoix, Lake. Cf. Pine Lake (Michigan)
Charlevoix, Michigan, 15, 19, 37, 41, 47, 159, 160, 171, 172, 173, 174, 176, 182, 206, 209, 210, 248, 257, 260, 273, 283
Cook's, 207, 209, 269
Chateau d'Oex, Suíça, 326, 327
Chautauqua, Lake (Nova York), 6, 36
Chénier, André-Marie, 221
Chicago, LXXVII, 41, 67, 68, 81, 141, 159, 175, 176, 180, 198, 200, 202, 210, 215, 220, 242, 253, 261
localidades
    19th Ward, 259, 261
    Auditorium Building, 57, 58, 194, 222
    Blackstone Hotel, 57, 58, 62
    Bush Temple, 6
    Chicago Beach Hotel, 125, 126, 285, 293
    Chicago Coliseum, 12
    Chicago Stockyards, 271
    Cohan's Grand Theatre, 231, 237
    College Inn, 217, 218
    Colonial Theatre, 191, 194, 222
    Congress Hotel, 171, 172
    Crerar Library, 251
    Ferretti Gymnasium, 264
    Friar's Inn, 189, 190
    Gilmore's Gym, 32

Índice geral

Kroch's International Book Store, 299
LaSalle Hotel, 237, 238
Lincoln Park Zoo, 288
Marigold Gardens, 226, 227
Municipal Pier (Navy Pier), 171, 263
Orchestra Hall, 230, 231
Playhouse Theatre, 222
Powers' Theatre, 222, 230, 231
Royal Café, 251
Rush Street, LXVIII
Venice Café, 191, 193, 198, 210
Victor House, 217, 218
Von Lengerke and Antoine (loja de artigos esportivos), 173, 175
Wrigley Building, LIX, 249, 250
Wurz 'n' Zepp's, 247, 248, 255
Chicago Daily News, 79, 230, 231
Chicago Daily Tribune, 34, 35, 37, 38, 39, 41, 43, 45, 50, 53, 54, 56, 68, 69, 79, 108, 118, 150, 169, 202, 203, 218, 222
Chicago Evening Post, 79, 102
Chicago Examiner, 43, 79
Chicago Herald, 79
Chicago Herald and Examiner, 137, 138
Chicago Tribune (edição de Paris), 337
Chicherin, Georgy, 298, 299, 323, 324
Chillon, Château de (Suíça), 279, 280, 281, 284
China, 203, 300
Chink. Cf. Dorman-Smith, Eric Edward
Chocianowicz, Leon, 94, 95
Chopin, Fryderyk, 230, 231
Church, Thomas Langton, 200, 201
CIAO (boletim da Cruz Vermelha Americana), 60
Cícero, 20, 24, 25
Ciência Cristã (Igreja de Cristo, Cientista), 239, 240, 261, 262
Clarahan, Charles, 26
Clarahan, Lewis, LXXXII, 16, 19, 23, 25, 26, 28, 29
Clark Jr., C. E. Frazer, XVIII, XXI
Clark, Gregory, 241, 270
 carta a EH, 241
Clemenceau, Georges, 309
Cleveland, Ohio, 52, 53, 83
Clouse, sr., 7
Coates, Frances, 28, 29, 71, 78, 111, 128, 129, 133
Cohan ou Cohen. Cf. Ohlsen, Ray
Col du Sonloup (Suíça), 281, 282, 284, 329
Collins, John, 91
Collins, Phillip J., 257, 260
Colônia, Alemanha, LXXXVII, 308
Colt calibre 45, 70
Colum, Padraic, 321, 322
Commercial Advertiser, 370
Compiègne, França, 132, 296, 297
Conferência de Paz de Lausanne, LXXX, LXXXVII, 323, 324, 327, 329, 330
Conferenza Internazionale Economica. Cf. Conferência de Gênova
Conger, srta., 229, 336
Connable, Dorothy, 197, 201, 204, 336
Connable, Harriet Gridley, LXXVII, 190, 195, 203, 336, 337, 354
Connable, Ralph, LXXVII, 190, 195, 201, 202, 203, 204, 336, 337
 carta a EH, 195
Connable Jr., Ralph, LXXVII, LXXXV, 190, 195, 197, 201, 202, 203, 336
Conrad, Joseph, 329
Constantinopla, LXXX, LXXXVII, 310, 311, 312, 313, 314, 317, 318, 319, 321, 327
Contact Publishing Company, 322
Conto de duas cidades, Um (Dickens), 96, 221, 222
Cooke, Alfred H., 277, 278
Cooper, Gary, XIV
Co-operative Commonwealth, LXXVII, LXXXVI, 223, 225, 228, 229, 231, 232, 235, 237, 245, 246, 248, 255, 259, 260, 263, 265, 266, 370, 299, 336
Co-operative Society of America, LXXVII, 225, 229
Cornell University, 30
Corona, máquina de escrever, 263, 264, 287, 299
Corp. Cf. Shaw, Carleton

Cosmopolitan, 319
Constanzo, Joseph, 245, 246
Cowley, Malcolm, 319, 320, 322
Coxy. Cf. Wilcoxen Jr., Fred S.
Crane, Hart, 322
Critchfield Advertising Co., LXXVII, 220, 222, 233
Criterion, 322
Croce al Merito di Guerra (Cruz de Guerra italiana), 99, 108, 119, 120, 121, 123, 130, 143, 255
Croix de Guerre (Cruz de Guerra francesa), 108, 109, 130, 135
Cruz de Guerra francesa. Cf. Croix de Guerre
Cruz de Guerra italiana. Cf. Croce al Merito di Guerra
Cruz Vermelha Americana, LXXIII, LXXXIV, 78, 97, 106, 112, 127, 138, 170, 171
   apoio à Cruz Vermelha Americana nos Estados Unidos, 38, 39, 40, 72, 87
   Serviço de Ambulância da, LXXIII, 53, 86, 87, 91, 95, 278
   colegas de EH na, 86, 87, 90, 107, 114, 115, 119, 139, 140, 155, 162, 164, 169, 181, 294, 305, 335, 336, 337, 340, 341
   alistamento de EH na, LXXXIII, 75, 77, 83
   treinamento de EH em Nova York, LXXXIII, 87, 88, 94
   serviço de EH na Itália, LXXXIII-LXXXIV, 95, 91, 98, 99, 100, 102, 120, 121, 127, 219
Culver Military Academy, Culver, Indiana, 31, 342
Curses! Jack Dalton (filme), 24, 25
Curtis, Connie, 179, 180
Curzon, George, 325
Cusak, Thomas, 35

Dahl, Gunnar, 109, 110
D'Annunzio, Gabriele, 185
   La Nave, 139, 140
Davidson, Jo, 308

Davidson, Yvonne, 308
Davies, Dorothy, 77, 78
Debussy, Claude
   La Cathédrale Engloutie, 230, 231
Dee ou Deefish. Cf. Hemingway, Carol
DeFazio, Albert J., III, XXII
Definite Object, The (Farnol), 64, 66
Defrère, Désiré, 202
Deggie (amigo de Petoskey), 213
Delineator (revista), 107
DeLong, Katherine C., 118, 143, 145
Demóstenes, 24, 25
Dent de Jaman (Suíça), 278, 280, 281, 282, 286, 301, 326, 327
Dents du Midi (Suíça), 281, 282
Des Plaines River (Illinois), 4, 26, 29, 34, 158
Dessie. Cf. Hemingway, Leicester
DeVoe, Annette, 25, 26, 65, 66, 71, 78, 133
Diablerets, Les (Suíça), 326, 327
Dial, 290, 291, 320, 321, 322
Diaz, General Armando Vittorio, 143
Dick, Alfred, 137, 138
Dick, Lucille, 65, 66, 69, 70, 76, 77
Dick Sacana. Cf. Smale, Dick
Dickens, Charles
   Tale of Two Cities, A, 96, 221, 222
Dietrich, Marlene, XIV
Dijon, France, 323, 327, 328
Diles. Cf. Smith, Genevieve "Doodles"
Diliberto, Gioia, XXVII
Dillsteins. Cf. Dilworth, família
Dilworth, família, XXIX, LXXVII, 19, 29, 40, 112, 161, 165, 166, 177, 178, 180, 205, 262, 267, 306, 277, 278
   Cf. também Pinehurst Cottage
Dilworth, Elizabeth, 20, 38, 39, 40, 44, 112, 174, 299, 337
Dilworth, James, 20, 37, 83
Dilworth, Katherine, 269
Dilworth, Wesley, 19, 20, 37, 38, 39, 45, 46, 128, 182, 268, 269
Distinctive Service Medal, 131 (transferido para p. 177 como "Medalha de Distinção em Serviço")
Dixon, Margaret, 25

Índice geral

Dolomitas, 139, 170, 303
Don Juan, 188
Donaldson, Scott, 270
Donley, Miss (professora em Petoskey), 188
Doodiles. Cf. Smith, Genevieve "Doodles"
Dorman-Smith, Eric Edward "Chink",
    LXXIV, LXXXIV, LXXXVII, 141,
    301, 302, 308, 326, 327, 329
Dort Motor Car Company, 32, 33
Dos Passos, John, XIII, 248, 320, 342
Dostoiévski, Fiódor, 329
Double Dealer, LXXXVII, 304, 310, 340
Dougherty, Edward R., 152, 153
Doyle, Arthur Conan (histórias de Sherlock Holmes), 155
Drayton (fazendeiro de Horton Bay), 44, 47
Drew Jr., John, 319, 320
Drowsy (Mitchell), 221, 222
Dufranne, Hector, 202

Eagles Mere, Pennsylvania, 159, 161, 162
Eastern Telegraph Company, 312
Eastman, Max, 304, 319
Eddy, Mary Baker, 240
Edgar, Carl, LXXII, LXXXIII, 47, 48, 50,
    51, 52, 56, 57, 60, 61, 62, 63, 65,
    67, 68, 73, 74, 83, 87, 160, 161,
    188, 205, 206, 215, 263, 268,
    269
Edgar, sr. e sra. (pais de Carl), 51
Egoist, 320
Eliot, George
    Adam Bede, 21
Eliot, T. S., 320, 321, 322, 340
    "Waste Land, The", 321, 322
Ellis, Havelock
    Erotic Symbolism, 237
Elz, rio (Alemanha), 307
Engle, Walter, 192
Englefield, sr., 117
Epoca, XX
Erfourth (fazendeiro de Horton Bay), 44
Erie, lago, 84
Erlanger, Abraham Lincoln, 106
Erotic Symbolism (Ellis), 237
Erwin-Wasey (agência de propaganda), 220

Esquire, XXXVI
Estados Unidos
    comentários de EH sobre, LVIII, 325, 328
Etna, monte (Sicília), 147
"Evangeline" (Longfellow), 27, 29, 105, 106
Evans Jr., Charles "Chick", 211, 212
Evanston Township High School, Evanston, Illinois, 54, 84
Everybody's Magazine, 36

Fairbanks, Charles W., 69, 70
Farnol, Jeffery
    Definite Object, The, 64, 66
Faulkner, William, XXXV
Feder, Walter J., 163, 164, 292, 294
Fenton, Charles, XVIII
Ferrara, Sam, 245, 246
Febre. Cf. Jenkins, Howell G.
Field and Stream, 136
Fiesta of San Fermín, XI, XXXIV
Finca Vigía, XIV, XV
Finisterra, Cabo (Espanha), 272
Firestone Tire Co., campanha publicitária, 193, 194, 220, 222
Fitzgerald, F. Scott, XI, XII, XIV, XIX, XXIII
    This Side of Paradise, 240
Fitzgerald, Zelda, XI
Fitziu, Anna, 201
Fitzpatrick, Leo, 91, 92
Fitzsimmons, Floyd, 235, 236, 238
Fiume, 184, 185
Fizek, Jennie, 204
Flaherty, Jerome, 85, 86, 139, 145, 146, 163, 164
Flanner, Janet, XIV
Flaubert, Gustave, 288, 289
Fleming, Robert E., XXXIII
Florença, Itália, 129
Florence O'Neill, the Rose of St. Germains (Stewart), 319, 320
Floresta Negra (Alemanha), LXXXVII, 306, 307
Foley, Deak, 259
Foley, Edith, 170, 246, 248

Forças Expedicionárias dos Estados Unidos, 53, 80, 273, 274
Ford, Ford Madox, XII, 305, 306, 322, 327
Women and Men, 305, 306
Forest and Stream, 135, 136
Forest Park Amusement Park (Illinois), 7
Forêt de Compiègne (França), 299
Forêt d'Halatte (França), 298, 299
Fort Leavenworth, Kansas, 62
Fort Sheridan, Illinois, 59
Fossalta, Itália, LXXIV, LXXXIV, 104, 171
Foster, Colonel, 326
Fox River (Michigan), 177, 178, 190
Frampton, Eva, 61
Frankfort, Michigan, LXXXII, 19, 29, 33
Frankfurt, Alemanha, 308
Franklin, Benjamin, LXVII
Friend, Charles, 214, 368
Friend, Julius Weis, 304
Friend, Krebs, 247, 248, 267, 293, 297, 298
Frost, Robert, 320, 341
Fuentes, Norberto, XXIII
Fuller, Henry B., 304

Gabrilovich, Ossip, 230, 231
Galantière, Lewis, LXXXVII, 274, 275, 276, 278, 285, 289, 290, 309, 321, 322, 335, 337
Gale, Eddy, 22, 23
Gale, Oliver Marble, 169, 170
Galinski, Anton, 94, 95
Gallup, Donald, XIX
Gamble, James, LXV, LXVI, LXXI, LXXV, LXXVI, LXXXIV, 106, 107, 119, 138, 139, 141, 147, 149, 150, 155, 158, 162, 227, 228, 229, 337
cartas a EH, 162, 228
Gamble, James M. (pai), 162
Gangwisch, Gustav, 283, 285, 326, 327
Gangwisch, Marie-Therese, 283, 285, 326, 327
Gardner, Governador Frederick G., 73, 74
Gardner, Jimmy, 257, 260
Gargoyle, 322
Gellhorn, Martha, XXVII, XXIX, XXXI
Genebra, lago de, 278

Gênova, Itália, 140, 296, 297, 298, 299, 300, 301, 304
Geography and Plays (Stein), 289, 290, 318, 336
Ghee. Cf. Pentecost, Jack
Gibraltar, 140, 149, 171, 278
Gilbert, Billy, 30, 31
Gilbert, Walter, 192
Gilliam, Florence, 322
Godfrey, Harry G., 90, 91
Goetzmann, Emily, 29, 337
Gogol, Nikolai, 329
Golder, Lloyd, 54
Goldstein, Irene, 193, 194, 242, 243, 254, 337
cartas a EH, 242
Goldwyn, Gregory, 197
Goodale, Dora Read
"Strawberries", 23, 24
Gore, Alfred W., 4
Gore, Harold, 4
Gore, Josephine, 4
Gore, Laura Burr, 4
Goshen, Indiana, 262
Grace Cottage (Walloon Lake), LXXXV, 167, 179, 180, 208
Grace, Jack, 129
Graham, Charles S., 244
Graham, Mate Cecilia Bump, 192, 244, 253, 254, 255, 336
Grand Rapids and Indiana Railroad (G. R. and I.), 33, 37, 38, 183, 194, 198, 215, 267, 282
Grand Rapids, Michigan, 215
Grappa, Monte, 181
Grecca, Contessa, 125
Grécia, 313
Green, Elsie, 201
Gregg and Ward (agência de propaganda), 220, 235, 237
Greppi, Count Giuseppe, 125, 126
Greppi, Emanuele, 126
greves
greve dos oleiros em Chicago (1914), 15
greve dos frigoríficos em Chicago (1921), 271
greve geral de Kansas City (1918), 80

Índice geral

greve dos funcionários de lavanderias em Kansas City (1918), 79, 80
greve dos linotipistas de Nova York (1919), 184, 185
Griffin, Lieutenant Charles B., 109, 110
Griffin, Peter, 57
Grimm, George, 76, 77
Grover, Walter, 179
Grundy, Bill, 38, 39
Gudakunst (amigo), 216, 217
  carta a EH, 224, 225
Guerra Greco-Turca, LXXX, LXXXVII, 310, 318, 319, 323, 340
Guy, the. Cf. Pentecost, Jack

H.D. (Hilda Doolittle), 322
Haase, Paul, 24, 25, 26
Hadley, John, 312, 318
Hagemann, E. R., XXXVII
Haigh-Wood, Vivienne, 321
Hall, Charles E., 216
Hall, Emma, 57, 252
Hall, Ernest, LXXXI, 194, 208, 209, 214-215
Hall, Fred E., 252
Hall, Julus, 43
Hall, Leicester, 12, 37, 63, 148, 150, 222, 223, 231, 338
Hall, Margaret, 252
Hall, Miller, 57, 216, 252
Hall, Nevada Butler, 12, 338
Hamlet (Shakespeare), 267, 269
Hancock, Benjamin Tyler, 209
Hanneman, Audre, XXI, 201, 304
Hansen gloves, 220, 222
Hapgood, Hutchins, 323, 324, 330, 338
Hapgood, Miriam, 324, 338
Hapgood, Norman, 338
Harbor Point, Michigan, 265, 266
Harding, Emily, 7
Harding, Presidente Warren G., 319, 320
Harris, Frank, 322
  My Life and Loves, 322
Harris, G. W., 119, 153, 155, 159, 164, 178
Hart, William S., 70
Hash. Cf. Hemingway, Hadley Richardson

Haskell, Henry J., 48
Havaí, 176
Hawthorne, Nathaniel
  House of the Seven Gables, 12
Haynes, Gertrude, LXXXIII, 48, 51, 54
Heap, Jane, XXXII, LXXVIII, 288
Hearst, William Randolph, 318, 323
Heggie, Oliver Peters "O. P.", 221, 222
Heilman, Charlotte M., 118
Helmle, Robert K., 115, 116
Hemingway, Adelaide, 3, 14, 57, 68, 113, 135, 184, 245, 338, 339
Hemingway, Alfred Tyler (Tio Tyler), LXXII, LXXXIII, 6, 37, 48, 54, 56, 57, 62, 77, 116, 118, 139, 140, 297, 298
  carta a EH, 140
Hemingway, Anna, 19, 63, 122
Hemingway, Anson, 3, 13, 14, 40, 44, 45, 73, 113, 116, 118, 135, 192, 194, 245, 338, 339
  cartas a EH, 45
Hemingway, Arabell, LXXII, LXXXIII, 6, 14, 47, 48, 55, 56, 57, 67, 77, 78, 297
Hemingway, Carol, XLIII, LXXXI, 36, 51, 58, 74, 128, 245, 246, 288, 307, 308, 338
Hemingway, Clarence, XV, XVI, LXIII, LXXI, LXXXI, 3, 4, 6, 7, 10, 12, 18, 24, 36, 41, 42, 58, 60-61, 62, 63, 66, 67, 68, 85, 86, 88, 105, 106, 109, 120, 121, 132, 145, 148, 153, 162, 167, 189-190, 200, 215, 221, 224, 229, 246, 248, 252, 262, 263, 266, 268, 269, 270, 296, 307, 308, 335, 338
  cartas a EH, 3, 10, 39, 41, 66, 82, 83, 84, 88, 89, 97, 106, 109, 110, 116, 118, 121, 128, 136, 150, 166, 168, 190, 201
Hemingway, Ernest: residências
  63 East Division St., Chicago, LXXXVI, 217, 224, 230, 233, 242-243
  74 Rue du Cardinal Lemoine, Paris, LXVII, LXXXVI, 277, 278, 282, 289, 292, 293, 303, 304, 311, 321
  100 East Chicago Ave., Chicago, LXXXVI, 217, 242
  153 Lyndhurst Ave., Toronto, 199

600 North Kenilworth Ave., Oak Park, LXXXI, 102, 145, 194
602 State St., Petoskey, LXXVII, LXXXV, 182, 191
1230 North State St., Chicago, LXXXVI, 185, 216, 217, 233
1239 North Dearborn Ave., Chicago, LXXXVI, 267
3516 Agnes Ave., Kansas City, LXXXIII, 61
3629 Warwick Blvd., Kansas City, LXXXIII
3733 Warwick Blvd., Kansas City, LXXXIII, 48
Cf. também Finca Vigía, Longfield Farm e Casa Windemere
Hemingway, Ernest: Obras
Livros
Across the River and into the Trees, XX
Death in the Afternoon, LXXIV
Farewell to Arms, A, XIII, XVIII, LVII, LXXIV, 118-119, 124, 126, 129, 132, 145, 151, 157, 285, 302-303, 341
Fifth Column, 231
For Whom the Bell Tolls, XIII, LVII
Garden of Eden, XXXIII
in our time, XXXIV, LVII, 55-56, 155, 246, 310, 322
In Our Time, XIII, XXXIV, LXXX, 155
Islands in the Stream, XXXIII
Moveable Feast, A, XXXIII, LXIX, 275, 291, 304, 329, 330
Moveable Feast: The Restored Edition, A, XXXIII
Old Man and the Sea, The, XIII, XX, XXIV
Sun Also Rises, The, XI, XIII, 39, 275
Three Stories and Ten Poems, LXIX, 322
To Have and Have Not, XIII
Torrents of Spring, The, 31, 231, 290-291, 342
True at First Light, XXXIII, 156
Under Kilimanjaro, XXXIII, 156
Jornalismo
"Al Receives Another Letter", 53
"'Alec' Left with the Cubs", 79
"American Bohemians in Paris a Weird Lot", 275
"Are You All Set for the Trout?", 203
"Battle of Raid Squads", 66

"Betrayal Preceded Defeat, then Came Greek Revolt", 318
"Buying Commission Would Cut Out Waste", 203
"Canadian with One Thousand a Year Can Live Very Comfortably in Paris, A", LXXVIII
"Carpentier vs. Dempsey", 212
"Circulating Pictures a New High-Art Idea in Toronto", LXXXV
"Crossing to Germany Is Way to Make Money", 305
"Fire Destroys Three Firms", 69
"Fishing for Trout in a Sporting Way", 203
"Gaudy Uniform Is Tchitcherin's Weakness: A 'Chocolate Soldier' of the Soviet Army", 324
"German Inn-Keepers Rough Dealing with 'Auslanders'", 306
"Germans Are Doggedly Sullen or Desperate Over the Mark", 305
"Glaring Lights May Return", 49
"Great 'Apéritif' Scandal, The", 294
"Hospital Clerk Let Out", 79
"Kerensky, the Fighting Flea", LXXXIII
"Laundry Car Over Cliff", 79
"Little Help for Chief Vaughan", 49
"Living on $1,000 a Year in Paris", 276
"Luge of Switzerland, The", 280
"Mecca of Fakers Is French Capital, The", LXXIX
"Negro Methodists Meeting Here", 49
"Oak Park Second in Northwestern U, Culver Takes Meet", 31
"Old Newsman Writes: A Letter from Cuba", XXXVI
"On Weddynge Gyftes", 286
"Once Over Permit Obstacle, Fishing in Baden Perfect", 306
"Paris-to-Strasbourg Flight Shows Living Cubist Picture, A", 305
"Public Mind, The" (Kansas City Star column), 50, 52
"Refugee Procession Is Scene of Horror", 318
"Slay a Laundry Guard", 79
"Sporting Mayor at Boxing Bouts", 201

"Track Team Loses to Culver", 31
"Trading Celebrities", 201
"Veteran Visits the Old Front, A", LXXX-VII, 303

Poesia
"They All Made Peace: What Is Peace?", 291
"Ultimately", 304, 310, 340
"Wanderings", 291, 304

Contos e rascunhos
"Adventure with a Porcupine, An", 8
"Along with Youth", 95
"Ash Heel's Tendon, The", LXXV
"Big Two-Hearted River", LXVI, LXXVI, 173, 178, 304
"Class Prophecy (Senior Tabula)", 26, 67, 98, 99, 100
"Confessions", 25
"Crossroads: An Anthology", LXXV, 31, 186, 187
"Divine Gesture, A", 304, 310, 340
"Doctor and the Doctor's Wife, The", LXXV, 240
"End of Something, The", LXXVI, 160, 162
"Fathers and Sons", 185
"God Rest You Merry, Gentlemen", 60
"In Another Country", 125
"In Our Time" (Little Review sketches), 291
"Indian Camp", LXXV, 31
"Judgment of Manitou, The", LXXXII, 49
"Last Good Country, The", 20
"Light of the World, The", 294
"Matter of Colour, A", 269
"Mercenaries, The", LXXV, 186, 187, 188, 191
"My Old Man", 302, 319
"Natural History of the Dead, A", 98, 310
"Night Before Landing", 95
"Now I Lay Me", LXIV, 36
"On the Quai at Smyrna", 310
"Out of Season", LXIX
"Paris 1922", 299
"Passing of Pickles McCarty, The", 183
"Snows of Kilimanjaro, The", 310
"Soldier's Home", 161, 162, 248
"Summer People", LXXVI, 269
"Ten Indians", 185
"Three-Day Blow, The", LXXVI

"Very Short Story, A", XXXIV, LXXIV, 118, 141, 155
"Way You'll Never Be, A", LXIII
"Wolves and Doughnuts", 187, 188, 191
"Woppian Way, The", 132, 150, 183, 184, 185, 188
Hemingway, Ernest, e Morris Musselman
Hokum: A Play in Three Acts, 220, 222
Hemingway, Franklin White, 6
Hemingway, George, LXXII, 19, 36, 37, 63, 105, 106, 122
Hemingway, Grace Adelaide, 36, 37, 43, 62, 65, 66, 113, 126, 137, 245, 339
Hemingway, Grace Hall, XV, XVIII, XXVI, XXXIV, LXIII, LXXI, LXXII, LXXVI, LXXVII, LXXXI, LXXXV, 3, 4, 5, 6, 7, 8, 9, 10, 12, 13, 14, 15, 16, 17, 20, 25, 26, 29, 33, 37, 39, 43, 46-47, 57, 63, 66, 67, 78, 83, 87, 90, 106, 109, 110, 126, 167, 179, 187, 200, 201, 204, 205, 206, 209, 215, 216, 222, 225, 248, 252, 264, 266, 270, 291, 298, 335, 337, 338, 339
cartas a EH, 7, 39, 43, 46-47, 63, 67, 83, 87, 90, 106, 109, 110, 187, 200, 201, 206, 215, 248, 264
Hemingway, Gregory, XXIII, XXIX
Hemingway, Hadley Richardson, XI, XVI, XXV, XXVII, XXIX, XLIII, LIII, LXVI, LXVII, LXVIII, LXIX, LXXIV, LXXVI-II, LXXIX, LXXX, LXXXVI, LXXXVII, 217, 220, 221, 225, 227, 229, 237, 242, 244, 252, 253, 255, 260, 261, 262, 263, 266, 267, 272, 275, 280, 282, 291, 295, 296, 297, 302, 303, 306, 318, 320, 324, 325, 327, 328, 329, 330, 338, 339, 340, 341, 342, 355, 356, 359, 360
carta à família Hemingway, 280
carta a Grace Hall Hemingway, 291
carta a Howell G. Jenkins, 303
carta a Sherwood and Tennessee Anderson, 275
cartas a EH, 227, 229, 252
Hemingway, Jane Tyler, 6
Hemingway, John (neto de EH), XXIII

Hemingway, John Hadley Nicanor, XXVII,
    XXVIII, LXIX, LXXX, 281, 320, 339,
    342
Hemingway, Leicester, XXIII, LXXXII, 23,
    36, 37, 95, 125, 128, 150, 162, 222,
    224, 225, 339
Hemingway, Madelaine, XXIII, LIX,
    LXXXI, 7, 8, 12, 19, 41, 51, 52, 60,
    106, 125, 126, 206, 208, 223, 264, 270,
    307, 308, 348
cartas a EH, 122
Cf. também Miller, Madelaine Hemingway
Hemingway, Marcelline, XVII, XXIII,
    XXIX, LIX, LXI, LXVIII, LXXI, LXXII,
    LXXIII, LXXXI, LXXXII 5, 7, 8, 9, 10,
    12, 13, 14, 17, 18, 19, 23, 29, 31, 36,
    3943, 46, 49, 50, 53, 61, 66, 68, 70,
    76, 77, 106, 109, 110, 124, 125, 129,
    134, 137, 138, 143, 164, 166, 167, 168,
    179, 183, 203, 205, 209, 255, 264, 282,
    337, 339
cartas a EH, 50, 75, 77, 106, 109, 124, 129,
    134, 137, 138, 164, 168, 255
Cf. também Sanford, Marcelline
    Hemingway
Hemingway, Margaret Adelaide, 122
Hemingway, Mary, XIII, XIX, XX, XXI,
    XXIII, XXV, XXVII, XXIX
Hemingway, Patrick, XIII, XV, XVII, XXII,
    XXIII, XXV, XXVII, XXVIII, XXIX,
    XXXIII
Hemingway, Pauline Pfeiffer, XVI, XXVII
Hemingway, Seán, XXXIII
Hemingway, Ursula, XV, L XXVII, 3, 6, 7,
    8, 13, 36, 42, 106, 125, 166, 168, 179,
    180, 190, 206, 207, 245, 339
cartas a EH, 166, 167, 168, 179, 190
Hemingway, Valerie, XXIII
Hemingway, Virginia, 63, 122
Hemingway, Willoughby, 73, 300

Heney, Francis J., 80
Hewlett, Maurice Henry
Life and Death of Richard Yeaand-Nay, The,
    183, 244, 245
Little Novels of Italy, The, 183
Hey, Tenente, 140, 144

Hickok, Guy, 323, 324, 330
Hicks, Wilson, 71, 72, 77, 78, 90, 92
Hill, Duke, 58, 59
Hilltop on the Marne, A (Aldrich), 294, 295
Hix. Cf. Hicks, Wilson
Hoboken, New Jersey, 86
Hoffman, Arthur Sullivant, 214, 216
Hofmann, Josef, 230, 231
Hokum: A Play in Three Acts (Musselman e
    Hemingway), 220, 222
Hollands, Dorothy, 18, 19
Holmes, Sherlock (Doyle), 155
Honest Will. Cf. Smith Jr., William B.,
Hood, Mary L., 5
Hoover, Herbert, 54
Hop, Hoppy, Hoopkins ou Hoop head. Cf.
    Hopkins, Charles
Hopkins, Charles, LXXXIII, 69, 70, 82, 83,
    84, 91, 92, 121, 161, 167, 168, 247,
    263,268
Hoppe, William "Willie", 237, 238
Horemans, Edouard, 237, 238
Horne Jr., William D., LXV, LXVI, LXXI,
    LXXVII, LXXX, LXXXVI, 147, 155,
    156, 159, 161, 163, 164, 175, 176, 178,
    215, 216, 217, 220, 223, 227, 230, 232,
    233, 242, 247, 249, 250, 251, 258, 259,
    263, 339, 340
cartas a EH, 151, 152, 163, 164, 176, 215,
    233
Horney ou Horney Bill. Cf. Horne Jr., William D.
Horton Bay (Michigan), 172, 174, 177, 269
comentários de EH sobre, 108, 120, 160,
    161, 256, 283
Horton Bay, Michigan, LXXII, 27, 29, 37,
    44, 93, 162, 172, 180, 183, 205, 216
casamento de EH em, LXXXVI, 254, 255,
    263, 265, 266
Horton Creek (Michigan), 15, 156
Hospital da Cruz Vermelha Americana
    (Milão), XXVI, XXXI, LXXIV, LXXX-
    IV, 100, 101, 102, 103, 104, 115, 116,
    117, 120-121, 124-125, 128, 129, 136,
    137, 144, 153, 164, 181
Hotchner, A. E., XX, XXII
Houk, Walter, XXIV

House of the Seven Gables, The (Hawthorne), 12
Howe Military School (Howe, Indiana), 22, 23
Howry, Walter, 43
Huckleberry Finn, Adventures of (Twain), LXVI
Hudson Bay, Ontário, 26
Hueffer, Ford Hermann. Ver Ford, Ford Madox
Hunter, Maria Cole, 70
Hutch. Cf. Hutchinson, Harold
Hutchins, Bill, 123, 124, 136, 137
Hutchinson, Harold, 71, 72, 78
Hutchinson, Katherine, 9
Hutchinson, Lucy, 9
Hutchinson, sra., 9

"I Have a Rendezvous with Death" (Seeger), 52, 53
Ilhas Canárias, 141
Illinois, Guarda Nacional de, 33
Illinois, rio, XV, LXXXII, 33, 34
Illinois, University of, 30, 31, 37, 39
Illinois-Michigan Canal, LXXII, 33, 34
Índia, 203
epidemia de gripe de 1918, 12, 134, 135, 139
"Inquest", série (Pound), LXXXVII, 305, 306, 319, 321, 322
International Co-operative League Congress, 259, 261
International News Service, 312, 318, 330, 331, 332, 333, 340
Ironton, Michigan, LXXII, 19, 210
Issy. Cf. Simmons, Isabelle
Itália
viagens de EH em 1922, LXXXV, 301, 313
comentários de EH sobre, LXVII, 147, 159, 170, 208, 209, 284, 285
planos de viagem de EH, 132, 136, 138, 161, 245, 246, 254, 271
Cf. também Serviço de Ambulância da Cruz Vermelha Americana, EH no
Iugoslávia, 162, 185, 313
Ivancich, Adriana, XX

Izzy. Cf. Simmons, Isabelle

Jacques. Cf. Pentecost, Jack
Japão, 161, 203
Jenkins, Howell G., XV, LXXI, 85, 86, 94, 95, 96, 109, 139, 145, 146, 148, 151, 153, 156, 159, 163, 168, 169, 170, 171, 172, 173, 174, 176, 177, 182, 188, 190, 191, 193, 194, 198, 199, 200, 201, 202, 205, 206, 207, 201, 203, 210, 211, 215, 221, 222, 234, 235, 236, 248, 249, 250, 254, 269, 276, 277, 278, 292, 293, 294, 295, 303, 305, 310, 340
carta a EH, 169
Jenkins, Nellie, 32
Jenks. Cf. Jenkins, Howell G.
Jerusalém, 110
Jiggs. Cf. Hemingway, Ursula
Jock. Cf. Pentecost, Jack
John F. Kennedy Library (Boston), XIV, XLI
Johnson, Edward, 221, 222
Johnson, Walter Edmonds, 271
Johnson, William E. "Pussyfoot", 319, 320
Joliet, Illinois, 33, 34
Jones, Ruck, 163
Joyce, James, XXXI, XLI, 331, 332, 366, 367
Ulysses, LXXVIII, LXXXVI, 288, 289, 291, 320, 322
Jungfrau (Suíça), 281, 282

Kalkaska, Michigan, 29
Kansas City Star, LV, LXI, LVIII, LXXII, LXXIV, LXXV, LXXXIII, 47, 48, 49, 50, 55, 66, 70, 74, 79, 80, 82, 83, 92, 187, 218
colegas de EH no, 64, 70, 72, 74, 78, 91, 92, 342
emprego de EH no, LXXIV, LXXXIII, 48, 50, 51, 56-57, 64, 67, 72, 79, 80, 81, 82, 83, 187, 210, 211, 212, 218, 219, 222, 223
escritos de EH no, LXXIII, 47, 48, 50, 55, 56, 57, 58, 59, 64, 65, 69, 74, 79, 80, 83

histórias sobre EH, 98, 102
Kansas City, Missouri, 57, 68, 69, 179-180, 193, 215
localidades
Baltimore Hotel, 57, 58
Garden Theater, 80
Gayety Theatre, 69, 70
General Hospital, LXXII, 49, 56, 68, 74, 75, 97
Hospital Hill, 69
Kansas City Star Building, 48
Muehlebach Hotel, 57, 58, 61, 70, 71, 72, 187, 188
Orpheum Theater, 70
Estação policial n. 4, LXII, 48, 49
Shubert Theatre, 53, 70
Union Station, LXXII, 49, 58, 59, 60, 58
Wolf's Famous Place, 48, 49
Kapps, Sue, 48, 49
Keats, John
"Ode on a Grecian Urn", 119, 120
Kenley. Cf. Smith, Y. K.
Kennedy, John F., XIII
King, Albert, 74
King, Joseph M., 128
Kipling, Rudyard, LXII, 7, 306, 307, 319
"Boots", 42
"Ladies, The", 154, 155
"Mandalay", 169, 170, 307
"Recessional", 35
Second Jungle Book, The, 30, 31
Stalky and Co., 23, 25
Kitchell, Willard, 297
Kitchener, Horatio Herbert, Lord, 28, 29
Klaw e Erlanger, 106
Klaw, Marc Alonzo, 107
Kluck, General Alexander von, 296, 297
Knapp Jr., Harry K., 119, 148
Kohr, Harry, 91, 92
Koontz, Flora, 5
Kurowsky, Agnes von, XXVI, XXVII, LXIV, LXV, LXIX, LXXIV, LXXXIII, LXXXIV, 118, 129, 138, 141, 144, 145, 146, 148, 150, 151, 152, 153, 155, 158, 170, 176
cartas a EH, 129, 146, 152, 153, 155, 169
Kurowsky, Paul Moritz Julius von, 145

La Tribuna, 184
"Ladies, The" (Kipling), 155
Ladies' Home Journal, 244, 245
Lady Lil (personagem popular), 290, 291
Lago Zurich, Illinois, LXXXII, 21, 22, 23, 27
LaGuardia, Fiorello, 107
Langelier, Alice, 340
carta a EH, 330
Lardner, Ring, 53
You Know Me, Al, 52, 53
LaSalle, Illinois, 33
Last Book of Wonder, The (Plunkett), 207, 209
Latchaw, D. Austin, 74
Lauder, Sir Henry (Harry) MacLennan, 80, 192, 194
Lausanne, Suíça, LXIX, LXXXVII, 323, 324, 325, 326, 327, 330, 338
localidades
Hôtel Beau Rivage (Ouchy), 323
Hôtel Beau-Séjour, 325
Le Grand Testament (Villon), 183
Le Havre, França, LXXXVI, 271, 272
Le Verrier, Charles, 331, 333
Lee, Franklin, 35
Légion d' Honneur (Legião da Honra francesa), 100, 108, 295
Lemont, Illinois, 33
Les Avants, Suíça, 378, 382, 326, 327, 329
Grand Hôtel, 326, 327
Les ou Lessie. Cf. Hemingway, Leicester
Les Sables d'Olonne, França, 309
Leslie's Weekly, 45
Lever. Cf. Jenkins, Howell G.
Levine, Isaac Don, 230, 231
Levitzki, Mischa, 230, 231
Lewis, Gertrude, 297, 298, 299
Lewis, James Hamilton, 326, 327
Lewis, Robert W., XXXIII
Lewis, Sinclair, 322
Lewis, William R., 298
Lewy. Cf. Clarahan, Lewis
Liberator, 304
Life, XX
Life and Death of Richard Yea-and-Nay, The (Hewlett), 183, 244, 245

Liszt, Franz
La Campanella, 230, 231
Lei seca, LXXIX, 152-153, 158, 163, 168, 169, 170, 172, 173, 220, 264
Little Novels of Italy, The (Hewlett), 183
Little Review, XXXII, XXXIV, LXXVIII, LXXIX, 288, 289, 291, 320
Little Traverse Bay (Michigan), 36, 41, 209, 266
Litvinov, Maxim, 298, 299, 304
Lloyd George, David, 298, 299
Lobdell, Charles W., 235, 237
Lobdell, Ruth Bush, 235, 237
Lockport, Illinois, 33
"Lodging for the Night, A" (Stevenson), 275
Lofberg, J. O., 99, 100
Longan, George, 92
Longfellow, Henry Wadsworth
"Evangeline", 27, 29, 105, 106
Longfield Farm (Walloon Lake), LXXI, LXXVI, LXXXII, LXXXV, 15, 19, 20, 41, 44, 46, 128, 165, 166, 167, 180, 214, 262
Longwell, Kathryn, 157-158, 340
Loomis, Bob, 206, 207
Loomis, Elizabeth, 207, 209
Loomis, sra., 208
Loper, Richard H., 229, 232, 247
Lopez, Antonio, 245, 246
Lore, D. D., 179
Lorimer, George Horace, 184, 185, 188, 319
"Lost Chord, The" (Proctor), 233, 234
Lowrey, Susan, 21, 240
Luccock, família, LIV, 249, 250
Luís XVI (Rei da França), 96
Lyon, Ada, 50

Ma Pettengill (Wilson), 115, 116, 191
MacDonald, Elsie, 118
MacLean, Charles Agnew, 187, 188
MacLeish, Archibald, XIV, XVI
Madame, the. Cf. Charles, Sra. Joseph
Madeira, 138, 139, 141, 148, 158
Maggiore, Lago, 124, 125, 126
Maharg, Bill, 257, 260

Mancelona, Michigan, 29
"Mandalay" (Kipling), 169, 170, 307
Manfredi, Pietro F., 183, 184, 245
Manistee River (Michigan), 29
Mann, Charles W., XX, XXI
Many Marriages (Anderson), 291
Marby. Cf. Barnett, Lawrence T.
Marc, Marce ou Marse. Cf. Hemingway, Marcelline
Marfim. Cf. Hemingway, Marcelline
Marge. Cf. Bump, Marjorie
Maria Teresa (imperatriz da Áustria), 125, 126
Maria Antonieta (rainha da França), 96
Maria Luísa de Áustria, 126
Marie-Cocotte. Cf. Rohrbach, Marie
Markle, Donald, 244
Marquette, Michigan, 32, 33
Marsh, Mae, 71, 72, 75, 76, 77, 78, 91, 92
Marsh, Roy, XXV
Masefield, John, 23, 25
Salt Water Ballads, 23, 25
Story of a Round-House and Other Poems, The, 23, 25
Mason, Frank, XXXV, 312, 318, 323, 325, 326, 327, 330, 340
cartas a EH, 325, 330, 331
Mason, Jane, XXIII
Masses, The, 304
Maupassant, Guy de, XXXV, 183
Mayo, Charles H., 117, 118
Mayo, William J., 117, 118
Mayo, William Worrall, 118
McAllister (conhecido), 14
McAlmon, Robert, XXXII, LXXIX, 322
McCabe, George W., 40
McClure, John, LXIX, 340
carta a EH, 310
McCollum, Ruth, 14
McCormick, Harold F., 306, 307
McDaniel, Marion Ross, 15, 28, 29, 122
McKey, Edward Michael, 104
McMasters, Bob, 163
Meaux, França, 294, 295
Medaglia d'Argento al Valore Militare (Medalha de Prata italiana), 100, 108, 119, 123, 130, 141, 170, 171, 172, 179

Médaille Militaire (Medalha Militar francesa), 100, 108, 109
Mencken, H. L., 319, 320
Mendelssohn, Felix
Midsummer Night's Dream, A, 24, 25
Merchant of Venice, The (Shakespeare), 42
Mercure de France, XX
Mestre, Itália, 307
Meyer, Anna Mary, 42, 43
Meyer, Art, 263
Meyer, Catherine M., 25, 26, 163, 164
Meyer, Wallace, XVI, XVII, XVIII, XXVIII
Meyers, Jeffrey, 311
Michigan Central Railroad, 165, 198
Michigan, lago, LXXXII, 14, 29, 33, 41, 59, 110, 126, 175, 209, 288
Michigan, University of, 164
Midsummer Night's Dream (Shakespeare), 24, 25
Milão
  estadia de EH em junho de 1918, LXXXIV, 89, 92, 94, 95, 96, 97
  convalescença de EH em 1918, 101, 120, 125, 126, 130, 139, 179
  viagens de EH em 1922, 302, 303, 310
  comentários de EH sobre, 106, 107, 123
  localidades
  American Bar, 139
  Anglo-American Club, 141
  Arco della Pace, 128
  Duomo di Milano, 106, 107
  La Scala (Teatro alla Scala), 139
  Ospedale Maggiore, 107, 136, 181
  San Siro race track, 150, 302
Millay, Edna St. Vincent, 290, 291, 322
Miller Jr., John W., 163, 164
Miller, Linda Patterson, XXIII
Miller, Madelaine Hemingway, XXIII
  Cf. também Hemingway, Madelaine
Miller, Mary Dunhill, 216
Millichen, Tony, 32
Milliken, Red, 52
Minnehaha, rio (Michigan), 160
Mississippi, rio, 33
Missouri, Guarda Local do, LXXIII, LXXXIII, 51, 53, 80
Missouri, Guarda Nacional do, LXXIII, 83

Missouri, University of, 58, 143
Mitchell, John Ames
Drowsy, 221, 222
Mizener, Arthur, XII, XIX
Moiseiwitsch, Benno, 230, 231
Mondadori, Arnoldo, XIX
Monroe, Harriet, 304, 322, 340
Montreux-Oberland Bernois Railroad, 281
Montreux, Suíça, 278, 279, 280, 282, 285, 286, 301, 326, 327, 328, 329
Moore, Marianne, 320, 340
Moorehead, William, 90, 92
Moorhead, Ethel, XVI, 304
Moose Factory, Ontário, 26
Moose, rio (Ontário), 26
Morrison (oficial da Cruz Vermelha Americana), 93
Morrison, Ruth, 100
Moss, Arthur, 322
Mother's Magazine, 5
Mottarone, Monte (Itália), 124, 125
  Grand Hôtel, 124
Mudgett, Robert, 220, 222, 239
Mumford, Lewis, XXXIII
Murphy, Gerald e Sara, XIV, XXIII
Museo Hemingway (Cuba), XIV
Musselman, Morris, 34, 35, 220, 222
Musselman, Morris e Ernest Hemingway
  Hokum: A Play in Three Acts, 220, 222
Mussy. Cf. Musselman, Morris
My Life and Loves (Harris), 322
Mytilene, Grécia, 312

Nagel, James, XXIII, 90
Nantucket, Massachusetts, LXXII, LXXXI, 5, 7, 9, 10, 15, 16, 223
Nápoles, Itália, 109, 129, 135, 140, 143, 170, 254
Napoleão I (Bonaparte), 96, 109, 125, 126
Nathan, George Jean, 320
Navarra (Espanha), XXIV
Nelson, William Rockhill, 81, 82
Neroni, Nick, 130, 132, 150, 185, 254
Nervesa della Battaglia, Itália, 140, 141
New Republic, 310

Índice geral

New Trier Township High School, Winnetka, Illinois, 84, 139
Nova Orleans, Louisiana, 4, 148, 200, 235, 237, 290, 291, 304
Nova York, XXI, LXXIII, 83, 84, 93, 94, 95, 146, 163-164, 228, 235, 271
localidades
Battery Park, 85, 86
Ellis Island, 87, 88
túmulo de Grant, 86
Greenwich Village, 85
Harlem River, 86
Hell Gate Bridge, LIX, 85, 86
Hotel Earle, LXXIII, 84, 85, 86
Little Church Around the Corner [Igrejinha da esquina], 86, 87
New York City Aquarium, 86
New York Lying-In Hospital, 3
Statue of Liberty, 86
Union Square, 87
Washington Square, LXXIII, 85, 86
Woolworth Building, LIX, 86, 87
New York Times, XIX, XXVIII, 106
Newburn, Arthur C., 89, 90, 115, 116, 148
Nickerson, Judah, 10
Nickey, Sam, 205, 206, 247
Nineteenth Century Club (Oak Park), 149-150, 298
Prêmio Nobel de Literatura, XIV
Normandia (França), 275
Northern Michigan Transportation Company, 171, 172
Northwestern University, 282
Nubbins ou Nubs. Cf. Hemingway, Carol
Nunbones ou Nunny. Cf. Hemingway, Madelaine

Oak Leaves (Oak Park), XVII, 34, 35, 41, 60, 78, 79, 81, 82, 102, 107, 110, 113, 116, 121, 135, 136, 137, 138, 139, 143, 150
Oak Park, Illinois, LXXXI, LXXXV, 34, 45, 64, 73, 82, 83, 163, 164, 194, 247, 266, 304
localidades

Primeira Igreja Congregacional, 6, 70, 90, 149-150, 338
Oak Park and River Forest High School, LXXV, LXXXII, 14, 23, 336, 339, 340, 342
Biblioteca pública, XIX
Oliver Wendell Holmes Elementary School, 5
Terceira Igreja Congregacional, 12, 13, 126, 339
Oak Parker, 113, 115, 116, 121, 128, 149--150
Oberlin College, 43, 48, 50, 53, 55, 61, 66
O'Brien, Edward, LXIX
Revolução de Outubro de 1917 (Rússia), 42
"Ode on a Grecian Urn" (Keats), 119, 120
Odgar. Cf. Edgar, Carl
Ogilvie e Heneage, 294
Ogilvie e Jacobs, 294
Ohle, Ernest L., 336
Ohle, William H., 255, 266
Ohlsen, Ray, LXXXII, 19, 33, 54
Oise, rio (França), 296, 298, 299
Old Faithful (gêiser), 24, 25
Olivet College, 55
O'Neil, Barbara, 368, 372
O'Neil, Barbara (filha), 368
O'Neil, David, 319, 320, 321, 322, 326
O'Neil, George, 322
O'Neil, Horton, 322
O'Neill, Eugene, 319, 320
O'Neill, Rose Cecil, 319, 320
óperas
Aida, 139, 140
Andrea Chénier, 221, 222
Carmen, 139, 140
Cavalleria Rusticana, 202
Ghismonda, 139, 140
Il Barbiere di Siviglia, 139, 140
La Bohème, 139, 140
Martha, 24, 25, 27
Mefistofele, 139, 140
Mosè in Egitto, 139, 140
Pagliacci, 193, 194, 201, 202
Ormiston, Todd N., 90, 92
Orpheum Circuit, 69, 70
Osterholm, Harvey G., 85, 86

O'Sullivan, John, 201, 202
Ottawa, Illinois, 216, 217
Ouimet, Francis, 211, 212

Pack, Claud C., 55
Pádua, Itália, LXXXIV, 138, 140, 141, 143
Paganini, Nicolò
La Campanella, 230, 231
Pailthorp, Edwin, 195, 197, 341
Pamplona, Espanha, XVI
Hotel Quintana, XI, XXVI
Paris, XVI, LXXVII, LXXVIII, 161, 276, 279, 282, 295
visita de EH em 1918, LXXXIII, 89, 92, 95
mudança de EH em 1921, 270, 271, 272, 274
residência de EH em 1922, LXXXVI, 286, 295, 301, 302, 316, 317, 318, 321, 328
retorno de EH em 1924, 320
comentários de EH sobre, LXVII, 96, 276, 283, 284, 287, 308
planos de viagem de EH, 271
localidades
American Express, 273, 274, 293
Arco do Triunfo, 96
Arènes de Lutèce, 288
Bal au Printemps, 282
Buffet de la Gare de Lyon, 328, 329
Café de la Rotonde, LXVII, 274, 275, 290, 291
Café du Dôme, LXVII, 274, 275
Champs-Élysées, Avenue des, 96
École des Beaux-Arts, 276
École Polytechnique, 277, 278
Folies Bergère, 96, 97, 189, 190
Gare de Lyon, LVIII, LXXX, LXXXVII, 328, 329, 330
Hôtel des Invalides, 96
Hôtel Florida, 277, 278
Hôtel Jacob et d'Angleterre, LXXXVI, 274, 275, 276
Jardin des Plantes, 287, 288, 298
Louvre, Musée du, 96, 276
Madeleine (L'église Sainte-Marie-Madeleine), 277, 278
Michaud's (restaurante), 289, 291

Napoleão, túmulo de, 96
Notre Dame, 105, 106
Panthéon, 277, 278, 279
Place de la Concorde, 96
Pré aux Clercs (restaurant), 274
Tuileries, 96
Paris Tribune. Cf. Chicago Tribune (edição de Paris)
Parker, Harrison M., 225, 229
Parker, Letitia, 226, 227, 319, 325, 327
Pasubio, Monte (Itália), 303
Paul, Steve, 49, 64
Pavley-Oukrainsky Ballet School (Chicago), 242
Pease, Warren H., 153, 155, 163, 164
Peaslee, Herbert C., família, 67
Peaslee, Walter, 67
Península Superior (Michigan), LXXXV, 33, 176, 177, 265
Pennington, Ann, 221, 222
Pennsylvania Railroad, 214, 215
Pentecost, Jack, 34, 35, 52, 53, 164, 176, 177, 178, 182, 191, 193, 202, 203, 205, 206, 234 269, 277, 278
Pere Marquette Railroad, 37, 38
Perkins, Maxwell, XIV, XVIII, XXII
Pershing, General John J., 274
Peru, Illinois, 33
Petoskey Evening News, 322
Petoskey, Michigan, LXXXV, 29, 36, 39, 40, 41, 172, 180, 182, 183, 186, 190, 191, 192, 194, 195, 204, 206, 209, 214, 221, 222, 238, 239, 242, 244, 245, 252, 254, 256, 261, 266, 267, 282
comentários de EH sobre, 221, 238, 261-262
localidades
Bump and McCabe (loja de ferragens), 40, 45, 244
Cushman House Hotel, 182, 183, 244
Koulis Kandy Kitchen, 244, 245
Martin's Candy Corner, 213, 214
Petoskey Portland Cement Company, 207, 209
Biblioteca pública, LXXVI
Reinhertz and Son (loja de tecidos), 213, 214

Petoskey-Walloon, locomotiva, LXVIII, 281
Peyton, Homer, 72
Phelan, Janet, 326, 327
Phelan, sra. Percival, 326, 327
Philippic, 24, 25
Piave River (Itália), LXVIII, LXXIII, LXXIV, LXXXIV, 97, 98, 99, 100, 103, 116, 141, 144, 149, 218, 302
Picardy (França), 298, 299
Picasso, Pablo, XIV, LXXIX, 309, 322
Pictured Rocks (Michigan), 177
Pierce, Dick, 225, 226, 227
Pigeon, rio (Michigan), LXVI, 171, 172, 198
Pine Barrens (Michigan), LXVI, LXXXV, 160, 171, 173, 174, 198, 283
Pine Lake (Michigan), 20, 106, 159, 160, 162, 174, 178, 182, 183, 198
Pinehurst Cottage (casa dos Dilworths, Horton Bay), 39, 180, 262, 267, 269, 337
peças e teatro de revista
  Declassée (Akins), 220, 222
  George White's Scandals, 220, 222
  Happy-Go-Lucky (Hay), 220, 222, 230, 231
  Hottentot (Collier and Mapes), 230, 231
  La Nave (D'Annunzio), 139, 140
  Servant in the House, The (Kennedy), 6
  Show of Wonders, The (Atteridge e Romberg), 69, 70
  Son-Daughter, The (Scarborough e Belasco), 230, 231
  Tavern, The (Cohan), 234, 237, 239
  Tiger Rose (Mack), 230, 231
  Turn to the Right (Smith and Hazzard), 52, 53
  Ziegfeld Follies, 145, 191, 193, 194, 222
Plunkett, Edward
  Last Book of Wonder, The, 207, 209
Poack ou Pock. Cf. Pentecost, Jack
Poetry: A Magazine of Verse, LXVIII, 291, 303, 304, 322, 340
Pont-Sainte-Maxence, France, 296, 297
Popular Magazine, 188
Potter, Eva D., LXXVII, 183, 186

Pound, Ezra, XIV, XXI, XXIII, XXX, XXXII, XXXIV, LXVIII, LXIX, LXXV, LXXV, LXXIX, LXXXVI, LXXXVII, 275, 288, 289, 290, 291, 293, 300, 304, 306, 307, 319, 320, 341
  "Inquest", série, LXXXVII, 305, 306, 319, 321, 322
  carta a, 320
Preble, Bob, 46, 47
"Prisoner of Chillon, The" (Byron), 280
Proctor, Adelaide A.
  "The Lost Chord", 233, 234
Pudge. Cf. Bump, Georgianna
Pullman (vagão-leito), 11
Pullman, Illinois, 8
Punch, 140, 141

Queen Victoria (Strachey), 288, 289
Quinlan, Grace, LXXI, 191, 192, 194, 206, 214, 292, 386
  cartas a EH, 219, 222, 230, 240, 254, 255, 256, 274
Quinn, John, 319, 320
Quintana, Juanito, XXIV

Rachmaninov, Sergei, 230, 231
Raisa, Rosa, 221, 222
Ramsdell, Evelyn, 192, 206, 209, 210, 222
  carta a EH, 192
Ramsdell, Luman, 221, 222
Randall, William, 209
Ransom's Store (Walloon Village), 44
Rapid River (Michigan), 27, 29
"Real Peruvian Doughnuts, The" (Wilson), 191
"Recessional" (Kipling), 35
Recoaro, Itália, 302
Red. Cf. Bump, Marjorie
"Red Gap and the Big League Stuff" (Wilson), 133, 134
"Red, Red Rose, A" (Burns), 115, 116
Reims, França, 296, 297
Reynolds, Jean, 207, 209
Reynolds, Michael S., XII, 244
Reno, rio, 305, 308, 328

Revolução Russa (outubro de 1917), 42
Ródano, rio, 285
Ródano, vale do (Suíça), 286, 301
Ródano, canal do (Suíça), 301
Rice, Alfred, XXII
Richardson, Hadley. Cf. Hemingway, Hadley
Richardson
Riviera, 105, 109
Robben, John, XXIV
Rochers de Naye (Suíça), 326, 327
Rockefeller, Edith, 307
Rogers Park (Chicago), 109, 110
Rogovski, Florence, 55, 56
Rohrbach, Henri, 279, 280
Rohrbach, Marie, 279, 280, 287
Roma, 110, 129, 135, 227, 228
Roosevelt, presidente Theodore, 49
Rosa, Monte, 125, 126
Rosenfeld, Paul Leopold, 319, 320
Rosenthal, sra., 242
Ross, Lillian, XXIII, XXXV
Rothermere, Lady Mary Lilian Share, 322
Rouse, Robert, 242, 243, 247, 271, 293
Rovereto, Itália, 303
Rowohlt, Ernst, XIX
Ruffo, Titta, 193, 194, 221, 222
Ruggles, Harold Lee, 214, 219, 222
Rússia, 301, 304
Ryan's Point (Walloon Lake), 207

Salt Water Ballads (Masefield), 23, 25
Sam ou Sammy. Cf. Sampson, Harold
Sammarelli, Captain, 117, 120
Sampson, Harold, 13, 14, 15, 25, 29
Sampson, sr. e sra. (pais de Harold), 13
Sandburg, Carl, LXXVII, 232, 233, 342
Sanford, John E., 18
Sanford, Marcelline Hemingway, XXIII, 90
Cf. também Hemingway, Marcelline
Sangro, [rio (Itália), 254
Sanibel Island, Flórida, 246
Santa Caterina, Itália, 303
Santa Fe Railway (Atchison, Topeka and Santa Fe Railway), 81, 82
São Francisco, Califórnia, 203

Sardenha, 138
Sassoon, Siegfried, 226, 227
Saturday Evening Post, LXXV, LXXXV, 116, 148, 150, 185, 188, 191
Savage Jr., C. Bayley, 48, 49, 54, 55
Schaefer, Jake, 238
Schio, Itália, LXXIII, LXXXIV, 97, 107, 148, 150, 163, 198, 302, 303
Schlitz Brewing Company, 134
Schoolcraft County (Michigan), 177
Schruns, Áustria, XVI
Scribner II, Charles (1854-1930), XIV
Scribner III, Charles (1890-1952), XIV, XVI, XVII, XXXV
Scribner Jr., Charles, (IV 1921-1995), XIV, XVII, XXII
Scribner's (filhos de Charles Scribner), XVI, XXIII
Scudder, Janet, 308
Second Jungle Book, The (Kipling), 31
Seeger, Alan
"I Have a Rendezvous with Death", 52, 53
Seeley Jr., Coles Van Brunt, 107, 341
Seested, August, 90, 92
Seney, Michigan, LXXXV, 173, 177, 178, 205, 258
Senior Tabula (OPRFHS), LXXXII, 14, 25, 26, 37, 49, 67, 80, 100, 269, 304
Senlis, France, 296, 297
Sérvia, 110
Serviço de Campo dos Estados Unidos, 64, 77, 87, 320
Sexton, sr., 24
Seygard, Camille Lane, 308
Seymour, família, 232, 233
Shakespeare and Company, LXXVIII, LXXIX, LXXXVI, 291
Shakespeare, William
Hamlet, 267, 269
Merchant of Venice, O 42
Midsummer Night's Dream, 24, 25
Shanahan, Lisle, 257, 260
Shaw, Carleton, 159, 162, 163, 164, 168, 169, 170, 172, 173, 174, 178, 198
Shay, Frank, 248
Shepard, Ernest Howard "Kipper", 140, 141
Sheridan, Clare, 319, 320

Índice geral

Sheridan, Philip Henry, 59
Sherman, General William Tecumseh, 113, 116
navios e barcos
Aquitania, 287, 288
Chicago, LXXXIII, 89, 90, 93, 95
Giuseppe Verdi, LXXXV, 141, 143, 145, 148
Leopoldina, LXXXVI, 271
Manitou, 14, 171, 172
Missouri, LXXXII, 19, 41, 45, 46, 47, 182
Pilar, XXXV
Rochambeau, 228
Vaterland (depois USS Leviathan), 86
Shoemaker, Elizabeth, 213, 214, 219, 222, 239, 255, 256
cartas a EH, 214, 222
Shorney, Gordon, 264, 266
Shorney, Herbert, 264, 266
Shorney, Marian, 266
Sicília, 123, 135, 149
Siegel, sra., 177
Simmons, Isabelle, LXI, 122, 193, 194, 249, 250, 326, 327, 329, 341
Simmons, Zalmon G., 168, 169
Simplon Orient Express, 310, 327, 328
Sly, Helen, 244, 245
Smale, Dick, 205, 206, 207, 211, 212, 225, 226, 234, 248, 276, 277, 278, 294, 310
Smith (guarda de caça), 19
Smith, Blanche E., 170
Smith, Doris, 201
Smith, Genevieve "Doodles", LXXVII, 217, 223, 224, 232, 233, 270, 236, 258, 260, 269, 342
Smith, Gertrude, 140, 141, 144
Smith, H. Merle, 74, 90, 92
Smith, Ignatz, 16
Smith, Katharine Drake Merrill, 341
Smith, Katharine Foster, XXXII, LXVI, LXVII, LXXV, LXXVII, LXXXII, 57, 58, 161, 162, 177,178, 183, 188, 210, 213, 214, 217, 221, 236, 244, 246, 247, 248, 250, 257, 260, 266, 267, 268, 293, 339, 341
Smith, Warren R. (professor), 5
Smith Jr., William B., XXIX, XXX, XXXIX, LXXI, LXXV, LXXVI, LXXVII, LXXX-II, LXXXIII, 37, 46, 48, 57, 58, 62, 63, 65, 67, 69, 87, 121, 128, 142, 143, 144, 151, 152, 153, 154, 159, 160, 161, 162, 165, 166, 167, 168, 169, 170, 171, 172, 173, 174, 176, 177, 178, 180, 182, 183, 187, 198, 199, 200, 202, 203, 204, 205, 206, 207, 209, 211, 212, 216, 217, 220, 241, 243, 244, 246, 248, 252, 260, 268, 269, 270, 278, 283, 285, 293, 294, 305, 306, 307, 309, 319, 342
carta a EH, 143, 188, 217, 237, 238, 241, 269, 294
Smith, William B., 342
Smith, Y. K., LXXVII, LXXXVI, 169, 170, 193, 217, 218, 220, 222, 223, 229, 230, 233, 234, 235, 236, 237, 242-243, 246, 247, 249, 251, 253, 257, 258, 260, 262, 267, 269, 294, 335, 342
carta a EH, 270
Snyder, Ora H., 189, 190
Sofia, Bulgária, LXXXVII, 311
Soissons, França, 296, 297
Somerville, sr., 312
Somme, rio (França), 299
canções
"Columbia, the Gem of the Ocean", 283, 285
"Indian Blues", 185
"Keep the Home-Fires Burning ('Till the Boys Come Home)", 116
"Little Church around the Corner, The", 87, 151
"Mother Machree", 319, 320
"My God How the Money Rolls In", 250, 251
"St. Louis Blues", 77
"When We Wind Up the Watch on the Rhine", 126
Soo Locks, 26
Espanha, 147, 149, 271, 272, 273, 274
Spiegel, Frederick, 90, 139, 145, 146, 153, 163, 164, 175
Spink, Charles Claude, 11
Sporting News, 11
Sprague, Avis, 25

St. Bernard Pass, Great, LXXXVII, 286, 301, 302
St. Ignace, Michigan, 32, 33
St. John, Larry, 202, 203
St. Joseph Gazette, 50
St. Joseph, Missouri, 50, 215
St. Louis Globe-Democrat, 82, 255
St. Louis Post-Dispatch, 255
St. Louis, Missouri, 217, 225, 227, 228, 234, 237, 241, 242, 248, 249, 253, 265, 266
localidades
University Club, 223, 224
St. Nicholas (revista), 7
Stalky and Co. (Kipling), 23, 25
Starved Rock State Park, Illinois, LXXII, 33
Steffens, Lincoln, LXXX, LXXXVI, 319, 323, 324, 326
Stein, Gertrude, XIV, XXXIV, LXVI, LXVII, LXXV, LXXVII, LXXIX, LXXXVI, 275, 287, 289, 290, 295, 321, 335, 336, 342
Autobiography of Alice B. Toklas, The, 342
Geography and Plays, 289, 290, 318, 336
Tender Buttons, 288
Three Lives, XXXIV, 287, 288
Stendhal, XXXV
Stevenson, Robert Louis
"Lodging for the Night, A", 275
Treasure Island, 23
Stewart, Agnes M.
Florence O'Neill, the Rose of St. Germains, 319, 320
Stockalper (Suíça), 301
Stockbridge, Frank Parker, 257, 259, 260, 262
Stoneback, H. R., 244
Storm, Pierre L., 126
Story Club [Clube de Contação de Histórias] (OPRFHS), 17, 18
Story of a Round-House and Other Poems, The (Masefield), 23, 25
Stout, Ralph E., 77, 78, 92
Stowe, Harriet Beecher
Uncle Tom's Cabin, 302
Strachey, Lytton
Queen Victoria, 288, 289

Strasbourg, França, LXXVII, 305
Strauss Peyton (estúdio fotográfico), 72
Strauss, Benjamin, 72
"Strawberries" (Goodale), 23, 24
Stresa, Itália, LXXIV, 124, 125, 325
Grand Hôtel et Des Iles Borromées, 125, 126
Stroud, Alonzo J., 156
Stucke, sra., 117
Studies in the Chinese Drama (Buss), 300
Sturgeon River (Michigan), LXVI, 160, 172, 198, 247, 256, 260, 264, 284
Stut. Cf. Smith, Katharine Foster
Summit, Illinois, 95
Sumner, Myra Lake, 20, 166, 167
Sumner, Warren, 19, 20, 40, 41, 45, 166, 167
Sunny. Cf. Hemingway, Madelaine
Superior, lago, 26, 33, 177
Swensen (colega do Kansas City Star), 91
Swiss Federal Railways, 282
Suíça, LXXIX, 124, 125, 126, 259, 260, 277, 280, 281, 282, 286, 302
comentários de EH sobre, LXVII, 282-284

Taormina, Sicília, LXXXIV, 139, 147, 149, 150, 158, 162, 337
Tarzan of the Apes (Burroughs), 146
Taylor, Bert Leston
"Line o' Type or Two, A", 38, 39, 49, 118, 231
Taylor-Critchfield. Cf. Critchfiel Advertising Co.
Tchekhov, Anton, 329
Ted. Cf. Hemingway, Ursula
Tender Buttons (Stein), 288
Thayer, Scofield, 289, 290, 291
Thessin, F., 342
Thexton, Arthur, 34, 35
This Quarter, XVI, 304
This Side of Paradise (Fitzgerald), 240
Thomason, Arthur E., 159, 162, 201, 202
Thompson, William Hale "Big Bill", 68, 69, 200, 201
Thor, David, 110
Thor, Joseph, 110

Índice geral

Three Lives (Stein), XXXIV, 287, 288
Three Mountains Press, LXXXVII, 278, 306, 319, 321, 322
Tia Beth. Cf. Dilworth, Elizabeth
Tio. Cf. Charles, Joseph
Today's Poetry, 320
Toklas, Alice B., LXVII, LXXIX, 295, 308, 318, 342
Toledo, Ohio, 84, 164, 168, 169, 170, 193
Toledo Club, 168, 169
Tolstói, Lev, XXXV, 329
Toronto, LXIX, LXXVII, LXXX, LXXXV, 270
  mudança de EH em 1920 para, 189, 190, 191, 193, 195, 198
  retorno de EH em 1923 para, 320
  comentários de EH sobre, 195, 203-204
Toronto Globe, 200, 201, 202, 203
Toronto Star, 200, 201, 340
  emprego de EH em 1920 no, LXXVI, LXXXV, 200, 201, 210, 212, 216, 217, 223, 229
  negociações de EH em 1921 com, 240, 242, 245, 246, 270
  negociações de EH em 1922 com, 292, 320
  vontade de EH de sair em 1922, 319
  EH como correspondente europeu para, XVI, LXXVII, LXXVIII, LXXXVI, 270, 276, 297, 298, 300, 301, 304, 310, 312-313, 318, 327
  escritos de EH no, LXXVII, LXXIX, LXXXV, LXXXVI, 201, 202, 203, 216, 217, 220, 240, 275, 276, 278, 280, 281, 282, 283, 286, 287, 288, 296, 297, 300, 305-306, 310, 318, 321, 324
Toronto World, 200, 201, 218, 223
Torre di Mosto, Itália, 146, 148
Torreglia, Itália, LXXXIV, 140, 141, 143
Toscanini, Arturo, 139, 140
Townsend, Jo, 24, 25
Trácia, 312, 317
Transatlantic Review, LXXIX, 248, 320, 342
Trapeze (OPRFHS), LXXXII, 31, 53, 78, 81, 82, 223, 340
Treasure Island (Stevenson), 23
Trento, Itália, 139
Treviso, Itália, LXXXIV, 138, 140, 141, 142, 144
Triberg, Alemanha, 306
Trieste, Itália, 139
Triumph of the Egg, The (Anderson), 290, 291
Trogdon, Robert W., XXII
Tubby. Cf. Williams, T. Norman
Turguêniev, Ivan, XXXV, 329
Turim, Itália, 125, 135, 138
Tuttle, Bishop Daniel Sylvester, 265, 266
Twain, Mark (Samuel Langhorne Clemens), LXVI, 7
  Adventures of Huckleberry Finn, LXVI

U.S. Grain Growers Inc., 265, 266
Ulric, Lenore, 230, 231
Ulysses (Joyce), LXXVIII, LXXXVI, 288, 290, 291, 322
Uncle Tom's Cabin (Stowe), 302
United Press, 79, 81, 92, 132
Universal News Service, 323
Ura, Urra ou Urs. Cf. Ursula Hemingway
Urbauer, J. Carl, 34, 35
Useless. Cf. Bump, Georgianna
Utassy, Captain George, 92, 93

Valli dei Signori (Itália), 303
Vallorbe, Suíça, 326, 327
Van Gordon, Cyrena, 221, 222
Vanderbilt, Michigan, 206
Vanderbilt Club (Michigan), 205, 206
Vanderveer, John S., 107
VanHoesen, Bert, 19, 20
Varchetto, Antonio, 246
Vaughn, Miles W. "Peg", 91, 92
Vauxhall Motors, 140
Venice, Itália, 148, 302
Verona, Itália, 140, 143
Vicenza, Itália, 107
Vítor Emanuel III (rei da Itália), 108, 112, 143, 252
Victoria Cross, 108, 109
Vigo, Espanha, 271, 272, 273

Villard, Henry S., XXIII, 86, 90, 112, 118, 119, 181
carta a EH, 119
Villon, François, 183, 274, 275
Le Grand Testament, 183
Vincent, Jean Hyacinthe, 120
Viscount Northcliffe (Alfred Harmsworth), 48, 49, 69
Vonplaten, Godfrey, 216
Voronoff, Serge, 307
Vose, Marion, 264

Walker, Al, 32, 33, 38, 39, 40, 46, 52, 53, 55, 69, 70, 73, 136, 138, 177, 182, 249, 250, 262, 268
Wallace, George, 91, 92
Walloon Lake (Michigan), LXXI, LXXX, 3, 6, 19, 20, 33, 37, 43, 44, 45, 126, 168, 172, 183, 204, 209
Walsh, Ernest, XVI, XVIII, 304, 321
Walska, Ganna, 307
Wanamaker, John, 319, 320
Washburn, família, 15
Washington, D.C., 228
Wassermann, Jakob
World's Illusion, The, 299
"Waste Land, The" (T. S. Eliot), 321, 322
Watson Jr., James Sibley, 291
Weber, Dr., 166, 167
Webster, Daniel, 24, 25
Welch Jr., Edward J., 109, 110
Wellington, C. G., 77, 78, 91, 92
West, Anna, 268, 269
Western Electric, 52
Wetterhorn (Suíça), 281, 282
White, Arabell Bowen, 6
White, John Barber, 6, 77, 78
White, Kenneth, 36
White, Owen, 36
White, Phil, 25
White, Trumbull, 36, 87, 88, 89, 188
Whitman, Vincent, 25
Whittlesey, Robert, 9
Whittlesey, Walter, 9
Wilcoxen Jr., Fred S., 24, 25, 28, 35, 52, 53, 251, 252

Wilde, Douglas, 249
Wilhelm II, Kaiser, 192, 194
Williams, Harrison, 284
Williams, Mark, 117
Williams, Mary Eliza, 73
Williams, T. Norman, 76, 77, 82, 186, 187, 193, 200, 220
Williams, William Carlos, 321, 341
Willis, Nathaniel Parker, 5
Wilson, Dale, 71, 72, 76, 342
Wilson, Edith, 91
Wilson, Edmund, XIII
Wilson, Gale D., 219, 222
Wilson, Harry Leon
"Real Peruvian Doughnuts, The", 191
"Red Gap and the Big League Stuff", 115, 116
Ma Pettengill, 115, 116, 191
Wilson, Presidente Woodrow, LXXV, LXXXII, 54, 71, 72, 91, 184, 185
Windeler, B. Cyril, 321
Windemere Cottage (Walloon Lake), LXXI, LXXVII, LXXXI, LXXXV, 3, 4, 9, 15, 19, 21, 31, 126, 167, 168, 205, 206, 209, 210, 215, 262
Winnetka, Illinois, 139
Winslow, Alan F., 147, 150, 299, 342
Winslow, Edith H., 299
Winslow, Marjorie, 299
Winslow, William H., 299
Wisconsin, 245, 262
Wisconsin, University of, 145, 163
Witter, Frank C., 39, 40, 41, 42
Wolff, Milton, XX
Women and Men (Ford), 305, 306
Wood, General Leonard, 48, 49, 57, 58, 69
Woodrow. Cf. Wilson, Dale
World Series [Série Mundial de beisebol] de 1917, 42, 43, 44
escândalo de 1919, 213, 214, 217, 260
Primeira Guerra Mundial, 126
Armistício (Novembro de 1918), LXXXIV, 129, 132, 138, 143, 184, 297, 303
batalhas
Aisne, Segunda batalha de, 77
Caporetto, Batalha de, LXXIII
Marne, Primeira Batalha de, 297

Piave, Batalha de, LXVIII, 100, 105, 108
Vittorio Veneto, Batalha de, LXXXIV, 129, 130, 131
  comentários de EH sobre, LXXXIV, 120, 123, 125, 126, 127, 131, 147, 184
  discursos de EH no pós-guerra sobre, 150, 155
  registro de serviço de EH, 100
Liberty Bonds, 90
  irrupção da (1914), LXXXII, 15
  entrada dos Estados Unidos na (1917), LXXXII, 33
  seguro de risco de guerra, 90
World's Illusion, The (Wassermann), 299
Wright, Clarence, 35
Wright, Don, 226, 227, 238, 258, 260, 267, 269

Yak. Cf. Harris, G. W.
Yen ou Yenlaw. Cf. Smith, Y. K.

YMCA (Young Men's Christian Association), 55, 57, 94, 95, 96, 97, 106, 110, 194, 320
Yonkers, Nova York, 159, 230
You Know Me, Al (Lardner), 52, 53
Young, Christine B., 42
Young, Philip, XVIII, XX
Youth's Campanion, 5, 7

YWCA (Young Women's Christian Association), 55, 57

Zelnicker Supply Company, 246, 248
Ziegfeld, Florenz, 144, 145

1ª **edição** setembro de 2015 | **Fonte** Adobe Garamond
Papel Avena 70 g/m² | **Impressão e acabamento** Cromosete